D1881990

कन्हैयालाल माणिकलाल मुंशी

गुजराती के सुप्रसिद्ध कथाकार, इतिहास और संस्कृति के मर्मज्ञ तथा प्राच्य विद्या के बहुश्रुत विद्वान कन्हैयालाल माणिकलाल मुंशी का जन्म 30 दिसम्बर, 1887 को भड़ौंच, गुजरात में हुआ। उन्होंने बी.ए., एल-एल.बी., डी.लिट्., एल. एल. डी. की उपाधि प्राप्त की। प्रारम्भ (1915) में 'यंग इंडिया' के संयुक्त सम्पादक रहे। 1938 से आजीवन भारतीय विद्या भवन के अध्यक्ष और 'भवन्स जर्नल' के सम्पादक तथा दस वर्षों तक गुजराती साहित्य परिषद के अध्यक्ष रहे। 1944 में हिन्दी साहित्य सम्मेलन के अध्यक्ष और 1951 से मृत्युपर्यन्त संस्कृत विश्व परिषद के भी अध्यक्ष रहे। 1952 से 1957 तक उत्तर प्रदेश के राज्यपाल का पद-भार सँभाला। उसी दौरान 1957 में उन्होंने भारतीय इतिहास कांग्रेस की अध्यक्षता भी की।

उनकी प्रमुख कृतियाँ हैं–'लोमहर्षिणी', 'लोपामुद्रा', 'भगवान परशुराम', 'तपस्विनी, 'पृथ्वीवल्लभ', 'भग्नपादुका', 'पाटण का प्रभुत्व', कृष्णावतार के सात खंड–'बंसी की धुन', 'रुक्मिणीहरण', 'पाँच पांडव', 'महाबली भीम', 'सत्यभामा', 'महामुनि व्यास', 'युधिष्ठिर' (उपन्यास); 'वाह रे मैं वाह' (नाटक); 'आधे रास्ते', 'सीधी चढ़ान', 'स्वप्नसिद्धि की खोज में' (आत्मकथा के तीन खंड)।

8 फरवरी, 1971 को उनका निधन हुआ।

कन्हैयालाल माणिकलाल मुंशी

कृष्णावतार-3

पाँच पाण्डव

अनुवादक
प्रफुल्लचन्द्र ओझा 'मुक्त'

राजकमल पेपरबैक्स

पहला पुस्तकालय संस्करण
राजकमल प्रकाशन प्राइवेट लिमिटेड द्वारा
1979 में प्रकाशित

राजकमल पेपरबैक्स में
पहला संस्करण : 1986
तेरहवाँ संस्करण : 2024

© भारतीय विद्याभवन, मुम्बई

राजकमल पेपरबैक्स : उत्कृष्ट साहित्य के जनसुलभ संस्करण

राजकमल प्रकाशन प्रा.लि.
1-बी, नेताजी सुभाष मार्ग, दरियागंज
नई दिल्ली-110 002
द्वारा प्रकाशित

शाखाएँ : अशोक राजपथ, साइंस कॉलेज के सामने, पटना-800 006
पहली मंजिल, दरबारी बिल्डिंग, महात्मा गांधी मार्ग, प्रयागराज-211 001
1, अनमोल सोराबजी संतुक लेन, धोबी तलाव, मरीन लाइंस, मुम्बई-400 002
वेबसाइट : www.rajkamalprakashan.com
ई-मेल : info@rajkamalprakashan.com

बी.के. ऑफसेट
नवीन शाहदरा, दिल्ली-110 032
द्वारा मुद्रित

मूल्य : ₹499

PAANCH PANDAV
Novel by K.M. Munshi

ISBN : 978-81-267-0194-0

निवेदन

श्रीमद्‌भगवद्‌गीता के प्रवक्ता भगवान श्रीकृष्ण का नाम कौन नहीं जानता, जिन्हें भागवत में 'भगवान् स्वयम्' कहा गया है?

जहाँ तक स्मृति पहुँच पाती है, बचपन से ही श्रीकृष्ण मेरी कल्पना में छाए रहे हैं। बचपन में उनके पराक्रमों की कथाएँ सुनकर आश्चर्य से मेरी साँस टँगी रह जाती थी। उसके बाद मैंने उनके बारे में पढ़ा, उनके गीत गाए, उनकी प्रशंसा की और शत-शत मन्दिरों में तथा उनके जन्मदिन पर प्रतिवर्ष घर में उनका पूजन किया। और वर्षों से, दिनानुदिन, उनका सन्देश मेरे जीवन को बल देता रहा है।

खेद है कि महाभारत के जिस मूल रूप में उनके आकर्षक व्यक्तित्व की झाँकी मिल सकती है, उसे दन्तकथाओं, मिथकों, चमत्कारों और पूजन-अर्चन ने ढँक रखा है।

वे बुद्धिमान और वीर थे; स्नेहालु और स्नेह-भाजन थे; दूरदर्शी होकर भी वर्तमान समय के अनुकूल आचरण करते थे; उन्हें ऋषियों-जैसी अनासक्ति प्राप्त थी, फिर उनमें पूर्ण मानवता थी। वे कूटनीतिज्ञ थे, ऋषि-तुल्य थे, कर्मठ थे। उनका व्यक्तित्व दैवी-प्रभा से मण्डित था।

फलतः बार-बार मेरे मन में यह इच्छा उठती रही कि मैं, उनकी वीर-गाथा का गुम्फन करके, उनके जीवन और पराक्रमों की कथा की पुनर्रचना का कार्य आरम्भ करूँ।

कार्य प्रायः असाध्य था, किन्तु शतियों से भारत के विभिन्न भागों में अच्छे-बुरे और उदासीन लेखकों के समान मुझे भी एक अदम्य इच्छा ने विवश किया और मेरे पास जो भी थोड़ी-सी कल्पना और रचनात्मक शक्ति थी, चाहे वह जितनी क्षीण रही हो, उसकी अंजलि चढ़ाने से मैं अपने को रोक नहीं सका।

मैंने पूरी पुस्तक को 'कृष्णावतार' नाम दिया है।

कंस-वध के साथ समाप्त होनेवाले इसके प्रथम खण्ड को मैंने 'बंसी की धुन' कहा है, क्योंकि इसमें उनके बाल्यकाल का वर्णन है, जिसके साथ उनका अविभाज्य सम्बन्ध रहा था। इस बंसी ने मनुष्यों और पशु-पक्षियों को भी समान रूप से मन्त्र-मुग्ध किया था। असंख्य कवियों ने उसकी मोहिनी के मधुर गीत गाए हैं।

दूसरा खण्ड रुक्मिणी-हरण के साथ समाप्त हुआ है, अतः उसे 'रुक्मिणी-हरण' कहा गया है। मूल कथा है श्रीकृष्ण के द्वारा मगध-सम्राट् जरासन्ध का सफल प्रतिकार।

इस तीसरे खण्ड का शीर्षक है 'पाँच पाण्डव'। यह द्रौपदी-स्वयंवर के साथ समाप्त हुआ है।

इसके चौथे, पाँचवें, छठे और सातवें खण्डों का शीर्षक क्रमशः 'भीम की कथा', 'सत्यभामा की कथा', 'महामुनि व्यास की कथा' और 'युधिष्ठिर की कथा' होगा। मेरी इच्छा इस सारी कथा को वहाँ तक ले जाने की है, जहाँ कुरुक्षेत्र के युद्ध में 'शाश्वत धर्मगोप्ता' श्रीकृष्ण ने अर्जुन को विश्व-रूप का दर्शन कराया है।

मैं बारम्बार यह स्पष्ट कर चुका हूँ कि यह कृति किसी पुराण का रूपान्तरण नहीं है।

श्रीकृष्ण के जीवन और पराक्रमों को पुनर्गठित करते हुए, अपने अनेक पुरोगामियों के समान, मुझे भी अतीत से प्राप्त अनेक घटनाओं का पुनः सृजन करना पड़ा है। उनके चरित्र, आचरण और दृष्टिकोण को, आधुनिक गाथा की प्रणाली से, व्यक्तित्व केन्द्रित बनाने के लिए ऐसा करना आवश्यक था। महाभारत में जिन अनेक पात्रों का धुँधला उल्लेख-मात्र हुआ है, मैंने उनको भी जीवन्त रूप देना चाहा है।

इस लेखन-क्रम में मुझे प्रायः दन्तकथाओं और मिथकों से अलग जाना पड़ा है, क्योंकि ऐसी कथाओं का पुनर्गठन करते समय किसी आधुनिक लेखक के लिए यह नितान्त आवश्यक होता है कि जो भी थोड़ी-बहुत कल्पना उसके पास है, वह उसका उपयोग करे। आशा है कि जो छूट मैं ले रहा हूँ, उसके लिए भगवान श्रीकृष्ण मुझे क्षमा करेंगे, क्योंकि मैंने अपनी कल्पना में उन्हें जिस रूप में देखा है, मुझे उसी रूप में उनका चित्रण करना चाहिए।

भारतीय विद्या भवन, चौपाटी, बम्बई-7 **—कन्हैयालाल मुंशी**
जनवरी 26, 1968

प्रस्तावना

यादव

आर्य जाति अत्यन्त शक्तिशाली थी। प्राचीनकाल में उस जाति के लोग सारे भारत में फैल गए थे। वे नागों के साथ आन्तर-विवाह करते, उनसे अथवा परस्पर युद्ध करते, राज्यों की स्थापना अथवा उच्छेदन किया करते थे।

आर्य ऋषियों का जीवन विद्या और संयम को समर्पित था। वे आश्रमों में रहते, देवताओं से सम्पर्क साधते और सत्य, यज्ञ तथा तपःपूत जीवन-मार्ग का उपदेश देते और इसे धर्म कहते थे।

साहसिक आर्य राजाओं ने जब उत्तर-भारत के उपजाऊ मैदानों में साम्राज्यों की स्थापना की, इसके बहुत पहले ही यादव गंगा के पार पहुँच चुके थे। उनमें शूरों, अन्धकों और वृष्णियों की संघबद्ध जातियाँ अत्यन्त शक्तिशाली थीं।

इन संगठित जातियों ने यमुना की तराई के जंगल साफ किये और वहाँ बस्तियाँ बसाईं। शूरों के नाम पर इन्हें सामूहिक रूप से शूरसेन कहा गया, क्योंकि अपने सरदारों के बीच वे सर्वाधिक शक्तिशाली थे अनन्तर उन्होंने मथुरा को जीता। उन लोगों ने उसकी शक्ति, समृद्धि और प्रभाव का बहुत विस्तार किया।

मथुरा के अदम्य यादवों पर किसी पुराने शाप का प्रभाव था। उनमें कोई राजा नहीं होता था। सरदारों की एक परिषद के द्वारा वे राज-काज चलाते थे। फिर भी अन्धक जाति के सरदार उग्रसेन को शिष्टतावश 'राजा' कहा जाता था।

अन्धक उग्रसेन का पुत्र कंस दुःसाहसी, उग्र स्वभाव का और महत्त्वाकांक्षी था। अपने पराक्रम से उसने विशिष्टता प्राप्त की और मगध-सम्राट् जरासन्ध की अस्ति तथा प्राप्ति नाम की कन्याओं से विवाह किया। जरासन्ध की संसार-भर के राजाओं का मान-मर्दन करने की लालसा बड़ी प्रबल थी। कंस उसका विश्वस्त अनुचर बना।

उसने मथुरा की सत्ता पर अधिकार जमाया और अपने अत्याचारों से लोगों को सन्त्रस्त कर दिया।

शूर जाति के पराक्रमी सरदार शूर ने नागराज आर्यक की कन्या मारिषा से विवाह किया था। उससे उनको वसुदेव और देवभाग नाम के दो पुत्र तथा पृथा और श्रुतश्रवा नाम की दो पुत्रियाँ हुईं।

पृथा को राजा कुन्तिभोज ने गोद ले लिया, जो कुन्ती नाम से प्रसिद्ध हुई। उसका विवाह हस्तिनापुर के कुरु-राजा पाण्डु के साथ हुआ। वह पाँच पुत्रों की माता बनी, जो पाण्डव कहलाए। इनमें से तीन–युधिष्ठिर, भीम और अर्जुन–का जन्म उसके गर्भ से हुआ और शेष दो–नकुल और सहदेव–पाण्डु की दूसरी पत्नी माद्री से जनमे।

शूर की दूसरी कन्या श्रुतश्रवा चेदि के राजा दामघोष से ब्याही गई, जिसके शिशुपाल नाम का पुत्र हुआ। वह बड़ा उग्र और महत्त्वाकांक्षी था। वह भी मगध-सम्राट् जरासन्ध का कृपा-पात्र बनना चाहता था।

शूर के ज्येष्ठ पुत्र वसुदेव ने उग्रसेन के भाई देवक की कन्या देवकी से विवाह किया।

इस भविष्यवाणी को असत्य करने के लिए कि कंस की चचेरी बहन देवकी का आठवाँ पुत्र उसे मार डालेगा, कंस ने वसुदेव और देवकी को कारागार में डाल दिया और जन्म लेते ही उसके छः पुत्रों की हत्या कर दी।

उसकी सातवीं सन्तान को समय से पहले ही गर्भ से निकालकर चुपचाप बाहर पहुँचा दिया गया, जो बड़ा होकर बलराम-संकर्षण बना।

आठवीं सन्तान के रूप में कृष्ण का जन्म हुआ। भविष्यवाणी के अनुसार वे यादवों के उद्धारक थे। आधी रात के समय, जन्म होते ही, उन्हें गोकुल पहुँचा दिया गया, जहाँ गोपालकों के सरदार नन्द के घर उनका लालन-पालन हुआ।

वसुदेव के छोटे भाई देवभाग के पुत्र उद्धव हुए। बचपन में ही उन्हें कृष्ण के सखा के रूप में पालन-पोषण के लिए गोकुल भेज दिया गया।

बलराम, कृष्ण और उद्धव बड़े हुए। वे बलवान, सुन्दर और साहसी थे। उनमें कृष्ण अत्यन्त प्रिय थे। वे वहाँ के गोपालकों और वृन्दावन की गोपियों के लाड़ले बन गए, जहाँ नन्द जा बसे थे।

सोलह वर्ष की आयु में कृष्ण को मथुरा लाया गया। कृष्ण ने वहाँ अपने मामा, दुष्ट कंस को मार डाला।

कृष्ण, बलराम और उद्धव अपनी शिक्षा पूरी करने तथा शस्त्र-विद्या सीखने के लिए गुरु सान्दीपनि के विद्यालय में गए। सान्दीपनि के यहाँ रहते हुए कृष्ण ने अद्भुत पराक्रम के साथ अपहरणकर्ताओं से गुरु के पुत्र पुनर्दत्त की रक्षा की।

जब जरासन्ध को पता चला कि कृष्ण ने उसके जामाता को मार डाला है तो वह उसकी मृत्यु का बदला लेने के लिए मथुरा की ओर बढ़ा। ऐसे पराक्रमी शत्रु की घेराबन्दी का सामना करने में असमर्थ यादवों ने कृष्ण और बलराम को रात्रि के समय नगर से निकल भागने का अवसर दिया। दोनों भाई सह्याद्रि के पार गोमन्तक में जाकर गरुड़ जाति के लोगों के साथ रहने लगे।

जरासन्ध ने गोमन्तक तक कृष्ण और बलराम का पीछा किया। किन्तु उन साहसी युवकों ने उसे और उसके मित्रों को वहाँ से भागने को विवश कर दिया।

कृष्ण और बलराम की कीर्ति सारे आर्यावर्त में फैल गई। वे विजेता के रूप में मथुरा लौटे। उनके नेतृत्व में मथुरा के यादव शक्तिशाली और अनुशासित बने।

मथुरा के यादवों का विनाश करने के लिए जरासन्ध ने विदर्भ के राजा भीष्मक और चेदि के राजा दामघोष के साथ अपनी मैत्री को सुदृढ़ बनाने का निश्चय किया। उसने भीष्मक की पुत्री रुक्मिणी का विवाह चेदि-राज दामघोष के पुत्र शिशुपाल के साथ और अपनी पौत्री का विवाह भीष्मक के पुत्र रुक्मी के साथ करने की योजना बनाई।

इस योजना को कार्यान्वित करने के लिए विदर्भ की राजधानी कुण्डिनपुर में एक स्वयंवर का आयोजन किया गया। वस्तुतः यह स्वयंवर नहीं, आर्यों की प्राचीन विधि का कपटानुकरण था, क्योंकि रुक्मिणी को पति के चुनाव की स्वतन्त्रता नहीं थी—उसे शिशुपाल के ही गले में वरमाला डालनी थी। कृष्ण कुछ यादव-सरदारों और उनके मित्रों के साथ निमन्त्रण के बिना ही कुण्डिनपुर गए। वहाँ उन्होंने भीष्मक को इस झूठे स्वयंवर का विचार त्याग देने के लिए प्रेरित किया।

कृष्ण की कीर्ति चारों ओर फैल गई। उनके ऐतिहासिक पराक्रमों ने उन्हें देव-तुल्य प्रभा-मण्डल से मण्डित किया।

जरासन्ध कृष्ण के प्रति सहज न हो सका। उसने मथुरा के यादवों का विनाश करने का संकल्प किया। अतः उसने निश्चय किया कि वह किसी आर्य राजा को अपना विश्वासपात्र नहीं बनाएगा। उसने सिन्धुपार के बर्बर राजा कालयवन के साथ सन्धि की। सन्धि के अनुसार यह निश्चय हुआ कि कालयवन पश्चिम से और जरासन्ध पूर्व दिशा से मथुरा पर आक्रमण करके उसे जलाकर राख कर देंगे।

इन प्रचण्ड शक्तियों के फन्दे में फँस जाने पर यादवों का जो हाल होता, उससे उनकी रक्षा करने के लिए कृष्ण उन्हें दलदलों और मरुभूमियों के पार सुदूर सौराष्ट्र में ले गए। वहाँ जाकर वे कुकुद्मीन के राज्य में बस गए, जिसकी कन्या रेवती का बलराम से विवाह हुआ था। उनकी राजधानी द्वारका शीघ्र ही एक विकसित बन्दरगाह बन गई।

कालयवन मथुरा नहीं पहुँच सका। मार्ग में ही वह मुचकुन्द ऋषि का कोपभाजन

बन गया। उसने ऋषि की हत्या करने का प्रयत्न किया था।

मथुरा पहुँचकर जरासन्ध ने देखा कि यादव उसके पंजे से निकल गए हैं। क्रोधान्ध होकर उसने मथुरा में भीषण विध्वंस मचाया।

अपने तथा चेदि और विदर्भ के राजाओं के बीच राजवंशीय सन्धि स्थापित करने के लिए उसने कुण्डिनपुर में फिर रुक्मिणी का स्वयंवर आयोजित करने का आदेश दिया। उसके अनुसार स्वयंवर में शिशुपाल के साथ रुक्मिणी का विवाह होना था।

कृष्ण अकस्मात् कुण्डिनपुर जा पहुँचे। वे रुक्मिणी का हरण करके उसे द्वारका ले आए। वहाँ उन्होंने रुक्मिणी से विवाह कर लिया।

कुरु

आर्य-जगत् में भरतों और पाञ्चालों का कुल सबसे बड़ा और सर्वाधिक शक्तिशाली था। प्राचीनकाल में भरतों ने आर्यावर्त के सभी राजाओं पर चक्रवर्तित्व स्थापित किया था। उनके राजा भरत सभी चक्रवर्तियों में श्रेष्ठ माने गए थे। सम्राट् भरत के एक वंशज हस्ति ने गंगा के तट पर हस्तिनापुर बसाया था। परवर्तीकाल में भरतों को कुरु भी कहा जाने लगा। उन्होंने अनेक राज्यों पर अधिकार किया और बहुतेरे राजाओं पर चक्रवर्तित्व स्थापित किया।

आर्यावर्त के ज़िस भाग पर कुरुओं और उनके प्रतिद्वन्द्वी पाञ्चालों का शासन था, वह आर्यावर्त का हृदय-प्रदेश था और विद्वत्ता और पराक्रम के लिए प्रसिद्ध था। वहाँ सर्वश्रेष्ठ आर्य ऋषियों के आश्रम थे और वहाँ के राजाओं ने धर्म की प्राचीन परम्परा को अक्षुण्ण बनाए रखा था।

हस्ति के वंशज शान्तनु बड़े प्रतापी राजा थे। उनके पुत्र गांगेय अत्यन्त शक्तिशाली, पराक्रमी और धार्मिक थे।

परिपक्व वय में शान्तनु का एक धीवर-कन्या से प्रेम हो गया, जो बाद में सत्यवती नाम से प्रसिद्ध हुई। सत्यवती का पिता शान्तनु से अपनी कन्या का विवाह करने को सहमत नहीं हुआ। उसने कहा कि वह तभी उन्हें अपनी कन्या दे सकता है, जब उसी का भावी पुत्र सिंहासन का अधिकारी हो। अपने पिता को सुखी करने के लिए गांगेय ने प्रतिज्ञा की कि वे आजीवन अविवाहित रहेंगे और सिंहासन का अधिकार त्याग देंगे। यह प्रतिज्ञा बड़ी कठोर थी, अतः वे भीष्म कहे जाने लगे। सत्यवती से चित्रांगद और विचित्रवीर्य दो पुत्र हुए। ज्येष्ठ पुत्र युद्ध में मारा गया। भीष्म ने विचित्रवीर्य को सिंहासनारूढ़ किया। फिर काशिराज की दो कन्याओं का

हरण कर लाए और उनका विवाह बालक विचित्रवीर्य से कर दिया। अल्पवयस्क विचित्रवीर्य की मृत्यु निःसन्तान रहते ही हो गई। भीष्म ने न तो विवाह करना और न सिंहासन पर बैठना ही स्वीकार किया। कुरुओं के राजवंश के समाप्त होने का संकट उपस्थित हो गया।

भीष्म के परामर्श से विधवा सम्राज्ञी सत्यवती ने ऋषि पराशर से उत्पन्न अपने पुत्र कृष्ण द्वैपायन व्यास को बुलाकर कहा कि वह प्राचीन प्रथा के अनुसार विचित्रवीर्य की विधवाओं से पुत्र उत्पन्न करें।

कृष्ण द्वैपायन व्यास का पालन-पोषण उनके पिता ने वैदिक ऋषियों की श्रेष्ठतम परम्परा के अनुसार किया था। उस परम्परा के संस्थापकों में से एक उनके प्रपितामह वशिष्ठ भी थे।

अपनी विद्वत्ता और तपश्चर्या के द्वारा व्यास ने आर्यावर्त के ऋषियों में सर्वोच्च स्थान प्राप्त किया था। उन्होंने वेदों का भी संकलन किया था।

कुरुओं के वंश को बनाए रखने के लिए ऋषि ने अपनी माता का आदेश स्वीकार किया। अम्बिका से उन्होंने धृतराष्ट्र नामक पुत्र उत्पन्न किया, जो जन्मान्ध था। अम्बालिका से पाण्डु का जन्म हुआ। वह जन्मजात रोगी था। एक दासी ने भी भक्तिभाव से उन्हें आत्म-समर्पण किया। उसके पुत्र विदुर हुए।

भीष्म ने तीनों बालकों का पालन-पोषण बड़ी सावधानी और बुद्धिमत्ता के साथ किया। अन्धे होने के कारण धृतराष्ट्र राजसिंहासन के अधिकारी नहीं हो सकते थे, अतः कुरुओं के राजसिंहासन पर पाण्डु का अभिषेक हुआ। उन्होंने बड़ी कुशलता और विवेक से शासन किया, जिससे उन्हें अत्यधिक लोकप्रियता मिली। बड़े होकर विदुर बुद्धिमान और साधु स्वभाववाले मन्त्री बने।

अन्धे धृतराष्ट्र का विवाह गान्धारी से हुआ। उनके दुर्योधन, दुःशासन आदि अनेक पुत्र हुए।

पाण्डु ने कृष्ण के पिता वसुदेव की बहन कुन्ती और मद्रदेश की राजकुमारी माद्री से विवाह किया। पाण्डु को जीवन का सुख न भोग सकने का शाप था, अतः राज्य का त्याग करके वह अपनी पत्नियों के साथ हिमालय चले गए। अपने पति की सम्मति और विभिन्न देवताओं की कृपा से उन्हें पाँच पुत्र प्राप्त हुए—युधिष्ठिर, भीम, अर्जुन तथा जुड़वें नकुल और सहदेव।

पाण्डु की मृत्यु होने पर उनकी छोटी रानी माद्री पति के साथ सती हो गई। वह अपने दोनों पुत्रों को कुन्ती को सौंप गई। ऋषिगण कुन्ती और पाँचों भाइयों को हस्तिनापुर ले आए। वेदव्यास के परामर्श से भीष्म ने उन्हें पाण्डु के पुत्र और उनका उत्तराधिकारी स्वीकार किया।

पाँचों भाई बड़े हुए। वे बड़े रूपवान, शक्तिशाली और सम्माननीय हुए। वे

सबके प्रियपात्र बने। यह सब दुर्योधन, दुःशासन और उनके अन्य भाइयों की अप्रसन्नता का कारण बना।

परशुराम के शिष्य और रण-नीति में महान् आचार्य द्रोणाचार्य को भीष्म ने राजकुमारों की शिक्षा के लिए नियुक्त किया। शिक्षा प्राप्त करते हुए पाँचों भाइयों ने विद्वत्ता और शास्त्रों की निपुणता में अपने चचेरे भाइयों को पीछे छोड़कर अप्रतिम स्थान प्राप्त किया।

शिक्षा पूरी होने पर उन लोगों ने अपने गुरु के लिए पाञ्चाल-नरेश यज्ञसेन द्रुपद के राज्य के उत्तरी भाग को जीतने में द्रोणाचार्य की सहायता की।

पाण्डवों को कुरुओं में बड़ी लोकप्रियता मिली। उनके सबसे बड़े भाई युधिष्ठिर धर्मराज कहे जाने लगे। भीष्म ने उन्हें हस्तिनापुर के युवराज-पद पर अभिषिक्त किया, क्योंकि वह इस पद के सर्वथा योग्य तो थे ही, हस्तिनापुर के राजसिंहासन पर बैठनेवाले अन्तिम राजा उनके पिता पाण्डु ही थे।

युवराज-पद पर युधिष्ठिर के अभिषेक के बाद भीम, जो पाँचों भाइयों में दूसरे थे, गदा-युद्ध की अपनी शिक्षा पूरी करने के लिए बलराम के पास मथुरा चले गए। बलराम गदा-युद्ध के जाने-माने और प्रसिद्ध आचार्य थे।

यह ठीक उस समय के पहले की बात है, जब मगध-सम्राट् जरासन्ध के द्वारा अपने विनाश के भय से यादव सौराष्ट्र चले गए थे और कृष्ण ने उनका नेतृत्व किया था।

राजा द्रुपद का संकल्प

गंगा के दक्षिणी भाग की भूमि पाञ्चालों के अधिकार में थी। कुरुओं के बाद आर्य मूल के वे ही सबसे शक्तिशाली लोग थे और उनकी राजधानी काम्पिल्य थी।

पाञ्चालों के राजा यज्ञसेन द्रुपद अत्यन्त कठोर स्वभाव के थे। वे क्षमा करना तो जानते ही नहीं थे। उन्होंने वर्षों से एक अपमान की स्मृति सँजो रखी थी। उनके जीवन का एकमात्र उद्‌देश्य बन गया था–उस अपमान का बदला लेना।

किशोरावस्था में, जब वे गुरु के आश्रम में रहकर अध्ययन करते थे, द्रोण उनके घनिष्ठ मित्र हो गए थे। वे भारद्वाज नामक एक विद्वान ब्राह्मण के पुत्र थे। किशोर वय की भावुकता में दोनों मित्रों ने एक-दूसरे को वचन दिया था कि वे अपने जीवन में एक-दूसरे के ऐश्वर्य को परस्पर बाँट लेंगे। अध्ययन पूरा करने के बाद वे अलग हुए। द्रुपद अपने समृद्धिशाली राज्य के शासक बने।

द्रुपद ने जब राज्य-भार सँभाला तो द्रोण उनके पास गए। उन्होंने द्रुपद से

कहा कि वे अपना वचन पूरा करें। तरुण राजा ने राजकीय ऐश्वर्य के बँटवारे की द्रोण की माँग को अस्वीकार कर दिया और अपने पुराने मित्र का तिरस्कार भी किया।

यह अपमान द्रोण के मन में बिंध गया। वे उस अपमान को कभी भूले नहीं। उन्होंने द्रुपद को क्षमा नहीं किया। उसका बदला लेने के लिए उन्होंने प्रबल पराक्रमी परशुराम से शस्त्र-विद्या की गहन शिक्षा ली और वह धनुर्विद्या में पारंगत हुए।

कालान्तर में, सौभाग्यवश, उनका सम्पर्क कुरुओं से हुआ और वे कौरव राजकुमारों, धृतराष्ट्र और पाण्डु के पुत्रों को धनुर्वेद की शिक्षा देने के लिए नियुक्त हुए।

जब राजकुमारों की शिक्षा पूरी हो गयी और वे अजेय योद्धा बन गए तो द्रोण ने गुरु-दक्षिणा के रूप में उनसे यह माँगा कि वर्षों पूर्व द्रुपद ने उनका जो अपमान किया था, वे उसका बदला अवश्य लें।

अपने गुरु का आदेश शिरोधार्य करके अर्जुन ने, जो पाँच भाइयों में से तीसरे और अद्वितीय धनुर्धर थे, अप्रत्याशित रूप से पाञ्चाल पर आक्रमण करके द्रुपद को बन्दी बना लिया। राजा को जब द्रोणाचार्य के सम्मुख उपस्थित किया गया तो ब्राह्मण योद्धा का प्रतिशोध पूरा हो गया। उन्होंने राजा को क्षमा-याचना करने के लिए विवश किया और मुक्ति-धन के रूप में गंगा के उत्तरी तट का, पाञ्चाल राज्य का कुछ भाग माँगा।

द्रुपद को द्रोण की शर्त माननी पड़ी, किन्तु उनके हृदय में अपमान की यह कसक बनी रही। वे द्रोण और उनके शिष्य अर्जुन को कभी क्षमा नहीं कर सके। इस कटु स्मृति से उनका सारा जीवन विषाक्त हो गया और वे केवल इसका प्रतिशोध लेने के लिए जीवित रहे।

द्रुपद अपने इस प्रबल वैमनस्य की जड़ अपने दो पुत्रों, धृष्टद्युम्न और सत्यजित तथा अपनी कन्या के मन में भी, उनके बाल्यकाल से ही जमाने लगे थे। अपने पिता के इस संकल्प को पूरा करना उनके जीवन का भी ध्येय बन गया।

द्रुपद के पुत्र बड़े होकर श्रेष्ठ योद्धा बने और उस दिन की तैयारियों में लग गए, जब वे अपने पिता की प्रतिज्ञा पूरी कर सकेंगे। इसी भावना से प्रेरित द्रौपदी ने–जो साँवली, गरिमामयी और अपूर्व रूपवती कन्या थी–निश्चय किया कि वह आर्यावर्त के सर्वश्रेष्ठ पराक्रमी योद्धा से विवाह करेगी, जिससे वह अपने पिता के एकमात्र उद्‌देश्य की पूर्ति में सहायक बन सके। किन्तु समय बीतने के साथ-साथ इस उद्‌देश्य की पूर्ति अधिकाधिक कठिन होती गई।

महाबली भीष्म के नेतृत्व में कुरुगण दिनों-दिन अधिक शक्तिशाली बनते जा रहे थे। वे द्रोणाचार्य के साथ ही उनके पुत्र अश्वत्थामा और साले कृपाचार्य का

भी बड़ा सम्मान करते थे। द्रोण के शिष्य जब अजेय योद्धा बन गए तो कुरुओं पर उनका प्रभाव और बढ़ गया। उनके शिष्यों में प्रमुख थे पाण्डु के पुत्र भीम और अर्जुन, धृतराष्ट्र के ज्येष्ठ पुत्र दुर्योधन तथा सूत-पुत्र कर्ण, जिन्हें दुर्योधन ने अंग देश का राजा बना दिया था।

जब पाञ्चाल राज्य के पूर्वी भाग पर सम्राट् जरासन्ध का आक्रामक रंग-ढंग बढ़ने लगा तो द्रुपद के मन की निराशा, आतंक में परिणत हो गई। उस महत्त्वाकांक्षी सम्राट् ने, जिसकी अनिष्टकारी शक्ति ने, चौथाई शती से भी अधिक समय से आर्य-राजाओं पर अपना प्रभुत्व जमा रखा था, अपने पूर्वी पड़ोसी काशि-नरेश की राज्य-सीमा में घुस-पैठ आरम्भ कर दी थी। द्रुपद को भय था कि यदि काशी, जरासन्ध के आधिपत्य में आ गई तो पाञ्चाल की दोनों सीमाओं पर आक्रामक शक्तियों का प्रभाव बढ़ जाएगा।

द्रुपद ने अनुभव किया कि उनका वार्धक्य आ चला है। पूरा प्रयत्न करने के बाद भी उनके पुत्र विशिष्ट योद्धाओं की योग्यता और क्षमता प्राप्त नहीं कर सके थे। द्रौपदी बीस वर्ष की हो गई थी, किन्तु अभी तक द्रुपद उसके लिए ऐसा वर नहीं ढूँढ़ सके थे, जो उनकी आकांक्षा पूरी कर सके। उनके संकल्प की सिद्धि अब भी उतनी ही दूर थी, जितनी वह प्रतिज्ञा करते समय थी।

इस बीच हस्तिनापुर के युवराज-पद पर युधिष्ठिर का अभिषेक हो गया, जो पाँचों भाइयों में सबसे बड़े थे। उधर द्रुपद के शत्रु अर्जुन का यश, आर्यावर्त के सर्वश्रेष्ठ योद्धा के रूप में बड़ी तीव्रता से फैल रहा था।

निराशा ने द्रुपद को क्रोधोन्मत्त बना दिया। उनका संकल्प अधिकाधिक कठोर होता गया।

प्रायः इसी समय गुरु सान्दीपनि द्रुपद की राज-सभा में पधारे। उन्होंने परशुराम से युद्ध-विद्या सीखी थी। वे युद्ध-कला के निष्णात शिक्षक थे और आर्यावर्त के सबसे प्रसिद्ध विद्यालय का संचालन करते थे, जहाँ होनहार तरुणों को वेदों और शास्त्रों के साथ कुशल शस्त्र-संचालन और समरनीति की शिक्षा दी जाती थी।

उनके शिष्य आर्यावर्त के अनेक राजवंशों और बहुतेरे प्रमुख आश्रमों से आते थे, क्योंकि उस समय तक ब्राह्मण और क्षत्रिय एक जैसी शिक्षा प्राप्त करते थे, जब तक वे स्वयं अपने लिए ज्ञान अथवा युद्ध का विशिष्ट क्षेत्र नहीं चुन लेते थे। बहुत थोड़े राजा अथवा ऋषि कभी ऐसा सोच पाते थे कि सान्दीपनि के आश्रम में प्रशिक्षण पाए बिना उनके पुत्र या शिष्य अपनी शिक्षा पूर्ण कर पाएँगे।

सान्दीपनि आर्य राजाओं द्वारा शासित प्रदेशों में पद-यात्रा करते हुए अपने शिष्यों को प्रशिक्षण दिया करते थे। वे वर्षा ऋतु अवन्ती में बिताते थे, जहाँ सान्दीपनि का आश्रम था; एक या दो महीना सागर-तट पर प्रभास-क्षेत्र में रहते थे और कुछ

सप्ताह कुरुक्षेत्र में मुनि श्रेष्ठ वेदव्यास के आश्रम में ठहरते थे, जहाँ ब्राह्मण-समुदाय सर्वोच्च ज्ञान प्राप्त किया करता था। सान्दीपनि इन्हीं स्थानों के बीच विभिन्न राज-सभाओं या ऋषि-आश्रमों में जाकर वहाँ के युवा आश्रमवासियों को अपने प्रशिक्षण से लाभान्वित किया करते थे।

सान्दीपनि सदा इस बात का ध्यान रखते थे कि वह पाञ्चाल-राजधानी काम्पिल्य में प्रतिवर्ष कम-से-कम दो सप्ताह अवश्य ठहरें, क्योंकि वहाँ के राजा के प्रति उनके मन में बड़ा सम्मान था।

द्रुपद झुकनेवाली प्रकृति के नहीं थे। उनका जीवन एक उग्र आवेश से अनुशासित था, फिर भी वह धर्म की सर्वोत्तम परम्पराओं द्वारा पाञ्चाल पर शासन करते थे। वे अपने गुरु का बड़ा आदर करते थे और उनके सान्निध्य में कभी-कभी उस कटुता को भूल जाते थे, जिसने उन्हें जकड़ रखा था। सान्दीपनि जब तक काम्पिल्य में ठहरते, वहाँ के योद्धाओं को शस्त्र-विद्या में निपुणता का आधुनिकतम ज्ञान प्राप्त करने का अवसर मिलता था।

इस प्रकार सान्दीपनि ही एकमात्र ऐसे व्यक्ति थे, जो शस्त्रों के सम्बन्ध में तथा आर्यावर्त के राजाओं और सैन्य शिक्षार्थियों के सम्बन्ध में पूरी जानकारी रखते थे। अतः इस बार जब वे काम्पिल्य पधारे तो राजा द्रुपद ने अपने हृदय में भरी निराशा और कटुता उन्हीं के सामने उँडेल दी। द्रौपदी का विवाह वह किसी अपराजेय योद्धा से करना चाहते हैं, यह कहते समय राजा का दुर्बल मुखमण्डल गम्भीर हो गया और उनकी बाज-जैसी आँखें प्रच्छन्न घृणा के भाव से चमकने लगीं।

धैर्यपूर्वक राजा की बातें सुनने के बाद सान्दीपनि ने कहा, ''पाञ्चाल-नरेश, मैं आपकी भावनाएँ समझता हूँ, किन्तु मैं जितने तरुण योद्धाओं को जानता हूँ, उनमें पाण्डवों का अर्जुन ही सर्वाधिक अपराजेय है। वह धनुर्विद्या में पारंगत है। ऐसा लगता है कि देवताओं ने उसे अलौकिक दक्षता का वरदान दे रखा हो।''

इसके बाद सान्दीपनि ने बहुत-से प्रसिद्ध राजकुमारों का नाम लिया, लेकिन द्रुपद ने तत्काल सबको अस्वीकार कर दिया। द्रुपद का धैर्य छूटता जा रहा था; अतः उन्होंने प्रायः उग्र होकर कहा, ''मेरे लिए तो एक वास्तविक योद्धा ढूँढ़िए जो द्रोण के सभी शिष्यों को पराजित कर सके।''

राजा की अधीरता देखकर सान्दीपनि दयालुतापूर्वक मुस्कराए और सहानुभूति के साथ बोले, ''दूसरा केवल एक ही ऐसा तरुण योद्धा है, जो किसी सीमा तक अर्जुन की निपुणता की बराबरी कर सकता है और वह कर्ण है। किन्तु वह सूतपुत्र है और द्रोण का अनुगत शिष्य भी है। वह धृतराष्ट्र के पुत्र दुर्योधन का आश्रित है। उसके साथ किसी प्रकार के सम्बन्ध का प्रश्न ही नहीं उठता।''

द्रुपद अन्यमनस्क होकर कुछ देर तक शून्य की ओर देखते चुप बैठे रहे। जब

वे बोले तो उनके स्वर में प्रायः अन्तिम निर्णय की गूँज थी, "मुझे ऐसा योद्धा ढूँढ़ ही निकालना है जो द्रोण के शिष्यों की बराबरी का हो। मेरी प्रतिज्ञा अपूर्ण नहीं रहेगी। कृष्णा अपना संकल्प पूरा करके रहेगी। वह उसी योद्धा से विवाह करेगी, जो द्रोण का विनाश कर सके।"

द्रुपद की आँखों में धधकती हुई प्रतिशोध की ज्वाला को सान्दीपनि व्यग्रता से देखते रहे। उन्हें ऐसा प्रतीत हुआ कि द्रुपद के संकल्प की पूर्ति में विलम्ब होने से वे कोई अनर्थ कर बैठेंगे। अन्त में सान्दीपनि ने शान्त स्वर में कहा, "राजन्, आपने जिस प्रकार कृष्णा का लालन-पालन किया है, उससे उसका बड़ा अहित हुआ है। यह उसके पूरे जीवन को विनष्ट कर देगा।"

"नहीं, किसी भी पिता को उससे अच्छी कन्या नहीं मिल सकती। वह प्रायः कहा करती है कि यदि वह लड़की न होती तो उसने द्रोण के शिष्यों को परास्त करके मेरे अपमान का बदला ले लिया होता।" उत्तर देते हुए द्रुपद के अधरों पर एक मुस्कान उभरी, जिसने उनके मुख पर छाई कठोरता को विलुप्त कर दिया।

प्रत्युत्तर में द्रुपद की कठोरता को कम करने के लिए सान्दीपनि भी सायास मुस्कराए—"किसी अप्रतिम धनुर्धर को खोज निकालना बड़ा कठिन है, क्योंकि आजकल थोड़े ही लोग धनुष-बाण के उपयोग का अभ्यास करते हैं, क्योंकि शरसन्धान की समुचित रीति जान लेने पर कोई व्यक्ति चमत्कार कर सकता है। मैं उच्चकोटि के बहुत-से तरुण योद्धाओं को जानता हूँ, किन्तु उनमें से अधिकांश खड्ग, गदा और परशु-चालन में दक्ष हैं। धनुर्विद्या में बहुत कम पारंगत हैं।"

"मैं सहमत हूँ। आजकल निष्णात धनुर्धर ही संग्राम में विजयी होता है। वह एक सुरक्षित दूरी से शर-सन्धान कर सकता है और यदि उसे निश्चित लक्ष्य और सुदृढ़ बाण मिलें तो वह अजेय होता है।" द्रुपद ने कहा।

गुरु ने उत्तर दिया, "यही कारण है कि अर्जुन दुर्धर्ष योद्धा बन गया है। आपने सुना होगा कि वह अँधेरे में भी लक्ष्यवेध कर सकता है।"

द्रुपद की भृकुटि तनी। उन्होंने कुछ देर तक सोचकर कहा, "आप धनुर्विद्या के श्रेष्ठ आचार्य माने जाते हैं। धनुर्विद्या के पारंगत आपके कुछ शिष्यों के बारे में मैं पहले से जानता हूँ।"

सान्दीपनि बोले, "अवन्ती के राजकुमार विन्द और अनुविन्द धनुर्विद्या में पारंगत हैं।"

द्रुपद ने नकारात्मक भाव से सिर हिलाते हुए कहा, "उनमें से कोई भी द्रोण के सर्वश्रेष्ठ शिष्यों के सामने नहीं टिक सकता। किन्तु आपका एक ऐसा शिष्य है जिसके धनुष को देवताओं का वरदान प्राप्त है। दौड़ते हुए रथ पर बैठकर चार घोड़ों को सँभालता हुआ वह घातक लक्ष्य-वेध के लिए प्रसिद्ध है। ऐसे अद्भुत

कौशल का प्रदर्शन अर्जुन भी नहीं कर सकता।''

द्रुपद ने जिस गम्भीरता से यह बात कही थी, सान्दीपनि उस पर हँस पड़े– ''मैं आपका आशय समझता हूँ। आप कृष्ण वासुदेव की बात कह रहे हैं। वही मेरा एकमात्र ऐसा शिष्य है, जो धनुर्विद्या में अपने गुरु से भी आगे निकल गया है। वह आर्यावर्त के सर्वश्रेष्ठ धनुर्धर से टक्कर ले सकता है। किन्तु उसका भरोसा करना व्यर्थ है।''

द्रुपद ने आग्रहपूर्वक पूछा, ''ऐसा क्यों? मैंने वासुदेव के सम्बन्ध में बहुत-कुछ सुना है। उन्होंने जरासन्ध को परास्त किया। करवीरपुर-वासुदेव का वध किया और बर्बर राजा कालयवन का विनाश किया है। वह मरुभूमि के बीच से यादवों को सुदूर-सागर तट पर ले गए हैं। सुना है कि कुछ ही समय पहले उन्होंने शाल्व को पराजित किया है और उन्हें सर्वश्रेष्ठ महारथी के रूप में स्वीकार किया गया है।''

गर्वोद्दीप्त सान्दीपनि ने कहा, ''आप मुझे यह सब न बताएँ। वासुदेव के हाथों का धनुष, युद्ध का एक भीषण अस्त्र है। आप तो जानते ही हैं, दौड़ते हुए रथ से बाण चलाना अत्यन्त कठिन कला है : वेग, सन्तुलन, क्षिप्रता और तत्परता, इन सबका दौड़ते हुए अश्वों की गति के साथ समन्वय करना पड़ता है। दैव योग से ही कृष्ण को यह सब प्राप्त हुआ है।''

''सुना है कि वे केवल घातक बाण ही नहीं मार सकते बल्कि वेगवान रथ पर बैठे हुए अपनी ओर बढ़ रहे शत्रु पर भीषण चक्र-प्रहार भी कर सकते हैं।'' द्रुपद ने कहा। उत्साह ने उनकी कठोरता को तात्कालिक रूप से जीत लिया था।

सान्दीपनि ने कहा, ''यह सत्य है।''

द्रुपद बोले, ''तब मैं और क्या चाहता हूँ? मेरी प्रार्थना है, कृष्णा से विवाह करने के लिए आप उन्हें यहाँ ले आएँ। वे आपके शिष्य हैं, आपकी बात नहीं टालेंगे।''

सान्दीपनि ने कहा, ''मैं कृष्ण को जानता हूँ। वे तब तक किसी युवती से विवाह न करेंगे, जब तक वह उनका हृदय न जीत ले और उनका हृदय जीतना बड़ा कठिन है। मैं जानता हूँ कि रुक्मिणी और शैव्या को उनकी पत्नी बनने के लिए क्या-कुछ न करना पड़ा था।''

द्रुपद ने गर्व के साथ कहा, ''मेरी कृष्णा अद्‌भुत कन्या है। वह सारी परीक्षाओं में खरी उतरेगी।'

सान्दीपनि बोले, ''राजन्! मैं आपकी कन्या को भली-भाँति जानता हूँ। वह आर्यावर्त के श्रेष्ठतम क्षत्रिय के लिए कुलीन और वीर पत्नी सिद्ध होगी।''

द्रुपद ने कहा, ''मैं आपको विश्वास दिलाता हूँ, वह कृष्ण के योग्य पत्नी होगी।''

सान्दीपनि बोले, ''ऐसी आशा नहीं है कि कृष्ण आपका प्रस्ताव स्वीकार करेंगे। यदि उन्होंने स्वीकार किया तो उन्हें अपने फुफेरे भाइयों–पाँचों पाण्डवों–से युद्ध करने की प्रतिज्ञा करनी पड़ेगी, जिनसे उनका घनिष्ठ प्रेम है।''

द्रुपद ने कहा, ''गुरुदेव! मेरा विश्वास है कि वह आपकी बात मानेंगे और यदि कृष्ण मेरी कन्या को स्वीकार करते हैं तो वह जो कुछ चाहेंगे वह सब मैं उन्हें दूँगा, यहाँ तक कि अपने राज्य का एक भाग भी दे दूँगा और यादवों को पुनः मथुरा में बसाने की व्यवस्था करूँगा।''

सान्दीपनि ने पूछा, ''क्या आपकी पुत्री कृष्ण का हृदय जीतना चाहेगी! कृष्ण सम्भवतः ऐसी वधू को ग्रहण न कर सकें जो उन्हें यथावत् स्वीकार न करके अपने अनुरूप ढालना चाहे।''

द्रुपद ने मुस्कराकर कहा, ''द्रौपदी ने उनके अद्भुत पराक्रमों की कथाएँ सुनी हैं। वह उनकी बड़ी सराहना करती है। किन्तु वह भी अपने पिता की भाँति स्वाभिमान रखनेवाली कन्या है, जो विजय-प्राप्ति के लिए झुकेगी नहीं।''

सान्दीपनि ने कहा, ''कौन जानता है कि उनसे मिलने पर वह अपना अभिमान भूल न जाएगी? वे निपुण रथी हैं, यह तो उनके लिए बाएँ हाथ का खेल है।''

द्रुपद ने पूछा, ''उनका स्वभाव कैसा है?''

सान्दीपनि ने कहा, ''वे केवल योद्धा ही नहीं हैं। तीन वर्षों में, जब से यादव सौराष्ट्र में जा बसे हैं, कृष्ण के नेतृत्व ने उन्हें न केवल भय से मुक्त किया है, बल्कि उन्हें शक्तिशाली और समृद्ध भी बनाया है। उनके अश्वों और गौओं की संख्या कई गुना बढ़ गई है। उनके जलयान द्वारका के पोताश्रय से सुदूर सागर में जाते हैं और अज्ञात सागर-तटों से असीम सम्पत्ति लाते हैं।''

द्रुपद ने कहा, ''अब मेरी समझ में आया कि यादव देवता के समान उनकी पूजा क्यों करते हैं।''

''वह आस्था की रहस्यपूर्ण धाराएँ प्रवाहित करते हैं और यादवों के प्रेरणास्रोत बन गए हैं। यादव अब पहले की तरह अशान्त और अनियन्त्रित नहीं हैं। उन्हें जो विपत्तियाँ झेलनी पड़ी हैं, उनके चलते और कृष्ण के नेतृत्व के द्वारा उनमें आश्चर्यजनक अनुशासन का भाव भर गया है। इसी कारण यादवों ने पास-पड़ोस के राजाओं को जीत लिया है और सबसे बड़ी सफलता के रूप में शाल्व को करारी हार दी है, जो उनके प्रधान शत्रु जरासन्ध का मित्र है।'' सान्दीपनि ने गर्व के आवेश में आगे कहा, ''इसके अतिरिक्त कृष्ण से मिलना बड़ा खतरनाक है। उनसे मिलने का अर्थ उन्हें प्यार करना है और उन्हें प्यार करने का अभिप्राय उनके सम्मुख आत्म-समर्पण करना है। यद्यपि वह मेरे शिष्य हैं, किन्तु यदि ईश्वर मनुष्य बन सकता तो वह कृष्ण-जैसा ही होता।''

द्रुपद ने हाथ जोड़कर कहा, "गुरुदेव, ऐसी स्थिति में मैं आपकी सहायता की याचना करता हूँ। अपनी कन्या के लिए उन्हें प्राप्त करने के उद्देश्य से मैं जो भी कर सकता हूँ, करूँगा। वे मेरी ओर से मेरी प्रतिज्ञा पूरी कर सकते हैं। इससे पाञ्चालों और यादवों में मैत्री-सम्बन्ध भी स्थापित हो जाएगा।"

"राजन्! अगली बार जब मैं प्रभास-तीर्थ जाऊँगा तो उनके सम्मुख आपका प्रस्ताव रखूँगा। किन्तु अब तक मुझे ऐसा कोई व्यक्ति नहीं मिला जो कृष्ण के लिए कोई निर्णय ले सके।" कहते हुए गुरु सान्दीपनि का मुखमण्डल गर्व से उद्दीप्त हो उठा।

सान्दीपनि का आगमन

मध्यान्ह का समय था। सान्दीपनि अपने शिष्यों के साथ, भृगु-तीर्थ से होते हुए, समुद्र-मार्ग से प्रभास-तीर्थ आ रहे थे।

वसुदेव के पुत्र और शूर यादवों के अधिपति कृष्ण उस दिन अपेक्षाकृत जल्दी जाग उठे। जब उनकी दोनों पत्नियाँ—सौन्दर्य की जाज्वल्यमान प्रतिमा-जैसी विदर्भ-राजकन्या रुक्मिणी और लावण्य के संगीत के समान मुस्कानवाली करवीरपुर की राजकुमारी शैव्या—उनका आदर अभिवादन कर चुकीं तो कृष्ण ने छद्म गम्भीरता से कहा, "आज गुरुदेव आ रहे हैं। वही यह निर्णय करेंगे कि तुम लोग अपने पति को प्रसन्न रख रही हो या नहीं।"

रुक्मिणी ने प्रगल्भता से कृष्ण को जीभ चिढ़ाकर कहा, "हम दोनों भी उनसे शिकायत करनेवाली हैं कि हमारे पति हम लोगों के अतिरिक्त सबको प्रसन्न रखते हैं।"

"प्रयत्न करके देख लो। तुम लोगों के चेहरे देखकर कौन तुम्हारी बातों का विश्वास करेगा? कोई नहीं। क्यों शैव्या?" कहकर कृष्ण बाहर चले गए।

वे अपने बड़े भाई बलराम और मित्र युयुधान के साथ सागर-तट की ओर चले। युयुधान सात्यक का पुत्र था, जिसे प्रायः सात्यकि कहा जाता था।

बलराम दीर्घकाय ही नहीं, महाबली भी थे। वे अच्छे स्वभाव के थे, खरे और मिलनसार, किन्तु गदा-युद्ध में प्रवृत्त होने पर वह आश्चयर्जनक दक्षता के साथ प्रतिपक्षी का मस्तक भी चूर कर सकते थे। कृष्ण पर उनकी सबसे अधिक प्रीति थी। व्यक्तिगत अहंकार न होने के कारण वे अपनी उपलब्धियों से कहीं अधिक छोटे भाई की उपलब्धियों पर गर्व का अनुभव करते थे।

सात्यकि साहसी युवक था—कोमल और शक्तिशाली। वह धनुर्विद्या में निपुण था, मल्ल योद्धा था और रथी योद्धा भी। वह छाया के समान कृष्ण के साथ लगा

रहता था और वे जिस किसी साहसिक कार्य में प्रवृत्त होते थे, उसमें दृढ़ निष्ठा के साथ उन्हें सहयोग देता था।

अपने नित्य-नियम के अनुसार कृष्ण, बलराम और सात्यकि सागर-तट पर यादवों से जा मिले। वहाँ प्रतिदिन प्रातःकाल तरुण और सुदृढ़ शरीरवाले यादव शस्त्राभ्यास में अधिकाधिक निपुणता प्राप्त करने और युद्ध-सज्जा बनाए रखने के लिए एकत्रित होते थे।

ये अभ्यास सामूहिक आक्रमण के दैनिक प्रशिक्षण के रूप में किए जाते थे और अविलम्ब सत्ता प्राप्त करने में यादवों के बड़े काम आते थे। वे दैहिक सहनशीलता और शारीरिक शक्ति को जीवन की अनिवार्य आवश्यकताएँ मानने लगे थे।

कृष्ण जब सागर-तट पर एकत्रित यादवों से मिले तो उन्होंने उनमें से कुछ से वार्तालाप किया, कुछ का मुस्कराहट द्वारा और शेष का मित्रतापूर्ण भंगिमा में सिर हिलाकर अभिवादन किया। उत्तर में उन सबने एक साथ 'जय श्रीकृष्ण' कहकर उनका स्वागत किया, क्योंकि श्रद्धा के कारण उन लोगों ने कृष्ण के नाम के आगे आदरसूचक 'श्री' शब्द जोड़ दिया था।

कृष्ण की कौमोदकी नाम की गदा और शाङ्‌र्ग नामक धनुष लिए एक अनुचर प्रतीक्षा कर रहा था। उस धनुष का प्रयोग केवल वे ही कर सकते थे। किन्तु अपने नित्य के अभ्यास के अनुसार आज न तो वे गदा-युद्ध में प्रवृत्त हुए, न उन्होंने कोई बाण ही छोड़ा। शस्त्र-चालन में प्रवीण अन्य जनों को प्रोत्साहन देते हुए वह सन्तुष्ट होकर विश्राम करते रहे।

अभ्यास पूरा हो जाने पर यादवों के साथ कृष्ण और बलराम सागर में सन्तरण करने गए। सन्तरण के पश्चात्, जल में खड़े होकर, उन लोगों ने उदंत सूर्य का पूजन किया। अनन्तर उन सबने सोमनाथ के मन्दिर में देवाधिदेव शिव की अर्चना की।

वह शीतकाल का ठंडा और ठिठुरानेवाला सवेरा था। बलराम और सात्यकि के साथ यादवों के गुरु गर्गाचार्य और कृष्ण, शिष्यों-सहित सान्दीपनि की अगवानी करने के लिए सागर-तट की अवतरणी पर गए। बहुत से प्रसिद्ध यादव और अन्य जन भी गुरु का हार्दिक स्वागत करने के लिए वहाँ एकत्रित हो गए।

जब सान्दीपनि के प्रधान अनुयायियों के नेतृत्व में उनके शिष्य नौकाओं से तट पर उतरे तो गुरु गर्गाचार्य ने आशीर्वाद देकर उनका स्वागत किया। अनुयायियों और शिष्यों ने भी श्रीकृष्ण और बलराम के प्रति सम्मान प्रकट किया। अपने गुरु के इन भूतपूर्व शिष्यों के पराक्रम की कथा वे सुन चुके थे, इसलिए उन दोनों के प्रति उनके मन में बड़ा आदर था।

अन्तिम नौका से सान्दीपनि उतरे। उनके हाथ में दण्ड था और उन्होंने कृष्ण-सार मृग का चर्म पहन रखा था। वे लम्बे, कृश, किन्तु सुदृढ़ शरीर के थे। समुद्री वायु से उनके श्वेतप्राय केश मुखमण्डल के चतुर्दिक् फहरा रहे थे। आगे बढ़कर उन्होंने कृष्ण को स्नेहालिंगन में बाँध लिया।

सान्दीपनि ने अपने स्नेह-भाजन शिष्य की ओर सहज-प्रशंसा के भाव से देखा। निरन्तर क्रियाशील जीवन ने उन पर कदाचित् ही कोई छाप छोड़ी थी। उनकी भौंहें तरुणी की स्निग्ध भृकुटि-जैसी थीं, प्रसन्नता से उनकी आँखें चमक रही थीं, उनका हास्य स्वतःस्फूर्त था। उनके शारीरिक लावण्य से उनकी मांसपेशियों की उस शक्ति का आभास नहीं होता था जो, आवश्यकता होने पर दौड़ते हुए रथ के चार अश्वों का संयमन करती हुई, शत्रु का मस्तकच्छेद करने के लिए घूर्णित चक्र का निक्षेप कर सकती थी।

यह देखकर गुरु को बड़ा सन्तोष हुआ कि अपनी महत्ता के कारण उनके शिष्य के मन में अहंकार का लेश तक नहीं है। उनका एक भी शब्द या भाव-भंगिमा ऐसी नहीं थी, जिससे यह संकेत मिले कि इन्होंने ऐसे पराक्रम के कार्य किए हैं, जो राज-सभाओं और गाँव की गलियों में भी समान पुलकाकुल रुचि के साथ सुने जाते हैं।

कृष्ण के गले में ताजे चम्पक पुष्पों की एक माल। झूल रही थी। जब वे हँसते थे तो उनके मुकुट का मोर-पंख भड़कीले ढंग से हिलने लगता था। उन्होंने जो पीताम्बर पहन रखा था, उसकी तहें बड़े कलात्मक ढंग से लगाई गई थीं।

सान्दीपनि आनन्दविभोर हो गए। उन्होंने सोचा कि उनके कर्मठ जीवन का सबसे अधिक असाधारण काम यह था कि उन्होंने ऐसे मानस-पुत्र का पितृत्व निभाया है।

कृष्ण एक ओर हट गए। सान्दीपनि ने आगे बढ़कर बलराम को गले लगाया। महाकाय बलराम ने अपनी विशाल भुजाओं से गुरु के छरहरे शरीर को कस लिया, जिससे उनका दम घुटने लगा।

सान्दीपनि ने पूछा, "उद्धव कहाँ हैं?"

बलराम ने हँसकर कहा, "कृष्ण ने उन्हें हस्तिनापुर भेज दिया है, जैसे द्वारका उनके निवास के योग्य स्थान न हो।"

पिछले कई वर्षों से यादवों के हित-साधन में व्यस्त रहते हुए भी कृष्ण बाहरी दुनिया की खोज-खबर रखने में कभी न चूके थे। यादवों को जो समृद्धि प्राप्त हुई थी, उसके बीच भी वे कभी नहीं भूले थे कि अन्ततः धर्म का भविष्य आर्यावर्त के उत्थान के साथ जुड़ा हुआ है।

भीम और अर्जुन जब एक के बाद एक मथुरा आए थे तो उनके साथ व्यतीत

हुए समय की सुखद स्मृति को सँजोकर रखना भी कृष्ण कभी नहीं भूल पाए थे और सुदूर उत्तर में उनके कार्य-कलापों की टोह लेते रहते थे।

अवन्ती के जुड़वाँ राजकुमार विन्द और अनुविन्द तभी से कृष्ण के अनुगत मित्र बन गए थे, जब वे सभी सान्दीपनि के आश्रम के छात्र थे। अवन्ती आर्यावर्त का महान् केन्द्र बनने लगी थी और आर्यावर्त के सभी भागों के लोग उसकी ओर आकर्षित हो रहे थे। जब भी सम्भव होता, अवन्ती के राजकुमार देश के विभिन्न भागों में होनेवाली घटनाओं की सूचना कृष्ण को देते रहते थे।

ब्राह्मण-समुदाय भी इस सामान्य चेतना को समस्त आर्य-जगत् में प्रवाहित रखता था। तीर्थ-यात्रा के लिए, यज्ञों में सम्मिलित होने के लिए, विद्या-केन्द्रों की यात्रा के लिए, प्राचीन राजाओं की यशोगाथा सुनाने के लिए तथा राजाओं, वीरों अथवा समाज के सम्पन्न सदस्यों का संरक्षण प्राप्त करने के लिए ब्राह्मणगण एक से दूसरे देश में आते-जाते रहते थे।

इन यात्राओं के क्रम में वे प्रभास के पवित्र सोमनाथ मन्दिर में जाना कभी न भूलते थे और जब भी वे वहाँ जाते, यादव सर्वदा उदारतापूर्वक उनका स्वागत-सत्कार करते और उन्हें पर्याप्त उपहार दिया करते थे। बदले में वे जिन देशों की यात्राएँ करके आए होते थे, वहाँ की परिस्थितियों और घटनाओं की विस्तृत सूचना यादवों को दिया करते थे।

द्वारका आनेवाले सभी लोग कृष्ण के प्रभाव और उनकी कुशलता से मन्त्रमुग्ध होते थे और जिस दूरदर्शिता से उन्होंने यादवों को शक्तिशाली बनाया था उसे देखकर आश्चर्य में पड़ जाते थे। द्वारका से लौटकर वे जहाँ कहीं जाते, कृष्ण के पराक्रम की गाथाएँ सुनाया करते थे।

सान्दीपनि के आश्रम से देश के विभिन्न भागों के बीच सूचनाओं के आदान-प्रदान का काम नियमित रूप से होता था। स्वयं गुरु सान्दीपनि राजाओं और ऋषियों के विश्वासपात्र थे, अतः वे इन दोनों की नीतियों के विशेषज्ञ थे।

अतः कृष्ण को बाह्य जगत् की घटनाओं का पर्याप्त ज्ञान बना रहता था।

जब रुक्मिणी के प्रस्तावित स्वयंवर की योजना को कृष्ण ने विफल बना दिया तो निराश और क्रोधोन्मत्त जरासन्ध मगध की राजधानी राजगृह लौट गया। इन तीन वर्षों के बीच उसने आर्य राजाओं के द्वारा शासित किसी राज्य पर आक्रमण करने का प्रयास नहीं किया था, यद्यपि ऐसी सूचनाएँ मिलती रहती थीं कि वह काशिराज को पराजित करने के अवसर की प्रतीक्षा में है।

जो भी हो, कृष्ण जानते थे कि हस्तिनापुर के कुरुओं और काम्पिल्य के पाञ्चालों के रंग-ढंग पर ही अधिकांशतः धर्म की अन्तिम विजय निर्भर है, क्योंकि इन दो स्थानों में आर्यकुल की सबसे सघन बस्तियाँ थीं।

गंगा-तटवर्ती जिस उर्वरा भूमि पर कुरुओं और पाञ्चालों का अधिकार था, वह आर्यावर्त के हृदय के समान थी। उनके अन्तर्गत कुरुक्षेत्र और ब्रह्मर्षि देश थे, जहाँ परम आदरणीय ऋषियों के आश्रम थे और जहाँ आदरणीय गांगेय ने क्षत्रिय आचार की पताका फहराई थी। वे भीष्म पितामह के नाम से प्रसिद्ध थे और कुरुओं की सत्ता के स्तम्भ थे। वे व्यक्तिगत और सामाजिक जीवन में धर्म के जितने आग्रही थे, युद्ध में उतने ही भयंकर भी थे।

कृष्ण को हस्तिनापुर की स्थिति उत्साहजनक प्रतीत हुई। अन्धे राजा धृतराष्ट्र ने अपने दिवंगत भाई पाण्डु के ज्येष्ठ पुत्र और कृष्ण के फुफेरे भाई युधिष्ठिर को युवराज-पद देने की दूरदर्शिता दिखाई थी। पितामह भीष्म के आशीर्वाद से, थोड़े ही समय में, युधिष्ठिर प्रजा के प्रिय पात्र बन गए। वे एक न्याय-परायण और दयालु शासक माने जाने लगे।

पाण्डु-पुत्रों में तीसरे, अर्जुन, कृष्ण के मित्र थे। कृष्ण उन्हें बहुत मानते थे। उन्हें यह जानकर बड़ी प्रसन्नता हुई कि अनेक युद्धों में विजय प्राप्त करके अर्जुन ने कुरु-राज्य को सुदृढ़ बनाया है। अलौकिक शक्ति-सम्पन्न योद्धा के रूप में उनका यश चतुर्दिक् फैल गया था और उनके साहस की गाथाएँ प्रत्येक राज्य-सभा में कही-सुनी जाती थीं।

फिर भी, स्थिति अनिश्चित थी। जब युवराज-पद पर युधिष्ठिर का अभिषेक हुआ तो धृतराष्ट्र का ज्येष्ठ पुत्र दुर्योधन सौराष्ट्र आया था। वह बलराम की देख-रेख में गदा-युद्ध की कला में परिपूर्णता प्राप्त करने के व्याज से आया था। बलराम गदा-युद्ध के माने हुए आचार्य थे।

सौराष्ट्र आने के बाद दुर्योधन बलराम का स्नेह-भाजन और पट्टशिष्य बन गया। उसने कृष्ण से भी मित्रता स्थापित करने का प्रयास किया और कृष्ण ऐसे व्यक्ति नहीं थे, जो मित्रता के लिए बढ़े हुए हाथ का तिरस्कार करें।

कृष्ण भाँप गए कि युवराज-पद पर युधिष्ठिर के अभिषेक के कारण ईर्ष्यालु और विद्वेषी स्वभाववाला यह कुरु-राजकुमार ईर्ष्या से जल रहा है और वस्तुतः इस बात का पता लगाने के लिए द्वारका आया है कि यदि पाँच पाण्डवों के साथ उसका संघर्ष हो तो यादव उसका साथ देंगे या नहीं। अतः कृष्ण इस बात से प्रसन्न थे कि लगभग एक वर्ष तक दुर्योधन के दूर रहने से हस्तिनापुर में सभी षड्यन्त्र दब जाएँगे और पाँचों पाण्डव प्रसन्नतापूर्वक कुरुओं पर प्रभाव-विस्तार करने के लिए स्वतन्त्र होंगे।

कृष्ण जानते थे कि युधिष्ठिर धर्मपरायण हैं, पाण्डवों में परस्पर बड़ी प्रीति है, भीष्म पितामह की दृष्टि में उनका ऊँचा स्थान है और द्रष्टाओं में अग्रणी महामुनि वेदव्यास का उन पर अत्यधिक स्नेह है।

कृष्ण को विश्वास था कि युवराज युधिष्ठिर कालान्तर में हस्तिनापुर के सम्राट् होंगे और अप्रतिम योद्धा अर्जुन उनके साथ रहेंगे तो धर्म का सम्मान होगा और हिंसा तथा दुष्टता का पराभव होगा। जिनकी प्रकृति इसके विपरीत थी, उन्हें समुन्नत और अनुकूल बनाना ही आर्य-जीवन-प्रणाली की एकमात्र आशा थी।

एक वर्ष तक उनके साथ रहने के बाद दुर्योधन ने जब हस्तिनापुर के लिए प्रस्थान किया तो कृष्ण समझ गए कि अब पाँचों पाण्डवों के लिए स्थितियाँ बहुत अनुकूल नहीं रहेंगी। अतः उत्तर दिशा में उनके जाने का समय आ गया है, जहाँ वे अपने फुफेरे भाइयों, पाँचों पाण्डवों की सहायता करेंगे और किसी प्रकार की सन्धि की व्यवस्था करेंगे, जो धर्म की सुरक्षा का साधन बन सके।

किन्तु जब युधिष्ठिर ने उन्हें हस्तिनापुर आने के लिए अत्यावश्यक बुलावा भेजा तो उत्तर की ओर जाने का बहु-प्रतीक्षित समय दो मास पहले ही आ पहुँचा। कृष्ण ने अपने प्रिय मित्र और चचेरे भाई उद्धव को यह सूचना देने के लिए पहले ही भेज दिया कि कृष्ण आ रहे हैं।

गुरु और शिष्य

गुरु ने मिलने की इच्छा प्रकट की थी, इसलिए मध्यान्ह-भोजन के अनन्तर कृष्ण गर्गाचार्य के आश्रम में गए।

सान्दीपनि वट-वृक्ष की छाया में, मृग-चर्म पर, बैठे हुए थे। उनके चारों ओर शिष्य-मण्डली बैठी हुई थी। कृष्ण के आते ही शिष्यों ने समझ लिया कि उनके आने का विशेष प्रयोजन है, अतः वे अभिवादन करके इधर-उधर चले गए।

सान्दीपनि ने शीघ्र ही अपने मन की बात छेड़ दी। उनके स्वर में उत्सुकता और आँखों में गहन गम्भीरता थी। उन्होंने कहा, "वत्स, तुम सुखी हो, सकुशल हो, यह जानकर मुझे प्रसन्नता है। अब तो यादवों की समृद्धि दिनोंदिन बढ़ रही है। अब तुम्हारी योजनाएँ क्या हैं? अब तक तुमने जो कुछ किया है, क्या तुम उससे सन्तुष्ट हो?"

"गुरुदेव, आपके आशीर्वाद से मुझ पर देवताओं की बड़ी कृपा रही है।" कृष्ण ने भी उतनी ही गम्भीरता से कहा, क्योंकि उन दोनों के बीच समझदारी का एक निकट सम्बन्ध था। "यादव अब जरासन्ध के भय से मुक्त हो गए हैं, शक्तिशाली और संगठित हो गए हैं, समृद्ध भी हो गए हैं–जितना होना चाहिए उससे कहीं अधिक।" कृष्ण ने हँसते हुए आगे कहा, "हममें से कुछ लोग उच्छृंखलता की ओर प्रवृत्त हो सकते हैं।"

"स्मरण रखो कि यादवों को समृद्ध बनाने के लिए तुम्हारा जन्म नहीं हुआ है। समृद्धि और धर्म साथ-साथ नहीं चल पाते।"

"मैं नहीं जानता कि मेरा जन्म क्यों हुआ था। ऐसा लगता है कि इसके बारे में दूसरे बहुत-से लोग मेरी अपेक्षा अधिक जानते हैं।" कहते हुए कृष्ण की आँखों में एक नटखट भाव चमक उठा—"अब आप ही बताएँ कि मुझे क्या करना है।"

"वत्स! कितना अच्छा होता कि यह मैं तुम्हें बता सकता।" सान्दीपनि ने क्षमा माँगने-जैसी एक मुस्कराहट के साथ कहा, क्योंकि प्रायः वे ऐसा सोचा करते थे कि उनकी निरन्तर कर्मठता का कारण कहीं उनका शिष्य ही तो नहीं है—"जो भी हो कृष्ण, क्या यह ऐसा समय नहीं है कि केवल यादवों की नहीं, समस्त मानवता की बात सोची जाए? केवल तुम्हीं इस असम्भव कार्य को सम्भव बना सकते हो, और लोगों में धर्म की जड़ जमा सकते हो।"

कृष्ण विचार करते हुए बोले, "तत्काल मेरे सामने जो कर्तव्य आ पड़े, उसका पालन करके मुझे सन्तुष्ट रहना चाहिए, दूर जाकर नए कर्तव्यों की खोज करना मुझे आवश्यक नहीं लगता।"

सान्दीपनि ने मुस्कराकर कहा, "कर्तव्य तुम्हारे गुरु के रूप में तुम्हारे पास आया है। मैं तुम्हारे लिए पाञ्चाल-नरेश द्रुपद का एक सन्देश लाया हूँ। वे तुमसे एक सहायता चाहते हैं। सारी बातें तुमसे कहने के बाद, यदि तुम चाहोगे तो मैं राजा उग्रसेन और तुम्हारे पिता से बातें करूँगा।"

"राजा द्रुपद ने मुझे सन्देश भेजा है?" कहते हुए कृष्ण की आँखें आश्चर्य से फैल गईं।

"कृष्ण, वे तुमसे अपनी कन्या द्रौपदी का विवाह करना चाहते हैं।" अपने शिष्य की प्रतिक्रिया भाँपते हुए सान्दीपनि ने धीरे-से कहा, "वह सुन्दरी, गुणवती और अत्यन्त बुद्धिमती है। उसे स्वीकार करने के बदले द्रुपद तुम्हें अपने राज्य का एक भाग तो देंगे ही, उजाड़ पड़ी मथुरा के पुनर्निर्माण में यादवों की सहायता भी करेंगे।"

कृष्ण मुस्कराने लगे। विनोद से उनकी आँखें चमक उठीं—"गुरुदेव! कितना अच्छा हो कि आप मुझे ऐसी ही लुभावनी आज्ञाएँ देते रहें। ऐसा लगता है कि मैं अत्यन्त वांछित जामाता हूँ, किन्तु इतने बड़े राजा का कृपा-पात्र मैं कैसे बन गया? ऐसा प्रतीत होता है कि मेरे अतिरिक्त अन्य सभी लोग यह भूल गए हैं कि भीष्मक की पुत्री के स्वयंवर में कोई भी राजा मुझ गो-पालक के साथ नहीं बैठना चाहता था।"

कृष्ण की बात सुनकर गुरु भी जी खोलकर हँसे। उन्होंने कहा, "द्रुपद केवल तुम पर कृपा करना ही नहीं चाहते, तुम्हारी भी कृपा चाहते हैं।"

कृष्ण ने पूछा, "मैं किस प्रकार पाञ्चाल-नरेश के काम आ सकता हूँ?"

सान्दीपनि ने उत्तर दिया, "वास्तविक रूप से। तुमने सुना ही होगा कि द्रोणाचार्य ने द्रुपद का बड़ा कठोर अपमान किया था—वही द्रोणाचार्य जो युद्धविद्या के महान् आचार्य और कुरुओं के सैनिक-नेता हैं। उन्होंने गंगा के उत्तरी भाग की कुछ भूमि छोड़ने के लिए राजा को विवश किया था। तब से राजा के जीवन का एक ही उद्‌देश्य रह गया है—अपमान का बदला लेना। वे इस काम में तुम्हारी सहायता चाहते हैं।"

कृष्ण इस बार खुलकर हँसे—"और द्रोणाचार्य का दर्पदलन करने के बदले मुझे द्रौपदी मिलेगी, यही न?"

सान्दीपनि ने उँगली से निषेध का संकेत करते हुए कहा, "कृष्ण, इसे ठिठोली न समझो! मैं द्रौपदी को जानता हूँ। उसके प्रति अन्याय न करो। वह अपूर्व है। उसकी पितृ-भक्ति अनन्य है। उसने प्रतिज्ञा की है जो व्यक्ति उसके पिता के वैर का बदला ले सकेगा, वह उसी से विवाह करेगी। बहुत कम कन्याएँ पिता के लिए ऐसा कर सकती हैं।"

"किन्तु इसके लिए मैं ही क्यों चुना गया हूँ? आर्यावर्त में ऐसे बहुतेरे अजेय योद्धा हैं, जो उसके पिता की इच्छा पूरी कर सकते हैं।" कहकर कृष्ण एक बार फिर हँसे।

"वह तुम्हें सर्वश्रेष्ठ समझती है अथवा एकमात्र ऐसा व्यक्ति मानती है, जिसे वह चुनना चाहेगी।" सान्दीपनि ने कहा, "और वह सर्वोत्तम नारी है।"

कृष्ण ने अँगूठे और तर्जनी को मिलाकर वैसी मुद्रा बनाई, जैसी किसी विषय की व्याख्या करते समय अध्यापकगण बनाते हैं। फिर उन्होंने मुस्कराते हुए इस प्रस्ताव का सार प्रस्तुत किया, "मुझे एक अत्यन्त दृढ़निश्चयी कन्या से विवाह करना है। अनन्तर उसके पिता की पराजय का बदला लेने के लिए द्रोणाचार्य से, और आवश्यक होने पर उनके सभी शिष्यों, अर्थात् कुरु राजकुमारों से युद्ध करना है, एक विनम्र यादव का अपना पद छोड़कर पाञ्चाल का माण्डलिक बनना है। प्रसंगतः इस सुन्दर भूमि का त्याग करके एक उजाड़ के पुनर्निर्माण के लिए मुझे यादवों को प्रेरित करना है। वस्तुतः यह बड़ा लुभावना प्रस्ताव है।"

कृष्ण के कथन में कटुता नहीं थी। वह अत्यन्त स्पष्टता से परिस्थिति का विश्लेषण कर रहे थे। सान्दीपनि प्रशंसा-भरी दृष्टि से अपने शिष्य को देखते रहे। उनके इस शिष्य को जो स्वस्थ दृष्टिकोण प्राप्त है, काश! वैसा अन्य राजाओं तथा वीरों को भी प्राप्त होता।

प्रशंसा के भाव से मुस्कराते हुए सान्दीपनि ने कहा, "कृष्ण, मैं जानता था कि यह प्रस्ताव तुम्हें लुभा न पाएगा। मैंने द्रुपद से स्पष्ट रूप से ऐसा कहा था,

किन्तु उनके हठ के आगे मुझे वचन देना पड़ा कि उनका सन्देश मैं तुम तक पहुँचा दूँगा। मैंने उनसे यह भी कहा था कि कृष्ण से काम निकालना सहज नहीं है। किसी अन्य व्यक्ति को वह अपने लिए निर्णय करने की अनुमति नहीं देता।"

"मेरे सम्बन्ध में मेरे गुरु के कैसे विचार हैं!" कृष्ण ने कहा, और एक-दूसरे को ममता-भरी दृष्टि से देखते हुए गुरु और शिष्य, दोनों हँस पड़े।

सान्दीपनि ने कहा, "कृष्ण, मेरा जी चाहता है कि मेरे और भी ऐसे शिष्य होते जिनके बारे में मैं उतने ही ऊँचे विचार रख पाता, जितने तुम्हारे सम्बन्ध में हैं! राजा द्रुपद को मैं तुम्हारी ओर से क्या उत्तर दूँ?"

"गुरुदेव, आप मेरा विनम्र अभिवादन ले जाएँ और उनसे कहें कि मुझे उन्होंने जो प्राथमिकता दी है, उसके लिए उन-जैसे श्रेष्ठ राजा के प्रति मैं कृतज्ञ हूँ।" कृष्ण ने कहा, "किन्तु यादव द्वारका में भली-भाँति बस गए हैं और मथुरा लौटने की बात भी नहीं सोचते। उनसे यह भी कहिए कि वह मुझे जिस कार्य का भार सौंपना चाहते हैं, मैं अपने को उसके योग्य नहीं पाता।"

सान्दीपनि की मुख-मुद्रा गम्भीर हो आई। उन्होंने कहा, "तुम इस बात को यों ही नहीं उड़ा दे सकते। क्या तुम जानते हो कि तुम्हारी अस्वीकृति का परिणाम क्या होगा?"

कृष्ण ने कहा, "नहीं।"

सान्दीपनि ने कहा, "द्रुपद द्वेष विदग्ध हैं। कभी-कभी मुझे ऐसा लगता है कि इसके चलते वे कोई भी पागलपन कर सकते हैं। वे द्रौपदी का विवाह जरासन्ध से करके कौरवों के साथ युद्ध छेड़ सकते हैं। तब देवता भी आर्यों की रक्षा नहीं कर सकेंगे।"

कृष्ण कुछ देर सोचते रहे। फिर चिन्तित स्वर में बोले, "इस आपत्ति को तो टालना ही चाहिए।"

सान्दीपनि ने कहा, "यही सोचकर मैं काँप उठता हूँ कि द्रुपद की कटुता उन्हें किस सीमा तक ले जाएगी!"

"क्या द्रोणाचार्य भी इसी प्रकार अड़े हुए हैं?"

सान्दीपनि ने कहा, "कदाचित् ऐसा ही है।"

कृष्ण ने कहा, "गुरुदेव, हमें इस विषय पर विचार करना पड़ेगा।"

इसके बाद गुरु और शिष्य के बीच संकेतो में कुछ बातें हुईं। इस प्रकार दोनों ही एक-दूसरे का मनोभाव समझ जाते थे।

कृष्ण ने कहा, "कृपया द्रुपद को मेरा प्रणाम निवेदित करें और उनसे कहें कि अपने फुफेरे भाई युधिष्ठिर के आमन्त्रण पर मैं हस्तिनापुर जानेवाला हूँ। उसी समय मैं काम्पिल्य आकर उनकी सेवा में उपस्थित होऊँगा।"

सान्दीपनि ने आश्चर्य से पूछा, "क्या तुम हस्तिनापुर जा रहे हो? अब तुम्हें वहाँ जाने की आवश्यकता नहीं है। अब युधिष्ठिर युवराज नहीं रहे।"

कृष्ण चक्कर में पड़ गए। उन्होंने कहा, "यह आप क्या कह रहे हैं?"

"राजा धृतराष्ट्र ने जब पाँचों भाइयों को निर्वासित किया तो श्वेतकेतु हस्तिनापुर में ही था। वह तुम्हें इस बारे में विस्तार से बता सकेगा। वह अभी-अभी भृगुतीर्थ से लौटा है।" कहकर सान्दीपनि ने अपने प्रधान शिष्य को बुलाने के लिए ताली बजाई।

श्वेतकेतु ने आकर हाथ जोड़कर गुरु को प्रणाम किय। कृष्ण उठ खड़े हुए और दोनों मित्रों ने प्रसन्नतापूर्वक एक-दूसरे को गले लगाया।

श्वेतकेतु सान्दीपनि के विद्यालय का गौरव था। वह वेदों का ज्ञाता और सैनिक-कला का श्रेष्ठ शिक्षक था। उसके सरल मुख पर छोटी, काली दाढ़ी थी और काले केशों ने जटा का रूप धारण कर लिया था।

सान्दीपनि ने कहा, "श्वेतकेतु, हस्तिनापुर से पाण्डवों के निर्वासन की सारी बातें कृष्ण को बताओ।"

"जो आज्ञा," कहकर श्वेतकेतु गुरु के सम्मुख बैठ गया–"हस्तिनापुर के तीन कुमार हमारे आश्रम में प्रशिक्षण पाना चाहते थे। जब मैं उन्हें लेने के लिए हस्तिनापुर गया तो वहाँ उद्धव से मेरी भेंट हुई। उद्धव पाण्डवों के साथ वारणावत जानेवाले थे। कृष्ण, आप तो दुर्योधन को भलीभाँति जानते हैं। ऐसा लगता है कि बारम्बार उसके उकसाने पर राजा धृतराष्ट्र ने युधिष्ठिर को युवराज-पद से हट जाने और अपनी माता तथा भाइयों के साथ वारणावत चले जाने को कहा। जब लोगों को इस दुर्भाग्य की सूचना मिली, वे शोक में डूब गए। बहुत-से कुरुओं ने इसका विरोध किया। स्त्रियाँ खुलकर सार्वजनिक रूप से विलाप करने लगीं। पाँचों पाण्डव जब हस्तिनापुर छोड़कर जाने लगे तो एक विशाल जन-समूह रोता-कलपता एक योजन तक उनके साथ गया।"

कृष्ण कुछ देर विचार-मग्न रहे, फिर बोले, "श्वेतकेतु, यह सब मेरी समझ में नहीं आ रहा। युधिष्ठिर को तो आदरणीय भीष्म के परामर्श से युवराज बनाया गया था, हस्तिनापुर की वास्तविक शक्ति वही हैं। फिर उन्होंने ऐसी बात कैसे होने दी?"

श्वेतकेतु ने कहा, "मैं इन बातों का पता नहीं लगा सका, क्योंकि मैं हस्तिनापुर में अधिक समय तक नहीं रहा। किन्तु कुछ लोगों से मैं मिला था। उन्होंने बतलाया कि धृतराष्ट्र ने ज्यों ही अपनी इच्छा प्रकट की, युधिष्ठिर ने प्रसन्नतापूर्वक हस्तिनापुर छोड़ना स्वीकार कर लिया। उनके भाई इसका विरोध कर रहे थे, पर अन्त में उन्होंने भी युधिष्ठिर की बात मान ली।"

अपने विचारों में उलझे कृष्ण चुप रहे।

सान्दीपनि ने कहा, "अब तुम्हारे हस्तिनापुर जाने का कोई औचित्य नहीं है। मैं श्वेतकेतु के द्वारा तुम्हारा उत्तर राजा द्रुपद के पास भेज दूँगा। उसके बाद तुम काम्पिल्य चले जाना। कुरुगण पाँचों भाइयों का बड़ा सम्मान करते थे, किन्तु अब, दुर्योधन के युवराज बनने पर, परिस्थितियाँ बदल जाएँगी और वह बदलाव बुरा होगा। ऐसी स्थिति में तुम्हारा वहाँ जाना उचित नहीं है।"

कृष्ण ने सिर उठाया। उनके मुख की सरलता तिरोहित हो गई थी। अब तक जो आँखें आनन्द से झलमला रही थीं, अब उनमें अगाध गहराई आ गई थी। कृष्ण ने धीमे-से किन्तु निश्चय के साथ कहा, "गुरुदेव, हम लोग अपने कर्त्तव्य की बातें कर रहे थे। अब वह मेरे सम्मुख आ गया है। मुझे इस कर्त्तव्य का पालन करना ही होगा। मैं हस्तिनापुर जाऊँगा।"

सान्दीपनि ने कहा, "अब हस्तिनापुर जाओगे? दुर्योधन तो तुम्हारा स्वागत करेगा नहीं।"

कृष्ण बोले, "मैं स्वागत के लिए नहीं जा रहा। जब युधिष्ठिर, भीम और अर्जुन हस्तिनापुर में थे तो धर्म का अभ्युदय हो रहा था। अब उसे ग्रहण लग गया है। इसी कारण मुझे वहाँ जाना चाहिए।"

सहसा वातावरण गम्भीर हो गया। कृष्ण ने कहना जारी रखा, "मैं दो दिनों के भीतर द्वारका से प्रस्थान कर सकता हूँ। सात्यकि साठ रथियों और आवश्यक अनुचरों के साथ प्रस्तुत होंगे। मैं मरुभूमि के छोटे मार्ग से जाऊँगा।"

सान्दीपनि ने पूछा, "किन्तु इतनी उतावली क्यों है?"

कृष्ण ने उत्तर दिया, "मुझे लगता है कि पाण्डवों के साथ कोई दुर्घटना होनेवाली है। मुझे उसके पहले हस्तिनापुर पहुँच जाना चाहिए।" कृष्ण ने निर्णय कर लिया था। उनकी आँखों में उसकी झलक दीख रही थी। उनकी भवों पर किसी देवता की दिव्य स्थिरता टिक गई थी। उन्होंने आगे कहा, "और गुरुदेव, अभी मैंने राजा द्रुपद को जो सन्देश देने को कहा था उसे उनके पास न भेजिएगा। श्वेतुकेतु को मेरे साथ भेज दीजिए। वे काम्पिल्य जाएँगे और मेरा दूसरा सन्देश पहुँचाएँगे।"

सान्दीपनि ने पूछा, "तुम क्या सन्देश भेजना चाहते हो?"

कृष्ण ने निश्चयपूर्वक कहा, "श्वेतकेतु, राजा द्रुपद के लिए मेरा सन्देश यह है : द्रौपदी से विवाह-प्रस्ताव के लिए मैं महाराज द्रुपद का कृतज्ञ हूँ। यदि पाञ्चाल-नरेश अनुमति देंगे तो मैं हस्तिनापुर से काम्पिल्य आऊँगा और स्वयं इस प्रस्ताव के सम्बन्ध में उनसे बातें करूँगा। उसके बाद मैं अपने स्वामी उग्रसेन और अपने पिता से इसकी चर्चा करूँगा। श्वेतकेतु, तुम प्रस्तुत हो जाओ।"

सान्दीपनि अपने शिष्य का यह रूप देखकर चकित हो गए। वह हँसमुख

युवक मानो नियति-देवता बन गया था।

सान्दीपनि ने कहा, "वत्स! इस परिस्थिति के सर्वोत्तम निर्णायक तुम्हीं हो। तुमने यह निर्णय क्यों किया है, यह मैं तुमसे न पूछूँगा। यदि धर्म तुम्हें राह दिखा रहा है तो तुम उसका अनुसरण करो। वत्स! मेरा आशीर्वाद तुम्हारे साथ है।"

द्रोणाचार्य का निर्णय

गंगा के तट पर स्थित हस्तिनापुर की युद्धशाला बहुत विस्तृत थी। वहाँ योद्धाओं को तो प्रशिक्षण दिया ही जाता था, शस्त्रों का निर्माण, अश्वों का प्रजनन, हाथियों का प्रशिक्षण और युद्ध के रथों का निर्माण भी होता था।

युद्धशाला में एक विशाल भवन था। कुरु-राजकुमारों के शिक्षक द्रोणाचार्य वहीं रहते थे। कुरु-शक्ति को अक्षुण्ण रखनेवाली सैनिक व्यवस्थाओं का निर्देशन वही करते थे।

भवन के बाहर, एक प्राचीन पीपल-वृक्ष के नीचे, गहन विचारों में खोए वे बैठे थे, यद्यपि देखने से ऐसा लगता था कि नदी-तट से टकरानेवाली लहरों को ध्यानपूर्वक देख रहे हैं। वे एक छोटे चबूतरे पर रखे एक प्रकार के सिंहासन पर बैठे थे और छिछले जल में तैरनेवाली मछलियों और कछुओं के लिए कभी-कभी भुने हुए चने फेंक देते थे। वे सदा यहीं बैठकर योजनाएँ बनाते, शिष्यों से बातें करते अथवा सहायकों को आज्ञाएँ दिया करते थे। इस समय, मछलियों को खिलाने के काम को ही वे अपनी एकाग्रता में बाधक बनने दे रहे थे।

द्रोणाचार्य कुलीन ब्राह्मण थे। उनके केशों की जटाएँ बन गई थीं और उनके शरीर पर कोई रत्न या अलंकार नहीं था। अन्य ब्राह्मणों के विपरीत उन्होंने रेशमी वस्त्र पहन रखे थे। वह जिस सिंहासन पर बैठे थे, उस पर व्याघ्र-चर्म बिछा हुआ था—यह उनके महान् गुरु परशुराम के प्रति उनकी श्रद्धा का प्रतीक था, जो सदा व्याघ्र-चर्म ही धारण करते थे। सुवर्ण-मण्डित एक धनुष और बाण उनके घुटने पर टिका हुआ था, जो उनका पद-चिन्ह था। यह इस बात की भी याद दिलाता था कि उनके गुरु भी अपनी प्रसिद्ध गदा को सदा इसी प्रकार घुटने पर टिकाए रखते थे।

उनकी दाढ़ी और जटाएँ काली, घनी और भलीभाँति सँवरी हुई थीं। उनकी नुकीली नाक, दृढ़ता से भिंचे हुए अधर और छोटी किन्तु चमकीली आँखें उनके हृदय में जल रही अग्नि का प्रमाण दे रही थीं।

उनके ललाट पर गहरी रेखाएँ खिंची हुई थीं, क्योंकि इस समय उनके सामने

एक संकट आ खड़ा हुआ था। जब उनकी महत्त्वाकांक्षाओं की सफलता का समय आया था, उन्हें पाँसा पलटता हुआ दीख रहा था।

द्रोणाचार्य के पिता भारद्वाज बड़े विद्वान और अपरिग्रही ब्राह्मण थे। परिवार के तीन दिनों के भोजन के लिए जितने अन्न की आवश्यकता है, उससे अधिक सामग्री न रखने की उन्होंने परम्परागत प्रतिज्ञा ले रखी थी। अतः बाल्यकाल से ही वे पिता के द्वारा स्वेच्छा से अपनाई गई दरिद्रता में ही पले-बढ़े थे।

द्रोण जब अध्ययन के लिए अपने गुरु के आश्रम में गए तो वहाँ भी उन्हें ब्रह्मचारी के लिए विहित स्वैच्छिक अपरिग्रही का जीवन बिताना पड़ा। उदार प्रतिवेशियों से अपना दैनिक भोजन माँगकर उन्हें निर्वाह करना पड़ता था, मृगचर्म पर सोना होता था, लकड़ियाँ एकत्रित करनी होती थीं और आश्रम के अन्य काम करने पड़ते थे।

गुरु के आश्रम में रहनेवाले अन्य सहपाठी इस जीवन पर गर्व करते थे, किन्तु द्रोण के साथ यह बात नहीं थी। स्वैच्छिक होने पर भी दरिद्रता से उन्हें घृणा थी। स्वैच्छिक अपरिग्रह उन्हें निरर्थक जान पड़ता था। राज-घराने से आए सहपाठियों को सुख-सुविधा से जीवन-यापन करते देखकर उन्हें ईर्ष्या होती थी।

द्रोण जितने अभिमानी थे, उतने ही महत्त्वाकांक्षी भी। उन्हें विश्वास था कि उनमें किसी भी समय, किसी भी काम में अपने सहपाठियों को पीछे छोड़ देने की क्षमता है। किन्तु सदैव उनकी दरिद्रता उनके आत्म-विश्वास को डिगा देती थी। उनमें नेतृत्व की, नियन्त्रण करने की, अपनी इच्छा के सम्मुख दूसरों को झुकाने की अदम्य लालसा थी। विद्या और तप के लिए सांसारिक सुखों के त्याग की ब्राह्मणोचित व्यवस्था के प्रति उनके मन में तिरस्कार की भावना थी।

दरिद्रता-जनित असमर्थता से छुटकारा पाने के लिए वे अपने एक सहपाठी के कृपा-पात्र बने। वह सहपाठी पाञ्चाल के राजकुमार यज्ञसेन द्रुपद थे। वे एक उदार युवक थे। अपनी सुख-सुविधाओं को द्रोण के साथ बाँट लेने में उन्हें कोई हिचकिचाहट न थी।

द्रोण द्रुपद के मित्र बनकर ही सन्तुष्ट नहीं हुए। वे उन पर अधिकार प्राप्त करना चाहते थे। इस उद्‌देश्य की पूर्ति के लिए उन्होंने द्रुपद का विश्वास और स्नेह प्राप्त किया। अपनी अपूर्व बुद्धिमत्ता और विलक्षणता के द्वारा वे द्रुपद पर शासन करने लगे। द्रुपद पर द्रोण का जादू चल गया। उन्होंने सदा द्रोण का मित्र बने रहने का वचन दिया।

शीघ्र ही प्रभावित हो जानेवाले राजकुमार की मित्रता ने द्रोण के प्रति भक्ति का रूप धारण कर लिया। चतुराई से आयोजित, बालकोचित उदारता के आवेश में, द्रुपद ने हाथ में पवित्र गंगाजल लेकर विधिपूर्वक प्रतिज्ञा की कि जब वे पाञ्चाल

के राजसिंहासन पर बैठेंगे तो आधा राज्य अपने मित्र को दे देंगे।

कुछ वर्षों बाद, पिता की मृत्यु के उपरान्त, द्रुपद पाञ्चाल के राजा बने। इससे द्रोण को प्रसन्नता हुई। उनका स्वप्न अब साकार होनेवाला था। अतः अपना अध्ययन पूरा करके वे द्रुपद की राज-सभा में पहुँचे और उन्होंने राज्य के आधे भाग की माँग की। उन्होंने कहा कि राजकुमार ने जो प्रतिज्ञा की थी उसे पूरा करने का समय आ गया है।

नवयुवक राजा तो उस प्रतिज्ञा की बात भी भूल चुके थे, जो उन्होंने बालोचित उत्साह के क्षणों में की थी। राज्यारूढ़ होने की थोड़ी-सी अवधि में ही, आर्य-जगत् के एक शक्तिशाली साम्राज्य के राजा के रूप में अब वे नवीन मूल्यों और नए उत्तरदायित्वों के प्रति जागरूक हो चुके थे। किन्तु द्रोण के प्रति अब भी उनका स्नेह-भाव बना हुआ था। उन्होंने द्रोण का स्वागत किया, उन्हें प्रचुर उपहार दिए, उनके लिए एक आश्रम की व्यवस्था कराने अथवा उनकी विद्वत्ता के अनुरूप कोई पद देने का प्रस्ताव किया।

वर्षों से युवक द्रोण ने यह आशा पाल रखी थी कि तरुण राजकुमार जब राजा बनेंगे तो वे अपनी प्रतिज्ञा पूरी करेंगे और छात्र-जीवन के समान ही उनके प्रभाव में रहेंगे। अतः उन्होंने अपमान का अनुभव किया। वे गुरु अथवा मन्त्री-पद पाने के लिए काम्पिल्य नहीं आए थे। वे राज्य का आधा भाग चाहते थे और उसे पाने के लिए अड़े हुए थे।

अतः द्रोण ने प्रतिज्ञा पूरी करने के लिए द्रुपद पर दबाव डाला। द्रुपद अब व्यावहारिक बन चुके थे। किशोरावस्था में की गई एक मूर्खतापूर्ण प्रतिज्ञा पूरी करने की बात उन्होंने हँसकर उड़ा दी। वे किसी प्रकार अपनी राज-शक्ति का बँटवारा नहीं कर सकते। उन्होंने पाञ्चाल के लोकनायकों और उन सचिवों की सम्मति से राज्य-भार सँभाला था, जिन्होंने जीवन-भर उनके पिता की सेवा की थी। उन्होंने कहा कि चाहे जितना भी प्रिय मित्र हो उसे राज्य का भाग देने जैसा कार्य वे नहीं कर सकते।

द्रोण के क्रोध की सीमा न रही। उन्होंने द्रुपद पर प्रतिज्ञा भंग करने का आरोप लगाया। द्रुपद ने विनम्र किन्तु निर्णायक उत्तर दिया—जो प्रतिज्ञा अपने उत्तरदायित्वों को जाने बिना की गई थी, उसका वे पालन नहीं कर सकते।

उत्तेजित द्रोण ने भरी राज-सभा में तरुण राजा के प्रति अपशब्दों की बौछार की और उन्हें कठिन दण्ड देने की धमकी दी। परिस्थिति इतनी जटिल हो गई कि राजा को किसी समय के अपने मित्र को काम्पिल्य से निर्वासित कराने के लिए विवश होना पड़ा।

द्रोण पराजय स्वीकार करने को प्रस्तुत न थे। द्रुपद से उनकी प्रतिज्ञा पूरी कराने

के लिए उन्होंने आवश्यक शक्ति-संचय करने का निश्चय किया।

वे शान्त चित्त से, ठोंक-बजाकर काम करनेवाले कठोर यथार्थवादी थे। उन्होंने सोचा कि अपनी महत्त्वाकांक्षा पूरी करने के लिए केवल विद्या ही पर्याप्त नहीं है। अतः उन्हें परशुराम का अनुगामी बनकर और शस्त्र-विद्या में पारंगत होकर राजाओं से भी अधिक शक्ति प्राप्त करनी चाहिए।

कठिनाइयों की परवाह न कर द्रोण वन-मार्ग से चलते हुए, खुले आकाश के नीचे सोते हुए और कभी-कभी बिना कुछ खाए-पिए शूर्परक-स्थित परशुराम के आश्रम में पहुँचे। इस महत्त्वाकांक्षी युवक की बुद्धिमत्ता से वयोवृद्ध गुरु प्रसन्न हुए। शस्त्र-विद्या में दक्षता प्राप्त करने की उसकी अदम्य लालसा से प्रभावित होकर उन्होंने उसे अपना शिष्य बना लिया।

कुछ वर्षों में ही शस्त्रों के निर्माण और उपयोग और युद्ध छेड़ने तथा उसे जीतने के सम्बन्ध में वयोवृद्ध गुरु और उनके आश्रम से जो कुछ सीखा जा सकता था, उसमें द्रोण ने निपुणता प्राप्त की। परशुराम युद्ध-कला के प्राचीन आचार्य थे और उन्होंने शिष्यों की कई पीढ़ियों को प्रशिक्षण दिया था। द्रोण ने जिस अदम्य इच्छा के साथ अपना प्रशिक्षण पूरा किया, उसे देखकर वे भी चकित रह गए।

द्रोण युद्ध-कला के अद्वितीय आचार्य बन गए। उन्होंने देखा, जैसाकि उनके कुछ ही पूर्ववर्तियों ने देखा था, कि परशु और गदा, खड्ग और त्रिशूल के दिन लद गए। वे दिन अब कभी न लौटेंगे। केवल धनुष और बाण ही भविष्य के शस्त्र हैं। अतः उन्होंने धनुर्विद्या पर ही ध्यान केन्द्रित किया। बाण एक चतुर दास-जैसा प्रक्षेपास्त्र था, जो उनकी इच्छा के अनुसार उनकी सेवा कर सकता था।

द्रोण जिस शिक्षक के यहाँ रहते थे, आश्रम छोड़ने से पहले उन्होंने उनकी कन्या कृपी से विवाह कर लिया। कृपी और उसके भाई कृपाचार्य के साथ, जो स्वयं भी युवकों को अस्त्र-विद्या का प्रशिक्षण देने में कुशल थे, द्रोण आर्यावर्त लौटे। वे अपने लिए कोई ऐसी वृत्ति ढूँढ़ना चाहते थे, जिसके द्वारा अन्ततः वे द्रुपद से अपने अपमान का बदला ले सकें।

अद्‌भुत आत्म-विश्वास के साथ द्रोण हस्तिनापुर पहुँचकर भीष्म पितामह के सामने जा खड़े हुए। भीष्म स्वयं भी परशुराम के शिष्य थे। उन्होंने तत्काल युद्ध-कला में द्रोण की निपुणता परख ली और कुरु-राजकुमारों को सैनिक शिक्षा देने के लिए उन्होंने उनके साथ ही कृपाचार्य को भी नियुक्त कर दिया।

युद्धशाला का प्रधान बनने के बाद द्रोणाचार्य ने अपनी वह कला सिखाने में सारी शक्ति लगा दी, जिसमें उन्होंने अपूर्व निपुणता प्राप्त की थी।

उनका विस्फोटक उत्साह इतने से ही शान्त नहीं हुआ। यह उनका लक्ष्य भी नहीं था। उन्होंने कुरुओं की सैनिक व्यवस्था को नया रूप दिया और खड्‌गधारियों,

धनुर्धरों, गदा-युद्ध के विशेषज्ञों, हस्ति-सेना और रथी योद्धाओं को नए सिरे से संगठित किया। वे राजकीय कार्यों में भीष्म के परामर्शदाता भी बन गए। उनकी कुशाग्र बुद्धि भीष्म के लिए बहुत उपयोगी सिद्ध होती थी।

उनके शिष्य, कुरु-राजकुमार तथा अन्य सैन्य शिक्षार्थी, अपने गुरु के अनुरूप निकले। भीम और दुर्योधन ने गदा-युद्ध में प्रवीणता प्राप्त की; अर्जुन और सूत-पुत्र कर्ण अद्वितीय धनुर्धर बने। स्वयं उनके पुत्र अश्वत्थामा दुर्धर्ष योद्धा बने।

उनके शिष्यों ने न केवल उनकी आशा ही पूरी की, उन्होंने उनके जीवन का प्रमुख लक्ष्य प्राप्त करने में उनकी सहायता भी की। अपने शिष्य अर्जुन के अद्भुत धनुर्विद्या के प्रताप से वे राजा द्रुपद का मान-भंग करने में सफल हुए।

अर्जुन ने आकस्मिक और अप्रत्याशित रूप में आक्रमण करके द्रुपद को बन्दी बना लिया। बन्दी द्रुपद को लाकर उन्होंने द्रोणाचार्य के चरणों में डाल दिया। पाञ्चाल-नरेश विवश थे, अपनी प्रतिज्ञा पूरी न करने के लिए उन्हें क्षमा माँगनी पड़ी और दण्डस्वरूप गंगा के उत्तरी तट के अपने राज्य के एक टुकड़े से हाथ धोना पड़ा। इस प्रदेश के सुन्दर नगर अहिच्छत्र पर द्रोणाचार्य का अधिकार हो गया।

द्रोणाचार्य की महत्त्वाकांक्षा और बढ़ी। अहिच्छत्र का स्वामी होने मात्र से उनको सन्तोष न था। उन्हें राज-पद का लोभ नहीं था, राजत्व का वह तिरस्कार करते थे, वे उस ठाट-बाट और औपचारिकता का तिरस्कार करते थे, जो राजाओं को छोटा-मोटा देवता बना देती है। अब वे कुरु-साम्राज्य के वास्तविक स्वामी बनना चाहते थे, जिससे कि वे अनेक राजाओं के भाग्य-विधाता बन सकें।

हस्तिनापुर में परिस्थितियाँ द्रोण के अनुकूल थीं। जो बात उनको रुचिकर न हो उसे अपनी इच्छा के अनुकूल किस प्रकार बदला जा सकता है, यह वे जानते थे। भीष्म पितामह को सर्वोच्च सत्ता प्राप्त थी, किन्तु वे वृद्ध हो चुके थे। राजा धृतराष्ट्र में चरित्र और शक्ति दोनों का अभाव था। उनके कुरु शिष्यों में भी परस्पर विरोध था। धृतराष्ट्र के पुत्रों में पाण्डु-पुत्रों के प्रति ईर्ष्या और अविश्वास का भाव था। इस वैर-भाव से द्रोण को अपनी इच्छा के अनुसार व्यूह-रचना करने का अवसर मिल गया।

पाँचों भाई पाण्डव अपनी-अपनी कलाओं में निपुण थे। वे द्रोण के पक्ष में थे। उनमें भी अर्जुन उनके प्रति सबसे अधिक भक्तिभाव रखते थे। धृतराष्ट्र के पुत्र–दुर्योधन और उसके भाई–उनके प्रति निष्ठा तो रखते थे किन्तु वस्तुतः वे विश्वसनीय नहीं थे, किन्तु उन्होंने ऐसी व्यवस्था करने का ध्यान रखा कि उग्र स्वभाववाले उनके पुत्र अश्वत्थामा से गाढ़ी मित्रता हो जाए।

द्रोण जानते थे कि केवल पाण्डव ही संसार के एक छोर से दूसरे छोर तक, कुरु-साम्राज्य का विस्तार कर सकते हैं। न्यायपरायण और गौरवशाली युधिष्ठिर

अच्छे सम्राट् बनेंगे। भीम और अर्जुन अजेय योद्धा थे। युद्ध के लिए अश्वों के पालन और प्रशिक्षण में नकुल अत्यन्त दक्ष थे। सहदेव विद्वान्, बुद्धिमान और दूरदर्शी थे। अपने प्रति इन सबकी भक्ति को देखते हुए द्रोण यह आशा पाल रहे थे कि जब ये लोग सत्ता सँभालेंगे तो परिस्थितियों की बागडोर उन्हीं के हाथ में रहेगी।

अतः जब भीष्म पितामह ने युधिष्ठिर को युवराज बनाने का सुझाव दिया तो द्रोण ने उसका हार्दिक स्वागत किया। कुरु राजकुमारों में वे सबसे अधिक बुद्धिमान थे और उनके प्रति सबकी प्रीति थी और स्वर्गीय राजा पाण्डु के ज्येष्ठ पुत्र होने के कारण न्यायतः वही राजसिंहासन के उत्तराधिकारी भी थे।

युवराज-पद पाते ही युधिष्ठिर ने धर्मपूर्वक उस पद का उत्तरदायित्व सँभाल लिया। राज-काज के बारे में भीष्म उन पर पूरा विश्वास रखते थे और सभी सचिव, विशेषतः उन सबमें बुद्धिमान विदुर, उनका सम्मान करते थे।

युधिष्ठिर जब युवराज बनाए गए तो द्रोण को ऐसा प्रतीत हुआ मानो अब वे सर्वशक्तिमान हो गए हैं, स्वयं भीष्म से भी अधिक शक्तिशाली।

किन्तु युधिष्ठिर का व्यवहार देखकर वे अप्रसन्न हुए। युवराज बनने के बाद वे युद्धशाला के उनके अनुगत शिष्य नहीं रह गए थे। वे शासक थे। उनमें आत्मविश्वास था। वे अपना कर्त्तव्य जानते थे और सत्यनिष्ठा के साथ व्यक्तिगत हितों को उसके आड़े न आने देते थे। लेकिन सैन्य-विषयक मामलों में वे गुरु का परामर्श अवश्य लिया करते थे।

बहुत प्रयत्न करने पर भी द्रोणाचार्य युधिष्ठिर पर अपना प्रभुत्व स्थापित नहीं कर सके। तरुण राजकुमार का व्यवहार सदा उचित, न्यायपूर्ण और हार्दिक होता था। वे शुद्ध अन्तःकरण से अपने राजकीय कर्तव्यों के पालन में अपने निश्चय पर अडिग रहते थे। प्रपंच उन्हें प्रभावित नहीं कर पाते थे। परामर्श वे सबका लेते थे, किन्तु भीष्म के अतिरिक्त किसी अन्य का मार्गदर्शन नहीं स्वीकार करते थे। उनका शासन ऐसा था, जिससे सब लोग सन्तुष्ट हो सकें।

तभी विस्फोट हुआ। द्रोणाचार्य को सूचना दिए बिना युधिष्ठिर ने द्वारका के कृष्ण वासुदेव को हस्तिनापुर आने का निमन्त्रण भेज दिया। द्रोण को यह भी पता चला था कि उनका शत्रु द्रुपद कृष्ण के साथ अपनी कन्या का विवाह करना चाहता है।

उन्होंने सत्ता के जिस दुर्ग का निर्माण किया था, वह लड़खड़ा रहा था। कुछ वर्षों से वे कृष्ण के पराक्रमों की चर्चा सुनते आ रहे थे, किन्तु अब तक उससे उन्हें चिन्ता नहीं हुई थी, क्योंकि यादवों का नायक इतनी दूर था कि उसका कोई महत्त्व नहीं था। किन्तु अब वे आ रहे थे। उनके चचेरे भाई उद्धव वस्तुतः एक सप्ताह के अन्दर, कृष्ण के आने की सूचना देने के लिए ही हस्तिनापुर पहुँच रहे थे।

इस संकट को टालना था, और निष्ठुरता और निर्णयात्मकता के साथ टालना था। युधिष्ठिर को किसी प्रकार कृष्ण से सन्धि नहीं करने दी जा सकती, और यदि कृष्ण द्रुपद की कन्या से विवाह करनेवाले हों, तब तो इसकी बात सोची भी नहीं जा सकती।

द्रोण ने बड़ी सावधानी से बिसात बिछाई और सभी चालों पर खूब विचार किया। युधिष्ठिर की इस नई चाल को मात देनी थी। भीम और अर्जुन को युधिष्ठिर से अलग नहीं किया जा सकता था। ऐसा भी नहीं लगता था कि कुरुओं और यादवों की सन्धि को भीष्म अस्वीकार करेंगे।

जीवन-भर वे जो खेल खेलते आए थे, अकस्मात् उसका रूप बदल गया था। अब उन्हें कड़ी चाल चलनी पड़ेगी। यदि उन्हें अपनी कामना पूरी करनी है तो हस्तिनापुर में पाण्डवों का शासन नहीं होना चाहिए।

अब एकमात्र उपाय बच रहा था पाण्डवों और कौरवों के बीच वैमनस्य भड़का दिया जाए। स्वयं उन्हें दुर्योधन के चरित्र अथवा उसकी योग्यता पर विश्वास नहीं था। किन्तु वे जानते थे कि उनका पुत्र अश्वत्थामा दुर्योधन के लिए सारा आग-पानी और शक्ति जुटाया करता है। अब तक द्रोण ने ही अश्वत्थामा के द्वारा दुर्योधन एवं उसके साथियों को इस बात से विरत रखा था कि वे युधिष्ठिर को स्थानच्युत करने के लिए उग्र मार्ग अपनाएँ।

यह स्वयं द्रोण के जीवन का अत्यन्त निर्णायक क्षण था। कुरुओं की सत्ता पर पूर्ण रूप से आधिपत्य जमाने के लिए उन्हें अन्तिम चाल चलनी थी और यह तभी सम्भव था जब दुर्योधन युवराज-पद पर हो। यह ठीक है कि वह अस्थिरचित्त, उद्धत और अविवेकी था, किन्तु धर्मात्मा युधिष्ठिर की अपेक्षा वह सरलता से उनके हाथ की कठपुतली बन सकता था।

द्रोण ने ताली बजाकर जिस सेवक को बुलाया, वह हाथ जोड़कर सामने आ खड़ा हुआ। उसे उन्होंने अपने पुत्र अश्वत्थामा को बुलाने की आज्ञा दी। गुरु द्रोण मछलियों और कछुओं को दाना खिलाते रहे।

शीघ्र ही अश्वत्थामा ने आकर पिता के सम्मुख प्रणिपात किया। अपने पिता के विपरीत वे लम्बे, गठे हुए शरीर और बड़ी-बड़ी आँखोंवाले तथा स्पष्टतः अधीर चित्तवृत्ति के थे।

द्रोणाचार्य के अधरों पर एक विजयिनी मुस्कराहट खिल पड़ी। अपने प्रयोजन की सिद्धि के लिए, जब भी आवश्यकता होती, वे ऐसी मुस्कराहट धारण कर लेते थे। उन्होंने कहा, "वत्स! मैं तुमसे कुछ बातें करना चाहता हूँ।"

अश्वत्थामा बोले, "आदरणीय पिता की जैसी इच्छा हो।"

"पहले जब मैंने तुमसे कहा था कि कुरुओं की मुक्ति पाण्डवों के हाथ में

है तो तुम मुझ पर अप्रसन्न हुए थे। तुमने मुझसे कहा था कि मैं दुर्योधन और उसके भाइयों के साथ अन्याय कर रहा हूँ।"

अश्वत्थामा की आँखों में झुँझलाहट भरी थी, किन्तु आदर के कारण उन्होंने आँखें झुका लीं–"वैसा करने के कारण मैं दुखी हुआ था, किन्तु पिताजी, हम लोग जैसा अनुभव करते हैं, वह आपसे न कहें तो किससे कहें?" इन शब्दों में अर्थ की दृष्टि से विनम्रता थी, किन्तु ये विनयपूर्वक कहे नहीं गए थे। इनमें दमित अप्रसन्नता झलकती थी।

द्रोणाचार्य ममतापूर्वक मुस्कराए–"वत्स! मैंने तुम्हारी बात पर विचार किया है। उसमें किसी सीमा तक सचाई है। मैं अपने सभी शिष्यों के साथ समान रूप से न्याय कर नहीं सका, यद्यपि मुझे करना चाहिए था।"

अश्वत्थामा को आश्चर्य हुआ। उसके पिता प्रायः पहली बार अपनी भूल स्वीकार कर रहे थे। उन्हें पता नहीं था कि आगे क्या होनेवाला है। वे प्रतीक्षा करते रहे।

"मैंने तुमसे जो कुछ कहा था, वह क्या तुमने दुर्योधन को बता दिया था?" द्रोणाचार्य ने पूछा।

अश्वत्थामा ने उत्तर में कहा, "हाँ, पिताजी!"

द्रोणाचार्य ने न्याय का नाटक करते हुए कहा, "अब तुम दुर्योधन से यह कह सकते हो कि पाण्डवों के साथ उसके विवाद में मैं किसी का पक्ष नहीं लेना चाहता।"

अश्वत्थामा ने प्रसन्नतापूर्वक कहा, "पिताजी! आपकी इस बात से मुझे बड़ी प्रसन्नता हुई है। अभी आपने मुझसे जो कुछ कहा है, क्या मैं इसे दुर्योधन को बता सकता हूँ? अब हमारी इच्छा पूरी हो सकती है।"

"हाँ वत्स! मेरा आशीर्वाद है।"

अश्वत्थामा जब उतावली में अपने पिता के पास से चले गए तो द्रोणाचार्य मछलियों व कछुओं के लिए एक मुट्ठी चना फेंककर अपने आप मुस्कराए। यह मुस्कराहट चरम सन्तोष की थी, क्योंकि उन्हें अनुभव हुआ कि उनके मस्तिष्क की स्फटिक-जैसी पारदर्शिता अब भी बनी हुई है, जो जीवन-भर उनकी चारित्रिक विशेषता रही थी। पहले भी एकाधिक बार वे ऐसा कर चुके थे।

एक बार निषाद-पुत्र एकलव्य उनसे धनुर्विद्या सीखने की याचना करता हुआ उनके पाँवों पर गिर पड़ा था। उन्होंने तिरस्कारसहित उसे लौटा दिया था। वे धनुर्विद्या की अपनी दक्षता ऐसे सभी शिष्यों को नहीं बाँटना चाहते थे, जो उनके काम आएँ या न आएँ। वे कुरु-राजकुमारों पर अपनी सारी शक्ति केन्द्रित करना चाहते थे, विशेषतः असीम सम्भावनाओंवाले अर्जुन पर, जो बाएँ हाथ से धनुष चलाते थे।

इस समय द्रोण की आँखों में एकलव्य की छवि उभर आई। उस युवक में अन्ध गुरुभक्ति थी। अस्वीकृति उसे मान्य नहीं थी। वन में जाकर उसने गुरु की

एक मूर्ति बनाई। उस मूर्ति को ही गुरु मानकर उसने धनुर्विद्या का अभ्यास किया और अद्वितीय कुशलता प्राप्त की।

द्रोण को जब इसका पता लगा तो पहले तो उन्हें बड़े गर्व का अनुभव हुआ। छात्रगण उनकी सीधी देख-रेख में ही नहीं, उनकी प्रेरणा मात्र से भी धनुर्विद्या सीख सकते हैं, यह गर्व की बात ही थी।

किन्तु ज्यों ही उन्होंने धनुर्विद्या में एकलव्य की चरम निपुणता देखी, उन्हें भय हुआ कि वे जिस विकसित धनुर्विद्या के आचार्य हैं, उसका अभ्यास करनेवाली निषादों की एक पीढ़ी यह निषाद-बालक खड़ी कर सकता है। ऐसा नहीं होने दिया जा सकता। यह उनकी महत्त्वाकांक्षा के मार्ग का रोड़ा बन सकता है। एकलव्य किसी दिन अर्जुन और उनके अन्य शिष्यों को नीचा दिखाएगा और कुरु-राजकुमारों की सहायता से सत्ता-निर्माण की उनकी योजना धरी रह जाएगी।

एकलव्य नासमझ था, विश्वासी था और परम्परा का निर्वाह करनेवाला था। शिक्षा पूरी हो जाने पर उसने गुरु को गुरु-दक्षिणा देनी चाही। उसी क्षण द्रोण को उस भय से छुटकारा पाने की युक्ति सूझ गई। उन्होंने गुरु-दक्षिणा के रूप में एकलव्य से उसका दाहिना अँगूठा माँगा।

एकलव्य ने उनके पाँव पकड़ लिए और अपने अँगूठे की रक्षा की याचना की, क्योंकि उसके बिना वह बाण नहीं फेंक सकता था। किन्तु द्रोण अपने पूर्व विचारित निर्णय से डिगनेवाले नहीं थे।

उस समय द्रोण ने जो शब्द कहे थे, उन्हें उसका स्मरण हो आया, "वत्स, या तो तुम गुरु-दक्षिणा में मुझे अपना दाहिना अँगूठा दो अथवा अपनी निपुणता को निःशुल्क उपहार के रूप में स्वीकार करो।"

एकलव्य की आँखों से आँसू झरने लगे। उसने कहा, "नहीं-नहीं, आप केवल मेरी विद्या के ही नहीं, मेरे शरीर और आत्मा के भी गुरु रहे हैं। इतने वर्षों से मैं आप ही को प्रसन्न करना चाहता था। उसे मैं नहीं खोऊँगा।"

टूटे हुए हृदय से उस वीर युवक ने बाण की नोक से अपना अँगूठा काटकर गुरु को दे दिया था।

द्रोण को क्षण-भर के लिए लगा था कि उनका हृदय पिघल गया है। उनकी इच्छा हुई थी कि अपना आदेश लौटा लें। किन्तु नहीं, वह अपने एक शिष्य को अपनी महत्त्वाकांक्षा में बाधक नहीं बनने देंगे। उन्होंने उस रक्तरंजित अँगूठे को गुरु-दक्षिणा के रूप में स्वीकार कर लिया। बालक को आशीर्वाद देकर वह लौट आए। फिर उन्हें इसका खेद भी नहीं रहा।

आज भी उन्हें वैसे ही एक संकट से निबटना है। किन्तु इस समय उन्हें अपने शिष्य का केवल एक अँगूठा ही नहीं माँगना था। अपने मार्ग को सुगम बनाने

के लिए उन्हें अपने पाँच प्रिय शिष्यों को हटाना था—और उनमें उनका सर्वाधिक प्रिय शिष्य भी था।

आखिर वे द्रोण थे—कोई उनकी राह का रोड़ा नहीं बन सकता था।

राजाज्ञा

हस्तिनापुर में पाण्डवों का भवन धृतराष्ट्र के प्रासाद के निकट ही था। राजकाज से पाण्डवों में से किसी-न-किसी से मिलने के लिए आए हुए लोग बाहर के बरामदे में प्रतीक्षा कर रहे थे। बरामदे के द्वारों पर धनुर्धर पहरा दे रहे थे।

गंगा नदी के किनारे खड़े इस भवन के एक लम्बे गलियारे में बैठे उद्धव अर्जुन से बातें कर रहे थे। अर्जुन के निकट एक विशाल धनुष रखा हुआ था। वे उसके बाणों की नोकों पर धार दे रहे थे। पूरा गलियारा अनेक प्रकार के अस्त्र-शस्त्रों से भरा हुआ था। विभिन्न आकार और शक्तिशाली गदाएँ, खड्ग, परशु, भाले, धनुष और अनेक प्रकार के बाण वहाँ दीख रहे थे। यह भीम और अर्जुन का निजी अस्त्रागार था।

उस युग में जब वीरों के व्यक्तिगत पराक्रम और दक्षता के बल पर युद्ध लड़े और जीते जाते थे, प्रत्येक योद्धा को अपने बल और अपनी निपुणता के अनुकूल अस्त्रों का निर्माण स्वयं करना पड़ता था।

अर्जुन केवल समर्थ धनुर्धर ही नहीं थे, वे अपने अस्त्रों को अपनी विशेष प्रणाली से शक्ति और धार भी दे सकते थे। देवताओं ने उन्हें ऐसी निपुणता दी थी कि वे अपने बाणों को संसार के सभी वीरों की अपेक्षा अधिक घातक बना सकते थे। अपनी इच्छानुसार बाणों के प्रक्षेप में उन्हें दक्षता प्राप्त थी।

उद्धव और अर्जुन, दोनों ही मझोले कद के थे। उनके शरीर मल्ल-युद्ध और निरन्तर शस्त्राभ्यास के साक्षी थे।

उद्धव का चेहरा-मोहरा बँधा-सधा और आकर्षक था, जिस पर संयत विचारों की छाप थी। उनके सामान्य व्यवहार से भी सजग आत्म-निग्रह के अभ्यास की झलक मिलती थी। उनकी आँखों में ऐसी गम्भीरता थी जो सामान्यतः उस आयु के लोगों में नहीं पाई जाती।

उनके फुफेरे भाई अर्जुन—जिनकी माता कुन्ती उद्धव के पिता देवभाग की बहन थीं—उनसे भिन्न थे। उनका एक-एक अंग गँठा हुआ तथा मनोहर था। उद्धव की अपेक्षा अधिक गोरा उनका मुखमण्डल असाधारण रूप से कान्तियुक्त था। उनकी आँखों में बुद्धिमत्ता और भौंहों पर आभिजात्य की झलक थी। उनका माथा सधा

हुआ तथा आँखें मादक थीं। उन्होंने जो वस्त्र और अलंकार धारण कर रखे थे, उनसे भी उनकी अभिजात मानसिकता का परिचय मिलता था।

प्रातःकाल उद्धव के आगमन के समय भीम तथा अर्जुन ने नगर-द्वार पर उनकी अगवानी की थी। जब वे घर पहुँचे तो पाँचों पाण्डवों तथा उनकी माता कुन्ती ने स्नेह-सहित उनका स्वागत किया और उनके परिवर की कुशलता पूछी। उद्धव ने उन लोगों को बताया कि वे किस उद्‌देश्य से हस्तिनापुर आए हैं। वे यह सूचना देने आए हैं कि युधिष्ठिर के आमन्त्रण पर कुछ ही सप्ताहों के भीतर कृष्ण आनेवाले हैं।

युधिष्ठिर ने राजभवन में एकत्रित विद्वत्परिषद में सम्मिलित होने के लिए प्रस्थान किया। इस परिषद के सहयोग से ही वे राजकाज करते और नागरिकों को न्याय प्रदान करते थे। सबसे छोटे भाई सहदेव भी युधिष्ठिर के साथ गए। वे आर्यों के प्राचीन आचारों के अधिकारी ज्ञाता के रूप में प्रसिद्ध थे और युधिष्ठिर को मन्त्रणा देनेवाली परिषद के सदस्य थे।

भीम और नकुल भी अपने काम से चले गए। माता कुन्ती रसोई में जाकर उन लोगों के भोजन का प्रबन्ध करने लगीं।

जब उद्धव ने हस्तिनापुर की परिस्थिति के सम्बन्ध में पूछताछ की तो अर्जुन ने सारी बातें विस्तार से बताने के बाद कहा, "देखा उद्धव, हमारे बड़े भाई युवराज हैं, फिर भी हमारी यह दशा है!" उनके अधरों पर एक प्रसन्न मुस्कराहट खिल उठी, जिससे उनके शब्दों में निहित व्यंग्य हल्का पड़ गया।

उद्धव ने कहा, "किन्तु भीष्म पितामह तो उन्हें हर तरह से पसन्द करते हैं और वे लोकनायकों तथा प्रजा के भी प्रीति-भाजन हैं।"

अर्जुन ने धार देने के लिए एक दूसरा बाण उठाते हुए व्यंग्य के साथ कहा, "हाँ, बड़े भाई कुरुओं पर शासन करते हैं, किन्तु अपने मित्रोंसहित हमारे चचेरे भाई उनके आदेश की अवज्ञा करते हैं। सभी लोग हमारा सम्मान करते हैं, हमारे कल्याण की कामना करते हैं; और हमारे चचेरे भाई नित्य हमारा विनाश करने का षड्यन्त्र रचते रहते हैं।"

अर्जुन की मुस्कराहट देखकर उद्धव को कृष्ण के स्मित का स्मरण हो आया; फिर भी एक अन्तर जान पड़ा। इस मुस्कराहट में आकर्षण और मैत्रीभाव था, किन्तु कृष्ण के स्मित में तो हृदय को जीत लेनेवाली मोहिनी थी।

उद्धव ने कहा, "दुर्योधन का यह व्यवहार विचित्र लगता है। तुम भाइयों ने कुरु-कुल का गौरव बढ़ाया है—युधिष्ठिर ने अपने धर्माचरण के द्वारा तथा तुमने और भीम ने अपने पराक्रम के द्वारा। किसी और को तुम लोगों जैसा भाई मिले तो उसे गर्व हो।"

"...और नकुल ने अपने सिखाए हुए अश्वों के द्वारा तथा सहदेव ने अपनी असाधारण बुद्धिमत्ता के द्वारा।" अर्जुन को लगा कि उद्धव उनके अत्यन्त प्रिय छोटे भाइयों के प्रति अन्याय कर रहे हैं, इसलिए उन्होंने उद्धव को रोककर कहा और स्नेह से उनकी आँखें चमक उठीं। फिर वह हँस पड़े—"किन्तु यह हमारा दुर्भाग्य है।"

अर्जुन थोड़ी देर रुके, फिर अपने शब्दों को तौलते हुए-से बोले, "हम लोग जैसे हैं, हमारे चचेरे भाई उसी के कारण हमसे घृणा करते हैं। दुर्योधन को ऐसा लगता है, जैसे युधिष्ठिर ने उसका युवराज-पद छीन लिया है। उसके पिता अन्धे जन्मे थे, इसके लिए वह कभी उन्हें क्षमा नहीं कर पाता, क्योंकि इसी कारण उसे राज-सिंहासन से वंचित होना पड़ा है।" अर्जुन आँखें झपकाकर मुस्कराए।

उद्धव ने कहा, "किन्तु कुरुओं के अन्तिम राजा तो तुम्हारे पिता थे। एक सुयोग्य राजा के रूप में उनकी प्रसिद्धि भी थी। और हमारी प्राचीन व्यवस्था के अनुसार सबसे बड़े को ही राज्य करने का अधिकार है।"

पिता के उल्लेख से अर्जुन को गर्व का अनुभव हुआ। उन्होंने कहा, "यह सत्य है। इसलिए भीष्म पितामह ने निश्चय किया कि सबसे बड़े को युवराज होना चाहिए। किन्तु हमारे चचेरे भाई इस निर्णय को स्वीकार नहीं करते।"

उद्धव बोले, "किन्तु स्पष्ट है कि तुम लोगों में शासन करने की योग्यता भी है।"

अर्जुन ने स्मितपूर्वक कहा, "यही तो कठिनाई है। हमारे चचेरे भाई इसीलिए हम लोगों से द्वेष रखते हैं कि हम शस्त्र-चालन में उनसे अधिक निपुण हैं, हम युद्धों में विजय प्राप्त करते हैं, हमने हस्तिनापुर को समृद्ध बनाया है और हमारे बड़े भाई का सब लोग सम्मान करते हैं। वे लोग विशेषतः भीम की हत्या करना चाहते हैं, क्योंकि जब भी वे हमें अपमानित करने का प्रयत्न करते हैं, भीम उन्हें हास्यास्पद स्थिति में डाल देते हैं।"

उद्धव ने अपने स्वाभाविक निष्कलुष भाव से कहा, "मैं उन्हें दोष नहीं दे सकता। तुम लोग इतने भले हो, इतने वीर हो, इतने प्यारे हो कि स्वयं मुझे भी तुमसे ईर्ष्या होती है।"

अर्जुन बोले, "भाई उद्धव, मैं सोचता हूँ कि हम लोगों ने राजकुल में जन्म न लिया होता तो अच्छा था। तब हम लोग तुम्हारे साथ द्वारका चले चलते और वहाँ कृष्ण तथा बलराम के साथ सुखपूर्वक निवास करते।"

"यदि तुम लोग कभी हमारे यहाँ आओ तो हम सब तुम्हारा हार्दिक स्वागत करेंगे।" उद्धव ने कहा। उनके शान्त स्वर में क्षण-भर के लिए उत्साह भर आया—"कृष्ण की तुम पर अत्यधिक प्रीति है। तुम्हारे साथ बीते सुखद दिनों को वे कभी

नहीं भूले।"

अर्जुन ने सहज क्षमायाचनापूर्वक कहा, "भीम जब मथुरा में थे तो कृष्ण और बलराम ने उनका जैसा ध्यान रखा था, भीम भी उसे नहीं भूले हैं। और मैं तो प्रायः उन दिनों के सपने देखा करता हूँ जब बचपन में मैं और कृष्ण पास-पास लेटकर बातें करते हुए सारी रात बिता दिया करते थे।"

उद्धव क्षण-भर के लिए उन सुखद दिनों की स्मृति में खो गए, जब भीम मथुरा गए थे। उन्होंने कहा, "भीम कितने अच्छे थे! हम सब उन्हें बहुत मानते थे। वे भी हम लोगों पर बड़ा अनुराग रखते थे।"

अर्जुन क्षण-भर के लिए विचार-मग्न हो गए, फिर बोले, "हम लोगों ने तो ऊबकर जाने कब हस्तिनापुर छोड़ दिया होता, किन्तु यदि हम ऐसा करते तो पितामह को बड़ा आघात लगता।"

उद्धव ने कहा, "ऐसा क्या? यदि वे तुम्हारे चचेरे भाइयों को वश में नहीं रख सकते तो उन्हें चाहिए कि तुम लोगों को राज्य का एक भाग दे दें। इस यातना का अन्त करने का सर्वोत्तम मार्ग यही होगा।"

अर्जुन ने उत्तर दिया, "उद्धव, पितामह के जीवन पर सदा एक बहुत बड़ा बोझ रहा है। जब वे छोटे थे तभी उन्होंने अपने प्रातःस्मरणीय पिता महाराज शान्तनु को वचन दिया था कि वे इस बात का ध्यान रखेंगे कि कुरु-कुल स्थायी बना रहे और धर्म के मार्ग पर चले। इस उद्देश्य की पूर्ति के लिए उन्होंने सर्वस्व त्याग दिया है। अब, जबकि हमारे चचेरे भाई ऐसे उद्दण्ड हो गए हैं, उनका विचार है कि उनके उद्देश्य को पूरा करने में केवल हम लोग ही सहायक हो सकते हैं।" कहते-कहते अर्जुन गम्भीर हो गए, फिर बोले, "भगवान वेदव्यास का भी ऐसा ही विचार है। पिछली बार जब वे यहाँ आए थे, उन्होंने हम लोगों से कहा था—बच्चो, अपने कर्तव्य-मार्ग से विचलित न होना। धर्म की रक्षा का भार तुम्हीं लोगों पर है।"

उद्धव ने पूछा, "तब वे लोग दुर्योधन और उसके भाइयों के लिए कुछ करते क्यों नहीं?"

अर्जुन ने दृष्टि ऊपर उठाई और हँसकर पूछा, "जो धर्मात्मा है, वह अधार्मिक का क्या कर सकता है? समय आने पर स्वतः ही उसका विनाश होगा। अब तो उन लोगों ने कुछ नायकों को भी अपने पक्ष में कर लिया है।" यह देखने के लिए कि उनकी बात कोई सुन तो नहीं रहा, अर्जुन ने द्वार की ओर देखा और फिर ऐसे स्वर में, जिसमें उनकी पीड़ा का स्पष्ट आभास था, बोले, "सुनने में आया है कि अब गुरु द्रोणाचार्य भी हमारे सहायक नहीं रहे।"

इसी समय किसी की भारी पग-ध्वनि उन्हीं की ओर आती सुनाई दी। दोनों

उसी ओर देखने लगे।

"अर्जुन, मैंने सारा प्रबन्ध कर दिया है।" गम्भीर और प्रसन्न स्वर में यह कहते हुए भीम वहीं आ पहुँचे। वे अर्जुन से एक हाथ ऊँचे थे। उनका शरीर अत्यन्त गँठा हुआ था। उनके चौड़े कन्धों पर उनकी गर्दन किसी स्तम्भ के समान ऊँची दीखती थी, वे प्रबल पराक्रम के प्रतीक-जैसे थे। उनके मुख पर मन्द स्मित था। उनका स्वर गम्भीर था और उसमें हार्दिकता की गूँज थी।

अर्जुन जिस बाण को धार दे रहे थे उसे अलग रखकर उन्होंने पूछा, "क्या प्रबन्ध कर दिया है, मझले भाई?"

भीम सामने के एक आसन पर बैठ गए। बोले, "दुर्योधन और उसके मामा शकुनि ने एक भयानक योजना बनाई है। अश्वत्थामा बड़े उत्साह से उसमें जुट गया है। शीघ्र ही किसी रात वे हमारी हत्या करना चाहते हैं।" भीम ने विनोदपूर्ण स्वर में कहा, "जैसे वे किसी खेल-तमाशे की बात कर रहे हों।"

उद्धव ने पूछा, "तुम्हें इसका पता कैसे चला?"

"इस षड्यन्त्र का पता सहदेव को लगा और उसने मुझसे कहा। हो सकता है, सहदेव से विदुर काका ने कहा हो। इसलिए मैंने उन्हीं के जाल में उनको फँसाने का निश्चय किया है।" भीम ने बच्चों-जैसी हँसी के साथ कहा, "अब हम प्रस्तुत हैं। अर्जुन, तुम अपने बाण तैयार रखना, जिन पर तुम इतना समय नष्ट करते हो। मैंने भवन के चारों ओर पहरा बैठा दिया है। जब वे हम पर आक्रमण करेंगे, हम लोग उन्हें समाप्त कर देंगे। क्यों, क्या कहते हो अर्जुन?"

भीम ने उत्साह के साथ हाथ रगड़ते हुए आगे कहा, "मुझे दुर्योधन का मस्तक चूर्ण करना है और उस सूत-पुत्र कर्ण की गर्दन तोड़नी है।" भीम ने ऐसे सन्तोष की साँस ली मानो वे शत्रुओं का काम तमाम कर चुके हों।

"अच्छा मझले भाई, अब ऐसी दुष्टता पर मत उतरो! हम लोगों का बाल भी बाँका नहीं होनेवाला है।" कहकर अर्जुन ने आँखों के संकेत से उद्धव को बतलाया कि भीम के लिए इस तरह उबल पड़ना कोई असामान्य बात नहीं है।

भीम ने गर्व से आँखें उठाकर कहा, "मेरा जन्म दुष्टों का विनाश करने के लिए हुआ है।" उनके कथन में पूरा आत्मविश्वास था। उन्होंने हँसकर कहा, "मैं न तो तुम्हारी तरह निर्बल हूँ, न युधिष्ठिर-जैसा महात्मा। यदि वे लड़ेंगे तो मैं भी लड़ूँगा और यदि मैं लड़ूँगा तो जीत मेरी ही होगी।"

उद्धव ने कहा, "क्या इस कुटुम्ब-कलह के अन्त का कोई उपाय नहीं है? यदि तुम एक-दूसरे को नष्ट करने का प्रयत्न करोगे तो कुरुओं की सत्ता की नींव हिला दोगे और इससे सारे आर्यावर्त का विनाश हो सकता है।"

भीम ने अनमने भाव से उत्तर दिया, "आर्यावर्त को इस बात की आवश्यकता

है कि उसे जड़ से हिला दिया जाए।'' फिर उन्होंने निर्णायक भाव से कहा, ''कपट और हिंसा के भय को सर्वदा सहन नहीं किया जा सकता और न असत्य से समझौता ही किया जा सकता है। अतः अर्जुन, इस बार तुम पूरी लगन से अपने बाणों को धार दो। इस बार की मुठभेड़ निर्णायक होकर रहेगी।''

इन्हें इस बात का पता नहीं चला कि भोजन के लिए बुलाने आ रही माता कुन्ती ने भीम के अन्तिम शब्द सुन लिए हैं।

कुन्तिभोज की पालिता कन्या पृथा ने, जिन्हें सामान्यतः कुन्ती कहा जाता था, कहा, ''भीम, सदा लड़ने-भिड़ने की बातें मत किया करो। इससे मुझे भय होता है।'' कुन्ती छोटे कद की थीं। यद्यपि इस समय उनकी अवस्था पचास वर्ष के लगभग थी, लेकिन वे उतनी आयु की लगती नहीं थीं। उनमें एक प्रकार का सम्भ्रान्त भाव था। उनका मुख-मण्डल पीला और आँखें उदास थीं। उनकी मुस्कराहट में स्नेहपूर्ण आकर्षण था। वे अपने सयाने पुत्रों से भी सदा इस तरह बातें किया करती थीं जैसे कोई दयालु माता छोटे पुत्रों से बातें कर रही हो--मानो वे अभी भी छोटे बच्चे हों, जो ठीक से चलना भी नहीं जानते।

भीम ने ठहाका लगाया--''हम क्षत्रिय हैं,'' उन्होंने छाती ठोकते हुए कहा, ''युद्ध तो हमारा प्रथम कर्तव्य है।''

कुन्ती ने शान्त भाव से कहा, ''धर्म की रक्षा के लिए भीम, लड़ने मात्र के लिए नहीं।''

भीम ने कहा, ''हर तरह से अपने लोगों की रक्षा करना हमारा धर्म है और यदि दुर्योधन अधर्माचरण करता है तो उससे लड़ना हमारा कर्तव्य है।''

कुन्ती ने उद्धव की ओर मुड़कर स्नेहपूर्ण मुस्कराहट के साथ पूछा, ''उद्धव, क्या तुम्हारे यहाँ भी ऐसे लोग हैं जो सदा एक-दूसरे से लड़ने के लिए लालायित रहते हैं?''

उद्धव ने कहा, ''माता, हमारे यहाँ भी ऐसे लोग थे जो आपस में लड़ते-भिड़ते रहते थे, किन्तु कृष्ण की कृपा से अब हम लोग केवल अपने शत्रुओं से लड़ना सीख रहे हैं।''

भीम ने उत्साह के साथ कहा, ''कृष्ण यहाँ होते तो कितना अच्छा होता! वे शत्रुओं से लड़ने में हमारी सहायता करते।''

पुराने दिनों की स्मृति में डूबी कुन्ती ने कहा, ''मैंने गोविन्द के बारे में इतनी अधिक बातें सुनी हैं कि उनसे मिलने की इच्छा होती है। जब मैंने पिछली बार उन्हें देखा था, तब से तो वे बहुत बड़े हो गए होंगे। क्या अब भी लोग उन्हें गोविन्द कहते हैं?''

उद्धव ने कहा, ''हम यादवों के लिए तो वे गोविन्द ही हैं, यद्यपि उन्हें कृष्ण

के अतिरिक्त किसी अन्य नाम से पुकारने में मुझे कठिनाई होती है। लोग जब उन्हें गोविन्द कहने लगे उसके बहुत पहले से, जब मैंने बोलना सीखा तभी से, मैंने उन्हें कृष्ण के नाम से पुकारा है।''

अर्जुन ने मुस्कराते हुए कहा, ''हम लोग तो उन्हीं की राह देख रहे हैं, किन्तु उद्धव कहते हैं कि उन्हें यहाँ पहुँचने में अभी तीन सप्ताह और लग जाएँगे।''

कुन्ती ने कहा, ''वे रुक्मिणी को भी साथ ले आते तो बड़ा अच्छा होता। मैंने तो उसे देखा ही नहीं है। मैं आशा करती हूँ कि वह कृष्ण के लिए योग्य पत्नी होगी।''

''कृष्ण प्रायः कहा करते हैं कि विदर्भ की राजकुमारी के लिए एक गोपालक योग्य पति नहीं है और इससे वे चिढ़ जाती हैं।''

भीम ने हँसते हुए टोका, ''मैंने भी कृष्ण को सन्देश भेजा है कि उसे साथ ले आएँ। उसे आकर मेरा चरण-स्पर्श करना चाहिए। मैं कृष्ण का बड़ा भाई हूँ। मैं यह भी देखना चाहता हूँ कि उसे पाने के लिए कृष्ण ने जो हंगामा खड़ा किया था, वह उसके योग्य है भी या नहीं।''

कुन्ती ने मुस्कराकर पूछा, ''और शैव्या कैसी है? रुक्मिणी कभी शैव्या से लड़ाई-झगड़ा भी करती है?''

उद्धव सहसा गम्भीर हो गए। उन्होंने कहा, ''शैव्या अद्भुत स्त्री है। कृष्ण से विवाह करने में उसी ने रुक्मिणी की सहायता की थी।''

भीम ने कहा, ''लो, यह नकुल भी आ गए।''

पाण्डवों में चौथे नकुल भीतर आए। उनका शरीर छरहरा, स्वभाव मौजी और व्यवहार भला था। उनकी आँखों से उत्साह झलक रहा था। भीम और अर्जुन के ठीक विपरीत वे नख से शिख तक सजे-सँवरे थे। उन्होंने माता कुन्ती, अपने भाइयों और उद्धव को हाथ जोड़कर प्रणाम किया और भीम से कहा, ''मझले भाई, आपके आदेश के अनुसार मैंने सारी व्यवस्था कर दी है।''

कुन्ती ने चिन्तित होकर पूछा, ''किस बात की व्यवस्था?''

''मैं तो तुमसे कह चुका हूँ माँ, कि अगर दुर्योधन हम लोगों से भिड़ा तो इस बार हम उसे मिटा देंगे।'' भीम ने प्रसन्न स्वर में कहा और माता को डराने के लिए उन्होंने अपनी दृष्टि में छद्म भयानकता का भाव प्रकट किया।

कुन्ती ने गिड़गिड़ाते हुए कहा, ''ऐसा न कहो भीम, वह तुम्हारा भाई है।''

''और मेरा सबसे बड़ा शत्रु—मेरे रक्त का प्यासा!'' भीम ने कहा।

कुन्ती ने कहा, ''नहीं, नहीं भीम, तुम अत्युक्ति कर रहे हो।...और यदि वह तुम्हारा शत्रु है तो तुम्हें उसको प्रेम से जीतना चाहिए।''

भीम ने करारा उत्तर दिया, ''दुष्टों को प्रेम से नहीं जीता जा सकता।''

अपनी ओर आती पग-ध्वनि सुनकर वे चुप हो गए। उन लोगों ने मुड़कर युधिष्ठिर को देखा। वे अर्जुन के बड़े प्रतिरूप-जैसे थे। उनका डील-डौल भारी था और अर्जुन के अंगों-जैसी लुनाई उनमें नहीं थी। अपनी आँखों और दाढ़ी से वे अधिक वयस्क जान पड़ते थे। स्पष्टतः नम्रता उनके स्वभाव की कुंजी थी।

उनके साथ विदुर भी थे। ईषत् श्याम रंग, गठीला शरीर, प्रसन्न मुख, छोटी नाक, दयालुता से चमकती बड़ी-बड़ी आँखें, विनम्र स्मित और फहराती दाढ़ी—हस्तिनापुर के सर्वाधिक आदरणीय और विश्वसनीय मन्त्री का यही बाह्य रूप था।

वे राज-भवन की एक दासी के अवैध पुत्र थे; किन्तु कोई उन्हें इस भाव से नहीं देखता था। सभी जानते थे कि प्राचीन प्रथा के अनुसार, मुनि श्रेष्ठ वेदव्यास ने, राजा विचित्रवीर्य की दो निःसन्तान रानियों, अम्बिका और अम्बालिका, से अन्धे धृतराष्ट्र और पाण्डु को उत्पन्न किया था।

जब अम्बिका से इसी प्रकार दूसरा गर्भ धारण करने को कहा गया तो मुनि के पास जाने की अनिच्छा से उसने अपने बदले अपनी दासी को भेज दिया। इस संयोग से दासी के गर्भ से विदुर का जन्म हुआ।

विदुर बाल्यकाल से ही विद्या-व्यसनी थे! वे शासन-व्यवस्था तथा राजकीय आचरण के समस्त प्राचीन नियमों के अधिकारी विद्वान् थे। उनकी सहज बुद्धिमत्ता तथा सन्तों-जैसे दृष्टिकोण के कारण भीष्म पितामह-जैसे पूज्य व्यक्ति भी मनुष्यों तथा विविध विषयों के सम्बन्ध में उनका परामर्श लिया करते थे।

विदुर नम्र, न्यायी और उदार थे। उनकी उदारता असीम थी। वे स्वयं तपस्वी-जीवन व्यतीत करते और अपनी समस्त आय निर्धनों को दे दिया करते थे। दीन-दुखियों को आश्वासन देने के लिए वे सदा आतुर रहते थे। प्रत्येक अनाथ उन्हें अपना पिता मानता था।

पाँचों पाण्डव भाई उन्हें मन्त्री, अपना प्यारा चाचा मानते थे और उनका वैसा ही आदर करते थे।

इस समय विदुर के मुख पर विषाद के बादल घिरे हुए थे।

युधिष्ठिर ने पूछा, ''भीम, तुमने भवन के चारों ओर धनुर्धरों को क्यों नियुक्त किया है?''

भीम ने कहा, ''दुर्योधन हम लोगों की हत्या करने का षड्यन्त्र रच रहा है, अतः अपनी सुरक्षा के लिए मैंने यह व्यवस्था की है।''

युधिष्ठिर ने शान्तिपूर्वक आज्ञा दी, ''भीम, धनुर्धरों को हटा दो। हमें उनकी आवश्यकता नहीं है।''

अर्जुन ने पूछा, ''क्यों?'' उन्हें लगा कि युधिष्ठिर के स्वर में असामान्य गम्भीरता है।

युधिष्ठिर ने कहा, "हम लोग परसों हस्तिनापुर से चले जाएँगे।"

भीम ने चीत्कार करके कहा, "क्यों?" अन्य जन स्तब्ध होकर युधिष्ठिर की ओर देखने लगे।

युधिष्ठिर ने कहा, "यह हमारे चाचा, महाराज धृतराष्ट्र का आदेश है।"

"और हम जाएँगे कहाँ? वन में?"

"नहीं, वारणावत।"

"मैं यह आदेश नहीं मानूँगा।" भीम ने उग्रतापूर्वक चीत्कार किया, "मैं निर्वासित नहीं होऊँगा।"

युधिष्ठिर ने विषाद-भरी आँखों से अपने तूफानी भाई की ओर देखकर कहा, "भीम, मैंने आदेश स्वीकार कर लिया है।"

निर्वासन

बात यों बनी थी। युधिष्ठिर जब परिषद में बैठे न्याय कर रहे थे, विदुर उन्हें राजा धृतराष्ट्र के पास ले जाने के लिए आए। राजा की आज्ञा के अनुसार युधिष्ठिर मन्थर गति से राजभवन की ओर चले।

जब वे राजभवन की सीढ़ियाँ चढ़ रहे थे, विदुर ने धीमे स्वर में कहा, "वत्स, मुझे अमंगल की आशंका हो रही है। तुम साहस न छोड़ना।"

युधिष्ठिर ने विश्वासपूर्ण स्मित के साथ कहा, "काका, मुझमें साहस नहीं है, किन्तु देवाधिदेव पर मेरी आस्था है। उनकी जो इच्छा होगी, उससे कल्याण ही होगा।"

विदुर ने धीमे स्वर में पूछा, "क्या तुम जानते हो कि दुर्योधन तुम्हारे सभी मित्रोंसहित तुम पाँचों भाइयों की हत्या का षड्यन्त्र रच रहा है?"

युधिष्ठिर ने शान्त भाव से कहा, "सहदेव ने भी इसकी चर्चा मुझसे की थी। भीम आवश्यक सुरक्षा की व्यवस्था कर रहे हैं; किन्तु मुझे इन बातों पर विश्वास नहीं है। जब हमारा समय पूरा हो जाएगा, तभी हमारी हत्या हो सकती है–उससे एक भी क्षण पहले नहीं।"

विदुर बोले, "ईश्वर तुम्हारी रक्षा करें वत्स! यदि तुम पर कोई संकट आ पड़े तो सदा मुझ पर भरोसा कर सकते हो। तुम्हारी रक्षा के लिए मैं अधिक-से-अधिक जो कर सकता हूँ, वह करूँगा।"

युधिष्ठिर ने अनुगृहीत भाव से, विश्वासपूर्वक मुस्कराहट के साथ कहा, "आप सदा कृपालु रहे हैं काका! मैं नहीं जानता कि आपके बिना हम लोग क्या करते!"

वे उस कक्ष में पहुँचे जहाँ राजा धृतराष्ट्र एक स्वर्ण-सिंहासन पर बैठे थे। उसी प्रकार, उनके निकट पितामह भीष्म बैठे थे। स्पष्ट था कि वे बहुत देर से कुछ मन्त्रणा कर रहे थे, क्योंकि राजा अत्यन्त दुखी दीख रहे थे, जबकि पितामह पूर्ण रूप से दृढ़ थे।

राजा की आयु पचास वर्ष के आसपास थी; किन्तु उनके केश असमय में ही श्वेत हो गए थे और वे अधिक वृद्ध लग रहे थे। यद्यपि वे गौर वर्ण के और हृष्ट-पुष्ट थे, किन्तु वे मुँह लटकाए और कन्धे झुकाए हुए सिंहासन पर बैठे थे। उनकी दृष्टिहीन आँखें द्वार की ओर लगी हुई थीं। अपनी अद्भुत श्रवण-शक्ति के द्वारा वे अपने भतीजे की पगध्वनि पहचान गए थे।

पितामह भीष्म का मुख श्वेत दाढ़ी और लटकते केश-गुच्छों से घिरा था। वे प्राचीन शक्ति की प्रतिमा-जैसे लग रहे थे। वे युगों से आँधियों और आघातों को झेलते हुए अडिग खड़े किसी अकेले और हिमाच्छादित गिरि-शिखर के समान, प्रचण्ड शक्ति के स्रोत लग रहे थे। वार्धक्य के बावजूद उनका शरीर तना हुआ था। उनकी दीर्घ देह-यष्टि पर आयु का प्रभाव नहीं पड़ा था, उसमें अब भी तेजस्विता बनी हुई थी। यद्यपि उनकी आँखों में कभी-कभी एक अपूर्व अग्नि चमक जाती थी, उनके मुख पर चिन्ता की रेखाएँ थीं।

भीष्म पितामह कुरुओं की तीन पीढ़ियों के आधार-स्तम्भ थे—वस्तुतः तभी से, जब से अपने पिता शान्तनु को धीवर-कन्या सत्यवती से विवाह की सुविधा देने के लिए उन्होंने कुरु-राजसिंहासन का अपना अधिकार त्यागकर, ब्रह्मचर्य का व्रत लिया था।

राजा धृतराष्ट्र ने अपने स्वर में स्नेहपूर्ण स्वागत का भाव झलकाने का प्रयत्न करते हुए पूछा, "कौन है? युधिष्ठिर?"

भीष्म पितामह ने धृतराष्ट्र और पाण्डु के पुत्रों का अपने बच्चों के समान पालन-पोषण किया था। गुरु-श्रेष्ठ द्रोणाचार्य के द्वारा उन्हें पढ़ाया-लिखाया और शस्त्र-विद्या का प्रशिक्षण दिलवाया और उनमें से सर्वाधिक योग्य युधिष्ठिर को युवराज बनवाया था।

विगत साठ या उससे भी अधिक वर्षों से वे धर्म-धारण के अपने संकल्प में अटल रहे थे। उनके नेतृत्व के कारण ही आर्यावर्त के इस सबल राज्य की स्थिरता पर कोई आँच नहीं आ सकी थी। यद्यपि उस पर जाने कितनी आपत्तियाँ आती रही थीं।

अब एक नया संकट आ रहा था और दृढ़ता से उसका सामना करने के लिए उन्होंने अपने को वज्र-कठोर बना लिया था।

"हाँ महाराज! मैं आपके आदेश की प्रतीक्षा में उपस्थित हूँ।" कहकर युधिष्ठिर

ने पहले पितामह को दण्डवत प्रणाम किया और फिर धृतराष्ट्र को। पितामह ने युधिष्ठिर के मस्तक पर स्पर्श किया।

अन्धे राजा धृतराष्ट्र ने पूछा, "तुम्हारे साथ और कौन है? विदुर हैं क्या? और कोई एक और है। सहदेव है?" अन्धे राजा ने हाथ बढ़ाकर उन्हें आशीर्वाद दिया।

"वत्सगण! शतायु होओ!" भीष्म ने युधिष्ठिर की ओर स्नेहपूर्वक देखते हुए आशीर्वाद दिया। उनका स्वर शोकार्त्त था और आँखों में आशंका के मेघ छाए हुए थे।

"युधिष्ठिर, जब मैंने तुम्हें बुलवाया था तो तुम परिषद से घर जानेवाले थे। यह तुम्हारे भोजन का समय था।" धृतराष्ट्र ने अपने स्वर को अधिक-से-अधिक कोमल बनाने का प्रयत्न करते हुए मानो क्षमा-याचना करते हुए कहा, "किन्तु मैंने जिस बात के लिए तुम्हें बुलवाया था, दुर्भाग्यवश उसमें विलम्ब सह्य नहीं था।"

युधिष्ठिर ने कहा, "महाराज, मैं सदा आपके आदेश-पालन के लिए तत्पर हूँ। आप आज्ञा दें।"

"वत्सगण, बैठ जाओ।" राजा ने कहा। "विदुर! क्या तुम बैठ गए?" उन्होंने विदुर से पूछा। "वत्स युधिष्ठिर! तुम मुझे अपने पुत्रों से भी अधिक प्रिय हो। हमारे परिवार में एक नया संकट उत्पन्न हो गया है। मेरा पुत्र दुर्योधन तथा उसके मित्र द्वेष तथा घृणा से उबल रहे हैं।"

युधिष्ठिर ने नम्रतापूर्वक कहा, "उन्हें क्या कष्ट है? क्या मुझसे कोई अपराध बन पड़ा है?"

राजा ने न्यायसंगत दिखने का बेढंगा प्रयास करते हुए कहा, "किसी का अहित करना तुम्हारा स्वभाव नहीं है। अर्जुन तो विनय के अवतार ही हैं। नकुल और सहदेव भी नम्र, विनयी और विचारशील हैं।"

युधिष्ठिर ने देखा कि धृतराष्ट्र कुछ कहना चाहते हैं, किन्तु स्पष्टतः कह नहीं पा रहे। इस स्थिति से उन्हें उबारने में उन्होंने धृतराष्ट्र की सहायता की, "महाराज, यह तो सत्य है कि भीम कभी-कभी चोट पहुँचानेवाली बातें अवश्य बोल देते हैं," उन्होंने क्षमा-याचना के-से स्वर में कहा, "किन्तु स्वभाव से स्पष्टवक्ता होने पर भी वे मन में द्वेष नहीं रखते। जब भी वे अपने व्यवहार से दूसरे को आहत होते देखते हैं, वे सदा अपनी भूल सुधारने को प्रस्तुत रहते हैं।"

पितामह अपनी दाढ़ी पर हाथ फेरते हुए सारी बातें ध्यानपूर्वक सुन रहे थे, किन्तु स्वयं मौन थे।

राजा ने निराश स्वर में कहा, "किन्तु इस बार युधिष्ठिर, बातें बहुत बढ़ गई हैं। स्थिति बड़ी गम्भीर है। तुम जानते हो कि मेरे पुत्रों को, सूत-पुत्र कर्ण और द्रोणाचार्य के आग उगलनेवाले पुत्र अश्वत्थामा जैसे उनके मित्र कितने अवांछित परामर्श देते रहते हैं। वे सारी परिस्थिति को पराकाष्ठा पर पहुँचाने का प्रयत्न कर

रहे हैं।"

"वे चाहते क्या हैं महाराज?" युधिष्ठिर ने पितामह की ओर देखते हुए प्रश्न किया। पितामह के मुख पर वैसी ही निश्चल दृढ़ता थी।

राजा ने इस तरह दाहिने-बाएँ अपना सिर हिलाया, जैसे अपनी व्यथा का भार उनसे सहा न जा रहा हो–"वत्स! यह सत्य प्रकट करते हुए मुझे संकोच हो रहा है, किन्तु तुम्हारे-जैसे बुद्धिमान पर मुझे विश्वास है। तुम पाँचों भाइयों की वीरता मेरे पुत्रों से सहन नहीं हो रही है। वे तुम्हारी लोकप्रियता भी नहीं सह पाते। इसके अतिरिक्त तुम लोगों के सम्बन्ध में उन्होंने प्रवाद भी सुने हैं।" कहकर राजा चुप हो गए।

"वे प्रवाद सत्य नहीं हैं।" युधिष्ठिर ने उदास किन्तु निर्भीक स्वर में कहा। वे मानो राजा को उनकी व्यग्रता से उबारना चाहते थे–"वे प्रवाद स्वयं नहीं, लोगों ने फैलाए हैं। वे कहते हैं कि हम लोग आपको राजसिंहासन से हटाकर उन लोगों को उनके अधिकार से वंचित करना चाहते हैं।"

राजा धृतराष्ट्र ने स्वीकृति में सिर हिलाकर कहा, "हाँ, यही सुना गया है।"

युधिष्ठिर को बड़ा आघात लगा। उन्होंने उदास स्वर में कहा, "महाराज, आप इन प्रवादों पर विश्वास करते हैं? पितामह जानते हैं कि हमारे मन में इस तरह का कुटिल विचार आ भी नहीं सकता।"

राजा धृतराष्ट्र ने चुपके से पितामह की ओर सिर घुमाया।

युधिष्ठिर ने पूछा, "चाचाजी, आप हम लोगों के पिता के समान हैं। मैं प्रार्थना करता हूँ, आप मुझे बताएँ कि सच क्या है? क्या आप इस प्रवाद को सत्य मानते हैं?"

पितामह की चमकती आँखें रोषपूर्वक राजा धृतराष्ट्र पर टिकी हुई थीं। अन्धे राजा भी इसका अनुभव कर रहे थे।

राजा ने विनीत स्वर में कहा, "मैं जानता हूँ, जानता हूँ। मुझे तुम पर पूरा विश्वास है–तुम पाँचों भाइयों पर। तुममें कोई भी ऐसे षड्यन्त्र का सपना भी नहीं देख सकता। मैं जानता हूँ कि तुम लोगों ने पिता के समान ही मेरा सम्मान किया है।"

अपनी घबराहट को दबाने के लिए राजा क्षण-भर के लिए चुप हो गए। उन्होंने अपनी शून्य दृष्टि पितामह की ओर फेरी। उनका लटका हुआ जबड़ा धीरे-धीरे हिल रहा था। स्पष्टतः उन्हें इस बात का भय था कि भीष्म इस वार्तालाप के बीच बाधा देंगे, किन्तु पितामह पूर्णरूप से शान्त थे। वे निर्निमेष टकटकी लगाए हुए थे। कृत्रिम हँसी हँसते हुए राजा ने आगे कहा, "वत्स! शंका की कोई औषधि नहीं है।"

युधिष्ठिर ने पूछा, "सत्य भी नहीं?"

राजा ने कहा, "जो शंकालु है, वह सत्य को नहीं देख सकता और यदि देख भी ले तो उसके अनुकूल आचरण नहीं कर सकता।"

"महाराज, मैं नहीं जानता कि ऐसे जघन्य षड्यन्त्र की शंका हम लोगों पर क्यों की जा रही है। आप पितामह से पूछ देखिए, वह आपको विश्वास दिलाएँगे कि दुर्योधन या उसके भाइयों के प्रति हम लोगों के मन में कोई दुर्भाव नहीं है। अभी कुछ ही दिन पहले मैंने उससे प्रस्ताव किया था कि इस पद का उत्तरदायित्व हम दोनों परस्पर बाँट लें, किन्तु उसने स्वीकार नहीं किया।" युधिष्ठिर ने खिन्न मन से कहा।

धृतराष्ट्र ने कहा, "तुम जानते हो कि वह कितना हठी है। वह एक बार गाँठ बाँध लेता है तो बँधी रह जाती है। इसमें मैं क्या कर सकता हूँ?"

युधिष्ठिर ने कहा, "महाराज, फिर हमें क्या करना चाहिए? आप ही कोई मार्ग बताइए। हम आपके आदेश का पालन करेंगे।"

"नहीं, नहीं, मैं अपने प्यारे भाई पाण्डु के पुत्रों के साथ अन्याय नहीं करना चाहता।" राजा ने अपनी अन्धी आँखें फिर इस भाव से पितामह की ओर घुमाईं मानो वे उनकी स्वीकृति के लिए मूक निवेदन कर रहे हों–"किन्तु परिस्थिति और बिगड़ी तो हस्तिनापुर युद्ध-शिविरों में बँट जा सकता है।"

युधिष्ठिर ने कहा, "मैं जानता हूँ कि दुर्योधन का अविश्वास दूर करने के मेरे सारे प्रयत्न निष्फल हो गए।"

अब राजा और अधिक घबरा रहे थे क्योंकि पितामह के कुछ बोलने की अपेक्षा उनका मौन उन्हें कहीं ज्यादा विकल कर रहा था। उन्होंने उतावली से कहा, "अब यह अविश्वास का प्रश्न नहीं रह गया है। वत्स, वे लोग कुछ कर गुजरने की तैयारी कर रहे हैं। मैंने उन्हें इससे रोकने का प्रयत्न किया था, किन्तु वे मेरी बात माननेवाले नहीं हैं। वे युद्ध के लिए उद्यत हैं।"

युधिष्ठिर ने कहा, "महाराज, वे क्या करना चाहते हैं, यह मुझसे छिपा नहीं है। वे हम लोगों की हत्या का षड्यन्त्र कर रहे हैं, और वह भी बहुत शीघ्र।"

युधिष्ठिर ने पितामह की ओर देखा। उनकी आँखों में क्रोध लहरा रहा था, किन्तु वे अब भी मौन थे। अन्धे राजा ने उनका मौन क्रोध तुरन्त भाँप लिया और उतावली से कहा, "हे परमेश्वर, नहीं-नहीं, वे ऐसा नहीं करेंगे।"

"महाराज, मैं आपका आदेश चाहता हूँ," युधिष्ठिर ने ऐसी शान्ति के साथ कहा, जैसे वे प्रतिदिन के किसी विषय पर विचार-विमर्श कर रहे हों, "आप अपना निर्णय मुझे बताइए। क्या महाराज यह चाहते हैं कि हम अपनी रक्षा करें अथवा बचाव किए बिना आत्म-समर्पण कर दें?"

"निश्चय ही तुम आत्म-रक्षा करो," पितामह ने गम्भीर, दृढ़ और निर्णायक स्वर में कहा, "पाण्डु के पुत्र निर्दयतापूर्वक मारे जाएँ, यह नहीं हो सकता। इस सम्बन्ध में मेरा विचार स्पष्ट है।"

इन धारदार शब्दों से दूसरों को ऐसा लगा जैसे उनके बीच बिजली आ गिरी हो। थोड़ी देर तक कोई कुछ नहीं बोला। पितामह अपनी दाढ़ी पर हाथ फेरने लगे।

राजा ने याचना के भाव से अपनी सूनी आँखें पितामह की ओर फेरीं, थोड़ी देर रुके, फिर उन्होंने बात का विषय बदला, "वत्स, हम संघर्ष की बातें न करें। तुम्हारा क्या विचार है युधिष्ठिर?" उन्होंने पूछा।

"महाराज, संघर्ष को टालने के लिए हम लोग सबकुछ करेंगे। मैं सिंहासन की रक्षा के लिए भी अपने चचेरे भाइयों से युद्ध नहीं करूँगा।" यह भाँपकर कि राजा का अभिप्राय क्या है, युधिष्ठिर ने अपनी स्वाभाविक स्पष्टवादिता के साथ कहा।

पितामह ने सहानुभूति के साथ उनकी ओर देखा।

"देखा!" धृतराष्ट्र ने अपने स्वर में यथासम्भव प्रशंसा का भाव भरकर कहा, "यह मेरे प्रिय भाई के पुत्र की बात है। पाण्डु उदार थे। वत्स, तुम सब भाई भी वैसे ही हो।"

युधिष्ठिर ने न तो सहायता के लिए पितामह की ओर देखा, न वे निर्णय लेने में क्षण-भर के लिए हिचकिचाए। वे कैसा भी त्याग करने को प्रस्तुत थे–"महाराज, मैंने पहले भी कहा था और अब फिर कहता हूँ कि आप जो भी आज्ञा देंगे, हम उसका पालन करेंगे। क्या आप चाहते हैं कि मैं युवराज-पद का त्याग कर दूँ? पितामह ने आपकी सम्मति से मुझे यह पद दिया था। मुझे उसका लोभ नहीं था। आप लौटाना चाहें तो यह आपका ही है। कल आप दुर्योधन का युवराज-पद पर अभिषेक करें। वह प्रसन्न होगा।"

राजा ने एक दीर्घ निःश्वास छोड़ा, जैसे युधिष्ठिर जो कुछ कह रहे हैं, उससे उन्हें बड़ा कष्ट हुआ है–"इससे भी बात नहीं बनेगी युधिष्ठिर," राजा ने उतावली के साथ कहा, 'लोग तुम्हें और तुम्हारे भाइयों को बहुत चाहते हैं। वे तुम्हें धर्म का अवतार मानकर तुम्हारी पूजा करते हैं। यदि दुर्योधन तुम्हें इस प्रकार अपदस्थ करेगा तो लोग उसके विरोध में उठ खड़े होंगे।"

"महाराज, आप अपने मन की बात कहें। आप हम लोगों को क्या करने को कहते हैं? सम्राट् भरत के राजवंश की महत्ता बनाए रखना हमारे लिए सबसे महत्त्व की बात है।" युधिष्ठिर ने कहा।

"साधु! साधु!" कहते हुए राजा ने सिंहासन की भुजा पर बलपूर्वक हाथ मारते हुए कहा, "किन्तु मुझे कष्ट इस बात का है कि दुर्योधन हस्तिनापुर में तुम लोगों

को शान्ति से न रहने देगा।"

युधिष्ठिर इस कठिनाई में से मार्ग ढूँढ़ निकालने में सहायता देने को स्वयं तत्पर हैं, इस बात का मानो अन्धे राजा को विश्वास दिलाने के लिए ही वे कुछ जोर से हँसकर बोले, "महाराज, क्या आप चाहते हैं कि हम लोग हस्तिनापुर छोड़ दें? क्या हम वन में चले जाएँ? मैं प्रस्तुत हूँ।"

"नहीं, नहीं, मैं तुम्हें वन में जाने को नहीं कहता।" धृतराष्ट्र ने थोड़ी घबराहट के साथ पितामह की ओर मुड़कर कहा, "मैं चाहता हूँ कि कुछ महीनों के लिए तुम लोग वारणावत चले जाओ। वहाँ देवाधिदेव के सम्मान में एक उत्सव होनेवाला है। यह बहुत बड़ा अवसर है और वहाँ सहस्रों की संख्या में लोग एकत्र होंगे। तुम पाँचों भाई कठिन परिश्रम करते रहे हो।" अनन्तर राजा ने उतावली से कहा, "तुम लोग कुछ महीनों के लिए चले जाओगे तो उनकी शंका भी मिट जाएगी। उसके बाद तुम लोग हस्तिनापुर लौट आ सकते हो।"

"महाराज, हमें क्या करना है इसके सम्बन्ध में आपकी इच्छा मैं जान गया।" लेशमात्र खिन्नता का चिन्ह प्रकट किए बिना युधिष्ठिर ने तत्काल कहा, "मैं अपने पद को छोड़ दूँगा और परसों अपने भाइयों और माता के साथ वारणावत चला जाऊँगा।"

राजा धृतराष्ट्र का मन हल्का हो गया, "वहाँ तुम्हारे लिए एक नया प्रासाद बनवा दिया गया है। तुम लोग वहाँ सुखपूर्वक रह सकते हो। किन्तु क्या भीम और अर्जुन जाने को सहमत होंगे? वे कदाचित् कठिनाई खड़ी करें।" उन्होंने चिन्तित भाव से कहा।

"उन्हें जाना अच्छा नहीं लगेगा, वे विरोध करेंगे, किन्तु मैं आपको विश्वास दिलाता हूँ महाराज, हम सभी आपके आदेश का पालन करेंगे।" युधिष्ठिर ने कहा।

धृतराष्ट्र ने हल्कापन अनुभव करते हुए कहा, "वत्स! तुम बहुत भले हो। तुम ठीक अपने पिता के समान हो—मेरे उदारहृदय और प्यारे भाई पाण्डु के समान। तुमने कुरुओं को एक बहुत बड़ी विपत्ति से उबार लिया है।"

"महाराज, आप हमें आशीर्वाद दें।" युधिष्ठिर राजा के पास से जाने के लिए अधीर हो रहे थे। उन्होंने धृतराष्ट्र का चरण-स्पर्श किया, फिर उन्होंने पितामह के सम्मुख प्रणिपात किया। पितामह पहले ही की भाँति कठोर थे। उन्होंने झुककर युधिष्ठिर को भूमि से उठाया और उनका आलिंगन किया।

पितामह ने कहा, "युधिष्ठिर, तुम स्वयं धर्म हो वत्स! परमेश्वर तुम्हारी और तुम्हारे भाइयों की रक्षा करें। तुम्हारा मार्ग मंगलमय हो।"

जब भीष्म ने युधिष्ठिर का मस्तक सूँघा तो उनके बूढ़े गाल पर आँसू की एक बूँद ढरक आई।

उस आँसू में व्यथा, असमर्थता और सहानुभूति थी। इससे युधिष्ठिर का कण्ठ कृतज्ञ भाव से रुँध गया।

लाक्षागृह

कृष्ण के साथ हस्तिनापुर के लिए प्रस्थान करनेवाले दल की देखरेख सात्यक के पुत्र युयुधान कर रहे थे।

सात्यकि, जैसा कि उनके पिता के नाम पर सामान्यतः उन्हें पुकारा जाता था, अतिरथी थे, उच्च श्रेणी के सुदक्ष रथी योद्धा थे और यादवों के रथी योद्धाओं की एक टुकड़ी के नायक थे। प्रत्येक रथी योद्धा के साथ एक प्रशिक्षित सहायक तथा एक सारथि था। प्रत्येक रथ में जुते हुए घोड़ों को छोड़कर उसके साथ दो अतिरिक्त घोड़े और सवार थे, जिनका काम था युद्ध के समय पृष्ठभाग की रक्षा करना। प्रत्येक घोड़े के साथ एक साईस था। सेवकगण बैलगाड़ियों पर यात्रा कर रहे थे, जिन पर भोजन आदि का सामान, तम्बू तथा अन्य सामग्रियाँ भी थीं।

यात्री-दल ने पुष्कर-तीर्थ में पड़ाव डाला, जिसका शासन-प्रबन्ध यादव-प्रमुख चेकितान करते थे। खुले मैदान में एक छोटा-सा नगर बस गया। कृष्ण के रथ के मध्य भाग में उनका गरुड़-ध्वज फहरा रहा था। वे उसी मार्ग से यात्रा कर रहे थे, जिससे तीन साल पहले, उन्हें सौराष्ट्र की ओर पलायन करने को बाध्य होना पड़ा था।

अब यह नियमित सार्थवाह-मार्ग बन गया था। यह मार्ग रेगिस्तान से होकर गुजरता था, जहाँ कई पड़ावों पर निवास और जल का प्रबन्ध था। मार्ग के कई स्थलों पर गाँव बस गए थे। सारे मार्ग में, थोड़ी-थोड़ी दूरी पर, सार्थवाहों की सुरक्षा के लिए, निकटवर्ती प्रमुखों ने सुरक्षा-दल नियुक्त कर रखे थे।

इस मार्ग का कुछ भाग शाल्व के राज्य में पड़ता था। अब शाल्व यादवों के साथ मिल-जुलकर रहने लगा था। उसके उष्ट्र-रथों की शक्ति क्षीण हो गई थी। यद्यपि यादवों के बढ़ते हुए प्रभाव से वह विकल हो रहा था, फिर भी शाल्व ने मित्र रूप में कई स्थानों पर कृष्ण का अतिथि-सत्कार किया था।

उद्धव को पुष्कर-क्षेत्र बुलाने के लिए कृष्ण ने पहले ही अश्वारोहियों को हस्तिनापुर भेज दिया था। बुलाहट के अनुसार एक शाम उद्धव आ पहुँचे। वे लम्बी और भाग-दौड़ की यात्रा से फीके पड़ गए थे और थके हुए थे। आते ही वे कृष्ण के गले लग गए। कृष्ण उन्हीं की प्रतीक्षा कर रहे थे।

उद्धव के रथ के घोड़ों के मुँह से झाग निकल रहा था। अपने अधीर स्वामी

के साथ चल पाने में असमर्थ उनके परिचारक एक दिन की यात्रा से भी अधिक पीछे छूट गए थे।

उद्धव जिस वेग और शीघ्रता से आए थे, उसे देखकर सात्यकि और गुरु सान्दीपनि के प्रधान शिष्य आचार्य श्वेतकेतु चकित हो गए। किसी आसन्न संकट का अनुमान करके वे सामान्य अभिवादन आदि की बात भी भूल गए और अलग हट गए।

''भाई कृष्ण, हम लोगों पर एक विपत्ति आ पड़ी है'', उद्धव ने लड़खड़ाते स्वर में किसी तरह कहा, ''पाँचों पाण्डव नहीं रहे।''

''क्या कहते हो?'' कृष्ण आश्चर्य और दुःख से चीख पड़े और उन्होंने अपने मित्र के आलिंगन से अपने-आपको छुड़ा लिया। उन्होंने प्रयत्नपूर्वक अपने को सँभाला और कहा, ''अभी ठहरो, ज़रा दम ले लो।''

उद्धव बहुत थके हुए थे। वे एक वृक्ष के नीचे बैठ गए। कृष्ण ने उनके पास बैठकर उन्हें बाँहों में ले लिया। श्वेतकेतु भी उनके पास बैठे और सात्यकि उद्धव के पीने के लिए जल लाने चले गए।

कृष्ण ने कहा, ''अब बताओ कि क्या हुआ है?''

''पाँचों भाइयों की मृत्यु हो गई।'' उद्धव ने अपनी बात दुहराई, ''वारणावत के लाक्षागृह में वे जल मरे। उनकी माता कुन्ती की भी मृत्यु हो गई।''

कृष्ण ने बड़ी कठिनाई से अपने को सँभाला। फिर कहा, ''तुम थोड़ा और विश्राम कर लो उद्धव, और तब मुझे विस्तार से सब बताओ कि कैसे क्या हुआ!''

सात्यकि का लाया हुआ जल उद्धव ने पी लिया। सामान्य होने पर वह उठ बैठे। उन्होंने असहाय भाव से कृष्ण के कन्धे पर हाथ रखकर कहा, ''कृष्ण, जब मैं हस्तिनापुर गया तो भीम और अर्जुन मुझे नगर-द्वार पर मिले। वे मुझे अपने भवन में ले गए। वहाँ जाकर मैंने अपनी बुआ कुन्ती का अभिवादन किया। उन्होंने तुम सब लोगों का कुशल-मंगल पूछा। युधिष्ठिर और दोनों जुड़वें भाई भी वहाँ थे। अचानक विदुर—सन्त-स्वभाव के उन सचिव के बारे में तुम जानते हो—युधिष्ठिर को बुलाने आए। राजा ने उन्हें बुला भेजा था।''

कृष्ण ने पूछा, ''वे लोग सुखी तो थे न?''

''उन्हें पता चला था कि दुर्योधन अपने मामा शकुनि, सूत-पुत्र कर्ण और महारथी द्रोणाचार्य के पुत्र अश्वत्थामा की सहायता से एक षड्यन्त्र रच रहा है, इससे वे चिन्तित थे।''

कृष्ण ने कहा, ''हाँ, मैंने भी यह बात सुनी है; किन्तु षड्यन्त्र क्या था?''

''षड्यन्त्र पाँचों भाइयों की हत्या करने का था। भीम उसके प्रतिकार का प्रबन्ध कर रहे थे।'' उद्धव कहते गए, ''जान पड़ता है कि राजा धृतराष्ट्र से देर तक परामर्श

करने के बाद भीष्म पितामह ने युधिष्ठिर को इसलिए बुलवाया था कि इससे उबरने की कोई राह निकाली जाए।"

कृष्ण ने पूछा, "युधिष्ठिर जब राजा से मिले तो उन्होंने क्या कहा?"

"राजा ने कहा कि दुर्योधन और उसके मित्रों ने कोई भयंकर कार्रवाई करने का निश्चय किया है और कुरुओं के बीच भ्रातृ-युद्ध की आशंका उत्पन्न हो गई है।" उद्धव ने कहा।

श्वेतकेतु बोले, "कहा जाता है कि दुर्योधन कुछ भी कर सकता है।"

"राजा ने कहा कि इस अनर्थ को रोकने का उपाय केवल यही है कि युधिष्ठिर युवराज-पद से हट जाएँ।" उद्धव ने कहा।

कृष्ण ने पूछा, "क्या युधिष्ठिर ने इसे स्वीकार कर लिया?"

उद्धव ने उत्तर दिया, "हाँ, उन्हें तनिक भी हिचकिचाहट नहीं हुई; किन्तु राजा को उससे भी सन्तोष नहीं हुआ। लोग पाँचों भाइयों का बड़ा सम्मान करते थे, यदि वे हस्तिनापुर में बने रहते तो दुर्योधन कभी युवराज-पद का कार्य-निर्वाह न कर पाता, क्योंकि तब भी युधिष्ठिर प्रजा के प्रीतिभाजन बने रहते।"

"और इसलिए..."

"इसलिए धृतराष्ट्र ने युधिष्ठिर से कहा कि वे लोग कुछ महीनों के लिए वारणावत चले जाएँ, जहाँ एक उत्सव हो रहा है। उन्होंने धृतराष्ट्र का कहना मान लिया।" उद्धव ने कहा।

कृष्ण ने पूछा, "इसके बारे में भीष्म ने क्या कहा? मैं तो समझता था कि पाँचों भाइयों पर उनका अगाध प्रेम है।"

"युधिष्ठिर ने हम लोगों को बताया था कि इस पूरी बातचीत की अवधि में भीष्म किस तरह कठोर और मौन होकर बैठे रहे। बीच में उन्होंने केवल यही कहा था कि यदि आक्रमण हो तो पाँचों भाइयों को अपनी रक्षा करनी चाहिए।" उद्धव ने उत्तर दिया।

"क्या भीम और अर्जुन ने इस प्रस्ताव को स्वीकार कर लिया?" कृष्ण ने पूछा।

उद्धव ने कहा, "पहले तो भीम बहुत क्रुद्ध हुए। अर्जुन ने भी विरोध किया। नकुल और सहदेव को भी यह विचार पसन्द नहीं आया। किन्तु युधिष्ठिर वचन दे चुके थे, उनकी माता कुन्ती ने आग्रह किया कि वचन का पालन होना चाहिए। इस तरह आखिर सब लोग राजी हो गए। वह एक अद्‌भुत परिवार है। प्रत्येक व्यक्ति दूसरों के अंग-जैसा है।"

कृष्ण ने कहा, "इसी में उनकी शक्ति और कीर्ति निहित है।...तुम अपनी बात कहते जाओ।"

"ज्यों ही हस्तिनापुर के लोगों को यह बात मालूम हुई कि पाँचों भाई वारणावत

के उत्सव में जा रहे हैं, वे अशान्त हो उठे। किसी को इस बात पर विश्वास नहीं हुआ कि पाँचों भाई अपनी इच्छा से कर्त्तव्य-भार का त्याग कर सकते थे। और दो दिनों के बाद जब उन लोगों ने हस्तिनापुर से प्रस्थान किया तो एक बहुत बड़ी व्यथा-विह्वल भीड़ ने उन्हें विदा किया।" उद्धव ने कहा।

"तुमने क्या किया?" कृष्ण ने पूछा।

"मैं उन लोगों के साथ वारणावत गया और वहाँ कई दिनों तक उनके साथ रहा। पाँचों भाई जहाँ कहीं जाते, लोग जय-जयकार करके उनका सम्मान करते थे। किन्तु वातावरण में आसन्न संकट के अपशकुन भरे हुए थे। उन लोगों के अस्थायी निवास के लिए जो नया भवन बनवाया गया था, वह कमजोर था और उस पर किसी विचित्र वस्तु का लेप किया गया था। पुरोचन नाम का म्लेच्छ अधिकारी उन लोगों की देखभाल के लिए नियुक्त किया गया था। वह परिचारक से अधिक भेदिया था। वह इस बात का ध्यान रखता था कि दिन-रात भवन की निगरानी हो।" उद्धव ने कहा।

सात्यकि ने पूछा, "यदि उन्हें छल-कपट का सन्देह था तो हस्तिनापुर लौट क्यों नहीं गए?"

उद्धव ने कहा, "वे लौट नहीं सकते थे। युधिष्ठिर वचनबद्ध थे। इसके अतिरिक्त यदि वे बिना बुलाए हस्तिनापुर लौट जाते तो निर्दयतापूर्वक उनकी हत्या कर दी जाती। अब तो दुर्योधन युवराज हो गया है। वह कोई खतरा नहीं उठा सकता।"

कृष्ण ने कहा, "पाण्डवों के निर्वासन का समाचार मुझे श्वेतकेतु से मिला था। जब पाँचों भाइयों ने हस्तिनापुर से प्रस्थान किया तो वह वहीं था। तुम्हें पाँचों भाइयों की मृत्यु का संवाद कब मिला?"

उद्धव ने अत्यन्त दुखी होकर कहा, "जब यह संवाद मिला कि भवन में आग लग जाने से पाँचों पाण्डव और उनकी माता कुन्ती जल मरीं तो मैं उत्कोचक में था। मैं ठीक-ठीक जानकारी पाने के लिए तत्काल वारणावत लौट गया। भवन पूरी तरह जल गया था। जैसे मुझे सन्देह था, वह किसी ज्वलनशील पदार्थ से बना था। सुरक्षा-अधिकारी पुरोचन भी जल मरा था। बाद में पाँचों भाइयों और उनकी माता कुन्ती के शव का अन्तिम संस्कार किया गया।"

कृष्ण विचार में खोए बैठे रहे।

श्वेतकेतु ने कहा, "क्या उन्हें इस बात का सन्देह नहीं हुआ कि भवन ज्वलनशील पदार्थ का बना था? वे समय रहते वहाँ से निकल जाने का कोई उपाय कर सकते थे।"

उद्धव ने कहा, "वे लोग किसी आकस्मिक संकट से बचाव की तैयारी कर

रहे थे। विदुर को भी किसी षड्यन्त्र का सन्देह हो गया था और उन्होंने सुरंग बनाने के लिए एक कारीगर को भेजा था, जिसके द्वारा वे संकट के समय सुरक्षित निकल जाएँ। लेकिन कारीगर तभी काम कर पाता था, जब पुरोचन उपस्थित न रहता। सुरंग बन पाई थी या नहीं, यह तो नहीं जानता किन्तु पाँचों भाइयों को वहाँ से निकल जाने का अवसर नहीं मिला।''

कृष्ण ने धीमे-से कहा, ''यह बड़ा प्रचण्ड आघात है। भाग्य ने बहुत बड़ा छल किया है, बहुत ही मारक छल। ये पाँचों भाई मुझे अत्यन्त प्रिय थे, उनका बहुत भरोसा भी था, किन्तु अब वे नहीं रहे। कुन्ती स्त्रीरत्न थीं। उनकी भी मृत्यु हो गई—यद्यपि मुझे इस बात का सन्तोष है कि वे उन्हीं के साथ मरीं, क्योंकि वे तो उनके जीवन की प्राण-वायु थे।''

श्वेतकेतु ने पूछा, ''अब हमें क्या करना चाहिए?''

उद्धव ने उत्तर दिया, ''द्वारका लौट चलना चाहिए। और क्या किया जा सकता है? मैं नहीं चाहता कि जिस हस्तिनापुर में युवराज के रूप में दुर्योधन का शासन है, वहाँ वासुदेव जाएँ। ऐसा लगता है कि अब तो कुरुओं पर पितामह का नियन्त्रण भी नहीं रह गया।''

''उद्धव, एक बार फिर सोच देखो! क्या हम द्वारका लौट जा सकते हैं?'' कृष्ण ने धीरे-से कहा, जैसे वह अपने-आपसे बात कर रहे हों, ''हमारी सारी योजनाएँ व्यर्थ हो गईं। जब मैंने सुना कि पाँचों भाई निर्वासित हो गए हैं तो मैंने आदरणीय भीष्म से मिलकर कोई मार्ग निकालने की इच्छा से हस्तिनापुर जाने का निश्चय किया। मेरे मन में कुछ और योजनाएँ भी थीं। अब तो वे ही नहीं रहे।'' कृष्ण ने कहा। उनकी व्यथा से विह्वल अन्य जन चुपचाप बैठे रहे।

''और उद्धव, अन्त तक तुम उनके साथ रहते, इतनी सान्त्वना भी उन्हें नहीं बदी थी।'' कृष्ण ने दयार्द्र दृष्टि से उद्धव की ओर देखते हुए व्यथापूर्ण स्वर में कहा।

सहसा उद्धव के हृदय में आन्तरिक पीड़ा की लहर-सी दौड़ गई। संकट के समय वह पाण्डवों के साथ थे, किन्तु उन्हें उनके हाल पर छोड़कर चले आए। यह नहीं कि वह उनकी कुछ अधिक सहायता कर पाते, किन्तु उन्होंने अनुभव किया कि वारणावत में उन्हें छोड़ आना ठीक नहीं हुआ।

कृष्ण ने स्नेह-भरी दृष्टि से उद्धव की ओर देखा, मानो वे उनका मनोभाव समझ रहे हों।

उद्धव ने कहा, ''कृष्ण, मैं सोचता हूँ कि वैसी परिस्थितियों में उनका साथ छोड़ना मेरी मूर्खता थी।''

''उद्धव, अच्छा होता कि तुम उन लोगों के साथ रहते, लेकिन जो बीत चुका

है, उसके लिए खेद करने से कोई लाभ नहीं है।" कहकर कृष्ण मानो आत्मालाप के प्रवाह में बह गए–"पाण्डवों के न रहने पर अब कुरुगण दुर्योधन के आधिपत्य में रहेंगे। और इससे भी बुरा यह है कि सत्ता अब उसके मामा शकुनि के हाथ में आ जाएगी और आदरणीय भीष्म का नियन्त्रण न रह जाएगा। कुरुगण धर्म से विमुख हो जाएँगे।"

उद्धव ने पूछा, "इस सम्बन्ध में हम क्या कर सकते हैं?"

कृष्ण ने उत्तर दिया, "जो हमें करना चाहिए।"

कृष्ण थोड़ी देर चुपचाप बैठे रहे। फिर जैसे तड़ित्-सा प्रकाश दीख पड़ा हो, उन्होंने आँखें ऊपर उठाईं। उनके मुख पर वह अलौकिक शान्ति छा गई जो, कोई निर्णय लेने के बाद, उन्हें अत्यन्त दुर्निवार बना देती थी।

"अब मैं स्पष्ट देख रहा हूँ कि हम लोगों को क्या करना चाहिए। मुझे शोक प्रकट करने के लिए हस्तिनापुर जाकर भीष्म से मिलना चाहिए। वहाँ मैं पाण्डवों की मृत्यु के रहस्य की थाह लूँगा।" कहकर कृष्ण ने पूछा, "तुम किस मार्ग से आए हो?"

"तुम्हारा सन्देश मुझे उत्कोचक में मिला था। नागराज आर्यक ने, जो हमारे परनाना होते हैं, अपने प्रदेश में मेरे साथ पथ-दर्शक भेज दिए थे। मथुरा में मैं यमुना के पार उतरा।" उद्धव ने उत्तर दिया।

कृष्ण ने पूछा, "क्या मथुरा फिर बस गई?"

"मथुरा को उजाड़ देखकर मेरा हृदय टूट गया। हमारे भवन और प्रासाद खण्डहर बने हुए हैं। थोड़े-से निर्धन यादव अपने घरों में लौट आए हैं और थोड़ी-बहुत भूमि पर खेती-बारी कर रहे हैं। हाँ, नागों और निषादों की अच्छी बस्तियाँ बस गई हैं।" उद्धव ने कहा।

कृष्ण ने कहा, "उद्धव, किसी समय हम लोग मथुरा का प्राचीन गौरव फिर लौटाएँगे, किन्तु अभी वह समय नहीं आया है।"

श्वेतकेतु ने पूछा, "क्या अब भी मुझे राजा द्रुपद के यहाँ जाना है?"

"निश्चय ही तुम्हें जाना चाहिए। अब तो उनसे मिलना मेरे लिए और आवश्यक हो गया है।" कृष्ण ने कहा, "वही राह पकड़ो जिससे उद्धव आए हैं। उद्धव और मेरी ओर से आदरणीय आर्यक को विनीत अभिवादन निवेदित करना–अब तो वे सौ वर्ष से भी अधिक आयु के हो गए होंगे। उनसे कहना कि लौटते समय मैं वहाँ आने की पूरी चेष्टा करूँगा और उनके चरणों की वन्दना करूँगा।"

दुर्योधन का भय

कुरुओं की राजधानी हस्तिनापुर से एक योजन दूर ऊँची पद-मर्यादावाले तीन व्यक्ति गंगा-तट पर बैठे किसी गम्भीर विषय पर बातें करने में तल्लीन थे। वे अभी-अभी आखेट से लौटे थे, क्योंकि उनके धनुष-बाण पास ही पड़े हुए थे। बातचीत करने के साथ ही उनका खाना-पीना भी चल रहा था।

कुछ दूर दो रथ खड़े थे, जिनके घोड़े खोल दिए गए थे और चर रहे थे। साथ ही उनके सारथि घुटनों के बल बैठे अपने स्वामियों के लौटने की प्रतीक्षा कर रहे थे। रथों के समीप एक बैलगाड़ी पर दो मरणासन्न मृग पड़े थे, जिनके घावों से रक्त-स्राव हो रहा था।

उन तीनों में अधिक आयुवाला व्यक्ति ठिगना, स्थूल और सुदर्शन था। उसकी दाढ़ी सलीके से कटी-सँवरी थी, आँखें छोटी और गोल थीं, गाल उभरे हुए थे और उसके अधरों पर सन्तोष की मुस्कान थी। अपने युवा साथियों के सामने अधलेटी स्थिति में टिका वह अपना पेय पी रहा था। वह रानी गान्धारी का छोटा भाई शकुनि था। वह हस्तिनापुर का जाना-माना व्यक्ति था और सम्भवतः सर्वाधिक घृणा का पात्र भी।

धृतराष्ट्र और गान्धारी का ज्येष्ठपुत्र तथा हस्तिनापुर का नवनियुक्त युवराज दुर्योधन, स्वरूपवान और ऊँचे कद का था। उसका गठीला शरीर और उभरी हुई मांस-पेशियाँ मल्ल-विद्या में उसकी दक्षता और गदा-संचालन में निपुणता का प्रमाण थीं। जब वह दृढ़ता से कोई बात कहता तो उसके विशाल और बुद्धि-दीप्त नेत्र तीव्रता से चमक उठते थे। अपनी राजकीय मर्यादा के अनुरूप उसने अपनी कलाइयों, भुजाओं तक कण्ठ में मूल्यवान आभूषण पहन रखे थे। उसका रत्नजटित मुकुट उसके पास ही रखा हुआ था।

तीसरा व्यक्ति सूत-पुत्र कर्ण था, जिसे दुर्योधन ने राजोचित पद पर प्रतिष्ठित किया था। वह बड़ा रूपवान, सुगठित शरीरवाला और कोमल था। उसकी आकृति पर साहस तथा सत्यनिष्ठा की छाप थी और चमकदार आँखों में दुर्लभ बुद्धिमत्ता भरी थी। जो आभूषण और मुकुट उसने धारण कर रखा था, उससे दुर्योधन की अपेक्षा निम्न पद-मर्यादा का आभास मिलता था।

सहमति की अपेक्षा से अपने मामा की ओर देखते हुए दुर्योधन ने कहा, ''मुझे इस समय उस ग्वाले का आना अच्छा नहीं लग रहा। मैं उसे अच्छी तरह से जानता हूँ। हो सकता है कि वह संकट का कारण बने।''

शकुनि मुस्कराया। वह भूमि पर थोड़ा उठँग गया और इत्मीनान से प्याले से एक घूँट पेय पिया--''वह मुझे भी पसन्द नहीं है--अभी या कभी भी।'' उसने कहा,

"किन्तु तुम उसे ग्वाला कहो, इससे मैं सहमत नहीं हूँ। दुर्योधन, यदि कोई व्यक्ति तुम्हें अच्छा नहीं लगता तो उसे प्रशंसाओं से ढक देना ही सबसे अच्छा है।"

कर्ण जो उठँगा हुआ था, उठ बैठा। उसने पूछा, "कृष्ण हमारा क्या अनिष्ट कर सकता है?"

दुर्योधन बोला, "तुम उसे नहीं जानते कर्ण! वह सबकुछ जानता है और कुछ भी कर सकता है। यादवों का ऐसा ही विश्वास है। वे सभी उसके हाथ के कठपुतले हैं! ऐसा नहीं लगता कि अपने फुफेरे भाइयों को निर्वासित करने के लिए वह हमें क्षमा कर देगा।"

शकुनि की आँखों में एक कुटिल मुस्कान उभरी। उसने कहा, "वह इस बात का पता लगाने की भी चेष्टा कर सकता है कि उनकी मृत्यु कैसे हुई।"

कर्ण ने कहा, "उनकी मृत्यु हो चुकी है और विधिपूर्वक उनका अन्तिम संस्कार भी हो चुका है। उनकी बात समाप्त हो गई है।"

दुर्योधन ने कहा, "मैं कृष्ण को जानता हूँ। यदि मुस्कराता हुआ शैतान हो सकता है तो वह वही है।"

शकुनि ने छेड़नेवाली दृष्टि से अपने भांजे की ओर देखकर कहा, "कृष्ण ने अनेक असाधारण कार्य किए हैं। कुछ लोग तो उसे भगवान ही मानते हैं।" उसने दुर्योधन को चिढ़ाने के लिए कहा।

दुर्योधन की आँखें क्रोध से जल उठीं। उसने कहा, "यह सब बकवास है। वह युद्ध कर सकता है। छल-कपट कर सकता है। खा-पी सकता है और प्रेम कर सकता है। वह बूढ़ी औरतों से गप्पें लड़ा सकता है और बच्चों के साथ खेल सकता है। कौन कहता है कि वह भगवान है। किन्तु भगवान हो या न हो, इतनी दूर से उसे यहाँ आने की आवश्यकता ही क्या है? मुझे इस बात पर विश्वास नहीं है कि वह केवल शोक-प्रदर्शन करने के लिए आ रहा है।"

शकुनि हँसा और अपने भारी-भरकम हाथ से दुर्योधन के घुटने थपथपाता हुआ बोला, "प्यारे भांजे, अब तुम फिर घबराने लगे! जिस बात पर तुम्हें विश्वास न हो, उसके बारे में सदा यह कहो कि तुम उस पर विश्वास करते हो। मान लो कि हम कृष्ण को भगवान स्वीकार भी कर लेते हैं तो भगवान क्या कर सकता है? वह क्या पाण्डवों को फिर जीवित कर सकता है? और स्मरण रखो कि भगवान भी उसी भक्त पर प्रसन्न होते हैं, जो उनकी अधिकाधिक चाटुकारिता करता है।"

दुर्योधन बोला, "दुर्भाग्य की बात तो यह है कि उसके सम्बन्ध में पितामह के विचार बड़े ऊँचे हैं। पिछली रात वे पिताजी को कृष्ण की वीरता की बातें सुना रहे थे। उन्होंने कहा कि एकमात्र कृष्ण ही ऐसा है जो इस भ्रष्ट संसार में किसी सीमा तक धर्म का प्रवर्तन कर सकता है। भला ऐसे मन्दमति बूढ़े का क्या किया

जा सकता है?"

कर्ण ने पूछा, "पितामह को ये सारे संवाद कहाँ से मिलते रहते हैं?"

दुर्योधन ने उत्तर दिया, "विदुर ही ये सारी गप्पें पितामह तक पहुँचाते होंगे।"

शकुनि ने भांजे की ओर आँख का संकेत किया और मुस्कराते हुए कहा, "सन्त लोग सदा दुखदायी होते हैं। उनसे न तो छुटकारा पाया जा सकता है, न उनका विश्वास ही किया जा सकता है।"

कर्ण ने कहा, "किन्तु मुझे तो स्वयं देखना है कि यह कृष्ण है कैसा!"

दुर्योधन ने कहा, "पिताजी राजोचित सम्मान के साथ उसका स्वागत करना चाहते हैं। उसे इतना महत्त्व देने की आवश्यकता क्या है?"

शकुनि ने कहा, "वत्स, धूमधाम से किसी का स्वागत करने से कुछ बिगड़ता नहीं। यह उसे मूर्ख बनाता है और बुद्धिहीन लोग उससे प्रसन्न होते हैं। किन्तु मैं अनुमान कर सकता हूँ कि इतने सारे यादव योद्धाओं को साथ लेकर वह यहाँ क्यों आ रहा है।"

"क्यों?" कर्ण ने पूछा और फिर स्वयं ही अपने प्रश्न का उत्तर दिया, "जरासन्ध के भय से यादवों के साथ भागकर उसे द्वारका में शरण लेनी पड़ी थी। अब उसे ऐसा लगता है कि आर्यावर्त के राजाओं के बीच स्थान बनाने-जैसी शक्ति उसने प्राप्त कर ली है।"

"कर्ण, तुम थोड़े ठण्डे मन से सोचो।" शकुनि ने कहा, "राजाओं के बीच स्थान पाने के लिए उसे प्रयत्न करने की आवश्यकता नहीं है। लोग कहते हैं कि गोमन्तक में उसने जरासन्ध को पराजित किया था; कुण्डिनपुर में रुक्मिणी का स्वयंवर रुकवा दिया था, जरासन्ध को चकमा देकर वह यादवों को सकुशल द्वारका ले गया था, एकत्रित राजाओं की आँखों के आगे से वह अकेला ही विदर्भ की राजकुमारी का अपहरण कर ले गया था। अभी-अभी उसने सौभ-नरेश शाल्व को बुरी तरह पराजित किया है। हमारा राजन्य वर्ग पहले ही उसे बहुत ऊँचा आसन दे चुका है।"

कर्ण ने कहा, "तब तो उसका यहाँ आना और भी रहस्यपूर्ण जान पड़ता है।"

दुर्योधन ने कहा, "उसके आगमन के पीछे कोई दुरभिसन्धि प्रतीत होती है।"

शकुनि ने कहा, "वत्स, राजकीय समस्याओं से कैसे निबटा जाता है, यह तुम लोग कभी न जान पाओगे। तुम लोग बहुत शीघ्रता से कोई सम्मति बना लेते हो। यह तो स्पष्ट है कि कृष्ण एक शक्तिशाली व्यक्ति है। पितामह भीष्म और तुम्हारे पिता भी उसका बड़ा सम्मान करते हैं। अतः अपनी योजना बनाने के पहले हमें उसके आचरण को परखना होगा।"

दुर्योधन ने पूछा, "मामाजी, कल उसके आने पर हमें क्या करना चाहिए?"

"मैं तुम्हें बताता हूँ दुर्योधन, कि तुम्हें क्या करना चाहिए : बढ़-चढ़कर उसकी प्रशंसा करो, उसका गुणगान करो, विनम्र बनने का प्रयत्न करो, उसका विश्वासपात्र बनने का प्रयत्न करो। जब तुम द्वारका गए थे तो तुमने एक भूल की थी। तुम्हें बलराम के स्थान पर कृष्ण से मैत्री करनी चाहिए थी।" शकुनि ने कहा, "और कर्ण, मेरी राय है कि तुम उससे न मिलो। तुम बहुत मुँहफट हो। हम उसे जितना चतुर समझते हैं, यदि वह सचमुच उतना चतुर है तो दुर्योधन, हमें उससे भी अधिक चतुर बनना पड़ेगा।"

"मैंने क्या किया है कि सदा मुझे पाखण्ड का सहारा लेने को विवश होना पड़ेगा?" दुर्योधन ने यह पूछा तो क्रोध से उसका मुख लाल हो आया–"कुरुओं का राजा बनने के लिए मेरा जन्म हुआ था। प्रत्येक व्यक्ति मुझे सत्ता से अलग रखने का षड्यन्त्र कर रहा है! युधिष्ठिर की मृत्यु के बाद भी उसका अन्त क्यों नहीं होता? प्रत्येक व्यक्ति क्यों ऐसा समझता है कि मेरी अपेक्षा युधिष्ठिर को राज्य पाने का अधिक अधिकार था?"

शकुनि ने व्यंग्य से कहा, "क्योंकि वह देवपुत्र था!"

दुर्योधन ने तिरस्कार-सहित पूछा, "क्या मेरे चाचा देवता थे?"

शकुनि ने उपहास करते हुए उत्तर दिया, "पितामह उनका बड़ा सम्मान करते थे और प्रजा भी उन्हें बहुत चाहती थी।"

दुर्योधन के चेहरे पर एक कठोर हिंस्र भाव उभर आया–"हाँ, मैं जानता हूँ। उनकी अपेक्षा मैं सदा श्रेष्ठ रहा हूँ, फिर भी प्रत्येक व्यक्ति, यहाँ तक कि स्वयं आप भी मामाजी, उन्हें मेरी अपेक्षा श्रेष्ठ मानते थे। मैं निष्णात योद्धा हूँ। गदा-युद्ध और मल्ल-युद्ध में अजेय हूँ। फिर भी मेरे गुरु द्रोणाचार्य तक भीम और अर्जुन को मुझसे अधिक श्रेष्ठ योद्धा मानते रहे।"

शकुनि ने कहा, "अपने पितामह भीष्म से पूछो। हस्तिनापुर में किसी की अच्छाई और बुराई का निर्णय वही करते हैं।"

दुर्योधन क्रोध से उबल पड़ा–उसका सुन्दर मुख कुरूप और क्रूर बन गया–"लोग युधिष्ठिर की पूजा करते थे; अपने पिता और आपके द्वारा भी मैं अनिष्टकर समझा जाता हूँ। अपनी माता के अतिरिक्त और किसी को मैं अच्छा नहीं लगता। मुझे इस बात का अवसर क्यों नहीं दिया गया कि किसी दिन मैं एक महान् राजा और चक्रवर्ती बनूँ?"

दुर्योधन को शान्त करने का प्रयत्न करते हुए शकुनि ने कहा, "दुर्योधन, अधीर न होओ। यदि मैं तुम्हारी सहायता कर सका तो किसी दिन तुम चक्रवर्ती होकर रहोगे।"

दुर्योधन बोला, "मामाजी, मैं जानता हूँ कि मेरे एकमात्र आधार आप ही हैं,

किन्तु जो मेरा प्राप्य है, उसके लिए उचित और सुगम मार्ग ईश्वर ने मेरे लिए क्यों बन्द कर रखा है?"

कर्ण ने कहा, "अब तुम ऐसा नहीं कह सकते। तुम्हारे प्रतिद्वन्द्वी मार्ग से हट गए हैं।"

इस समय एक ही विचार से ग्रस्त होने के कारण दुर्योधन ने कटुता के साथ कहना जारी रखा, "अब यह वासुदेव आ रहा है। वह मीठी-मीठी बातें करेगा और सहज ही किसी की बातों में आ जानेवाला बूढ़ा उसकी ओर देखकर मुस्कराएगा। और पवित्रात्मा पाखण्डी विदुर काका उसके पैरों पड़ेंगे और जो कुछ उनके मन में होगा, उगल देंगे। उसके बाद अगर उस ग्वाले ने जान लिया कि पाण्डवों को छल से वारणावत भेजकर मार डाला गया है तो वह सारी दुनिया में कहता फिरेगा कि यह अधर्म था। लोग भी उसी की बात दुहराएँगे कि यह अधर्म था और सभी लोग कहेंगे कि यह सारा प्रपंच दुष्ट दुर्योधन का किया-धरा था। कोई यह क्यों नहीं कहता कि कृष्ण ने अपने मामा कंस का वध किया था।"

शकुनि ने खीस निपोरकर कहा, "वत्स, यदि तुम उसके चरण-चिन्हों पर चलना चाहते हो तो पहले मुझे मार डालो—मैं तुम्हारा मामा हूँ।"

दुर्योधन तिक्तता से बोला, "मामाजी, मेरी हँसी मत उड़ाइए। मैं हस्तिनापुर का राजा होनेवाला हूँ, किन्तु हे ईश्वर, कब होऊँगा! मेरे पिता वृद्ध हो गए हैं; किन्तु वे अभी बहुत बरसों तक जी सकते हैं। पितामह को वर्षों पहले पितृलोक में पहुँच जाना चाहिए था और आदरणीय वेदव्यास को भी, जो सदा से वृद्ध हैं लेकिन कभी उससे आगे नहीं बढ़ते। मैं बूढ़ा हो रहा हूँ जबकि पितामहगण दिनों-दिन तरुण होते जा रहे हैं।"

शकुनि ने कहा, "यदि तुम इतने उत्तेजित हो जाओगे तो वृद्ध होने के पहले ही यमलोक पहुँच जाओगे।"

क्रोधोद्दीप्त दुर्योधन ने कहा, "मुझे इसकी चिन्ता नही है कि मेरा क्या होता है? किन्तु मरने से पहले मैं उस प्रत्येक व्यक्ति को नष्ट कर दूँगा जो मेरी राह का रोड़ा बनेगा। मैं यह सुनते-सुनते ऊब गया हूँ कि यह मेरा धर्म है कि मैं चुपचाप बैठा रहूँ और सभी मुझे रौंदते हुए चले जाएँ।"

"वत्स! भविष्य की बात मत सोचो—तत्काल जो सामने है उस पर विचार करो।" शकुनि ने अपने भांजे के कन्धे पर स्नेह-सहित हाथ रखते हुए कहा, "कृष्ण को बिना किसी बात की गन्ध लगे लौटा देना चाहिए। उसके चले जाने के बाद हम लोग शेष बातों पर विचार करेंगे।"

दुर्योधन बोला, "मेरी इच्छा होती है कि मैं उस ग्वाले का गला घोंट दूँ।"

कर्ण ने अपने शब्दों पर संयम रखे बिना कहा, "शकुनि मामा, मैं जानता हूँ

कि आप मेरा परामर्श स्वीकार न करेंगे, फिर भी मेरी सम्मति है कि हमें वासुदेव से साफ-साफ बातें करनी चाहिए। हमें उनका परामर्श लेना चाहिए कि अब जब कि दुर्योधन युवराज बन चुके हैं, हम यादवों के साथ किस प्रकार मैत्री-सम्बन्ध स्थापित कर सकते हैं।"

"जिससे कि कृष्ण हमें तत्काल निगल जाए।" दुर्योधन ने बात पूरी की, "शीघ्र ही हम उसके सामन्त बन जाएँगे।"

शकुनि ने कहा, "दुर्योधन, मेरी बात सुनो, कृष्ण न जानने पाए कि कहीं किसी तरह की गड़बड़ी है। मेरी यह सलाह याद रखो, जो मैं सदा तुम्हें देता रहा हूँ। मनुष्य को वाणी इसलिए मिली है कि वह अपने विचारों को गुप्त रखे, इसलिए नहीं कि उन्हें व्यक्त करे।"

दुर्योधन की भौंहों पर बल पड़े। वह उतावली से उठकर खड़ा हो गया, जिसके साथ ही शेष बातचीत वहीं समाप्त हो गई।

भीष्म पितामह

आर्यों में प्रचलित प्रथा के अनुसार जब किसी रानी की मृत्यु होती थी तो उसके पितृकुल के सम्बन्धी शोक प्रकट करने के लिए आते थे। इस प्रकार कुन्ती के भाई वसुदेव की ओर से कृष्ण का हस्तिनापुर आना औपचारिक महत्त्व की घटना थी।

प्रथा के अनुसार, हस्तिनापुर के नगर-द्वार से कुछ आगे बढ़कर दुर्योधन और उसके भाई दुःशासन ने कृष्ण और उनके साथ आनेवालों का स्वागत किया। दुर्योधन के साथ हस्तिनापुर राज-सभा के अन्य महत्त्वपूर्ण व्यक्ति भी थे।

कृष्ण, उद्धव, सात्यकि तथा अन्य यादवों ने अपने सामान्य वस्त्राभूषणों और आयुधों का त्याग करके श्वेत वस्त्र और उत्तरीय धारण किया था। स्वागत करनेवालों ने भी वैसे ही वस्त्र पहन रखे थे। पहले वे उन लोगों को गंगा-तट पर ले गए, जहाँ उन्होंने मृतात्माओं को जलांजलि दी।

अनन्तर शोकाकुल अतिथियों तथा आतिथेयों का दल नगर के मुख्य मार्ग से राज-प्रासाद की ओर चला। पूरे मार्ग में प्रसिद्ध अतिथि के दर्शनों के लिए उत्सुक दर्शकों की भीड़ लगी हुई थी।

कृष्ण का हृदय बुआ कुन्ती और पाण्डवों की मृत्यु से तो दुखी था ही, प्रजा की वास्तविक पीड़ा का अनुभव करके और शोकाकुल हो गया। समवेत जनसमुदाय को देखकर ही जान पड़ता था कि पाण्डवों के प्रति उनमें गहरा प्रेम था। जीवन

में पहली बार उन्हें चारों ओर अँधेरा दीख पड़ा। अपने फुफेरे भाइयों के सहयोग से जीवन के जिस परम उद्‌देश्य को पूरा करने का अवसर वे ढूँढ़ रहे थे, वह सदा के लिए नष्ट हो गया।

कृष्ण को यह सन्देह प्रबल रूप से था कि पाण्डवों को छल से मारने में दुर्योधन का हाथ था, अतः वे बड़ी सावधानी से उस पर दृष्टि रखे हुए थे। कुरुराजकुमार शोकाकुल दीखने के लिए स्पष्टतः नाटक कर रहा था, जो उसके चरित्र के नितान्त विपरीत था।

दुर्योधन के कुख्यात परामर्शदाता शकुनि पर भी कृष्ण की दृष्टि गड़ी हुई थी। वह अत्यन्त शोकाकुल दीख रहा था। उसकी आँखें सूजी हुई थीं और रह-रहकर उनसे आँसू झरने लगते थे। उसका शोक इतना प्रबल था कि कभी-कभी फूट पड़नेवाली सिसिकियों को दबाने का भी प्रयत्न वह कर रहा था। कृष्ण ने सोचा कि यह कुछ अतिरिक्त ही अभिनय कर रहा है।

उन्होंने तत्काल ही कर्ण को भी ढूँढ़ निकाला। उसे पहचानने में भूल नहीं हो सकती थी। चित्ताकर्षक भौंहें, चमकती आँखें, भव्य आकृति और सहज मुस्कान–ये सभी उस साहसी पुरुष का परिचय देते थे जो वस्तुतः वह था।

उनके पिता वसुदेव ने उन्हें कर्ण का वास्तविक वंश-परिचय दिया था। वह एक भयानक पारिवारिक रहस्य था, जिसे तीन-चार व्यक्तियों के अतिरिक्त और कोई नहीं जानता था।

कृष्ण भाग्य की इस विडम्बना पर विस्मित हुए बिना न रह सके। सूत-पुत्र कर्ण, दुर्योधन का विश्वसनीय अनुचर था। कुन्ती बुआ को जिन कठिनाइयों से होकर गुजरना पड़ा था, उनके रहते भी उन्होंने बड़ी सावधानी से पाँचों पाण्डवों का पालन-पोषण किया था, किन्तु अब वे मर चुके हैं और उन्हीं के साथ कुरुओं में धर्म की विजय की आशा भी चली गई है।

हस्तिनापुर के राजभवन का अहाता बहुत बड़ा था। उसमें जहाँ-तहाँ बहुत से भवन बने हुए थे। सब भवनों के पीछे की ओर बगीचे थे। कृष्ण, उद्धव और सात्यकि को एक अलग भवन में ठहराया गया था। यह उस केन्द्रीय भवन से थोड़ी दूर था, जिसमें धृतराष्ट्र की पितामही, विधवा महारानी सत्यवती रहती थीं। उन्हें 'परम आदरणीया माँ' कहा जाता था।

उत्साहपूर्ण सौजन्य के साथ दुर्योधन ने कृष्ण, उद्धव और सात्यकि को अपनी सेवाएँ अर्पित कीं। ये सब भीष्म पितामह के अतिथि थे। दुर्योधन अतिथियों को सब तरह से प्रसन्न करने को उत्सुक था। उसके सौजन्य के पीछे जो वास्तविक व्यक्तित्व था, कृष्ण उसे पहचान गए। कृष्ण ने देखा कि वह भयभीत है और अपनी अच्छी छाप छोड़ने के लिए आतुर है।

उसकी चौकस आँखों में कृष्ण के प्रति उसका विद्वेष भाव स्पष्ट दीखता था। उनके प्रति उसके विश्वास का क्या कारण हो सकता था? क्या उसी के आदेश से पाँचों भाइयों को जलाकर मार डाला गया था? क्या वह ऐसा जघन्य कृत्य कर सकता था? कृष्ण ने सोचा कि अब तो दुर्योधन की महत्त्वाकांक्षा पूरी हो चुकी है। क्या अब वह न्यायपरायणता के साथ नया जीवन आरम्भ कर सकेगा? क्या उसे धर्म-मार्ग पर चलने को प्रेरित किया जा सकता है? नहीं, झूठी मुस्कान और चाटुकार वृत्तिवाले शकुनि की संगति से उसे अलग किए बिना ऐसा नहीं हो सकता।

निकटवर्ती प्रासाद में जाकर कृष्ण ने राजा धृतराष्ट्र से औपचारिक भेंट की। समय से पूर्व ही झुक गए वह, राजसिंहासन पर बैठे थे। उनका चेहरा झूल गया था और उनकी सूनी आँखें द्वार की ओर टिकी हुई थीं। उन्होंने शोकसूचक वस्त्र पहन रखे थे। उनके एक ओर दुर्योधन और दूसरी ओर संजय खड़े थे। राजकीय प्रयोजनों के अवसर पर संजय धृतराष्ट्र की आँख और कान का काम करता था। कक्ष के दोनों ओर दो गदाधारी प्रस्तर-मूर्ति के समान बिना हिले-डुले खड़े थे।

मन्त्री कुणिक ने धृतराष्ट्र के सामने रखे सिंहासन तक कृष्ण को पहुँचाया। कृष्ण ने आसन ग्रहण करने से पहले धृतराष्ट्र का समुचित अभिवादन किया। कृष्ण के साथ उद्धव और सात्यकि भी आए थे। उन दोनों ने भी उसी प्रकार अभिवादन किया। फिर वे कृष्ण के दाएँ-बाएँ खड़े हो गए।

धृतराष्ट्र बहुत उत्तेजित थे, किन्तु अपनी उत्तेजना को छिपाने का प्रयत्न कर रहे थे। उन्हें इस बात का भी डर था कहीं उनके मुँह से ऐसी बातें न निकल जाएँ, जिनसे कृष्ण कुछ भाँप लें। दुर्योधन उनके पास ही बैठा था और जब कभी उनके मुँह से कोई ऐसी बात निकल जाती, जो उसे पसन्द न होती तो वह उसे सुधार लेता था। कृष्ण ने समझ लिया कि राजा निःसन्देह अपने पुत्र से डरते हैं।

जितनी देर बातें होती रहीं, राजा कृष्ण को यह विश्वास दिलाने के लिए उत्सुक रहे कि पाँचों भाइयों के लिए उनके मन में बड़ा स्नेह था। वे उनके लिए अपने पुत्रों के समान थे। उन्होंने पिता के समान उन सबका पालन-पोषण किया था। उन्होंने युधिष्ठिर को युवराज बनाया था और वे उस दिन की प्रतीक्षा कर रहे थे, जब युधिष्ठिर राज-सिंहासन पर बैठते—वह अद्‌भुत लड़का था, बड़ा स्पष्टवक्ता, स्नेही और अनुगत। यदि वह जीवित रहता तो एक-न-एक दिन भरत वंश की गौरव-वृद्धि करता।

राजा ने कहा कि उन्हें इस बात का खेद है कि उन्होंने पाण्डवों को वारणावत जाने की स्वीकृति दी। किन्तु भाग्य का लिखा कौन मेट सकता है? जो हुआ वह भवितव्य था। भाग्य के आगे मनुष्य की एक नहीं चलती।

असत्य, असत्य, आदि से अन्त तक असत्य—कृष्ण ने सोचा।

अनन्तर कृष्ण भीष्म पितामह से मिले। वह वृद्ध महारथी एक सुवर्ण खचित आसन पर बैठे थे और उनके पास विदुर खड़े थे। एक वैसा ही आसन कृष्ण के लिए उनके सामने रखा हुआ था।

पितामह के इस विनीत सौजन्य को देखकर कृष्ण मुग्ध हो गए कि कक्ष के मध्य-स्थित आसन पर बैठे-बैठे उन्होंने उनका स्वागत नहीं किया। कृष्ण तत्काल इसका अभिप्राय समझ गए और उन्होंने भी उद्धव और सात्यकि को बाहर ही छोड़ दिया।

पितामह बैठे। वे तने हुए थे। उनके चेहरे पर झुर्रियाँ नहीं थीं। वे प्राचीन शक्ति के प्रतीक जैसे लग रहे थे। वे उस युग के अवशेष प्रतीत हो रहे थे, जिसकी गाथाएँ कहानियों और गीतों में प्रचलित हैं और जब आर्य जीवन पर परशुराम का प्रभाव छाया हुआ था तथा वेदव्यास का जन्म भी नहीं हुआ था।

कृष्ण प्रणिपात के लिए पितामह के सम्मुख झुकने ही वाले थे कि वह अपने आसन से उठकर आगे बढ़े और उन्होंने कृष्ण को अंक में भर लिया–''वासुदेव, तुमको देखकर मुझे बड़ी प्रसन्नता हुई। तुम्हारे सम्बन्ध में मैं कितनी ही बातें सुनता आ रहा था।''

पितामह ने कृष्ण के कन्धे पकड़कर उनका मुख प्रकाश की ओर फेर दिया और कहा, ''वासुदेव, मैं तुमको प्रकाश में भली-भाँति देखना चाहता हूँ। तुम तो बालक जैसे दीख रहे हो। तुम्हारे यौवन का रहस्य क्या है?''

कृष्ण आकर्षक विनम्रता से हँसे–''परमेश्वर का अनुग्रह और आपके समान बड़े-बूढ़ों का आशीर्वाद।''

पितामह ने कहा, ''ये क्या तुम्हारे मित्र हैं? उद्धव और सात्यकि हैं न? इन्हें अन्दर बुला लो।''

विदुर बाहर जाकर उद्धव और सात्यकि को पितामह के पास ले आए। उन्होंने पितामह को दण्डवत् प्रणाम किया और उनका आशीर्वाद पाकर फिर वे बाहर चले गए।

अनन्तर पितामह कृष्ण की ओर देखकर मुस्कराए। ऐसा वे कदाचित् ही करते थे। प्रशंसा के भाव से कृष्ण को ऊपर से नीचे तक देखते हुए कहा, ''अब बैठ जाओ! मुझे प्रसन्नता है कि मैंने अपनी आँखों तुम्हें देखा। मैंने समझा था, तुम लम्बे-चौड़े योद्धा होओगे। तुम्हारे शरीर पर युद्ध में लगे घावों के चिन्ह होंगे और तुम निरन्तर युद्ध में संलग्न रहते होओगे।''

पितामह के इस अप्रत्याशित विनोद से अभिभूत होकर कृष्ण ने पूछा, ''पितामह, क्या मुझे देखकर आपको निराशा हुई है?''

''नहीं, तुमसे मिलकर मुझे प्रसन्नता हुई है। मैंने जीवन में जो कुछ देखा-जाना

है, उसके बाद किसी ऐसे व्यक्ति से मिलकर सान्त्वना प्राप्त होती है, जिसे पूर्वजों के गौरव पर आस्था हो तथा जिसमें उनके चरण-चिन्हों पर चलने की आकांक्षा हो।'' पितामह ने कहा। उनकी स्वाभाविक कठोर मुद्रा इस समय विलुप्त हो चुकी थी।

कृष्ण ने हाथ जोड़कर कहा, ''पितामह, मैं आपकी पीड़ा समझता हूँ। आप आशा लगाए बैठे थे कि युधिष्ठिर कुरुओं के प्राचीन गौरव को पुनरुज्जीवित करेंगे, किन्तु अब वे नहीं रहे।''

पितामह अपने आसन पर उठँगकर कृष्ण की ओर देखने लगे। कृष्ण की बुद्धिमत्तापूर्ण कोमल आँखें उन्हीं पर टिकी थीं और ऐसा जान पड़ता था मानो उनके बूढ़े मन में उठनेवाली भाव-तरंगों को वह समझ रहे हों।

पितामह ने एक दीर्घ निःश्वास लेकर कहा, ''मुझे उससे बड़ी आशाएँ थीं वासुदेव! वह मेरे पाण्डु का प्रतिरूप था--उतना ही सत्यव्रती, उतना ही न्याय-परायण, उतना ही विचारशील तथा प्रजा के प्रति उतना ही सद्भाव रखनेवाला।'' थोड़ा रुककर कहा, ''मैंने यह नहीं सोचा था कि मैं उसे खो दूँगा।'' पितामह की आँखें आँसुओं से गीली हो आईं।

कृष्ण ने कहा, ''पितामह, मैं आपकी मनःस्थिति भली-भाँति समझ रहा हूँ। आप सदा शक्ति की प्रतिमूर्ति रहे हैं--जो कभी भाग्य के सम्मुख नहीं झुका। मुझे विश्वास है कि इस विपत्ति में भी परमात्मा आपको शक्ति देंगे।''

सहानुभूतिपूर्ण स्वर, दयार्द्र आँखों और समझदारी भरी मन्द मुस्कान--कृष्ण के चरित्रगत गुण अपना जादू दिखा रहे थे। भीष्म ने देखा कि यह अपरिचित व्यक्ति उन पर अविश्वास रखनेवाला कोई तरुण नायक नहीं है, अपनी वीरता के लिए प्रसिद्ध कोई योद्धा भी नहीं है--यह एक ऐसा व्यक्ति है जो वस्तुतः उनसे प्रीति करता है, उन पर श्रद्धा रखता है। पिछले कुछ सप्ताहों की घटनाओं ने उनके जिस आत्मविश्वास को झकझोर दिया था, वह लौट आया और जिस अकेलेपन से उन्होंने अपने को ढँक लिया था, वह जाता रहा।

भीष्म ने व्यथित स्वर से कहा, ''वासुदेव, परमात्मा सदा मेरी परीक्षा लेता रहा है। सत्तर वर्षों से अधिक समय से मैं कुरुओं का भार अपने कन्धों पर ढोता आया हूँ। जब कभी इस भार से हल्का होने की आशा दीखी है, भाग्य ने हस्तक्षेप किया है और मुझ पर पहले से भी अधिक बोझ डाल दिया है।''

कृष्ण ने कहा, ''आप हिमालय के समान हैं--सदा शक्तिमान, सदा अनम्य। हम-जैसे क्षुद्र व्यक्तियों के सम्मुख आपने चिरन्तन काल के लिए यह आदर्श प्रस्तुत किया है कि धर्म-भावना-युक्त मनुष्य क्या कर सकता है।''

पितामह ने उसाँस लेकर कहा, ''अब मैं यह भार वहन कर सकूँगा या नहीं

यह नहीं जानता। पाण्डव तो चले गए।"

कृष्ण ने पूछा, "आपके रहते पाण्डवों को कैसे निर्वासित होना पड़ा?"

भीष्म के हृदय का घाव अभी भरा नहीं था। यह प्रश्न उनके मर्म को छू गया। अपनी इच्छा के विरुद्ध, अपनी अन्तरात्मा की पुकार की अवज्ञा करके उन्हें परिस्थितियों के दबाव के सम्मुख झुकना पड़ा था और तब से व्यवहार-बुद्धि के आदेश-पालन के लिए वे निरन्तर अपने-आपको कोसते रहे हैं।

भीष्म की इच्छा हुई कि इस अनुकम्पा-भरी आँखों और सहानुभूतिपूर्वक उनकी कठिनाइयों का अनुभव करनेवाले युवक के समक्ष अपने हृदय का भार हल्का कर लें। उन्होंने कहा, "वासुदेव, वे निर्वासित नहीं किए गए, स्वेच्छा से चले गए। हम सभी जिस विकट परिस्थिति में पड़ गए थे उसे युधिष्ठिर ने समझा, जैसे वह सदा समझता था। यदि वह स्वतः युवराज-पद का त्याग न कर देता और हस्तिनापुर छोड़ देने की बात स्वीकार न कर लेता तो संघर्ष होता। रक्त की नदियाँ बह चलतीं, और..." पितामह का स्वर फुसफुसाहट में बदल गया–"फिर भी वे मारे ही जाते।"

कृष्ण ने पूछा, "क्या आप उसे रोक नहीं सकते थे?"

पितामह ने सिर हिलाते हुए और अपनी बात के समर्थन के लिए विदुर की ओर देखते हुए कहा, "विदुर ने और मैंने बहुत समय तक इसके बारे में विचार किया था। दुर्योधन और शकुनि ने बहुत लम्बा जाल फैलाया था। दुर्धर्ष योद्धा कर्ण उनका सहयोगी है। हमारे सेना-नायक द्रोणाचार्य का पुत्र अश्वत्थामा भी उनके साथ है। द्रोण अपने पुत्र के अनुगत हैं। उनके साले कृपाचार्य के साथ भी यही बात है। आश्चर्य तो इस बात का है कि पाण्डवों के प्रति प्रगाढ़ स्नेह होने पर भी उन्होंने हस्तक्षेप नहीं किया अथवा नहीं कर सके। यदि रक्तरंजित संघर्ष आरम्भ हो जाता तो मैं पाण्डवों की रक्षा नहीं कर सकता था।"

यद्यपि पितामह के मुख पर दृढ़ता के भाव स्पष्ट रूप से अंकित थे, फिर भी उन्होंने व्यथापूर्ण स्वर में कहा, "अब एक नई पीढ़ी उठ खड़ी हुई है, वासुदेव! मैं किसी मृत पूर्वज से अधिक नहीं रह गया हूँ–आवश्यकता के समय मेरा आह्वान किया जाता है, अपने सुभीते के लिए, फिर मुझे भुला दिया जाता है।"

कृष्ण ने कहा, "यदि आप अपनी शक्ति का प्रयोग करना चाहें तो आप सर्वशक्तिमान हैं। पितामह, क्या आपने सचमुच यह समझा था कि हस्तिनापुर से पाण्डवों के चले जाने पर तनाव कम हो जाएगा?"

"हाँ वासुदेव!" पितामह ने कहा, "मैंने सोचा था कि कुछ समय बाद हम उन्हें किसी स्वतन्त्र राज्य में स्थापित कर देंगे। किन्तु, वैसा नहीं होना था।"

कृष्ण ने विदुर की ओर मुड़कर पूछा, "विदुर, क्या तुमको विश्वास है कि वे जीवित जल गए?"

विदुर ने हाथ जोड़कर कहा, "कहा तो ऐसा ही जा रहा है वासुदेव।"

कृष्ण ने कहा, "तुम क्या कहते हो?"

विदुर ने कहा, "सबकुछ परमेश्वर के हाथ है। वहाँ मृत शरीर पाए गए थे, किन्तु वे इस तरह जल गए थे कि पहचानना सम्भव नहीं था।"

"पितामह, दुर्योधन युवराज बना रहे और शकुनि उसे मन्त्रणा देनेवाला हो तो कुरुओं का क्या होगा?" कृष्ण ने कहा, "मैं आपसे इसलिए पूछता हूँ, क्योंकि कुरुओं के भाग्य के साथ आर्यावर्त का भविष्य बँधा हुआ है। क्या वह उनके हाथों सुरक्षित रहेगा?" अनन्तर उन्होंने बहुत धीमे स्वर में कहा, जैसे अपने-आपसे बातें कर रहे हों, "यदि एक बार हम अधर्म से समझौता कर लें तो फिर कभी उससे हमारा उद्धार नहीं हो सकता। अब से बहुत वर्षों बाद—और सम्भवतः यहाँ से बहुत दूर—हमें उसका भारी मूल्य चुकाना पड़ेगा।"

इस युवक की दूरदर्शिता देखकर भीष्म चकित हुए। उन शब्दों में मानो भविष्यवाणी का आभास था। जो कुछ हो रहा था, अब तक वह उसकी झाँकी टुकड़ों में देख रहे थे, किन्त अब उसका अभिप्राय उनके सम्मुख स्पष्ट हो उठा और उनके सारे शरीर में सिहरन खेल गई।

"वत्स! मुझे विश्वास है कि परमात्मा कुरुओं की रक्षा करेंगे। मैं तुमसे सहमत हूँ कि कोई झूठ धोखा नहीं दे सकता, किन्तु सत्य का पता लगाने में बहुत समय लग जाता है।" पितामह इस मनःस्थिति में नहीं थे कि कृष्ण के प्रश्न का उत्तर दें। उन्होंने विषय बदल दिया।

उन्होंने कहा, "अपने जीवन के शेष दिन मैं कुरु-साम्राज्य को संगठित बनाए रखने में बिताना चाहता हूँ। यही मेरे जीवन का उद्देश्य रहा है। मैं अब तक इसी आशा में जीवित रहा हूँ कि यह उद्देश्य पूरा होगा।"

पितामह मौन हो गए और थोड़ी देर तक भूमि पर दृष्टि गड़ाए रहे। स्पष्टतः वे अपने जीवन के घटना-प्रवाह का चिन्तन कर रहे थे।

कृष्ण बुदबुदाए, "मुझे विश्वास है कि परमात्मा आपके जीवन का उद्देश्य पूरा करेंगे।" कृष्ण ने समझ लिया कि भीष्म अब और बातें नहीं करना चाहते, अतः उन्होंने कहा, "पितामह, अब आप मुझे जाने की आज्ञा देंगे?"

पितामह ने कहा, "हाँ वासुदेव, तुम जा सकते हो। यहाँ से क्या तुम द्वारका वापस जाओगे?"

कृष्ण ने कहा, "नहीं, राजा द्रुपद ने मुझे काम्पिल्य बुलवाया है।"

पितामह की आँखें सजग हो उठीं, "वह हम लोगों का शत्रु है। तुम वहाँ किसलिए जा रहे हो?"

कृष्ण ने स्पष्टता से कहा, "यह जानने के लिए कि जैसा प्रसिद्ध है, क्या

पाञ्चाल के राजा की वस्तुतः धर्म पर अडिग आस्था है।"

पितामह ने कहा, "वासुदेव, मुझे वचन दो कि तुम कुरुओं के विरुद्ध उससे मैत्री नहीं करोगे।"

कृष्ण ने कहा, "वचन देता हूँ पितामह, किन्तु यदि दुर्योधन अधर्म पर न उतर आए।" कृष्ण ने उठकर पितामह को हाथ जोड़े और कहा, "कुरुश्रेष्ठ, आज मैं धन्य हुआ। मुझे ऐसा लगता है जैसे मैंने किसी देवता के मन्दिर में पूजा की हो।"

पितामह ने हाथ बढ़ाकर आशीर्वाद दिया। कृष्ण ने अपने मित्रों के साथ प्रस्थान किया।

हस्तिनापुर में गोपी

कृष्ण ने दो दिन उन लोगों से मिलने में बिताए जो उनके दर्शनार्थ आते रहे, साथ ही दुर्योधन उन्हें अपने साथ अनेक मन्दिरों में भी ले गया। स्पष्टतः वह कृष्ण की मैत्री प्राप्त करने के लिए कटिबद्ध था।

हस्तिनापुर में शोक मनाए जाने के कारण मृत व्यक्तियों के उत्तर-कर्मों से सम्बन्धित विधियों के अतिरिक्त सभी औपचारिक समारोह रोक दिए गए थे। पाण्डवों की मृत्यु के तीन महीनों बाद जब शोक की अवधि समाप्त हुई तो राजसभा में पुनः औपचारिक समारोहों और सामाजिक उत्सवों का क्रम आरम्भ हो गया।

इसके तीन दिनों के बाद धृतराष्ट्र ने अपने परिवार के साथ भोजन करने के लिए कृष्ण, उद्धव और सात्यकि को आमन्त्रित किया। उस अवसर पर कृष्ण ने धृतराष्ट्र की सहधर्मिणी गान्धारी का अभिवादन किया। गान्धारी ने अपने पति को अन्धा जानकर विवाह के समय ही जीवन-भर आँखों पर पट्टी बाँधे रहने का प्रण किया था। वह एक चतुर और प्रभावी महिला थीं। कृष्ण समझ गए कि अपने पुत्रों पर उनका प्रगाढ़ प्रेम है और उनकी महत्त्वाकांक्षाओं को उन्होंने ही बढ़ावा दिया है।

राज-परिवार की जिन महिलाओं से कृष्ण मिले, उनमें दुर्योधन की नववधू भानुमती भी थी। कृष्ण ने उसके रूप की प्रशंसा तो सुनी थी किन्तु यह अनुमान वे नहीं कर पाए थे कि सत्रह साल की कोई तन्वंगी इतनी अनुपम सुन्दरी और मोहक हो सकती है। उसकी आँखें सपनीली थीं, उसके कपोलों पर उषा की अरुणाभा थी, उसकी गोलाइयों का गठन निर्दोष था और उसकी चाल में नृत्य की भंगिमा थी।

कृष्ण ने सुन रखा था कि वह काशिराज की कन्या थी और भीष्म पितामह द्वारा शासित हस्तिनापुर के राज-परिवार के संयमित वातावरण में अपने यहाँ की स्वच्छन्दता लेकर आई थी। वह बेरोक-टोक इधर-उधर घूमती, हँसती और लोगों से बातें करती थी। बड़े-बूढ़े और अतिथियों के समक्ष उसका व्यवहार वैसा शिष्टतापूर्ण नहीं था, जैसा किसी राजकुमारी से अपेक्षित होता है, किन्तु उसकी चपलता में ऐसी शिशु-सुलभ नैसर्गिकता थी, ऐसी मोहिनी थी कि उसे कोई उद्धत नहीं समझ सकता था।

कृष्ण तो सभी रूपों-आकृतियों में सौन्दर्य के प्रेमी थे, अतः प्रथम दृष्टि में ही उसके सौन्दर्य के प्रति कृष्ण के मन में प्रशंसा के भाव उत्पन्न हुए। भोजन परोसते समय जब कभी वह उनकी ओर दृष्टि-निक्षेप करती तो स्पष्टतः उसमें पूजा का भाव होता था।

भोजनोपरान्त कृष्ण जब चलने लगे तो वह परिवार की अन्य राजकुमारियों के आगे जा खड़ी हुई और उनकी ओर देखकर परिचित की भाँति इस प्रकार मुस्कराई जैसे कोई प्यारा-सा लाड़ला बच्चा मुस्कराए। फिर अन्य राजकन्याओं को आतंकित करती हुई उसने कृष्ण से पूछा, "आशा है कि आप यहाँ सुखपूर्वक हैं।"

इस साहसी किन्तु चिन्ताकुल प्रश्न को सुनकर कृष्ण की आँखें प्रसन्नता से थिरक उठीं। उन्होंने मधुर स्वर में उत्तर दिया, "जब आप सब लोगों से मुझे इतनी प्रीति मिल रही है तो मैं खिन्न कैसे रह सकता हूँ?" अनन्तर अपनी सहज प्रफुल्ल मुद्रा में आकर, जैसे वे अपने परिवार की यादव-कन्याओं से सदा बातें किया करते थे, उन्होंने ठिठोली-भरे स्वर में कहा, "और फिर आपने परोसा, इसलिए जितना खाना चाहिए था, उससे कहीं अधिक मैं खा गया।"

इसी तरह कुछ और बातें करने में उन्हें प्रसन्नता होती, किन्तु उनकी दृष्टि पितामह पर पड़ी, जो तीक्ष्ण दृष्टि से देखते हुए उन्हीं की प्रतीक्षा कर रहे थे, जिससे कि वे लोग जहाँ ठहराए गए थे, उस भवन में जा सकें।

कृष्ण अपने भवन में लौट आए। सारे दिन—यद्यपि वे बहुत-से लोगों से मिलते-जुलते रहे—भानुमती के अरुण कपोल, मोहक गोलाइयाँ और निर्मल नेत्र उनके समक्ष बने रहे।

अगले दिन सन्ध्या के समय विदुर ने उद्धव और सात्यकि को भोजन के लिए अपने यहाँ बुलाया था। दीपक जलने के बाद भी जब वे लोग नहीं लौटे तो कृष्ण सोने के लिए तैयार होने लगे। तभी उन्होंने स्त्री-पुरुषों की आनन्दपूर्ण हँसी सुनी, जो उन्हीं की ओर अग्रसर हो रही थी। उन्होंने फिर अपना मुकुट और हार पहन लिया, द्वार की ओर मुड़े और बड़ी प्रसन्नता के साथ दुर्योधन, दुःशासन, भानुमती तथा अन्य दो राजकन्याओं को अपनी ही ओर आते देखा।

"वासुदेव, देवी आज गौरी-पूजन कर रही हैं। हम लोग उसके लिए तुम्हें आमन्त्रित करने आए हैं।" दुर्योधन ने कहा। अपने साथियों के समान वह भी मदिरा पिए हुए था।

कृष्ण ने उत्तर दिया, "मुझे तो क्षमा करो दुर्योधन, मैं बस सोने ही जा रहा था।"

"आप हम लोगों को निराश नहीं कर सकते," भानुमती ने कहा, उसकी आँखें नाच रही थीं और उसके अधरों पर अत्यन्त लुभावनी हँसी थी, जिसके कारण उसके गालों पर गढ़े बन गए थे–"हम आपके बारे में सबकुछ जानती हैं। आप वृन्दावन की गोपियों के प्यारे थे। निश्चय ही हम उन ग्वालिनों से निकृष्ट नहीं हैं।" यह बात उसने ऐसे बाल-सुलभ हठ से कही–जैसे कि वह सत्रह साल की न होकर सात साल की हो–उसे निराश करना कृष्ण के लिए कठिन हो गया।

कृष्ण ने कहा, "वे दिन और थे। मैं अब वह नहीं रह गया हूँ, जो वृन्दावन में था। इसके अतिरिक्त मैं आप लोगों की हँसी-खुशी में साथ देने की मनःस्थिति में भी नहीं हूँ।"

"नहीं, आपको चलना ही होगा," मधुर बालोचित ढंग से भूमि पर पाँव पटकती भानुमती बोली, "ओहो, अब चलिए भी। अब तो शोक की अवधि समाप्त हो गई है। हम चाहती हैं कि आप प्रसन्न रहें।"

राजकुल की मर्यादा के विरुद्ध जिस अपनेपन से उसने बातें की थीं, कृष्ण ने उसके लिए उसे क्षमा कर दिया।

भानुमती के हठ में दुर्योधन तथा अन्य जनों ने भी साथ दिया और कृष्ण उन लोगों के साथ राजकीय प्रांगण के उस भाग में गए, जहाँ दुर्योधन का प्रासाद था। उद्धव और सात्यकि के लिए वे एक अनुचर से यह सन्देश कह गए कि वे राजकुमारी भानुमती की गौरी-पूजा में सम्मिलित होने जा रहे हैं और शीघ्र ही लौट आएँगे।

कृष्ण सहज ही यह समझ पा रहे थे कि उनकी मित्रता प्राप्त करने के अपने भोंडे प्रयासों में दुर्योधन अपनी पत्नी के आकर्षण का भी उपयोग कर रहा है, जो कापुरुष पतियों का सहज मार्ग होता है। किन्तु निकटता प्राप्त करने के दुर्योधन के इन प्रयत्नों को वे रोकना नहीं चाहते थे।

दुर्योधन के साथ भानुमती का विवाह कुछ ही मास पूर्व हुआ था। जब उसे बड़े-बूढ़ों के सामने न जाना होता, सामान्यतः वह अपने यहाँ के ढंग के वस्त्र ही धारण किया करती थी। सुनहले कामवाली एक चोली से उसके बचकाने वक्ष ढँके थे और लहँगा उसने नाभि के नीचे बाँध रखा था, जिससे उसकी रमणीय देह पर दृष्टि टिक जाती थी। उन दिनों राजकुमारियाँ सामान्यतः जैसा शृंगार करती थीं उसके प्रतिकूल उसने अपनी गर्दन, बाजुओं और कलाइयों में आभूषणों के स्थान

पर केवल कुन्दकलियों की माला पहन रखी थी। उसकी केश-राशि के गुच्छों में भी वे ही पुष्प गुँथे हुए थे। उसके कटिबन्ध में कलियाँ सघनता से गुँथी हुई थीं, जिसमें कलियों से ही गुँथा एक पट लगा था जो उसके घुटनों तक पहुँचता था। ऐसा लगता था मानो वह हाड़-मांस की न होकर कलियों से निर्मित नारी हो, जिसको मधुर सुगन्ध के बादलों ने घेर रखा हो।

भानुमती का आकर्षण वर्णनातीत था। वह प्रायः छोटे बच्चों की तरह तुतलाने लगती और सदा हँसती-खिलखिलाती रहती, अनेक बार तो अकारण ही। सबसे आश्चर्य की बात तो यह थी कि वह कृष्ण से इस तरह बातें कर रही थी, जैसे अरसे से उनकी परिचित रही हो।

मार्ग में बातें केवल वही करती रही, "मैं आपके बारे में सब जानती हूँ। मुझे यह भी पता है कि चाँदनी रातों में आप किस प्रकार गोपियों के साथ नाचा करते थे। यदि ऐसी किसी रात में आप यहाँ हों तो हम लोगों को भी वह सब सिखाइएगा, जो आपने गोपियों को सिखाया था।" दुर्निवार युवा राजकुमारी ने कहा।

कृष्ण ने कहा, "यह सब तुम कैसे जानती हो? ये तो अब बीती और बिसरी बातें हैं।"

"अरे, मैं सबकुछ जानती हूँ।" भानुमती ने अपने हाथ से कृष्ण का बाजू दबाया, जो उसके समान उच्च कुल में जन्मी युवती के लिए अत्यन्त अनुचित था, फिर उसने दुष्टतापूर्वक कहा, "आप मुझे जैसा नादान समझते हैं, वैसी मैं नहीं हूँ। मथुरा के जल जाने के बाद आपके नगर के अनेक चारण मेरे पिता की राजसभा में आए थे। वे आपकी वीरता के गीत गा-गाकर हम लोगों का मनोरंजन करते थे, विशेषतः वह गीत गाकर, जिसमें गोपियों के साथ आपके रास रचाने का वर्णन है। अरे, मुझे तो उनमें से कई गीत याद भी हैं, जिन्हें मैं प्रायः गाया करती हूँ। उन्हीं दिनों से आपसे मिलने की मेरी बड़ी इच्छा थी।" कृष्ण की ओर लालसा-भरी आँखों से देखती वह आगे बोली, "इसी से, ज्यों ही मैंने सुना कि आप हस्तिनापुर आ रहे हैं, मैंने आर्यपुत्र से कहा कि मैं आपसे अवश्य मिलूँगी। जाने कितनी बार मैंने सपना देखा था कि मैं आपकी गोपी हूँ।" यह बात उसने एक मोहक उसाँस के साथ कही, जिसने उसकी बातों के आकर्षण को और बढ़ा दिया। स्पष्ट था कि उसने आवश्यकता से अधिक मदिरा-पान कर लिया है।

कृष्ण ने कहा, "दुर्योधन, यदि मुझे पता होता कि मैं इतना भयंकर व्यक्ति हूँ तो मैं कभी हस्तिनापुर न आता।"

"अरे, यह तो मेरे लिए सिर-दर्द बन गई थी। जब से इसने सुना कि आप हस्तिनापुर आ रहे हैं, इसने आपके अतिरिक्त और कोई बात ही नहीं की। आप बचपन में बड़े रसिक रहे होंगे वासुदेव, तभी अनजान घरों की लड़कियों को पागल

बना देने की क्षमता आपमें थी।'' दुर्योधन ने कहा।

''आर्यपुत्र! वासुदेव से मुझे बातें करने दीजिए। आप तो इतने दिनों से इनसे बातें कर रहे हैं। मुझे फिर कभी इनसे बातें करने का अवसर न प्राप्त होगा। वासुदेव, आपको क्या अब भी गोपियाँ याद आती हैं, या आपने उन्हें भुला दिया है?'' भानुमती ने आँखें उठाकर पूछा, जिनमें अब भावुक प्रशंसा का भाव भर आया था।

कृष्ण ने उत्तर दिया, ''राजकुमारी, उन्हें मैं कैसे भूल सकता हूँ। वे तो मेरे जीवन का एक अंग हैं।''

भानुमती ने पूछा, ''तब तो मैं भी आपकी गोपी होऊँ तो आपके जीवन का अंग बन जाऊँगी?''

परिहास के स्वर में कृष्ण ने कहा, ''तुम गोपी नहीं बन सकतीं भानुमती, तुम युवराज की पत्नी हो और किसी दिन कुरुओं की महारानी बनोगी।''

''मेरे प्रश्न को टालिए नहीं,'' भानुमती ने जिन कलियों को पहन रखा था, उनसे भी ताजे अपने अधरों को मोड़कर उसने अधीरता से कहा, ''मैं महारानी बनूँगी या नहीं, इसकी चिन्ता मुझे नहीं है। मैं फूलों और गीतों और नृत्य के बीच रहना चाहती हूँ, जैसे कभी वृन्दावन में आप रहते थे, और हर समय आपकी बाँसुरी सुनना चाहती हूँ, जिसे सुनकर वृन्दावन की गोपियाँ अपने घरों को छोड़कर आपके पास दौड़ी चली आती थीं।''

''दुर्योधन, अच्छा हो कि तुम सावधान हो जाओ,'' कहते हुए कृष्ण के अधरों पर वह आकर्षक मुस्कान खिल गई, जो पिछले दिनों लुप्त हो गई थी–''यह तुम्हारे पास से भागकर मेरे निकट आने की बात कर रही है।''

''यह तो ऐसी ही बातूनी है। इसकी बात पर ध्यान न दो वासुदेव! सारे दिन और आधी रात तक यह ऐसी ही निरर्थक बातें किया करती है। यदि किसी दिन यह पागल हो जाए तो मुझे आश्चर्य न होगा।'' दुर्योधन ने हँसते हुए कहा।

''क्या मैं पागल हूँ? सुन रहे हैं वासुदेव!'' भानुमती ने बनावटी भय प्रदर्शित करते हुए कहा, ''पागल तो वह है जो सर्वदा युवराज बनने की बातें किया करता है और इस या उस आदमी को नष्ट करता रहता है और हर तरह की बात अपने मामा के कान में डालता रहता है–परमात्मा करे कि उसका मोटापा बढ़ता चला जाए–और जो हृदय खोलकर मुस्कराना तक नहीं जानता।'' कहकर वह हँस पड़ी और उसके पति के अतिरिक्त दूसरों ने भी हँसना आरम्भ कर दिया।

''चुप रहो भानुमती!'' दुर्योधन ने त्यौरी चढ़ाकर कहा। अत्यधिक मदिरापान से उसकी हालत बिगड़ रही थी, फिर भी वह समझ रहा था कि उसकी पत्नी बात को किस संकटजनक दिशा में ले जा रही है–''तुम राज-काज की बातें नहीं समझतीं और तुम्हें उसके बारे में बातें नहीं करनी चाहिए।''

"मैं उन्हें समझना भी नहीं चाहती, न उनके बारे में बातें करना मुझे पसन्द है।" उसने हँसते हुए कहा। उसके पति ने जिस तरह उसे झिड़का था, उसकी प्रसन्न मुद्रा पर उसका कोई प्रभाव नहीं पड़ा–"वासुदेव, कहिए कि आप पूर्णिमा तक यहाँ ठहरेंगे और हम लोगों के साथ रास रचाएँगे।"

"भानुमती! यह असम्भव है। मैं अगली पूर्णिमा तक यहाँ नहीं ठहर सकता। तुम जिस बाँसुरी की बात सोच रही हो, उसे मैं वृन्दावन में ही छोड़ आया हूँ और उसके बाद मैंने जो भी बाँसुरी बजाई है, उसमें वह जादू नहीं रहा। रास नृत्य करना भी मैं लगभग भूल ही गया हूँ। और यह भी न भूलो कि हम लोग वृन्दावन में नहीं हैं।"

"अच्छा होता कि मैं वहाँ होती।" भानुमती ने भावना-रुद्ध स्वर में कहा। अधिक मद्यपान के कारण वह अपनी भावनाओं को अतिरंजित रूप में अभिव्यक्त करने की मनोदशा में पहुँच गई।

"हम ऐसी बहुत-सी बातों की इच्छा करते हैं, जिन्हें पा नहीं सकते। किन्तु तुम कुरुओं की युवराज्ञी हो। मैं जानता हूँ कि तुम्हारे यहाँ व्यवहार के लिए कठोर नियम होंगे। यदि मुझसे उनके पालन में त्रुटि होगी तो पितामह मुझे कभी क्षमा न करेंगे।" कृष्ण ने कहा।

"हाँ, मैं जानती हूँ। पितामह ही यहाँ जीना दूभर कर देते हैं। वासुदेव, कितना अच्छा होता कि मेरा जन्म गोपी के रूप में हुआ होता!" भानुमती ने कहा।

वे लोग दुर्योधन के महल के पास पहुँच गए थे।

गौरी-पूजा

दुर्योधन और उसके साथी कृष्ण को एक प्रासाद में ले गए। यह राजभवन-प्रांगण की सीमा पर था। वे पिछवाड़े के एक एकान्त उद्यान में चले गए, जो पुष्पित लताओं की ऊँची बाड़ से घिरा हुआ था।

यह उद्यान भानुमती के लिए सुरक्षित था, जहाँ प्रायः प्रतिदिन वह अपने पितृकुल की रीति से नृत्य-संगीत के द्वारा गौरी-पूजन किया करती थी। उद्यान के मध्य भाग में रजत-छत्र के नीचे गौरी माता की प्रस्तर-प्रतिमा स्थापित थी।

खम्भों में लगी मशालों से उद्यान में प्रकाश झिलमिला रहा था। देवी के सम्मुख घी के चार रजतदीप जल रहे थे। बीच में सुगन्धित मदिरा से भरा एक विशाल पात्र रखा था, जिसके चारों ओर चाँदी और सोने के प्याले भूमि पर पड़े हुए थे।

फाल्गुन मास में पुष्पों के रस-पान से तृप्त पक्षी की तरह चहचहानेवाली

भानुमती सौन्दर्य-प्रेमी कृष्ण को अच्छी लगने लगी थी। उसकी उत्साहपूर्ण बातों से कृष्ण को पता चला कि वह अपनी कुछ सखियों के साथ प्रतिदिन गौरी-पूजन करती है। यह पूजा वह अपने पति के स्वास्थ्य और गौरव के लिए करती है। केवल कभी-कभी ही अन्य राजकुमार और राजकुमारियाँ भी इस अद्‌भुत पूजा-विधि को देखने आती हैं।

"हस्तिनापुर के लोग समझते हैं कि उनके अतिरिक्त अन्य सभी लोग जंगली हैं। क्या मैं जंगली लगती हूँ?" उसने कृष्ण से पूछा। प्रसन्नता से उसका मुख थोड़ा तिरछा हो गया था।

कृष्ण ने उत्तर में कहा, "यदि तुम जंगली हो तो हम लोग तो उससे भी गए-बीते हैं।"

भानुमती ने असन्तोष प्रकट करते हुए कहा, "आर्यपुत्र पूजा में कभी-ही-कभी आते हैं। मैं चाहती हूँ कि वे बराबर आएँ। वे मेरी बात नहीं सुनते। आज तो वे आपके आने के कारण आए हैं। मैं उनसे बहुत रुष्ट हूँ।" उसने हँसते हुए कहा, "वे अपने मित्रों को भी साथ लाए हैं।" जैसे मित्रों को साथ लाए हैं, उनके प्रति अपनी स्पष्ट झल्लाहट प्रकट करने के लिए अपने होंठ बिचकाते हुए उसने कहा, "और वासुदेव, उनकी पत्नियाँ भी आपका स्वागत करने के लिए पूजा में पहली बार आई हैं। वे आपका दर्शन पाने के लिए मरी जा रही हैं। जब मैंने उन्हें बताया कि मेरे पिता की राजसभा में चारण लोग आपके सम्बन्ध में कैसे-कैसे गीत गा रहे थे तो उनकी उत्सुकता का ठिकाना न रहा।" कृष्ण की ओर देखकर क्रोध का दिखावा करते हुए उसने कहा, "आप अपने साथ अपनी बाँसुरी क्यों नहीं ले आए? अगली बार जब आप हस्तिनापुर आएँ तो उसे अवश्य अपने साथ लाएँ।" भानुमती ने अपनी बात पर बल देकर कहा।

भानुमती के अनुरोध के उत्तर में कृष्ण ने मुस्कराते हुए कहा, "उसको मुझे वृन्दावन से लाना पड़ेगा।" उस क्षण उनकी दृष्टि कहीं खो गई। एक दूसरी बचकानी मूर्ति—राधा की मूर्ति—उनकी स्मृति में कौंध गई। अतीत को स्मरण करते हुए उन्होंने कहा, "किन्तु वह बहुत दूर है—बहुत ही दूर।"

"आर्यपुत्र ने इतनी अधिक मदिरा मँगवा रखी है! क्या आप यह सारी मदिरा पी सकते हैं?" देवी के सामने रखे मदिरा-पात्र की ओर संकेत करके भानुमती ने पूछा।

कृष्ण ने कहा, "मैं स्वीकार करता हूँ कि यह मुझे डुबा देने के लिए पर्याप्त है।"

वहाँ छह या सात युवा सरदार नशे की विभिन्न स्थितियों में खड़े अनियन्त्रित रूप से इस प्रकार हँस रहे थे, जिसे इस अवसर के लिए उचित नहीं कहा जा

सकता। कृष्ण ने उनके अभिवादनों का औपचारिक-सा उत्तर दे दिया।

दुर्योधन और भानुमती के साथ जब कृष्ण देवी-मूर्ति के निकट गए तो दो अपरूप सुन्दरियाँ देवी की आरती उतार रही थीं, चार अन्य स्त्रियाँ ताली बजाकर स्तुति-गान कर रही थीं। उनमें से दो को उनके परिधान से सहज ही पहचाना जा सकता था कि वे काशी से आई हैं—भानुमती के मायके से, शेष दो हस्तिनापुर के उच्च परिवारों की थीं।

आरती समाप्त हो जाने पर सबने आरती ली और उन उँगलियों से आँखों का स्पर्श किया। देवी के चरणों में पुष्प चढ़ाकर कृष्ण ने पूजा की और स्तोत्रपाठ किया।

भानुमती निरन्तर हँसती रही थी। उसने उपस्थित व्यक्तियों को पान-पात्र दिए, उन्होंने छककर मदिरा पी। भानुमती अपने हाथ का पान-पात्र कृष्ण के अधरों के निकट ले गई, जिससे उन्होंने केवल दो-चार घूँट भरे, क्योंकि वे कभी अपने संयत अभ्यास से विचलित नहीं होते थे। कोई अन्य युवती अगर ऐसा करती तो उसे अक्षम्य धृष्टता माना जाता, किन्तु भानुमती ने ऐसे बालोचित उल्लास से यह किया था कि कृष्ण ने केवल उसे क्षमा ही नहीं कर दिया, उसका ऐसा करना उन्हें अच्छा भी लगा।

अनन्तर कुछ युवतियाँ कई ढोलकें ले आईं और उन पर थाप देकर देवी के गीत गाने लगीं। जब वे झुण्ड में या घेरा बनाकर अथवा दो-दो के जोड़े में एक-दूसरी का हाथ थामे पैरों से ताल देती हुई तीव्र-गति से नृत्य करने लगीं तो मशालों के झिलमिलाते प्रकाश में उन्होंने भूमि पर कलात्मक आकृतियाँ बना दीं। नृत्य-गीत का यह क्रम बहुत देर तक चलता रहा। बीच-बीच में विराम होता था और उस समय वे युवतियाँ पुनः शक्ति प्राप्त करने के लिए मदिरा के घूँट भर लेती थीं।

वहाँ उपस्थित सभी युवतियों में भानुमती अनन्य सुन्दरी थी। उसने अपने सधे कण्ठ से अत्यन्त मधुर स्वर में गीत गाए। जब उसने नृत्य किया तो उसकी छोटी-सी आह्लादक काया लय-ताल के साथ झूम उठी। बीच-बीच में उसका प्रसन्न हास्य, गीत और ढोलक पर पड़ती थाप के स्वर को दबाकर, गूँज उठता था। इससे पता चलता था कि वह पूर्ण रूप से उत्सव का आनन्द ले रही है। उसकी यह प्रसन्नता संक्रामक प्रमाणित हो रही थी, क्योंकि कृष्ण-सहित कोई भी उससे अछूता नहीं रहा।

दोनों ओर खड़े युवकों की टोली तालियाँ बजाकर ताल दे रही थी। वे नृत्य और गीत की अपेक्षा युवतियों के भव्य शरीरों की मादक भंगिमाओं की सराहना कर रहे थे। किन्तु शीघ्र ही वे संयम की सीमा पार कर गए और उनकी आँखों में एक ऐसी आग चमकने लगी, जिसका उस उत्सव के धार्मिक अथवा सौन्दर्य सम्बन्धी महत्त्व से कोई सम्बन्ध न था।

कृष्ण को यह समझते देर न लगी कि उत्सव दूसरा रंग पकड़ रहा है। युवतियाँ मदिरा-पान के लिए बार-बार नृत्य रोक देती थीं और युवकों को भी बलात् पिलाती थीं। युवक भी इस सौजन्य का वैसा ही उत्तर देते थे। कृष्ण को यह छिछोरा समारोह अच्छा नहीं लगा और वे युवकों की टोली से अलग हट गए। केवल भानुमती बीच-बीच में उनके पास ऐसे स्नेहपूर्ण आग्रह से उन्हें मदिरा पीने के लिए बाध्य करती कि वे उसका दिल न दुखे इस ख्याल से थोड़ी-बहुत मदिरा चख लेते थे।

कृष्ण ने देखा कि युवक-युवतियों की आँखों में केवल मदिरा का ही नहीं, वासना का भी उन्माद भर आया है। निश्चय ही यह भानुमती की नित्य की पूजा नहीं थी। इसका आयोजन दुर्योधन ने विशेष रूप से किया होगा। क्या यह उनके लिए किया गया था?

पूरी तरह थककर नृत्यांगनाओं ने नाचना बन्द कर दिया। बीच-बीच में या तो वे भूमि पर लोट जातीं अथवा बेहयाई से हँसती हुई घास पर लुढ़कने लगती थीं। जब वे खड़ी होतीं तो उनके पाँव लड़खड़ाने लगते और उनकी आँखें मत्त पशुता से घूर्णित होने लगतीं।

जब नृत्य समाप्त हुआ तो चार स्त्रियों ने मशालें बुझा दीं। अब देवी के सम्मुख जलनेवाले दीपों का मन्द और झिलमिलाता हुआ प्रकाश ही वहाँ बच रहा।

उत्सव जो रूप धारण कर रहा था, उससे कृष्ण को घृणा हो आई। उन्हें ऐसी ही घृणा तब हुई थी, जब उनके यादवों ने इसी प्रकार बेरोकटोक सुरा-पान करना आरम्भ किया था। बलराम अत्यधिक मद्यपान के अभ्यस्त थे, किन्तु उसे कृष्ण इसलिए निभा लेते थे कि एक तो भाई के प्रति उनका प्रगाढ़ प्रेम था, दूसरे बलराम कितनी भी मदिरा पीकर कभी प्रमत्त नहीं होते थे, केवल खर्चीले हो जाते थे। किन्तु सुख की निरर्थक खोज में अस्थायी उन्माद को आमन्त्रित करनेवाले उन बुद्धिहीन अभागों के प्रति उनके मन में घृणा के साथ अनुकम्पा भी मिली रहती थी।

सभी स्त्रियाँ, जिनमें से कुछ अत्यधिक थकावट के कारण भूमि पर पड़ी हुई थीं, उन्मत्तता से तालियाँ पीटतीं और पुकारती थीं : 'गौरी माता की जय!' उनका अनुकरण करते हुए युवक भी उसी प्रकार चीत्कार करते थे।

अनन्तर सभी स्त्रियाँ आनन्दातिरेक में शोर-गुल करने लगीं। उनकी अस्पष्ट, धुँधली आकृतियाँ युवकों का पीछा करती दीख पड़ीं। जब वे एक-दूसरे को पा जातीं तो उनकी खिखियाहट, हँसी और प्यार के शब्द सुन पड़ते—यह आवश्यक नहीं था कि जिसे उन्होंने जा पकड़ा था, वह उनका पति ही हो। शीघ्र ही वे एक-दूसरे के पीछे भागने लगे या एक-दूसरे से लिपटकर भूमि पर लोटने लगे।

रंगरेलियाँ चरम सीमा पर पहुँच रही थीं और कृष्ण ने वहाँ से टल जाने का प्रायः निश्चय-सा कर लिया था; किन्तु भानुमती को असुरक्षित छोड़ जाने की उनकी

इच्छा नहीं हो रही थी। उन्होंने सोचा कि उसे बचाना ही होगा–स्वयं उससे और उस गड्डमड्ड से भी, जो शेष दीपकों के बुझ जाने पर हो सकता है।

दीपक बुझ गए। अधिकांश लोग भूमि पर पड़े हुए थे, कुछ लोग अस्फुट स्वर में भुनभुना रहे थे, कुछ एक-दूसरे की बाँहों में थे।

भूमि पर पड़ा दुर्योधन किसी से फुसफुसाहट में कुछ कह रहा था। कृष्ण ने उसे सुना, किन्तु वह जिससे बातें कर रहा था उसके स्वर से यह स्पष्ट हो गया कि वह भानुमती नहीं थी। अब यह धार्मिक कृत्य नहीं रहा था, वासना का उत्सव बन गया था।

अकस्मात् एक युवती कृष्ण पर आ गिरी। उसे पहचानने में भूल नहीं हो सकती थी, वह भानुमती थी। उसने उनके गले में अपनी बाँहें डाल दीं। वह उनको अपने काँपते हाथों से मदिरा पिलाने के लिए उनका मुँह ढूँढ़ रही थी। फूलों-लदा उसका शरीर वासना से काँप रहा था। कृष्ण ने स्थिति के भयंकर अभिप्राय को समझा। दुर्योधन ने कृष्ण को ऐसी स्थिति में फँसाने के लिए अपनी पत्नी के अविवेकी बचकानेपन का दुरुपयोग किया था, जो उसके अनुकूल साथी के रूप में कृष्ण को सदा के लिए बाँध दे।

गर्वीले कुरुओं के इस परिवार में धर्म-व्यवस्था की निर्लज्ज अवहेलना हो रही थी। उन्होंने यादवों को भी अपने कतिपय उत्सवों में इसी प्रकार गर्हित आचरण करते देखा था। किन्तु कुरु-कुल के एक युवराज का यह विलासोत्सव भयानक और अक्षम्य था। उन्हें निःसंग वृद्ध भीष्म का स्मरण हो आया, जो अपने चरित्र-बल से प्राचीन कुरुओं की परम्परा को अक्षुण्ण बनाए रखने का प्रयास कर रहे थे।

किन्तु सोचने का समय नहीं था। इस स्थिति को बचाना था। उन्होंने भानुमती को हाथों में उठा लिया। वह फूल की गठरी की तरह हल्की थी। वह उनसे लिपट गई। उनके हृदय पर अपना मस्तक रखकर लगातार फुसफुसाती रही–"मैं तुम्हारी गोपी हूँ, मैं तुम्हारी गोपी हूँ।"

कृष्ण ने भानुमती को अपने शरीर के साथ दृढ़तापूर्वक जकड़ लिया, मानो वह उपद्रव करने पर उद्धत कोई बच्चा हो अथवा कोई वन्य पशु। उन्होंने उसे जिस प्रकार अपने हृदय से जकड़ रखा था, उससे उसका प्रणय-निवेदन भी अवरुद्ध हो रहा था।

उस लावण्यवती बाल-सुन्दरी के लिए कृष्ण के मन में विराट करुणा उमड़ आई। स्वेच्छाचारी और अविवेकी दुर्योधन की बाहुओं में इसके सारे रूप-गुण निष्फल हो जाएँगे। अपने हाथों के प्रबल दबाव से उसकी देह को अपने शरीर से चिपकाए हुए वह उद्यान के बाहर चले गए।

भानुमती इतने नशे में थी कि उसे पता भी न था कि उसके साथ क्या किया

जा रहा है। तारों के मन्द प्रकाश में कृष्ण दुर्योधन के महल से निकलकर आगे बढ़े और धीरे-धीरे धृतराष्ट्र के प्रासाद की ओर चले। जो भी हो, इस निर्दोष कन्या की प्रतिष्ठा और सुख के साथ ही कुरु-कुल के गौरव की रक्षा करनी ही चाहिए और इसमें कुल-गौरव का भाव जाग्रत करना ही चाहिए।

मार्ग में क्षण-भर रुककर कृष्ण ने भानुमती का घाघरा ठीक किया, जो उसके छटपटाने के कारण कमर से ऊपर उठ आया था। कलियाँ कहीं गिर-बिखर चुकी थीं। नृत्य की तीव्रता में उसकी कंचुकी के बन्द ढीले पड़ गए थे और किसी समय वह खुलकर कहीं गिर गई थी। तारों के मन्द प्रकाश में उसका सुकुमार शरीर ऐसा लग रहा था जैसे वह मोतियों का बना हो। कृष्ण ने एक उसाँस ली : यह सब निष्फल हो जाएगा, इसे दुर्योधन-जैसा पति मिला है।

कृष्ण ने राजप्रासाद के द्वारपाल को अपना परिचय देते हुए कहा कि गौरीपूजा के समय भानुमती अस्वस्थ हो गई है और यह अत्यन्त आवश्यक है कि वह अपनी सास गान्धारी के पास रहे। इतनी रात को यह सम्मानित अतिथि अत्यधिक मदिरा-पान से प्रायः अचेत-सी युवराज्ञी को लेकर आए हैं, यह देखकर द्वारपाल स्तम्भित रह गया। किन्तु वह युवराज की उच्छृंखलताओं से परिचित था और उसके वैवाहिक जीवन से सम्बन्धित अनपेक्षित स्थितियों के लिए छूट देने का उसे अभ्यास था।

द्वारपाल एक प्रौढ़ा दासी को बुला लाया, जो सम्मानित अतिथि का विचित्र प्रयोजन जानने के अनन्तर प्रासाद के भीतर गई और कुछ समय के उपरान्त परिवेष्टित उद्यान में से आँखों पर पट्टी बाँधे गान्धारी को साथ लिवा लाई, जहाँ वह धृतराष्ट्र के साथ सो रही थीं।

"अरे वासुदेव, आप! इस समय!" उसने आश्चर्यचकित होकर कहा।

कृष्ण ने द्वारपाल और दासी को संकेत से अलग हटा दिया और फुसफुसाकर कहा, "हाँ माता, मुझे क्षमा करें। मैं भानुमती को ले आया हूँ। वह शोचनीय स्थिति में है। उसकी रक्षा करनी चाहिए।" अनन्तर सारी बातें विस्तारपूर्वक सुनाकर उन्होंने कहा, "जब मैंने देखा कि गौरी-पूजा का रूप पाशविक वासनोत्सव का हो गया है तो मैंने सबसे पहले भानुमती की मान-रक्षा आवश्यक समझी। यदि सवेरे उस उद्यान में युवक-युवतियों के बीच लज्जाजनक स्थिति में और मदोन्मत्त देखा जाता तो आप सोच सकती हैं कि हस्तिनापुर ही नहीं, सम्भवतः समस्त आर्यावर्त को कितना आघात लगता। मैंने सोचा कि चाहे जैसे भी हो, उसकी रक्षा करना ही एकमात्र उपाय है। यह एक निर्दोष नन्हीं बालिका है।"

भानुमती अब गहरी नींद में थी। बीच-बीच में वह केवल कुछ शब्द बुदबुदाती थी जो दूसरों के लिए दुर्बोध थे किन्तु जिन्हें कृष्ण समझ रहे थे। वह सुख-स्वप्न

देख रही थी कि वह गोपी है।

गान्धारी ने दासी से कहा कि वह भानुमती को उठा ले जाए और उनके निकट पलँग पर सुला दे। महारानी का यह सौभाग्य ही था कि उन्होंने आँखों पर पट्टियाँ बाँध रखी थीं, नहीं तो उन्होंने अपनी पुत्र-वधू को ऐसी स्थिति में देखा होता, जिसे वे कभी न भूल पातीं।

"वासुदेव, तुमने कुरुओं पर बड़ा उपकार किया है। मैं इसे कभी न भूल पाऊँगी वत्स!" गान्धारी ने कहा, "और कौन जाने, यही घटना बेचारी बालिका के जीवन को नई दिशा में मोड़ दे।"

दुखी सास को अपने परिवार के भविष्य के सम्बन्ध में सोचने-विचारने के लिए छोड़कर कृष्ण वहाँ से चले गए। भानुमती अपनी सास के साथ एक ही पलँग पर बेसुध सोती रही। कभी-कभी उसके मुँह से 'मैं गोपी हूँ' केवल यही शब्द निकल पड़ते थे। माता गान्धारी का अपने पुत्रों पर अगाध स्नेह था, किन्तु यह सोच वे सिहर उठीं कि यह अनाचार यदि उसके परिवार का नियमित अंग बन गया तो कुरुओं का क्या होगा।

सवेरा होने पर गान्धारी ने दासी के द्वारा ठण्डे जल से भानुमती का मुँह धुलवाया। धीरे-धीरे वह चैतन्य हुई। उसने आँखें खोलीं और अपने को अपनी सास के पलँग पर देखा। सास भी निकट ही बैठी हुई थीं। उसने अपने ऊपर दृष्टि डाली और अपने-आपको एक फटे घाघरे में देखा। उसकी आँखों से आँसू बह चले। "ओ माँ, मुझे क्या हो गया था?" कहकर वह गान्धारी से लिपट गई।

भानुमती के मस्तक पर हाथ फेरती हुई गान्धारी ने दुखी स्वर में कहा, "बेटी, भय की कोई बात नहीं है। सबकुछ ठीक है। ईश्वर की कृपा थी कि पिछली रात कृष्ण वासुदेव तुम्हें मेरे पास ले आए। यदि ऐसा न होता तो समूचे भरत-वंश पर सदा के लिए कलंक लग जाता।"

पिछली रात की घटनाएँ भानुमती को स्मरण हो आईं और वह फूट पड़ी। असहाय-सी वह गान्धारी से लिपटकर बोली, "माँ, माँ, मैं क्या कर सकती थी? आपके बेटे, आर्यपुत्र ने मुझे वासुदेव पर विजय प्राप्त करने के लिए कहा था और इसी से मैंने सबकुछ किया।"

"बेटी, मैं जानती हूँ कि अपनी इच्छा से तुमने यह सब नहीं किया। तुम अभी बहुत छोटी हो। किन्तु एक बात स्मरण रखना। जो स्त्री औचित्य का ज्ञान खोकर पर-पुरुष को अपने पति का मित्र बनाने का प्रयत्न करती है, अन्त में वह उसे अपने पति का और अपना शत्रु भी बना लेती है। यह तो ईश्वर की कृपा थी कि यह वासुदेव थे। यदि यह कोई अन्य व्यक्ति होता तो क्या हुआ होता?"

पौ फटी। भानुमती के उद्यान की देख-रेख करनेवाले अनुचर जब प्रातःकालीन

पूजन के प्रबन्ध के लिए दो पुजारियों के साथ वहाँ आए तो उन्होंने विचित्र दृश्य देखा। मदमत्त स्त्री-पुरुष, जिनके शरीर के वस्त्रों का कोई ठिकाना नहीं था, अनेक प्रकार की अनुचित स्थितियों में भूमि पर बेसुध पड़े हुए थे। उन्हीं के बीच उनके युवराज भी थे।

वे घबरा गए। समझ नहीं सके कि क्या करना चाहिए। उचित समय पर पूजा न करने से देव-सेवा में त्रुटि होती थी; किन्तु देवी के सम्मुख उन युवक-युवतियों के पड़े रहते ऐसा करना कठिन था। इसके अतिरिक्त उनमें इतना साहस नहीं था कि वे उन मदोन्मत्त लोगों को वहाँ से उठा ले जाएँ, क्योंकि वे सभी अत्यन्त उच्च कुल के थे।

राजमन्त्री विदुर के प्रति सभी के मन में बड़ी श्रद्धा थी। पुजारी भागते हुए उनके यहाँ पहुँचे। उन्होंने विदुर को बताया कि वे भानुमती के उद्यान में क्या देख आए हैं। वे तीन-चार विश्वस्त लोगों के साथ वहाँ आए। उन्होंने जो कुछ देखा उससे वे आतंकित हो उठे।

सबसे पहले उन्हें दुर्योधन को उद्यान से हटाकर उसके महल में पहुँचाना था। किन्तु यह काम सहज न था। वह शक्तिशाली और तगड़े शरीरवाला था, अब भी पिछली रात के अनुभवों के स्वप्नों में खोया हुआ था। समय से पहले अपनी सुखद तन्द्रा में विघ्न पड़ने से वह अत्यन्त क्रुद्ध हुआ। विदुर ने अन्य जनों को भी राज-प्रांगण के उनके भवनों में भिजवाया, जहाँ उन्हें यह समझाने में थोड़ी कठिनाई हुई कि उन्होंने अपने को किस परिस्थिति में डाल दिया था।

उद्यान-स्थित युवक-युवतियों में से अधिकांश ऊँची पद-मर्यादावाले थे। स्वभावतः इस घटना से राजभवन में तूफान उठ खड़ा हुआ और इसके प्रभाव से सारा हस्तिनापुर डोल उठा।

जब भीष्म ने यह बात सुनी तो उनके क्रोध से सब ओर आतंक फैल गया। उन्होंने परिषद बुलाकर मुख्य पार्षदों को एकत्रित किया और अपना आदेश सुनाया। उसे सुनकर सब लोग काँप उठे।

आदेश के अनुसार दुर्योधन और दुःशासन को एक मास तक कुरुक्षेत्र में रहकर प्रायश्चित करना था। अन्य युवकों को बदरीनाथ जाकर एक वर्ष तक प्रायश्चित करना था।

भानुमती के सम्बन्ध की जो दो स्त्रियाँ उसके साथ हस्तिनापुर आई थीं, उन्हें अपने घर लौट जाना था। अन्य सभी युवतियों को कुरुओं के प्रधान राजपुरोहित की देख-रेख में बारह मास तक प्रतिमास चन्द्रायण व्रत करना था।

पर-पुरुषों की बाँहों में पाई गई दो युवतियों को अतिरिक्त दण्ड दिया गया था। प्रायश्चित से शुद्ध होने के बाद भी यदि उनके पति और श्वसुर उन्हें ग्रहण

न करें तो उन्हें अग्नि-प्रवेश करना था।

भानुमती के उद्यान को नष्ट कर दिया गया। जहाँ उद्यान था, उस स्थान को शुद्ध कराने के बाद वहाँ गौरी और शंकर का एक पक्का मन्दिर बनवा दिया गया।

जिस भवितव्य से भानुमती बाल-बाल बच गई थी, उसकी बात सोचते हुए उसे तीव्र ज्वर हो आया।

माता सत्यवती

कृष्ण जिस दिन हस्तिनापुर से जानेवाले थे, उससे एक दिन पहले, सन्ध्या के समय, विदुर उन्हें वृद्धा सम्राज्ञी परम आदरणीया माता सत्यवती से मिलने के लिए बुलाने आए। यह एक दुर्लभ सम्मान था, क्योंकि हस्तिनापुर आनेवाले अतिथियों से वे कदाचित् ही मिलती थीं।

सत्यवती यमुना-तट-निवासी एक धीवर की कन्या थीं। पहले उनका नाम मत्स्यगन्धा था। उन्होंने महर्षि पाराशर के संयोग से एक पुत्र को जन्म दिया था। दुर्बलता के किसी क्षण में ऋषि पर उनकी कजरारी आँखों, सुहावने रूप और सजीव सम्मोहन का जादू चल गया था।

पुत्र का नाम कृष्ण द्वैपायन था—काला होने के कारण कृष्ण और द्वीप में जन्म होने के कारण द्वैपायन। जब वह कुछ बड़ा हुआ तो महर्षि उसे कुरुक्षेत्र के अपने आश्रम में ले गए, जहाँ विद्वान ऋषियों का निवास था। वसिष्ठ की महान् परम्परा के उत्तराधिकारी कृष्ण द्वैपायन वेदव्यास बने, जिन्हें आदर से महामुनि कहा गया। वे समस्त आर्यावर्त में पूजित हुए।

एक बार कुरुओं के सम्राट् शान्तनु मृगया-विहार करते हुए मत्स्यगन्धा पर मुग्ध हो गए। उस समय वह केवल सोलह वर्ष की थी और उसे नदी, सूर्य तथा वायु ने स्वास्थ्य, ताजगी तथा चुनौती-भरा स्वच्छन्द स्वभाव दिया था। सम्राट् उसका आघात अधिक समय तक नहीं सह सके।

सम्राट् ने उसके पिता से विवाह का प्रस्ताव किया। वह कट्टर स्वभाव का धीवर था। उसने राजा से कहा कि वह तभी अपनी कन्या का विवाह राजा से करेगा जब उसे इस बात का विश्वास दिलाया जाए कि उनके बाद उसकी कन्या का पुत्र ही हस्तिनापुर के कुरुओं का राजा बनेगा, न कि युवराज गांगेय। अपने पिता की प्रसन्नता के लिए गांगेय ने आजीवन ब्रह्मचर्य व्रत के पालन की कठोर प्रतिज्ञा की। उन्होंने अपना राज्याधिकार भी त्याग दिया। शान्तनु ने धीवर-कन्या से विवाह किया। अनन्तर वह कन्या सत्यवती के नाम से प्रसिद्ध हुई।

धीवर-कन्या चक्रवर्ती भरत के राजवंश की श्रेष्ठ परम्पराओं का निर्वाह करनेवाली एक चतुर और तेजस्विनी सम्राज्ञी बनी। किन्तु प्रारब्ध की निर्दयता ने उसकी सारी बुद्धिमत्ता और साहस को कसौटी पर चढ़ा दिया।

शान्तनु से उसको दो पुत्र हुए—चित्रांगद और विचित्रवीर्य। चित्रांगद अल्पायु में युद्ध में मारा गया। विचित्रवीर्य जन्म से ही अशक्त था। अपने पिता की वंश-परम्परा बनाए रखने के लिए भीष्म काशिराज की अम्बिका और अम्बालिका नाम की दो कन्याओं का हरण कर लाए और विचित्रवीर्य के साथ उनका विवाह कर दिया।

भाग्य कुरुओं के प्रतिकूल था। निःसन्तान विचित्रवीर्य की मृत्यु हो गई। सम्राज्ञी ने वीरतापूर्वक परिस्थिति को सँभाला। उन्होंने भीष्म से प्रार्थना की कि वे अपनी प्रतिज्ञा तोड़ दें, राज-सिंहासन पर बैठें और विवाह करें। किन्तु भीष्म दृढ़ थे कि वे अपनी प्रतिज्ञा नहीं तोड़ेंगे। तब सत्यवती ने अपने पुत्र वेदव्यास को बुलाकर कहा कि वे मृत राजा की निःसन्तान विधवाओं से पुत्र उत्पन्न करें।

किन्तु भाग्य निर्दयता के साथ कुरु-वंश के पीछे पड़ा हुआ था। अम्बिका से अन्धे धृतराष्ट्र का जन्म हुआ और अम्बालिका से पाण्डु का, जो जन्म से रुग्ण थे। अपने मृत पति को शक्तिशाली राजाओं की परम्परा प्रदान करने के सत्यवती के सारे प्रयत्न निष्फल हो गए।

प्राचीन रीति के अनुसार जन्मान्ध होने के कारण, धृतराष्ट्र राज-सिंहासन के अधिकारी नहीं हो सकते थे। अतः पाण्डु राजा बने। उन्होंने कुशलता और बुद्धिमत्तापूर्वक शासन किया, किन्तु कुछ ही वर्षों में रोग से आक्रान्त होकर उन्होंने राज्य-त्याग कर दिया। वे हिमालय चले गए, जहाँ उनकी मृत्यु हो गई। अपने पीछे वे पत्नी कुन्ती, जो कृष्ण के पिता की बहन थी, तथा पाँच पुत्रों को छोड़ गए।

भीष्म के सहयोग से, सत्यवती ने फिर साहस के साथ इस संकट का सामना किया। परिवार ने देवताओं के वरदान के रूप में पाण्डु के पाँचों पुत्रों को स्वीकार किया। धृतराष्ट्र को बहुत-से पुत्र हुए और उनके स्नेहपूर्ण तथा सजग लालन-पालन का दायित्व वृद्धा सम्राज्ञी पर आ पड़ा।

राजकुमार जब बड़े हुए और ऐसी सम्भावना दीखने लगी कि अपने तेज और पराक्रम से पाँचों पाण्डव भाई कुरुओं के गौरव की पुनः प्रतिष्ठा कर सकेंगे, तभी एक बार फिर दुर्भाग्य ने कुरु-राजवंश पर प्रहार किया। धृतराष्ट्र के पुत्र पाण्डवों के प्रति विषाक्त भाव से भर उठे। आपत्ति को टालने के लिए पाण्डव वारणावत चले गए, और सूचना मिली कि वहाँ वे लाक्षागृह में जल मरे।

सत्यवती अत्यन्त निष्ठावती स्त्री थीं। वे सारे दिन पूजा करतीं और परमात्मा से प्रार्थना करती रहतीं कि उनके पति का साम्राज्य, योग्य और धर्म-परायण हाथों

में सुरक्षित रहे। यद्यपि वे कदाचित् ही राज-काज में हस्तक्षेप करती थीं, किन्तु उनकी सजग दृष्टि और बुद्धिमत्तापूर्ण पथ-प्रदर्शन से भीष्म और विदुर को महत्त्वपूर्ण निर्णयों में बड़ी सहायता मिलती थी। वे एक वृद्धा और विधवा सम्राज्ञी नहीं थीं, कुरुगण अत्यन्त आदरणीया माता मानकर हस्तिनापुर की भाग्य-लक्ष्मी के रूप में उनका सम्मान करते थे।

कृष्ण जब उनसे मिले तो वे अपने कक्ष में बने भगवान शंकर के छोटे-से मन्दिर के समक्ष एक आसन पर बैठी थीं। वे अपना अधिकांश समय इसी कक्ष में व्यतीत करती थीं। सत्तर वर्ष की आयु में भी उनके मुख पर अपने पूर्व सौन्दर्य की छाप थी। उनकी श्यामल काया स्वस्थ और कोमल थी, नातिदीर्घ शरीर सुपुष्ट था, अवस्था और व्यथा होने पर भी आँखों में अनोखी चमक थी। उनके साँवले चेहरे पर श्वेत केशों का गुच्छ था, जिससे वे दैवी प्रभामण्डल से घिरी जान पड़ती थीं।

सत्यवती ने मधुर मुस्कराहट के साथ अपने सामने रखे एक काष्ठासन की ओर संकेत किया। कृष्ण ने पहले उन्हें प्रणिपात किया, फिर आसन ग्रहण किया।

सत्यवती ने विदुर से कहा, "विदुर, तुम भी बैठ जाओ।"

"जैसी आज्ञा माता!" कहकर विदुर भूमि पर ही बैठ गए। इस पौराणिक व्यक्तित्व के प्रति विदुर के मन में प्रशंसामिश्रित आदर का भाव था।

"वासुदेव, मैंने सुना है कि कल सबेरे तुम काम्पिल्य जा रहे हो।" सत्यवती ने धीमी आवाज में कहा। उनके स्वर में मधुरता और वेदना थी। "तुम हस्तिनापुर आए, इसकी मुझे प्रसन्नता है; यद्यपि कितना अच्छा होता कि यह आनन्द-मंगल का अवसर होता। हमारे ऊपर एक बड़ी विपत्ति आ गई है।"

कृष्ण ने कहा, "मैं तो उस दिन की बाट जोह रहा था, जब पाण्डव चक्रवर्ती भरत के गौरव को पुनः स्थापित करते।"

"हाँ, स्वयं मैंने भी ऐसा ही सोचा था, किन्तु परमात्मा की इच्छा कुछ और थी।" उन्होंने कहा, "वासुदेव, जब तुम द्वारका जाना तो वसुदेव, देवकी तथा बलराम को मेरा आशीर्वाद कहना। तुम्हारे पिता-माता जैसे सौभाग्यशाली हैं, वैसे कम ही होंगे, क्योंकि उन्हें बलराम और तुम्हारे-जैसे पुत्र मिले हैं।" यह कहते हुए भी वे अपने स्वर से विषाद का भाव दूर न कर सकीं। यह बात उन्हें कभी नहीं भूल पाती कि उनकी सन्तान, उन्हें सुखी नहीं कर सकी।

"माता, मैं आपका सन्देश उन लोगों तक पहुँचा दूँगा। आप सबने मेरा जैसा स्वागत-सत्कार किया है, उसके लिए मैं कृतज्ञ हूँ।" कृष्ण बोले।

सत्यवती ने पूछा, "तुम्हारे कोई सन्तान है?"

कृष्ण ने उत्तर दिया, "जी हाँ, एक पुत्र है।"

"विदर्भ की राजकन्या से?"

"जी हाँ।"

"उसका नाम क्या है?"

"प्रद्युम्न।"

"जब तुम उससे मिलना तो उसे मेरा आशीर्वाद कहना।"

"जैसी आज्ञा माता!" कृष्ण ने कहा।

"हम सभी तुम्हारे बड़े कृतज्ञ हैं वासुदेव!" उन्होंने कहा, यद्यपि उनके स्वर में सम्राज्ञी के योग्य गरिमा स्पष्ट थी, "यदि तुमने भानुमती की रक्षा न की होती तो कुरुगण दुनिया को मुँह दिखाने लायक न रहते।"

कृष्ण मुस्कराए—"अरे, आप तक भी यह बात पहुँच गई?"

उत्तर में सत्यवती भी मुस्कराईं—"मैं अपने परिवार की देख-भाल कैसे छोड़ सकती हूँ! कृतज्ञता का तुम्हारा जो ऋण हम लोगों पर है, उसे मैं कभी न भूलूँगी।"

"इसे भूल जाइए माता! मैंने देखा कि यदि स्थिति सँभाली न गई तो उसके भयंकर परिणाम हो सकते हैं। इसकी बात भूल जाइए। और मेरी प्रार्थना है कि बेचारी बच्ची को दोष न दीजिए। वह छोटी बच्ची-जैसी निर्दोष तथा आवेगमयी है। अपनी उदात्त वृत्तियों के चलते किसी दिन एक महान् नारी बनेगी।" कृष्ण ने कहा।

सत्यवती ने पूछा, "क्या तुम ऐसा समझते हो कि यह सब दुर्योधन का किया-धरा था?"

"मैं नहीं जानता कि यह सब किसने कराया; किन्तु किसी चतुर व्यक्ति ने मुझे फन्दे में डालने के लिए, वृन्दावन के ग्वाले के रूप में मेरे प्रति भानुमती के मन में जो प्रशंसा-भाव है, उसका दुरुपयोग किया था।" कृष्ण ने कहा।

"तुम्हारे लिए फन्दा? उसका उद्देश्य क्या हो सकता है?" उन्होंने पूछा।

"स्पष्टतः मुझे किसी ऐसे बन्धन में बाँधने के लिए, जिससे मैं युवराज के पक्ष में बना रहूँ।"

"तुम ऐसा समझते हो?" सत्यवती ने पूछा।

"हाँ, मुझे इसका विश्वास है।" कृष्ण ने कहा, "वह बुराई नहीं कर सकती। उसने बहन के रूप में मुझे एक उपहार भेजा है। उसका भाई बना रहने के अपने संकल्प की सूचना, मैंने भी उसे भेज दी है।"

सत्यवती ने आवेग-भरे स्वर से कहा, "वासुदेव, मैंने कभी कल्पना भी नहीं की थी कि तुम इतने भले हो।"

"मैं भला हूँ, यह आपने कैसे जाना?" कृष्ण ने छलावे की हँसी के साथ पूछा, "मैं बहुत बुरा आदमी हूँ। मैंने अपने मामा की हत्या की और भीष्मक की कन्या का अपहरण किया। आप इसका भरोसा नहीं कर सकतीं कि आगे मैं क्या करूँगा।"

कृष्ण ने कहा। वह सत्यवती पर यह प्रभाव नहीं पड़ने देना चाहते थे कि उन्होंने हस्तिनापुर की नीतियों का अबाध समर्थन करने का वचन दिया है।

"वत्स, वर्षों से मेरी यही नियति रही है कि यहाँ बैठी-बैठी मैं लोगों का वास्तविक मूल्यांकन करूँ।" उन्होंने मुस्कराकर कहा, "तुम जब से यहाँ आए हो, तुम्हारे सम्बन्ध में मुझे सूचनाएँ मिलती रही हैं। और तुम्हारे लिए मेरे पुत्र द्वैपायन के जो विचार हैं, मैं उनसे सहमत हो गई हूँ।"

कृष्ण ने पूछा, "महामुनि मेरे सम्बन्ध में क्या कह रहे थे?"

सत्यवती ने विजयिनी मुस्कान के साथ कहा, "धर्म की पुनः स्थापना के लिए तुमने जन्म लिया है।"

कृष्ण आकर्षक विनय के साथ बोले, "आप सभी बहुत दयालु हैं। मुझसे जो बन पड़ता है, वह करने का प्रयत्न करता हूँ। परमात्मा की कृपा से मुझे कुछ सफलता भी मिली है।"

"कौन जानता है कि परमेश्वर तुमसे क्या कुछ कराना चाहते हैं!" उनके मुख पर मधुर वात्सल्य की मुस्कान खिंच गई–"वासुदेव, क्या मैं तुम्हें कृष्ण नाम से सम्बोधित करूँ? स्मरण रहे कि मेरे लिए यह बड़ा प्यारा नाम है–मेरे पुत्र द्वैपायन का भी यही नाम है।" उन्होंने कृपापूर्वक कहा, "यदि मैं तुम्हारी एक सहायता चाहूँ तो क्या तुम मुझे खरेपन से और सचाई से उसके सम्बन्ध में उत्तर दोगे?" उन्होंने पूछा। कई दिनों से जो अनिश्चय उन्हें सता रहा था, वह अधिक तीक्ष्णता से फिर लौट आया था, अतः उनकी आँखों में याचना का भाव था।

प्रश्न जिस भाव से पूछा गया था उसने कृष्ण को द्रवित कर दिया। उन्होंने पूछा, "आपको मेरे खरेपन या सचाई में सन्देह क्यों है?"

सत्यवती कृतज्ञ भाव से मुस्कराईं–"कृष्ण, मुझे स्पष्ट उत्तर दो–क्या तुम मेरा साथ दोगे?"

कृष्ण ने कहा, "मैं आपके साथ हूँ। आप संसार की सर्वाधिक शक्तिमती सम्राज्ञी हैं और पक्ष में भीष्म के होने के कारण आप अजेय हैं।"

"किन्तु भाग्य के सम्मुख नहीं।" उन्होंने धीमे से कहा और चारों ओर देखा कि उन दोनों के अतिरिक्त और कोई तो उनकी बात नहीं सुन रहा।

कृष्ण ने कहा, "मैं सदा आपकी सेवा के लिए प्रस्तुत हूँ।"

सत्यवती का मुखमण्डल गम्भीर हो गया। उन्होंने विदुर पर एक दृष्टि डाली, फिर कठिनाई से सुन पाने योग्य मन्द स्वर में कहा, "क्या तुम पाण्डवों का साथ दोगे?"

"पाण्डवों का साथ?" कृष्ण ने आश्चर्य से पूछा और उनके हृदय में आशा की एक लहर दौड़ गई–"क्या वे जीवित हैं? यह एक अद्‌भुत रहस्य है! उनका

तो अन्तिम संस्कार तक हो चुका है!"

सत्यवती ने एक बार फिर चारों ओर देखा कि उनके सामने बैठे दो व्यक्तियों के अतिरिक्त कोई और तो उनकी बातें नहीं सुन रहा, फिर उन्होंने फुसफुसाकर कहा, "जलते हुए महल से वे निकल भागे हैं।"

"निकल भागे हैं?" अविश्वास से कृष्ण की आँखें फैल गईं—"किन्तु उनका तो विधिपूर्वक दाह-संस्कार भी हो चुका है!"

सत्यवती ने अपने होंठों पर उँगलियाँ रखीं—"शिः, शिः, शिः," फिर कहा, "वे सुरंग की राह से जलते हुए महल से निकल गए। वह सुरंग विदुर के आदमियों ने खोदी थी।"

"किन्तु शव कहाँ से आ गए?" कृष्ण ने पूछा।

"वे कुन्ती और पाण्डवों के शव नहीं थे," सत्यवती ने कहा, "यदि शव न पाए जाते तो दुर्योधन और शकुनि जान जाते कि पाण्डव जीवित हैं। वे उनका पीछा करके उन्हें मार डालते।"

"किन्तु वे हैं कहाँ?" कृष्ण ने पूछा।

"गंगा पार करने के लिए विदुर ने एक नौका का प्रबन्ध कर रखा था, लेकिन नौका से उतरने के बाद वे जंगल में गुम हो गए।" उन्होंने कहा।

"क्या उनका पता नहीं चला?" कृष्ण ने पूछा।

"यही तो हमारी कठिनाई है।" उन्होंने कहा, "उनका पता लगाने के लिए हम यहाँ किसी पर विश्वास नहीं कर सकते। यदि हम ऐसा करें तो हस्तिनापुर में निश्चय ही किसी-न-किसी को पता चल जाएगा कि वे जीवित हैं। तब उनका पीछा किया जाएगा। मैं चाहती हूँ कि तुम उनका पता लगाओ कि वे कहाँ हैं और सुरक्षित हैं अथवा नहीं। ऐसा करने में तुम पर किसी को सन्देह नहीं होगा। तुम्हारे लिए उनका पता लगाना कोई कठिन नहीं होगा, क्योंकि जंगल में जहाँ नागा रहते हैं, वहीं कहीं ये लोग खो गए हैं। सम्भवतः तुम्हारे पिता के नाना आर्यक इस काम में तुम्हारी सहायता कर सकेंगे। हम तो उन्हें भी अपना विश्वासपात्र नहीं बना सकते। कौन जाने, नागाओं को घूस देकर शकुनि उनकी हत्या करा दे। यदि तुम उनका पता लगा सको तो उन्हें इस तरह अपने साथ द्वारका लेते जाओ कि किसी को कानों-कान खबर न लगे।"

कृष्ण ने सिर उठाकर देखा। उनका चेहरा चमक रहा था। उन्होंने कहा, "माता, आपके आदेश का पालन होगा। पाण्डवों का पता लग जाएगा।"

"विजयी बनो वत्स!" वृद्धा सम्राज्ञी ने सन्तोष की साँस लेकर कहा।

महामुनि

पाञ्चाल की राजधानी काम्पिल्य जाने के लिए अपने दल के कुछ प्रमुख व्यक्तियों के साथ कृष्ण ने नौकाओं से प्रस्थान किया। अन्य यादव-नायकों को रथों, घोड़ों और बैलगाड़ियों से स्थल-मार्ग से नागकूट जाना था। नागकूट वसुदेव के नाना आर्यक की राजधानी थी। द्वारका लौटते समय कृष्ण आर्यक से मिलना चाहते थे।

गंगा का पाट बहुत चौड़ा था, धारा तीव्र थी और उन दिनों नदी-मार्ग से यात्रा की जो प्रणाली थी, उसके अनुसार नौकाएँ नदी के किनारे-किनारे चलती थीं, कदाचित् ही नदी के परले पार जाया करती थीं।

शैशव काल से ही कृष्ण नदियों की माता के रूप में गंगा की मानस-पूजा करते आए थे। यह पहला अवसर था, जब वे इस जाग्रत देवी के चमत्कार देख रहे थे। छिछले पानी की सतह पर बतखें तैर रही थीं; सजीले हंस जल पर उतरा रहे थे। उड़नेवाली मछलियाँ प्रसन्नता से जल के ऊपर उछल आती थीं; नौकाएँ जब पास आतीं तो सतह के ऊपर थूथन निकाले घड़ियाल झटपट डुबकी लगा जाते; रंग-बिरंगे पक्षियों के झुण्ड उनके ऊपर मँडरा रहे थे; दोनों तटों के हरिताभ वृक्षशिखर नीले आकाश के आर-पार एक-दूसरे के प्रति नतमस्तक हो रहे थे।

दोनों तटों पर विशाल अछूते वन थे, जो कहीं-कहीं दुर्भेद्य थे। उनकी अखण्डता कहीं-कहीं पगडण्डियों से खण्डित होती थी, जिनसे आसपास के गाँववाले स्नान करने और जल लेने के लिए आया करते थे। प्रायः नग्न रहनेवाले नागा निरन्तर छोटी-छोटी डोंगियाँ खेते रहते थे।

मार्ग में यादवों ने बड़ी-बड़ी बस्तियाँ भी देखीं। ये बस्तियाँ जंगल साफ करके खुले मैदान में बसाई गई थीं। ये आर्यावर्त की नई सीमाएँ थीं, जहाँ साहसी आर्यों ने अपने घर बसाए थे।

ऐसी बस्तियों के निवासी नौकाओं का जुलूस देखते ही अतिथियों का स्वागत करने के लिए नदी-तट पर आ जाते, उन्हें मालाएँ पहनाते और फलों का उपहार देते और कभी-कभी तो एक रात के लिए अपने यहाँ विश्राम करने, नहीं तो कम-से-कम भोजन करने का आग्रह करते थे।

ऐसे प्रत्येक अवसर पर जब स्थानीय लोगों को पता चलता कि प्रधान अतिथि कौन हैं तो उन्हें देवता-स्वरूप मानकर वे कृष्ण के पाँव धोते और उनकी पूजा करते थे। उत्तर की अधिकांश बस्तियों में कृष्ण के इस पराक्रम की कीर्ति पहुँच चुकी थी कि उन्होंने जरासन्ध को परास्त किया था और कालान्तर में वे यादवों को द्वारका ले गए थे।

कभी-कभी यादवों को किसी ऋषि का आश्रम भी दीख जाता था। आकाश

चूमते होम-धूम से अथवा वन की शान्ति भंग करनेवाले वैदिक मन्त्रों के सस्वर पाठ से उन्हें पहचानना कठिन न होता था। जब कभी वे किसी आश्रम के पास पहुँचते, कृष्ण अपने दल के साथ नीचे उतरकर प्रधान ऋषि का अभिवादन करते, उनके दैनिक यज्ञ में सम्मिलित होते और उनका आतिथ्य स्वीकार करते थे।

सम्राज्ञी सत्यवती से मिलने के पहले कृष्ण को जिस विषाद ने घेर रखा था वह गंगा की वेगवती धारा को देखते हुए पूर्णतः तिरोहित हो चुका था। जब वे नदी के वक्ष पर शान्त चाँदनी रातों के सौन्दर्य में साँस लेते तो उन्हें अपने में एक नई शक्ति भरती जान पड़ती।

जब कभी वे एकान्त में होते तो कृष्ण पाण्डवों के उद्धार के सम्बन्ध में अपने विचार उद्धव पर प्रकट करते। किसी-न-किसी तरह पाण्डवों को ढूँढ़ निकालना आवश्यक है और यह काम इस प्रकार करना है कि उनके अन्य साथियों को इसकी गन्ध तक न लगे–यहाँ तक कि सात्यकि को भी नहीं, जो स्वभावतः बड़ा स्पष्टवादी था। कृष्ण स्वयं उनका पता लगाएँ, इसका प्रश्न ही नहीं उठता था : वे बहुत प्रसिद्ध थे–उनके सखा और चचेरे भाई उद्धव के साथ भी यही बात लागू होती थी।

उद्धव इस बात पर सहमत थे कि यदि खोज को सफल बनाना है तो उसे नितान्त गुप्त रूप से करना चाहिए। "हम लोग राजा आर्यक को क्यों न विश्वासपात्र बनाएँ?" उन्होंने सुझाव दिया–"नागा जंगल के कोने-कोने से परिचित हैं, वे पाण्डवों का पता लगा सकेंगे।"

"पता नहीं, हमें उनका भरोसा करना चाहिए या नहीं," कृष्ण ने कहा, "किन्तु इतना जोखम तो हमें लेना ही होगा।"

"मैं यह पता लगाने के लिए नागकूट जाऊँगा कि वृद्ध राजा पर विश्वास किया जा सकता है या नहीं। यही एकमात्र मार्ग है।" उद्धव ने कहा।

"किन्तु मैं तो तुम्हें काम्पिल्य ले चलना चाहता हूँ।" कृष्ण ने नटखट मुस्कराहट के साथ कहा।

"मुझे क्यों?" उद्धव ने अर्थगर्भित मुस्कान के साथ पूछा, "सात्यकि से ही काम चल जाएगा।" बिना बताए ही उद्धव सदा अपने मित्र के मन की बात जान जाते थे।

"तुमने मेरा आशय भाँप लिया है, धूर्त कहीं के!" कृष्ण हँस पड़े–"मैं तुम्हें राजा द्रुपद का जामाता बनाना चाहता हूँ।"

"तुम्हारे स्थान पर मुझे कौन स्वीकार करेगा?" उद्धव ने हँसते हुए पूछा। कृष्ण की हँसी संक्रामक थी। "कृष्ण, मैं बड़ा सीधा-सादा आदमी हूँ। मेरी तो विवाह करने की इच्छा नहीं है–और द्रौपदी-जैसी उग्र स्वभाववाली राजकन्या से तो बिल्कुल ही नहीं। मैं तुम्हारी तरह जंगली घोड़ियों को पालतू नहीं बना सकता।"

"उद्धव, तुम कब तक अपना निजी जीवन मुझे समर्पित करते रहोगे?" कृष्ण ने उद्धव को गले लगाकर असामान्य भावावेश के साथ कहा, "सदा तुम्हीं मेरा ध्यान नहीं रख सकते, कभी मुझे भी तुम्हारा ध्यान रखना चाहिए।"

"मेरी बात छोड़ो। अभी तो द्रौपदी के बदले पाण्डवों की चिन्ता करना कहीं अधिक आवश्यक है।"

अकस्मात् कृष्ण के मन में एक विचार आया। उन्होंने उद्धव को टोकते हुए कहा, "उद्धव..."

उद्धव ने पूछा, "क्या है?"

"मान लो कि पाण्डव जीवित हैं..."

"और...?" उद्धव ने पूछा।

"द्रुपद अपनी कन्या का विवाह...।"

"अर्जुन से कर दें।" उद्धव ने कहा।

"किन्तु मुझे लगता है कि यह नहीं हो सकता।" कृष्ण ने एक निःश्वास छोड़कर कहा।

नदी-मार्ग से यात्रा करते हुए एक दिन उन्होंने कुछ दूर से आता अनेक कण्ठों से शुद्ध और समवेत स्वर में वेदमन्त्रों का पवित्र गान सुना। वायु में लहराते वेदगान के इन्द्रजाल ने आस-पास के समस्त दृश्यों को एक अलौकिक सौन्दर्य से मण्डित कर दिया। पूछने पर ज्ञात हुआ कि यह उत्कोचक तीर्थ है, जहाँ धौम्य ऋषि का आश्रम है।

शीघ्र ही वे वृक्षों से घिरे एक ऐसे स्थल पर पहुँचे, जहाँ बहुत-सी नौकाओं ने लंगर डाल रखे थे। स्पष्ट था कि आश्रम में कुछ विशिष्ट अतिथि आए हुए हैं।

कृष्ण और उनके दल के लोगों ने अन्य नौकाओं के निकट अपनी नौकाएँ बाँध दीं। नौकाओं से उतरकर वे लोग आश्रम की ओर चले, जहाँ वेद-मन्त्रों का पाठ हो रहा था। उन्होंने नागफनी से घिरी एक विशाल बस्ती देखी। मध्यस्थित मैदान में एक हवन-कुण्ड में आग जल रही थी और बहुसंख्यक वनौकस स्त्री-पुरुष वेद-मन्त्रों का पाठ करते हुए अग्नि में आहुति दे रहे थे। प्रायः दो सौ नागा और निषाद भी वहाँ बैठे हुए थे। उनके सरदारों ने भाँति-भाँति के पंखोंवाले मुकुट और रंग-बिरंगे वस्त्र पहन रखे थे। कुछ लोगों के हाथों में भाले थे और कुछ के कन्धों से अनगढ़ बाँस के धनुष लटक रहे थे। बहुत-सी स्त्रियों ने अपनी गोद में बच्चे सँभाल रखे थे। उनमें से कुछ लोग रोग-ग्रस्त भी थे।

अपने शिष्यों से जब धौम्य ऋषि को नए आगन्तुकों की सूचना मिली तो वे अतिथियों का स्वागत करने के लिए बाहर निकले। जब उन्हें ज्ञात हुआ कि प्रधान अतिथि कौन हैं तो उनकी प्रसन्नता का ठिकाना न रहा। वस्तुतः श्वेतकेतु

से उन्हें पहले ही सूचना मिल चुकी थी कि काम्पिल्य जाते हुए कृष्ण वहाँ ठहरेंगे।

धौम्य ने कृष्ण और उनके साथियों को आशीर्वाद दिया और उन्हें होम-कुण्ड के निकट ले गए, जहाँ एक तेजस्वी पुरुष बैठे थे और अग्नि में आहुति दे रहे थे।

धौम्य ने कहा, "यह तीर्थ सदा ही भाग्यशाली रहा है। वासुदेव, आप ऐसे समय यहाँ पधारे हैं, जब स्वयं वेदव्यास यहाँ उपस्थित हैं।"

कृष्ण को इससे पहले कभी इतनी भावाकुलता का अनुभव नहीं हुआ था, धर्म के मूल स्रोत वेदव्यास के सम्बन्ध में उन्होंने अनेक ऋषियों, बड़े-बूढ़ों तथा धर्म-गुरुओं से बहुत-कुछ सुना था। आज वह उनके सम्मुख थे। धौम्य ऋषि जब कृष्ण को उनके समीप ले गए तो उन्होंने महामुनि को साष्टांग प्रणाम किया।

क्षण-भर के लिए कृष्ण वर्ण मुख के आयत लोचन आश्चर्य से फैले, फिर पहचान के बाद उनमें कोमल भाव भर आया।

कृष्ण ने स्वयं अपना परिचय दिया—"मैं शूरश्रेष्ठ वसुदेव का पुत्र कृष्ण हूँ। गुरुवर, मैं आपको प्रणाम करता हूँ। यह मेरे पितृव्य देवभाग के पुत्र उद्धव हैं। यह मेरे मित्र युयुधान, सात्यकि के पुत्र हैं।"

"वासुदेव, मैं तुमसे मिलने की ही प्रतीक्षा कर रहा था।" स्नेही पिता के स्पष्ट-गम्भीर स्वर में महामुनि ने कहा, "तुम सौ वर्षों तक जियो—नहीं, एक सौ बीस वर्षों तक।" उन्होंने कृष्ण की पीठ थपथपाकर आगे कहा, "मैं वर्षों पहले तुम्हारे पिता वसुदेव से मिला था—वस्तुतः तुम्हारे जन्म से भी पहले।"

"आपने हम सबको जिस प्रकार आशीर्वाद दिया था, माता देवकी ने वह सब मुझे बताया था।" कृष्ण ने कहा। महामुनि की मुस्कान शब्दों की अपेक्षा कहीं अधिक मुखर थी। उससे छलकते स्नेह की अभिव्यक्ति से कृष्ण अभिभूत हो गए।

"उसके बाद जब मैं मथुरा गया तो तुम और बलराम गोमन्तक गए हुए थे।" महामुनि ने कहा।

मुनि का रंग काला और शरीर का गठन भारी था। उन्होंने कृष्णसार मृग का चर्म पहन रखा था। उनकी आकृति में सर्वाधिक विशिष्ट थीं उनकी भव्य भौंहें, छोटी चौड़ी नाक और ज्योतिपूर्ण बड़ी-बड़ी आँखें, जो संसार पर अवर्णनीय कृपा की वर्षा करती थीं। उनके मस्तक पर श्वेत केशों का जटाजूट था, जो किसी हिम-मण्डित गिरि-शिखर के समान प्रतीत होता था। उनकी मुस्कराहट से कृष्ण मन्त्र-मुग्ध हो गए। वह उनके अधरों पर भी फैलकर प्रत्येक व्यक्ति को उस स्थायी प्रेम का साझीदार बनने को आमन्त्रित करने लगी, जिसमें प्रतिबन्ध और भेद-भाव नहीं होता।

महामुनि ने कहा, "हम होम समाप्त कर लें।"

कृष्ण और उनके साथी नागा सरदारों के पास बैठ गए। वे भी वेदमन्त्रों का गान करने लगे।

जब होम समाप्त हो गया तो मुनि ने कृष्ण से यादवों का कुशल-क्षेम पूछा। उन्होंने यह भी पूछा कि वे किस कारण से गंगा के प्रदेश में आए हैं।

कृष्ण जब इन प्रश्नों का उत्तर दे चुके तो धौम्य ने अपने एक शिष्य को बुलाकर अपंग तथा पक्षाघात से पीड़ित रोगियों को दूध बाँटने को कहा। उनमें से कोई लँगड़ाता, कोई घिसटता और कोई पीड़ा से काँपता हुआ मुनि के समीप आया। उन्होंने अपने प्रधान शिष्य जैमिनी के कन्धे से लटके झोले से एक-एक छोटी पत्ती निकालकर दूध के प्रत्येक पात्र में डाल दी।

वे मन्दभाग्य हाथ में दूध का पात्र लेकर और सिर झुकाकर यज्ञाग्नि के सम्मुख बैठ गए। वेदव्यास ऊँचे स्वर में मन्त्र-पाठ करते हुए अश्विनीकुमारों का आवाहन करने लगे, जो लोगों को आरोग्य देते हैं।

लोग शान्त भाव से बैठे हुए थे। मन्त्र-पाठ आरोह-अवरोह स्वरों में उठता-गिरता रहा। वातावरण में एक नई जीवनी-शक्ति का संचार हो गया, जैसाकि वसन्त के प्रभात में ताजी और स्वास्थ्यप्रद वायु से होता है।

मन्त्र-पाठ समाप्त हुआ। मुनि ने सब रोगियों को दूध पी लेने को कहा। उन सबने वैसा ही किया। रुग्ण बालकों को उनकी माताओं ने दूध पिला दिया।

मुनि ने स्नेहपूर्ण किन्तु आदेशात्मक स्वर में कहा, "मेरे पास आओ, मैं तुम्हें आशीर्वाद दूँगा।"

प्रत्येक रोगी अथवा रोगिणी ने उनके सामने आकर गम्भीर आदर के साथ अपने-अपने ढंग से उनके प्रति अपनी श्रद्धा की अभिव्यक्ति का प्रयत्न किया—हाथ जोड़कर, चरण छूकर, और यह सम्भव न होने पर उनके सामने भूमि पर लोटकर। रुग्ण शिशुओं को उनकी माताएँ मुनि के सम्मुख ले आईं। मुनि ने प्रत्येक रोगी की भौंहों के बीच यज्ञ-कुण्ड के पवित्र भस्म का टीका लगाया।

"अब घर जाओ।" उन्होंने प्रसन्नतापूर्वक कहा, "अश्विनीकुमारों ने तुम्हें रोग-मुक्त कर दिया है।"

रोगियों में से कुछ अपना रोग तत्काल दूर होता देख प्रसन्नता से चीत्कार कर उठे। लँगड़े स्थिरतापूर्वक चलने लगे, प्रकाश की झिलमिलाहट से अन्धे पलकें झपकाने लगे, पक्षाघात के रोगी लड़खड़ाते हुए अपने पैरों चलने लगे। जो बहुतेरे लोग रोग-मुक्त नहीं हो सके थे, वे अपने असहाय हाथ बढ़ाकर आर्त स्वर में मुनि से अपने उद्धार की याचना करने लगे। मुनि ने अपने हाथ फैलाकर उन्हें आशीर्वाद देते हुए कहा, "घर जाकर परमात्मा से प्रार्थना करो, जो सब कष्टों का नाश करते हैं।"

जिन अन्य लोगों ने यह चमत्कार देखा, उनकी पुकार गूँज उठी–'भगवान् वेदव्यास की जय!'

भीड़ की उत्तेजना से जो अव्यवस्था फैल गई थी, उसके शान्त हो जाने पर शिष्यों ने केले के पत्तों पर सबको फल, मूल, जौ की रोटियाँ और मधु दिया। इस भोजन की अधिकांश सामग्री भेंट के रूप में वे लोग ले आए थे, जो भगवान वेदव्यास के दर्शनों की लालसा से यहाँ उपस्थित हुए थे; शेष धौम्य ने अपने आश्रम से दी थी। जब तक वे लोग भोजन करते रहे, महामुनि उनके बीच घूम-घूमकर उन्हें आवश्यक वस्तुएँ परोसते रहे और मित्रतापूर्ण बातें करते रहे।

कृष्ण को बताया गया कि अपने यहाँ आए सभी लोगों को पहले भोजन कराए बिना महामुनि कभी भोजन नहीं करते। जब सभी लोग खा चुके तो महामुनि कृष्ण और धौम्य के बीच बैठकर उन्हीं वस्तुओं का आहार करने लगे जो औरों को दी गई थीं।

भोजन समाप्त करके महामुनि ने 'शान्तिः शान्तिः शान्तिः' कहा, जो औरों के लिए इस बात का संकेत था कि अब वे प्रस्थान करें।

महामुनि उठ खड़े हुए। हाथ-मुँह धोने के बाद उन्होंने हाथ जोड़े और अपनी सहज वात्सल्यपूर्ण मुस्कान बिखेरते हुए वे वहाँ से चल पड़े। उनका चरण-स्पर्श करने के लिए बहुत-से लोग उनके पीछे दौड़े।

कृष्ण ने महामुनि के सम्बन्ध में बहुत-सी बातें सुन रखी थीं, किन्तु उन्होंने पहली बार अपनी अकिंचनता का अनुभव किया, क्योंकि उन्होंने एक ऐसे व्यक्ति को देखा था, जो सबका मित्र था और किसी के लिए पराया नहीं था और जो सबको आध्यात्मिक और शारीरिक जीवन-शक्ति प्रदान करता था।

शीघ्र ही कृष्ण, उद्धव और सात्यकि को ऋषि की कुटी की निकटवाली एक कुटी में ठहराया गया। भोजन के बाद कृष्ण को उस कुटी में बुलाया गया, जहाँ महामुनि थे।

कृष्ण हाथ जोड़कर महामुनि के सम्मुख बैठे तो उनके व्यक्तित्व के चमत्कार से प्रभावित हुए बिना न रहे। उन्हें ऐसा लगा, जैसे वह किसी दूसरे संसार के व्यक्ति के सम्मुख बैठे हैं, जो सबको जानता है, समझता है और प्यार करता है।

उन्होंने जब कृष्ण की ओर अपनी बड़ी-बड़ी आँखें फेरीं तो उनमें ममता भरी हुई थी। उनके स्वर में गहरे स्नेह की तरलता थी। उनका व्यवहार ऐसे व्यक्ति का-सा था, जो लोगों की बातों और कार्यों में गहरी रुचि रखता है।

महामुनि ने पूछा, "तुम हस्तिनापुर किसलिए आए थे?"

कृष्ण ने उन्हें बताया कि उन्होंने हस्तिनापुर आने का निर्णय क्यों किया था। उन्होंने यह भी बताया कि पाण्डवों की मृत्यु का संवाद पाकर उन्हें कितना आघात

पहुँचा था; धृतराष्ट्र और भीष्म से उनकी क्या बातें हुई थीं और दुर्योधन तथा शकुनि के सम्बन्ध में उनके क्या विचार हैं।

आश्चर्य के साथ कृष्ण ने अनुभव किया कि महामुनि से किसी बात को छिपा रखना पाप होगा, किन्तु वह यह निर्णय न कर सके कि महारानी सत्यवती ने उन पर जो रहस्य प्रकट किया था, उसे महामुनि के सम्मुख प्रकट करना उचित है अथवा नहीं।

"भगवन्, मैंने यादवों को कुरुओं के निकट लाने की आशा बाँध रखी थी। हस्तिनापुर में युधिष्ठिर और द्वारका में राजा उग्रसेन के बीच सन्धि होने पर हम कुरुओं के प्रति राजा द्रुपद का अविश्वास दूर कर सकते थे। मेरी आशा यह भी थी कि कुरुओं, पाञ्चालों और यादवों के सम्मिलित प्रयत्न से हमारे जीवन का नवनिर्माण हो सकेगा।" कृष्ण ने कहा।

"वासुदेव, तुम्हें किस प्रकार ऐसा करने की आशा थी?" महामुनि ने समझदारी की मुस्कान के साथ पूछा।

"मैं सोचता था कि एक बार राजाओं में समझौता हो जाने पर वे राजधर्म का पालन करेंगे और अपनी प्रजा को अधिक सुगमतापूर्वक धर्म-मार्ग पर प्रवृत्त कर सकेंगे।" कृष्ण ने कहा और दुखी स्वर में इतना और जोड़ा–"किन्तु युधिष्ठिर अब नहीं रहे और मेरी आशा नष्ट हो गई।"

विशाल स्मित से मुनि का चेहरा खिल उठा, जिससे उनकी शुभ्र दन्त-पंक्ति दीखने लगी। "स्मरण रखो वासुदेव, कि धर्म कभी नष्ट नहीं होता। तुमने कंस को मारा और जरासन्ध को पराजित किया है। तुम्हें यह न भूलना चाहिए कि जहाँ कहीं भी अधर्म हो, उसे निर्मूल करना तुम्हारा प्रथम कर्तव्य है।"

"भगवन्, आप महान् शिक्षक हैं। आप मेरा मार्ग-दर्शन कर सकते हैं। आप बताएँ ऐसी स्थिति में अधर्म को कैसे निर्मूल किया जा सकता है, जब मगध में जरासन्ध फल-फूल रहा हो, हस्तिनापुर में दुर्योधन का शासन हो और काम्पिल्य में द्रुपद कटुता पाल रहा हो? वे घृणा में पलते और हिंसा का अनुसरण करते हैं। जिस एकमात्र धर्म को पहचानते हैं, वह है, अपनी घृणा का पोषण करना।" कृष्ण ने समस्या का स्पष्टीकरण करते हुए कहा, जिसका समाधान उन्हें सम्भव नहीं प्रतीत हो रहा था।

महामुनि ने अर्थगर्भित स्मित किया–"यदि कभी मैं इस प्रकार विचार करता तो एक दिन भी जीवित न रहता। वासुदेव, जब मैं युवा था तो पारस्परिक कलह से आर्यों ने आर्यावर्त को प्रायः नष्ट ही कर दिया था। वेदों को भुला दिया गया था। आश्रम उजड़ गए थे।"

"और आप धर्म को लौटा सके, किन्तु यह कैसे हुआ?" कृष्ण ने पूछा।

"मुझे विश्वास था–विश्वास था कि धर्म कालातीत है। वह कुछ देर के लिए आँखों से ओझल हो सकता है, किन्तु मर नहीं सकता, कभी नहीं मर सकता।" महामुनि ने ऐसे व्यक्ति के विश्वास के साथ कहा, जिसके जीवन का आधार धर्म की संस्थापना ही हो।

"किन्तु जरासन्ध और मेरे मामा कंस के समान राजा, अवसर पाने पर, उसे नष्ट कर देंगे।" कृष्ण ने कहा।

"मैंने कभी राजाओं का भरोसा नहीं किया। घृणा और अविश्वास, भय और ईर्ष्या ही प्रायः उनका मार्ग-निर्देश करते हैं।" वेदव्यास ने उत्तर दिया, "मैंने भरोसा किया था आश्रमों का। जब मैं एक से दूसरे आश्रम की यात्रा करता हूँ तो देखता हूँ कि उनमें से अधिकांश विद्या और तप के अधिष्ठान हैं, जहाँ ऋषिगण कठोर निर्धनता का जीवन व्यतीत करते हुए शारीरिक प्रलोभनों से ऊपर उठकर, असत्य चाहे जिस रूप में प्रकट हो, उससे संघर्ष करते हैं।"

"हाँ भगवन्, आश्रमों की आस्था के मूल में मुख्यतः आपकी प्रेरणा ही रही है।" कृष्ण ने कहा।

मुनि अतीत की स्मृतियों में डूब गए। कहने लगे, "आरम्भ में मुझे अकेले ही संघर्ष करना पड़ा था, किन्तु परमात्मा ने सैकड़ों ऋषियों में आस्था उत्पन्न की। ब्राह्मणों ने धार्मिक जीवन व्यतीत करते और उसकी रक्षा के लिए कष्ट सहन करते हुए, इसे ऐसी जीवनी शक्ति प्रदान की कि राजाओं को भी उसका सम्मान करना पड़ा। उदाहरण के लिए धौम्य को देखो। वर्षों पहले यहाँ आकर इन्होंने आश्रम स्थापित किया। अपने तप के प्रभाव से इन्होंने नागाओं के जीवन-क्रम को भी परिवर्तित किया। आर्यक और उसकी प्रजा ने आर्यों की रीति अपना ली है। यह सब राजाओं के पराक्रम से नहीं धौम्य के तप के प्रभाव से हुआ है।"

"क्या राजा आर्यक अब भी स्वस्थ और कार्य-क्षम हैं?" कृष्ण ने पूछा।

"वे अब बहुत वृद्ध हो गए हैं।" मुनि ने उत्तर दिया।

"भगवन्, आप मुझे यह बताइए कि दुर्योधन को धर्म-मार्ग पर कैसे लाया जा सकता है?" कृष्ण ने पूछा, क्योंकि उन्हें गौरी-पूजा के विलासोत्सव का स्मरण हो आया था।

"समय आने पर परमात्मा ही इसकी व्यवस्था करेंगे। हमें इस बात पर बल देने का अधिकार नहीं है कि हम जो चाहें और जब चाहें, वही वे दे दें।" मुनि ने एक मुस्कान के साथ कहा।

"और अब युधिष्ठिर भी नहीं रहे।" कृष्ण ने कहा।

मुनि मुस्कराए। "लोग कहते हैं कि युधिष्ठिर की मृत्यु हो गई है।" उन्होंने एक गूढ़ मुस्कान के साथ अपनी बात जारी रखी–"मुझे विश्वास है कि वे जीवित

हैं—यदि शरीर से नहीं तो कम-से-कम प्रेरक शक्ति के रूप में।''

कृष्ण ने देखा कि यही अवसर है, जब इस बात का पता लगाया जा सकता है कि सत्यवती ने उनसे जो बात कही थी, महामुनि उसे जानते हैं या नहीं। ''भगवन्, क्या आप यह समझते हैं कि पाण्डव जीवित हैं?'' उन्होंने पूछा।

मुनि ने सीधे इस प्रश्न का उत्तर नहीं दिया—''यदि उनकी मृत्यु हो चुकी है तब भी तुम तो हो वासुदेव! तुम्हें चाहिए कि तुम राजाओं को मनु, वैवस्वत और जनक के मार्ग की शिक्षा दो। तुम अभी राजा द्रुपद के यहाँ जा रहे हो। उन्हें प्रेम के मार्ग पर लाने का प्रयत्न करो। कुरुओं और पाञ्चालों के बीच की कटुता को मित्रता के रूप में परिवर्तित करना चाहिए। पाञ्चाल महान् और धर्म-परायण हैं।''

''भगवन्, मुझे सन्देह है कि मैं इस सम्बन्ध में कुछ कर सकूँगा, फिर भी मैं प्रयत्न करूँगा।'' कृष्ण ने कहा।

''वासुदेव, तुम क्षत्रिय हो। सत्य और शुचिता से काम करो, धर्मात्माओं का सम्मान करो और शेष लोगों को परमात्मा पर छोड़ दो।'' महामुनि ने कहा।

''श्रद्धास्पद भीष्म ने भी लगभग यही बात कही थी।'' कृष्ण ने कहा।

''कितना अच्छा होता कि दुर्योधन को अनुगृहीत करने के लिए पाण्डवों को मृत्यु के मुख में ढकेलने के बदले, उन्होंने दुर्योधन के षड्यन्त्र को रोका होता।'' कहकर मुनि मुस्कराए—''प्रत्येक मनुष्य सत्य को जिस रूप में देखता है, उसे उसी का अनुसरण करना चाहिए। भीष्म समझते हैं कि कुरुओं को शक्तिशाली बनाए रखने के लिए उनका जीवन बन्धक है।''

''जी हाँ, मैंने भीष्म पितामह को अन्तःसंघर्ष से टूटा हुआ देखा। पाण्डव उन्हें प्रिय थे, किन्तु कुरुओं की शक्ति प्रियतर थी।'' कृष्ण ने कहा।

''वासुदेव, तुम्हारे सम्मुख जो कर्तव्य है, उसमें तुम अपनी सारी क्षमता नियोजित करो और परमात्मा पर विश्वास रखकर उसका सम्पादन करो।'' मुनि ने कहा। इसी समय धौम्य उन्हें वेद-शाला में ले जाने के लिए आए। मुनि ने अपनी बात पूरी की—''तुम्हारा जीवन इसी के लिए है और यही तुम्हारा वह साम्राज्य है, जिसे कोई राजा नहीं छीन सकता।''

कृष्ण ने कहा, ''भगवन्, मुझे आशीर्वाद दें।''

''मेरा आशीर्वाद सदा तुम्हारे साथ है। वासुदेव, तुम सदा विजयी होओ।''

सन्ध्या-पूजन और वनवासियों द्वारा उपहार के रूप में लाए गए फल-मूलों के आहार के बाद सब लोग रात्रि-विश्राम के लिए गए। सारी रात कृष्ण को ऐसा अनुभव होता रहा, जैसे महामुनि उनके पास ही हों।

सवेरा होने पर कृष्ण ने सुना कि पौ फटने से पहले ही महामुनि अपने शिष्यों के सहित नाग-नरेश से मिलने के लिए वन के भीतरी भाग की ओर चले गए हैं।

"उद्धव कहाँ हैं?" कृष्ण ने पूछा।

"वे भी महामुनि के साथ गए हैं।" सात्यकि ने कहा। "वे आपके पिता के नाना, राजा आर्यक के प्रति सम्मान-ज्ञापन करना चाहते हैं। लौटते समय वे उत्कोचक में ही हमें मिलेंगे।"

"वे अकस्मात् क्यों चले गए?" कृष्ण ने यह जानने के लिए पूछा कि क्या उद्धव सात्यकि को सारा भेद बता गए हैं।

"सम्भवतः वे इस बात का पता लगाना चाहते हैं कि क्या सचमुच पाण्डवों की मृत्यु हो गई है।" सात्यकि ने कहा, "महामुनि से बातें करने के बाद, स्पष्ट है कि उद्धव ने सोचा होगा कि स्वयं महामुनि भी सम्भवतः इसी उद्देश्य से जा रहे हैं।"

कृष्ण मुस्कराए। सात्यकि चतुर है।

काम्पिल्य

अपने दल के साथ कृष्ण ने फिर नदी-मार्ग से अपनी यात्रा आरम्भ की। एकचक्र तीर्थ में, जहाँ से काम्पिल्य एक पड़ाव की दूरी पर रह गया था, काम्पिल्य के युवराज धृष्टद्युम्न तथा प्रधानामात्य उद्‌बोधन ने उनका स्वागत किया। कृष्ण के मित्र श्वेतकेतु भी, जो उनके आगमन की सूचना देने के लिए पहले ही काम्पिल्य पहुँच गए थे, उनका स्वागत करने के लिए उपस्थित थे।

अतिथियों और आतिथेयों ने सुसज्जित नौकाओं के द्वारा काम्पिल्य के लिए प्रस्थान किया। मार्ग में कहीं-कहीं वे नदी-तट पर बसी समृद्ध बस्तियों में रुकते थे, जहाँ के निवासी नगाड़े और मुरली बजाकर तथा अत्यधिक आतिथ्य के द्वारा अतिथियों का हार्दिक स्वागत करते थे।

यात्रा की अवधि में यह देखकर कृष्ण बड़े प्रसन्न हुए कि धृष्टद्युम्न एक संस्कारशील युवा राजकुमार है, जिसमें आत्म-सम्मान और आत्मसंयम का भाव है। उससे तथा अन्य लोगों से उन्होंने यह भी जाना कि राजा द्रुपद के न्यायपरायण तथा उदार शासन में काम्पिल्य के लोग कितने सुखी और सम्पन्न हैं। मार्ग में उन्हें कई ऋषियों के आश्रम भी मिले, जहाँ उन्होंने ऋषियों के आशीर्वाद प्राप्त किए।

काम्पिल्य एक विशाल और समृद्ध नगर था। जब ये लोग वहाँ पहुँचे तो कृष्ण का स्वागत करने के लिए राजा द्रुपद अपने सभासदों और नागरिकों के समूह के साथ बाहर निकले। वे लम्बे, दुबले-पतले और चौड़ी हड्डियोंवाले थे। उनके व्यवहार में कठोरता थी जो प्रायः एक दोष के समान प्रतीत होती थी। किन्तु इस अवसर

पर अपनी गम्भीरता उन्होंने आंशिक रूप से दूर कर दी थी, जिससे कि अपने उस अतिथि का वे उत्साहपूर्वक स्वागत कर सकें, जिसके आगमन की प्रतीक्षा बहुत समय से कर रहे थे।

कृष्ण यह अनुभव किए बिना न रह सके कि राजा की उपस्थिति से सब लोगों में भयमिश्रित सम्मान का भाव भर आया है।

"वासुदेव, यहाँ आपका स्वागत करके पाञ्चाल अपने को भाग्यशाली मानता है।" द्रुपद ने गूँजती आवाज में कहा।

"सौभाग्य तो मेरा है जो आपके दर्शनों का लाभ मिला।" कृष्ण ने कहा, और इससे पहले कि वे राजा का चरण-स्पर्श करें, राजा ने कृष्ण को गले से लगा लिया।

राजा द्रुपद ने कृष्ण को अपने साथ, उस हाथी पर बैठने के लिए आमन्त्रित किया, जो अत्यन्त कलात्मक रूप से चित्रित था और झूल से सजाया गया था। धृष्टद्युम्न और उसका भाई सत्यजित भी इन्हीं लोगों के साथ बैठे। राज-सभासद और अन्य अतिथि रथों पर बैठकर हाथी के पीछे-पीछे चले। नगाड़ों तथा मुरली की हर्षप्रद स्वागत-ध्वनि के बीच, नगर के मुख्य मार्ग से होता हुआ, यह जुलूस राजमहल जा पहुँचा।

कृष्ण ने देखा कि राजा मितभाषी हैं, लेकिन वे जो कुछ बोलते हैं, उसमें उनके हृदय की ऊष्मा होती है। ऐसा लगा कि यादवों की स्थिति के बारे में उन्हें अच्छी जानकारी थी; इसमें सन्देह नहीं कि गुरु सान्दीपनि के निकट सम्पर्क के अतिरिक्त सूचना के उनके निजी स्रोत भी थे।

कृष्ण को दोनों राजकुमार, धृष्टद्युम्न तथा सत्यजित अच्छे लगे। अपने पिता के समान वे भी मितभाषी थे, किन्तु जो भी वे बोलते उसमें उनका दृष्टिकोण स्पष्ट और कृष्ण के प्रति उनकी प्रशंसा के भाव वास्तविक होते थे। सैनिकों के रूप में उनका पालन-पोषण और शिक्षा-दीक्षा हुई थी, अतः हर तरह के छलछद्म के प्रति उनके मन में तिरस्कार के भाव थे।

जब वे राजमहल में पहुँचे तो द्रुपद ने स्पष्टतः अनिच्छापूर्वक अपने तीसरे पुत्र शिखण्डी का परिचय कृष्ण से कराया। वह छुई-मुई-सा, छोटे कद का, किन्तु अत्यन्त रूपवान बालक था, चाल-ढाल में प्रायः लड़कियों-जैसा। जिस तरह डरा सहमा-सा वह कृष्ण को प्रणाम करने के लिए आगे बढ़ा, वह उलझन में डालनेवाला था। द्रुपद तथा उसके दोनों अन्य पुत्र सशंकित होकर देख रहे थे कि कहीं किसी प्रकार से यह बालक इस सुखद अवसर पर विघ्न न उपस्थित कर दे।

भोजन-समारोह का आयोजन बड़ा भव्य था। उसमें अतिथियों के अतिरिक्त पाञ्चाल के प्रमुख नायक भी उपस्थित थे। भोजन में भाँति-भाँति के व्यंजन थे। व्यवस्था निर्दोष थी। कुछ दूरी से वाद्य-संगीत की हल्की ध्वनि आ रही थी। बहुमूल्य

वस्त्रालंकारों से सुसज्जित राज-परिवार की स्त्रियाँ भोजन परोस रही थीं। उनमें द्रुपद की पुत्री कृष्णा भी थी।

राजकुमारी कृष्णा के भव्य सौन्दर्य की प्रशंसा में कृष्ण आत्म-विभोर हो गए। राजकुमारी गौरवर्ण, लम्बी तथा आकर्षक थी। उसकी चाल में आत्मविश्वासपूर्ण गरिमा थी। उसके चेहरे पर कुलीन कन्या की जन्मजात शालीनता थी, यद्यपि उसका प्रत्येक पदक्षेप और उसकी प्रत्येक भंगिमा से दृढ़ इच्छाशक्ति प्रकट होती थी।

विविध स्वादिष्ट व्यंजनों के होते हुए भी राजा और राजकुमारों ने संयम से काम लिया। अन्य सब लोगों ने मद्य-पान किया, किन्तु उन लोगों ने नहीं। श्वेतकेतु ने कृष्ण के कान में कहा, "राजा और राजकुमारों ने तब तक मद्य-पान न करने का व्रत लिया है, जब तक उनकी प्रतिज्ञा पूरी नहीं हो जाती।"

कृष्ण ने द्रुपद, उनकी संस्कारशील प्रजा, उनके सु-शासित राज्य, उनके दो न्यायपरायण पुत्रों तथा तीसरे भयभीत-से दीखनेवाले पुत्र और उनकी अद्भुत कन्या के बारे में सोचते हुए, वह रात बिताई।

अगले दिन प्रातःकालीन भोजन के बाद राजा ने कृष्ण को राजमहल के पीछेवाले आम्रकुंज में बुला भेजा। अब वे अकेले थे। द्रुपद ने क्षण-भर के लिए भौंहें सिकोड़ीं और कृष्ण पर दृष्टि जमा दी। फिर उन्होंने अपना श्वेत-केश सिर उठाकर एक फीकी मुस्कान के साथ कृष्ण की आँखों में झाँका।

"वासुदेव, मैंने एक बड़ा विचित्र प्रस्ताव करने के लिए आपको यहाँ बुलाया है।" राजा ने बिना किसी पूर्व-भूमिका के अकस्मात् कहा।

कृष्ण ने हाथ जोड़कर कहा, "राजन्, मैं आपके मन की बात जानकर कृतज्ञ होऊँगा।"

अपने मित-भाषण के आवरण को हटाकर मन की सबसे आवश्यक बात कह डालने के लिए राजा के संघर्ष की व्यथा कृष्ण ने समझी। किन्तु उन्होंने कठोर आत्म-नियन्त्रण सीखा था। दृढ़ स्वर में वे बोले, "गुरु सान्दीपनि ने आपसे इस सम्बन्ध में बातें की होंगी। क्या आप कृष्णा को पत्नी के रूप में स्वीकार करेंगे?" उन्होंने झटपट इतना और कहा, "आपसे स्वयं यह प्रस्ताव करने में मुझे लज्जा का अनुभव हो रहा है।"

ऐसे गर्वीले और उदार राजा को इस प्रकार के यन्त्रणापूर्ण अपमान की स्थिति में देखकर कृष्ण को भी पीड़ा हुई। उन्होंने समझदारी-भरी सहानुभूति के साथ राजा की ओर देखा–"राजन्, आपकी भावनाएँ मैं समझता हूँ। आपका सन्देश गुरु सान्दीपनि के द्वारा पहले ही मुझे मिल चुका है।" कृष्ण चुप हो गए, क्योंकि द्रुपद के मुख पर उन्हें निराशा की छाप दीख पड़ी।

"क्या आपको यह प्रस्ताव स्वीकार नहीं है?" राजा ने दो-टूक उत्तर माँगा।

"अत्यन्त उदारतापूर्वक जो प्रस्ताव किया गया है, मैं उसे अस्वीकार नहीं करता," अपनी मोहक मुस्कान के साथ कृष्ण ने कहा, "राजन्, यदि इस सम्बन्ध में मैं स्पष्टता बरतूँ तो आप क्षमा करेंगे। मैं अपने को इसके योग्य नहीं समझता और ऐसी स्थिति में पड़ना मैं पसन्द नहीं करता कि आप-जैसे उदार नरेश की अपेक्षाएँ पूरी न कर सकूँ।"

"क्या आप द्रोण से डरते हैं?" राजा ने भौंहें सिकोड़ते हुए पूछा।

"नहीं, राजन्, किन्तु मैं कुरुओं और पाञ्चालों के बीच युद्ध का कारण नहीं बनना चाहता।" कृष्ण ने स्पष्टता से उत्तर दिया।

"क्यों?" राजा ने दबी हुई अधीरता के साथ प्रश्न किया।

"धर्म का अभ्युदय तभी हो सकता है, जब कुरु और पाञ्चाल मिलकर उसकी रक्षा करें। यदि वे पारस्परिक युद्ध में संलग्न हो जाएँगे तो हमारा क्या होगा?" कृष्ण ने पूछा।

द्रुपद ने कटुतापूर्वक कहा, "किन्तु बिना छेड़े जब द्रोण और उनके शिष्यों ने मुझ पर आक्रमण किया, मुझे बन्दी बनाया, मेरी भूमि हड़प ली और मेरी प्रजा को वहाँ से खदेड़ दिया, तब तो किसी को इन बातों का ध्यान नहीं आया।"

"वह अनुचित था।" राजा के हृदय में जो कटुता थी, उस पर विजय पाने के लिए कृष्ण ने अभिप्रायपूर्वक कहा, "यदि द्रोणाचार्य के साथ कोई व्यक्तिगत अन्याय हुआ था तो उन्हें वह क्षमा कर देना चाहिए था। सम्भवतः शस्त्र-विद्या की शिक्षा प्राप्त करने के कारण वे भूल गए थे कि क्रोध को जीतना ब्राह्मण का प्रथम कर्तव्य है। और राजन्, मुझे विश्वास है कि गुरु की आज्ञा न होती तो अर्जुन ने आपके साथ जैसा व्यवहार किया, वैसा वे न करते।"

द्रुपद कुछ देर तक स्थिर दृष्टि से भूमि की ओर देखते रहे। अनन्तर उन्होंने एक बार फिर अपनी भौंहें सिकोड़ीं और दृढ़ स्वर में कहा, "जब तक हस्तिनापुर में द्रोण और उनके शिष्यों का शासन है, कुरुओं और पाञ्चालों के बीच कभी शान्ति नहीं हो सकती।" अनन्तर कृष्ण की ओर मुड़कर उन्होंने रुखाई से कहा, "यदि आप प्रस्ताव स्वीकार न करेंगे तो मुझे कहीं और सन्धि करनी पड़ेगी।"

"राजन्, आपका प्रस्ताव बड़ा उदार है, उदार से भी अधिक वह आपकी दानशीलता है। किन्तु यादवों से सन्धि करने से आपको क्या लाभ होगा? यदि आप हमें फिर से मथुरा में बसने में सहायता देंगे तो आपके किसी काम आने के बदले हम आपको जरासन्ध का कोप-भाजन बनाने के निमित्त होंगे।" कृष्ण ने सारी परिस्थिति समझाते हुए मुस्कराकर कहा।

द्रुपद ने हठपूर्वक सिर हिलाया, "हम पर्याप्त शक्तिशाली हैं। यदि जरासन्ध ने पाञ्चाल पर आक्रमण किया तो द्रोण चाहे जो भी कहें, अपने ही हित का ध्यान

रखकर भीष्म हमारी सहायता के लिए आ सकते हैं। किन्तु मैं उनकी सहायता नहीं चाहता। मैं इसकी चिन्ता नहीं करता। यदि आप मेरी सहायता करें तो मैं उन दोनों ही को चुनौती दे सकता हूँ।''

''क्या यह अधिक अच्छा न होगा कि जरासन्ध से निरपेक्ष रहकर हम भीष्म पितामह से समझौता कर लें?'' कृष्ण ने कहा।

''ऐसा सोचकर आप भूल करते हैं वासुदेव! आप नहीं जानते कि हस्तिनापुर में द्रोण कितने शक्तिशाली हैं। वे मेरे साथ कोई समझौता नहीं करेंगे, न ही मैं उनके साथ करूँगा।'' द्रुपद ने कहा।

''ओह, यदि आज पाण्डव जीवित होते!'' कृष्ण ने लम्बी साँस ली।

''उससे कोई अन्तर न होता। पाण्डव कभी मेरे प्रति मैत्री-भाव न रखते। वे द्रोण के अत्यन्त अनुगत थे और यदि मेरे प्रति मित्र-भाव रखने की ओर उनका झुकाव होता भी तो द्रोण दुर्योधन के द्वारा उन्हें समाप्त करा देते।'' कहते हुए द्रुपद ने आगे कहा, ''मैंने सुना है कि भीष्म ने उन्हें निर्वासित कर दिया–नहीं, उन्हें मृत्यु का ग्रास बनने को भेज दिया–क्योंकि द्रोण की सहायता से दुर्योधन अदम्य हो गया था।''

कृष्ण ने देखा कि अपनी कटुता के बावजूद राजा कितने चतुर हैं। उनकी बात ठीक थी। यदि द्रोण ने पूरी तरह पाण्डवों का साथ दिया होता तो वे कभी निर्वासित नहीं होते। अश्वत्थामा दुर्योधन का मित्र है। द्रोण अपने पुत्र पर जोर डालकर दुर्योधन के समर्थन से विरत हो सकते थे। वे पाण्डवों का पक्ष ले सकते थे। किन्तु उन्होंने वैसा नहीं किया। कृष्ण के मन में सारी बात स्पष्ट हो गई।

''मैं भीष्म पितामह से मिल चुका हूँ।'' कृष्ण ने उत्तर दिया, ''कुरुओं के बीच के संघर्ष को टालने के लिए ही उन्होंने पाण्डवों को वारणावत भेजना स्वीकार किया था।''

''इसका अभिप्राय यह है कि आप द्रोण को जानते ही नहीं।'' द्रुपद ने साफ-साफ कहा।

''मैं स्वीकार करता हूँ कि यह जटिल परिस्थिति है।'' द्रुपद की उलझन को समझते हुए कृष्ण ने कहा, ''राजन्, फिर भी मैं अधिक उपयोगी नहीं होऊँगा। मैं सदा गंगा और यमुना के तट पर नहीं रह सकता। यादव द्वारका नहीं छोड़ सकते और मैं कुरुओं के साथ युद्ध नहीं कर सकता। यदि मैं ऐसा करूँ तो वह मेरे धर्म के विरुद्ध होगा।''

''आपका धर्म क्या है?'' द्रुपद ने रुखाई से पूछा।

''न्यायनिष्ठता–विशेषतः राजाओं की न्यायनिष्ठता की प्रतिष्ठा करना, क्योंकि अन्यायी राजा अराजकता का कारण होता है।'' कृष्ण ने कहा।

द्रुपद भड़क उठे। उनका दबा हुआ रोष फूट पड़ा–"वासुदेव, मैंने कभी न्याय-विरुद्ध कोई काम नहीं किया। मैंने आजीवन धर्म का पालन किया है। मैंने ब्राह्मणों का सम्मान किया है, प्राचीन परम्पराओं की रक्षा की है। मैंने अपनी प्रजा के सुख का ध्यान रखा है। मैं सजग रहा हूँ कि मेरे राज्य में कोई भूखा न रहे।" द्रुपद ने कृष्ण के सम्मुख अपना हृदय खोल दिया और अब अपने इस सहानुभूतिपूर्ण श्रोता के सामने उनके विचार अभिव्यक्ति चाहने लगे–"यदि आप मेरी सहायता को तत्पर हों तो हम अपने पूर्वजों की परम्परा से आर्यावर्त को संगठित कर सकते हैं।"

"मैं अब भी यह समझने में असमर्थ हूँ कि उन यादवों से सन्धि करके पाञ्चालों को क्या लाभ होगा, जो बहुत दूर हैं और विशेष सहायता नहीं दे सकते।" कृष्ण ने कहा।

"वासुदेव, मैं चाहता हूँ कि आप मेरा साथ दें। तब मैं इतना शक्तिशाली हो जाऊँगा कि अधर्म का दमन कर सकूँ। हस्तिनापुर में दुर्योधन और उसके भाइयों का समर्थन करने वाले द्रोण, धर्म के लिए भयप्रद हैं। यदि आप मेरा प्रस्ताव स्वीकार कर लेंगे तो पाञ्चाल शक्तिशाली बनेगा। तब द्रोण से छुटकारा पाकर मुझसे शान्ति-सन्धि करने में भीष्म बुद्धिमत्ता समझेंगे।" द्रुपद बोले।

"क्या द्रोण को बदलने का कोई दूसरा उपाय नहीं है?" कृष्ण ने पूछा।

द्रुपद कटुता के साथ हँसे–"द्रोण को बदलना! मैं उनको तब से जानता हूँ जब हम दोनों बालक थे। वे अहंकारी हैं, किसी को क्षमा नहीं कर सकते, उन्हें प्रसन्न भी नहीं किया जा सकता। अपनी सुविधा के लिए वे सारे संसार को फूँक सकते हैं।"

"सम्भवतः आप अधिक कठोर हो रहे हैं राजन्!" कृष्ण ने कहा, "बुरे-से-बुरे व्यक्ति के हृदय में भी अच्छी भावनाओं के लिए कुछ स्थान होता है।"

"इससे यही प्रकट होता है कि आप अपने जीवन में द्रोण-जैसे किसी व्यक्ति से नहीं मिले हैं। क्या मैं यह मान लूँ कि आप मेरा प्रस्ताव अस्वीकार करते हैं?" राजा ने पूछा।

कृष्ण ने सिर हिलाया–"महाराज, मैं कैसे आपका प्रस्ताव स्वीकार करूँ, यह अभी सोच नहीं पाया हूँ।"

द्रुपद को इस बात का खेद हुआ कि उन्होंने अल्पवयस्क के आगे अपनी पकड़ ढीली कर दी और तब उन्होंने अपने-आपको सँभाला–"ठीक है, यदि आप मेरा प्रस्ताव स्वीकार नहीं करते तो मुझे अन्य मार्गों के सम्बन्ध में सोचना पड़ेगा।"

कृष्ण बोले, "निःसन्देह आप राजकुमारी के लिए अपनी पसन्द का वर चुन सकते हैं।"

"मैं जरासन्ध का प्रस्ताव स्वीकार कर सकता हूँ।" कृष्ण की प्रतिक्रिया पर ध्यान जमाए हुए द्रुपद ने कहा, क्योंकि वे जानते थे कि जरासन्ध कृष्ण का जन्म-जात वैरी है।

आश्चर्य से कृष्ण ने कहा, "जरासन्ध का प्रस्ताव?"

"हाँ, अपने पौत्र मेघसन्धि से विवाह करने के लिए उन्होंने द्रौपदी की माँग की है। उनकी सहायता से मैं कुरुओं का मान-मर्दन कर सकता हूँ।" द्रुपद ने कहा।

"महाराज, क्या आपने यह सोचा है कि जरासन्ध के साथ सन्धि करने का क्या अर्थ है? आप जानते हैं कि चेदि के दामघोष और विदर्भ के भीष्मक की क्या गति हुई थी? जरासन्ध के साथ सन्धि करने का अर्थ है मृत्यु। वह तो अधर्म का अवतार है।" कृष्ण ने कहा।

"आप क्या समझते हैं कि भीष्म के यमलोक जाने के बाद दुर्योधन कुछ और होगा?" बातचीत समाप्त करने की इच्छा प्रकट करते हुए द्रुपद ने कहा, "जो भी हो मैं अपना प्रण पूरा करूँगा।" उन्होंने निर्णयात्मक स्वर में बात पूरी की।

"इस जिज्ञासा के लिए क्षमा करें महाराज, कि जरासन्ध के पौत्र को पति-रूप में प्राप्त करके क्या कृष्णा सुखी होगी?" कृष्ण ने पूछा।

"इसका पता आप स्वयं लगा लें। आप मेरी पुत्री से मिलें, इसमें मुझे कोई आपत्ति नहीं है। वह भी यही समझती है कि मेरी प्रतिज्ञा तभी पूरी हो सकती है जब आप उसे स्वीकार करें।" द्रुपद ने कहा।

कृष्ण प्रत्यक्षतः द्रवित हो गए–"महाराज, आप सब लोगों का मुझ पर जो विश्वास है, उससे मैं अभिभूत हो गया हूँ। मैं आपकी सहायता के लिए सबकुछ करना चाहता हूँ, किन्तु मैं यह भी निश्चय कर लेना चाहता हूँ कि क्या मेरे द्वारा चुना गया मार्ग उचित है। महाराज, मेरी स्पष्टता के लिए मुझे क्षमा करें, किन्तु क्या आप अपनी कटुता के इतने वशवर्ती हो जाएँगे कि अपनी पुत्री के सुख का बलिदान करके उस क्रूर और बूढ़े सम्राट् के पौत्र से उसका विवाह कर देंगे?" कृष्ण ने पूछा।

"हमें प्रेम या घृणा से कुछ लेना-देना नहीं है वासुदेव। हमारे जीवन का एक ही लक्ष्य है और वह है मेरे और मेरी प्रजा के साथ द्रोण ने जो अन्याय किया है, उसके लिए उसे दण्ड देना। हम सब इसी के लिए जीवित हैं। इस लक्ष्य को प्राप्त करने के लिए हम प्रत्येक भावना की बलि देने के लिए प्रस्तुत हैं।" द्रुपद ने कहा।

"किन्तु महाराज, मेघसन्धि के साथ सारा जीवन बिताने को बाध्य करके क्या आप एक गरिमामयी तरुणी के सुख का ही बलिदान नहीं करेंगे? मैं इस विचार से ही सिहर उठता हूँ।" कृष्ण ने कहा।

"मैं अपनी पुत्री के मनोभाव भलीभाँति समझता हूँ। वह पूर्णतः मुझसे सहमत है। यदि उसके आत्मदाह से हमारा लक्ष्य पूरा होता हो तो वह वैसा भी कर लेगी। और, कौन जानता है कि पति के रूप में मेघसन्धि कैसा प्रमाणित होगा? अच्छी पत्नी किसी भी पति को बदल सकती है?" द्रुपद बोले।

"महाराज, इस सबका अन्त कहाँ होगा?" कृष्ण ने एक उसाँस लेकर पूछा।

"इसका अन्त द्रोण के सर्वनाश के साथ होगा?" द्रुपद ने दृढ़ता के साथ कहा, "आपको सन्देह है कि इस उद्‌देश्य की पूर्ति के लिए द्रौपदी स्वेच्छा से आत्म-बलिदान देगी। क्या आप उससे मिलेंगे? सम्भवतः तब आपको अपना मार्ग सूझ जाए। वह एक वीर युवती है। कितना अच्छा होता कि वह पुत्र होती।" द्रुपद ने एक उसाँस लेकर कहा।

"यदि आपका यही आदेश है तो मैं निश्चय ही उनसे मिलूँगा।" कृष्ण ने कहा।

"मैं धृष्टद्युम्न को बुलाता हूँ। वह आपको उसके पास ले जाएगा।" द्रुपद बोले।

जब वे वहाँ से जाने के लिए उठे तो उन्हें लौटते पगों की आहट सुन पड़ी। द्रुपद ने सुना, वे झुँझलाहट से पीले पड़ गए और उन्होंने अपने होंठ काट लिए। कोई छिपकर उनकी बातें सुन रहा था। अनन्तर वह अपने अतिथि को महल में ले गए, जहाँ धृष्टद्युम्न और मन्त्री प्रतीक्षा में थे।

कृष्ण ने पीछे मुड़कर देखा, सबसे छोटे राजकुमार शिखण्डी उतावली में आम्रवाटिका पार कर रहे थे।

यही राजकुमार छिपकर उनकी बातें सुन रहे थे, जिससे राजा को झुँझलाहट हुई थी। स्पष्ट था कि इस अनपेक्षित बालक का सम्बन्ध किसी रहस्य से था।

द्रुपद के व्यक्तित्व के सम्पर्क से कृष्ण प्रभावित हुए थे।

जब वे द्वारका से चले थे, उनका उद्देश्य केवल उत्तर की प्रमुख राजसत्ताओं से सम्पर्क स्थापित करना था, जिसके द्वारा वे आर्य जगत् से सम्बद्ध अपने धर्म का निर्वाह कर सकें। अब, प्रत्याशित रूप से, वे अपने को प्रबल घृणा और आवेश के चक्रव्यूह में फँसा हुआ देख रहे थे।

कृष्ण जब एकान्त में श्वेतकेतु और सात्यकि से मिले तो राजा द्रुपद से उनकी जो बातें हुई थीं, वह सब उन दोनों को बताते हुए उन्होंने कहा, "हम लोग अधर्म के भँवर में आ फँसे हैं।"

सात्यकि को प्रत्येक बात का उज्ज्वल पक्ष देखना प्रिय था। उसने पूछा, "यह अधर्म का भँवर कैसे है?"

"क्योंकि यह हम सभी को घृणा के भँवर में डुबा रहा है।" कृष्ण ने स्पष्ट किया, "घृणा का एक छोटा-मोटा काम भी किस तरह प्रत्येक व्यक्ति को छू जाता है। एक

मूर्ख युवक राजकुमार एक मूर्ख युवक ब्राह्मण का अपमान करता है। युवा तपस्वी घृणा से भर उठता है। वह अपने शिष्यों को प्रशिक्षण देने में अपना जीवन व्यतीत करता है, जिससे वे उसके अपमान का बदला ले सकें। इस उद्देश्य की पूर्ति के लिए, ब्राह्मण-आचार की मर्यादा तोड़कर, वह एक धर्मनिष्ठ और उदार राजा का अपमान करता है। अपमानित राजा उस शक्तिशाली ब्राह्मण का विनाश करने का निश्चय करता है, घृणा और आवेश को अपना जीवन बना लेता है और इसी उद्देश्य की पूर्ति के लिए अपने बाल-बच्चों का पालन-पोषण करता है। महान् योद्धा बनकर वह तपस्वी घृणा से पोषित अपने आवेश को सन्तुष्ट करने मात्र के लिए हस्तिनापुर की शक्ति का नियन्ता बन जाता है। यहाँ राजा उसको कुचलने के लिए अपनी शक्ति बढ़ाना चाहता है। पाञ्चाल और कुरुगण आमने-सामने खड़े हैं। शीघ्र ही वे भ्रातृघाती युद्ध में संलग्न हो सकते हैं। अब हम भी इसमें आ पड़े हैं।''

''क्या तुम्हारा यह निष्कर्ष उतावली का नहीं है?'' श्वेतकेतु ने पूछा, ''जब तक हम न चाहेंगे, यादव इस युद्ध में लिप्त नहीं होंगे।''

''नहीं श्वेतकेतु, यदि मैं द्रुपद का प्रस्ताव स्वीकार कर लेता हूँ तो यादव इस भँवर में फँस जाएँगे; यदि नहीं करता तो द्रुपद जरासन्ध के हाथों अपनी स्वतन्त्रता बेच देंगे। तब यह भँवर और बड़ा, और घातक हो जाएगा और हम चाहें या न चाहें, फिर भी हम लोगों को इसमें घिसटना ही पड़ेगा।'' कृष्ण ने कहा।

''तो चलो, हम लोग वापस चले चलें और इस भँवर को इसके भाग्य पर छोड़ दें। हम जैसे भी हैं, द्वारका में सुखी हैं।'' सात्यकि बोले।

''यह इतना सरल नहीं है सात्यकि,'' कृष्ण ने विचार करते हुए कहा, ''यदि हम द्वारका लौट जाएँ और घृणा के इस संसार से कोई सम्बन्ध रखना अस्वीकार कर दें तो कुछ समय के लिए हमारा बचाव तो हो जाएगा, किन्तु आर्यावर्त का विध्वंस निश्चित है। विश्व-कल्याण के लिए हमारे पूर्वजों ने धर्म का जो भवन निर्मित किया था, वह ध्वस्त हो जाएगा। सर्वत्र हिंसा और घृणा का प्रसार होगा। और अन्त में अराजकता हमें दबोच लेगी।''

''यदि हम उत्तर से नितान्त अलग-थलग रहें तो हम पर इसका प्रभाव कैसे पड़ेगा?''

''नहीं सात्यकि, हम घृणा को पृथक् नहीं कर सकते। हम उस पर विजय पाने का प्रयत्न करके ही बच सकते हैं। सम्भव है कि ऐसा करने में हमें मिट जाना पड़े। परमात्मा ने हमें जो काम सौंपा है, उससे भागने की अपेक्षा मृत्यु का वरण श्रेयस्कर होगा। वैसी स्थिति में हम अपने बाद कम-से-कम धर्म की एक महान् परम्परा छोड़ जाएँगे। फिर किसी दिन कोई नया उद्धारकर्त्ता उठ खड़ा होगा और हमारे काम को आगे बढ़ाएगा।'' कृष्ण ने कहा।

"तब हमें क्या करना चाहिए?" श्वेतकेतु ने पूछा।

"मुझे अभी कोई मार्ग नहीं सूझता। सम्भव है, राजकुमारी से मिलने के बाद कोई मार्ग दीख सके।" कृष्ण बोले।

सात्यकि बाल-सुलभ हँसी हँसे–"हमें महामुनि के द्वारा मार्ग का सन्धान नहीं मिला, राजा द्रुपद के द्वारा भी नहीं, अब हम उसे एक सुन्दरी युवती के द्वारा पाना चाहते हैं। भगवन्, तुम तो जैसे वृन्दावन में थे, वैसे ही बने रह गए।"

कृष्ण भी प्रसन्नतापूर्वक हँसकर बोले, "सात्यकि, सीखनेवाले में गहरी लगन हो तो अति सामान्य शिक्षक से भी प्रकाश मिल जाता है। और प्रायः यह किसी बुद्धिमान व्यक्ति की अपेक्षा एक निर्भीक स्त्री से मिल जाता है। मैं द्रौपदी के पास प्रकाश की खोज में जा रहा हूँ।"

"भगवन्, कृपा कर उसे पत्नी के रूप में न स्वीकार करना। उसका जीवन घृणा से भरा हुआ है।" सात्यकि ने कहा।

"सात्यकि, विश्वास न खोओ। यदि मुझसे मिलने के बाद भी द्रौपदी घृणा से भरी रही तो पराजय मेरी होगी। किन्तु मैं उस बात पर विश्वास करना चाहता हूँ जिसे तुम सभी मित्र प्रत्येक व्यक्ति से कहते रहे हो–यद्यपि मैं यह भी जानता हूँ कि वह केवल चाटुकारिता है–'यतो कृष्णस्ततो धर्मः'।" कृष्ण ने कहा।

सन्ध्या के समय चिन्तातुर धृष्टद्युम्न क्षमा-याचना करते हुए आए। उस सन्ध्या को राजा अतिथियों के साथ न रह सकेंगे। सहसा वे अस्वस्थ हो गए हैं। धृष्टद्युम्न ने स्वयं भी अपनी अनुपस्थिति के लिए क्षमा माँगी। उनके सबसे छोटे भाई शिखण्डी के श्वसुर राजा हिरण्य वर्मा के यहाँ से एक विशिष्ट दूत महत्त्वपूर्ण मन्त्रणा के लिए आया है। विषय अत्यन्त महत्त्वपूर्ण है। क्या उनकी अनुपस्थिति को भी उदार अतिथि क्षमा कर देंगे?

कृष्ण समझ गए कि दूत किसी अशान्तिकर कार्य से आया है। उन्होंने एक दिन विश्राम करने की याचना की। किन्तु वे सोचते रहे कि यह क्या बात हो सकती है। निश्चय ही शिखण्डी किसी बड़े रहस्य को छिपाए हुए था। किन्तु वह कृष्ण के चिन्ता करने की बात नहीं थी।

पितृनिष्ठ पुत्री

दूसरे दिन सबेरे धृष्टद्युम्न आए। उनके मुख पर रात्रि-जागरण के चिन्ह थे। वे द्रौपदी से मिलने के लिए कृष्ण को आम्र-कुंज में ले जाने के लिए आए थे।

कृष्ण ने अपना उत्तरीय लिया, मुकुट पहना और पाञ्चाल की राजकुमारी कृष्णा

से मिलने के लिए प्रस्थान किया।

राजकुमारी ने कृष्ण की सादर अभ्यर्थना की। वह अपने भाइयों, धृष्टद्युम्न और सत्यजित के साथ कृष्ण के सामने बैठी। कृष्ण ने देखा कि शिखण्डी यहाँ भी अनुपस्थित था। फूलों से सजा अपना मस्तक आकर्षक ढंग से झुकाकर वह नम्रतापूर्वक नीचे की ओर देखती रही।

''पाञ्चाल-कुमारी, यद्यपि आपसे मेरा इस प्रकार मिलना प्रथा के विरुद्ध है, किन्तु महाराज की यही इच्छा थी।'' कृष्ण ने कहा।

द्रौपदी ने सिर उठाया और अपनी बड़ी-बड़ी सुन्दर आँखें उसने कृष्ण पर जमा दीं। फिर उसने धीमे और झिझकते स्वर में कहा, ''मैंने पिताजी से कहा था कि मैं आपसे मिलना चाहती हूँ, यद्यपि एक कुलीन कन्या के लिए यह मर्यादा-विरुद्ध था।'' फिर उसने स्पष्ट शब्दों में कहा–यह स्पष्टता सम्भवतः उसके पिता की देन थी, किन्तु उसके विनम्र व्यवहार से बिल्कुल मेल नहीं खाती थी–''मैं स्वयं आपसे पूछना चाहती थी कि क्या आप हमारी सहायता करेंगे?''

युवा राजकुमारी की स्पष्टवादिता से कृष्ण के मन में प्रशंसा के भाव भर गए। अपनी सहज मोहक स्मित के साथ उन्होंने कहा, ''राजकुमारी, आप और आपके पिता इतने दयालु हैं कि मैं आपकी किसी बात को अस्वीकार नहीं कर सकता,'' उन्होंने कहा, ''किन्तु क्या आप मुझे यह बताएँगी कि अपनी सहायता का सौभाग्य प्रदान करने के लिए आपने मुझे ही क्यों चुना है?''

''आपके सम्बन्ध में हम पिछले दो वर्षों से सोचते रहे हैं,'' धृष्टद्युम्न ने बीच में कहा, ''तब से, जब आप यादवों को सौराष्ट्र ले गए।''

''मैं किस प्रकार सहायता कर सकता हूँ? यादव बहुत दूर हैं–सम्भवतः बहुत शक्तिशाली भी नहीं हैं। और मैं राजा भी नहीं हूँ।'' कृष्ण ने कहा।

''आप राजा से कहीं बढ़कर हैं। लोग कहते हैं कि आप भगवान हैं। जो भी हो, आप आर्यों में एक ऐसे योद्धा हैं, जिसका सब लोग आदर करते हैं।'' आँखें झुकाए हुए किन्तु दृढ़ विश्वास के साथ द्रौपदी बोली।

कृष्ण के मन में इस विनम्र युवती के प्रति एक बार फिर प्रशंसा के भाव भर आए, जो अपने पिता के सम्मुख उपस्थित समस्या का साहस के साथ सामना कर रही थी।

''वासुदेव, गुरु सान्दीपनि हमें आपके सम्बन्ध में सबकुछ बताते रहे हैं,'' धृष्टद्युम्न ने बीच में कहा, ''उन्होंने कहा था कि जरासन्ध भी आपसे भयभीत रहता है।''

''गुरुदेव की सदा मुझ पर कृपा रही है,'' कृष्ण ने कहा, ''किन्तु महाराज द्रुपद मुझसे जो चाहते हैं, वह मेरे वश की बात नहीं है। मैं द्रोण से युद्ध नहीं करूँगा,

क्योंकि मैं कुरुओं से युद्ध नहीं करना चाहता।''

द्रौपदी के तेजस्वी मुख पर निराशा की घटा घिर आई। कुछ देर भूमि पर दृष्टि गड़ाए रहकर उसने उसाँस ली–''तो आप हमारी सहायता नहीं करेंगे?'' लगभग न सुन पड़नेवाले स्वर में उसने पूछा।

जिस करुण स्वर में उसने यह बात कही उससे और उसकी आँखों में एकत्रित हो रहे आँसुओं से कृष्ण द्रवित हो उठे। ''मैं महाराज की सहायता कर सकता हूँ और करूँगा,'' कृष्ण ने कहा, ''किन्तु जिस रूप में आप सभी चाहते हैं, उस रूप में नहीं।'' उन्हें लगा कि समूचे राज-परिवार ने उन पर जो विश्वास बना रखा है, उसे तोड़ देना कायरता है; उनके धर्म ने जिस महान् कार्य में उन्हें लगा रखा है, उससे मुँह फेरना है।

''लोग कहते हैं कि आपका जीवन धर्म की स्थापना के लिए है,'' द्रौपदी ने धीरे-से कहा, ''हम केवल इतना चाहते हैं कि आप हमारी सहायता करके, उसकी स्थापना करें। क्या आपको पता है कि द्रोण ने हमारे साथ कैसा पाशविक व्यवहार किया है?'' अपने स्वर में नई आशा भरकर कृष्ण की ओर देखते हुए उसने पूछा।

''मैं थोड़ा-बहुत जानता हूँ, पूरी बात नहीं।'' कृष्ण बोले।

''तो मैं आपको बताऊँगी,'' उनके मुख पर निःसंकोच देखती हुई द्रौपदी ने कहा, ''मेरे पिता अहिच्छत्र में एक यज्ञ कर रहे थे। वे मन्दिर में देवाधिदेव की पूजा करके, धार्मिक ब्राह्मणों से घिरे अभी-अभी बाहर निकले थे। द्रोण और उनके शिष्यों ने धार्मिक नियमों का उल्लंघन करके मन्दिर के प्रांगण में ही उन निःशस्त्र लोगों को घेर लिया। अर्जुन ने दूर-स्थित एक वृक्ष के निकट से शरसन्धान किया। एक बाण से उन्होंने मेरे पिता के मुकुट को भूमि पर गिरा दिया; दूसरे से उन्होंने उनके दाहिने कुण्डल के दो टुकड़े कर दिए और तीसरे से उनके पाँव को घायल कर दिया। अपना धनुष उठाने से पहले ही मेरे पिता गिर पड़े। जिन लोगों ने उन्हें घेर रखा था, वे भयभीत होकर भाग खड़े हुए। उसके बाद भीम और अर्जुन, आर्यावर्त के राजाओं में सबसे उदार मेरे पिता को बाँधकर द्रोण के निकट खींच ले गए, जैसे वे कोई चोर हों।'' राजकुमारी ने अपनी बात समाप्त की। उसकी सुन्दर आँखें रोष से जल रही थीं और छाती धड़क रही थी।

कृष्ण चुपचाप आगे की बात सुनने की प्रतीक्षा करते रहे।

''मेरे पिता के हृदय पर इतना आघात न लगा होता यदि अर्जुन के साथ उन्होंने वीरोचित रूप से युद्ध किया होता। किन्तु द्रोण युद्ध नहीं करना चाहते थे। वे मेरे पिता को अकस्मात् बन्दी बनाना चाहते थे, अपने लोगों के सामने उनका अपमान करना चाहते थे, अपने सामने उन्हें रेंगने को विवश करना चाहते थे। अन्त में, जब मेरे पिता ने अपनी प्रतिज्ञा तोड़ने के लिए क्षमा-याचना की और अपनी कुछ

भूमि द्रोण को सौंप दी, तभी उन्हें छुटकारा मिला। किन्तु द्रोण इससे भी सन्तुष्ट नहीं हुए, उन्होंने हमारी भूमि पर अधिकार कर लिया, हमारी प्रजा के पास जो कुछ था वह छीन लिया और उन्हें भूखी-प्यासी तथा असहाय स्थिति में वहाँ से खदेड़ दिया।''

द्रौपदी कोई पुरानी कथा नहीं सुना रही थी; वह अपने पिता के अपमान की घटना का वर्णन इस प्रकार कर रही थी, मानो वह उस समय अपनी कल्पना में उसे प्रत्यक्ष देख रही हो। और जब वह उन घटनाओं के साथ एक बार फिर तदाकार हो गई थी, उसका स्वर क्रोध से काँप रहा था, उसकी आँखें जल रही थीं और उसका चेहरा उद्दीप्त हो गया था। तब उसने एकाएक अपने को संयत किया और कुछ देर के लिए चुप हो गई।

''वासुदेव, आप कहते हैं कि आप मेरे पिता की इच्छानुसार हमारी सहायता नहीं करेंगे'; किन्तु हम सभी उसे उसी रूप में चाहते हैं, जैसी उनकी इच्छा है।'' द्रौपदी ने अपने पिता का समर्थन करते हुए गर्व से ऊपर देखकर कहा।

कृष्ण द्रौपदी की भावनाएँ समझ सकते थे। वे प्रशंसा के भाव से मुस्कराए।

थोड़ी देर बाद द्रौपदी ने फिर कहना आरम्भ किया, ''वासुदेव, आप मेरे पिता को नहीं जानते। उन्होंने सदा सत्यनिष्ठ जीवन बिताया है। वे अपनी प्रजा के लिए पिता के समान रहे हैं। उन्होंने किसी के प्रति कभी अपने मन में विद्वेष को नहीं टिकने दिया।''

द्रौपदी की आँखों में गहरी प्रीति की आभा झलकी—''किन्तु उन क्षणों की कटुता वे कभी नहीं भूल सकते जब भीम और अर्जुन उन्हें बाँधकर ले गए थे और द्रोण के चरणों में डाल दिया था। उसी क्षण से वे बदल गए हैं, हम सभी बदल गए हैं। उसके बाद महीनों तक मेरे पिता इतने भयानक रूप से आहत रहे थे कि ग्लानि होने के कारण उन्होंने गंगा में आत्म-विसर्जन कर दिया होता। किन्तु हम मातृहीन बच्चों ने, जिनका पालन-पोषण उन्होंने माँ की अपेक्षा भी अधिक सावधानी से किया था, उनके सम्मुख इस अपमान का बदला लेने की प्रतिज्ञा की।'' उसने दृढ़ निश्चय के साथ ऊपर देखकर कहा, ''और हम बदला लेकर रहेंगे।''

कृष्ण ने दहकते कपोल देखे, उनकी आँखें आग उगलती आँखों से मिलीं, उन्होंने थरथराता स्वर सुना—ये सभी दुर्लभ पितृ-प्रेम की साक्षी दे रहे थे। उन्हें प्रायः ऐसा प्रतीत हुआ कि वे किसी दैवी व्यक्तित्व के सम्मुख हों। ''राजकुमारी, आपका पितृ-प्रेम अपूर्व है।'' उन्होंने कहा।

द्रौपदी ने यह देखने के लिए आँखें उठाईं कि कृष्ण व्यंग्य तो नहीं कर रहे, किन्तु यह देखकर उसे सन्तोष हुआ कि उनकी प्रशंसा उदार भावना से अभिप्रेरित थी। ''हमारे पिता ने हमें जीवन दिया, हम उनके लिए उसका त्याग करने को

प्रस्तुत हैं।'' उसने कहा।

''यदि मैं सहायता देना स्वीकार न करूँ तो आपने जरासन्ध का प्रस्ताव स्वीकार करने का निश्चय कर लिया है?'' कृष्ण ने पूछा।

''हमारे पिता ने उसके बारे में भी हम लोगों से बातें की थीं।'' धृष्टद्युम्न ने उत्तर दिया, ''यदि आप सहायता देना अस्वीकार करेंगे तो हम जरासन्ध का प्रस्ताव स्वीकार कर लेंगे। यदि उनके पौत्र मेघसन्धि के साथ द्रौपदी का विवाह हुआ तो दोनों की सम्मिलित सेनाएँ मेरे पिता के नायकत्व में कुरुओं पर आक्रमण करेंगी।''

''और आर्यावर्त धधक उठेगा।'' कृष्ण ने मुस्कराकर कहा।

द्रौपदी ने कटुता से कहा, ''आर्यावर्त तो तभी जलकर राख हो गया, जब मेरे पिता-जैसे साधु-स्वस्भाव के राजा को अधर्म से बन्दी बनाकर उस दम्भी ब्राह्मण के चरणों में डाला गया।'' उसने अपनी बात आगे बढ़ाई, ''उस समय भीष्म कहाँ थे, जो अपने को धर्म का स्तम्भ कहते हैं? कुरुओं के राजा धृतराष्ट्र कहाँ थे, जो चक्रवर्ती भरत का वंशज होने का दावा करते हैं। उन सबने हस्तिनापुर में द्रोण का स्वागत किया, मानो उन्होंने युद्ध में किसी शक्तिशाली चक्रवर्ती को परास्त किया हो।''

कृष्ण विचारों में खो गए। वे इस उदार-हृदय कन्या की ओर आकर्षित हुए बिना न रह सके। ''मान लीजिए कि मैं सहायता का वचन दूँ और सफल न हो सकूँ?'' उन्होंने पूछा।

सहसा द्रौपदी के मुख पर स्मित की रेखा खिंच गई–''हम लोग, आपके सम्बन्ध में सब जानते हैं, वासुदेव। आप कभी असफल नहीं होंगे।''

कृष्ण भी मुस्कराए। उन्होंने पूछा, ''आप ऐसा क्यों समझती हैं?''

द्रोण के दो शिष्य हैं, जिनके धनुष में चामत्कारिक शक्ति है–अर्जुन और कर्ण। गुरु सान्दीपनि के एक ही शिष्य हैं वासुदेव, जिनका शाङ्‌र्ग स्वयं भगवान शिव के त्र्यम्बक से भी अधिक विनाशकारी है।'' द्रौपदी ने कहा।

''यह सब अतिशयोक्ति है। मैं कह चुका हूँ, गुरु को मेरी प्रशंसा करना अच्छा लगता है।'' कृष्ण ने कहा।

द्रौपदी सरलतापूर्वक बोली, ''यदि आप असफल हुए तो हम लोग असफलता को ही स्वीकार करने को प्रस्तुत हैं।''

कृष्ण ने पूछा, ''क्या तब भी आप मेरी सहायता स्वीकार करेंगी, यदि मैं आपसे विवाह करने के प्रस्ताव को स्वीकार न करूँ?''

द्रौपदी ने कृष्ण पर एक नटखट दृष्टि डालते हुए पूछा, ''क्या मैं आपको अच्छी नहीं लगती? क्या मैं आपकी पत्नी बनने के लिए नितान्त अयोग्य हूँ?''

''आप जानती हैं कि मैं एक ग्वाला हूँ और किसी राजकुमारी का पति बनने

के योग्य नहीं हूँ। और मुझे उस प्रणाली से चिढ़ है, जिसमें सन्धि के बदले राजकुमारियों का विक्रय होता है। विवाह व्यवसाय का विषय नहीं है।" कृष्ण ने आगे कहा, 'हम विवाह की बात छोड़ दें। पिता की प्रतिज्ञा की चिन्ता छोड़कर आप जिससे चाहें, विवाह करने को स्वतन्त्र होंगी। लेकिन मैं वचन देता हूँ कि यदि आप मुझे अपने स्वजन के रूप में स्वीकार करेंगी तो मैं महाराज द्रुपद की और आपकी सहायता करूँगा।"

उन सबने बोलना बन्द कर दिया। बहुत घबराए हुए द्रुपद उन्हीं लोगों की ओर आ रहे थे। उनका चेहरा पहले से भी अधिक कठोर था।

"धृष्टद्युम्न," उन्होंने क्रोध से रुँधे स्वर में कहा, "शिखण्डी का कहीं पता नहीं है।"

धृष्टद्युम्न, द्रौपदी और सत्यजित आवेश में उठ खड़े हुए—"क्या?"

"शिखण्डी चला गया। कोई नहीं जानता, कहाँ गया।" द्रुपद ने उत्तर दिया, "सभी सम्भव स्थानों पर मैंने उसकी खोज करवाई। उसने कोई चिह्न नहीं छोड़ा।"

एक बड़े वृक्ष के चतुर्दिक् बने चबूतरे पर द्रुपद माथे पर हाथ रखकर बैठ गए। "अच्छा होता कि वह जन्मा ही न होता।' वे बड़बड़ाए।

कृष्ण चुपचाप वहाँ से अलग हट गए।

स्नेह-सूत्र में बँधे द्रुपद-परिवार का सुन्दर चित्र कृष्ण के मन में स्पष्ट रूप से अंकित रहा : कठोर, वात्सल्यपूर्ण और विस्मयाभिभूत पिता; उनके घुटनों पर हाथ रखकर पैरों के पास बैठी और उनकी ओर देखती हुई द्रौपदी; उनकी रक्षा की मुद्रा में उनके पास खड़े हुए धृष्टद्युम्न और दुखी मन से पिता की ओर देखते हुए सत्यजित—सभी स्नेह और ध्येय के बन्धन में बँधे हुए।

कृष्ण ने सोचा कि भयभीत राजकुमार शिखण्डी इस परिवार का स्वेच्छाचारी बालक था और उसके अचानक चले जाने से उन्हें धक्का भी लगा था और चैन भी मिला था, क्योंकि उसने उनके सम्मुख एक ऐसी समस्या खड़ी कर दी थी, जिसका समाधान नहीं था।

द्रुपद और उनके बच्चों के प्रति कृष्ण के मन में आत्मीयता भर आई। घृणा में निमग्न होने पर भी उनमें से प्रत्येक में एक ऐसी शालीनता थी, जिसे किसी राज-परिवार के सभी व्यक्तियों में ढूँढ़ निकालना कठिन था।

कृष्ण ने द्रौपदी के साथ अपनी बातचीत के बारे में सोचा। उसके कारण उन्हें अपने कर्तव्य की एक नई दिशा का निर्णय करना था।

परिस्थिति कठिन और उलझन-भरी थी। किसी भी समय आग भड़क सकती थी। द्रुपद और उनकी सन्तानों के हृदय में कटुता ने घर कर लिया था। महत्त्वाकांक्षी और अहंकारी द्रोण उनके प्रति मित्रता का भाव रख सकें, इसकी सम्भावना नहीं थी।

घृणा का ऐसा ही प्रभाव दुर्योधन और उसके मित्रों पर भी था। उन्हें पाण्डवों से घृणा थी। उन सबसे घृणा थी जो उनके स्वेच्छाचार के मार्ग में आड़े आते थे।

दुर्योधन वस्तुतः एक समस्या थी। अभी वह कुरुक्षेत्र में था, किन्तु तीन या चार महीनों बाद जब वह हस्तिनापुर लौटेगा तो युवराज के रूप में उसकी स्थिति अदम्य हो जाएगी। शकुनि के परामर्श और द्रोणाचार्य के समर्थन से वह अपना पद-भार सँभालने के उपलक्ष्य में पाञ्चालों के विरुद्ध सैनिक अभियान भी चला सकता है।

तात्कालिक परिस्थितियों में कुरुओं और पाञ्चालों के बीच का कोई भी संघर्ष उन्हें जरासन्ध के हाथ का खिलौना बना देगा। वह तत्काल काशी को पद-दलित करके पाञ्चाल पर चढ़ दौड़ेगा।

संकट के बादल घिरते आ रहे थे। कृष्ण ने सोचा कि वे उससे भाग नहीं सकते थे। जो भी मूल्य चुकाना पड़े, उन्हें अपना उत्तरदायित्व निभाना होगा। एक नई परिस्थिति उत्पन्न करके इस संघर्ष को रोका नहीं तो टाला तो जा ही सकता है। एकमात्र द्रुपद ही किसी ऐसे समाधान की कुंजी हो सकते हैं। जैसे भी हो उन्हें जरासन्ध अथवा किसी अन्य महत्त्वाकांक्षी राजा से सन्धि करने से रोकना चाहिए। यदि वे इतनी शक्ति विकसित कर सकें कि द्रोणाचार्य के द्वारा किया हुआ अपमान उनके जीवन की असली प्रेरक शक्ति न रह जाए तो सम्भवतः वे अपनी कटुता पर विजय प्राप्त कर सकते हैं। कृष्ण ने एक निर्णय कर लिया।

परिवार पर जिस दुर्भाग्य की छाया पड़ी थी, उससे द्रुपद की कठोरता कुछ कम हो गई थी। अगले दिन उन्होंने कृष्ण से पूछा कि उनकी पुत्री से मिलने के बाद कृष्ण ने क्या निर्णय किया है।

कृष्ण ने उत्तर दिया, "महाराज, मैं आपकी पुत्री से मिल चुका हूँ। मैंने उन्हें वचन दिया है कि यदि आपको स्वीकार हो तो मैं भरसक आपकी सहायता करने को प्रस्तुत हूँ।"

"वासुदेव, मुझे विश्वास था कि मेरी पुत्री से मिलने के बाद आप हमारी सहायता करना स्वीकार कर लेंगे।" द्रुपद ने कहा। उनके चेहरे पर हल्के स्मित का आभास प्रतीत हुआ–"मेरी यह पुत्री अद्‌भुत कन्या है।"

"महाराज, मैं आपसे स्पष्टता के साथ बात करना चाहता हूँ। आपकी प्रतिज्ञा पूरी करने के लिए, मैं हर तरह से सहायता दूँगा। मैं तब तक आपका साथ दूँगा, जब तक आप मुझे अपना मित्र समझेंगे। किन्तु मैं आपसे प्रार्थना करता हूँ कि आप मुझे राजकुमारी से विवाह करने को न कहें।" कृष्ण ने कहा।

"यदि आप हमारा साथ देने का वादा करते हैं तो उससे विवाह करने में आपको क्या आपत्ति है? वह तो तैयार है।" द्रुपद ने कहा।

"वे राजकुमारियों में सर्वोत्तम रत्न हैं। यदि वे चाहें तो आर्यावर्त के सर्वश्रेष्ठ और महापराक्रमी योद्धा से विवाह कर सकती हैं। किन्तु ऐसे योद्धा को भी उनसे विवाह करने के लिए सम्मत होना चाहिए।" कृष्ण ने रहस्यपूर्ण स्मित के साथ कहा।

"आप पत्नी के रूप में उसे पसन्द नहीं करते?" द्रुपद ने अपना सिर झटक कर पूछा। स्पष्टतः उनके स्वाभिमान को चोट लगी थी।

"महाराज, आप मेरी बात को अन्यथा न लें।" कृष्ण ने कहा, "मैं नहीं चाहता कि वे पति का चुनाव इसलिए करें कि वह अपनी चतुराई से युद्ध में योद्धाओं को मार सकता है। किन्तु उन्होंने निर्णय कर लिया है। वे आर्यावर्त के सर्वश्रेष्ठ योद्धा से विवाह करना चाहती हैं। अतः वे जिस रूप में अपना प्रण पूरा करना चाहती हैं, उसमें मैं उनकी सहायता करूँगा।"

द्रुपद को लगा कि कृष्ण गोलमोल बातें कर रहे हैं। वे फिर खिन्न हो गए। भौंहें सिकोड़कर उन्होंने पूछा, "तो आप हमारी सहायता करना अस्वीकार करते हैं?"

कृष्ण ने उत्तर दिया, "नहीं, वे चाहे जिससे विवाह करें, मैं आपका बना रहूँगा।"

द्रुपद ने पूछा, "यदि वह जरासन्ध के पौत्र से विवाह करे, तब भी?"

कृष्ण ने उत्तर दिया, "महाराज, उनके पति के चुनाव का अन्तिम निर्णय आपके हाथ है। यदि आपके स्थान पर मैं होता तो अपमान का बदला लेने की अपनी इच्छा का विचार त्यागकर, उनके लिए एक ऐसा पति चुनता, जो सर्वथा उनके योग्य हो।"

ये बातें द्रुपद के पल्ले नहीं पड़ीं। "यदि वह आपका ही वरण करना चाहे तो?"

कृष्ण बोले, "महाराज, हम यह न भूलें कि इस समय उनके मन में एक ही धुन समाई हुई है। उन्होंने उसी व्यक्ति से विवाह करने का प्रण किया है, जो युद्ध में द्रोण के शिष्यों को पराजित कर सके। उन्हें पति के रूप में वैसा ही व्यक्ति मिलना चाहिए, वे किसी अन्य के साथ सुखी नहीं रहेंगी।"

द्रुपद ने पूछा, "यह सच है।"

कृष्ण ने पूछा, "तो क्या मैं आपको, उनके लिए स्वयंवर के आयोजन का परामर्श दे सकता हूँ?"

"हम लोगों में अब स्वयंवर का चलन उठता जा रहा है। उनमें से अधिकांश अब औपचारिकता मात्र रह गए हैं," द्रुपद ने कहा, "यह भी नहीं कहा जा सकता कि ऐसे स्वयंवर में आर्यावर्त का सर्वश्रेष्ठ योद्धा मिल ही जाएगा।"

"आप एक सच्चा स्वयंवर क्यों न करें–वैसा, जैसा प्राचीन काल में हमारे पूर्वज करते थे?" कृष्ण ने धीमे स्वर में कहा, "महाराज एक कसौटी निश्चित कर लें

और राजकुमारी को आर्यावर्त के सर्वश्रेष्ठ धनुर्धर से विवाह करने का अवसर दें।"

स्वयंवर के विचार से द्रुपद आश्चर्य में पड़ गए। इसका तात्पर्य समझने में उन्हें कुछ समय लगा। उन्होंने कहा, "किन्तु आर्यावर्त के श्रेष्ठ धनुर्धर तो आप ही हैं।"

"यह कैसे कहा जा सकता है? अभी अपने यहाँ धनुर्धरों का वंश समाप्त नहीं हुआ है।" स्मितपूर्वक कृष्ण ने कहा, "किन्तु मेरा भी चुनाव अन्य वीरों के परोक्ष में क्यों हो? आप अधिक-से-अधिक राजाओं को आमन्त्रित करें। उनके सम्मुख एक कड़ी कसौटी रखें और उसमें सफल होने वाले को युवराज्ञी अपने पति के रूप में चुनें।"

द्रुपद ठुड्डी पर हाथ रखकर इस प्रस्ताव का तात्पर्य समझने की चेष्टा करते रहे। इसकी सम्भावनाएँ उनके मन में उभरने लगी थीं।

कृष्ण कहते गए, "बहुत से शक्तिशाली राजा और निष्णात योद्धा, जो आपके साथ सम्बन्ध बनाने के इच्छुक हैं, इस स्वयंवर में आएँगे। इस प्रकार, उस समय आप शक्ति के केन्द्र बन जाएँगे। आप अधिक मित्र बना सकेंगे। आपसे किसी की शत्रुता नहीं होगी, क्योंकि आपको सभी के प्रति निष्पक्षता का श्रेय मिलेगा। अन्त में, मैं आपको विश्वास दिलाता हूँ, आप कहीं अधिक शक्तिशाली बन जाएँगे।" फिर वे खुलकर हँसने के बाद बोले, "यदि आप मित्रता स्थापित करने के लिए अभी मुझे जामाता के रूप में चुन लेंगे तो बहुत-से राजा आपके शत्रु बन जाएँगे।"

थोड़ी देर तक सोचने के बाद द्रुपद ने पूछा, "और यदि मेरी कसौटी पर कोई भी खरा न उतरा तो?"

कृष्ण ने कहा, "महाराज, तब स्वभावतः आप और राजकुमारी स्वयंवर में उपस्थित राजकुमारों में से किसी को भी चुन सकेंगे।"

"और मान लीजिए कि उसने आप ही को चुना?" द्रुपद ने मुस्कराते हुए पूछा। स्वयंवर का आयोजन करने और मित्रों की संख्या बढ़ाने की सम्भावनाओं पर विचार करते हुए उस क्षण, उनका मन द्रोण के प्रति घृणा-भाव से विरत हो गया।

"यदि मैं कसौटी पर खरा न उतरूँ तो निश्चय ही मैं द्रौपदी से विवाह करने के योग्य नहीं होऊँगा, क्योंकि वे पति के रूप में किसी अजेय योद्धा को पाना चाहती हैं।" कृष्ण ने मुस्कराकर आगे कहा, "जो भी हो, यादव आपके पक्ष में रहेंगे और मैं अपना वचन निभाऊँगा।"

द्रुपद गम्भीरतापूर्वक विचार करते हुए थोड़ी देर तक मौन रहे, उसके बाद उन्होंने धीरे-धीरे कहा, "वासुदेव, निश्चय ही आपके सुझाए स्वयंवर के द्वारा मेरी शक्ति बढ़ेगी।"

अनन्तर उन्होंने कृष्ण को एक नई दृष्टि से देखा। किसी प्रकार का बदला चाहे बिना उन्होंने मैत्री का जो हाथ बढ़ाया था, वह द्रुपद की सज्जनता और सम्मान-भवना के लिए चुनौती थी। क्षण-भर के लिए वे अपने हृदय की कटुता को भूलकर इस युवक की सच्ची प्रशंसा-भावना में खो गए। उन्होंने कहा, ''वासुदेव, मुझे एक वचन दीजिए। चाहे जो भी हो, आप मेरे हितैषी बने रहेंगे–भले ही मेघसन्धि या दुर्योधन या शिशुपाल प्रतियोगिता में विजयी हो जाएँ।''

''मैं वचन देता हूँ,'' कृष्ण ने उत्तर दिया, ''किन्तु मैं आपको विश्वास दिलाता हूँ, उनमें से किसी के लिए यह सरल न होगा।''

द्रुपद ने पूछा, ''आप ऐसा क्यों कहते हैं?''

''महाराज, यदि आप आज्ञा दें तो मैं आचार्य श्वेतकेतु को स्वयंवर की व्यवस्था का भार सौंप दूँ। जब गुरु सान्दीपनि यहाँ पधारेंगे तो वे यह निश्चय करेंगे कि कसौटी क्या हो।'' कहकर कृष्ण ने बात आगे बढ़ाई, ''किन्तु अन्तिम क्षण तक किसी को यह पता न चलने पाए कि धनुर्विद्या की कसौटी पर चुनाव निर्भर है।''

''क्या आप उन्हें यह समझने देना चाहते हैं कि जिस किसी का वरण करने के लिए कृष्णा स्वतन्त्र होगी? यह तो छल करना होगा।'' द्रुपद ने कहा।

''क्यों? क्या स्वयंवर में अन्तिम क्षण तक वधू यह निर्णय करने के लिए स्वतन्त्र नहीं होती कि उसके पति में क्या गुण होने चाहिए?'' कृष्ण ने पूछा।

''हाँ, होती तो है।'' द्रुपद ने उत्तर दिया।

''तो युवराज्ञी समागत राजाओं के सम्मुख निर्णय कर सकती हैं और इस बात की घोषणा कर सकती हैं कि वह किस प्रकार पति का चुनाव करेंगी।'' कृष्ण ने कहा।

द्रुपद ने एक निःश्वास छोड़ा–''वासुदेव, मैं नहीं जानता कि थोड़े ही दिनों में मुझे आप पर इतना विश्वास क्यों हो गया और आपका परामर्श मानकर मैं उचित कार्य कर रहा हूँ या नहीं। किन्तु जो भी हो, यदि आप मेरा प्रण पूरा करने में मेरी सहायता करने का अपना वचन पालन करेंगे तो मैं उसे स्वीकार करना चाहता हूँ।''

''महाराज, यदि स्वयंवर सफलतापूर्वक हो गया तो मुझे विश्वास है कि आप इतने शक्तिशाली हो जाएँगे कि किसी पर हाथ उठाए बिना ही आप अपने अपमान का बदला ले लेंगे। आप आर्यों के सर्वश्रेष्ठ धर्नुधर को जामाता के रूप में अपना बना लेंगे। वैसी स्थिति में उसके मित्र भी आपके मित्र बन जाएँगे। जो निराश होंगे, उनके लिए भी असन्तोष का कोई कारण न रहेगा।'' कृष्ण ने कहा।

द्रुपद ने पूछा, ''यादव भी आएँगे न?''

''हाँ, बलराम के नेतृत्व में हम सभी आएँगे और आपका साथ देंगे। और कुरुओं

की सहायता होने पर भी द्रोण इस योग्य न रह जाएँगे कि उनकी बात भी सोची जा सके।'' कृष्ण ने कहा।

द्रुपद ने भौंहें चढ़ाईं–''इससे मेरी प्रतिज्ञा पूरी नहीं होगी।'' अपनी कठोर मनःस्थिति में लौटते हुए वह बोले।

कृष्ण ने कहा, ''महाराज, अधीर न हों। आपका प्रण अपने अपमान का बदला लेना है। अपना प्रण पूरा करने का इससे उत्तम मार्ग क्या हो सकता है कि आप इतनी शक्ति अर्जित कर लें कि द्रोण महत्त्वहीन हो जाएँ।''

बात जिस ढंग से कही गई थी, उससे द्रुपद प्रभावित हुए। कृष्ण के सुन्दर, बच्चों-जैसे चेहरे में अद्‌भुत परिवर्तन हो गया था। उसमें शक्ति की झलक थी। उनकी आँखों में दृढ़ निश्चय था। द्रुपद आश्वस्त हो गए।

द्रुपद ने पूछा, ''तो आपको विश्वास है कि मेरा प्रण पूरा हो जाएगा?''

कृष्ण ने उत्तर दिया, ''मुझे पूरा विश्वास है। मैं उसे पूरा होता देखने के लिए प्रतिबद्ध रहूँगा।''

''स्वयंवर की प्रतियोगिता में आप सम्मिलित होंगे न?'' द्रुपद ने पूछा। उनका मन अभी तक कृष्ण को जामाता के रूप में पाने के लिए अड़ा हुआ था।

कृष्ण ने उत्तर दिया, ''यदि वैसी मेरी इच्छा हुई, अन्यथा नहीं। किन्तु मुझे विश्वास है कि जो कसौटी पर खरा उतरेगा, वह संसार का सर्वश्रेष्ठ धनुर्धर होगा।''

तरुण यादव के मन की थाह पाना द्रुपद के लिए कठिन था। सहसा उनके सम्मुख असीम शक्ति का क्षितिज उद्‌घाटित हो गया। उन्हें लगा कि यदि उनके अतिथि की योजना को कार्यान्वित किया गया तो वर्तमान समय के समान कटुता में घुलते रहने की अपेक्षा वे अपना प्रण पूरा करने के लिए अधिक अच्छी स्थिति में रहेंगे। उन्होंने कृतज्ञतापूर्वक कृष्ण की ओर देखा–''वासुदेव, आपके परामर्श के अनुसार मैं स्वयंवर का आयोजन करूँगा। मैं आप पर पूरा भरोसा करूँगा। यदि आपकी योजना असफल हो जाएगी तब भी मैं कुछ खोऊँगा नहीं।'' द्रुपद ने कहा।

कृष्ण मुस्कराए–''यदि योजना असफल हुई तो केवल मैं सबकुछ खो दूँगा।''

''सबकुछ खो देंगे।'' द्रुपद ने आश्चर्य प्रकट किया।

''मैं आपके जैसा मित्र खो दूँगा। द्रौपदी को दिया हुआ मेरा वचन भंग हो जाएगा, संसार के सभी राजाओं की दृष्टि में मैं यादवों को नीचा गिराऊँगा।'' कृष्ण ने कहा और फिर जैसे अपने-आपसे बातें करते हों, 'कृष्ण आखिर है क्या? वह जो है वही है, क्योंकि वह कभी अपने धर्म से विमुख नहीं हुआ।'

दुर्लभ भावातिरेक से द्रुपद ने अपने दोनों हाथ कृष्ण के कन्धों पर रख दिए– ''वासुदेव, मैं सबकुछ आपके ऊपर छोड़ देता हूँ। उद्‌बोधन और श्वेतकेतु को आप

जो भी आदेश देना चाहें, दीजिए।''

कृष्ण ने पूछा, ''क्या आप मेरा एक छोटा-सा परामर्श और स्वीकार करेंगे?''

''क्या?'' द्रुपद ने पूछा।

कृष्ण ने कहा, ''कल ही घोषणा करा दीजिए कि आप अगले साल चैत्र मास में स्वयंवर का आयोजन कर रहे हैं।''

उत्साह से द्रुपद का चेहरा चमक उठा। ''ऐसा ही होगा।'' कहकर द्रुपद मुस्कराए।

नागभूमि में उद्धव

उद्धव का स्वभाव ही ऐसा था कि कोई निर्णय करने में उन्हें देर लगती थी, किन्तु जब मौके का तकाजा होता तो वे बात-की-बात में निर्णय कर लेते और तुरन्त उस पर अमल भी करते थे।

ज्योंही कृष्ण ने उनसे यह कहा कि ऐसा माना जाता है कि पाण्डव मौत के मुँह से बच निकले हैं, उन्होंने अपने पिता के नाना राजा आर्यक के यहाँ जाने का निश्चय कर लिया। राजा आर्यक गंगा और यमुना के मध्यवर्ती वन-प्रदेश के नागा-शासक थे। केवल वे ही एक व्यक्ति थे, जो इस बात का पता लगाने में सहायक हो सकते थे कि वारणावत के प्रज्ज्वलित राजमहल से बच निकलने के बाद पाण्डव कहाँ गए और उनका क्या हुआ।

धौम्य के आश्रम में जब वे महामुनि से मिले तो उन्हें ऐसा लगा कि वे इस रहस्य का पर्दा उठा सकेंगे। मुनि स्वयं आर्यक की राजधानी नागकूट जानेवाले थे, अतः उस रात जब कृष्ण सो गए तो उन्होंने मुनि से उनके साथ चलने की अनुमति माँगी। महामुनि ने प्रसन्नतापूर्वक अनुमति दे दी।

मुनि का दल नौकाओं के द्वारा चला। उद्धव के अतिरिक्त उस दल में जैमिनि के नेतृत्व में दस शिष्य और कुछ नागा प्रमुख भी थे। वे लोग तीन दिनों के बाद एकचक्रतीर्थ पहुँचे।

उद्धव ने शीघ्र ही यह जान लिया कि आर्यों और अनार्यों के ऊपर ही नहीं बल्कि निषादों पर भी महामुनि की उपस्थिति का प्रबल प्रभाव पड़ता है।

मार्ग में जहाँ भी महामुनि के आगमन का संवाद उनसे पहले पहुँच जाता था, ग्रामीण जन उनका स्वागत करने के लिए गंगा के तट पर एकत्र हो जाते थे। कभी-कभी उनके प्रबल आग्रह से मुनि नौका से उतरकर उन श्रद्धालु ग्रामीणों की, जो अधिकांशतः नागा थे, आवभगत और उपहार स्वीकार करते थे।

जहाँ कहीं उन्हें रात्रि-यापन के लिए रुकने को आमन्त्रित किया जाता, वहाँ वे अपने शिष्यों के साथ होम करते। जैमिनि के गम्भीर स्वर से प्रेरणा की लहरें उमड़तीं, जिसके साथ अन्य शिष्य वैदिक मन्त्रों का पाठ और देवताओं का आवाह्न करते थे। अनन्तर, धौम्य के आश्रम के समान ही रोगियों और अपाहिजों को या तो रोग-मुक्त किया जाता या रोग-मुक्ति के लिए आरोग्य के देवता अश्विनीकुमारों की प्रार्थना की विधि सिखाई जाती। एकत्रित लोगों को मुनि अपने हाथों भोजन और आशीर्वाद देते थे और जब वहाँ से विदा होते तो लोगों को एक नवीन आशापूर्ण जीवन दे जाते।

एकचक्र में महामुनि राजा आर्यक के अतिथि बने। वहाँ से अपने दल के साथ वे पैदल ही नागकूट के वन-मार्ग से आगे बढ़े। नागा सरदार उनके मार्गदर्शक बने। इस मार्ग में भी नागाओं का झुण्ड उनका चरण-स्पर्श करके आशीर्वाद लेने आता था।

उद्धव ने बाल्यकाल से ही महामुनि वेदव्यास का नाम सुन रखा था। वह नाम सदा आदर के साथ लिया जाता था। अब, पहली बार उन्होंने अपनी आँखों से उनकी उपस्थिति का चमत्कार और उनके प्रति लोगों के स्नेहपूर्ण सम्मान की गहराई देखी। वर्षों से महामुनि गंगा और यमुना के मध्यवर्ती प्रदेश में पर्यटन किया करते थे। आश्रमों के साथ ही वे आर्यों और नागाओं की बस्तियों में जाते; ऋषियों और उनके शिष्यों को आर्य-परम्परा के अनुसार ऊँचे आदर्शोंवाला जीवन बिताने की प्रेरणा देते और जहाँ कहीं सम्भव होता, नागाओं को आर्यों के निकट लाते; वे कष्टों का शमन करते, वैर-भाव को शान्त करते; अपने निकट आए सब लोगों को आशीर्वाद देते और रोगियों तथा अपाहिजों को रोग-मुक्त करते। सबसे बड़ी बात यह थी कि उन सबके प्रति उनके मन में प्रेम था, जो उनके पास आते थे। वे कष्ट-पीड़ितों के मन में जीवन के प्रति एक नई रुचि उत्पन्न करते थे।

चार दिनों की पैदल यात्रा के बाद वे राजा आर्यक की राजधानी नागकूट पहुँचे। मुनि का स्वागत करने के लिए राजा और उनके पौत्र राजकुमार कर्कोटक के साथ नागाओं की एक बहुत बड़ी भीड़ नगर-द्वार पर उपस्थित थी।

वृद्ध राजा की आयु सौ वर्ष से अधिक थी। वे डोली पर आए थे। अस्थिचर्मा-वशिष्ट शरीर, दुबले हाथ, निकम्मे पैर, मृत्यु के मुखौटे जैसा सिकुड़ा-सिमटा चेहरा, पूरी खुली पीताभ आँखें जो प्रत्येक व्यक्ति पर पड़ती थीं, मस्तिष्क जो अब भी चैतन्य था, जिह्वा जो कभी-कभी तीखा प्रहार कर सकती थी और भयंकर मनोबल–किसी समय के महान् नागा राजा का यही अवशेष था, जिसके शब्द ही गंगा-यमुना के मध्यवर्ती वन-प्रदेश में नियम माने जाते थे।

राजा की छह पत्नियाँ, ग्यारह पुत्र और बहुसंख्यक पौत्र थे। वे यद्यपि जीवित

शव के समान थे, किन्तु नागों के जीवन पर उनका प्रभुत्व था। नाग-गण उन्हें स्नेह और भय के मिश्रित भाव से देखते थे। वे एक-तिहाई राजा और दो-तिहाई देवता थे, क्योंकि ऐसा विश्वास किया जाता था कि नागों के रक्षक देवता भगवान पशुपति स्वयं उन्हें सन्देश दिया करते हैं।

जब मुनि ने उनसे उद्धव का परिचय कराया और कहा कि वे उनकी पुत्री मारिषा के पौत्र हैं तो वृद्ध राजा ने उन्हें अपने पास बुलाया, स्नेहपूर्वक उनका आलिंगन किया और उनकी देख-भाल अपने ज्येष्ठ पौत्र कर्कोटक के पुत्र मणिमान को सौंपी। कर्कोटक ही नागकूट का वास्तविक शासक था।

कर्कोटक और मणिमान, दोनों ही नागवंश के सुदर्शन योद्धा थे। एक की आयु प्रायः पचास और दूसरे की प्रायः पच्चीस वर्ष थी। उनके शरीर लाल और सफेद धारियों से रँगे हुए थे। उनके मस्तक पर पंखोंवाले शिरस्त्राण थे और हाथों में, राजवंशी नागों के योग्य, ढाल और भाले।

उद्धव जब कृष्ण के साथ गुरु सान्दीपनि के पुत्र पुनर्दत्त को छुड़ाने के लिए समुद्र-पार के नागलोक में गए थे तब उन्होंने नागों को देखा था, किन्तु अपने पिता की ननिहाल के नागों के बीच वे कभी नहीं गए थे। अतः उनसे मिलकर वे प्रसन्न हुए।

बस्ती की ओर जाते समय राजा आर्यक ने उद्धव को अपनी डोली के साथ चलने को कहा। डोली के दोनों ओर हाथ में दण्ड लिए दो मुण्डित शेष पुजारी चल रहे थे। वे भगवान पशुपतिनाथ के पुजारी थे। मार्ग में राजा आर्यक ने उद्धव से पूछा कि क्या वे जानते हैं कि उनके दादा शूर का विवाह उनकी पुत्री मारिषा से कैसे हुआ था। जब उद्धव ने कहा कि वे इस विषय में कुछ नहीं जानते तो राजा ने वृद्धों की वाचालता के साथ उन्हें पूरा विवरण सुनाया।

आर्यक ने कहा कि यह बहुत पुरानी बात है—तब की, जब यादवों की वृष्णि, शूर और अन्धक जातियाँ अपने रहने के लिए यमुना-तट के वनों को साफ कर रही थीं।

शूर साहसी नायक थे। एक बार वे आखेट के लिए निकले तो जंगल में भेड़ियों के झुण्ड ने उन पर आक्रमण कर दिया। भेड़ियों ने उन्हें मार ही डाला होता यदि उसी समय नाग-प्रमुखों का एक दल वहाँ न पहुँच जाता। नागों ने उनको बचा लिया।

शूर बहुत घायल हो गए थे। उनकी चेतना जाती रही थी। नाग-प्रमुख उन्हें वहाँ ले गए, जहाँ आर्यक ने पड़ाव डाल रखा था।

"मैं तत्काल समझ गया कि शूर एक साहसी नायक हैं। मैं उन्हें अपनी कुटिया में ले गया। मेरे परिवार ने उनकी सेवा-सुश्रूषा करके उन्हें स्वस्थ बनाया।"

आर्यक ने कहा, "शूर जब तक शय्याशायी रहे, मेरी सबसे बड़ी बेटी मारिषा ने उनकी परिचर्या की। वह एक उत्तम स्त्री थी—तेजस्विनी, उमंग-भरी और दिलेर। उसमें सर्प-जैसी गरिमा थी। मारिषा ने शूर की पत्नी बनने का निश्चय किया। और जब शूर स्वस्थ हुए तो वे भी उसकी सेवा तथा सौन्दर्य से उसके प्रति आकर्षित हुए।"

थोड़ी देर रुककर आर्यक ने कहना आरम्भ किया, "जब यादव नायक शूर को लेने आए तो वे उनके साथ चले गए, किन्तु अपना हृदय मारिषा के पास छोड़ गए। जब वे पूरी तरह स्वस्थ हो गए तो मेरे पास वापस आए और उन्होंने मारिषा से विवाह करने की इच्छा व्यक्त की। यादवगण पहले बहुत क्रुद्ध हुए, क्योंकि वे बहुत गर्वीले थे। किन्तु शूर निर्भीक व्यक्ति थे। मेरे साथ नागकूट आकर उन्होंने मारिषा से विवाह किया और उसे अपने यहाँ ले गए।"

वृद्ध राजा साँस लेने के लिए रुके और फिर स्मृतियों में खोए कहने लगे, "वह एक महान् अवसर था। नागों और यादवों ने बड़े उत्सव-समारोह किए। और मेरी मारिषा बड़ी अच्छी स्त्री थी। वह अनेक वीर पुत्रों और सुन्दरी कन्याओं की माता बनी।" उन्होंने गर्व के साथ कहा।

"क्या आप कभी मथुरा गए थे?" उद्धव ने पूछा।

"तुम्हारे दादा ने जब मारिषा से विवाह किया तब वे मथुरा में नहीं रहते थे। कालान्तर में मैं केवल एक बार मथुरा में शूर के घर गया था।" राजा ने कहा।

नागगण सीधे-सादे, सरल हृदय लोग थे, जो ईंट के मकानों अथवा मिट्टी की झोंपड़ियों में रहते थे तथा अपने खेतों में अनायास उपजनेवाले जौ-चने के अतिरिक्त जंगलों से प्राप्त फल-मूल और पशु-पक्षियों से उपलब्ध आहार पर जीवनयापन करते थे।

शरीर के निम्नभाग को एक छोटे वस्त्रखण्ड से ढँकने के अतिरिक्त सभी स्त्री-पुरुष निर्वस्त्र रहते थे। खुली छातियोंवाली स्त्रियों को पुरुषों के साथ निःसंकोच मिलता-जुलता देखकर उद्धव को पहले आघात लगा था, क्योंकि आर्यों में यह अक्षम्य अपराध माना जाता था।

वे चिन्तारहित लोग थे, वैर-भाव नहीं रखते थे, जैसा उनके बारे में सुना जाता था। उनके पास पशुधन बहुत कम था। वे केवल बकरियों, भेड़ों और गधों का ध्यान रखते थे, जो उनके पास बहुतायत में थे।

उद्धव ने नागों को सरल स्वभाव का पाया। उनके पुजारियों को मुनि वेदव्यास का हार्दिक स्वागत करने में हिचकिचाहट नहीं हुई। वे अपने ढंग से जल तथा पत्र-पुष्प के द्वारा अपने महान् देवता पशुपति की पूजा करते थे, किन्तु अपने साथ ही मुनि और उनके शिष्यों को आर्य-पद्धति से होमाग्नि में आहुति डालने देने में

भी आपत्ति नहीं करते थे।

जब पशुपति के खुले मन्दिर में वेद-मन्त्रों के पाठ के साथ मुनि अपना दैनिक होम करते तो नाग-पुजारी प्रसन्नतापूर्वक उनके पास बैठते और बड़े आदर के साथ वेद-मन्त्रों का पाठ सुनते। मुनि जब रोगियों और अपाहिजों को रोगमुक्त करते, तब चामत्कारिक शक्तियोंवाले उनके पुजारी भी ईर्ष्या न करते। और राजा आर्यक सारे समय उनके पास बैठे, असामान्य रूप से अपनी बड़ी आँखों से उनको देखा करते थे।

उद्धव ने सोचा कि सम्भवतः यही मुनि के चमत्कार का रहस्य है। वे जहाँ कहीं जाते हैं, वहाँ के लोगों के मन में तत्काल अपने निकट आने की, उन्हें अपने बीच पाने की तथा अपनी पूजा करने की इच्छा उत्पन्न कर देते हैं। अतः वे जब भी एक-चक्रा आते, राजा उन्हें नागकूट आने के लिए आमन्त्रित करते। मुनि के साथ होने पर उन्हें ऐसा अनुभव होता, जैसे उनकी पुरानी शक्ति का कुछ अंश उन्हें वापस मिल गया हो और उनके विशाल परिवार को पारस्परिक एकता में वृद्धि का अनुभव होता। उनकी प्रजा को भी ऐसा लगता, जैसे वे उन्हीं के बड़े-बूढ़ों में से एक हों। कोई यह नहीं सोचता था कि उनकी जाति, उनका आचरण, उनकी पूजा, उनसे भिन्न है।

दूर-दूर से प्रतिदिन झुण्ड-के-झुण्ड लोग मुनि का दर्शन करने आते। प्रतिदिन विधिपूर्वक होम किया जाता। पात्रों में दूध बाँटा जाता, उसमें एक पवित्र पत्ती डाली जाती। रोगी और अपाहिज आशा और विश्वास के साथ दूध पीते। अपने मस्तक पर भस्म का टीका लगवाने के लिए लोग मुनि को घेर लेते। फिर चमत्कार होता।

जिनकी आँखों की ज्योति नष्ट हो गई थी, वे देखने लगते। जिनके पैर पक्षाघात से पीड़ित थे, वे चलने लगते। मूर्च्छा के रोगियों की प्रेतबाधा दूर की जाती। अनन्तर एक बड़ा भोज होता, जिसमें मुनि अपने हाथों सबको भोजन परोसते। बाद में जब वे आर्यक और कर्कोटक के साथ भोजन करने बैठते तो मुनि के सम्मान में उल्लासपूर्ण जयकारे से दिशाएँ गूँज उठतीं।

चारों ओर यह बात फैल गई कि उद्धव राजकुमारी मारिषा के पौत्र हैं। अतः नाग-प्रमुख उनसे मिलने के लिए आते रहते। युद्ध के रंगों से चित्रित शरीरवाले, पंखों से बना शिरस्त्राण धारण करनेवाले और भाले लिए हुए नागों से वे घिरे रहते। इससे उन्हें घबराहट होती। बड़े-बूढ़े उनकी पीठ थपथपाते, अन्य लोग स्नेहपूर्ण प्रशंसा की दृष्टि से उन्हें देखते रहते।

उद्धव के मुकुट, उनके सुगठित किन्तु बिना रँगे शरीर और उनके विशाल धनुष को देखकर युवा सरदार विशेष रूप से मुग्ध हो जाते थे—एक विचित्र वेशभूषावाला

व्यक्ति, जिससे उनका रक्त का सम्बन्ध है।

नाग स्त्रियों ने भी उनका भाव-भीना स्वागत किया, जैसे वे बहुत दिनों के बिछुड़े घुमक्कड़ पुत्र हों और वर्षों बाद घर आए हों। राजघराने की कुछ वृद्धाओं ने तो ऊपर से नीचे तक उन्हें भली-भाँति देखा—यहाँ तक कि उन्हें अपना चेहरा ऊपर उठाने को बाध्य किया, जिससे वे देख सकें कि उनमें राजघराने की लाक्षणिक विशिष्टता का कोई चिन्ह है या नहीं।

उस समय तो उद्धव वहाँ से भाग निकलना चाहने लगे, जब उन्होंने अपने को उन निर्भीक स्त्रियों से घिरा पाया, जिन्होंने अपनी कमर के गिर्द केवल एक छोटा वस्त्र-खण्ड लपेट रखा था। इससे पहले वे अपने जीवन में कभी इतनी स्त्रियों से नहीं घिरे थे।

नाग युवतियाँ सुडौल शरीरवाली, पतली और स्वच्छन्द स्वभाव की थीं। आर्य-नारियों की तुलना में यद्यपि उनका रंग काला था, किन्तु हरिद्राचूर्ण के नियमित प्रलेप के कारण उनका शरीर सोने की तरह चमकता था। अनगिनत युवती-राजकुमारियाँ उन्हें घेरकर सहज आत्मीयता से बातें करतीं। उनका ललित-तरंगित पद-विक्षेप देखकर उद्धव ने सोचा कि इन्हें ठीक ही नाग-कन्या कहा जाता है।

अपने मामा राजकुमार कर्कोटक से उद्धव की ऐसी अन्तरंगता हो गई, जैसे वे बचपन से एक-दूसरे को जानते रहे हों। कर्कोटक गठे शरीर और निश्छल तथा मिलनसार चेहरेवाला था। उसका पुत्र राजकुमार मणिमान उद्धव से कुछ वर्ष छोटा था। उसमें अपनी जातीय श्रेष्ठता का अभिमान भरा था। उद्धव अपने साथ जो विशाल धनुष-बाण तथा खड्ग रखते थे, उसके प्रति मणिमान के मन में गहरा आकर्षण था। जीवन में पहली बार उसके मन में यह इच्छा जागी कि वह जो कुछ है, उससे अधिक बने। उद्धव उसे युद्ध-कला के सम्बन्ध में जो कुछ सिखा सकें, उसे सीखने के लिए वह अत्यन्त उत्सुक था।

उद्धव के आगमन के उपलक्ष्य में पूर्णिमा की रात्रि में नागों ने एक उत्सव का आयोजन किया। उत्सव में आर्यक अपनी डोली में महामुनि के पास बैठे। यद्यपि वे आर्यावर्त के सर्वाधिक सम्मानित व्यक्ति माने जाते थे, वे भीड़ के बीच बैठे मुस्करा रहे थे। ऐसा प्रतीत होता था, मानो वे एक विशाल और श्रद्धालु परिवार के पितामह हों।

उत्सव के बाद नृत्य आरम्भ हुआ, जो सवेरे तक चलता रहा। नृत्य में स्त्री और पुरुष उन्मुक्त भाव से, एक-दूसरे के सम्मुख, दलों में बँटकर भाग ले रहे थे। पुरुषों का शरीर युद्ध की बहुरंगी धारियों में रँगा था। उनके मस्तक पर पंखों के शिरस्त्राण तथा हाथों में ढाल और भाले थे। स्त्रियों ने कलाई से कुहनियों तक झनकते हुए कंगन तथा घुटनों तक पहुँचती पायलें पहन रखी थीं। स्नेहपूर्ण अनुरोध

के साथ कर्कोटक और मणिमान ने उद्धव को भी नृत्य में घसीट लिया था, यद्यपि वे पग-पग पर बेढंगेपन से लड़खड़ा जाते थे, जिससे सामनेवाले दल की कुमारियों का मनोरंजन हो जाता था।

उद्धव को यह देखकर आश्चर्य हुआ कि यद्यपि नागों में युद्ध की प्रवृत्ति है, फिर भी उनके सर्वोत्कृष्ट शस्त्रास्त्र केवल ताँबे के फलवाले परशु और विभिन्न आकारों के भाले ही हैं, जिन्हें पर्याप्त दूरी से फेंककर वे शत्रु या जंगली जानवरों को मार सकते अथवा अचूक निशाना लेकर मछलियों को फँसा सकते हैं।

नाग योद्धा व्यक्तिगत वीरता को अधिक महत्त्व देते थे और भोंडे धनुष-बाणों को तुच्छता की दृष्टि से देखते थे। किसी निपुण योद्धा का सुरक्षित दूरी से किसी शत्रु पर प्रहार करना उनके विचार से अप्रतिष्ठा की बात थी। अनेक योद्धा भालुओं और सिंहों से निहत्थे लड़कर, उन्हें मारने में गर्व का अनुभव करते थे। उनका कहना था कि सच्चे योद्धा की यही कसौटी है।

धनुर्विद्या के प्रति इस दृष्टिकोण को समझना उद्धव के लिए कठिन था। वे ऐसा नहीं मान सकते थे कि कृष्ण, अर्जुन अथवा स्वयं उनके जैसे निपुण धनुर्धरों में साहस का अभाव है। किन्तु नागों का माप-दण्ड अलग था। सम्भवतः उसी के चलते आर्यों के साथ होनेवाली मुठभेड़ों में वे भारी हानि उठाया करते थे। उन्होंने सोचा कि इसमें आश्चर्य की बात नहीं कि आर्यगण अपनी शक्तिमत्ता से उन्हें जंगल के भीतरी भागों में खदेड़ते रहे हैं अथवा निम्नवर्ग के प्राणियों की तरह अपने यहाँ ले जाते रहे हैं।

वे अपने तथा अपनी पितामही के पिता के यहाँ के लोगों के बीच की भिन्नताओं का जितना अधिक परिचय पाते, उतना ही महामुनि के जीवन का महत्त्व उनके मन में स्पष्ट होता जाता था। आर्य ऋषियों में सर्वाधिक प्रभावशाली महर्षि वशिष्ठ के इन महान् वंशज में द्वेष का लेश मात्र न था। उनके लिए आर्य तथा नाग दोनों ही उनके अपने थे और वे भी उनको अपना ही समझते थे। इसमें कोई आश्चर्य नहीं था कि प्रचण्ड भीष्म, महान् गुरु सान्दीपनि, राजा आर्यक तथा उनके नाग यूथप–यहाँ तक कि निम्न वर्ग के लोग तथा रोगी भी–उन्हें सान्त्वना देनेवाला ऐसा मित्र समझते थे, जैसी सान्त्वना कोई और नहीं दे सकता था। महामुनि जिस नए विश्व के निर्माण की चेष्टा कर रहे थे, उसके प्रति अब उनमें विस्मय का भाव नहीं था। महामुनि, ब्रह्मा की सृष्टि से एक उच्चतर जीवन का निर्माण कर रहे थे।

उद्धव को राजकुमार कर्कोटक के साथ ठहराया गया था, जो अपनी तीन पत्नियों और बहुसंख्यक बच्चों की कुटियों के एक समूह में रहते थे। राजकुमार मणिमान और उनकी पत्नी–अभी तक उनकी एक ही पत्नी थी–तथा उनकी जुड़वाँ बहनें

कपिला और पिंगला, उद्धव का बड़ा ध्यान रखतीं और सेवा-सत्कार करती थीं। उन्हें इतनी आवभगत का अभ्यास न होने के कारण इससे संकोच होता था।

अगले दिन, अपने मन के परिवर्तन से उद्धव आश्चर्यचकित रह गए। बहुत वर्षों से उन्होंने अपने-आपको तपस्वी जीवन का अभ्यासी बनाया था। अब उन्हें आत्म-संयम की दीवार गिरती हुई जान पड़ी। उन्हें एक दूसरी तरह की अनुभूति हो रही थी। जहाँ तक उन्हें स्मरण था, जब से उन्होंने शैव्या की ओर से ध्यान हटाकर कृष्ण के प्रति पूर्ण आत्म-समर्पण कर दिया था, उनका आचरण कभी इतना असंयमित न हुआ था। श्रमपूर्वक कठोर जीवन का अभ्यास करने के लिए वे अपने-आपसे असन्तुष्ट हुए बिना न रह सके। उद्धव ने निःश्वास छोड़ा। उन्हें ऐसा लगा, जैसे जीवन में उन्होंने कुछ खो दिया है।

जो भी हो, वे अपना कर्त्तव्य पूरा करने के लिए अधीर हो रहे थे। तीन दिनों के बाद उन्होंने महामुनि को बताया कि वे किस उद्देश्य से उनके साथ आए हैं। मुनि ने हँसकर कहा, ‘‘मुझे क्या यह ज्ञात नहीं था? मैंने तभी इसका अनुमान कर लिया था, जब तुमने मेरे साथ आने की आज्ञा माँगी थी।’’ उन्होंने और भी कहा, ‘‘कर्कोटक ने पहले ही अपने कुछ प्रमुखों को यह पता लगाने का काम सौंप दिया है कि क्या इस वन-खण्ड में किसी ने पाण्डवों और कुन्ती को देखा है।’’

उद्धव ने कहा, ‘‘भगवन्, हम लोगों को पाण्डवों का पता लगाना ही होगा। सर्वोत्तम मार्ग यही है कि लौटते समय कृष्ण जब यहाँ आएँ तो पाण्डव और कुन्ती हम लोगों के साथ द्वारका चले चलें।’’

मुनि ने कहा, ‘‘मैं यहाँ अधिक समय तक नहीं रुक सकता। आज से दसवें दिन मुझे यहाँ से अहिच्छत्र के लिए प्रस्थान करना होगा। तुम कोई संवाद मिलने तक यहाँ ठहरो। यदि तुम चाहो तो मैं अपने कुछ शिष्यों को तुम्हारी सहायता के लिए यहाँ छोड़ जाऊँ।’’

उद्धव ने उत्तर दिया, ‘‘नहीं भगवन्, मेरे मामा कर्कोटक मुझे वह सारी सहायता देंगे, जिसकी मुझे आवश्यकता होगी।’’

वे लोग बातें कर ही रहे थे कि कर्कोटक ने स्वयं वहाँ उपस्थित होकर मुनि को दण्डवत् प्रणाम किया। ‘‘भगवन्, हमें कुछ सूचना मिली है।’’ राजकुमार ने कहा, ‘‘गाँवों का चक्कर लगानेवाले हमारे एक प्रमुख सिगुरी नाग ने सूचना भेजी है कि ऐसा प्रतीत होता है कि हमारे सीमावर्ती गाँव लहुरिया के एक नाग ने कई महीने पहले पाँच आर्यों को देखा है। जैसा उसने बताया, उनमें से एक तो हाथी जैसा विशालकाय था और अपने कन्धे पर एक वृद्धा को बैठाए हुए था।’’

उद्धव ने कहा, ‘‘वे सम्भवतः भाई भीम और उनकी माँ ही होंगी।’’

मुनि ने कहा, ‘‘किन्तु वे गए कहाँ?’’

कर्कोटक बोले, "सिगुरी ने बताया है कि जिस नाग ने उन्हें देखा था, वह अपरिचित व्यक्तियों को देखकर इतना भयभीत हो गया कि वहाँ से भाग खड़ा हुआ। उसे पता नहीं कि वे कहाँ गए। किन्तु और खोजबीन करने के लिए सिगुरी लहुरिया गया है। उसके लौटने पर हमें और सूचनाएँ मिलेंगी।"

उद्धव की कसौटी

मणिमान की जुड़वाँ बहनें पिंगला और कपिला छरहरे शरीर की, आकर्षक और एक-जैसी लम्बी थीं। हँसते समय दोनों के कपोलों पर मनोहर गढ़े पड़ जाते थे। प्रथम दृष्टि में एक को दूसरी से अलग पहचानना कठिन था। दोनों एक ही ढंग से पीले वस्त्र पहनती थीं। वे एक ही तरह के जूड़े बनातीं और उनमें एक-जैसे रंगवाले कमल के फूल लगाती थीं। वे एक ही प्रकार से मधुर स्मित करती थीं और प्रायः साथ ही मुस्कराती थीं। आर्य स्त्रियों-जैसी कृत्रिम लज्जाशीलता उनमें नहीं थी। वे सहज रूप से अपने परिवार के एक व्यक्ति से मिलकर सुखी थीं और उद्धव को प्रसन्न रखने का भरसक प्रयत्न करती थीं।

जहाँ तक सम्भव होता, दोनों बहनें उद्धव के पास रहना चाहतीं और उनके सामीप्य से अघाती न थीं। वे जो कुछ कहते या करते, उसके प्रति वे प्रशंसा-भाव से भरी रहतीं, उनकी बातें सुनतीं और कौतूहल से आँखें फैलाकर प्रश्न पूछा करती थीं। केवल अपने श्रद्धापूर्ण मनोयोग से वे उद्धव को अपने सम्बन्ध में बातें करने को प्रस्तुत कर सकीं और उद्धव जब भी अपने सम्बन्ध में बातें करते, उनमें स्वभावतः कृष्ण की चर्चा ही प्रमुख होती।

कृष्ण और उद्धव के पराक्रम की गाथाओं में उनकी गहरी रुचि हो गई। वृन्दावन में किस प्रकार उन्होंने गोपियों के साथ लीलाएँ कीं; कैसे कृष्ण ने कंस का वध किया और उद्धव उद्यत खड़े रहे कि यदि कृष्ण के प्राणों पर बन आई तो वे भी युद्ध में कूद पड़ेंगे; गुरु सान्दीपनि के यहाँ कैसे उनकी शिक्षा हुई; कैसे वे लोग अपने गुरु के पुत्र की रक्षा करने के लिए समुद्र-पार के नागलोक में गए; कृष्ण ने किस प्रकार गोमन्तक जाकर जरासन्ध को परास्त किया, जिसका नाम भी उन जुड़वाँ बहनों ने नहीं सुना था; बलराम और उद्धव ने किस प्रकार द्वारका पर आधिपत्य किया; कैसे कुण्डिनपुर से रुक्मिणी का उद्धार करने में उद्धव ने कृष्ण की सहायता की और कृष्ण की दोनों पत्नियाँ कैसी अपूर्व हैं। उद्धव की अन्तिम बात सुनकर दोनों बहनों ने परस्पर अभिप्रायपूर्ण दृष्टि-विनिमय किया।

दोनों बहनों ने इससे पहले न तो ऐसे पराक्रमों की बात सुनी थी, न वे किसी

ऐसे व्यक्ति से मिली थीं, जो ऐसे पराक्रम कर सकता हो। शीघ्र ही वे अपनी कल्पना में कृष्ण और उद्धव के साथ रहने लगीं और देवता के रूप में कृष्ण की बातें करने लगीं—यद्यपि उनके साथ सदा उद्धव का भी सम्बन्ध होता था।

अपने सारे समर्पित जीवन में ऐसे उत्सुक और भोलेभाले श्रोताओं से उद्धव की भेंट नहीं हुई थी और अपने पराक्रमों की कथा कहने में प्रायः वे उत्साह के ऐसे प्रवाह में बह जाते थे, जिससे अब तक अपरिचित रहे थे। जुड़वाँ बहनों को वे उत्सुक बच्चियाँ समझते थे और वे आदर्श पति के रूप में उनकी कल्पना करती थीं।

उद्धव बड़े प्रसन्न थे। नागगण उन्हें भले लगे थे। आर्यक और उनके परिवार ने जिस हार्दिकता से उन्हें घेर रखा था, उससे वे गद्गद थे। राजकुमार मणिमान को आर्यों का शस्त्र-कौशल तथा अश्व-पालन सिखलाना उन्हें बहुत अच्छा लगता था। राजकुमार कर्कोटक, उसकी पत्नी तथा उसकी जुड़वाँ बहनों के स्नेहपूर्ण स्वागत-सत्कार से वे विभोर थे। और अब, जब उनके सम्मुख पाण्डवों की खोज में जाने और उन्हें अपने साथ द्वारका ले जाने का काम था, वे उत्साह से भरे हुए थे। इससे पहले उन्हें मानव-सम्बन्ध इतने अभिनन्दनीय कभी न लगे थे।

उस रात वे इसी प्रसन्न मनःस्थिति में सोए तथा सुखद स्वप्न देखते रहे, जिनमें कृष्ण और मणिमान घुल-मिल गए थे और जुड़वाँ बहनों की आँखें दूरवर्ती तारों की तरह चमकती रही थीं।

उनके स्वप्नों में परिवर्तन हुआ। उनका शरीर सिहर उठा, जिससे उन्हें एक अपरिचित अनुभूति हुई। एक कोमल हाथ उनके शरीर का स्पर्श कर रहा था। धीरे-धीरे चैतन्य प्राप्त करके वे यथार्थ जगत् में लौटे। वे स्वप्न नहीं देख रहे थे। वे दाहिनी करवट लेटे थे। एक कोमल बाहु ने बायीं ओर से उन्हें घेर लिया था।

उद्धव सिहर उठे। उनके समीप एक नाग-कन्या थी। वह पिंगला थी या कपिला? हे भगवान्!

वे थरथराने लगे। अपनी माँ, बहन और नन्हीं सुभद्रा के अतिरिक्त उन्होंने किसी स्त्री के स्पर्श का अनुभव कभी नहीं किया था। वर्षों पहले करवीरपुर की राजकन्या शैव्या के प्रति उनके मन में उन्मादक आसक्ति उत्पन्न हुई थी और उन्होंने उससे विवाह करने के सपने देखे थे। किन्तु जब उन्होंने जाना कि जिस कृष्ण के प्रति उनकी इतनी श्रद्धा-भक्ति है, शैव्या उन्हीं के प्रति अनुरक्त है तो अपने प्यारे मित्र के प्रति उनकी पूजा-भावना ने ही उनकी रक्षा की। उन्होंने उसका ध्यान छोड़ दिया और शैव्या को ऐसी देवी मानने लगे, जिसकी पूजा देर से ही की जाती हो। इस प्रकार वे अपनी वासना को उदात्त रूप देने में तो सफल हुए, किन्तु स्त्रीमात्र के प्रति उनके मन में उदासीनता का भाव घर कर गया। उनके लिए सभी स्त्रियाँ

दूरस्थ देवियाँ बन गईं, जो पूजनीय थीं। कृष्ण के प्रति उनकी एकनिष्ठ भक्ति उनके लिए एक ऐसा दुर्ग बन गई, जिसमें अब तक कामदेव का प्रवेश नहीं हो सका था।

अब उन्हें ऐसा लगा, जैसे वे कसौटी पर कसे जा रहे हों। वे कृष्ण से दूर थे। आर्यक के परिवार से उन्हें जो स्वागत-सत्कार मिला था, उससे उनका हृदय कोमल बन गया था। उनकी सेवा के प्रति जुड़वाँ राजकुमारियों की तत्परता तथा उनके स्पष्ट और अत्यधिक प्रशंसा-भाव ने भी उस वेदी को ध्वस्त करने में सहायता पहुँचाई थी, जिस पर उन्होंने स्त्रीमात्र को देवी के रूप में प्रतिष्ठित कर रखा था। और अब उनमें से एक देवी हाड़-मांस की मानवी बन गई थी।

परिस्थिति बड़ी अवांछित थी। स्त्रीमात्र के प्रति उनका पूजा-भाव संकट में पड़ गया था। 'कृष्ण, कृष्ण, तुम कहाँ हो? संकट की इस घड़ी में तुम मेरे पास क्यों नहीं हो?' असहाय भाव से उन्होंने मन-ही-मन पुकारा—'मैं एक नागकन्या की गुंजलक में पड़ गया हूँ।'

क्षण-भर के लिए उन्होंने यह सोचना चाहा कि यह सब सत्य नहीं है, निश्चय ही यह स्वप्न है—राजकुल की, और वह भी उनकी पितामही के राजकुल की, कोई राजकुमारी इतनी निर्लज्ज नहीं हो सकती। किन्तु नहीं, यह स्वप्न नहीं था, यथार्थ था। उन्होंने अपने दाँत भींच लिए। उन्होंने पराजित न होने का संकल्प कर लिया था।

कोमल हाथों ने उनका मुख अपनी ओर फेरने की चेष्टा की, किन्तु वे टस-से-मस नहीं हुए।

समय बीतता रहा। कुमारी के प्रयास ढीले पड़ते गए। स्पष्टतया वह निराश होने लगी थी, उसकी आँखों से आँसू गिरने लगे और वह बुरी तरह सिसकने लगी। उद्धव का हृदय पिघल गया। क्षण-भर के लिए उनकी इच्छा हुई कि वे उसे अपनी बाँहों में बाँध लें, किन्तु उन्होंने परमात्मा से शक्ति देने की प्रार्थना की।

उन्हें शक्ति प्राप्त हुई।

सिसकती कुमारी वहाँ से चली गई। उद्धव ने यद्यपि कामदेव को परास्त कर दिया था, किन्तु उससे वे प्रसन्न न हो सके। थोड़े प्रयास के बाद उन्हें झपकी आ गई, किन्तु वे सपनाते रहे।

और तब उन्हें इस भयोत्पादक तथ्य का पता चला कि यह स्वप्न नहीं है। अब उनके पास दूसरी बहन थी। 'हे ईश्वर! क्या मेरी परख का अन्त नहीं है?' वे बड़बड़ाए।

उन्होंने फिर अपने दाँत भींच लिए, अपने शरीर को अकड़ा लिया और अपने अंगों पर कठोरता से नियन्त्रण किया। उन्होंने अपनी सहायता के लिए अपने पूज्य

पितरों का आह्वान किया।

कुमारी रो पड़ी और हताश होकर उठ खड़ी हुई। वह भी सिसकते हुए कुटिया से बाहर निकल गई।

एक बार उद्धव के मन में आया कि उसे वापस बुला लें। किन्तु नहीं! आर्यों का आचार अपनी पत्नी के अतिरिक्त किसी अन्य स्त्री से घनिष्ठता बढ़ाने का निषेध करता था। वे पाप के भागी नहीं बनेंगे।

'हे ईश्वर!' वे बड़बड़ाए, 'मैं यहाँ आया ही क्यों? शैव्या का ध्यान छोड़ने के बाद आर्यों की महान् और यशस्वी परम्परा का पालन करने के मोह में मैंने अनजाने ही इन भोली-भाली कुमारियों का हृदय तोड़ दिया। पितामही मारिषा, मैंने आपकी बात क्यों नहीं मानी?'

उद्धव ने शेष रात्रि करवटें बदलते हुए बिताईं। सबेरे जब वे उठे तो उनकी मनःस्थिति विचित्र थी। वे इस बात से दुखी थे कि उन्होंने कुमारियों को इस तरह क्लेश दिया, किन्तु उन्हें इस बात की प्रसन्नता भी थी कि वे कसौटी पर खरे उतरे। उन्होंने जाकर नदी में स्नान किया।

जब मणिमान उनसे मिला तो उन्होंने उसकी आँखों में एक आहत भाव और अपने प्रति उसके व्यवहार में एक अलगाव-सा देखा। इस अलगाव का उन्होंने पहले कभी अनुभव नहीं किया था। ऐसा लगा, जैसे भाई को इस बात का पता चल गया है कि उन्होंने, उसकी बहनों के साथ कैसा व्यवहार किया है और इसी कारण वह अप्रसन्न है।

उद्धव ने सोचा कि हो सकता है नागों की रीति आर्यों से भिन्न हो। सम्भवतः नाग युवतियाँ अपना साथी इसी प्रकार चुनती हों, जो आर्यों की दृष्टि में पाप हो। उन्हें स्मरण आया कि जब वे लोग यमलोक में थे तो आशिका किस प्रकार कृष्ण पर आसक्त हो गई थी।

स्पष्ट था कि पिंगला और कपिला ने अपने भाई, और सम्भवतः माता-पिता की भी स्वीकृति से उनकी निकटता प्राप्त करने का प्रयत्न किया था। उसे अस्वीकार करके, सम्भव है, वे उनके माता-पिता के प्रति भी अपराधी बन गए हों। क्या उद्धव ने नाग-आचार का उल्लंघन किया है? क्या वे शिष्टाचार भंग करने के अपराधी हैं?

आर्यक अपनी चिर-संगिनी डोली पर बैठे हुए थे। उनके एक ओर महामुनि थे और दूसरी ओर कर्कोटक, जिसके ललाट पर अप्रसन्नता की रेखाएँ खिंची थीं, उसके बाद कर्कोटक की मोटी पत्नी रविका थी, दो-एक वयस्का स्त्रियाँ भी थीं और मणिमान की पत्नी तथा दोनों जुड़वाँ राजकुमारियाँ थीं, जिनकी आँखें रो-रोकर लाल हो गई थीं और जिनमें अब भी आँसू भरे थे। सभी उद्धव को इस तरह देख रहे थे, जैसे वे हत्या के अपराधी हों।

उद्धव बहुत दुखी थे–इस भय से नहीं कि उन्हें क्या परिणाम भुगतने होंगे, बल्कि इसलिए कि जिन लोगों ने अपने हृदयों में इतने स्नेह से उन्हें स्थान दिया था, उन पर उन्होंने दुःख का पहाड़ लाद दिया है। विशेषतः भग्न-हृदय राजकुमारियों को देखकर उन्हें कण्ठावरोध-सा होने लगा था।

आचार्य जैमिनी जब उद्धव को महामुनि के पास ले जाने के लिए आए तो प्रायः भोजन का समय हो रहा था। जब वे उनके साथ आर्यक के निवास की ओर चले तो उनकी स्थिति वध-स्थल पर ले जाए जा रहे बकरे की-सी हो रही थी।

उन सबके बीच केवल महामुनि ही अपने सहज पितामह रूप में थे और उनकी ओर समझदारी-भरी दृष्टि से देखकर मुस्करा रहे थे।

अपने सामनेवाले आसन की ओर इंगित करते हुए महामुनि ने कहा, "उद्धव बैठ जाओ।" उद्धव बैठे और कठोर वाग्बाणों की बौछार की प्रतीक्षा करने लगे।

किन्तु मुनि का स्मित उत्साहप्रद था। ऐसा लगा था, जैसे वे स्थिति का आनन्द ले रहे हों, "उद्धव, तुमने नागराज के प्रति, वस्तुतः अपने दादा के समूचे कुटुम्ब के प्रति, बड़ा अन्याय किया है।"

"मैंने? मैंने क्या किया है भगवन्?" उद्धव ने अपने स्वर को यथासम्भव निर्दोष बनाए रखने की चेष्टा करते हुए कहा। किन्तु उन्होंने जुड़वाँ राजकुमारियों में से एक की सिसकी सुनी और उनका हृदय अपने प्रति धिक्कार की भावना से भर गया।

"तुमने जुड़वाँ कुमारियों को अस्वीकार कर दिया है।" महामुनि ने राजा आर्यक की ओर देखते हुए कहा, जो समर्थन में अपना सिर हिला रहे थे।

"किन्तु, किन्तु मैंने तो उन्हें बुलाया नहीं था।" उद्धव ने कहा, यद्यपि उन्हें उस बालक-जैसी अनुभूति हो रही थी, जो चोरी करता हुआ पकड़ा गया हो।

"राजन्, देखा आपने? मैंने यही तो कहा था आपसे।" महामुनि खुलकर हँसे और राजा की ओर देखते हुए बोले, "यह नागों के प्राचीन आचार से परिचित नहीं है।"

पीछे से सिसकियाँ सुन पड़ीं।

"इन्होंने हमारे पूरे परिवार का अपमान किया है," कर्कोटक ने कहा, "अब हमारी कन्याओं का क्या होगा?" उसने पूछा।

और अधिक सिसकियाँ सुन पड़ीं।

उद्धव इन उलझनों को नहीं समझ सके। वे आर्यों की श्रेष्ठतम परम्परा में पले-बढ़े थे। "किन्तु भगवन्, मैंने किया क्या है?" वे वास्तविक वेदना से चीत्कार कर उठे–"जुड़वाँ राजकुमारियों से मेरा विवाह नहीं हुआ है। यदि मैं उन्हें स्वीकार करता तो वह महापाप होता। और गुरुदेव, इसके लिए स्वयं आप भी मुझे कभी

क्षमा न करते।''

और अधिक हृदय-द्रावक सिसकियाँ सुन पड़ीं, क्रोध-भरी, चढ़ी त्यौरियाँ दीख पड़ीं। किन्तु महामुनि के अट्टहास से स्थिति का तनाव दूर हो गया।

''देखिए राजन्, ठीक वही बात निकली, जो मैंने आपसे कही थी।'' मुनि ने कहा, ''आपकी प्रथाएँ आर्यों की प्रथाओं से भिन्न हैं। आप जिसे विवाह की उचित रीति समझते हैं, उद्धव के लिए वह पाप होता। जुड़वाँ राजकन्याओं का आचरण अपने ढंग से उचित था। उद्धव ने भी अपने ढंग से उचित आचरण किया। दोनों ने औचित्य का ही पालन किया था।''

''किन्तु मेरी कन्याओं का क्या होगा?'' जुड़वाँ बहनों की माँ रविका ने उद्धव पर एक विषाक्त दृष्टि डालकर क्रोध से पूछा, ''जिन्हें उद्धव ने अस्वीकार कर दिया है, उनको अब दूसरा पति प्राप्त करने का अवसर न मिलेगा। उन्हें गंगा में डूब मरना होगा।''

मुनि के चौड़े-चकले चेहरे पर दयालु स्मित दीख पड़ा, ''इस कठिनाई में से भी हमें कोई मार्ग ढूँढ़ना चाहिए,'' उन्होंने कहा, ''उद्धव, अपनी प्रथा के अनुसार तुम जुड़वाँ बहनों से विवाह क्यों नहीं कर लेते? मुझे विश्वास है कि वे इसे स्वीकार करेंगी। तुम उन्हें अपने साथ द्वारका ले जाओ, जैसे तुम्हारे दादा मारिषा को ले गए थे।''

शैव्या का ध्यान छोड़ने के बाद से उन्होंने जो प्रण कर लिया था; न केवल उसे तोड़ने के विचार से, बल्कि दो नाग राजकुमारियों को पत्नी के रूप में साथ लेकर यादवों के सम्मुख जाने की कल्पना से भी उद्धव सिहर उठे।

''किन्तु भगवन्, मैंने तो विवाह न करने की प्रतिज्ञा कर रखी है।'' उद्धव ने प्रायः करुणापूर्ण स्वर में कहा, ''मैं स्त्रीमात्र को देवी के रूप में देखता हूँ।''

उद्धव की बात से महामुनि की आँखों में विनोद की झलक दीख पड़ी।

''भगवन्, वर्तमान तपस्वियों में आप सबसे बड़े हैं। मेरी धृष्टता क्षमा करें, किन्तु आप अविवाहित रहने की मेरी प्रतिज्ञा भंग करने का आदेश कैसे दे सकते हैं?'' उद्धव ने पूछा।

''मैंने तपस्वी बनने की चेष्टा की है और इसी से मैं जानता हूँ कि कामदेव से लड़ना कैसा होता है। तुम जानते हो कि शुक्र नाम का मेरा भी एक पुत्र है। यह समझना मूर्खता है कि सभी लोग कामदेव को जीतने में सफल हो सकते हैं। यह सौभाग्य बहुत कम लोगों को, बहुत ही कम लोगों को, प्राप्त होता है। शेष लोग विवाह के माध्यम से उसका देय चुकाकर उससे समझौता ही कर सकते हैं। तब वे हमारे सहयोगी बन जाते हैं और हमें बलवान तथा सुखी बनाते हैं।'' मुनि ने कहा।

उद्धव ने नम्रतापूर्वक मुनि की बातें सुनीं, किन्तु उन बातों पर उनका विश्वास न जमा। नागगण बैठे सारी बातें सुन रहे थे। उद्धव को समझाने के मुनि के प्रयास से वे प्रभावित हो रहे थे, किन्तु बात जिस दिशा में मुड़ रही थी, उससे उन्हें व्यग्रता भी हो रही थी। वे इन बातों को अभिप्राय समझ नहीं पा रहे थे। यह बात उनकी समझ से परे थी कि आर्यक परिवार की राजकन्या से विवाह करने के लिए किसी युवा राजकुमार को समझाने-बुझाने की आवश्यकता हो सकती है?

इस कठिनाई से बच निकलने का कोई उपाय सोचने के लिए उद्धव को समय की आवश्यकता थी।

"भगवन्, आपका परामर्श मेरे लिए आदेश है, किन्तु तत्काल मैं कोई निर्णय नहीं कर सकता," उन्होंने कहा, "सम्माननीय नानाजी का अभिवादन करने के लिए कृष्ण यहाँ आनेवाले हैं। मैं उनसे परामर्श करना चाहता हूँ।"

"इससे बड़ा प्रवाद फैलेगा," राजकुमार कर्कोटक ने कहा, "इससे बात नहीं बनेगी।"

"तुम ठीक कहते हो कर्कोटक," मुनि ने कहा, 'रविका," उन्होंने कर्कोटक की पत्नी को सम्बोधित किया, "तुम मेरा विश्वास कर सकती हो?"

"हाँ गुरुदेव!" रविका ने उत्तर दिया।

महामुनि कहीं कोई ऐसी बात न कह दें, जिससे उन्हें जुड़वाँ राजकुमारियों से विवाह करने को बाध्य होना पड़े, यह सोचकर उद्धव की रीढ़ में कँपकँपी दौड़ गई।

"गुरुदेव..." उद्धव ने कहना आरम्भ किया, किन्तु उनकी बात अधूरी रह गई।

सहसा शोर-गुल तथा बहुत-से दौड़ते पैरों की आवाज सुन पड़ी। राजकीय प्रांगण के बाहर 'राक्षस, राक्षस' का प्रचण्ड कोलाहल होने लगा।

स्त्रियाँ अपना दुख भूलकर भय के कारण परस्पर लिपट गईं। कर्कोटक, मणिमान और बाहर खड़े वृद्ध चाचा उछलकर खड़े हो गए और हाथों में ढाल तथा भाला लेकर बाहर की ओर दौड़े। उद्धव ने अपना तूणीर लटकाया, धनुष उठाया और उन लोगों के पीछे-पीछे दौड़े।

ऐसा लगा, जैसे बाहर कोई तूफान आ गया हो।

राक्षसावर्त में

भाले चमकाते हुए नागों की एक बड़ी भीड़ राजा के निवास-स्थल से कुछ दूर रुकी हुई थी। बहुत-से लोग 'मारो, मारो', 'राक्षस, राक्षस', कहकर उस बालक की ओर

झपटने का प्रयत्न कर रहे थे, जो एक लट्ठे से बँधे एक पिंजरे में बन्द था और जिसे चार नागों ने उठा रखा था।

युवा नाग-प्रमुख, सिगुरी नाग, भीड़ को दूर रखने का प्रयत्न कर रहा था। बालक अचेत हो गया था, करुण स्वर में कराह रहा था तथा किसी अजानी भाषा में बड़बड़ा रहा था।

राजकुमार कर्कोटक ने भीड़ के आगे जाकर लोगों को शान्त किया। ''यह क्या है?'' उन्होंने पूछा।

एक नाग-प्रमुख ने कर्कोटक के सामने आकर कहा, ''सिगुरी नाग जंगल से एक राक्षस ले आया है।''

गंगा तथा यमुना के बीच और चर्मण्वती नदी के तटवर्ती जिस भू-भाग पर नागों का अधिकार था, उसकी सीमा के निकट अभेद्य वनों में रहनेवाले राक्षसों से नागगण बहुत भयभीत रहते थे। इन राक्षसों के भयंकर कृत्यों की कथाएँ नागों में चर्चाओं का सामान्य विषय थीं। कभी कदाचित् किसी सुदूरवर्ती गाँव में एक-आध राक्षस आ जाता तो उन कथाओं को ठोस समर्थन मिल जाता था। किसी भटके हुए व्यक्ति के गुम हो जाने अथवा रात में तीखे दाँतों से चीरे-फाड़े गए किसी मानव-शरीर का अवशेष मिलने पर सदा इसकी पुष्टि होती रहती थी। अतः सीमावर्ती गाँवों में यह प्रथा-सी **बन गई** थी कि गाँव में चतुर्दिक् सारी रात आग जलाई जाती थी, जिससे गाँव में राक्षस न आ सकें।

जो भी हो, अब तक आर्यक की राजधानी नागकूट में कोई राक्षस भटककर नहीं आया था। अतः जब यह संवाद मिला कि सिगुरी नाग एक जीवित राक्षस को लेकर आ रहा है तो सभी नाग–स्त्री, पुरुष और बच्चे–उसे देखने के लिए बाहर निकल आए, जिसे उन्होंने पहले कभी नहीं देखा था, किन्तु जिसका नाम सुनकर ही प्रत्येक व्यक्ति भयभीत हो जाता था। अधिकांश लोग भाले लेकर आए थे। बच्चे क्रोध से चिल्ला रहे थे और छोटे राक्षस पर पत्थर फेंक रहे थे। जब कभी कोई पत्थर उसे लग जाता तो वह गुर्राने लगता और अपने तीखे दाँत दिखाने लगता था।

राक्षस अपवित्र माने जाते थे, अतः सिगुरी नाग उस बालक राक्षस को राजभवन से एक निश्चित दूरी तक ही ला सका था। फिर उसे अहाते के बाहर छोड़कर वह राजकुमार कर्कोटक के पास आया, भूमि पर लेटकर उसने उनका अभिवादन किया और बताया कि किस प्रकार वह एक जीवित राक्षस को राजकुमार के समक्ष ला सका है।

उद्धव पर ऐसे निषेध का कोई प्रभाव था। उन्होंने बालक की दयनीय मूर्ति देखी। कभी वह कराहता, कभी रोने लगता था। उसका शरीर कई जगह कटा हुआ

था। उसकी नाक से खून बह रहा था। नागों की भयभीत दृष्टियों की ओर ध्यान दिए बिना वे पिंजरे के पास गए। उन्होंने सहानुभूति के साथ अपने हाथ से उसे छूने का प्रयत्न किया।

निगरानी करनेवाले नाग ने चिल्लाकर कहा, "वह राक्षस है।" दूसरा एक नाग बोला, "वह आपको खा जाएगा।"

"खाने दो।" कहकर उद्धव ने वह गाँठ खोल दी, जिसने उसे पिंजरे से बाँध रखा था और उसे अपनी गोद में उठा लिया।

वह एक अद्भुत प्राणी था–मनुष्य से अधिक कोई जानवर। उसका मस्तक ढलवाँ और सँकरा था। लाल रंग से रँगे लकड़ी के टुकड़े उसके होंठों में छेद करके बैठाए गए थे, जिससे वह बड़ा भयानक दीख रहा था। उसके दाँतों को रेतकर भेड़िए के दाँतों की तरह नुकीला बना दिया गया था। उसके लम्बे नाखून कड़े और काले थे और रीछ के नाखूनों की तरह मुड़े हुए थे। उसकी चंचल आँखें रक्तवर्ण थीं और उसका चीत्कार किसी घायल पशु के चीत्कार के समान प्रतीत हो रहा था।

उद्धव ने बच्चे को पास के एक बरामदे में उतार दिया। वहाँ चारों पंजे टेक कर वह कन्धे के सहारे लेट गया। उसे थोड़ा पानी पिलाने के लिए कुछ प्रयास करना पड़ा। उसने पानी तो पिया, किन्तु पात्र को हाथ में लेकर नहीं, कुत्तों की तरह नीचे झुककर, जीभ के सहारे।

सिगुरी नाग सर्वाधिक योग्य नागों में से एक था। राजा आर्यक के आदेश के अनुसार वह गाँव-गाँव घूमता हुआ इस बात का पता लगा रहा था कि कुन्ती के साथ पाण्डव किस मार्ग से वन में गए हैं। बड़ी कठिनाई के बाद वह केवल इतना ही जान सका था कि पाँच आर्यों ने, जिनमें से एक अत्यन्त विशाल शरीर वाला था, एक वृद्धा के साथ राक्षसों के भयानक प्रदेश में प्रवेश किया है।

पाण्डव जिस मार्ग से गए थे, उसका पता लगाता हुआ सिगुरी नाग अन्ततः सीमावर्ती ग्राम लहुरिया में पहुँचा। उसके आगे, खड़ी, विशाल चिकने पत्थरों के ढूहों और पहाड़ियों की अभेद्य दीवारों से घिरा दुर्गम वन था, जहाँ राक्षसों का निवास था।

जब सिगुरी नाग उस गाँव में पहुँचा तो उसने देखा कि गाँव के बाहर आग जलती रहने पर भी पिछली ही रात को राक्षसों ने गाँव पर आक्रमण किया था। एक बूढ़े और एक कुत्ते का पता नहीं था। पदचिन्हों का पीछा करते हुए उसे पता चला कि आक्रमणकारी राक्षसों की संख्या पाँच थी, जिनमें एक बालक भी था। अन्ततः ऊबड़-खाबड़ शिखरों पर, पथरीली और ऊबड़-खाबड़ पगडण्डियों में उनके पद-चिन्ह भी लुप्त हो गए थे।

सिगुरी ने बड़ी कठिनाई से कुछ साहसी नागों को वहाँ तक जाने के लिए तैयार किया, जहाँ पगडण्डी आरम्भ हुई थी और बड़ी घबराहट के साथ वहाँ से कुछ दूर आगे गया।

शिखरों की पगडण्डी पर चलते हुए उन्होंने रोदन का करुण स्वर सुना। वह स्वर किसी घायल पशु का-सा था। थोड़ी खोज-ढूँढ़ के बाद उन्होंने एक गर्त में गिरे एक राक्षस-बालक को देखा, जिसकी एक टाँग टूट गई थी। स्पष्ट था कि आधी रात में अपनी लूट के मालसहित निकल भागने की जल्दी में उसके साथियों को उसके गिरने का पता नहीं चला और जब चला तो उसे बचाने के लिए लौटने की चिन्ता नहीं की।

सिगुरी के साथी नागों ने पत्थर फेंककर उसे मार डालना चाहा, किन्तु सिगुरी पाण्डवों के बारे में कुछ जानकारी पाने को कटिबद्ध था, अतः उसने अपने साथियों को उसे और घायल करने से रोका। फिर वह घिसटता हुआ गर्त में उतरा और अचेत बालक को अपने कन्धे पर लादकर कठिनाई के साथ ऊपर आया।

सिगुरी के साथी, राक्षस-बालक के निकट नहीं आए। वे उसके बाहर निकले दाँतों, खूँख्वार पंजों और भयानक दीखनेवाले मुख के लाल उभार को देखकर सिहर उठे, जिसके बारे में जल्दी ही उन्हें पता चल गया कि वे लाल रंग से रँगी लकड़ी की पत्तियाँ हैं, जो उसके होंठों में छेद करके डाल दी गई हैं। किन्तु सिगुरी दृढ़ निश्चयी था। लोगों में ऐसा विश्वास था कि राक्षस इच्छानुसार अपना आकार बढ़ा ले सकते हैं। कहीं बालक ने भी अकस्मात् अपना आकार बढ़ा लिया तो वह डरकर भाग न खड़ा हो, इसलिए उसने अपने दाँत भींच लिए और उसके हाथ-पाँव बाँध दिए।

सावधानी के साथ उसे बाँध लेने के बाद सिगुरी ने उसके घावों पर औषधियुक्त मिट्टी लगाई और बाँस की खपच्चियों से उसकी टूटी टाँग बाँध दी। अनन्तर उसने थोड़ा पानी दिया, जिसे उसने कुत्ते की तरह पी लिया।

पहले वह बालक जब-जब सिगुरी को काटने की चेष्टा करता, वह उस पर प्रहार करता था। फिर उसने समझ लिया कि सचमुच भूखा होने के कारण वह ऐसा करता है, क्योंकि उसका मांस नोचने के उसके प्रयत्न को जब-जब विफल किया जाता, वह भूखे बच्चे की तरह रोने लगता था।

सिगुरी ने एक खरहा पकड़कर बालक को दिया, जिसे उसने अधीरता से अपने पंजों में जकड़ लिया। पलक मारते उसने अपने लम्बे और तीखे नखों से उसकी गर्दन फाड़कर थोड़ी खाल उतारी और बड़े चाव से उसका मांस खाने लगा। शीघ्र ही उसके अद्भुत आकारवाले होंठों पर प्रसन्नता की मुस्कान दीख पड़ी।

सिगुरी ने जब उसके हाथ और पाँव बाँध दिए तो नागों ने उसे रेशोंवाले एक

पिंजरे में डाल दिया और उसे एक लट्ठे पर लटका लिया। किन्तु उसके बाद भी वे भयपूर्वक जब-तब उसकी ओर देखते जाते थे कि किसी क्षण अपना आकार बढ़ाकर और पिंजरे को तोड़कर वह कहीं बाहर न निकल आए और उन सबको चीर-फाड़ न डाले।

मार्ग में उस राक्षस-बालक को एक से दूसरे गाँव तक ले जाने में सिगुरी को बड़ी कठिनाई का सामना करना पड़ा। जब भी गाँववालों को पता चलता कि जीवित राक्षस ले जाया जा रहा है, वे अपने भालों को लेकर उसको मारने के लिए बाहर निकल आते।

बालक राक्षस को वश में करना भी कठिन था। सामान्यतः वह पशुओं के समान आचरण करता था।

किन्तु सिगुरी का परिश्रम व्यर्थ नहीं गया। बालक अपने सहज ज्ञान से समझ गया कि वह उसका रक्षक है और जब भी सिगुरी उसे थपकियाँ देता, उसका भयंकर स्वभाव परिवर्तित हो जाता था।

उस बरामदे को सैकड़ों नागों ने घेर रखा था, जिस पर उद्धव बालक राक्षस के घाव साफ कर रहे थे और उन पर औषधियाँ लगा रहे थे। उन दिनों का प्रत्येक योद्धा जानता था कि किसी घायल व्यक्ति पर औषधियों का प्रयोग कैसे किया जाता है।

कर्कोटक बरामदे से कुछ दूर आकर खड़ा हो गया। अपनी डोली में राजा आर्यक भी आए। पीछे-पीछे राजकुमारियाँ भी पहुँचीं। अपने पिता और माता की ओट से भीरुतापूर्वक झाँकती जुड़वाँ राजकुमारियों की आँखें उस समय फटी-सी रह गईं, जब उन्होंने देखा कि उद्धव राक्षस-बालक को थपथपा रहे हैं, जैसे वह एक भयानक कुत्ता हो।

बालक जहाँ पड़ा था, वहाँ पहुँचकर महामुनि ने उसका माथा थपथपाया। बालक महामुनि का हाथ काटने के लिए झपटा।

"शान्त रहो बेटे! तुम अच्छे हो जाओगे।" महामुनि ने किसी ऐसी भाषा में कहा, जिसे बालक समझता-सा जान पड़ा।

सिगुरी ने बाँस की जिस खपच्ची से बालक की टूटी टाँग बाँध दी थी, महामुनि के आदेश से जैमिनी ने उसे खोलकर उबले हुए पत्तों से उसका उपचार किया और फिर उसे बड़ी दक्षता से बाँध दिया। राक्षस-बालक का भय जाता रहा था। उसने महामुनि की ओर देखा तथा किसी पालतू कुत्ते के समान उनसे लगकर बैठ रहा।

जब उसकी दृष्टि उद्धव पर पड़ी तो उसमें पहचान की एक विचित्र-सी चमक आ गई। बदले में उद्धव ने उसकी ओर कृपापूर्ण दृष्टि से देखा और उसकी रक्षा के लिए अपना हाथ बढ़ाया। बालक के चेहरे पर एक अजीब-सी खुरदरी मुस्कराहट

आई। और अपनी भाषा में उसने कुछ कहा, जिसका कुछ भाग 'भीम' जैसा सुन पड़ा।

"वह कहता है कि तुम राजा भीम के भाई हो।" महामुनि ने मुस्कराकर कहा।

उद्धव इस सम्बोधन से चौंक उठे। किन्तु महामुनि ने बालक के कथन का अभिप्राय समझा और उसे उसी की भाषा में कहा, "तुम भीम को जानते हो?"

बालक ने जोर से सिर हिलाकर स्वीकृति दी और आदर-भाव से आधी आँखें मूँदकर 'भीम' शब्द को कुछ अधिक स्पष्टता से दुहराया।

"बेटे! क्या अपार बलशाली भीम बहुत लम्बे-चौड़े हैं?" मुनि ने कहा।

इस बात का कुछ भाग बालक ने समझा और उससे वह प्रसन्न हुआ। उसने संकेत से बताया कि भीम कितने लम्बे-चौड़े हैं।

"मेरी तरह गोरे हैं?" उद्धव ने पूछा और अपना अभिप्राय स्पष्ट करने के लिए अपने शरीर की ओर संकेत किया।

बालक ने सिर के जोरदार झटके से स्वीकृति जतलाई।

"क्या वे पाँच थे?" मुनि ने पूछा और बालक का हाथ पकड़कर उसकी उँगलियों तथा अँगूठे पर 1, 2, 3, 4 और 5 गिनकर दिखाया।

बालक ने मुस्कराकर फिर सिर हिलाया।

उद्धव ने उसके पास बैठकर उसे थपथपाते हुए कहा, "मैं भीम का भाई हूँ।" मुनि ने बात दोहराई, "यह भीम का भाई है।"

बालक ने सिर हिलाकर स्वीकृति का संकेत दिया, यद्यपि उसके मन को पूरा सन्तोष नहीं हुआ था।

"तुम भीम के पास जाना चाहते हो?" उद्धव ने संकतों से अपना अभिप्राय स्पष्ट करते हुए पूछा।

बालक ने हँसकर स्वीकृति जताई, फिर अपना अँगूठा ऊपर उठाकर यह प्रकट किया कि भीम बहुत बड़े हैं। फिर उसने शेष चार उँगलियाँ दिखलाकर तिरस्कारपूर्वक यह बताया कि दूसरे चार 'भीम' छोटे और महत्त्वहीन हैं।

युधिष्ठिर, अर्जुन, नकुल और सहदेव का राक्षस-बालक से ऐसा वर्णन जानकर महामुनि हँस पड़े।

"भीम कहाँ हैं, बड़ावाला भीम?" मुनि ने पूछा।

बालक ने हँसकर दक्षिण दिशा की ओर संकेत किया और अपनी भाषा में कहा, "वहाँ, वहाँ।"

"अच्छा वे वहाँ हैं? उस ओर?" मुनि ने कहा।

"गुरुदेव, इस बालक को आप मुझे सौंप दें। जब तक यह अच्छा नहीं होता, इसकी देख-भाल मैं करूँगा।" उद्धव ने कहा।

"क्यों?" मुनि ने पूछा, "जैमिनी उसकी अधिक अच्छी देख-भाल करेंगे।"

"किन्तु गुरुदेव, भगवान मेरी सहायता कर रहे हैं।" उद्धव ने कहा। उनका दिमाग बहुत तेजी से काम कर रहा था। उन्होंने सोचा कि जुड़वाँ राजकुमारियों के चलते वे जिस दुर्भाग्यपूर्ण स्थिति में उलझ गए हैं, उससे निकलने का एकमात्र उपाय राक्षसावर्त में जाकर जीवन को संकट में डालना ही है।

कर्कोटक ने पूछा, "कैसे?"

"मामाजी, पाण्डव जीवित हैं।" उद्धव ने कहा, "मैं उन लोगों को यहाँ ले आने के लिए इस बालक के साथ राक्षसावर्त जाऊँगा। कृष्ण जब यहाँ आएँगे तो हम उन लोगों को द्वारका ले जाएँगे।"

उद्धव की बात सुननेवाला प्रत्येक व्यक्ति उन्हें टकटकी लगाकर देखने लगा, जैसे वे पागल हो गए हों।

कर्कोटक ने पूछा, "तुम? राक्षसों के देश में जाओगे?"

मोटी रविका भी अपने को नहीं रोक सकी। उसने कहा, "तुम कैसे जा सकते हो? राक्षस तुम्हें खा जाएँगे। फिर मेरी बेटियों का क्या होगा?"

"हाँ मामाजी, मैं जाऊँगा। मैं इसी काम के लिए यहाँ आया हूँ।" उद्धव ने दृढ़ता से उत्तर दिया। उनका हृदय प्रसन्नता से खिल उठा। वे राक्षसावर्त जा रहे हैं कि राक्षस उन्हें खा डालें।

महामुनि ने उद्धव के निर्णय का अभिप्राय समझा। उन्होंने निश्चय किया है कि या तो वे कुन्ती के साथ पाण्डवों की रक्षा करेंगे या रक्षा का प्रयत्न करते हुए मरकर जुड़वाँ राजकुमारियों के पंजे से बच जाएँगे।

"तुम ऐसा ही करो वत्स!" महामुनि ने कहा, "चिन्ता न करो। भगवन् पशुपति इनकी रक्षा करेंगे। ये इसी काम के लिए यहाँ भेजे गए हैं।"

रविका ने अपने हाथ से सिर पीट लिया। उसके हाथ की अनगिनत चूड़ियाँ खनखना उठीं। जुड़वाँ बहनें अचेत हो गईं।

राजा आर्यक ये बातें ध्यानपूर्वक सुन रहे थे। सहसा उन्होंने अपनी दृष्टि महामुनि पर गड़ा दी। उत्तेजना से काँपते हुए तीक्ष्ण स्वर में उन्होंने कहा, "आप ठीक कहते हैं गुरुदेव!"

सब लोग वयोवृद्ध राजा की ओर देखने लगे, जो आविष्ट-से जान पड़ते थे। वे जानते थे कि इसका अर्थ क्या है। भगवान पशुपति उनके मुँह से आदेश दे रहे थे।

राजा अपने मस्तक को झटका देने लगे, मानो उसमें पीड़ा हो रही हो। उनकी आँखें घूमने लगीं। दूसरे क्षण वे पूरी तरह स्थिर हो गए। उनकी आँखों में शक्तिशाली चमक आ गई और उनके अधरों से अद्‌भुत प्रकार का सशक्त स्वर निकला—"उसमें

आर्यक का रक्त है, वह जाएगा, विजयी होगा और नागों को निर्भय बनाएगा।''

राजा की आँखें मुँद गईं, उनके मुख से एक उसाँस निकली और सब लोग भयग्रस्त-से खड़े रहे। भगवान पशुपति ने आज्ञा दे दी थी।

आर्यक की राज्य-सीमा के अन्तिम गाँव लहुरिया में जब उद्धव ने सिगुरी नाग से विदा ली तो उन्हें बड़ी निश्चिन्तता का अनुभव हुआ। उन्हें पाण्डवों का अता-पता मिल गया था। कृष्ण ने उन्हें जो काम सौंपा था, उसमें वे पूरी निष्ठा से लगे हुए थे। उन्होंने जुड़वाँ बहनों को आत्महत्या करने से बचा लिया था। उनके चले जाने से शीघ्र ही वे इस दुर्भाग्यपूर्ण घटना को भूल जाएँगी और दो-एक साल में अपने लिए योग्य पति ढूँढ़ लेंगी।

उद्धव को शीघ्र ही पता चल गया था कि राक्षस-बालक का नाम निकुम्भ है। विचित्र बात यह थी कि वह उनके प्रति प्रेम-भाव प्रदर्शित करने लगा था, क्योंकि वे भीम के भाई थे। राक्षस-बालक के तमोमय मानस में जाज्वल्यमान एक शक्तिपूर्ण नक्षत्र था।

उद्धव यह सोचे बिना न रह सके कि यदि राक्षसों ने उन्हें खा लिया तो क्या होगा? कृष्ण जब नागकूट आएँगे तो वे व्यर्थ ही उनकी प्रतीक्षा करते रहेंगे। उद्धव का अभाव उन्हें इतना खलेगा, जितना किसी का कभी अभाव पहले नहीं खला होगा। जुड़वाँ राजकुमारियाँ कुछ दिन रो-धोकर उन्हें भूल जाएँगी। उन्होंने आशा की कि दुःख से वे कोई ऐसा-वैसा काम न कर बैठेंगी और यह सोचकर वे मुस्करा पड़े। उनके पिता देवभाग उन्हें खोकर दुखी होंगे। माता कंसा ढेर सारे आँसू बहाएँगी, यद्यपि ऐसे पुत्र से छुटकारा पाकर उन्हें वास्तविक दुःख नहीं होगा, जिसे वह नापसन्द करती थीं।

हाँ, राक्षस उन्हें खा जाएँगे और उद्धव का अन्त हो जाएगा, उन्होंने सोचा और हँस पड़े।

थोड़ी लंगड़ाहट के अतिरिक्त निकुम्भ अब पहले-जैसा हट्टा-कट्टा हो गया था। वह ऊबड़-खाबड़ पहाड़ों की उस बंजर श्रृंखला की ओर उद्धव को लिए जा रहा था, जो राक्षसावर्त को शेष संसार से अलग करती थी। वह सारा-का-सारा मार्ग पथरीला था, जिससे वे यात्रा कर रहे थे; कभी-कभी मार्ग का चिन्ह देखना भी कठिन हो जाता था, किन्तु निकुम्भ मार्ग का चप्पा-चप्पा जानता था और प्रसन्नमन स्थिर और निश्चित पग रखता बढ़ता चला जाता था।

नुकीली चट्टानों के अवरोध को पार करना कठिन काम था। उनमें से कुछ चट्टानें अत्यन्त सीधे ढालवाली थीं, कहीं-कहीं अस्पष्ट मार्ग घाटी के ऊपरी किनारों पर टेढ़ा-मेढ़ा होता चला गया था। किन्तु निकुम्भ सहज गति से उनके किनारे-किनारे आगे बढ़ जाता और सन्तुलन बनाए रखने का उद्धव का प्रयास

देखकर हँसने लगता था, क्योंकि उद्धव को ऐसा करने के लिए कभी-कभी दोनों हाथों और पैरों का भी उपयोग करना पड़ जाता था।

दोपहर को सूर्य के प्रचण्ड ताप से पथरीली भूमि तवे-सी तपने लगी। उद्धव के लिए अपने शस्त्र लेकर चलना कठिन हो गया। उन्होंने अपनी तलवार छोड़ दी। अपने तूणीर से उन्होंने बहुत से बाण भी निकाल फेंके। उन्होंने धनुष उतार दिया और सहारे के लिए उसके दण्ड का उपयोग किया।

तीसरे पहर तक पथरीली ऊँचाइयाँ पार करके वे घने जंगलोंवाली घाटी में उतरने लगे, जिसके परले पार राक्षसावर्त स्थित था।

सूर्यास्त के समय उन लोगों ने घने वन में प्रवेश किया। निकुम्भ बड़े उत्साह में था। यह उसका अपना देश था, जहाँ आहार के लिए प्रचुर मात्रा में छोटे-मोटे पशु उपलब्ध थे। उसने झटपट बचा-खुचा खाना खाने के लिए उद्धव को अकेला छोड़ दिया। तद्नन्तर वे दोनों एक वृक्ष की छाया में आस-पास सो गए।

आधी रात बीत चुकी थी। आकाश में चन्द्रमा ऊँचा चढ़ आया था। सहसा निकुम्भ उठकर बैठ गया। वह हवा में कोई गन्ध सूँघने लगा और वृक्ष-शिखरों से टकराकर ध्वनि उत्पन्न करनेवाली वायु की ओर उसने कान लगा दिए।

निकुम्भ ने उद्धव का हाथ खींचकर उन्हें जगा दिया और उँगली से चेतावनी देते हुए उसने दक्षिण दिशा की ओर इंगित किया। उद्धव अपनी आँखें मलते उठ बैठे। निकुम्भ की चेतावनी ठीक थी। दूर से आती नगाड़ों की बहुत धीमी ध्वनि उद्धव ने सुनी। वे समझ नहीं पाए कि निकुम्भ इतना डर क्यों गया है, अतः उन्होंने पूछा, "यह क्या है?"

निकुम्भ ने संक्षेप में 'राक्षस' कहा और वह उद्धव को कुश-कण्टकों से भरी एक दिशा में खींच ले जाने का प्रयास करने लगा।

कण्टकाकीर्ण मार्ग पर चलने में अनभ्यस्त उद्धव ने निकुम्भ के साथ जाना अस्वीकार कर दिया।

नगाड़ोंवाला दल निकटतर आता जा रहा था। अब उनकी हर्ष-ध्वनियाँ भी सुन पड़ने लगी थीं।

"राक्षस, राक्षस," निकुम्भ एक बार फिर व्यग्र स्वर में फुसफुसाया।

"चलो, हम थोड़ा पीछे लौट चलें।" उद्धव ने कहा।

"तुम नहीं जा सकते। वे तुम्हें पकड़ लेंगे।" निकुम्भ ने कहा। और निकट आती हुई ध्वनियाँ सहसा शान्त हो गईं। ऐसा लगा, जैसे हर्ष-ध्वनियों को वे लोग अपने गले में दबाए जा रहे हों। क्षण-भर के लिए जंगल में निस्तब्धता छा गई–केवल वायु की सनसनाहट और मेंढकों का टर्राना सुनाई देता रहा।

"उन्हें तुम्हारी गन्ध मिल गई है।" निकुम्भ ने फुसफुसाकर कहा, "वे तुम्हें

पकड़ लेंगे।"

शीघ्र ही एक दूसरी दिशा से उनकी ओर लगातार बढ़ती आ रही चरमराहट की ध्वनि सुनाई पड़ी। निकुम्भ ने ठीक कहा था। राक्षसों को उनकी गन्ध मिल गई थी और वे घेरा बनाकर उनकी ओर बढ़ रहे थे।

उद्धव ने दाँत भींच लिए। निर्णायक क्षण आ पहुँचा था। अपने-आप उनके हाथ तूणीर पर चले गए। निकुम्भ ने उन्हें रोक दिया। "वे तुम्हें खा जाएँगे।" उसने फुसफुसाकर कहा। एक बहुत लम्बे और मोटी डालियोंवाले वृक्ष की ओर संकेत करके वह बोला, "इस वृक्ष पर चढ़ जाओ।"

सावधान पगों से दबनेवाली टहनियों के चरमराने की ध्वनि निकट आ रही थी। शान्त रात्रि में लोगों के श्वास-प्रश्वास की ध्वनि तक सुन पड़ने लगी थी। जो अनजानी और अदृश्य मृत्यु उन्हें घेरे आ रही थी, वह भयानक थी।

"चढ़ जाओ," निकुम्भ ने हठपूर्वक कहा, "चाहे जो भी हो जाए, नीचे न उतरना। वे तुम्हें खा जाएँगे।"

एक अद्‌भुत, भयानक चीख से निस्तब्धता भंग हो गई, जैसे वह किसी दैत्याकार पक्षी की चीख हो। निकुम्भ अधिक प्रतीक्षा न कर सका। किसी जंगली पशु की चपलता के साथ वह चारों हाथ-पैरों के बल झाड़ियों में घुस गया और कुछ दूरी पर उगी लम्बी घास के भीतर अदृश्य हो गया।

क्षण-भर के लिए उद्धव ने सोचा कि निकुम्भ उन्हें मृत्यु के मुख में फँसा गया है। किन्तु राक्षस-बालक में इतनी ममता थी कि इस बात पर विश्वास करना कठिन था कि वह ऐसी दुष्टता कर सकता है। अतः उन्होंने उसका परामर्श मान लेने का निश्चय किया और अपने हाथों को खाली रखने के लिए धनुष के दण्ड को पीठ पर बाँध लिया और वे पेड़ पर चढ़ने लगे।

ठीक समय पर वे ऊपर चढ़े थे। अभी वे ऊपर की डालियों पर पहुँचे ही थे कि उन्होंने कुछ छाया-मूर्तियों को चुपके-चुपके वृक्ष की ओर बढ़ते और उसके नीचे रुकते देखा। एक भयानक चीत्कार से वन की निस्तब्धता भंग हो गई। यह किसी जानवर की चीख नहीं थी, पिशाच की थी। भय से उद्धव सिहर उठे। जिस डाल से वे चिपके हुए थे, उसको वे अपने-आप ही छोड़ने जा रहे थे कि उन्हें निकुम्भ का परामर्श स्मरण हो आया : 'चाहे जो भी हो, वृक्ष से नीचे न उतरना।' वे पूरी शक्ति लगाकर एक सुदृढ़ डाल से चिपक गए।

वह चौदह या पन्द्रह राक्षसों का दल था, जो कुछ बन्दियों को लिए जा रहा था। चन्द्रमा के स्पष्ट प्रकाश में उद्धव ने देखा कि उनमें से अधिकांश ने भाले ले रखे थे, जबकि एक-दो के हाथों में फरसे भी थे।

वृक्ष के नीचे खड़े होकर राक्षसों ने भयानक रूप से चीत्कार करना आरम्भ कर

दिया; उनमें से कुछ तो तने के चारों ओर उन्मत्त नृत्य भी करने लगे। वे उद्धव को डराने का प्रयास कर रहे थे, जिससे वह डाल उनके हाथ से छूट जाए, जिससे वे चिपके हुए थे।

कुछ समय के बाद राक्षसों ने उनको डराने का प्रयत्न करना बन्द कर दिया। वे विश्राम करने के लिए वृक्ष के नीचे लेट गए। बन्दीगण जिस रस्सी से बँधे हुए थे, उसका एक सिरा किसी-न-किसी राक्षस ने अपने पैर से बाँध लिया था, जिससे कि वे अभागे लोग राक्षसों को जगाए बिना हिल-डुल तक न सकें।

मृत्यु से भयभीत न होने का निश्चय करके उद्धव प्राण-पण से वृक्ष की डाल से चिपटे रहे। जब उन्होंने देखा कि सभी राक्षस सो गए हैं तो बड़ी सावधानी से उन्होंने एक और ऊँची डाल पर चढ़ना आरम्भ किया, किन्तु तनिक-सी भी आहट होने पर कोई-न-कोई राक्षस जाग जाता और अत्यन्त भयानक रूप से चीत्कार करने लगता था।

जब वे एक और ऊँची डाल पर पहुँच गए तो उन्हें असावधानी अथवा भय से गिर न पड़ने का एक ही उपाय दीख पड़ा। उन्होंने अपनी कमर का दुपट्टा खोलकर अपने को एक दूसरी डाल से बाँध लिया।

सवेरे का तारा उग आया। एक डाल किसी तरह टूट गई। तत्काल राक्षस जाग उठे और उन्हें डराकर नीचे गिराने के लिए लगातार चीखते-चिल्लाते वृक्ष का चक्कर लगाने लगे। अन्ततः जब उन लोगों ने देखा कि वे डरकर नीचे नहीं गिरेंगे तो उनमें से दो ने वृक्ष पर चढ़ने का प्रयत्न किया। उद्धव के तूणीर में जो चार बाण बच रहे थे, उनमें से एक निकालकर उन्होंने एक राक्षस पर चलाया। बाण निशाने पर लगा। दयनीय रूप से चीखता हुआ राक्षस नीचे गिर पड़ा। उसके घाव से रक्त प्रवाहित होने लगा। दूसरा राक्षस वृक्ष से फिसलकर नीचे जा गिरा।

पौ फटने लगी। राक्षस आपस में कनफुसकियाँ करने लगे। ऐसा प्रतीत हुआ, जैसे उन्होंने उद्धव को भयभीत करने का विचार त्याग दिया है। राक्षसों में से चार रखवाली के लिए वृक्ष के नीचे बैठे रहे और शेष राक्षस बन्दियों को लेकर जंगल में एक खुले भाग में चले गए।

अब, सबेरे के प्रकाश में उद्धव उनके डरावने चेहरों को भलीभाँति देख सकते थे। उनके तेज और नुकीले दाँत मुँह से बाहर निकले हुए थे, होंठों पर लटकी लकड़ी की लाल खपच्चियों से उनकी रक्तलोलुपता प्रकट हो रही थी, उनकी नाक के दोनों ओर तथा गालों पर लगाए गए पंख, उन्हें रहस्यपूर्ण बना रहे थे। उनके सिरों पर लम्बे-लम्बे पंख बँधे हुए थे और उनका चेहरा लाल तथा सफेद रंग से रँगा हुआ था। निकुम्भ के समान ही उनके नख काले और मुड़े हुए थे, किन्तु अधिक नुकीले थे। वे बिल्कुल नग्न थे और उन्होंने हड्डियों की मालाएँ पहन रखी

थीं। उनके भालों और फरसों की नोंक पत्थर की थी।

कुछ राक्षसों ने बन्दियों को एक वृक्ष से बाँधकर उन्हें भोजन दिया और उसे खाने के लिए विवश किया, अन्यथा वे इतने भयभीत थे कि खाना उनके लिए सम्भव न था। अन्य राक्षसों ने सूखी लकड़ियाँ एकत्रित कीं और खुले मैदान में ढेर में आग लगा दी। उन्होंने आग पर बड़े-बड़े पत्थर रख दिए और उसके चारों ओर नाचना आरम्भ कर दिया। पत्थर जब तपकर लाल हो गए तो वे भालों से उनको डराते हुए पत्थरों की ओर ले गए, उन्होंने उनको भूमि पर बैठाया और उनके शरीरों से वृक्षों की डालियाँ बाँध दीं।

इसके बाद उन्होंने चुनौती-भरा युद्ध-घोष किया और उन बन्दियों के चारों ओर नाचना आरम्भ किया, जिन्हें कुछ देर बाद तपे हुए पत्थरों पर बैठा दिया गया था। राक्षसों ने उन पर मिट्टी फेंकते हुए अपना काम चालू रखा, यद्यपि उनकी करुण चीत्कारों से आकाश गूँजने लगा था।

बन्दियों की चीत्कार कराह में बदली, फिर पीड़ा की धीमी रिरियाहट में डूबी और तब बिल्कुल शान्त हो गई।

सम्मोहित-से उद्धव अग्नि के चतुर्दिक् होनेवाले इस अनुष्ठान को देखते रहे। उन्हें न तो भूख-प्यास थी, न इसी बात का पता रहा कि समय कैसे बीत रहा है। जिस आग में दो बन्दी भूने जा रहे थे और जिनकी चीखें हवा में तैर रही थीं, राक्षस उसके चौगिर्द नाचते रहे।

आकाश में सूर्य ढल चला था। उद्धव की सारी आशाएँ छूट गईं। वे सदा-सर्वदा वृक्ष की चोटी पर नहीं बैठे रह सकते थे। कभी-न-कभी वे वहाँ से गिर पड़ेंगे और आग में भून दिए जाएँगे।

जब दोनों बन्दियों के शरीर पूरी तरह से पक गए तो उन्हें आग में से निकाल लिया गया–अब भी वे बैठी हुई मुद्रा में ही थे। उनके चेहरों पर कालिख पोतने के बाद उन्हें खुले मैदान के एक ओरवाले पत्थरों के मन्दिर में ले जाया गया और आनुष्ठानिक बलि के रूप में अर्पित कर दिया गया।

नायक अथवा पुरोहित जान पड़नेवाले दो राक्षसों ने सारी विधियाँ पूरी कीं।

बलि चढ़ाने के बाद राक्षसों ने पुनः उन्मत्त आनन्द के साथ नाचना और नगाड़ों की ध्वनि के साथ चिल्लाना तथा अपने भाले और फरसे भाँजना आरम्भ कर दिया। दोनों पुरोहित बाँस की तीखी धारवाली खपच्चियों से शरीर के हिस्से करने में जुट गए और जब नृत्य समाप्त हो गया तो उन्होंने पूजा करनेवालों के बीच मांस के टुकड़े बाँट दिए। वे सब स्वाद ले-लेकर खाने लगे।

उद्धव ने साँस रोके सिहरते हुए इस भयानक अनुष्ठान को देखा।

जब भोजन समाप्त हुआ तो रात आधी से अधिक बीत चुकी थी। राक्षस एक

के बाद एक सोने लगे। छककर अनुष्ठान का भोजन करने के बाद, जब वे सभी गहरी नींद में सो गए तो प्रायः सवेरा हो चला था।

राजा वृकोदर

गरिष्ठ भोजन से शिथिल तथा अनवरत नृत्य से थके राक्षसों में से कुछ खर्राटे भरते, कुछ खुले मुँह से साँस लेते तथा कुछ अन्य बेचैनी से भूमि पर लोटते हुए, सो रहे थे।

वृक्ष की एक ऊँची डाल से चिपटे तथा एक दूसरी डाल से अपने को बाँधे हुए उद्धव को चक्कर-सा आने लगा। भूख, प्यास, देखे हुए वीभत्स दृश्य, जलते मानवमांस की उत्कट गन्ध–स्थितप्रज्ञ के साहस के साथ वे अब तक यह सब झेल आए थे। अब उन सभी की सम्मिलित प्रतिक्रिया हुई। वे निराशा से भर उठे। अपने मन पर उनकी पकड़ ढीली होने लगी। जिजीविषा के अभाव में उन्हें लगा कि वृक्ष पर उनकी पकड़ ढीली पड़ जाएगी और वे भूमि पर गिर पड़ेंगे।

प्रतिरोध की उनकी शक्ति चुक रही थी। उसे बनाए रखने के लिए, वे गुनगुनाने लगे :

श्रीकृष्ण गोविन्द हरे मुरारे।
हे नाथ नारायण वासुदेव।।

किन्तु अब वे माता देवकी का यह प्रिय भजन दुहरा भी नहीं पा रहे थे। प्रातःकालीन वायु उन्हें बड़ी स्फूर्तिदायक लगी। उन्हें झपकी आने लगी। नीचे गिर पड़ने के भय से बीच-बीच में उनकी आँखें खुल जाती थीं।

उद्धव अर्धजाग्रत, अर्धनिद्रित अवस्था में बैठे थे। उनकी आँखों के सामने एक के बाद एक चित्र उभरने लगे...राधा के लिए वंशी बजाते हुए कृष्ण आते हैं... क्रुद्ध शैव्या आग-बबूला होकर उन्हें कोसती खड़ी हैं...उनकी माता कंसा उनसे झल्लाकर मुँह फेर लेती हैं...मधुर मुस्कराहट और सजीव कोमलता के साथ उनकी ओर देखती हुई जुड़वाँ राजकुमारियाँ भी कभी-कभी आ जाती हैं। और थोड़ी-थोड़ी देर के बाद वे चौंककर जाग उठते और डाल को ठीक से पकड़ लेते और जिस वृक्ष पर वे बैठे थे उसके नीचे, जमीन पर, बेसुध सोए राक्षसों पर एक उड़ती नजर डाल लेते थे।

इस समय उनका मन अस्थिर हो उठा था। कभी-न-कभी वे वृक्ष से गिर जाएँगे, जीवित पका दिए जाएँगे और राक्षस उनको खा जाएँगे...उनके बिना कृष्ण निश्चित

रूप से अकेले पड़ जाएँगे, उनके अतिरिक्त और कौन है, जो उनके मन की बात पहले ही जान ले?...उनकी मृत्यु का संवाद सुनकर बेचारी जुड़वाँ राजकुमारियाँ क्या करेंगी? सम्भवतः वे गंगा में डूबकर आत्म-विसर्जन कर दें।...

अपने चारों ओर फैले प्रखर सूर्यालोक से कुछ देर के लिए उन्हें ताजगी का अनुभव हुआ। उन्होंने सबेरे की ताजी हवा में साँस लेने के लिए मुँह खोला। उन्होंने वृक्ष की कुछ हरी पत्तियाँ खा लीं, जिससे उनके मुँह का स्वाद बिगड़ गया। पिछली दो रातों और एक दिन से वे इस वृक्ष से चिपके हुए थे।

वे थक गए थे–सहन-शक्ति की सीमा से अधिक...किसी युद्ध में वीरगति प्राप्त करना उन्हें अच्छा लगता। वैसी स्थिति में उन्होंने किसी अच्छे काम के लिए आत्मबलिदान किया होता। किन्तु अब उनके सम्मुख एक ही भविष्य था–पके फल की तरह भूमि पर गिर जाना, जीवित पकाया जाना और राक्षसों के द्वारा खा लिया जाना...।

उनकी समस्त उच्चाकांक्षाओं का ऐसा गर्हित अन्त हो रहा था...रह-रहकर उन्हें झपकी आ जाती अथवा अत्यधिक थकावट से अचेत-से हो जाते...उन्होंने सोचा, जीवन की सारी आशाएँ समाप्त हो गईं...

उनके अंग-प्रत्यंग में पीड़ा होने लगी। उनकी इच्छा हुई कि शीघ्र अपना अन्त कर देने के लिए वे स्वतः ही वृक्ष से गिर जाएँ। यह यन्त्रणा अब उनसे सही नहीं जा रही थी।

अब मध्याह्न हो आया था। सूर्य की प्रखर किरणें पत्तों को भेदकर उद्धव तक पहुँच रही थीं। उनका गला सूख रहा था। जीभ तालू से चिपक रही थी। सारा शरीर जला जा रहा था। जल के अभाव में वे तड़प रहे थे।

उन्होंने फिर कृष्ण की प्रार्थना की–उन्होंने सोचा, यह उनकी अन्तिम प्रार्थना है, विदा होंगे फिर :

श्रीकृष्ण गोविन्द हरे मुरारे।
हे नाथ नारायण वासुदेव।।

"...मेरे कृष्ण, मुझे सन्तोष केवल इस बात का है कि मैं तुम्हारे आदेश का पालन करता हुआ मृत्यु का वरण कर रहा हूँ। हाँ, तुम्हारी इच्छा सर्वदा मेरे लिए आदेश रही है और आजीवन मैं उसका पालन करता आया हूँ। कृष्ण, मैं अपने जीवन के अन्तिम क्षणों में तुम्हारा ही स्मरण करता रहा हूँ, किसी और का नहीं, जैसा मैंने आजीवन किया है। किन्तु तुम इसे कैसे जान पाओगे..."

उद्धव को नींद आ गई।

जब वे जागे तो शाम हो चुकी थी। राक्षस अब भी गहरी नींद में सोए हुए

थे—उनमें से दो-एक थोड़ी देर के लिए निकट स्थित सोते से जल पीने के लिए गए थे और लौटकर फिर सो गए थे...

जंगल में चंचलता व्याप्त हो गई। पक्षी चहचहा रहे थे। किन्तु शीघ्र ही, चन्द्रमा के उदित होने पर चारों ओर निस्तब्धता छा गई। जिस वृक्ष पर उद्धव बैठे थे, उस पर चन्द्र-किरणों का तरल सौन्दर्य बिछ गया। कुछ राक्षस जागकर इधर-उधर गए और लौटकर फिर सो गए।

उद्धव अब किसी तरह अपने को नहीं सँभाल पा रहे थे। भूख, प्यास और थकान से वे निढाल हो रहे थे। उनके अंग अकड़ गए थे। उनका माथा फटा जा रहा था। उनकी मृत्यु का क्षण निकट आ रहा था...

सोना अब उनके लिए असम्भव हो गया था। उन्होंने सुन्दर शुभ्र-ज्योत्स्ना की ओर देखा, जिसकी रजताभा से तरु-शिखर आच्छादित थे तथा जो भूमि पर और सोए हुए राक्षसों के शरीरों पर आकर्षक आकृतियाँ बना रही थीं।

उन्होंने सोचा कि कितनी विचित्र बात है कि वे इस प्रकार मृत्यु की ओर बढ़ रहे हैं। पहले कदाचित् किसी अन्य आर्य को ऐसे भवितव्य का सामना न करना पड़ा होगा।

उन्हें अपने-आप पर हँसी आई। कच ने शुक्राचार्य को खा लिया था और संजीवनी के प्रभाव से वे उनके पेट से भले-चंगे निकल आए थे। किन्तु जब उन्हें खा लिया जाएगा तो कोई उन्हें वापस नहीं बुलाएगा। उन्होंने सोचा, कितना अच्छा होता यदि वे शुक्राचार्य का संजीवनी मन्त्र जानते होते, जिससे राक्षसों का पेट फाड़कर जीवित निकल आते। किन्तु उनके ऐसे भाग्य कहाँ थे।

उद्धव की आँखों के आगे एक चित्र उभर आया। उन्हें पता नहीं लग रहा था कि वे जाग रहे हैं या सोए हुए हैं। उन्हें जुड़वाँ राजकुमारियों का स्वर सुन पड़ा : 'उद्धव को राक्षसों ने खा लिया है।'...नहीं, यह सत्य नहीं है। वे अब भी वृक्ष पर बैठे हुए हैं...किन्तु इसमें सन्देह नहीं कि शीघ्र ही उन्हें खा लिया जाएगा।

सहसा उनके अर्धचेतस मन में ये शब्द गूँज उठे : 'मेरे जीवित रहते उद्धव नहीं मर सकता।' यह उनका प्रिय स्वर था—शक्ति का स्वर। उद्धव ने अपने को झकझोरकर जगाया। क्या सचमुच उन्होंने वह स्वर सुना है? अथवा उनकी चेतना ने उनके साथ खिलवाड़ किया था...

अडिग नियति की घोषणा करनेवाले वे शब्द जिस स्वर में या जिस ढंग से कहे गए थे, उसे पहचानने में भूल नहीं हो सकती थी।

गहरे नीले रंग का चेहरा उनके सामने था। उसकी आँखों में स्नेहपूर्ण आश्वासन की चमक थी। घुँघराले केशों तथा मोरपंखी मुकुटवाला मस्तक अगाध कोमलता से उनकी ओर झुका हुआ था।

क्षण-भर के लिए उनकी निराशा जाती रही। उनके हृदय में आशा का संचार हुआ...

वे इस तरह मुस्कराए जैसे कृष्ण उनके सामने हों–वह मुस्कराहट प्रीति, एकनिष्ठ भक्ति और समर्पण की थी–'प्रभु, मैं तुम्हारा हूँ। यदि मैं मर भी जाऊँ तो तुम्हारे आदेश का पालन करता हुआ मरूँगा और मेरे अधरों पर तुम्हारा नाम होगा।'

वे फिर चौंक उठे...उसी भंगिमा में, वही स्वर एक बार फिर वायु-तरंगों पर तिर आया। 'मेरे जीवित रहते उद्धव नहीं मर सकता।'...वे मुस्कराए। उनकी कल्पना उनसे आँख-मिचौनी कर रही थी। उन्होंने वह प्यारा स्वर एक बार फिर सुना था। उसे सुनकर मरने में भी उन्हें प्रसन्नता थी।

जैसे-जैसे सवेरा होने लगा, राक्षस उठकर जँभाइयाँ लेने लगे और अँगड़ाई लेकर अपने शरीर को गतिशील बनाने लगे।

थोड़ी देर में सारे राक्षस जाग गए और जिस वृक्ष पर वे बैठे थे उसके चतुर्दिक् घूमकर उनको नीचे गिराने के लिए चीख-चिल्लाकर और तरह-तरह के मुँह बनाकर डराने लगे। उद्धव ने सोचा कि अब कुछ ही क्षणों की बात है, क्योंकि अब उनमें पिछले दिनों जैसी शक्ति नहीं रह गई थी। किसी क्षण वे गिर सकते हैं।

राक्षस वृक्ष के चारों ओर नाचते हुए शोर-गुल और चीख-पुकार करने लगे। कुछ राक्षस जंगल से सूखी टहनियाँ चुन लाए और वृक्ष के चारों ओर उनका ढेर लगा दिया। स्पष्टतः वे उनको भूमि पर ले आने के लिए आग जलाने जा रहे थे।

राक्षसों ने आग जला दी। धुएँ से, वृक्ष पर बैठे हुए उद्धव का दम घुटने लगा।

'हे कृष्ण, जीवन और मरण में मैं तुम्हारा हूँ। मुझे कभी भूलना मत।' थकावट से चूर उद्धव बुदबुदाए। उन्होंने वृक्ष का आधार छोड़कर आग में कूद पड़ने का निश्चय किया।

किन्तु उनका निश्चय दृढ़ हो इससे पहले ही सहसा वन की स्वाभाविक ध्वनियों से अलग एक दूसरी ध्वनि उन्होंने सुनी, या सुनने से अधिक उन्होंने उसका अनुभव किया। यह वैसी ही ध्वनि थी, जैसी राक्षसों के आने के समय उन्होंने पहले सुनी थी। स्पष्ट था कि राक्षसों का कोई दूसरा दल आ रहा था। जो राक्षस वृक्ष के चारों ओर बैठकर आग में लकड़ियाँ डाल रहे थे, उन्होंने भी कान खड़े किए। वे भयभीत होकर एक-दूसरे की ओर देखने लगे, क्योंकि वह ध्वनि उन्होंने भी सुन ली थी।

अचानक जोर-जोर से नगाड़े पीटने की आवाज सुन पड़ी। इसके बाद किसी क्रुद्ध सिंह की दहाड़-जैसी एक भयानक ध्वनि सुन पड़ी, जिससे सारा जंगल गूँज उठा। जिन राक्षसों ने वृक्ष को घेर रखा था वे सम्भवतः इसका अभिप्राय समझते

थे, क्योंकि तत्काल वे सिर पर पैर रखकर वहाँ से भाग खड़े हुए।

मैदान के एक ओर से एक विशाल राक्षस आगे बढ़ा। उद्धव ने अब तक जितने लोगों को देखा था, यह उन सबसे अधिक लम्बा, अधिक हट्टा-कट्टा और अधिक भारी-भरकम था। उसकी लम्बी और काली दाढ़ी छाती तक लटक रही थी। पंखों के एक लबादे से उसका शरीर ढका हुआ था। एक ऐसी विशाल गदा उसके कन्धे पर पड़ी थी, जैसे जड़ से उखाड़ा हुआ कोई वृक्ष हो।

उद्धव को हृदय की धड़कन रुकती-सी जान पड़ी। एक संकट से छुटकारा पाकर, वे दूसरे में फँस गए थे। स्पष्टतः पहले जिन राक्षसों का उन्हें सामना करना पड़ा था, यह उनसे अधिक नृशंस जाति के राक्षसों का राजा-जैसा लग रहा था। जो हो, दोनों में एक भिन्नता भी थी। अन्य राक्षसों की भाँति इसने भी अपने शरीर को लाल और सफेद रंगों से कुछ अधिक भड़कीले ढंग से रँग रखा था, किन्तु इसकी नाक में न तो पंख लगे थे, न दाँतों में बाँस की खपच्चियाँ थीं। इसकी चाल भी अन्य राक्षसों की तरह पशुओं के समान नहीं थी।

राक्षस-प्रमुख मैदान के बीचोंबीच रुक गया और उसने एक बार फिर वज्रनिर्घोष की तरह गर्जन किया, जिसे सुनकर उसके अनुचर, जो सामान्य राक्षसों जैसे ही थे, दौड़ते हुए झाड़ियों से बाहर निकल आए।

प्रमुख ने हवा को सूँघा और किसी को खोज निकालने की आशा से चारों ओर देखा। पास की एक झाड़ी से एक राक्षस-बालक चारों हाथ-पैरों के बल आगे बढ़ा। उद्धव ने उसे पहचान लिया। वह निकुम्भ था। बालक उठ खड़ा हुआ और उसने प्रमुख का हाथ खींचकर वृक्ष पर बैठे हुए उद्धव की ओर संकेत किया।

प्रमुख ने ऊपर की ओर देखा। उद्धव ने सोचा कि इस विशाल शरीर, बलवान कन्धों और खम्भों-जैसी गर्दन से वे विचित्र रूप से परिचित हैं, यद्यपि इस राक्षस को उन्होंने पहले कभी नहीं देखा।

उद्धव को पहचानकर प्रमुख के चेहरे पर एक चौड़ी-सी मुस्कान खिल आई–एक ऐसी मुस्कान, जिससे वे भलीभाँति परिचित थे। उसने हँसते हुए पुकारा : "उद्धव! नीचे उतर आ। अरे बन्दर, तू वहाँ क्या कर रहा है?" ये शब्द शुद्ध उच्चारण के साथ देवभाषा में कहे गए थे, जो उद्धव की बड़ी प्रिय भाषा थी। उनका हृदय प्रसन्नता से उछल पड़ा।

"वृक्ष से नीचे उतर आ। बन्दर की तरह वहाँ बैठा न रह।" उसी गम्भीर और हार्दिक स्वर ने फिर दुहराया, "यदि उतर न सके तो कूद पड़। मैं तुझे लपक लूँगा। कायर न बन। मैं तुझे खा नहीं जाऊँगा।"

जिस चादर से उद्धव ने वृक्ष से अपने को बाँध रखा था, उसे खोलकर वे इन शब्दों के साथ नीचे कूद पड़े : "हे कृष्ण, तुमने अपना वचन निभाया।"

भीम ने उद्धव को अपने हाथों में झेल लिया, फिर उन्हें ऊपर उठाकर हँसते हुए कहा, "तुझे बचाने तो राजा वृकोदर आया है और तू कृष्ण के प्रति कृतज्ञता प्रकट कर रहा है? कृतघ्न! मेरा भाग्य ही ऐसा है!"

भावावेग और अत्यधिक थकावट के वशीभूत होकर उद्धव अपने महाबली फुफेरे भाई की बाँहों में अचेत हो गए।

राजा वृकोदर को पत्नी-लाभ

जब उद्धव की चेतना लौटी तो वे भूख और प्यास से निढाल हो रहे थे। वे खड़े भी नहीं रह पा रहे थे। उनके पाँव काँप रहे थे। भीम उन्हें सहारा देकर पास ही बह रहे एक सोते के निकट ले गए, जहाँ अधीरता से झुककर उन्होंने अपनी प्यास बुझाई।

इसी बीच निकुम्भ कुछ फल ले आया था, जिसे उन्होंने खा लिया। "अब तुम लेटे रहो और सो जाओ।" भीम ने आदेश दिया, "इसी बीच मैं इन राक्षसों से निबट लूँ।"

उद्धव तत्काल गहरी नींद सो गए। जब वे जागे तो उन्होंने देखा कि जिन राक्षसों ने मानव-मांस खाया था और जिनमें से कुछ निकट की झाड़ियों में पकड़े गए थे, भीम उनको उल्टा लटकाने में व्यस्त हैं। उन्हें लटकाकर ही भीम को सन्तोष नहीं हुआ। वे उनके सामने खड़े होकर अट्टहास करते रहे और जब वे निगला भोजन उगलने लगे तो उनकी दुर्दशा का आनन्द लेते रहे।

जब उद्धव उनके निकट गए तो भीम ने उनकी ओर पलटकर हँसते हुए कहा, "ये राक्षस हमारे मांस के स्वाद का लोभ कभी नहीं छोड़ सकते। मैं इनका सारा खाया-पिया निकलवा रहा हूँ।"

बीती रात के दुःस्वप्न-जैसे अनुभव की स्मृति से उद्धव सिहर उठे।

जब पकड़े गए सभी राक्षसों को दण्ड दिया जा चुका और उनकी निगरानी के लिए पहरेदार नियुक्त कर दिए गए तो भीम उद्धव को लेकर वन के भीतरी भाग में गए। निकुम्भ उद्धव के साथ बना रहा। वह उसी प्रकार उनका हाथ पकड़े रहा, जैसे पहली बार राक्षसावर्त में प्रवेश करने पर पकड़े हुए था।

जब उद्धव को अपनी खोई हुई शक्ति फिर प्राप्त हुई तो उन्होंने भीम में हुए विचित्र परिवर्तन को ध्यान से देखा।

"मुझे ऐसे न देखो जैसे पहले तुमने मुझे देखा ही न हो। उद्धव, तुम सदा मूर्ख ही रहे। यदि तुम मेरे पास आना चाहते थे तो तुमने निकुम्भ से सन्देश क्यों नहीं भेज दिया? मैं स्वयं तुम्हें लेने के लिए आ जाता।" भीम ने कहा।

"किन्तु मैं यह कैसे जानता कि तुम इन नर-भक्षियों के राजा हो?" उद्धव ने मुँह बिगाड़कर कहा, "और जान पड़ता है कि यह तुम्हें अच्छा भी लग रहा है।"

"सचमुच मुझे बहुत अच्छा लगता है।" भीम ने कहा, "हस्तिनापुर में उस धूर्त शकुनि और उसके भांजे से लड़ते रहने की अपेक्षा इनका राजा होना कहीं अच्छा है। यहाँ तुम अपनी स्थिति जानते हो। तुम लड़ सकते हो, तुम मार सकते हो, तुम मारे भी जा सकते हो। यदि तुम जीवित रहते हो तो अपनी इच्छा के अनुसार जीवन-यापन कर सकते हो।"

"किन्तु तुम यहाँ कैसे आ पहुँचे? फूफी कुन्ती कहाँ है? अन्य भाई कहाँ हैं?" उद्धव ने पूछा।

"अरे, वे सभी सुरक्षित हैं। मैं अभी तुमको उन लोगों के पास ले चलता हूँ। यदि हमारे पहुँचने से पहले उन्हें राक्षसों ने खा न लिया होगा तो उनसे भेंट हो जाएगी।" भीम ने दबी हँसी हँसते हुए कहा, "यह सब मेरा किया-धरा है।" जैसे यह कोई बड़े विनोद की बात हो, फिर बोले, "पता नहीं पाँचों भाइयों में से मुझे ही यह सब क्यों होता है।"

"कृष्ण के साथ हम सभी लोग तुम भाइयों के सम्बन्ध में बहुत चिन्तित थे।" उद्धव ने कहा।

"मेरे रहते उन लोगों को कुछ नहीं हो सकता।" भीम ने किसी उपद्रवी बालक की तरह डींग मारते हुए कहा, "विदुर चाचा ने हम लोगों से कहा था कि हम तभी सुरक्षित रह सकते हैं, जब हस्तिनापुर में लोग हमें मरा हुआ समझें। अतः जब तुम वारणावत से चले गए तो एक भिखारिन और उसके पाँच लड़के हमारे यहाँ आकर ठहरे। इससे हमें सुयोग मिल गया। हमने महल में आग लगा दी और उस सुरंग से बाहर निकल गए, जिसे विदुर चाचा के कारीगर ने बनाया था। विदुर चाचा की ही कृपा से एक यन्त्र-चालित नौका हमारी प्रतीक्षा कर रही थी। शीघ्र ही हम नदी के पार पहुँच गए। हमें कहीं पहचान न लिया जाए, इस विचार से एकचक्रा से होते हुए हम वन-प्रदेश की ओर बढ़ चले। अरे, बड़ा आनन्द आया!"

"तुम लोग इस भयंकर प्रदेश में क्यों आए?" उद्धव ने पूछा।

"अरे, वह तो दूसरी ही कहानी है। किन्तु तुम इसे भयंकर प्रदेश मत कहो। यह मेरा राज्य है; मैं इसका राजा हूँ—राजा वृकोदर।" भीम ने अपनी छाती ठोंकते हुए कहा, "मार्ग में हमें कुछ नाग-ग्रामों से होकर जाना पड़ा। गाँववाले हम लोगों से इतने भयभीत हो गए कि हमने सोचा, हमारी उपस्थिति की सूचना वे अपने नायकों को देंगे और वे आकर हम लोगों को पहचान लेंगे। तुम तो जानते ही हो उद्धव, हमारा परिवार ऐसा विचित्र है कि हमें न पहचानना ही कठिन है—एक वृद्धा जो चल नहीं पाती, एक दैत्याकार व्यक्ति जो दहाड़ सकता है और अन्य

चार–एक बुद्धिमान, एक ठाट-बाटवाला, एक अनाड़ी और एक सदा तारों पर दृष्टि गड़ाए रहनेवाला–जिनमें से कोई भी अपने-आपको छिपा नहीं सकता। इसलिए मैं उनको घने जंगलों में ले आया।" उन्होंने हँसते हुए अपनी माता और भाइयों का विलक्षण परिचय दिया।

"कुन्ती बुआ के लिए वन-मार्ग पर चलना बड़ा कठिन हुआ होगा!" उद्धव ने कहा।

"अरे, मैंने उन्हें चलने ही कब दिया?" भीम बोले, "उनके तलवे तो कमलपत्रों जैसे कोमल हैं। सारे रास्ते मैं उन्हें उठाकर ले गया–कभी-कभी दूसरों को भी ले गया। वे सभी अपने को बड़ा चतुर समझते हैं, किन्तु मेरे बिना वे एक पल भी नहीं टिक सकते। जब कभी कोई कठिनाई सामने आती है, वे सभी असहाय बच्चों की तरह मेरा मुँह जोहने लगते हैं।" भीम ने गर्व से हँसते हुए कहा।

"किन्तु तुम राक्षसों के राजा कैसे बन गए?" उद्धव ने पूछा।

"बस इसीलिए कि मैं उनका राजा होने के योग्य था।" भीम ने गर्वसहित कहा, "वह महान् घटना थी। हमारे पूर्वज चक्रवर्ती भरत भी उस खतरे के सामने न टिक पाते। सुनो, दो दिनों तक हम लोग घने जंगलों में धँसते चले गए। हम वृक्षों के नीचे सोते और जंगली फल खाकर निर्वाह करते। तभी हिडिम्ब आया।"

"हिडिम्ब कौन?" उद्धव ने पूछा।

"तुम नहीं जानते? वह राक्षसों का राजा था। वह अपने अनुचरों के साथ जंगल से होकर जा रहा था, तभी उसे हमारी गन्ध मिली! तुम्हें पता है, वे एक योजन दूर से मनुष्य की गन्ध पा जाते हैं।" भीम ने कहा।

"मैं ही न जानूँगा।" उद्धव बोले।

"तब वे घेरा बनाकर दबे-पाँव हमारी ओर बढ़ने लगे।" भीम ने कहा।

"अपने कटु अनुभव से मुझे उनकी इस प्रणाली का भी ज्ञान है।" उद्धव ने बताया।

"हम भाइयों के पास डण्डे को छोड़कर दूसरा कोई अस्त्र न था। इसलिए मैंने माता के साथ भाइयों को पीछे छोड़ दिया और कहा कि उनकी रखवाली करें। फिर मैं हिडिम्ब की ओर कुछ पग आगे बढ़ा। वह मेरे सामने था। इतना भयानक, जितना कभी ही कोई राक्षस हुआ होगा। वह अपनी पूरी शक्ति से निरन्तर चीत्कार कर रहा था। उसने गर्जन किया। उत्तर में मैंने भी गर्जन किया। माता अचेत हो गईं और उन्हें होश में लाने के लिए सहदेव को अपने समस्त चमत्कारों का उपयोग करना पड़ा। फिर हिडिम्ब और उसके अनुचरों ने मुझे देखकर चीत्कार किया। मैंने उससे भी विकट चीत्कार से उसका उत्तर दिया। उद्धव, तुमने मेरा गर्जन कभी नहीं सुना। मेरा विकराल गर्जन सुनकर सिंह भी भयभीत हो जाते हैं।" अपने ममेरे

भाई की ओर देखते हुए भीम ने प्रसन्नतापूर्वक कहा।

"मैंने आज सबेरे ही तुम्हारा गर्जन सुना था। बड़ा भयानक था।" उद्धव ने कहा, "मैं स्वयं ही हतचेत् हो जा सकता था।...फिर तुम्हारा क्या हुआ?"

"वे चीत्कार-पर-चीत्कार करते रहे। मैं गर्जन-पर-गर्जन करता रहा। उन्हें मेरे निकट आने का साहस नहीं हो रहा था। उन लोगों ने मेरे जैसा मनुष्य कभी नहीं देखा था। फिर पत्थर की नोंकवाला अपना भाला मेरी ओर तानकर हिडिम्ब आगे बढ़ा। जब उसने मुझ पर भाला फेंका तो मैं छलाँग लगाकर उसे बचा गया। और वज्र-निर्घोष-सा गर्जन करता हुआ उसकी ओर दौड़ा। यह मैंने ऐसे आकस्मिक रूप से किया कि सामान्यतः दूसरों को डरानेवाले राक्षस स्वयं ही डर गए। वे कुछ पग पीछे हट गए।" भीम ने मुस्कराकर कहा। उनकी आँखें प्रसन्नता से चमक रही थीं।

"तुम इतना भयानक कैसे हो पाते हो?" उद्धव ने पूछा, "सामान्यतः तो तुम बड़े दयालु हो।"

"अरे उद्धव, तुम अपने भाई को नहीं जानते। यदि तुम लोगों को डराना चाहो तो यह काम मुझ पर छोड़ दो।...जब राक्षस पीछे हटे तो मुझे अवसर मिल गया। मेरे सामने, भूमि पर, एक विशाल चट्टान पड़ी थी, जिसे दस आदमी भी नहीं हिला सकते थे। मैंने उसे पूरी शक्ति से उठा लिया और हिडिम्ब की ओर फेंकी। चट्टान ने अपना काम किया। उसने राक्षस का माथा चूर कर दिया और वह भीषण चीत्कार करके भूमि पर गिर गया। वह बड़ा बलवान राक्षस था, लम्बा भी था, यद्यपि मेरे कन्धे तक ही पहुँचता था। किन्तु उसे मेरे विरुद्ध कुछ करने का अवसर ही नहीं मिला। अपना भाग्य सराहो कि तुम्हें मुझ-जैसा फुफेरा भाई मिला है।"

उद्धव की पीठ थपथपाते हुए भीम ने प्रसन्नतापूर्वक अपनी बात जारी रखी, "उसके अनुचर भयभीत होकर भागने लगे। मैंने उनमें से एक राक्षस को उसका पैर पकड़कर उठा लिया और उसे घुमाकर एक वृक्ष पर दे मारा। वे सब देखते रहे। और तब एक चमत्कार हुआ। शेष राक्षसों में अकस्मात् एक परिवर्तन हुआ। हिडिम्ब को वे चामत्कारिक शक्तिवाला राक्षस समझते थे। जब वह मारा गया तो वे स्तब्ध रह गए। उन्होंने अपने भाले और कुल्हाड़े भूमि पर डाल लिए और मेरे चरणों पर आ गिरे।" भीम ने विजय गर्व से हँसते हुए कहा।

"यह कैसे हुआ?"

"ये राक्षस बड़े विचित्र हैं। इनका विश्वास है कि उनके राजा में उनके महान् पूर्वज विरोचन की असीम शक्ति रहती है। ज्यों ही वे यह जान पाते हैं कि उसमें अजेय शक्ति नहीं रही, वह उनका राजा होने की योग्यता खो देता है। मैंने सुना है कि कभी-कभी तो ऐसा भी होता है कि जब यह पता चलता है कि उसने अपनी

शक्ति खो दी है तो राक्षस उसे जीतेजी पकाकर खा जाते हैं जिससे उसकी शक्ति उनमें आ जाए। अतः जब मैं उनके राजा से अधिक शक्तिशाली प्रमाणित हुआ तो वे मेरे प्रति निष्ठावान हो गए। उनके लिए मैं अधिक शक्तिशाली अजेय राक्षस था।" भीम ने कहा।

"तुमने उनके साथ क्या किया?" उद्धव ने पूछा।

"मैं उनके पास गया। मैंने उनमें से कुछ को ठोकर मारी, उनके भाले और कुल्हाड़े लेकर अपने भाइयों को दे दिए। फिर हमने उन्हें बाँधकर आदेश दिया कि वे हमें वहाँ ले चलें जहाँ हिडिम्ब रहता था।" भीम ने कहा।

"उन्होंने तुम्हारे आदेश का पालन किया?" उद्धव ने पूछा।

"केवल एक राक्षस ने मेरे साथ चाल चलनी चाही। मैंने उसे उठाकर आकाश में उछाल दिया। वह भूमि पर गिरकर चूर-चूर हो गया और मर गया।" भीम दबी हँसी हँसे। "उसके बाद किसी राक्षस का साहस नहीं हुआ कि वह चालबाजी करे। यह तो तुम जानते हो उद्धव, कि मैं चाहूँ तो कितना भयानक हो सकता हूँ।" छद्म भयानकता के साथ भीम उद्धव की ओर मुड़े। "बड़े भाई को मेरे इस कृत्य से बड़ा आघात लगा। इसे उन्होंने नृशंसता कहा और इसके लिए मेरी भर्त्सना की। किन्तु वह यह भूल गए कि यदि मैं नृशंस न बनता तो आज वह जीवित न होते।" भीम ने अट्टहास करते हुए कहा।

"हिडिम्ब के शव का क्या हुआ?" यह जानने की उत्सुकता से कि उसका अन्तिम संस्कार कैसा हुआ, उद्धव ने पूछा।

"उसका शव हम लोग अपने साथ ले गए। चार राक्षसों ने उसे उठा रखा था।" भीम ने उत्तर दिया।

"क्या तुम लोग हिडिम्ब की बस्ती में भी गए?" उद्धव ने पूछा।

"निश्चय ही हम वहाँ गए। हम एक जुलूस के रूप में वहाँ पहुँचे। जुलूस के आगे निरन्तर गर्जन करता हुआ मैं चल रहा था। जब हम लोग बस्ती के निकट पहुँचे तो हमारे साथ के राक्षसों ने अपने राजा की मृत्यु की सूचना देने के लिए उच्च स्वर में क्रन्दन आरम्भ किया। प्रतिक्रियास्वरूप सारा गाँव–राक्षस, उनकी स्त्रियाँ और उनके बच्चे–विलाप करते हुए बाहर निकल आए। उन सबके दाँत नुकीले थे और सबके होंठों में छेद करके लाल छिपटियाँ घुसाई हुई थीं। उनके आगे हिडिम्ब की बहन हिडिम्बा थी। उसका शरीर भारी-भरकम था और रँगा हुआ था। वह इस तरह विलाप कर रही थी, जैसे उसका हृदय फट जाएगा।" भीम ने कहा।

"राक्षसों को तुम्हारे पराक्रम का पता चला तो उन्होंने तुम्हारे साथ कैसा व्यवहार किया?" उद्धव ने पूछा।

"जब उन्हें पता चला कि मैंने हिडिम्ब को मार डाला है तो वे मेरे चरणों

पर आ गिरे। उनका विश्वास था कि न केवल अविजेय हिडिम्ब की, बल्कि स्वयं महान् विरोचन की आत्मा मुझमें आ बसी है।'' भीम ने कहा।

''तो इस प्रकार तुम उनके राजा बन गए?'' उद्धव ने पूछा।

''इस कहानी का सबसे रोचक भाग तो अभी तुमने सुना ही नहीं उद्धव! हिडिम्बा मेरे चरणों पर आ गिरी। उसके मन में आदर और प्रशंसा के भाव थे। वह मेरे पैरों से लिपटी रही। राक्षस-स्त्रियाँ सर्वदा उस व्यक्ति के प्रेम में पड़ जाती हैं, जो उनके पिता या भाई को मार डालता है। इस देश में वधू की प्राप्ति के लिए तुम्हें यही करना चाहिए। और अब यह शक्तिमती राक्षसी मेरे पैरों पर पड़ी मुझसे प्रेम-निवेदन कर रही थी।'' एक बार फिर प्रसन्नतापूर्वक हँसते हुए भीम ने उस बालक की तरह कहा, जिसने कोई पुरस्कार प्राप्त किया हो, ''एक भयानक राक्षसी को मेरे पैरों पर पड़ी देखकर माताजी तो स्तम्भित रह गई थीं।''

''मुझे आश्चर्य है कि उन लोगों ने तत्काल तुम्हें राक्षसावर्त का राजा स्वीकार कर लिया!'' उद्धव ने कहा।

''अरे नहीं,'' भीम ने अपने-आप मुस्कराते हुए कहा, ''उन्होंने मेरी कड़ी परीक्षा ली थी।''

''कैसी परीक्षा?'' उद्धव ने पूछा।

''मुझे राजा स्वीकार करने से पहले प्रथा के अनुसार एक भोज का आयोजन किया गया।'' भीम ने कहा, ''उन्होंने अनेक प्रकार के पदार्थ बनाए और मेरे सामने उनका एक स्तूप-सा बनाकर रख दिया। एक विशाल उदरवाला राक्षस तो यह देखने के लिए आ बैठा कि कहीं मैं भूखा न रह जाऊँ। वह उनका कोई पुरोहित था। जब हम लोगों ने भोजन आरम्भ किया तो वह बार-बार मुझसे और अधिक खाने का आग्रह करने लगा। वह बहुत अधिक खाने वाला था और जितना वह स्वयं खाता, उतना ही खाने के लिए मुझ पर दबाव डालता।''

''वह ऐसा क्यों करता था?'' उद्धव ने पूछा।

''मैं समझ रहा था कि यह केवल अतिथि सत्कार नहीं है। यह राजा होने की मेरी योग्यता को चुनौती थी।'' होंठों में मुस्कराते हुए भीम ने कहा, ''प्रत्येक राक्षस हमारी इस प्रतियोगिता का परीक्षक था; अतः मैंने भी अपने को ढील दे दी। वह जितना भोजन मुझे परोसता था, उतना ही मैं भी उसे परोस देता था। कुछ देर तक यही क्रम चलता रहा। वह स्वयं बहुत अधिक खानेवाला था। मैंने उसके जैसा खानेवाला नहीं देखा था और उसने भी मेरी तरह खानेवाले को नहीं देखा होगा। तुम तो जानते हो उद्धव, सामान्यतः चार व्यक्तियों का भोजन मैं करता हूँ,'' भीम गर्व-सहित मुस्कराए—''और अगर मैं खाने पर तुल जाऊँ तो मैं अपने पेट में एक के बाद एक खाने को भरता चला जा सकता हूँ। इस तरह हम तब तक एक-दूसरे

को खिलाते रहे, जब तक वह और अधिक खा सकने में असमर्थ नहीं हो गया। उसका पेट फट पड़ने की स्थिति में पहुँच गया था।

''लगातार अपनी तोंद पर हाथ फेरकर डकार लेते हुए उसे देखना बड़ा मजेदार था। लगता था कि उसका पेट फटने ही वाला है।'' उस मजेदार घटना का स्मरण करके अट्टहास करते हुए भीम बोले, ''उसकी आँखों में आँसू आ गए थे। अब और खा सकना उसके लिए असम्भव था। अब मैंने अतिथि-सत्कार का क्रम बदल दिया। मैं उसे लगातार खाना देता गया। मैं मुँह में एक ग्रास डालता तो उसे भी एक ग्रास ठूँसने के लिए विवश करता। अन्य राक्षस खाना बन्द करके हमारे चारों ओर घिर आए, और हमारी प्रतियोगिता देखने लगे। इसके बाद वह बिल्कुल नहीं खा सकता था। किन्तु मैं उसे 'ना' नहीं करने दे रहा था। मैंने उसके मुँह में एक ग्रास और ठुँसवाया। उसने उसे लगभग उगल ही दिया। मैंने उसकी ओर दूसरा ग्रास बढ़ाया और उसके हर ग्रास के बदले स्वयं दो ग्रास लेने लगा।'' भीम ने सगर्व बताया। आनन्द से उनकी आँखें नाच रही थीं, जैसे वह कोई बड़े विनोद की बात सुना रहे हों।

''अब मैं उसे जो कुछ देता उसे वह बाहर निकाल देता, यद्यपि अपनी प्रतिष्ठा बनाए रखने के लिए वह उसे निगलने का प्रयत्न करता रहा।'' भीम ने कहना जारी रखा, ''इसके बाद अपने पेट पर हाथ मारता हुआ वह भूमि पर लोट गया और अचेत हो गया। राक्षस अचरज में पड़ गए। उन्होंने कभी उसे खाने से मुँह मोड़ते नहीं देखा था। मैंने उनसे उसे बाहर ले जाने को कहा, क्योंकि वह स्वयं नहीं उठ सकता था। मैं पहले ही की तरह पेटूपन के साथ खाता रहा। राक्षस भौंचक्के हो गए। वे मेरे सम्मुख लोट गए, विजयघोष करने लगे और मुझे उस सम्बोधन से पुकारने लगे, जिसे देव-भाषा में, 'राजा वृकोदर' कहा जाएगा। उनके मन में तनिक भी सन्देह नहीं रहा कि देवोपम विरोचन ने मुझमें प्रवेश किया है। अब मैं राक्षसों के लिए भीम नहीं रह गया—मैं वृकोदर था, पुनर्जीवित वृकोदर। उसी क्षण उन्होंने अपने अँगूठे का रक्त मेरे ललाट पर लगाकर मुझे अपना राजा स्वीकार किया।''

उद्धव ने पूछा, ''पुरोहित का क्या हुआ?''

''वह दूसरे दिन मर गया।'' भीम ने उत्तर दिया।

''मैंने इससे पहले अपने जीवन में ऐसी बात नहीं सुनी थी।'' उद्धव ने कहा, ''उसके बाद तुमने क्या किया?''

''तुम पूछते हो मैंने क्या किया? मैंने हिडिम्बा को अपनी पत्नी बना लिया।'' भीम ने ऐसे कहा जैसे यह अत्यन्त स्वाभाविक बात हो।

''हे भगवान! और इस सम्बन्ध में कुन्ती बुआ और तुम्हारे बड़े भाई ने कुछ

नहीं कहा?'' उद्धव ने पूछा।

''उन लोगों ने मुँह टेढ़े किए। माता कुन्ती ने तो हड्डियों की माला पहननेवाली और नुकीले दाँतोंवाली मेरी सुन्दर पत्नी की ओर देखा तक नहीं। युधिष्ठिर को धार्मिक अनुताप था। अर्जुन और नकुल ने झल्लाहट के मारे मेरी ओर से मुँह मोड़ लिया। केवल सहदेव ने मेरा साथ दिया। उसने कहा, 'अगर हम लोगों को दुनिया की नजरों से छिपकर रहना है तो यही उसका सबसे अच्छा तरीका है।' तुम जानते हो, वह कितना बुद्धिमान है, फिर माँ भी मान गईं।'' भीम ने कहा।

''और इस तरह तुम उनके राजा बन गए?'' उद्धव ने पूछा।

''निश्चय ही मैं बन गया। तुम क्या समझते हो कि अगर वे लोग मुझे अपना राजा न बनाते तो मैं हिडिम्बा से विवाह करता? किन्तु उसके बाद ही मेरी कठिनाइयाँ बढ़ीं। अपनी प्रथा के अनुसार लोगों ने हिडिम्ब का सिर काट लिया और भोज के लिए उसके शरीर को पकाना चाहा। मैं बीच में पड़ा। मैंने हिडिम्ब के शरीर को पकाकर खाने की अनुमति नहीं दी। मैं तब तक चिता के पास खड़ा रहा, जब तक कि हिडिम्ब का सारा अस्थि-मांस जलकर राख नहीं हो गया। स्वादिष्ट भोजन के लाभ से वंचित होकर दुखी राक्षस मुझे सारे समय घेरे रहे। दो बड़े-बूढ़ों ने इसे धर्म का उल्लंघन कहकर मेरा विरोध किया। मैंने उन्हें परस्पर टकराकर उनका सिर तोड़ डाला। मैंने राजाज्ञा निकाली कि जो कोई मनुष्य का मांस खाएगा, उसे तब तक पेड़ से बाँधकर उल्टा लटका दिया जाएगा, जब तक खाया हुआ सबकुछ वह वमन न कर दे। और जो पुरोहित नर-मांस-भक्षण का उत्सव सम्पन्न कराएगा, उसका सिर तोड़ दिया जाएगा।'' भीम ने कहा।

''तो अब वे लोग नर-मांस नहीं खाते?'' उद्धव ने पूछा।

''अधिकांश ने छोड़ दिया है। किन्तु तुमने स्वयं देखा है कि उनमें से कुछ छिपकर सुदूर जंगलों में चले जाते हैं और वहाँ अपने मनचाहे भोजन का स्वाद लेते हैं। नर-मांस का लोभ अभी तक वे छोड़ नहीं सके हैं।'' भीम ने कहा।

''किन्तु हिडिम्बा तुम्हें खा क्यों नहीं गई?'' उद्धव ने पूछा।

''अरे तुम हिडिम्बा को नहीं जानते। वह मेरे प्रेम में मतवाली है। हिडिम्ब की खोपड़ी धूप में सुखा दी गई थी और वह हठ कर रही थी कि मैं उसे अपनी कमर में बाँधे रहूँ। वह मेरे राज-पद का चिन्ह होता। मैंने उसे पहनना स्वीकार नहीं किया। वह हठ करती रही। मैंने उसे धमकाया कि मैं उसके भाई की खोपड़ी के टुकड़े-टुकड़े कर दूँगा। वह प्यार में डूबी पत्नी की तरह कातर होकर रोने लगी। उसने कहा, 'यदि तुम उसकी खोपड़ी को अपने साथ न रखोगे तो उसका प्रेत तुम्हें खा जाएगा।' ''

''उसका प्रेत तुम्हें खा जाएगा?'' उद्धव ने आश्चर्य से पूछा।

"तुम इन लोगों को नहीं जानते, उद्धव! हिडिम्बा चाहती थी कि मैं उसके भाई की खोपड़ी को अपने साथ रखूँ, किन्तु इसका कारण यह नहीं था कि वह भाई को प्यार करती थी। उसको विश्वास था कि यदि उस पर नियन्त्रण न रखा गया तो उसका प्रेत मुझे खा जाएगा।" भीम ने कहा।

"फिर तुमने खोपड़ी का क्या किया?" उद्धव ने पूछा।

"हम पति-पत्नी के बीच एक समझौता हुआ। उद्धव, मैं तुमसे एक बात कहूँ? वह बहुत अच्छी पत्नी है। वह अत्यन्त निष्ठावान और प्रेमपरायण है। किन्तु मुझे एक सन्देह है यदि कभी मैं बीमार पड़ा या दुर्बल हो गया तो वह मुझे जीवित ही पकाकर खा जाएगी।" भीम ने कहा।

"समझौता क्या था?" उद्धव ने पूछा।

"वह अपने भाई की खोपड़ी अपने तकिए के नीचे रखकर सोती है, जिससे वह रात में उसके प्रेत पर नियन्त्रण रख सके, नहीं तो कहीं वह मेरा कुछ अनिष्ट न कर बैठे।" भीम ने कहा।

"और इस सम्बन्ध में कुन्ती बुआ और भाइयों का क्या विचार है?" उद्धव ने पूछा।

"माता कुन्ती तो समझ ही नहीं पातीं कि मैंने जो उन सबकी जान बचाई उसके लिए मेरी प्रशंसा करें या एक दुष्ट राक्षसी से विवाह करने के लिए मुझे कोसें। युधिष्ठिर इसे एक तपश्चर्या मानते हैं, जो हमारे लिए अनिवार्य है। अर्जुन सदा चंचल बने रहते हैं, हमारे पास जो बाँस है, उनसे वे तीर-धनुष बनाने का प्रयत्न करते रहते हैं और ऊँचे उड़ते पक्षियों पर निशाना साधते रहते हैं। जब वे इन छोटे-मोटे अस्त्रों से ऊब जाते हैं तो सरकण्डे की बाँसुरी बनाकर बजाते हैं या फिर इन सर्वग्रासी राक्षसों से अपने को सुरक्षित समझते हैं तो नाचा करते हैं। नकुल भी वैसे ही दुखी हैं। वे हिरनों, कुत्तों और खरगोशों को प्रशिक्षण देकर अपना समय बिताने की चेष्टा करते हैं, किन्तु प्रशिक्षण पूरा होने से पहले वे सब मेरी प्रजा के पेट में पहुँच जाते हैं। केवल सहदेव ही एक बुद्धिमान व्यक्ति हैं। वे हमारी सारी परीक्षाओं के मूल में कोई गहरा अर्थ और हम लोगों को किसी प्रकार की हानि न हो, इसके उपाय खोजा करते हैं।" भीम ने कहा।

"और तुम्हें यह सब कैसा लगता है?" उद्धव ने पूछा।

"बहुत अच्छा। मैं खाता-पीता हूँ, राक्षसों पर राज करता हूँ और अपनी हिडिम्बा से प्रेम करता हूँ, यद्यपि उसके केशों की रस्सियों से मुझे बड़ी झल्लाहट होती है।" भीम ने धीमे-से कहा।

राजा वृकोदर का निर्णय

भीम और उद्धव घने जंगलों से होकर धीरे-धीरे चले जा रहे थे। अन्ततः वे एक बड़े-से मैदान में आए। वहाँ चारों ओर के प्रत्येक वृक्ष पर बाँस और घास-फूस की झोंपड़ी बनी हुई थी।

वृक्ष के ऊपर बनी झोंपड़ियों को देखकर उद्धव को आश्चर्य हुआ। उन्होंने पूछा, "ये घोंसले किस काम में आते हैं।"

"अरे, वे तो हमारे राक्षसों के निवास हैं। रात में प्रत्येक परिवार अपने वृक्ष पर जाकर झोंपड़ियों में सो जाता है। वे इस भय से भूमि पर सोने का साहस नहीं कर पाते कि कहीं शत्रुओं के आहार न बन जाएँ।" भीम ने कहा।

मैदान के किनारे वृक्षों का एक समूह था, जिन पर बाँस की झोंपड़ियाँ थीं। भीम ने गर्वपूर्वक उनकी ओर इंगित किया–"ये हमारे महल हैं, जिनमें माता कुन्ती और हमारे भाई रहते हैं। वे नीचे बहुत कम उतरते हैं। मैंने उनसे कह रखा है कि जब मैं आसपास न होऊँ तो वे न उतरें, क्योंकि कहा नहीं जा सकता कि कब मेरे राक्षसों के मन में उनका स्वादिष्ट मांस खाने का लोभ जाग उठे। कभी-कभी मैंने उनको माँ के कोमल शरीर की ओर ललचायी आँखों से देखते पाया है। फिर उन्होंने कुछ और आगे के एक बहुत बड़े वृक्ष की ओर संकेत किया। उस वृक्ष की शाखाएँ बहुत विस्तृत थीं और उस पर एक बड़ी झोंपड़ी थी। भीम ने कहा, "और वह है मेरा राजमहल।"

झोंपड़ियों के सामने रुककर भीम ने सिंह-गर्जन किया, किन्तु इस बार वे क्रोध से नहीं, खेल में गर्जन कर रहे थे। झोंपड़ियों के द्वार पर कुन्ती बुआ और चारों भाइयों के परिचित चेहरे प्रकट हुए।

भीम ने देववाणी में चिल्लाकर कहा, "माँ, यह रहे उद्धव! यह हम लोगों का साथ देने आए हैं। तुम सब लोग नीचे उतर आओ।"

उनका गर्जन सुनकर हिडिम्बा भी अपने राजमहल से बाहर आई। उसने प्यार-भरी गुनगुनाहट के साथ पति का स्वागत किया। भीम ने हार्दिक हँसी के साथ अपने विशाल बाहु से उसकी ओर संकेत करते हुए टूटी-फूटी राक्षसी भाषा में कहा, "हिडिम्बा, नीचे आ जाओ। अब तक हम लोग पाँच भाई थे, अब छह हो गए हैं।"

उद्धव को लगा, जैसे वे अब भी दुःस्वप्न देख रहे हैं।

दोपहर का सहभोज समाप्त हो गया। सूर्यास्त से पहले राक्षसों ने भोजन कर लिया और वे अपने वृक्षों पर चढ़े, जिससे अँधेरा घिरने से पहले वे वृक्ष शिखर वाले अपने घरों में पहुँच जाएँ।

माता कुन्ती ने कहा कि बातें कल के लिए छोड़ी जाएँ, क्योंकि उद्धव को पूर्ण विश्राम की आवश्यकता है। उद्धव ने सोचा, यह कुन्ती बुआ के स्वभाव के अनुकूल ही है। उन्होंने भाँप लिया था कि उद्धव बहुत थके और निद्रालु हैं और पाँचों भाई उनसे ज्यादा बातें न करें, यही अच्छा है।

युधिष्ठिर एक वृक्ष-शिखर की झोंपड़ी में कुन्ती माता के साथ रहते थे। जुड़वाँ भाइयों, नकुल और सहदेव के लिए एक अलग झोंपड़ी थी। इसलिए उन्हें अर्जुन के साथ ठहराया गया, जो एक झोंपड़ी में अकेले रहते थे।

सभी झोंपड़ियों में रस्सी की एक-एक सीढ़ी थी, जिससे उसमें रहनेवाले ऊपर जाते या नीचे उतरते थे। केवल माता कुन्ती ही ऐसी थीं, जो अपने किसी-न-किसी पुत्र के कन्धे पर बैठकर ऊपर जाती या नीचे उतरती थीं।

उद्धव ने देखा कि पाण्डव एक विचित्र विश्व में रह रहे हैं। भीम के अतिरिक्त, चारों भाई और कुन्ती की अपनी दुनिया है। राक्षसों के समाज से वस्तुतः उनका कोई सम्बन्ध न था। युधिष्ठिर अत्यन्त गम्भीर और मितभाषी हो गए थे। अर्जुन अपने धनुष तथा चकमक पत्थरों की नोकवाले बाणों के साथ इधर-उधर घूमते रहते थे। उन्हें केवल अपने भाइयों और माता की सुरक्षा की चिन्ता थी। नकुल माता कुन्ती की सेवा करते, उनके साथ बने रहते और उनकी आवश्यकताओं का ध्यान रखते थे। सहदेव जब अपने भाइयों की सेवा न कर रहे होते तो दिन में विचार-मग्न रहते और रात में तारों को निहारा करते थे।

वे आपस में बातें करते थे, उन्होंने राक्षसों की भाषा सीखने की ओर ध्यान नहीं दिया था, उनसे सम्पर्क बढ़ाना भी नहीं चाहा था। वे उनकी आदतों के प्रति अपनी घृणा से कभी ऊपर नहीं उठ पाते थे।

केवल भीम अपवाद थे। वे अपने भाइयों और माता को प्रसन्न रखने की चेष्टा करते थे, ध्यानपूर्वक उनकी देख-भाल करते थे, हिडिम्बा के प्रति पति का कर्त्तव्य निभाते थे, खाते-पीते थे, अपने प्रमुख को झिड़कते थे, राक्षस समाज पर शासन करते थे, उनके पराक्रम-अभियानों का नेतृत्व करते थे और उनके खेल-कूद में भाग लेते थे। उनकी सजीव भावना ने जाति, भाषा और संस्कृति के बन्धन तोड़ दिए थे। वे जानते थे कि उनके भाई राक्षसों को बेगाना मानते हैं, बदले में राक्षस भी उन्हें परदेशी मानते थे। किन्तु अपने परिवार के प्रति उनके प्रगाढ़ प्रेम और माता कुन्ती तथा युधिष्ठिर के प्रति उनकी अगाध श्रद्धा के फलस्वरूप राक्षस भी उनके परिवार के प्रति असन्दिग्ध रूप से, यद्यपि दूर-दूर से ही, आदर-भाव रखते थे।

उस रात उद्धव बेसुध होकर सोए और उनकी नींद तभी खुली जब उनकी झोंपड़ी में सूर्य की किरणों ने प्रवेश किया। अर्जुन झोंपड़ी छोड़कर पहले ही नीचे उतर चुके थे। उद्धव रस्सी की सीढ़ी से नीचे उतरे। वहाँ उनके फुफेरे भाई उनकी प्रतीक्षा

कर रहे थे।

"भाई उद्धव, जल्दी करो। नदी से स्नान कर आओ। तुम जो संवाद लेकर आए हो, उसे सुनने के लिए हम सब छटपटा रहे हैं।"

उद्धव जब स्नान करने गए तो उन्होंने देखा कि अपनी कुछ सहेलियों के साथ हिडिम्बा भी कुछ आगे उसी नदी में स्नान कर रही है। धागे के नकली केशों का झब्बा उसने उतार दिया था, जिसे वह सदा पहने रहती थी; उसके चेहरे पर पुता हुआ रंग भी धुल गया था। अतः उद्धव को यह देखकर आश्चर्य हुआ कि वह एक गठीले, सुडौल और लचीले शरीरवाली स्त्री है और मानवी से अधिक सिंहनी-जैसी लगती है। भीम इसके साथ सुखी है तो इसमें अचरज की कोई बात नहीं।

स्नान और प्रातः सन्ध्या से निवृत्त होकर उद्धव पाण्डवों के पास गए। वे लोग माता कुन्ती के साथ उन्हें बस्ती से कुछ दूर एक टेकरी पर ले गए। भीम अब निकुम्भ पर बड़े कृपालु हो गए थे। उन्होंने उसे वन-मार्ग की निगरानी करने का काम सौंपा और कहा कि यदि कोई उनकी ओर आता दीख पड़े तो वह चेतावनी दे दे।

वे लोग वृक्षों की घनी छाया में जा बैठे। अपने स्वभाव के अनुसार भीम घास पर करवट लिए लेटे-लेटे आराम से बातें सुनने लगे। कभी-कभी मन में कोई विचित्र विचार आ जाता तो वे अपने-आप मुस्करा पड़ते थे।

युधिष्ठिर ने अपने स्वाभाविक शान्त स्वर में पूछा, "उद्धव, हस्तिनापुर से हम लोगों के चले आने के बाद का वृत्तान्त विस्तार से सुनाओ।"

"किन्तु इससे पहले यह बताओ कि कृष्ण कैसे हैं," माता कुन्ती ने कहा, "और पितामह भीष्म, आदरणीया मातामहि, विदुर और मेरे जेठ कुशल से हैं न?"

अपनी माता की उत्सुकता देखकर भीम ने हँसते हुए कहा, "हाँ, पहले इन्हें यही बताओ। माँ को तो हम सबकी अपेक्षा अपने जेठ और उनके प्यारे पुत्रों की ही अधिक चिन्ता है।"

"पुत्र, अपने शत्रु के भी अमंगल की कामना मत करो," कुन्ती ने उन्हें हल्के-से झिड़कते हुए कहा, "कभी-न-कभी भगवान उनका हृदय पिघलाएँगे।"

"मैं तो प्रत्येक पल यह कामना करता हूँ कि वे सब मर जाएँ।" भीम ने कहा, साथ ही आँख के इशारे से बताया कि वे केवल माँ को चिढ़ा रहे हैं।

"भीम, तुम उद्धव की बात सुनने भी दोगे?" भीम की बात का आनन्द लेते हुए युधिष्ठिर ने कहा, "हमें इनसे सारी बातें सुननी हैं। हमें इनसे यह भी जानना है कि कौरवों का क्या हालचाल है।"

गहरे स्नेह में पगा यह एक अद्भुत परिवार था–दयालु और भली माता; सत्यनिष्ठ और शान्त युधिष्ठिर, अपनी आयु की तुलना में अधिक विशालकाय

नटखट बालक-जैसे भीम जो आराम से जमीन पर लेटे हुए थे; तने बैठे और ध्यानपूर्वक बातें सुनते अर्जुन, जिनकी तेजस्वी आँखें एक से दूसरे बोलनेवाले की ओर घूमती रहती थीं। नकुल उनके पास बैठे थे, सहदेव उनसे कुछ हटकर भूमि पर दृष्टि जमाए बैठे हुए एक-एक शब्द सुन रहे थे, किन्तु शान्त, संयत और अनुद्विग्न थे। उद्धव अर्जुन की प्रशंसा किए बिना न रह सके। वे सुरूप, बुद्धिमान और सावधान थे।

उद्धव ने सारा वृत्तान्त बताया और कृष्ण के सम्बन्ध में वे जो कुछ जानते थे, वह भी उन्होंने कह सुनाया। उन्होंने यह भी बताया कि कृष्ण परमादरणीया माता सत्यवती से मिले थे और यह भी कि वे पाण्डवों के लिए कितनी चिन्तित थीं। उन्होंने महामुनि से कृष्ण के मिलने का, अपने राक्षसावर्त आने का और समय पर भीम के पहुँच जाने से जीवित पकाए जाने, और अपने बच जाने तक का पूरा वृत्तान्त भी कह सुनाया। अन्त में उन्होंने कहा, ''कृष्ण शीघ्र ही काम्पिल्य से नागकूट आनेवाले हैं। यादव नायक भी शीघ्र ही हस्तिनापुर से आ पहुँचेंगे। कृष्ण चाहते हैं कि आप सब मेरे साथ चलें और फिर हम लोगों के साथ द्वारका के लिए प्रस्थान करें। आप लोगों को इस नरक से निकल ही चलना चाहिए।''

अपने लम्बे केशों, बढ़ी हुई दाढ़ी और लोमड़ी के चमड़े के स्कन्ध-पट्ट पहने किन्तु सदा की तरह कोमल-मनष अर्जुन उत्साह से लाल हो आए—''ओ उद्धव, तुम तो देवदूत हो।'' उन्होंने कहा। उनका सुसंस्कृत स्वर और उसका उतार-चढ़ाव उनकी उत्तेजना को छिपा नहीं सका। ''आशा है कि अब शीघ्र ही इस नरक-कुण्ड से हमारा उद्धार हो सकेगा।'' कहकर उन्होंने आशा-भरी दृष्टि से युधिष्ठिर की ओर देखा।

युधिष्ठिर गम्भीर होकर विचार में खो गए। अन्य सभी भाई उनके बोलने की प्रतीक्षा करते रहे, क्योंकि यद्यपि सब भाइयों का स्वभाव अलग-अलग था, किन्तु बड़े भाई का आदर करने में वे सभी एक थे।

कुछ देर बाद युधिष्ठिर बोले। उनका स्वर धीमा, किन्तु स्पष्ट था। उन्होंने कहा, ''हम लोगों ने देश-त्याग इसलिए स्वीकार किया था कि वह हमारा कर्त्तव्य था। पितामह और विदुर चाचा का विचार था कि इसी में कुरुओं का और हमारा भी हित था।''

अर्जुन ने बात काटकर कहा, ''यदि कुरुओं से आपका अभिप्राय चाचाजी के पुत्रों से है तो यह बेशक उनके हित की बात थी।''

युधिष्ठिर ने अर्जुन की बात पर ध्यान दिए बिना कहना जारी रखा, ''हम लोगों ने वारणावत इसलिए छोड़ा कि विदुर चाचा ने यही हितकर समझा कि हम लोगों को मृत समझा जाए और वे एक ऐसे व्यक्ति हैं, जिनके हृदय में हमारी

मंगल-कामना सबसे अधिक है।''

अर्जुन ने थोड़ी कड़वाहट से कहा, ''हम लोग तो मृतकों से भी बुरी दशा में हैं।''

''कैसे हो सकते हो, जबकि मैं इस देश का राजा हूँ और हमारी प्रजा ने अभी तक तुम्हें खाया नहीं है?'' भीम ने ऐसे पूछा, जैसे उनके सम्मान को ठेस लगी हो, किन्तु साथ ही उनके अधरों पर गहरी मुस्कान भी दीख पड़ी।

''यदि कृष्ण ऐसा समझते हैं कि हमें द्वारका जाना चाहिए और यह रहस्य उजागर करना चाहिए कि हम जीवित हैं, तो हमें ऐसा ही करना चाहिए,'' युधिष्ठिर ने धीमे-से कहा, ''किन्तु उससे पहले हमें महामुनि व्यास और विदुर चाचा का परामर्श ले लेना चाहिए।''

''हम सदा हस्तिनापुर के आदेश पर नहीं चल सकते।'' बड़े भाई स्थिति के प्रति जो रुख अपना रहे थे, उसे देखकर अर्जुन अपनी अधीरता छिपा नहीं सके। उन्होंने कहा, ''जब तक दुर्योधन को हमारा जीवित रहना सह्य नहीं होता, तब तक हम इस बियाबान में सड़ते नहीं रह सकते।''

''बड़े भाई यहाँ बैठकर खरगोशों को पालने और उन्हें भीम की प्रजा के उदर में जाते देखने से द्वारका जाकर घोड़ों को प्रशिक्षित करना मुझे कहीं अधिक अच्छा लगेगा।'' नकुल ने घृणा से कहा।

''तब मेरी तरह तुम किसी राक्षसी को क्यों नहीं प्रशिक्षित करते?'' नकुल की बात के बीच में ही भीम ने कहा और अपने-आप ऐसे हँसे जैसे उन्होंने कोई गहरा मजाक किया हो। उनकी इस लाक्षणिक बात को सुनकर माता कुन्ती ने स्नेहपूर्ण रोष से उनकी ओर देखा।

नकुल ने लज्जित होकर लोमड़ी के चमड़ेवाले अपने कुरूप उत्तरीय की ओर देखा और मन-ही-मन रेशम के उस उत्तम उत्तरीय से उसकी तुलना की, जिसे वे हस्तिनापुर में सदा धारण करते थे, फिर उन्होंने तिरस्कारपूर्वक कहा, ''तुम्हारी राक्षसियों को तो भगवान शंकर भी प्रशिक्षित नहीं कर सकते।'' फिर उन्होंने एक लम्बी साँस ली और मानो दैवी सहायता माँगते हुए कहा, ''हे ईश्वर, ये कैसे जीव हैं!''

अर्जुन ने अपनी बात आगे बढ़ाई, ''मैंने तो निश्चय कर लिया है कि मैं द्वारका जाऊँगा और कृष्ण के साथ मिलकर ऐसे पराक्रम के काम करूँगा कि देवता भी थर्रा उठेंगे।'' थोड़ा रुककर उन्होंने फिर कहा, ''मैं यहाँ बाँस के छोटे-छोटे तीरों से उड़ती चिड़ियों को मारने की कोशिश करता रहता हूँ, राक्षस मुझे ऐसा अनाड़ी समझकर मेरा उपहास करते हैं, जो उनकी बोली सीखकर उन्हें लुभा तक नहीं सकता। मैं इससे ऊब उठा हूँ।''

भीम ने पूछा, "तुम और क्या चाहते हो?"

"मैं ही जानता हूँ कि मैं क्या चाहता हूँ। हर रात मैं अपने अपूर्व धनुष, चाँदी की तरह चमकते अपने बाणों के फलों और संगीत की तरह झंकारती अपनी प्रत्यंचा के सपने देखा करता हूँ।" स्मृति-विह्वल अर्जुन ने कहा और कुढ़कर चुप हो गए।

युधिष्ठिर ने अपने शान्त और निर्णायक स्वर में बीच में कहा, "अपनी वर्तमान परिस्थिति पर सिर धुनते रहने से कोई लाभ नहीं है। ईश्वर हमारी सहनशीलता की परीक्षा ले रहा है। हमें इस कसौटी पर खरा उतरना चाहिए। हमें निर्णय इस बात का करना है कि क्या हम कृष्ण की इच्छा के अनुसार द्वारका चले जाएँ, अथवा तब तक प्रतीक्षा करें, जब तक विदुर चाचा हमें कोई सन्देश न भेजें।"

अर्जुन ने अधीर होकर कहा, "मैं कहे देता हूँ कि चाचा विदुर राजा धृतराष्ट्र की मनःस्थिति की बाट जोहते रहेंगे और राजा की मनःस्थिति कभी नहीं बदलेगी, क्योंकि वे कोई ऐसा काम करने का साहस न करेंगे जो उनके पुत्र दुर्योधन को पसन्द न हो। वे हमारा प्राप्य हमें कभी नहीं देंगे। हमें कृष्ण का सुझाव मान लेना चाहिए और उनके साथ द्वारका अथवा इतनी बड़ी दुनिया में कहीं भी जाकर अपने भाग्य का निर्माण स्वयं करना चाहिए।"

झुँझलाए हुए अर्जुन की ओर युधिष्ठिर ने हल्की और शान्त फटकार की दृष्टि से देखा।

"भाई जरा सोचिए कि आर्यावर्त का सर्वश्रेष्ठ धनुर्धर पक्षियों का शिकार करता हुआ अपने दिन बिता रहा है।" सहमे हुए अर्जुन ने इस बार दीनतापूर्ण आग्रह के साथ कहा, "हम लोग यहाँ से चलें भाई! ईश्वर हमारी सहायता करेंगे और हम स्वयं अपने लिए एक साम्राज्य का निर्माण कर लेंगे।"

"मैंने तो पहले ही तुम्हारे लिए एक राज्य जीत रखा है। तुम सब और क्या चाहते हो?" भीम ने पूछा।

"हाँ, ऐसा राज्य, जिसमें तुम्हारी पीठ फिरते ही हम भयभीत रहते हैं कि हमें खा लिया जाएगा।" अर्जुन ने तिरस्कारपूर्वक कहा।

युधिष्ठिर ने हाथ उठाकर इस विवाद को रोका–"हमें अपनी इच्छा के अनुसार नहीं, औचित्य के आधार पर काम करना चाहिए।" उन्होंने कहा, "कितना अच्छा होता यदि हमें महामुनि का परामर्श मिल सकता कि इस स्थिति में हमें क्या करना चाहिए।"

"जब मैं भगवान वेदव्यास से मिला तो कृष्ण ने मुझसे यह पता लगाने को कहा कि तुम लोग जीवित और कुशलपूर्वक हो या नहीं।" उद्धव ने कहा।

"मैं स्वीकार करता हूँ कि हम लोगों पर महामुनि की प्रीति है।" अर्जुन ने बीच में बात काटी। अब वे पुनः उत्तेजित हो उठे–"प्रीति विदुर चाचा की और

पितामह की भी है। किन्तु उन्हें केवल कुरुओं के गौरव को बनाए रखने की चिन्ता है : हम लोग तो ईंधन मात्र हैं, जिससे उसकी ज्योति दमकती रहे। हम अगर धूल में भी मिल जाएँ तो इससे उनका कुछ बनता-बिगड़ता नहीं।''

''अर्जुन, तुम उनके प्रति अन्याय करते हो। मैं इस बात की कल्पना नहीं कर सकता कि महामुनि हमें भूल गए हैं।'' युधिष्ठिर बोले।

''मैं अन्याय करता हूँ?'' अर्जुन ने थोड़ी उग्रता से कहा, ''आर्यावर्त में कभी जो धनुर्धारी रहे हैं, उनमें सर्वश्रेष्ठ पाँच आर्य यहाँ उपस्थित हैं। पुत्र को जन्म देनेवाली नारियों में एक अपूर्व नारी यहाँ उपस्थित है। किन्तु हम सुखी नहीं रह सकते। हम यशस्वी नहीं हो सकते। हमें केवल इस अभागे वन में सड़ना है, सड़ते रहना है।'' अर्जुन का क्रोध उमड़ आया था, अतः उन्होंने किंचित् अवज्ञापूर्वक कहा।

नकुल ने स्वीकृति में उत्साहपूर्वक सिर हिलाया। भीम ने हँसकर अर्जुन की पीठ थपथपाई, जैसे उन्होंने कोई मजाक किया हो। केवल सहदेव मौन रहे। उनका चेहरा भावहीन था।

चतुर पिता के समान युधिष्ठिर दयालुतापूर्वक मुस्कराए। ''अर्जुन, हम अपने ही रुझान मात्र का विचार नहीं कर सकते। हमें वह भी विचार करना होगा कि हमारा धर्म क्या है।'' उन्होंने शान्त और प्रेरणाप्रद स्वर में कहा।

''क्या यह हमारा धर्म नहीं है कि हम धर्म के सर्वश्रेष्ठ उद्गाता कृष्ण का परामर्श स्वीकार करें? क्या संसार में धर्म की स्थापना के लिए हमें उनके कन्धे से कन्धा मिलाकर नहीं खड़ा होना चाहिए?'' अर्जुन ने पूछा।

''चलो, हम लोग धैर्यपूर्वक इसके विषय में थोड़ी देर विचार करें,'' युधिष्ठिर ने कहा, ''महत्तर धर्म क्या है–स्वयं कोई निर्णय ले लेना अथवा महामुनि पितामह और विदुर चाचा-जैसे बड़ों के निर्णय की प्रतीक्षा करना?''

''...मुझे विश्वास है कि उन्होंने हमें पूरी तरह से भुला दिया है।'' नकुल बीच में बोल उठे।

युधिष्ठिर ने कहा, ''ऐसा कहना उचित नहीं है, नकुल! परम आदरणीया माता सत्यवती ने ही हम लोगों को ढूँढ़ निकालने का भार कृष्ण को सौंपा था और मुझे विश्वास है कि पितामह तथा विदुर चाचा को इसके सम्बन्ध में सबकुछ मालूम था।''

''किन्तु हमें भी अपने सम्बन्ध में विचार करके उनकी सहायता करनी चाहिए,'' अर्जुन ने कहा, ''हमें अपने भाग्य का विधाता स्वयं बनना चाहिए।''

''यदि मुझे इस बात का विश्वास हो जाए कि इस समय स्वयं कोई निर्णय करना हमारा कर्त्तव्य है तो मैं तुमसे सहमत हो सकता हूँ, अर्जुन!'' अर्जुन से कहकर युधिष्ठिर सहदेव की ओर मुड़े–''सहदेव, तुम हमें अपनी राय क्यों नहीं देते?

तुम्हारा क्या विचार है?''

जुड़वाँ भाइयों में छोटे सहदेव अब तक अर्धनिमीलित नेत्रों के साथ ध्यानपूर्वक सारी बातें सुन रहे थे। अब उन्होंने अपनी आँखें खोल दीं। उनके अधरों पर मन्द स्मित खिल उठा। फिर वे धीरे-धीरे, सुनिश्चित रूप से, एक-एक शब्द को तौलकर बोलने लगे, क्योंकि उन्हें यह दैवी वरदान प्राप्त था कि बिना पूछे वे कुछ नहीं कहते थे–''मैं बहुत समय से नक्षत्रों की गणना करता आ रहा हूँ और मुझे विश्वास है हमें उसी व्यक्ति के द्वारा सहायता मिलेगी, जिसका जन्म रोहिणी नक्षत्र में हुआ हो। इस नक्षत्र में जन्म लेनेवाले ऐसे व्यक्ति, जिनका हमसे सम्बन्ध है, एक ही हैं–हमारे ममेरे भाई, कृष्ण वासुदेव।''

''इसी से तो उद्धव को कृष्ण ने भेजा है।'' अर्जुन बीच में बोले।

''यह बात तुमने हम लोगों को पहले क्यों नहीं बतलाई?'' भीम ने पूछा।

''तुमने पूछा ही कब था?'' सहदेव ने मुस्कराते हुए कहा।

''अब मैं समझा कि हर रात तुम कुटिया से बाहर क्यों झाँकते रहते थे और नक्षत्रों पर दृष्टि गड़ाए रहते थे।'' नकुल बोले।

''...और जाग-जागकर दुबले हुए जा रहे थे।'' भीम ने टिप्पणी पूरी की।

''सहदेव, तुम हमें क्या करने की सम्मति देते हो?'' युधिष्ठिर ने पूछा, क्योंकि सहदेव की बुद्धिमत्ता के प्रति उनके मन में बड़ा आदर था।

सहदेव ने शान्ति और समभाव से कहा, ''भाई उद्धव कृष्ण वासुदेव के पास लौट जाएँ। वे जो परामर्श दें उसे हमको स्वीकार कर लेना चाहिए। यदि वे हमें अपने साथ ले जाने का परामर्श दें तो हमें जाना चाहिए। तब तक ग्रह भी हमारे अनुकूल हो जाएँगे।''

''आभार मानता हूँ सहदेव, तुमने सदा की तरह ठीक-ठीक वही कहा है, जो परमात्मा हमसे कराना चाहते हैं।'' युधिष्ठिर ने कहा।

''तब तो यह कुछ ही दिनों की बात है,'' अर्जुन प्रसन्न होकर बोले, ''उद्धव कल चले जा सकते हैं और एक पखवाड़े में या अधिक-से-अधिक एक महीने में लौट आ सकते हैं।''

''हाँ, उद्धव को तत्काल चल देना चाहिए।'' कुन्ती ने कहा।

सहसा दूर से गुनगुनाने की ध्वनि सुनाई दी। भीम उठकर बैठ गए, उन्होंने मुस्कराते हुए उस ध्वनि को सुना और उत्तर में उन्होंने एक स्नेहपूर्ण गर्जन किया।

इस वीभत्स प्रेम-प्रदर्शन से सब लोग स्तम्भित रह गए। माता कुन्ती ने अपने कानों पर हाथ रख लिए। अपनी पुत्रवधू की गुनगुनाहट सुनकर वे अभी तक अपनी सिहरन रोक न पाती थीं। राक्षसी रीति से भाई और उनकी पत्नी हिडिम्बा ने जिस सन्देश का आदान-प्रदान किया था, उसे सुनकर युधिष्ठिर सदा की भाँति

दयालुतापूर्वक मुस्कराए। अर्जुन के अधरों पर उपहास का भाव दीख पड़ा और नकुल के अधरों पर स्पष्ट अरुचि का। सहदेव भाव-रहित बने रहे।

भीम आनन्दित हो उठे। उन्होंने धूर्ततापूर्ण और उद्धत स्मित के साथ अपनी माता और भाइयों की ओर देखा तथा उद्धव से कहा, "भाई, लौट जाने की बात करना तुम्हारे लिए बहुत सहज है, किन्तु हमारे राज्य में राजा विरोचन का एक अटल नियम है। राक्षसावर्त की सीमा में प्रवेश करनेवाला कोई भी मनुष्य कभी लौटकर नहीं जा सकता है।"

कुन्ती ने कहा, "भीम, तुम ऐसी बातें मत कहो।"

"अपने प्रिय उद्धव के लिए मुझे विरोचन की आत्मा का आवाहन करके नियम बदलवाना पड़ेगा।" भीम ने हँसकर कहा, "किन्तु यह सरल काम नहीं है।"

"मुझे विश्वास है कि तुम चाहोगे तो यह काम कर लोगे।" युधिष्ठिर ने कहा।

"कर लूँगा, किन्तु एक बात मैं कहे देता हूँ। कृष्ण को या महामुनि को जो भी कहना हो, वे कहते रहें, किन्तु लगभग एक वर्ष से पहले हम यहाँ से नहीं जा सकते।" भीम बोले।

"लगभग एक वर्ष से पहले? तुम्हें हो क्या गया है, भीम?" क्रोधित से होकर अर्जुन चिल्लाए।

"उत्तेजित मत होओ भाई! सबकुछ ठीक-ठाक है। प्रायः पाँच महीनों में मैं पिता बनने जा रहा हूँ और जब तक हमारा बच्चा छह महीने का नहीं हो जाता, मैं हिडिम्बा को छोड़कर नहीं जा सकता। तब तक हम सभी को प्रतीक्षा करनी होगी।"

"भीम, तुम पुत्रवान होनेवाले हो?" सहसा कुन्ती हिडिम्बा के प्रति अपनी घृणा भूल गईं और प्रसन्नता के प्रवाह में बहती हुई बोलीं, "वह अपनी पीढ़ी का ज्येष्ठ कुरु होगा–चक्रवर्ती भरत की राजगद्दी का अधिकारी।"

"निश्चय ही माँ!" भीम ने हँसी रोकते हुए कहा, "किन्तु यदि तुम्हारी पुत्रवधू ने कोई चाल खेली और कन्या को जन्म दिया तब क्या होगा?"

माता कुन्ती ने उत्तेजना से कहा, "ऐसी अशुभ बात मत बोलो भीम!"

अलौकिक विजय

उद्धव जब नागकूट से चले गए तो जुड़वाँ बहनों का हृदय टूट गया। इस संकट से दोनों ही अत्यन्त दुःखी थीं। उन्होंने एक-दूसरी का सहारा लिया। उन दोनों ने उद्धव की पत्नी बनने की कामना की थी। अब वे राक्षसावर्त में चले गए हैं।

वे अब कभी लौटकर नहीं आएँगे क्योंकि राक्षस उन्हें खा जाएँगे। फिर भी उन्होंने दो महीनों तक उनकी प्रतीक्षा करने का निश्चय किया। यदि वे तब तक नहीं लौटे तो वे अपने जीवन का अन्त कर लेंगी।

जाते समय उद्धव ने कहा था कि 'कृष्ण चाहते हैं कि मैं भीम के पास जाऊँ।' दोनों बहनें इसका अभिप्राय नहीं समझ सकी थीं। उद्धव कृष्ण को भगवान कहते थे। यदि यह सच है तो उन्होंने उद्धव को मृत्यु के मुख में क्यों भेजा? आपस में उन्होंने यह निष्कर्ष निकाला कि उद्धव अपने मित्र के सम्बन्ध में चाहे जो कहें, वे एक दुष्ट व्यक्ति हैं, जिन्होंने उनके 'पति' को राक्षसों के देश में भेजा है।

जुड़वा बहनें जैसा आचरण कर रही थीं, उससे उनके पिता-माता और भाई दुखी थे। दोनों बहनें आपस में लिपटी-सिमटी किसी कोने में बैठ जातीं और उसाँसें लेतीं अथवा आँसू बहाया करती थीं। उन्हें किसी प्रकार से सान्त्वना नहीं मिलती थी। भोजन उनके गले के नीचे नहीं उतरता था। वे अपने निश्चित स्थान पर बैठतीं, दो-एक ग्रास मुँह में डालतीं, फूटकर रो पड़तीं और उठ जाती थीं। वे न तो भगवान पशुपति की दैनिक पूजा में भाग लेतीं, न उत्सव के नृत्यों में सम्मिलित होतीं।

उनकी माँ रविका कभी उन्हें झिड़कती-फटकारती, कभी भरसक आश्वासन देने का प्रयास करती थी। यह सोचकर कि अब लड़कियों को थोड़ा बहुत आत्मसंवरण करना चाहिए, एक दिन उसने उन्हें खूब खरी-खोटी सुनाई–"मूर्खाओ, इस तरह रोज-रोज रोते रहना और भूखों मरना व्यर्थ है। भगवान पशुपति के हाथ बड़े लम्बे हैं। उद्धव की कोई हानि नहीं होगी।"

उनका भाई मणिमान भी वहीं था। उसने अपनी माँ की बातों से सहमति प्रकट करते हुए सिर हिलाया।

पिंगला ने अपनी माँ की ओर मुड़कर आवेश के साथ कहा, "माँ, झूठ मत बोलो। वे कभी नहीं लौटेंगे। राक्षस उन्हें खा जाएँगे। हमको निरी बच्चियाँ न समझो।"

कपिला ने बात आगे बढ़ाई, "यदि तुम्हें लौटने का इतना भरोसा था तो तुमने अपने लाड़ले बेटे को उनके साथ क्यों नहीं भेजा?" फिर वह मणिमान की ओर मुड़कर बोली, "तुम तो बहुत बड़े योद्धा हो न, अपने को बहुत लगाते हो, किन्तु तुम कायर हो। तुम पीछे खिसक गए। तुमने उद्धव का साथ क्यों नहीं दिया?"

माँ ने उन दोनों को शान्त करने की चेष्टा की–"उद्धव को तो जाना ही था, क्योंकि उनके मित्र कृष्ण ने उन्हें जाने को कहा था। मणिमान अपने जीवन को क्यों संकट में डालता?"

"यही तो बात है।" कपिला ने चीखकर कहा, "सच है कि उद्धव कृष्ण का आदेश-पालन करना चाहते थे, किन्तु हमारे इन भ्राता ने कभी यह नहीं सोचा कि अपनी बहनों की जीवन-रक्षा के लिए उनके जीवन को सुरक्षित रखना चाहिए।"

"तुम सभी स्वार्थी हो, कायर हो।" पिंगला ने तिरस्कार करते हुए कहा।

इन व्यंग्य-वचनों से मणिमान को गहरा आघात लगा। उसने कहा, "तुम इतनी बुद्धिहीन क्यों हो रही हो? यदि उद्धव नहीं लौटे तो साल-दो साल में तुम उन्हें भूल जाओगी। तब तुम्हें उनसे भी अच्छा पति मिल जाएगा।"

कपिला ने क्रोध से मणिमान की ओर आँखें तरेरीं–"जरा नागकूट के इस भावी राजा को तो देखो!" पिंगला ने तिरस्कारपूर्वक कहा, "यह अभी से हम लोगों के लिए नया पति ढूँढ़ने लगे हैं। इन्होंने अभी से मान लिया है कि उद्धव नहीं लौटेंगे।"

"मेरी बच्ची," रविका ने उसे शान्त करने की चेष्टा करते हुए कहा, "उत्तेजित न होओ। हम सभी जानते हैं कि उद्धव लौटकर नहीं आएँगे। यह निश्चित है। तुम्हारा भाई तो केवल तुम्हारे भविष्य की बात सोच रहा है।"

"हमें इस बात की चिन्ता नहीं है कि तुम लोग हमारे भविष्य के बारे में क्या सोचते हो।" पिंगला ने कहा, "हम लोगों ने अपनी योजना बना ली है। हम लोग दो महीनों तक उनकी प्रतीक्षा करेंगी और उसके बाद उद्धव का अनुसरण करेंगी।"

कपिला ने बात आगे बढ़ाई, "हम गंगा में डूब मरेंगी, अथवा उससे भी अच्छा यह होगा कि हम भी राक्षसावर्त चली जाएँ और अपने पति की तरह राक्षसों का आहार बन जाएँ।"

रविका दोनों लड़कियों पर हाथ उठाने ही वाली थी कि मणिमान ने बाधा दी–"माँ, तुम परेशान मत होओ। मैंने पिताजी से कह दिया है कि वे दादाजी पर इस बात का दबाव डालें कि वे इन छोकरियों की ओर ध्यान दें। सम्भवतः उन्होंने महामुनि से भी इनके पागलपन के बारे में बातें की हैं।"

पिंगला टपक पड़ी–"तुम महामुनि और दादाजी से हम लोगों से बातें करने को कहोगे? भगवान वेदव्यास ने हम लोगों को विश्वास दिलाया है कि यदि दो महीनों के बाद भी उद्धव नहीं लौटे तो वे कायरों के इस प्रदेश से हमें अपने साथ ले जाएँगे। फिर हम अपने जीवन के साथ जो कुछ करना चाहेंगी, वे हमें करने देंगे।"

रविका ने आतंकित होकर कहा, "आर्यक की राजपुत्री परदेश जाएँगी?"

पिंगला बोली, "हाँ, भगवान वेदव्यास हमें जहाँ ले जाएँगे, हम वहीं जाएँगी।"

"हम लोग दूसरे लोक में भी जा सकती हैं–ऐसी किसी भी जगह जा सकती हैं, जहाँ यहाँवालों के समान कायर लोग न होंगे।" कपिला ने कहा, "हमारे यह वीर राजकुमार उद्धव के साथ जाने का साहस नहीं कर सके। कायर कहीं के! कायर! कायर!" दोनों बहनें एक-दूसरे से लिपटकर रोने लगीं।

मणिमान लज्जित हो रहा था। उसे लग रहा था कि उससे कुछ चूक हो गई है, नागों का भावी राजा उद्धव को राक्षसावर्त जाने से नहीं रोक सका था, उनके साथ जाने का साहस नहीं कर सका था, और न अपनी बहनों को ही उद्धव को

भूल जाने के लिए सहमत कर सका था। उसे छोड़कर शेष तीनों में कुछ ऐसी बात थी जो प्रशंसनीय थी, किन्तु उसमें वह नहीं थी। उसने बेचैनी का अनुभव किया।

किन्तु कुछ दिनों में दोनों राजकुमारियों के लिए आशाप्रद संभावनाएँ दीख पड़ीं। कुदान भरते घोड़ोंवाले चमकीले रथों पर बैठे यादव योद्धा हस्तिनापुर से नागकूट आ पहुँचे। कृष्ण के आने की आशा से कृतवर्मा ने उन्हें भेजा था, क्योंकि जैसा पहले निश्चय हुआ था, उन्हें एकचक्रा तीर्थ और नागकूट के मार्ग से द्वारका लौटना था।

जुड़वाँ बहनों के अतिरिक्त नागकूट का प्रत्येक व्यक्ति उद्धव और राक्षस-बालक की बात भूल गया, क्योंकि उनमें से किसी ने इससे पहले न तो ऐसे रथ और अश्व देखे थे, न ऐसे धनुष-बाण। यह देखकर भी उनके हृदय गर्व-स्फीत हो गए कि हट्टे-कट्टे यादव आ-आकर राजा आर्यक के चरणों में प्रणिपात करते हैं, जो उनके नायक वसुदेव के नाना हैं।

विशेषतः राजकुमार मणिमान हर्षोन्मत्त हो उठा था। उसकी प्रजा को सताने वाले निर्भीक आर्यों के सम्बन्ध में उसने सुन तो रखा था, किन्तु वह कभी कल्पना भी नहीं कर सका था कि उनमें ऐसे मैत्रीपूर्ण योद्धा भी होंगे। शीघ्र ही यादव नायकों के साथ उसकी अच्छी घनिष्टता हो गई। यहाँ तक कि जुड़वाँ बहनों के हृदयों में भी आशा की एक किरण जाग उठी। यह कृष्ण की सेना है। यदि उन्होंने उद्धव को राक्षसावर्त जाने का आदेश दिया था तो निश्चय ही वे उन्हें लौटा भी लाएँगे।

उसके बाद वे आए—उद्धव के मित्र, श्यामल शरीर, सुन्दर और अपने मुकुट पर मोर-पंख फहराते हुए। जुड़वाँ बहनें अपना दुख भूल गईं। परिवार के अन्य जनों के साथ उनका स्वागत करने के लिए वे भी नगर-द्वार पर गईं।

नागगण उत्सव की तरंग में थे। वे अपनी सबसे भड़कीली पोशाकें पहनकर और गले में रंग-बिरंगे मनकों की माला पहनकर आए थे। स्त्रियाँ हँस रही थीं और प्रसन्नतापूर्वक बातें कर रही थीं। पितामह आर्यक के झुर्रियों-भरे चेहरे पर भी मुस्कराहट दीख रही थी।

कृष्ण ने मातामह आर्यक और युवराज के चरणों में प्रणिपात किया। प्रशंसा-भाव से भरी जुड़वाँ बहनें उद्धव के इस मित्र को मुँह-बाए देखती रहीं। उद्धव ने जैसा कहा था, यह ठीक वैसे ही थे। मानो सुवर्ण का बना हो, ऐसा एक शंख उनकी कमर से लटका हुआ था। उनके बाएँ कन्धे पर एक चमकदार, गोल और अनेक दाँतोंवाला शस्त्र (चक्र) बँधा हुआ था। उनका स्मित मधुर था—उद्धव के अतिरिक्त अन्य किसी के भी स्मित से मधुरतर।

नगर की ओर लौटते समय कृष्ण आर्यक की डोली के साथ पैदल चल रहे

थे। वे रास्ते-भर उनसे बातें करते रहे। बातें करने का उनका ढंग देखकर जुड़वाँ बहनें मुग्ध हो गईं। आरम्भ में वे गम्भीर थे और आदर के भाव से बातें कर रहे थे, फिर वे अनौपचारिक हो गए। पितामह आर्यक जब परिवार के लोगों से उनका परिचय कराने लगे, उनकी स्नेहपूर्ण आँखें एक के बाद एक व्यक्ति पर स्थिर होती रहीं। उनकी आँखों के स्मित से प्रभावित जुड़वाँ बहनों की आँखों में भी स्मित की रेखा दीख पड़ी। शीघ्र ही कृष्ण आदरभाव छोड़कर अनौपचारिक रूप से बातें करने लगे। परिवार के सभी लोग उनकी बातें सुन रहे थे और वे शरारती आँखों तथा सहज स्मित के साथ विनोदपूर्वक बातें कर रहे थे। जुड़वाँ बहनें यह नहीं सुन सकीं कि वे आर्यक से क्या कह रहे हैं, किन्तु अपने जीवन में उन्होंने पहली बाहर रुक्ष स्वभाववाले बूढ़े राजा को अट्टहास करते देखा। जो व्यक्ति पितामह को हँसा सकता है, वह अद्‌भुत है।

अनन्तर सब लोग भगवान पशुपति के मन्दिर में गए। कृष्ण ने वहाँ भगवान की पूजा की। वहाँ से उनको राजपरिवार के निवास स्थान में ले जाया गया। जब सरदार लोग विदा हो गए तो आर्यक का परिवार उन्हें घेरकर बैठ गया, क्योंकि मारिषा के इस पौत्र से सबकुछ जान लेने के लिए सभी लोग उत्सुक थे।

जुड़वाँ बहनें इस अतिथि से मिलकर यह कहने के लिए विकल हो रही थीं कि वे उद्धव की खोज में जाएँ। किन्तु गण-प्रमुखों के चले जाने पर कृष्ण ने स्वयं ही युवराज कर्कोटक से पूछा, "उद्धव कहाँ हैं? वे तो यहाँ नहीं दीख पड़ते।"

बात सुनने के लिए दोनों बहनों ने कान खड़े कर लिए।

"वे यहाँ से चले गए।" कर्कोटक ने झिझकते हुए कहा।

कृष्ण ने चिन्तित होकर पूछा, "वे कहाँ गए? उन्हें तो मेरे साथ द्वारका जाने के लिए मुझसे यहीं मिलना था।"

कर्कोटक थोड़ी उलझन में पड़ गए। बोले, "वे राक्षसावर्त गए हैं।"

"राक्षसावर्त गए हैं? किसलिए?" कृष्ण ने पूछा।

"हमारे एक नायक ने एक राक्षस-बालक को पकड़ा था, जिसने सूचना दी कि कुन्ती बहन और पाँचों पाण्डव जीवित हैं और राक्षसावर्त में हैं।" कर्कोटक ने कहा।

"यह पक्की बात है?" कृष्ण ने पूछा।

"बालक था तो पागल-जैसा किन्तु उसने जो कुछ कहा, उससे हम लोगों ने यही समझा।" कर्कोटक ने उत्तर दिया।

"और उद्धव स्वयं ही उनको ढूँढ़ने चले गए?" कृष्ण ने पूछा।

"हाँ। उन्होंने बताया कि तुमने उनसे ऐसा ही करने को कहा था।" कर्कोटक ने कहा।

कृष्ण ने गम्भीर स्नेह के साथ कहा, "यह बात उन्हीं के योग्य है।"

दोनों बहनें अपनी सिसकियाँ न रोक सकीं और सब लोग उन्हीं की ओर देखने लगे।

"क्या बात है बहनो?" कृष्ण ने पूछा। उन्हें लगा कि उनकी बातों से ही उन लोगों के दुख का कोई-न-कोई सम्बन्ध है।

रविका बीच में बोल उठी, "कृष्ण, ये मेरी बेटियाँ हैं—कपिला और पिंगला।"

"किन्तु तुम दोनों रो क्यों रही हो?" चिन्तायुक्त स्वर में कृष्ण ने पूछा।

पिंगला ने मर्यादा को ताक पर रखकर सिसकते और रोते हुए कहा, "भैया, उन्हें राक्षसों ने खा लिया होगा।"

"इन कायरों में से कोई उनके साथ भी नहीं गया।" अपने पिता और भाई की ओर क्रोधपूर्वक देखती हुई कपिला बीच में बोली।

इस उद्‌गार का कारण जानने के लिए कृष्ण ने कर्कोटक की ओर देखा। युवराज ने राक्षस-बालक से लेकर उद्धव के जाने तक की सारी कथा विस्तार से सुना दी। अन्त में उन्होंने कहा, "वासुदेव, उद्धव इसलिए राक्षसावर्त गए कि उनके कथनानुसार तुमने उन्हें वैसा करने को कहा था, हममें से कोई उनके साथ नहीं जा सका। किसी नाग ने राक्षसावर्त की सीमा में कभी पैर नहीं रखा था। वह बड़ा भयानक प्रदेश है, जहाँ से कोई मनुष्य जीवित नहीं लौटता।"

कृष्ण ने सदय होकर इस साहसी नाग युवराज की आत्मस्वीकृति सुनी, "मैं समझ रहा हूँ कि आपमें से कोई उद्धव के साथ क्यों नहीं गया।" कृष्ण के स्वर में दयालुता और क्षमा का ऐसा पुट था कि परिवार के सभी वीरों को लज्जा का अनुभव हुआ, क्योंकि उन्हें जो करना चाहिए था, उससे वे चूक गए थे।

आर्यक अब तक शांत भाव से सारी बातें सुन रहे थे। अब कृष्ण की ओर मुड़कर उन्होंने कहा, "यदि मैं युवक होता तो उद्धव को कभी अकेला न जाने देता।" उनकी बड़ी-बड़ी आँखों में अपने परिवारवालों के लिए तिरस्कार का भाव प्रकट हो रहा था—"इस पीढ़ी के नाग-वीरों का समय अपने केशों में तेल चुपड़ने और उत्सवों में नृत्य करने में व्यतीत होता है। कितना अच्छा होता यदि मैं युवक होता!" वृद्ध राजा ने निःश्वास छोड़कर असहाय भाव से कहा।

पिंगला ने कहा, "आँसू बहाने से अब कोई लाभ नहीं है पितामह! अब तक राक्षसों ने उन्हें खा लिया होगा।"

कपिला ने कहा, "मैंने आपसे कहा नहीं था कि पितामह, कि ये सभी कायर हैं?"

कृष्ण ने मुस्कराते हुए प्रशंसा के भाव से जुड़वाँ बहनों की ओर देखा—"चिन्ता न करो बहनो, मैं कल राक्षसावर्त जाऊँगा और उद्धव को अपने साथ लौटा लाऊँगा।

नानाजी, आप कल के सारे उत्सव बन्द करवा दें। वे उत्सव तब होंगे जब मैं उद्धव को साथ लेकर लौटूँगा–सम्भव है कि मैं पाण्डवों को भी अपने साथ ले आऊँ।'' कहकर वे अपने आसन से उठ खड़े हुए।

पिंगला ने अपनी बात दुहराई, ''किन्तु अब तक तो राक्षसों ने उन्हें खा...।'' बहनों के इस विश्वास को डिगाना कठिन था कि उद्धव अब तक राक्षसों के आहार बन चुके हैं।

कृष्ण ने मधुर स्मित के साथ उनकी ओर देखते हुए कहा, ''जब तक मैं जीवित हूँ, उद्धव का कोई अनिष्ट नहीं हो सकता।'' और फिर वे आर्यक की ओर मुड़े, और बोलते समय उनके शब्दों में भवितव्य की अटलता का एक विचित्र समावेश था–''जो कोई उद्धव की हत्या का प्रयास करेगा, वह जीवित नहीं रहेगा।''

उन्होंने एक झटके के साथ और निर्णयात्मक भंगिमा से अपना उत्तरीय कन्धे पर डाला और प्रकोष्ठ से बाहर चले गए। सात्यकि और श्वेतकेतु ने भी उनका अनुसरण किया।

मणिमान अपनी अक्षमता की लज्जा से पराभूत हो गया था। सहसा उसने कहा, ''पितामह, मैं कृष्ण के साथ राक्षसावर्त जा रहा हूँ।''

कपिला फूट पड़ी–''तुम अब जाना चाहते हो कायर? उद्धव के साथ तुम नहीं जा सके?''

आर्यक के नाग और जो कुछ हों, युद्ध-कुशल नहीं थे। कुल्हाड़ी उनका सबसे उपयोगी शस्त्र थी, जिससे वे शत्रु पर प्रहार करते और कभी-कभी जंगल का कोई छोटा टुकड़ा साफ करके खेती के काम लायक बना लेते थे। मिट्टी के घर बनाकर वे उनमें अपने सुअर, बकरियाँ, भेड़ें और कुछ अन्य साधारण पशु रखते थे। बड़े पैमाने पर पशु-पालन उनके लिए एक अनजानी कला थी, जिसमें आर्यों को असाधारण दक्षता प्राप्त थी। जबकि उनके पास बहुसंख्यक गधे थे। गिने-चुने घोड़े भी थे, जो अधिकांशतः निर्धन आर्यों से खरीदे गए थे और वे भी उपयोग से अधिक दिखावे के लिए थे।

नाग लोग गंगा अथवा यमुना के तटवर्ती भागों में रहना पसन्द करते थे, जिससे अपनी छोटी-छोटी डोंगियों के द्वारा वे सुविधापूर्वक यातायात कर सकें। किन्तु आर्यगण जिस प्रकार वर्षानुवर्ष प्रगति करते जा रहे थे, उससे अपनी सुरक्षा की दृष्टि से उन्हें जंगलों की ओर पीछे हटना पड़ा था।

ऐसे यादवों की एक छोटी टुकड़ी का आगमन, जिसे वे अपने ही जैसा मान सकते थे, उनके लिए आँखें खोलनेवाली घटना थी। वे हस्तिनापुर अथवा काम्पिल्य के आर्यों के समान नहीं थे। वे अपने सरदारों का आदर करते थे, वे भूमि अथवा पशु-धन के लिए आपस में झगड़ते नहीं थे और वे पशुपति के मन्दिर में जाकर

पूजा करते थे।

इन आर्यों के प्रधान, कृष्ण और उद्धव, उनके लिए अपरिचित नहीं थे। वे उनके प्रीति-भाजन राजा आर्यक की पुत्री मारिषा की सन्तति थे। अपने बीच यादवों को पाकर उन्हें लगा कि रथों एवं अश्वों तथा गदाओं एवं धनुषों से सुसज्जित इन योद्धाओं के वर्चस्ववाले इस बड़े और विशाल जगत् में उनका भी स्थान है।

जीते-जागते उद्धव को लौटा लाने के लिए राक्षसावर्त जाने के कृष्ण के निर्णय का भी नागों पर बड़ा प्रभाव पड़ा था। उस समय तक किसी राक्षस का सामना होने की सम्भावना से ही नागों का सर्वाधिक पराक्रमी नायक भी सिहर उठता था। ये भयानक राक्षस रात में आते थे, वीभत्स आवाजें निकालते थे, उनके स्वजनों अथवा पशुओं को चुरा ले जाते थे, कच्चा मांस खाते थे और अपने हाथों से ही पशुओं का कलेजा फाड़ देते थे। नागों के लिए उनका नाम भी अभिशाप के समान था। कोई राक्षस गाँव में आ गया है, यह अफवाह सुनकर भी सैकड़ों नाग भाले और कुल्हाड़ी लेकर उसे मारने के लिए एकत्रित हो जाते थे।

अब एक नया क्षितिज प्रकट हुआ था। उनका बहादुर नायक सिगुरी नाग एक जीवित राक्षस-बालक को पकड़ लाया था। उनके स्वजन उद्धव निर्भीक होकर उनके भयंकर देश में गए थे। और अब, राक्षसों के हाथ से उद्धव को छुड़ा लाने के लिए कृष्ण वहाँ जा रहे थे, जो मारिषा के पौत्र थे, जिन्होंने सम्राट् जरासन्ध का मान-भंग किया था और चामत्कारिक पुरुष के रूप में जिनका नाम हर व्यक्ति की जिह्वा पर था।

प्रत्येक नाग के हृदय में साहस की तरंगें उठ रही थीं। युवा जन कृष्ण के साथ जाने की तैयारियाँ करने लगे। यहाँ तक कि कर्कोटक-जैसे भीरु व्यक्ति ने भी उनके साथ जाने की इच्छा व्यक्त करने का साहस बटोर लिया। यादव सरदारों की सत्ता और तेज से अब मणिमान की आँखें भी खुल गई थीं और उसके हृदय में नवीन महत्त्वाकांक्षाएँ सिर उठाने लगी थीं। वह उद्धव से धनुष-बाण के प्रयोग की थोड़ी बहुत कला पहले ही सीख चुका था। अब वह अपना पराक्रम दिखाने के लिए अधीर हो रहा था।

पशुपति के मन्दिर में सभी नाग एकत्रित हुए। उनके पुरोहितों और आर्यों के पुरोहित के रूप में श्वेतकेतु ने इस साहसिक अभियान की सफलता के लिए आशीर्वाद-प्राप्ति हेतु परमात्मा का आवाहन किया। उद्धव के जाने के बाद से जिन जुड़वाँ बहनों की आँखें रात-दिन आँसुओं से भरी रहती थीं, अब वे भी मुस्कराने लगी थीं।

सात्यकि ने एक सौ नाग सरदारों को चुनकर उन्हें उनके बेढंगे शस्त्रों के प्रयोग की समुचित शिक्षा दी और अभियान के लिए जिन यादवों का चुनाव हुआ था,

उनमें से बीस-बीस यादवों की प्रत्येक टुकड़ी के साथ पाँच-पाँच नागों को लगा दिया।

यादव-सेना के साथ आए गरुड़ों में से पाँच श्रेष्ठ वीरों को उन्होंने साथ ले लिया। वे विचित्र प्राणी थे। उनके मुँह के साथ नकली चोंचे लगी हुई थीं। वे गरुड़ की तरह कीकते थे और भूमि पर उड़ते हुए-से चलते थे।

ज्योतिषियों के बताए एक शुभ दिन को कृष्ण ने सीमावर्ती गाँव के लिए प्रस्थान किया। सिगुरी नाग मार्गदर्शक के रूप में उनके साथ गया। वे सदा की भाँति प्रसन्नचित्त थे, आर्यक से विनोद कर रहे थे, मणिमान की पीठ थपथपा रहे थे और जुड़वाँ बहनों की ओर देखकर मुस्करा रहे थे। यह कहकर उन्होंने रविका को भी हँसा दिया कि उन्हें देखकर उनको अपनी माता यशोदा का स्मरण आ गया है, जो माखन चुराने के लिए सदा उन्हें दण्डित करती रहती थीं। उनका आत्मविश्वास संक्रामक था। प्रत्येक व्यक्ति को विश्वास था कि वे उद्धव के साथ लौट आएँगे।

अपनी डोली में बैठकर डेढ़ दिनों तक आर्यक उनके साथ गए। युवराज कर्कोटक तो ठेठ सीमान्त के गाँव लहुरिया तक पहुँचे, जहाँ रुककर उन्हें कृष्ण के लौटने की प्रतीक्षा करनी थी।

लहुरिया में कृष्ण ने युवराज कर्कोटक और राज-परिवार की महिलाओं से विदा ली। जुड़वाँ बहनों ने उनसे प्रार्थना की कि वे उन्हें भी अपने साथ ले चलें। कृष्ण ने नटखटपन से मुस्कराकर कहा, "यदि राक्षसों ने उद्धव को खा लिया होगा तो मैं तुम लोगों को भी ले चलूँगा, जिससे वे तुम्हें भी खा लें। तब तक तुम्हें धैर्य रखना चाहिए।"

"किन्तु आप हम लोगों को अभी अपने साथ क्यों नहीं ले चलते?" उन दोनों ने पूछा।

"अभी नहीं ले जाऊँगा। मान लो कि तुम लोगों को राक्षसों ने खा लिया और उद्धव जीवित बचे हों, वैसी स्थिति में उनका क्या होगा?" उन्होंने मुस्कराते हुए पूछा और जुड़वाँ बहनें हँस पड़ीं।

सहसा पिंगला के मन में एक विचार उठा–"मान लीजिए कि उद्धव खा लिए गए हों, तब आप क्या करेंगे?" उसने पूछा।

"चिन्ता न करो," कृष्ण ने उसके गाल पर चिकोटी काटकर कहा, "यदि उद्धव को कुछ हो गया तो मैं सारे राक्षसों को खा जाऊँगा और थोड़ा हिस्सा तुम्हें भी खाने को दूँगा। किन्तु मुझे विश्वास है कि वे जीवित हैं। वे मर नहीं सकते। मैं उन्हें साथ लेकर लौटूँगा।"

कृष्ण के साथ उनके दल को लेकर सिगुरी पथरीले मार्ग से आगे बढ़ा। दल के पिछले भाग की निगरानी सात्यकि कर रहे थे। उनके पीछे अनुचरों का दल

था, जो उन लोगों के लिए भोजन आदि की सामग्री ले जा रहे थे।

जब वे ढलुवाँ चट्टानोंवाले पहाड़ों पर पहुँचे तो कृष्ण यादवों का युद्ध-गीत गाने लगे। अन्य यादवों ने भी उनका साथ दिया। उत्साह में आकर नागों ने भी उनके स्वर-में-स्वर मिलाया, यद्यपि वे गीत का एक भी शब्द समझ नहीं रहे थे। किन्तु स्वर के आरोह के साथ उनका साहस भी बढ़ता गया और वे शीघ्रतापूर्वक ऊँचाइयाँ चढ़ने लगे।

ढलुवाँ पहाड़ों के ऊपर पहुँचकर कृष्ण ने अपना शार्ङ्ग हाथ में लिया और पाञ्चजन्य शंख उठाकर उससे विजय-घोष किया। जंगल के कोने-कोने से शंखनाद की प्रतिध्वनियाँ हुईं। इसके द्वारा जंगल की सम्पूर्ण शक्ति को दी गई चुनौती पर सब लोग विस्मय के साथ देखते रह गए।

मानो उनके आदेश का पालन करने के लिए ही उद्धव सघन वृक्ष-झाड़ियों से भरी घाटी में से आनन्दपूर्ण चीत्कार करते हुए बाहर निकल आए। लँगड़ाता हुआ निकुम्भ उनके साथ-साथ दौड़ रहा था। उन लोगों ने उनके पीछे आती कुछ छायाकृतियों की झलक देखी, जो घने जंगलों में छिपे-ढँके चल रहे थे। ज्योंही उनकी दृष्टि कृष्ण पर पड़ी और उन्होंने पाञ्चजन्य की ध्वनि सुनी, अपने कन्धे का भार भूमि पर फेंककर वे भाग खड़े हुए।

यह एक अद्‌भुत दृश्य था। कृष्ण का आदेश पाकर जीवित और सुरक्षित उद्धव उस रहस्यपूर्ण नरक से बाहर आ गए। यह तो सचमुच देवता हैं।

आनन्दपूर्ण चीत्कार करके कृष्ण ने उद्धव को पुकारा और उन्हें अपने बाहुओं में भरने के लिए घाटी की ओर दौड़ चले। कृष्ण ने जो चमत्कार कर दिखाया था, उससे अब भी विस्मयाभिभूत अन्य जन तक पहाड़ के गहरे ढलुवाँ उतार से नीचे उतर आए और कृष्ण तथा उद्धव की जय-जयकार करने लगे।

कृष्ण ने धीमे स्वर में पूछा, "पाण्डव जीवित हैं?"

उद्धव ने स्वीकृति में सिर हिलाया, किन्तु दृष्टि-संकेत के उन्हें सावधान किया कि अन्य जनों की उपस्थिति में इस सम्बन्ध में बातें न करें। फिर उन्होंने सबको सुनाने के लिए स्पष्ट और दृढ़ स्वर में कहा, "वासुदेव, राक्षसों के प्रतापी राजा वृकोदर महाराज आर्यक की मैत्री से अत्यन्त प्रसन्न हैं। उन्होंने नागों और राक्षसों के बीच शान्ति की स्थापना के प्रतीक रूप में उन्हें यह उपहार भेजा है।"

भागने से पहले राक्षसों ने जो गठरियाँ भूमि पर फेंक दी थीं, उनकी ओर संकेत करते हुए कृष्ण ने पूछा, "यह उपहार क्या है?"

उद्धव ने उत्तर दिया, "इसमें लोमड़ी का चमड़ा है।"

"क्या राजा वृकोदर ने पितामह आर्यक के लिए यही उपहार भेजा है?" कृष्ण ने पूछा।

"हाँ। और अब नागों और राक्षसों के बीच शान्ति बनी रहेगी। राजा वृकोदर ने वचन दिया है कि अब से राक्षस महाराज आर्यक के प्रजाजनों में से किसी नाग को नहीं खाएँगे। इस मित्रता के चिह्नस्वरूप राजा वृकोदर प्रति मास पचास लोमड़ियों के चमड़े का उपहार भेजा करेंगे।" कहकर उद्धव मुस्कराए–"और महाराज आर्यक के प्रतिनिधि के रूप में मैंने वचन दिया है–और मेरी आशा है कि मेरे वचनों को महाराज विफल न करेंगे–कि बदले में राजा वृकोदर को प्रतिमास पचास बकरियों और भेड़ों का उपहार भेजा जाएगा। यह छोटा राक्षस," प्रसन्नतापूर्वक मुस्कराते हुए निकुम्भ का मस्तक थपथपाकर उद्धव ने कहा, "अब हमारी देवभाषा अच्छी तरह बोलने-समझने लगा है। प्रत्येक पूर्णिमा की रात्रि को यही आकर उपहारों का आदान-प्रदान किया करेगा।"

नागों में प्रसन्नता की लहर दौड़ गई। अब उन्हें राक्षसों से भयभीत होने की आवश्यकता नहीं है, यह बात उन्हें ऐसी लगी, जैसे किसी दुःस्वप्न से छुटकारा मिल गया हो।

हँसी-खुशी के साथ भोजनादि समाप्त करके सब लोग लौटने के लिए पहाड़ चढ़ने चले। और लोग जब कुछ आगे बढ़ गए तो कृष्ण ने उद्धव से कहा, "मुझे प्रसन्नता है कि तुम जीवित लौट आए। तुम राक्षसों से कैसे बच पाए? क्या तुम्हें पाण्डवों का कुछ पता लगा?"

"वे सभी सुरक्षित हैं माता कुन्ती और पाँचों भाई।" उद्धव ने मुस्कराते हुए कहा, "राजा वृकोदर अपने भाई भीम ही हैं।"

"भीम?" कृष्ण ने विस्मित होकर कहा, "वे राक्षसों के राजा कैसे हो गए?"

"वह लम्बी कथा है। बाद में बताऊँगा। किन्तु यह असाधारण कार्य तो मानव-मात्र में केवल भीम ही कर सकते थे।" उद्धव ने कहा, "किन्तु अभी वे द्वारका नहीं जाना चाहते।"

"मैं भी यही चाहता हूँ। मेरी इच्छा है कि वे अगले वर्ष के मार्गशीर्ष मास तक वहीं बने रहें, जहाँ हैं। पौष मास में द्रुपद की कन्या कृष्णा का स्वयंवर काम्पिल्य में होनेवाला है।" कृष्ण ने कहा।

"स्वयंवर! मैं तो समझ रहा था कि वह तुम्हारे साथ ब्याही जानेवाली है।" उद्धव बोले।

"ऐसा लगता है कि जो भी मुझसे विवाह करना चाहता है, उसे मैं बहका देता हूँ।" कृष्ण ने मुस्कराते हुए कहा, "हम लोगों ने यह निर्णय किया है कि वह स्वयंवर में अपने लिए पति का चुनाव करे।"

"क्या तुम भी प्रतियोगिता में भाग लोगे?" उद्धव ने पूछा।

"क्या तुम ऐसा समझते हो कि मैं भाग ले सकता हूँ? मैं चाहता हूँ कि अर्जुन

उसमें सम्मिलित हों। इसीलिए मैं कहना चाहता हूँ कि वे अगले पौष मास में काम्पिल्य आएँ।'' कृष्ण ने कहा।

''यह भीम के लिए भी अनुकूल होगा।'' उद्धव ने कहा, ''भीम वहाँ से एक साल के पहले नहीं हटेंगे। और उन सब लोगों का निश्चय है कि वे तभी आएँगे, जब तुम उन्हें आने को कहोगे।''

''मुझे प्रसन्नता है कि वे जहाँ हैं, वहीं साल-भर तक रहना उन्होंने स्वीकार कर लिया है।'' कृष्ण बोले।

''स्वीकार कर लिया है? अगले साल तक तो हाथी भी उन्हें वहाँ से नहीं डिगा सकते। राजा वृकोदर को उनकी राक्षसी रानी हिडिम्बा से युवराज की प्राप्ति होनेवाली है। वे तभी अपने राज्य से बाहर जाएँगे, जब वह छह महीने का हो जाएगा।'' उद्धव ने कहा।

कृष्ण ने हँसकर कहा, ''कहा नहीं जा सकता कि अगली बार भीम क्या चमत्कार कर दिखाएँगे।''

जब वे लहुरिया पहुँचे तो वहाँ राजा आर्यक का एक सन्देशवाहक उन लोगों की प्रतीक्षा कर रहा था। उसने कहा, ''आप सब लोग शीघ्र राजधानी चलिए। नागों पर एक दुष्ट राजा ने आक्रमण कर दिया है।''

सब लोग आश्चर्यचकित रह गए, क्योंकि ऐसी कोई अफवाह भी नहीं थी कि नागों पर आक्रमण की सम्भावना है। किन्तु इस दल का मनोबल बढ़ा हुआ था और आक्रमणकारी से जूझने की सम्भावना ने उसे और बढ़ा दिया।

''उद्धव, एक नई कसौटी हमारे सामने है।'' कृष्ण ने कहा।

आर्यक की अन्तिम इच्छा

यमुना के उत्तरी भाग के नाग प्रदेश पर आक्रमण हुआ है, इस समाचार से भी विजयोन्मत्त सैनिकों का उत्साह कम नहीं हुआ। वे नगाड़े पीटते और बाँसुरी बजाते नागकूट पहुँचे। मार्ग में वे जहाँ कहीं भी रुके, वहाँ ग्रामीणों ने गीत-नृत्यों से उनका हार्दिक स्वागत किया। राक्षसों के राजा ने उनके परमप्रिय राजा को जो उपहार भेजे थे, उन्हें देखने के लिए वे उत्सुक बने रहते थे। और इस सूचना से कि कोई राक्षस किसी भी नाग को नहीं खाएगा, सबके हृदयों में सन्तोष की लहर फैल गई थी।

किन्तु उद्धव सर्वथा प्रसन्न नहीं थे। जब वे कर्कोटक और रविका को अपने पराक्रमों की कथा सुना रहे थे, तो उनकी आँखें जुड़वाँ बहनों को ढूँढ़ रही थीं। उद्धव जब भी अपने बारे में कुछ कहने लगते, दोनों बहनें किसी-न-किसी तरह

वहाँ से हट जाती थीं। यह अनहोनी बात थी। उद्धव को लगा कि इसमें कहीं कोई गड़बड़ी है। बिना किसी कारण के दोनों बहनें ऐसे स्पष्ट रूप से उनकी उपेक्षा नहीं कर सकतीं।

उद्धव ने मणिमान को–जो अब अधिकारपूर्वक अपने को वीर समझने लगा था–एक ओर ले जाकर कहा, "भाई, कपिला और पिंगला को क्या हो गया है? वे मेरी उपेक्षा क्यों कर रही हैं? क्या अभी तक उनका क्रोध शान्त नहीं हुआ?"

कृष्ण उस समय युवराज कर्कोटक से बातें कर रहे थे। उन्होंने यह कानाफूसी सुन ली। उन्होंने उद्धव की ओर मुड़कर कहा, "उद्धव, मुझसे दोनों बहनों ने बड़ी कातरता से कहा था कि मैं तुम्हें जीवित लौटा लाऊँ। वे इतनी दूर चलकर तुम्हारा स्वागत करने के लिए यहाँ आईं। क्या तुम यह नहीं समझ सकते कि वे क्यों असन्तुष्ट हैं?"

"मुझसे असन्तुष्ट हैं? मैंने क्या किया है?" उद्धव ने खेद प्रकट करते हुए पूछा।

"तुमने? तुमने सदा उनकी अवमानना की है।" कृष्ण ने शरारती मुस्कराहट के साथ कहा।

"मैंने क्या किया है?" उद्धव ने फिर पूछा।

"तुम उनके पति हो–कम-से-कम उन दोनों ने तुम्हें पति-रूप में स्वीकार किया है। तुम्हें उनके पास जाना चाहिए। वे तुम्हारे वीरतापूर्ण पराक्रमों की कथा भीड़ में नहीं, एकान्त में सुनना चाहती हैं। आखिर कब तुम अच्छे पति बन सकोगे?" उद्धव की आश्चर्यचकित दृष्टि देखकर कृष्ण ने हँसते हुए कहा।

"मैं! मैं पति हूँ? कृष्ण, क्या तुम भी चाहते हो कि मैं दोनों बहनों से विवाह करूँ?" उद्धव ने असहाय भाव से पूछा।

"ये बहनें तो पहले ही तुमसे विवाह कर चुकी हैं। अपनी भक्ति से उन्होंने तुम्हें जीत भी लिया है। उद्धव, स्त्रियाँ जब पति प्राप्त करने पर तुल जाती हैं तो छुटकारा नहीं मिल सकता। यदि तुम्हारी जगह मैं होता तो सम्मान के साथ पराजय स्वीकार कर लेता।" उद्धव से कहकर कृष्ण मणिमान की ओर मुड़े–"मणिमान, तुम क्या उद्धव को एकान्त में दोनों बहनों के पास ले जाओगे? और देखो, तुम वहाँ मत रुकना। उद्धव के यह बताने पर कि किस तरह राक्षस उन्हें पकाकर खाने ही वाले थे कि और किस तरह उस क्षण उनके मन में उन्हीं की स्मृति भरी थी, दोनों बहनें जी भरकर रो लेने का अवसर चाहती हैं।"

"तुमने कैसे जाना कि उस समय मैंने उन्हें स्मरण किया था?" उद्धव ने पूछा।

"तुमने स्मरण किया था न? क्यों? मैंने इसे कैसे जान लिया, यह तो मेरा भेद है।" कृष्ण ने कहा और वे हँसते हुए वहाँ से चले गए।

जब यह दल नागकूट पहुँचा तो राजा आर्यक ने बड़ी धूम-धाम से इसका स्वागत किया, यद्यपि आक्रमण के समाचार से सब लोग घबराए हुए थे। उसी दिन राक्षसों पर विजय पाने के उपलक्ष्य में उत्सव आदि हुए। नागों और यादवों ने तब तक नृत्य किया, जब तक उनमें से अधिकांश के लिए अपने पैरों खड़े रहना भी असम्भव नहीं हो गया और वे तब तक खाते-पीते रहे, जब तक सवेरा नहीं हो गया।

दूसरे दिन दूत के द्वारा आक्रमण का विवरण प्राप्त हुआ। पुष्कर के यादव राजा चेकितान पर कुरुओं के युवराज दुर्योधन ने आक्रमण किया था। आत्मसमर्पण करने के बदले यादव-नायक अपनी प्रजा के साथ यमुना-पार आ गया था और नागों को उनकी बस्तियों से खदेड़कर उनकी सम्पत्ति पर अधिकार कर रहा था। इससे जो मुठभेड़ें हुईं, उनमें बहुत से नाग मारे गए। बलवान यादवों का सामना करने में असमर्थ होकर नाग घने जंगलों में भाग रहे थे।

यह समाचार बहुत घबरा देनेवाला था। अब तक आर्यों ने अपने और नागों के बीच यमुना को सीमा-रेखा माना था, किन्तु अब बहुत बड़ी संख्या में वे यमुना के पार आ रहे थे।

यह समाचार फैलते ही लोगों में खलबली मच गई। गहन विक्षुब्धता में पड़े आर्यक ने सरदारों की एक बैठक बुलाई। उसमें कृष्ण, उद्धव, सात्यकि और श्वेतकेतु भी आमन्त्रित किए गए। सभी सरदार बहुत घबराए हुए थे। यमुना-तट पर बसे अपने लोगों की रक्षा के लिए वे नागों की एक बड़ी सेना भेजने की बातें करने लगे।

जब आर्यक ने कृष्ण का परामर्श माँगा, उन्होंने शान्तिपूर्वक कहा, "पितामह, दुर्योधन की इस चाल में मुझे किसी दुरभिसन्धि की आशंका हो रही है। चेकितान यादव-नायक है। वह सौराष्ट्र और हस्तिनापुर के मध्य प्रमुख मार्ग की निगरानी करता है। दुर्योधन ने पुष्कर पर इसलिए अधिकार किया होगा कि हम लोग उत्तर की ओर न बढ़ सकें। उसका सामना न कर सकने के कारण वह यमुना-पार करके आपके राज्य में आश्रय लेने आया होगा।"

"वह आश्रय नहीं चाहता," कृष्ण जिस दृष्टि से इस स्थिति पर विचार कर रहे हैं, उससे कुछ अधीर होकर आर्यक ने कहा, "वह हमारी बस्तियों को उजाड़ रहा है और हमारी प्रजा की हत्या कर रहा है।"

"मैं मानता हूँ कि यह अनुचित है," कृष्ण ने कहा, "किन्तु जब युद्ध छिड़ता है तो लोग सुध-बुध खो बैठते हैं। वे उचित-अनुचित का विचार नहीं कर पाते। यदि आपकी आज्ञा हो तो मैं एक सुझाव दूँ।" कृष्ण हाथ जोड़कर बोले।

आर्यक ने कहा, "अवश्य। हम लोग तुम्हारा परामर्श चाहते हैं।"

कृष्ण शान्त प्रेरकता के साथ बोले, "पूज्य पितामह, यदि मेरा अनुमान ठीक

है तो उचित यह होगा कि चातुर्मास में हम चेकितान का आतिथ्य-सत्कार करें।"

"यदि वह हमारे आतिथ्य का अनुचित लाभ उठाए और हमें नष्ट कर दे तब क्या होगा?" कर्कोटक बोला, "हमें आर्यों का पर्याप्त अनुभव मिल चुका है। युद्ध में वे निर्दय होते हैं और शान्ति में छली।"

"आपका कथन सत्य है," कृष्ण ने मोहक स्मित के साथ कहा, "विजेता के रूप में, विशेषतः दुर्बलों के विजेता के रूप में हमारा इतिहास अच्छा नहीं है। किन्तु यदि मैं आपको वचन दूँ कि चातुर्मास के बाद चेकितान स्वयं ही आपके प्रदेश से चला जाएगा, क्या तब भी आप बलपूर्वक उसे खदेड़ देने के निर्णय पर अटल रहेंगे?"

कर्कोटक के चेहरे से स्पष्ट परिलक्षित हुआ कि कृष्ण के कथन पर उसे विश्वास नहीं है। वह क्या उत्तर दे, इसके लिए उसने अपने पिता की ओर देखा।

"मामाजी, आप भले ही मुझ पर विश्वास न करें," कृष्ण ने कहा, "किन्तु आप उद्धव को भलीभाँति जानते हैं। शीघ्र ही वे जुड़वाँ राजकुमारियों से विवाह करेंगे। यदि वे आपसे कहें और प्रतिज्ञा करें कि यदि मैं चेकितान को समझा-बुझाकर न लौटा सकूँ तो वे स्वयं आपके प्रदेश से चेकितान को निकाल बाहर करेंगे, तब क्या आप मुझ पर विश्वास कर सकेंगे?"

आर्यक ने अपने पुत्र की ओर देखा। कर्कोटक अपने नायकों की ओर देख रहा था और उसे लगा कि उन्हें कृष्ण पर विश्वास नहीं है।

"पितामह, यदि आप यही उचित समझें तो चेकितान को भगाने के लिए अवश्य सेना भेजें। उद्धव उसके साथ जाएँगे और यदि आवश्यक हुआ तो सात्यकि भी! और मुझे इसमें कोई सन्देह नहीं कि युद्ध में आपकी विजय होगी। किन्तु उसका अर्थ होगा युद्ध—मार-काट, लूट-पाट, बस्तियों का जलाया जाना और स्त्रियों पर अत्याचार।" अपनी बात का प्रभाव डालने के लिए कृष्ण क्षण-भर रुके—"किन्तु यदि आप मेरा परामर्श स्वीकार कर लेंगे तो चेकितान के आतिथ्य-सत्कार के रूप में आप उसे उतना ही देंगे, जितना अभी वह आपसे बलपूर्वक ले सकता है। और उसके बाद, यह दायित्व मेरा होगा कि वह आपके क्षेत्र से लौट जाए।" उन्होंने गम्भीर आग्रह के साथ आगे कहा, "और मैंने जो वचन दिया है, उसका पालन अवश्य होगा।"

नाग-प्रमुख कृष्ण के अलौकिक पराक्रम से पहले से ही मन्त्रमुग्ध थे कि बिना बल-प्रयोग के उन्होंने राक्षसों को वश में कर लिया था। अब जिस पारदर्शी सचाई के साथ वे वचन दे रहे थे, उससे वे और प्रभावित हुए।

आर्यक अपनी डोली से उठे, क्षण-भर के लिए उन्होंने आँखें मूँदीं, फिर दृढ़तापूर्वक कहा, "भगवान पशुपति महान् हैं। कृष्ण, वत्स, मेरी प्रजा चेकितान

का स्वागत करेगी। किन्तु तुम्हें इस बात का ध्यान रखना होगा कि चातुर्मास के बाद वह हमारी सीमा से लौट जाए।''

अगले दिन आर्यक के बुलाने पर कृष्ण जब उनसे मिलने गए तो उनके परिवर्तन को देखकर चकित रह गए। उनका एक-एक अंग थरथरा रहा था और उनकी आँखों की ज्योति बुझ गई थी।

कृष्ण ने आर्यक के सम्मुख प्रणिपात किया और हाथ जोड़कर कहा, ''आज्ञा दें पितामह!''

''कृष्ण, मैं एकान्त में तुमसे बातें करना चाहता हूँ।'' बूढ़े राजा ने धीमी और लड़खड़ाती आवाज में कहा। फिर अपने क्षीण हाथ के संकेत से उन्होंने कर्कोटक और दल-प्रमुखों को वहाँ से चले जाने का आदेश दिया। जब वे दोनों अकेले रह गए तो आर्यक ने करुण स्वर में कहा, ''कृष्ण अपना हाथ बढ़ाओ।''

कृष्ण ने वृद्ध राजा की ओर अपना हाथ बढ़ा दिया।

वृद्ध राजा ने काँपते हुए स्वर में कहा, ''कृष्ण, कल हमें जो समाचार मिला है, उससे मैं बहुत व्यथित हुआ हूँ। मैंने कभी यह नहीं सोचा था कि कोई आर्य यमुना पार करके मेरी प्रजा को संतापित करेगा। मैं दुखी हूँ—बहुत दुखी हूँ।'' कहते-कहते उनकी आँखों से आँसू झरने लगे—''एक बूढ़े की कथा सुनो—ऐसे बूढ़े की, जो कुछ ही दिनों का मेहमान है। तुम मेरी मारिषा के पौत्र हो। तुम पर मेरा कुछ अधिकार है कृष्ण!''

कृष्ण ने प्रेम से बूढ़े राजा का हाथ थपथपाकर कहा, ''पितामह, आप मुझे मणिमान के समान समझें। मैं आपका ही हूँ।''

वृद्ध राजा थोड़ी देर चुप रहे। फिर भावातिरेक से काँपते हुए उन्होंने अपने सहज करारे स्वर में कहा, ''कल तुमने हम लोगों को जो परामर्श दिया था, वह बुद्धिमत्तापूर्ण था। मैं तुम्हारे-जैसे युवक से ऐसे परामर्श की आशा नहीं कर सकता था। भगवान पशुपति तुम्हें अपना वचन पूरा करने की शक्ति दें।''

''चिन्ता न करें पितामह! परमात्मा हमारी रक्षा करेंगे। मैं प्राणपण से अपना वचन पूरा करने का प्रयत्न करूँगा।'' कृष्ण ने कहा।

आर्यक बोले, ''वत्स कृष्ण, मुझे भय है कि भविष्य में मेरी प्रजा को दुर्दिन देखने होंगे।''

सहानुभूतिपूर्वक स्वर में कृष्ण ने कहा, ''ऐसा क्यों पितामह?''

''जब मैं युवा था तो हाथों में धनुष-बाण लेकर और रथारूढ़ होकर आनेवाले आर्यों को देखकर हम लोग हँसा करते थे।'' स्मृति-विह्वल आर्यक ने मन्द स्वर में कहा, ''तब मैं समझता था कि हम लोग इतने शक्तिशाली हैं कि हमें हमारे राज्य से कोई निकाल नहीं सकता। किन्तु तुम्हारे पितामह की यादव-प्रजा आई,

उसने निवास के लिए यमुना के परले पार के जंगलों को साफ करके बस्तियाँ बसाईं। गंगा के किनारों की भूमि भी हमारी ही पैतृक सम्पत्ति थी, किन्तु धीरे-धीरे कुरु और पाञ्चाल आकर वहाँ बस गए। तब प्रायः ही हमारी प्रजा को जंगलों की ओर पीछे हटना पड़ा था।"

वृद्ध राजा थोड़ी देर चुप रहे, फिर एक दीर्घ निःश्वास के साथ उन्होंने कहना आरम्भ किया, "हमारी प्रजा सरल स्वभाव की, भली और शान्तिप्रिय है। छोटी-मोटी झड़पें तो उसे प्रिय हैं, किन्तु युद्ध से वह घृणा करती है, सच तो यह है कि युद्ध को वह सहन ही नहीं कर सकती। वह सहज ही तुम लोगों के धनुष-बाणों, रथ-अश्वों, पशु-पालन और कृषि नहीं सीख सकती। हम अपने पुराने, बहुत पुराने व्यवहारों से चिपके हुए हैं। यदि परिस्थितियाँ ऐसी ही बनी रहीं तो संसार से नागों का अस्तित्व मिट जाएगा।"

वृद्ध राजा के स्वर से जिस वेदना का आभास मिलता था, उससे कृष्ण का हृदय द्रवित हो गया। वे उनके दुबले, काँपते हाथों को थपथपाते रहे। "मैं सोचता रहता हूँ, सोचता रहता हूँ, बराबर सोचता रहता हूँ।" उनका स्वर इतना धीमा था कि कठिनाई से सुना जा सकता था। क्षण-भर चुप रहने के बाद वे फिर कहने लगे, "कर्कोटक युद्ध करने के योग्य नहीं है। मेरे अन्य वीर पुत्रों की मृत्यु हो चुकी है। मणिमान भले स्वभाव का है। आर्यों का सामना करने की शक्ति, कौशल और ओजस्विता हममें नहीं है।"

आर्यक जब तक साँस लेने के लिए रुके, कृष्ण मन-ही-मन उनकी बुद्धिमत्ता की प्रशंसा करते रहे। "जब उद्धव और तुम हम लोगों के बीच आए तो मुझे लगा कि भगवान पशुपति ने हम लोगों की रक्षा करने की मेरी पुकार सुन ली है। मैंने अपने पुरोहितों से परामर्श किया; वे भी मुझसे सहमत हुए कि तुम पशुपति के आदेश से हमारी रक्षा करने के लिए ही आए हो। थोड़े ही दिनों में तुमने हमारी प्रजा में नए जीवन का संचार कर दिया है। उनमें पराक्रम का भाव जागा है—भले ही वह थोड़े समय के लिए क्यों न हो। राक्षसों के साथ शान्ति-स्थापना होने से उनमें एक नई आशा का संचार हुआ है।"

"मुझे बड़ी प्रसन्नता है कि हम लोगों का आना आप सबके लिए सहायक हुआ है।" कृष्ण ने कहा।

"अब तक मैं इस बात का विरोध करता आया था कि हमारी प्रजा आर्यों का रहन-सहन अपनाए। मैं समझता था कि यदि हमारी प्रजा शान्तिप्रिय है तो कोई उस पर आक्रमण नहीं करेगा। किन्तु पिछले सप्ताह से मैं सोचता रहा हूँ, दिन और रात, रात और दिन सोचता रहा हूँ। अब मैंने निर्णय किया है कि हमारी प्रजा को आर्यों की जीवन-पद्धति अपनानी चाहिए। उन्हें शस्त्रों का निर्माण करना

और युद्ध करना चाहिए, गौ-पालन और अश्व-पालन करना चाहिए, गेहूँ और धान उपजाना चाहिए, जैसा कि आर्य लोग करते रहे हैं। यद्यपि नाग अपनी परिपाटी को पसन्द करते हैं, किन्तु वे तुम्हारी बात मानेंगे। वे तुम्हें केवल मारिषा के पौत्र के रूप में ही जानते हैं। सबसे बड़ी बात यह कि वे तुमसे भयभीत नहीं होते। उनका विश्वास है कि तुम उन्हें पराधीन बनाना अथवा उनके राजा बनना नहीं चाहते।'' वृद्ध राजा ने कहा।

''पितामह, मैं आपको विश्वास दिलाता हूँ कि मेरी इच्छा न तो नागों का, न ही आर्यों का राजा बनने की है। कई बार राज-पद स्वीकार करने का प्रस्ताव मेरे सामने आया था, किन्तु मैंने अस्वीकार कर दिया।'' कृष्ण ने कहा, ''जहाँ कोई राजा बने, उसके लिए लोगों के हृदय-कपाट बन्द हो जाते हैं। मैं चाहता हूँ कि लोग मेरे पास खुले हृदय से आएँ, जिससे मैं उनमें प्रवेश कर सकूँ।''

''कृष्ण, तुम मेरी सहायता करो।'' आर्यक ने अपने काँपते हाथों से कृष्ण का हाथ थामने का असफल प्रयास करते हुए कहा, उनके झुर्री-भरे गालों पर आँसुओं की बूँदें झर रही थीं–''मेरी अशक्त प्रजा को तुम बलवान बनाओ।''

कृष्ण ने कहा, ''पूज्य पितामह, अश्वों और रथों की बात सोचना सरल है, किन्तु उन्हें प्राप्त करना कठिन है।''

आर्यक ने पूछा, ''क्यों? मैं समझ नहीं पाता।''

''अश्व और रथ, धनुष और बाण, ये युद्धास्त्र हैं; उनका मूल्य अधिक होता है और उनके प्रयोग के लिए निपुण व्यक्तियों की आवश्यकता होती है। अश्व-पालन के लिए परिश्रम, दक्षता और धन की आवश्यकता होती है। उसके लिए आवश्यक है उपजाऊ भूमि, गो-धन का विकास–जो प्राचुर्य की जननी है, और कठोर, बहुत कठोर परिश्रम। एक के बिना दूसरे को प्राप्त नहीं किया जा सकता।'' कृष्ण ने कहा।

आर्यक ने पूछा, ''जब तुम यादवों को द्वारका ले गए तो उन्हें तुमने कैसे प्राप्त किया?''

''जब हम मरुभूमि से होकर स्वतन्त्रता की खोज में निकले तो हमें एक अग्नि-परीक्षा देनी पड़ी और उस परीक्षा में उत्तीर्ण होकर हम सुदृढ़ बन गए। वह हमारा निर्माण था। हम अपने अश्व और अपनी गायें अपने साथ सौराष्ट्र ले गए। कृषि-कार्य और गो-संवर्धन में हम दक्ष थे। अतः सौराष्ट्र को शीघ्र ही उपयोगी भूमि बना लेने में हम सफल हो गए। इसके अतिरिक्त भगवान ने हमें द्वारका, प्रभास और साबर-कच्छ-जैसे बन्दरगाह दिए हैं। वे हमें असीम धन देते हैं। अतः अपनी शक्ति बनाए रखने के लिए अन्य राजाओं के समान हमें युद्ध करने अथवा कर लगाने की आवश्यकता नहीं होती।'' कृष्ण ने कहा।

"तुम भाग्यशाली हो। परमात्मा ने तुम्हें बुद्धिमत्ता प्रदान की है कृष्ण! तुम हमें क्या करने का परामर्श दोगे?" आर्यक ने पूछा।

"यदि आप चाहते हैं कि आपकी प्रजा का अस्तित्व बना रहे तो उन्हें उन प्राचीन परिपाटियों को बनाए रहने दीजिए, जो उनके स्वाभिमान की रक्षा के लिए आवश्यक हैं और जिस दिशा में वे अशक्त हैं, वहाँ उन्हें आर्यों की प्रणाली अपनाने दीजिए।" कृष्ण ने कहा।

"तुम मुझे मार्ग दिखाओ वत्स!" आर्यक ने आर्त्तभाव से अनुनय की, "मैं नहीं चाहता कि मेरी प्रजा पराधीनता के पंक में डूबे। मैं उनकी रक्षा करना चाहता हूँ।"

कृष्ण थोड़ी देर चुप रहकर बोले, "पितामह, सबसे पहली बात यह है कि बाहर जो कुछ हो रहा है, उसके प्रति आपकी प्रजा अपनी आँखें खुली रखे।"

आर्यक ने कहा, "लेकिन यह कभी नहीं हो सकता। मैं जानता हूँ।"

"यदि आप किसी ऋषि को अपना आश्रम बनाने के लिए यहाँ आमन्त्रित करें तो हो सकता है। वह ज्ञान और प्रेम का गृह होगा, जहाँ आपकी प्रजा धर्म और तपस्या की रीति सीख सकेगी।" कृष्ण ने कहा।

"किन्तु शक्तिशाली बनने के लिए क्या करना होगा–इतना शक्तिशाली कि उन्हें आर्यों से कुचले जाने का भय न रहे?" आर्यक ने पूछा।

"इसके लिए नागों को सुख-चैन का मार्ग छोड़कर तपस्या का कठिन मार्ग अपनाना होगा। श्वेतकेतु उनको आर्यों की युद्ध-कला का प्रशिक्षण देंगे। अश्व-पालन की रीति भी सिखाएँगे। आर्य इतने शक्तिशाली इसीलिए हैं कि वे अश्वों का सम्मान करते हैं। अश्व समस्त संग्रामों के दैवी विजेता हैं। वे शक्ति-प्रवाह के स्रोत हैं।" उन्होंने और भी कहा, "नागों को युद्ध जीतने की कला सीखनी होगी। मुझे रक्तरंजित युद्धों से घृणा है। धर्म-संरक्षण के अतिरिक्त मैंने कभी युद्ध नहीं किया। किन्तु प्रत्येक व्यक्ति को धर्म की रक्षा के लिए और आवश्यक हो तो मृत्यु के लिए भी प्रस्तुत रहना चाहिए।"

"मुझे क्या करना चाहिए, इस सम्बन्ध में तुम्हारी क्या सम्मति है?" कृष्ण जो कुछ कह रहे हैं, उसका अभिप्राय समझने में अरामर्थ आर्यक ने पूछा, "मुझे पहेलियाँ न बुझाओ।"

कृष्ण ने कहा, "मैं स्पष्ट ही कहता हूँ। सात्यकि जाकर चेकितान से मिलें। मैं धौम्य ऋषि को सन्देश भेजूँगा कि वे कुछ प्रतिभाशाली नाग बालकों को उत्कोचक तीर्थ के अपने आश्रम में स्थान दें। मैं वे पचीस घोड़े और दस घोड़ियाँ आपको दे दूँगा, जिन्हें राजा द्रुपद ने मुझे उपहार के रूप में दिया है। मैं उनसे यह अनुरोध भी कर सकता हूँ कि आश्रम के लिए वे पहली बार एक सौ दुग्धवती गायें आपको उपहार के रूप में दे दें। सम्भव है, गुरु सान्दीपनि शस्त्र-कला में निपुण किसी

व्यक्ति को भेज सकें, जो आपकी प्रजा को आधुनिकतम शस्त्रों के उपयोग की विधि सिखा सके।'' कृष्ण ने कहा।

''किन्तु तुम्हारे बिना मेरी प्रजा सहज ही नए तौर-तरीके नहीं अपनाएगी। मैं जानता हूँ कि वे कितने सुस्त हैं।'' आर्यक ने कहा।

''मैं अनिश्चित काल तक यहाँ नहीं रह सकता।'' कृष्ण ने उत्तर दिया, ''मुझे अवन्ती जाना है, जहाँ गुरु सान्दीपनि मेरी प्रतीक्षा कर रहे हैं। किन्तु जुड़वाँ बहनों से उद्धव का विवाह हो जाने पर वे पूरे साल-भर यहाँ रह सकते हैं वस्तुतः अगले वर्ष के पौष तक, जब मैं फिर यहाँ आऊँगा।''

''क्या तुम अगले वर्ष के पौष मास में यहाँ आओगे?'' आर्यक ने पूछा।

''हाँ। मैं अपने साथ कुछ यादव-योद्धाओं को भी ले आऊँगा। हम लोग राजा द्रुपद की पुत्री के स्वयंवर में जाएँगे। और यदि मेरे अनुरोध से राजा द्रुपद ने मणिमान को आमन्त्रित किया तो वह भी जा सकेगा। वह उद्धव से बहुत घुल-मिल गया है।'' कृष्ण ने कहा।

जब कर्कोटक और यादव-प्रमुखों के साथ, श्वेतकेतु, सात्यकि और उद्धव को फिर बुलवाया गया तो राजा थोड़ी देर तक आँखें मूँदे लेटे रहे। सब लोग उनकी आँखें खुलने की प्रतीक्षा में उन्हें घेरकर बैठे रहे।

जब उन्होंने आँखें खोलीं तो उनमें एक चमक थी–''कर्कोटक, नायकगण! भगवान पशुपति ने हमारे प्रधान पुरोहित के द्वारा जो भविष्यवाणी कराई थी, वह सच होनेवाली है। कृष्ण ने हम लोगों की मैत्री स्वीकार कर ली है।'' वृद्ध राजा का मुँह कुछ टेढ़ा-सा हुआ, जैसे वे मुस्करा रहे हों–''कृष्ण तुम्हें विजय के मार्ग पर ले जाएँगे। तुम लोग मुझे अपना हाथ दो और प्रतिज्ञा करो कि सदा उनके आदेश का पालन करोगे।''

कर्कोटक, मणिमान और सभी नायक डोली के चारों ओर घिर आए और सबने अपना दाहिना हाथ वृद्ध राजा की ओर बढ़ाया। हल्के कम्पन के साथ राजा ने उनके हाथ कृष्ण के हाथ पर रख दिए। उनकी बड़ी-बड़ी आँखें और फैल गईं।

''कृष्ण, मेरी मारिषा के पौत्र, तुम अपना वचन निभाना, मेरी प्रजा के साथ मित्रता बनाए रखना।'' वृद्ध राजा ने कहा।

कृष्ण भाव-विभोर हो गए। कर्कोटक और अन्य सरदारों के बढ़े हुए हाथों पर उन्होंने अपना सिर झुकाया। थोड़ी देर तक कोई कुछ नहीं बोला।

आर्यक के धँसे हुए गालों पर आँसू बह चले। ''अब मैं सुखपूर्वक मर सकूँगा।'' उन्होंने अस्पष्ट स्वर में कहा और अपना मस्तक पीछे झुकाया। उनके बंकिम अधरों पर एक स्मित उभरा और मिट गया।

पुरुषवेशिनी

कुरुओं के महान् सैनिक नेता द्रोणाचार्य, हस्तिनापुर में युद्धशाला के अपने भवन के सम्मुख अपने नित्य के आसन पर बैठे हुए थे। उनकी भौंहें तनी हुई थीं और आँखों में अप्रसन्नता झलक रही थी।

उनके सम्मुख कुरुओं के शक्तिशाली और सुन्दर युवराज दुर्योधन, सुरूप और निपुण धनुर्धर अंगराज कर्ण तथा स्वयं उनके पुत्र अश्वत्थामा खड़े थे। वे उनको पुष्कर के यादव राजा चेकितान पर अपनी महान् विजय का संवाद सुनाने आए थे, किन्तु शीघ्रता में किए गए अपने अविवेकपूर्ण कार्य के लिए उन्हें भला-बुरा सुनना पड़ा था।

"दुर्योधन, मैंने तुमसे कहा था कि चेकितान से मित्रता करो और प्रशिक्षण के लिए उसके पुत्र को यहाँ ले आओ। किन्तु तुमने किया क्या? तुमने जाकर उसे नष्ट कर डाला। उसके जैसे एक छोटे-से मकोड़े को कुचलने में कोई बुद्धिमानी नहीं थी। और फिर तुमने उसे यमुना के पार खदेड़ दिया।" द्रोणाचार्य ने कहा।

"वह बड़ा दुराग्रही था गुरुदेव! उसने पराजय स्वीकार नहीं की।" कर्ण ने उतावली से कहा, झल्लाहट से उसका चेहरा तमतमा उठा था—"इसलिए उसे उसके राज्य से खदेड़ना पड़ा।"

"वह एक वीर पुरुष था और इसीलिए मैं उसे मित्र बनाना चाहता था, अपने बोलने के ढंग से अपनी अप्रसन्नता प्रकट करते हुए द्रोणाचार्य ने उत्तर दिया, "अब उस राजमार्ग की रक्षा कौन करेगा? पुष्कर के सारे राजमार्ग पर यादवों के नायक रहते हैं।"

"किन्तु पिताजी, चेकितान पर आक्रमण करने की बात का तो आपने समर्थन किया था।" अश्वत्थामा ने कहा। उसके चेहरे पर इस बात का स्पष्ट आभास था कि यह डाँट-फटकार उसे अच्छी नहीं लगी है।

"गुरुदेव, वह कभी हमारा मित्र नहीं बन सकता था।" दुर्योधन ने चिड़चिड़ेपन के साथ कहा।

"अच्छा होता कि तुम लोग कभी मित्र बनाने पर भी ध्यान देते।" द्रोणाचार्य ने कहा।

"वह कभी हमारा मित्र नहीं बन सकता," कर्ण ने दृढ़तापूर्वक कहा, "और उसे विषैले पौधे की तरह जड़ से उखाड़ फेंकना चाहिए।"

"किन्तु मित्रों के बिना तुम अपने शत्रुओं को नष्ट कैसे कर सकोगे?" द्रोणाचार्य ने पूछा।

"पुष्कर हमारे हाथ में होगा तो हम विराट और कृष्ण, दोनों का ध्यान रख

सकेंगे।'' सौराष्ट्र और हस्तिनापुर के बीच का सारा राजमार्ग हमारे अधिकार में होगा।'' कर्ण बोले।

द्रोणाचार्य ने अपने शिष्यों की ओर तिरस्कारपूर्वक देखा—''यदि यादव और विराट मिलकर हमारे विरोध में उठ खड़े हों तो हमारी सारी शक्ति उधर ही केन्द्रित हो जाएगी। उस समय द्रुपद को हस्तिनापुर पर आक्रमण करने से कौन रोक सकेगा?''

''मैंने विकर्ण को पुष्कर की जिम्मेदारी सौंप दी है।'' कर्ण बोले।

''किन्तु उस उजाड़ खण्ड में बसाने के लिए तुम्हें कुरु कहाँ मिलेंगे, जिसके एक ओर हमारा विरोधी विराट होगा और दूसरी ओर शाल्व तथा चेकितान के चतुर्दिक् यादवगण होंगे? अच्छा, अब तुम लोग जाओ। मेरे आशीर्वाद लो। मैं इस विषय में पितामह से परामर्श करूँगा और देखूँगा कि क्या किया जा सका है।'' द्रोणाचार्य ने कहा।

तीनों युवकों के विदा हो जाने पर द्रोणाचार्य विचारमग्न हो गए। दुर्योधन सदा की तरह हठी, स्वेच्छाचारी और जल्दबाज है। वह कभी राजनीति-मर्मज्ञ नहीं बन सकेगा और न निर्विवाद रूप से कोई परामर्श ही मानेगा।

उनकी योजना विफल हो गई थी। वे चेकितान को अनुगत मित्र बनाकर शाल्व तथा यादवों के विरुद्ध अपनी सीमाओं को सबल बनाना चाहते थे। अब उनके शिष्य उसे ऐसा शत्रु बना आए थे, जिसे सन्तुष्ट नहीं किया जा सकेगा। क्या कृष्ण उसकी सहायता के लिए आगे बढ़ेंगे और पुष्कर पर पुनः अधिकार कर लेंगे?

द्रोण ने सोचा कि कृष्ण एक विकट समस्या बन गए हैं। वे अभी काम्पिल्य में हैं। सम्भवतः शीघ्र ही वे द्रुपद की कन्या से विवाह करेंगे। चेकितान यादव हैं। उन्हें उनके राज्य से खदेड़ दिया गया है। बहुत सम्भव है कि इस कारण कृष्ण और उनके श्वसुर द्रुपद कुरुओं के विरुद्ध युद्ध की घोषणा कर दें। यह सब ऐसे समय होगा, जब पाण्डवों की मृत्यु के कारण कुरु-प्रमुखों में असन्तोष व्याप्त है। यह बहुत अच्छी स्थिति नहीं है। द्रोणाचार्य बड़बड़ाए—जल्दबाज, अल्पदर्शी, नासमझ हठी लड़के! कब ये समझ पाएँगे कि केवल शक्ति का प्रदर्शन ही पराक्रम नहीं है?

द्रोणाचार्य विचारों में इस तरह खो गए थे कि मछलियों और कछुओं का दाना देने का अपना दैनिक अभ्यास भी भूल गए। यहाँ तक कि बहुत देर तक उनकी दृष्टि अपने सहकारी पर भी नहीं पड़ सकी, जो युद्धशाला में प्रवेश पाने के इच्छुक चार नए प्रशिक्षणार्थियों को साथ लेकर आया था।

''हाँ शंख,'' जब द्रोणाचार्य अपनी विचारमग्नता से उबरे तो उन्होंने पूछा, ''क्या ये बालक युद्धशाला में स्थान पाने योग्य हैं?''

शंख अधेड़ आयु का एक शिष्य था, जिसके जिम्मे युद्धशाला के लिए नए

प्रशिक्षणार्थियों को चुनने का काम था। उसने गुरु के निकट आकर धीमे स्वर में कहा, "कल जो प्रशिक्षणार्थी आया था, वह लड़के से अधिक लड़की है।"

"उसे बाहर निकाल दो," गुरु ने कठोर स्वर में कहा, 'मैं ऐसा शिष्य नहीं चाहता, जो लड़के से अधिक लड़की हो।" उन्होंने हाथ झाड़ते हुए निर्णयात्मक स्वर में कहा।

"वह नहीं जाएगा गुरुदेव, वह तब तक भोजन ग्रहण करना भी स्वीकार नहीं करता, जब तक आप स्वयं उससे बात न कर लें।" शंख ने हाथ जोड़कर कहा।

"और लड़के कैसे हैं? उन्हें बुलाओ।" गुरु ने आदेश दिया।

शंख अपने साथ दो लड़कों को ले आया। वे बारह-चौदह वर्ष की आयु के थे। "ये दोनों उत्तर कुरु के गण-प्रमुख के पुत्र हैं। वे स्वयं भी यहाँ आए हैं।" अपने पुत्र के निकट खड़े नायक की ओर संकेत करते हुए शंख ने कहा।

"मुझे पिता से नहीं, पुत्रों से काम है।" कहकर वे बालकों की ओर मुड़े– "तुम बारह वर्ष के हो–और तुम, चौदह के?"

गुरु की कठोर मुख-मुद्रा देखकर डरे हुए बालकों ने कहा, "हाँ, भगवन्!"

गुरु ने त्योरियाँ चढ़ाकर कहा, "अब तक तुम लोग क्या कर रहे थे? तुम्हारे पिता को ज्ञात होना चाहिए था कि शास्त्रों के अनुसार गुरु के पास जाने की आयु आठ वर्ष है।"

लड़के भूमि की ओर दृष्टि गड़ाए खड़े रहे। उनके पिता आगे बढ़े और गुरु की कठोर मुख-मुद्रा से विचलित हुए बिना बोले, "इनकी माँ ने छोटी आयु में इन्हें छोड़ना ही नहीं चाहा।"

"और चार वर्ष नष्ट कर दिए। ठीक है," गुरु ने कहा, "बालको, मैं तुम्हें अपने शिष्यों के रूप में स्वीकार लूँगा किन्तु तुम्हें कठिन परिश्रम करना होगा, क्या तुम दोनों इसके लिए प्रस्तुत हो?" उन्होंने पूछा और सहसा उनकी आँखों में पितृ-स्नेह भर आया।

इससे एक बालक को साहस हुआ। उसने अपने काँपते हाथ जोड़कर कहा, "हाँ गुरुदेव!"

द्रोणाचार्य ने उन्हें अपने निकट बुलाया, उनकी पीठ ठोंकी और मुस्कराते हुए कहा, "यदि तुम सीखने के लिए कठिन परिश्रम करोगे तो यह देखने के लिए मैं भी कठिन परिश्रम करूँगा कि तुम सीख सको।"

इस सद्व्यवहार से बालक गद्गद हो गए। उन्होंने गुरु के चरणों में सिर नवाया। उनका आशीर्वाद लेकर वे चले गए।

इसके बाद एक मोटा-ताजा बालक आगे बढ़ा। उसके चेहरे पर अभिमान की स्पष्ट छाप थी।

"अंगारक कम्बोज से आया है गुरुदेव!" शंख ने उसका परिचय देते हुए कहा, "यह राजकुमारी भानुमती का सम्बन्धी है।"

द्रोणाचार्य ने आँखें सिकोड़कर पूछा, "तुम्हारी आयु क्या है?"

उद्धत स्मित के साथ बालक ने कहा, "सोलह वर्ष।"

"अब तक तुम क्या कर रहे थे?" गुरु ने पूछा। उनके स्वर में अस्वीकृति का भाव था।

"मल्लयुद्ध, अश्वारोहण और आखेट।" आत्मविश्वास के साथ अंगारक ने अपनी योग्यता का वर्णन किया।

"फिर तुम यहाँ किसलिए आना चाहते हो?" गुरु ने पूछा।

"पिता ने हठ किया कि मुझे यहाँ आना चाहिए। वे कहते हैं कि केवल आप ही मुझे यह सिखा सकते हैं कि योद्धा कैसे बना जा सकता है?" बालक ने उत्तर दिया।

"क्या तुममें श्रेष्ठ योद्धा बनने का कोई लक्षण है?" गुरु ने तिरस्कारपूर्ण स्वर में पूछा।

बालक गुरु के रंग-ढंग से किसी तरह घबराए बिना मुस्कराकर बोला, "पिता का विचार है कि मैं अभी भी योद्धा बनने के मार्ग पर हूँ।"

"वत्स, तुम क्या समझते हो?" गुरु ने पूछा।

बालक मुस्कराया–"यदि आप मुझसे पूछते हैं तो मैं किसी भी योद्धा-जैसा अच्छा योद्धा हूँ।"

गुरु के अधरों पर भी मुस्कराहट दीख पड़ी है। उन्होंने कहा, "ऐसी बात है? कदाचित् यह ठीक ही हो, किन्तु हमें इसकी जाँच करनी होगी।" फिर उन्होंने शंख को पुकारा, "शंख, प्रतियोगिता के द्वारा इसकी परीक्षा ले लो–आखेट, अश्वारोहण, गदायुद्ध और सुकर्ण के साथ मल्ल-युद्ध में।" फिर अंगारक की ओर मुड़कर उन्होंने कहा, "वह केवल तेरह वर्ष का है। यदि हो सके तो तुम उसे पराजित करो।"

"मैं उसके धुर्रे उड़ा दूँगा।" अंगारक ने औद्धत्य के साथ कहा।

"तब तुम्हें किसी शिक्षा की आवश्यकता नहीं है।" गुरु ने शान्तिपूर्वक कहा।

"और कहीं वह मुझे पराजित कर दे तो?"

द्रोण पहली बार खुलकर हँसे–"तब तुम्हें हमारी युद्धशाला में स्थान नहीं मिलेगा।"

"नहीं मिलेगा?" क्यों?" अंगारक ने पूछा।

"क्योंकि अच्छा छात्र बनने के लिए जिस नम्रता की आवश्यकता होती है, उसका तुममें अभाव है।" गुरु ने कहा और अधिकारपूर्ण संकेत से उसे विदा कर दिया।

अंगारक के जाने के बाद शंख चौथे बालक को ले आया, जिसने संन्यासी के-से वस्त्र पहन रखे थे और जिसके सम्बन्ध में उसने कहा था कि वह लड़के से अधिक लड़की जान पड़ता है। वह बड़ा सुन्दर था। उसकी त्वचा कोमल थी। आँखें आकर्षक थीं और मुख अत्यन्त मनोहर था। वह धीरे-धीरे और झिझकता हुआ चल रहा था। उसकी गीत में अस्पष्ट-सी स्त्रियोचित मोहकता थी। उसके लम्बे और मुलायम केश सिर के ऊपर जटा के रूप में बँधे हुए थे। कृष्णसार मृग-चर्म से ढके नितम्बों की आकृति स्वयं अपना भेद खोलनेवाली थी। फिर भी वह ओजस्वी और सबल था तथा बालकोचित रीति धारण किए हुए था। कुलीन आर्य की सहज सौम्यता से उसने आचार्य के सम्मुख प्रणिपात किया।

द्रोणाचार्य बालक के विचित्र व्यक्तित्व से आकर्षित हुए, जो कन्या भी हो सकता था। सुव्यक्त शिष्टाचारवाला वह बालक हाथ जोड़कर गुरु के आदेश की प्रतीक्षा करता रहा।

"दो दिन पूर्व तुम्हीं यज्ञशाला में आए थे?" द्रोणाचार्य ने दयालुता के साथ पूछा। ऐसा भाव वे अपरिचितों के प्रति कदाचित् ही प्रकट करते थे।

"हाँ, भगवन्!"

"तुम्हारा नाम क्या है?"

"भगवन्, मेरा नाम शिखण्डी है। मैं ही दो दिन पूर्व नौका से आया था।" बालक ने यद्यपि अपने स्वर को दृढ़ और सशक्त बनाने का प्रयत्न किया था, किन्तु वह मधुर था, प्रायः स्त्रैण।

"और मुझसे स्वयं मिलने से पहले तुमने भोजन करना अस्वीकार कर दिया था?" गुरु ने पूछा।

"हाँ भगवन्!" अपने जुड़े हुए हाथों पर सिर झुकाकर बालक ने कहा।

"क्यों?"

"मेरे जीवन का एकमात्र उद्देश्य आपका शिष्य बनना है। यदि मेरा उद्देश्य सफल नहीं होता तो मेरा जीवन निरर्थक है।" बालक ने नम्रतापूर्वक कहा।

"तुम्हारा गोत्र क्या है ब्रह्मचारी?" गुरु ने पूछा।

"भगवन्, मैं ब्राह्मण नहीं हूँ। मैं कौशिक गोत्र का क्षत्रिय हूँ।"

"तुमने वेदाभ्यास किया है?"

"हाँ भगवन्!"

"धनुर्विद्या सीखी है?"

"हाँ भगवन्!"

"गदा-युद्ध का अभ्यास किया है?"

"उसे मैं आपके पूज्य चरणों में बैठकर सीखना चाहता हूँ।" बालक ने आँखें

झुकाकर विनम्रता से कहा।

"तुम्हारी आयु क्या है?" बालक के प्रति आकर्षित होते हुए गुरु ने पूछा।

"सोलह वर्ष, भगवन्!" बालक ने उत्तर दिया।

"किन्तु तुम बारह वर्ष के जान पड़ते हो।" गुरु ने कहा।

"यह मेरा दुर्भाग्य है।" बालक बोला।

"तुमने मल्ल-युद्ध के दाँव सीखे हैं?"

"नहीं भगवन्!" उलझन से बालक का चेहरा लाल हो आया। उसने अस्पष्ट स्वर में कहा, "वह मुझे कोई शिक्षक नहीं सिखाता।"

"क्यों?"

शिखण्डी उलझन में पड़ गया। फिर उसने साहस बटोरकर कहा, "मेरे शिक्षकों को सन्देह था कि मैं बालिका हूँ।" यह बात इतनी विनम्रता से कही गई थी कि बालक की उलझन देखकर गुरु भी मुस्कराए बिना नहीं रह सके।

"बालिकाओं को मैं भी शिक्षा नहीं देता।" गुरु ने कहा।

"मुझे विश्वास है भगवन् कि मैं कितना अभागा हूँ यह जान लेने के बाद आप अस्वीकार नहीं करेंगे।" बालक ने रुद्ध कण्ठ से कहा।

"तुम कहाँ से आए हो और तुम्हारे माता-पिता कौन हैं?" गुरु ने पूछा।

लोगों के साथ बातें करते समय सामान्यतः कठोर और अधिकारपूर्ण दिखनेवाले उन महान् सैनिक नेता ने लड़की-जैसे उस लड़के की ओर दयालु मुस्कराहट के साथ देखा।

"मेरी माता काशी की राजकन्या थीं।" बालक इतना कहकर चुप हो गया, मानो उसका गला रुँध गया हो। फिर उसने गला साफ करके कहा, "मेरे पिता आपके शत्रु हैं, पाञ्चाल-राज द्रुपद।"

द्रोणाचार्य चौंक उठे। उनकी मुस्कराहट गायब हो गई। "तो वह अफवाह सच है?" तुम राजा द्रुपद की पुत्री हो और तुम्हारी माता ने अपने पितृगृह में बालकों के समान तुम्हें पाला?" उन्होंने पूछा।

शिखण्डी ने आँखें झुकाकर कहा, "हाँ भगवन्! माता की मृत्यु के बाद, दस वर्ष की आयु में, मैं पिता के यहाँ आया।"

"तब तक वे तुम्हें पुत्र ही समझते रहे?" द्रोणाचार्य ने पूछा।

"हाँ, पिता चाहते थे कि मैं वस्तुतः जो हूँ, वही बना रहूँ। किन्तु मैं अड़ गया। मैं बालक बनना चाहता था, मैं युद्ध-कला सीखना चाहता था, मैं धृष्टद्युम्न और सत्यजित के भाई के रूप में अपना उचित स्थान प्राप्त करना चाहता था। पिता इससे असन्तुष्ट थे।" बालक ने कहा।

द्रोणाचार्य को सन्देह हुआ। वे अपनी युद्धशाला में शिखण्डी के रहस्यपूर्ण

आगमन की तह में जाना चाहते थे। उन्होंने पूछा, ''क्यों?''

''पिता का विचार था कि अपने को बालक रूप में प्रकट करना वंचना है।'' शिखण्डी ने स्पष्ट उत्तर दिया, ''मैं वर्णनातीत संकट में था। मेरी रुचि, मेरा पालन-पोषण, मेरी शिक्षा—सब बालकोचित थी। मैं अपने पिता और भाइयों के समान वीर बनना चाहता था।''

''क्या कभी तुमने ऐसा अनुभव नहीं किया कि लड़की बनना तुम्हें अच्छा लगेगा?'' द्रोणाचार्य ने पूछा।

शिखण्डी ने उत्तर दिया, ''कभी-कभी ऐसा अनुभव होता था। प्रायः मेरा हृदय कठोरता, क्रूरता और दुष्टता के विरुद्ध विद्रोही हो उठता था। कभी-कभी मैं बालकों के प्रति एक-दूसरी तरह के आकर्षण का अनुभव करता था। किन्तु मैंने अपनी इन वृत्तियों को कुचल दिया। मैं पुरुष बनना चाहता था।''

''यह कब पता चला कि तुम लड़की हो?''

''मेरे पिता, भाइयों, बहन और मन्त्री उद्‌बोधन के अतिरिक्त कोई यह नहीं जानता था कि मैं लड़की हूँ, किन्तु उन लोगों ने इस रहस्य को गुप्त रखा। बहुत-से लोगों को इस बात का सन्देह होता था कि मैं लड़का नहीं हूँ। इसी कारण मेरे गुरु मुझे मल्ल-युद्ध और गदा-युद्ध की शिक्षा नहीं देते थे।'' बालक ने कहा।

''किन्तु मैंने सुना था कि पिता के यहाँ आने से पहले ही दशार्ण की राजकुमारी से तुम्हारा विवाह हो गया था।'' द्रोणाचार्य ने कहा।

''हाँ, विवाह का प्रस्ताव आया था और पिताजी ने स्वीकार कर लिया। जब हमारा विवाह हुआ तो राजकुमारी छः वर्ष की थी। अब राजा हिरण्यवर्मा इस बात पर जोर देते हैं कि उनकी पुत्री को काम्पिल्य बुला लिया जाए। इसी कारण मैं भाग आया हूँ।'' शिखण्डी ने निर्भीकतापूर्वक कहा।

''या कि तुम्हारे पिता ने तुम्हें मेरे पास भेज दिया?'' द्रोणाचार्य ने पूछा। उन्हें लग रहा था कि द्रुपद उनका भेद लेने के लिए उसे उनके पास रखना चाहते हैं।

''नहीं।'' शिखण्डी ने साहसपूर्वक ऊपर की ओर देखते हुए कहा, ''मेरे पिता को यह ज्ञात नहीं है कि मैं यहाँ आया हूँ।''

''ज्ञात नहीं है? क्या तुम चाहती हो कि मैं इस बात का विश्वास कर लूँ कि राजकन्या होने पर भी तुम पिता की जानकारी के बिना चली आई हो?'' द्रोणाचार्य ने पूछा।

''हाँ, मैंने ऐसा ही किया है। मैं काम्पिल्य से रात को निकल भागा। पत्नी के आने से पहले या तो मुझे घर छोड़ देना था अथवा डूब मरना था।''

''किन्तु तुम मेरे पास क्यों आए?'' द्रोणाचार्य ने पूछा।

''मुझे बताया गया कि तीनों लोकों में केवल एक ही ऐसे गुरु हैं, जो किसी

कन्या को महान् योद्धा बना सकते हैं।'' शिखण्डी ने करुण स्वर में कहा। उसे इस बात का भय होने लगा कि द्रोणाचार्य कहीं उसे शिष्य के रूप में अपनाना अस्वीकार न कर दें।

''वह कोई मूर्ख रहा होगा, जिसने तुम्हें यह बतलाया कि मैं लड़कियों को शिष्य बनाता हूँ।'' गुरु ने थोड़ी अधीरता से कहा।

शिखण्डी ने उत्तर दिया, ''नहीं भगवन्, जिसने मुझे यह बात कही, वह उन सब लोगों से विशिष्ट था, जिन्हें मैंने अपने जीवन में जाना है।''

''वह कौन है?'' द्रोणाचार्य ने पूछा।

''कृष्ण वासुदेव!''

यह नाम सुनते ही द्रोणाचार्य चौंक पड़े, उठकर बैठ गए और उनकी साँस रुकती-सी लगी। कृष्ण वासुदेव अपने चारों ओर कोई रहस्यजाल बुन रहे हैं। वे काम्पिल्य में हैं, मेरे शत्रु की पुत्री से विवाह करनेवाले हैं, उन्होंने शत्रु की पुत्री को युद्धशाला में भेजा है। अब सबकुछ स्पष्ट रूप से उनकी समझ में आने लगा। उन्होंने कृष्ण को उनके ही फन्दे में फाँसना चाहा। ''क्या वासुदेव जानते हैं कि तुम लड़की हो?'' उन्होंने पूछा।

शिखण्डी ने कहा, ''मैंने उन्हें बताया था।''

द्रोणाचार्य ने पूछा, ''वे कैसे आदमी हैं?''

''वे अद्‌भुत व्यक्ति हैं भगवन्!'' गहरी श्रद्धा से द्रवित होकर शिखण्डी बोले, ''वे काम्पिल्य आए और वहाँ के उदास वातावरण में प्रसन्नता भर गई। प्रत्येक व्यक्ति एक परिवर्तन का अनुभव करने लगा—यहाँ तक कि पिता भी।''

अब द्रोणाचार्य पूरे ध्यान से सुनने लगे। उनका सतर्क मन वह सब जान लेना चाहता था, जो काम्पिल्य में घटा था। ''क्यों उन्होंने तुम्हारी बहन से विवाह करने का तुम्हारे पिता का प्रस्ताव स्वीकार कर लिया है?'' उन्होंने पूछा।

''आप इसके बारे में पहले से जानते हैं?'' शिखण्डी ने अपनी आँखें उठाकर पूछा, ''क्या आप यह जानना चाहते हैं कि प्रस्ताव का कृष्ण वासुदेव ने क्या उत्तर दिया? उन्होंने मेरी बहन कृष्णा से विवाह करना अस्वीकार कर दिया। उन्होंने कहा कि वे कृष्णा के पिता के क्रोधोन्माद की आहुति बनने के लिए उससे विवाह नहीं करेंगे।''

क्षण-भर के लिए द्रोणाचार्य को ऐसा लगा कि ये शब्द वे स्वप्न में सुन रहे हैं। उन्हें अपने कानों पर विश्वास नहीं हुआ। यद्यपि शिखण्डी की बातों में पारदर्शी सत्यता थी, फिर भी उन्हें लगा कि वह उन्हें धोखा देना चाहता है। ''तुम्हें यह कैसे ज्ञात हुआ कि कृष्ण ने तुम्हारी बहन से विवाह करना अस्वीकार कर दिया?'' उन्होंने पूछा।

"जब उन्होंने मेरे पिता से यह बात कही, मैं छिपकर सुन रहा था।"

द्रोणाचार्य को लगा कि बालक सच बोल रहा है। उनभें एक परिवर्तन हुआ। "वासुदेव ने तुमको मेरे पास आने का परामर्श क्यों दिया?" उन्होंने पूछा।

"जब वे काम्पिल्य पहुँचे, मेरे श्वसुर का सन्देश लगभग उसी समय आया था। मेरी पत्नी को बुलाया जाना था। इससे मेरे लिए, मेरे पिता के लिए और पूरे पाञ्चाल के लिए एक भयानक परिस्थिति उपस्थित हो गई थी। उसके आते ही मेरा रहस्य खुल जाता और मेरा परिवार उपहास का विषय बन जाता। मेरे सत्यनिष्ठ पिता पर धोखा देने का लांछन लगता कि उन्होंने मुझे पुत्र के रूप में प्रसिद्ध किया और दशार्ण की राजकन्या से मेरा विवाह करा दिया।"

"हाँ उसके बाद?"

"उसके बाद मैंने निश्चय कर लिया कि अपना रहस्य खुलने के पहले या तो मैं घर छोड़ दूँगा या मर जाऊँगा। किन्तु न जाने क्यों, वासुदेव से मिलने के बाद मेरे मन में नई आशा का संचार हुआ।" शिखण्डी ने कहा।

"कैसे? उन्होंने तुम्हें क्या आशा दिलाई?" द्रोणाचार्य ने पूछा।

"वासुदेव ने मुझे कोई आशा नहीं दिलाई। किन्तु वे जहाँ कहीं जाते हैं, अपने साथ आशा की बयार लिए चलते हैं।"

"ऐसा लगता है कि तुम कृष्ण के प्रति अपना हृदय हार बैठे हो।" द्रोणाचार्य ने स्मित के साथ कहा।

"नहीं, मैंने चमत्कार देखा है। बयार ने मेरे पिता को, धृष्टद्युम्न को, मेरी बहन कृष्णा को और मुझे स्पर्श किया। हम सबने अपने-अपने ढंग से परिस्थिति को देखने की एक नई दृष्टि पाई।"

द्रोणाचार्य विचारमग्न हो गए। इस वासुदेव का रहस्य वे समझ नहीं पा रहे थे। जब से कृष्ण हस्तिनापुर आए थे, तब से सारे वातावरण में आवेश-सा भर गया था। उन्होंने पूछा, "तुम लोगों के लिए वासुदेव ने क्या किया?"

शिखण्डी इस प्रकार वासुदेवमय हो रहा था कि वह शब्दों में अपनी भावना व्यक्त करने लगा।

"उन्होंने विशेष रूप से कुछ नहीं किया," उसने उत्तर दिया, "उन्होंने हम सबसे इतने स्नेह से बातें कीं, जैसे वे हम लोगों से घनिष्ठ रूप से परिचित हों। उन्होंने हम लोगों की ओर देखा और हम लोग वह नहीं रह गए, जो थे। उनकी आँखों में कोई मोहिनी शक्ति थी। जब कभी वे मेरी ओर देखते, मुझे लगता कि संसार में केवल दो ही व्यक्ति हैं—वे और मैं—और सत्य हम ही दो के पास है। ऐसा लगता था कि वे मेरे हृदय की गहराई तक को देख रहे हैं और वहाँ कोई नई आस्था स्पन्दित कर रहे हैं। यह मेरे लिए एक चुनौती थी। ओः, मैं

उसका वर्णन नहीं कर सकता, किन्तु मुझे ऐसा लगा, जैसे मेरा पुनर्जन्म हुआ हो।"

कृष्ण प्रत्येक व्यक्ति को जिस प्रकार प्रभावित करते जान पड़ते थे, द्रोणाचार्य उससे चकित हुए बिना न रह सके। "इसलिए तुमने मरने का विचार छोड़ दिया?" उन्होंने पूछा।

"नहीं, मैंने जो कुछ अनुभव किया था, जो कुछ भुगता था और भुगत रहा था, वह सब उनसे कह देने का निश्चय किया। मैंने उनके मित्र श्वेतकेतु से प्रार्थना की कि रात्रि में वे मुझे उनके पास ले चलें, जिससे किसी को यह न मालूम हो कि मैं उनसे मिलने जा रहा हूँ।" शिखण्डी ने कहा।

"फिर तुम उनसे मिले?" द्रोणाचार्य ने पूछा।

"हाँ, जिस भवन में वे ठहरे थे, उससे बाहर निकल आए और मुझे लेकर मैदान में घूमने चले गए।" शिखण्डी उनकी प्रशंसा के पुल बाँधने से अपने को नहीं रोक सका–"हाँ, वे बड़े दयालु हैं। मैंने उनसे अपने दुर्भाग्यपूर्ण जीवन की कथा कहनी आरम्भ की। उन्होंने ध्यान से मेरी बातें सुनीं। उन्होंने अपने हृदय की अव्यक्त वेदना प्रकट करने के लिए मुझे प्रोत्साहित किया। मैंने उन्हें बताया कि किस प्रकार मैं जीवन-भर पुरुष बनने की इच्छा पालता रहा और किस प्रकार अपने स्त्रीत्व के द्वारा मेरा दम घुटता रहा। मैंने उन्हें अपनी निराशा की, निकट भविष्य में पत्नी के आगमन की और आत्महत्या की अपनी इच्छा की बात भी बता दी थी।"

"इस पर वासुदेव ने क्या कहा?"

"उन्होंने ऐसे सद्‌भाव से मेरी बातें सुनीं कि ज्यों-ज्यों मैं अपनी व्यथा-कथा कहता गया, मेरी कठिनाइयाँ मिटती गईं। अपनी वेदना सुनाते हुए मैं रो पड़ा। वे मधुरता और सहानुभूति के साथ इस प्रकार मुस्कराए, जैसे वही मुस्करा सकते हैं। उन्होंने मेरे गाल थपथपाए, जैसे मैं कोई छोटा बच्चा होऊँ। फिर जब वे बोले तो मुझे उनकी वाणी सूखी धरती को नव-जीवन प्रदान करनेवाली वर्षा की बूँदों के समान लगी।" शिखण्डी ने कहा।

"उन्होंने क्या कहा?" द्रोणाचार्य ने पूछा।

"उन्होंने कुछ इस तरह की बातें कहीं : 'वत्स, जब तक धर्म-मार्ग पर चलते हुए जीवित रहने का अवसर हो, तब तक मरने की बात कभी न सोचो। तुमने साहस के साथ अग्नि-परीक्षाएँ झेली हैं। अब तुम हिम्मत न हारो।' मैंने कहा कि अब मेरा साहस चुक गया है। उन्होंने हँसकर कहा, 'क्या तुम कायर बनकर मरना चाहते हो?' मैंने कहा, 'नहीं।' तब उन्होंने कहा, 'यदि तुममें मरने का साहस है तो मैं तुम्हें साहसपूर्वक मरने का मार्ग दिखाऊँगा।' यह बात

उन्होंने ऐसे आत्मविश्वास के साथ कही कि मुझे लगा, मेरे कष्टों का अन्त हो गया।''

अब द्रोणाचार्य ने इस बालक को नई रुचि के साथ देखा–यह रुचि उस चमत्कार करनेवाले के प्रति थी जो किसी मरणोद्यत व्यक्ति में आशा का संचार कर सकता था। उन्होंने पूछा–''उसके बाद क्या हुआ?''

शिखण्डी ने कहा, ''वासुदेव बोले, 'क्या तुम पुरुष बनना चाहते हो, वास्तविक पुरुष–शक्तिशाली, साहसी और सज्जन पुरुष?' मैंने कहा, 'हाँ भगवन्!' तब उन्होंने मेरे कन्धों पर हाथ रखकर और मेरी दृष्टि से दृष्टि मिलाकर कहा, 'गुरु द्रोणाचार्य के पास जाओ, उनके शिष्य बनो। केवल वे ही तुम्हें पुरुष बना सकते हैं। जीवित आचार्यों में वही सर्वश्रेष्ठ हैं। उनके हाथों में जाकर मिट्टी भी स्वर्ण बन जाती है।' ''

द्रोणाचार्य को लगा कि शिखण्डी जो कुछ कह रहा है, वही अनुभव उन्हें तब हुआ था, जब उन्होंने कृष्ण को देखा था। अप्रत्याशित प्रसन्नता और गर्व से उनका हृदय भर आया।

''क्या उन्होंने ठीक ऐसा ही कहा था?'' उन्होंने पूछा।

''हाँ भगवन्, उन्होंने जो कुछ कहा, उसका एक भी शब्द मैं नहीं भूला हूँ, क्योंकि प्रत्येक शब्द मेरे लिए अमृत की बूँद था। किन्तु उन्होंने मेरे सामने जो प्रस्ताव रखा, उससे मैं चौंक उठा। मैंने कहा कि पिता मुझे अपने सबसे बड़े शत्रु के पास जाने की आज्ञा कभी नहीं देंगे।'' शिखण्डी ने कहा।

''मैं क्या इतना बुरा हूँ?'' द्रोणाचार्य ने पहली बार खुलकर हँसते हुए पूछा। अब वे स्वयं बड़ी प्रसन्नता का अनुभव कर रहे थे।

''कारण आप जानते हैं भगवन्!''

''हाँ, मैं जानता हूँ।'' द्रोणाचार्य ने कहा, ''वासुदेव ने क्या कहा?''

''उन्होंने कहा–'शिखण्डी, तुम अपने पिता की स्वीकृति के बिना कायर की तरह मरना चाहते हो। उसी प्रकार तुम अपने पिता की स्वीकृति के बिना साहसी बनकर सच्चा पुरुष बनने के लिए जा सकते हो। और यदि तुम वीर बनकर जीवित लौट आए तो तुम्हारे पिता तुम्हारा स्वागत करेंगे'।''

''तुमने क्या कहा?'' द्रोणाचार्य ने पूछा।

''मैंने उनसे पूछा कि यदि पूज्य द्रोणाचार्य ने मुझे अपना शिष्य बनाना स्वीकार नहीं किया तो मैं क्या करूँगा?''

''वासुदेव ने क्या उत्तर दिया?'' द्रोणाचार्य ने पूछा।

''उन्होंने उत्तर दिया : 'वे महान् शिक्षक हैं। ब्राह्मण होकर वे कभी किसी योग्य शिक्षार्थी को विमुख नहीं करेंगे। किन्तु जब तुम उनके पास जाओ तो तुम्हारे हृदय

में द्वेष का एक कण भी नहीं रहना चाहिए। उनसे स्पष्टता और सच्चाई से बातें करो। पुत्र-जैसी निष्ठा के साथ उनकी सेवा करो और ऐसा समझो कि अपने पिता की अपेक्षा तुम उनके पुत्र अधिक हो। किन्तु यह मैं जानता हूँ शिखण्डी, कि यदि इस संसार में कोई तुम्हें पुरुष बना सकता है तो वह द्रोणाचार्य हैं।' '' शिखण्डी ने यह बात बड़े भावविह्वल स्वर में कही। सामान्यतः संयत रहनेवाले द्रोणाचार्य भी इससे द्रवित हो गए।

''तुम उनसे सहमत हुए?'' द्रोणाचार्य ने पूछा।

''मेरी सहमति का प्रश्न ही कहाँ था? वे मेरे उद्धारक थे। मैंने तत्काल ब्रह्मचारी का वेश धारण किया। आधी रात में आचार्य श्वेतकेतु मुझे एक नौका पर बैठा आए और धीरे-धीरे मैं यहाँ आ पहुँचा।'' शिखण्डी ने कहा।

द्रोणाचार्य ने अद्‌भुत रीति से इस बालक के प्रति आकर्षण का अनुभव किया। किन्तु अपना सन्देह प्रकट करने से वे अपने को न रोक सके–''मैं तुम्हें अपने पिता का भेदिया क्यों न समझूँ, जिसे वासुदेव ने यहाँ भेज दिया है?''

शिखण्डी ने हाथ जोड़कर कहा, ''भगवन्, आप मुझे अपने साथ रखकर मेरी परीक्षा ले लें। यदि आप मुझे मन, वचन या कर्म से प्रवंचक पाएँ तो मैं अपना जीवन आपके चरणों में अर्पित कर दूँगा। आप मेरे आध्यात्मिक पिता हैं।''

क्षण-भर द्रोणाचार्य मौन होकर सोचते बैठे रहे। फिर उन्होंने पूछा, ''शिखण्डी, तुम क्या पुरुष बनना चाहते हो? सच्चे पुरुष?''

''मैं पुरुष बनना तो चाहता हूँ, किन्तु यह असम्भव है।'' शिखण्डी ने उत्तर दिया।

''मान लो कि मैं असम्भव को सम्भव बना दूँ तो क्या तुम उसके लिए आवश्यक तप कर सकोगे?'' द्रोणाचार्य ने पूछा।

शिखण्डी का मुख प्रसन्नता से चमक उठा–''हाँ भगवन्, मैं करूँगा, आप मुझे पुरुष बना दें।''

''मैं स्थूलकर्ण नाम के एक यक्ष को जानता हूँ। वह उस जादू-विद्या का ज्ञाता है, जिसके द्वारा स्त्री को पुरुष बनाया जा सकता है। किन्तु तुम्हें महीनों भयंकर यातनाएँ सहनी होंगी। क्या तुम उसके पास जाने को सहमत हो?'' द्रोणाचार्य ने पूछा।

''मैं प्रत्येक बात में गुरुदेव का आदेश पालन करूँगा। आप मेरा जो करना चाहें, करें।'' शिखण्डी ने उत्तर दिया।

स्वयंवर का निमन्त्रण

द्रोणाचार्य की भौंहें तनी हुई थीं। वे अपनी स्वाभाविक धीर-मन्थर गति से प्रतीक्षारत रथ पर जा बैठे। यद्यपि ऊपर से वे संयत दीख रहे थे, पर वस्तुतः क्रुद्ध थे।

वर्षाकाल व्यतीत हो चुका था। सड़कें यातायात के लिए खुल गई थीं। गंगा में अब गर्जन करते गँदले पानी की बाढ़ नहीं थी। वह शान्त व्यवहार-मार्ग बन गई थी।

अभी पिछले ही दिन काम्पिल्य से नौकाएँ आई थीं। उनमें से काम्पिल्य के विद्वान ब्राह्मणों का एक प्रतिनिधि-मण्डल उतरा था। काम्पिल्य के एक मन्त्री उसके अध्यक्ष थे। राजा यज्ञसेन द्रुपद ने चैत्र मास के शुक्लपक्ष की प्रतिपदा को अपनी पुत्री कृष्णा का स्वयंवर आयोजित किया है। कुरु राजकुमारों को उसमें सम्मिलित होने का निमन्त्रण देने के लिए यह प्रतिनिधि-मण्डल आया था। काम्पिल्य से स्वयंवर का निमन्त्रण लेकर प्रतिनिधि-मण्डल आया है, यह समाचार हस्तिनापुर में दावाग्नि की तरह फैल गया और आचार्य के कानों तक पहुँचा। उसी दिन प्रातःकाल युवराज दुर्योधन की पत्नी राजकुमारी भानुमती भी यही संवाद लेकर उनके पास आई थी।

कम्बोज की इस राजकन्या को आचार्य अपनी बेटी की तरह प्यार करते थे। सत्ता की लालसा से परिचालित इस योद्धा के जीवन में स्फूर्ति-संवेगमयी तथा अधिकारपरायणा भानुमती सूर्यातप ले आई थी। द्रोणाचार्य उसके पिता के घनिष्ठ मित्र थे। दुर्योधन की पहली पत्नी भानुमती की बड़ी बहन थी। उसकी मृत्यु के बाद द्रोणाचार्य ने ही दुर्योधन के साथ भानुमती का विवाह कराया था।

भानुमती उल्लासपूर्ण और बालोचित ढंग से अपने विशाल और स्वेच्छाचारी पति की पूजा करती थी। वह अपने पति के पराक्रमों पर गर्व करती थी और सम्पूर्ण रूप से उसकी अनुगत थी। कभी-कभी वह उसे शामक रूप से प्रभावित भी करती थी और वह अपनी अनुरक्त तथा प्रशंसक पत्नी के आलिंगन में सान्त्वना पाता था।

किन्तु जब भानुमती को यह पता चला कि उसके पति ने द्रौपदी को पाने के लिए स्वयंवर में जाने का निर्णय किया है तो उसे लगा कि उसके सुखी जीवन में कोई दरार पड़ गई है। इस स्थिति से अत्यन्त विचलित होकर वह अपने ऊपर आनेवाली इस विपत्ति की बात कहने और इसमें हस्तक्षेप करने की प्रार्थना करने के लिए आचार्य के पास गई।

इस संवाद से आचार्य भी व्यथित हुए। बेचारी, भोलीभाली भानुमती! ऐसे अदम्य दुर्योधन के साथ इस प्रेममयी पत्नी का जीवन नष्ट हो रहा है। स्वयं उन्होंने ही

दुर्योधन को एक वीर के रूप में गढ़ने के लिए अपना कितना समय और श्रम नष्ट नहीं किया है? आचार्य ने एक उसाँस ली। आज यदि उनका अनुगत शिष्य अर्जुन जीवित होता!

निश्चय ही आचार्य को यह अच्छा लगता कि उनका कोई शिष्य उनके सबसे बड़े शत्रु द्रुपद को परास्त करके शुल्क के रूप में उनकी अभिमानिनी कन्या का पाणिग्रहण कर लाए। किन्तु एक सामान्य प्रार्थी के रूप में दुर्योधन का जाना और उसकी पाणि-प्रार्थना करना असह्य था। यह उनके सम्मान और गर्व पर आघात था।

यह संवाद सुनते ही आचार्य ने अपना कर्त्तव्य स्थिर कर लिया। वे दुर्योधन को स्वयंवर में नहीं जाने देंगे। उन्हें विश्वास था कि पितामह भीष्म कुरुओं के युवराज को ऐसी अपमानजनक स्थिति में पड़ने की स्वीकृति नहीं देंगे।

आचार्य का रथ जब शीघ्रतापूर्वक राजभवन की ओर जा रहा था तो रह-रहकर उनका मन कृष्ण की ओर चला जाता था। यद्यपि एक बार उन्होंने ऐसा सोचा था, फिर भी वासुदेव उनके शत्रु नहीं हैं। वे उनके मित्र हैं और उनके प्रति बड़ा आदरभाव रखते हैं। उन्होंने द्रोणाचार्य को सर्वश्रेष्ठ सैनिक नेता स्वीकार किया है, जो स्त्री को भी पुरुष बना देने की क्षमता रखता है। यह गोपालक कृष्ण अद्भुत पुरुष हैं। खेद है कि जब वे हस्तिनापुर आए थे तो उन्हें उनसे मिलने का सुयोग नहीं प्राप्त हो सका।

दुर्योधन जो मूर्खता करने को उद्यत है, उनका ध्यान फिर उस ओर गया। यदि उनके परामर्श की अवहेलना करके उनका शिष्य स्वयंवर में गया तो वे कुरुओं का त्याग कर देंगे। वे अप्रतिम वीर हैं, परशुराम के शिष्य हैं और ऐसे ब्राह्मण हैं, जो आत्मसम्मान खोकर सत्ता या धन की प्राप्ति के लिए नीचे नहीं उतर सकता। यदि दुर्योधन ने द्रौपदी से विवाह किया तो वे हस्तिनापुर छोड़कर चले जाएँगे।

आचार्य जब राजसभा में पहुँचे तो वहाँ इसी विषय पर विचार हो रहा था। लम्बे, तने हुए और सदा की भाँति कठोर पितामह भीष्म अपने सिंहासन पर बैठे थे। उनके पास, एक दूसरे सिंहासन पर अन्ध राजा धृतराष्ट्र आसीन थे और अपनी दृष्टिहीन आँखें एक से दूसरे व्यक्ति की ओर घुमा रहे थे। कभी-कभी उनके मुँह से राल टपक पड़ती थी। आचार्य ने सोचा कि पितामह भीष्म और उन्होंने मिलकर जिस महान् शक्ति का निर्माण किया था, उसका कैसा दयनीय प्रतीक है यह!

युवराज दुर्योधन अपने पिता के समीप बैठा था। उसकी आँखों में विग्रहशीलता की झलक थी। उसके बाद उसका बड़ा भाई दुःशासन बैठा था। वह दुबला-पतला और भूखा-जैसा दीखता था। वह सावधानी के साथ अपनी कपटपूर्ण आँखों से प्रत्येक

व्यक्ति को देख रहा था। धृतराष्ट्र का साला गान्धार-राज शकुनि भी वहाँ उपस्थित था। वह सदा की भाँति चिकनी-चुपड़ी कहनेवाला था और ऊपरी तौर पर अपने को भले स्वभाववाला प्रकट करता था। उसकी धँसी और छोटी आँखों में दुष्टता भरी हुई थी।

उसके बाद सूतपुत्र कर्ण बैठा था। एक सीधी-सादी बात पर लम्बे वाद-विवाद के कारण उसकी आँखों में अरुचि का भाव प्रतिफलित था। उसकी समझ से इस बात का हल बड़ा सरल और सीधा था। कर्ण के पास स्वयं आचार्य का पुत्र अश्वत्थामा था, जो अब दुर्योधन का दाहिना हाथ बना हुआ था।

आचार्य को यह देखकर बड़ा आश्चर्य हुआ कि उपस्थित मन्त्रियों में विदुर नहीं हैं, यद्यपि वे पितामह के अत्यन्त विश्वासपात्र हैं। जो भी हो, कुटिल और वृद्ध मन्त्री कुणिक वहाँ उपस्थित थे। वार्धक्य से उनकी आँखें मन्द पड़ गई थीं और फड़क रही थीं। आचार्य के साले कृपाचार्य उनसे पहले ही वहाँ पहुँच गए थे। वे कुणिक के पास बैठे थे।

आचार्य ने हाथ जोड़कर पितामह और अन्ध राजा को अवसरोचित वेदमन्त्रों से आशीर्वाद दिया। इस समय बरबस उन्हें यह स्मरण आया कि यदि उनके प्रिय शिष्य पाण्डव जीवित होते और यहाँ उपस्थित होते तो इस राजसभा का रूप कितना भिन्न होता!

क्षण-भर के लिए उनका मन खिन्न हो गया। वह बड़ा अविचारपूर्ण संवेग था, जिसने उन्हें बाध्य किया था कि वे युधिष्ठिर को अपने मार्ग से हटाने का परामर्श दुर्योधन को दें। उस समय उन्होंने यही सोचा था कि यदि दुर्योधन युवराज हो जाएगा तो हस्तिनापुर के क्रिया-कलापों को वह सहज ही अपनी मुट्ठी में रख सकेंगे। किन्तु सम्भवतः पहली बार उनका निर्णय दोषपूर्ण था। किसी समझ-बूझवाले और गुणी व्यक्ति को दिशा-निर्देश देना सरल होता, किन्तु एक अशिष्ट मूर्ख के साथ निर्वाह करना असम्भव है।

आचार्य ने जब आसन ग्रहण कर लिया तो राजा ने उन्हें बताया कि उनके आने से पहले क्या बातें हो रही थीं। उन्होंने कहा, "आचार्यवर, हम लोगों को एक महत्त्वपूर्ण निर्णय करना है। प्रश्न यह है कि क्या हमें द्रुपद के स्वयंवर का निमन्त्रण स्वीकार करके अपने राजकुमारों को वहाँ भेजना चाहिए?"

असहाय भाव से अपनी अन्धी आँखें दुर्योधन की ओर फेरकर उन्होंने आगे कहा, "यह हमारे लिए उच्चस्तरीय नीति की बात है। हमें उतावली में कोई निर्णय नहीं करना चाहिए। जैसा आप सभी जानते हैं, पाञ्चाल का राजा हमारे प्रति वैरभाव रखता है। यदि हम उसकी कन्या को अपने कुटुम्ब में ले आएँ तो हम अनेक प्रकार के प्रपंचों में पड़ सकते और अन्ततः विपत्ति-ग्रस्त हो सकते हैं।"

आचार्य ने पितामह का मन टटोलने के लिए उनकी ओर देखा, किन्तु उनकी आँखें अन्धे राजा पर टिकी हुई थीं और वे अपनी लम्बी दाढ़ी पर स्वाभाविक रूप से हाथ फेरते हुए सदा की भाँति अज्ञेय थे।

"कुणिक, आपने हम लोगों से जो कुछ कहा था, उसे आचार्य को बता दीजिए।" राजा ने कहा।

वृद्ध मन्त्री कुणिक की आँखें निरन्तर फड़क रही थीं। उन्होंने हाथ जोड़कर प्रभावपूर्ण वाचालता के साथ कहा, "जो आज्ञा महाराज! पितामह की सहमति से मैं अपनी बात फिर दोहराता हूँ। पाञ्चाल हमारे लिए कण्टक समान रहा है। उसने पूर्व की ओर हमें विजय नहीं प्राप्त करने दी। द्रुपद अत्यन्त हठी राजा है और बहुत दिनों से हमसे युद्ध करने के लिए प्रस्तुत हो रहा है। वह हमारे महान् सैनिक नेता गुरु द्रोणाचार्य को अपना शत्रु मानता है। उसका पुत्र धृष्टद्युम्न पूर्णतः प्रशिक्षित योद्धा तो है ही, अत्यन्त महत्त्वाकांक्षी और असहिष्णु है। यह भी पता चला है कि राजकुमारी कृष्णा भी अत्यन्त दृढ़निश्चयी नारी है और उसमें पिता के सभी दुर्गुण वर्तमान हैं। यदि वह प्रातः स्मरणीय सम्राट् भरत के राज-परिवारों में प्रवेश करेगी तो पितामह के सजग संरक्षण में फल-फूल रहे हस्तिनापुर की गतिविधियों पर उसका बड़ा प्रतिकूल प्रभाव होगा। भगवान मनु ने कहा है : 'पत्नी का चुनाव करते समय सबसे पहले उसके कुल की रीति-नीति परखनी चाहिए।' द्रुपद के कुल पर एक कलंक भी है। उसका एक पुत्र न तो पुरुष है, न स्त्री। महाराज, उसका विवाह दशार्ण की राजकन्या से हुआ है। जब पति के साथ रहने के लिए उसे बुलाया जानेवाला था, तभी द्रुपद ने अपने उस पुत्र या पुत्री को–आप उसे जो भी कहें–शीघ्रतापूर्वक कहीं छिपा दिया, क्योंकि जब यह रहस्य प्रकट होता कि जिसे पुरुष रूप में विज्ञापित किया गया था, वस्तुतः वह एक स्त्री थी तो उसकी मानहानि का अन्त न रहता।" अपनी बात समाप्त करके कुणिक ने एक बार फिर हाथ जोड़े।

शिखण्डी के विलुप्त होने की घटना का संसार में किस रूप में प्रचार हो रहा है, यह जानकर आचार्य को हँसी आई। कुणिक को इस बात का क्या ज्ञान था कि स्वयं द्रोणाचार्य ही शिखण्डी का केवल पुरुष रूप में ही नहीं, एक वीर के रूप में निर्माण कर रहे हैं!

दुर्योधन ने रोषपूर्ण नेत्रों से क्षण-भर कुणिक की ओर देखकर कहा, "क्या आप यह समझते हैं कि कुरु-राजपुत्र इतने निर्बल हैं कि अपनी पत्नियों के हाथ के खिलौने बन जाएँगे?"

"मैं युवराज से क्षमा चाहता हूँ।" कुणिक ने कहा। अत्यन्त प्राचीन परिपाटी से पालित-पोषित होने के कारण वह राज-परिवार के किसी व्यक्ति से नियमानुकूल

सम्मान प्रदर्शन के बिना बातें नहीं करते थे–"कोई व्यक्ति या कोई परिवार पुत्रवधू के चंगुल से नहीं बच सकता। एक प्राचीन लोकोक्ति के अनुसार, 'चाहे जैसी भी सीधी और सरल स्त्री हो, अन्ततः पति और उसके परिवार को अपने वश में कर ही लेती है।' फिर ऐसी घमण्डी पत्नी के बारे में क्या कहा जाए?"

द्रोणाचार्य दुर्योधन के मन की उथल-पुथल समझ रहे थे। भानुमती ने ठीक ही कहा था! उसने द्रौपदी को प्राप्त करने का निश्चय कर लिया है।

अब राजा की आँखें उधर फिरीं, जहाँ शकुनि बैठा था–"गान्धारराज, आपका क्या विचार है?"

आचार्य की दृष्टि में घृणा का स्पष्ट भाव दीख पड़ा। इस दुष्ट व्यक्ति से उनको घृणा थी, जिसका उनके शिष्य पर इतना घातक प्रभाव था और जिसने कुरुओं की राजसभा को अन्तहीन षड्यन्त्रों से भर दिया था।

शकुनि ने हँसकर कहा, "विद्वान और आदरणीय मन्त्री कुणिक की बुद्धिमत्ता की बराबरी मैं नहीं कर सकता, किन्तु वे यशस्वी भरत के राजपरिवार के साथ न्याय नहीं कर रहे।" कहकर उसने विजेता की दृष्टि से दुर्योधन और दुःशासन की ओर देखा–"कुरु-राजकुमार सिंह हैं। यदि पाञ्चाल राजकन्या उनमें से किसी के साथ विवाह करती है तो वह उनकी अनुगता दासी के अतिरिक्त और क्या हो सकती है?" उसने सबकी आँखें बचाकर दुर्योधन की ओर दृष्टि-संकेत किया और सहज उपहास और कटाक्ष के स्वर में आगे कहा, "पितामह कुरुओं के संरक्षक हैं, दुर्योधन युवराज हैं, उचित परामर्श देने के लिए कुणिक जैसे मन्त्री हैं और युद्धों में विजय प्राप्त करने के हेतु महान् आचार्य हैं–ऐसी स्थिति में कोई राजकुमारी क्या कर सकती है?"

दुर्योधन ने अधीरतापूर्वक बात का सूत्र अपने हाथों में ले लिया–"पूज्य पितामह, हम लोगों को स्वयंवर में जाना ही चाहिए। निश्चय ही हममें से कोई-न-कोई द्रौपदी को प्राप्त करेगा। हमारी बराबरी करनेवाला कौन है?" तब कुणिक की ओर मुड़कर उसने कहा, "अपने शस्त्रों के बल पर द्रौपदी को प्राप्त करने से बढ़कर हम द्रुपद का और क्या अपमान कर सकते हैं?"

आचार्य ने पितामह के मुख पर स्मित का एक अस्पष्ट आभास पाया। उन्होंने सोचा, निश्चय ही वे उनके पक्ष में थे।

"मान लो कि राजकुमारी ने तुम लोगों में से किसी का चुनाव नहीं किया तो क्या उससे हमारा मान-मर्दन नहीं होगा?" अपनी अन्धी आँखों को दुर्योधन पर टिकाए रखकर राजा ने सन्देह व्यक्त किया।

शकुनि मामा ने अट्टहास किया, अपना शरीर मरोड़ा और फिर हाथ जोड़कर कहा, "महाराज, स्वयंवर तो प्राचीन परिपाटी के द्वारा समर्थित एक पुनीत अवसर

है। कन्या जिसका वरण करती है, उसका सम्मान बढ़ता है, किन्तु जिसका वरण नहीं करती, उसका अपमान नहीं होता, क्योंकि'' उसने इस तरह हँसते हुए कहा, जैसे कोई गहरा विनोद कर रहा हो, ''कोई भी कन्या एक ही राजकुमार का वरण कर सकती है।''

पितामह की कठोर दृष्टि ने शकुनि की बोलती बन्द कर दी। तब पितामह ने गम्भीर स्वर में पूछा, ''आचार्य, इस विषय में आपकी क्या सम्मति है?''

आचार्य ने हाथ जोड़कर कहा, ''पूज्य पितामह, महाराज, दुर्योधन की वृत्ति से मुझे कष्ट हुआ है। द्रुपद के दरबार में जाकर उसकी कन्या की पाणि-प्रार्थना करना कुरु-राजकुमारों के लिए सम्मानजनक नहीं है। मैं तो यह आशा करूँगा कि द्रुपद की सत्ता को सदा के लिए नष्ट करके, उसे शान्तिपूर्वक रहने देने के मूल्य के रूप में उसकी कन्या का हरण कर लाए। मुझे खेद है कि अपने शिष्यों में वीरता के साथ स्वाभिमान की प्रेरणा देने में मैं नितान्त असफल रहा हूँ।''

''आचार्यदेव! क्या आपको हमारे साहस में सन्देह है?'' कर्ण ने पूछा। वह अपनी वीरता में किसी को सन्देह नहीं करने दे सकते थे।

पितामह ने हाथ उठाकर विषयान्तर को रोका और कहा, ''आचार्य, ऐसा लगता है कि आप हमारे राजकुमारों का स्वयंवर में जाना उचित नहीं समझते।''

''पूज्य पितामह, हमारे राजकुमार स्वयंवर में जाएँ, इस बात से समझौता करना मेरे लिए कठिन है। मैं नहीं जानता कि इस सम्बन्ध में आप क्या करना उचित समझेंगे, किन्तु इतना मैं जानता हूँ कि स्वयंवर में जाकर न तो दुर्योधन, न कर्ण और न मेरा पुत्र अश्वत्थामा ही कुरुओं की शक्ति बढ़ा पाएगा। यदि इनमें से कोई द्रौपदी को जीत लेगा तो कुरु-शक्ति टुकड़ों में बँट जाएगी। यदि इनमें से कोई उसे नहीं जीत सका तो उससे हमारी प्रतिष्ठा नष्ट होगी। दोनों ही स्थितियों में हमारी शक्ति छिन्न-भिन्न हो जाएगी। अपनी ओर से मैं यह बात स्पष्ट कर देना चाहता हूँ कि मैं...''

आचार्य अपनी बात पूरी करते और यह चुनौती देते कि यदि दुर्योधन स्वयंवर में गया तो वे अपने आचार्य-पद का त्याग कर देंगे। इससे पहले ही विदुर ने राजसभा में प्रवेश किया और पितामह के निकट जाकर उनके कानों में कुछ कहा। सब लोग शान्तिपूर्वक इस गुप्त मन्त्रणा को देखते रहे। निश्चित रूप से यह कोई अत्यन्त महत्त्वपूर्ण बात होगी, यह इसी से स्पष्ट था कि एक गम्भीर विचार-विमर्श के बीच, बिना किसी औपचारिकता के, यह मन्त्रणा की जा रही थी।

पितामह के मुख पर आनेवाले भावों का आचार्य निरीक्षण करते रहे। विदुर की बातें सुनते हुए पितामह की आँखों में आग्रह का भाव दीख पड़ा और उनमें क्षणिक चमक आ गई। जब बात समाप्त हो गई तो पितामह के अधरों पर स्पष्ट

स्मित दीख रहा था।

विदुर ने अपनी बात पूरी की तो पितामह ने सिर हिलाकर सम्मति-सूचक संकेत दिया। विदुर ने राजा की ओर बढ़कर हाथ जोड़ते हुए कहा, "महाराज, शूर-नायक देवभाग के पुत्र उद्धव एक महत्त्वपूर्ण सन्देश लेकर आए हैं। महाराज जो निर्णय करने जा रहे हैं, उसके साथ उसका गहरा सम्बन्ध है। आप आदेश दें तो उन्हें यहाँ बुला लिया जाए।"

सब लोग चौंक पड़े और आश्चर्य से विदुर की ओर देखने लगे। आचार्य ने वहाँ उपस्थित सभी लोगों पर यह जानने के लिए दृष्टि डाली कि इस बात का अभिप्राय क्या है। स्पष्ट था कि सन्त स्वभाववाले विदुर के पास किसी भी परिस्थिति में इष्टमार्ग ढूँढ़ निकालने का विचक्षण उपाय था।

राजा ने पूछा, "देवभाग के पुत्र उद्धव के आने का उद्‍देश्य क्या है?"

पितामह धीरे-धीरे अपनी दाढ़ी पर हाथ फेरते रहे। अब वे पूर्णतः तटस्थ हो गए थे।

"उद्धव आज सवेरे अकस्मात् आए और नगर-द्वार के बाहर से उन्होंने मुझे सन्देश भेजा कि वे मेरे साथ ठहरना चाहते हैं।" विदुर ने कहा, "मैंने सम्मान के साथ उनका स्वागत किया। वे यादव-श्रेष्ठ कृष्ण का एक आवश्यक सन्देश लेकर आए हैं।"

"कृष्ण वासुदेव?" दुर्योधन ने आश्चर्य से पूछा। कर्ण के मुख पर क्रोध का भाव दीख पड़ा। अश्वत्थामा रोषपूर्वक विदुर को घूरने लगे।

इस विक्षेप की ओर ध्यान दिए बिना विदुर कहते गए, "किन्तु पितामह को सन्देश देने के पहले उद्धव परमादरणीया माता का अभिवादन करना चाहते थे। अतः मैं उन्हें उनके पास ले गया और जब वे बातें कर चुके तो उन्हें महाराज की सेवा में ले आया हूँ। इसके लिए मैं पितामह की आज्ञा प्राप्त कर चुका हूँ।"

"कृष्ण वासुदेव!" दुर्योधन ने उत्तेजित होकर एक बार फिर बात काटी, "हम लोग इस समय तक आवश्यक विचार-विमर्श कर रहे हैं। कृष्ण वासुदेव को इस तरह बीच में पड़ने देकर हम लोग अपने विचार-विमर्श को और कठिन क्यों बनाएँ? उद्धव प्रतीक्षा क्यों नहीं कर सकते?"

पितामह के गम्भीर स्वर ने दुर्योधन को आगे नहीं बोलने दिया—"यादव श्रेष्ठ वासुदेव ने जो भी सन्देश भेजा है, कुरुओं की राजसभा में उसका सम्मान होगा। विदुर, देवभाग के पुत्र से भीतर आने का अनुरोध करो। उनसे मिलकर हमें प्रसन्नता होगी।" अधिकारपूर्ण स्वर में उन्होंने कहा।

द्रोणाचार्य का माथा चक्कर खा रहा था। विदुर के आ जाने से वे अपनी चुनौती की बात नहीं कह सके थे। वे उद्धव के आने से पहले ही अपनी बात कह देना

चाहते थे, किन्तु कृष्ण वासुदेव के उल्लेख से उनका हृदय नाच उठा। क्या वे किसी चामत्कारिक रूप से बीच में पड़ना चाहते हैं?

भानुमती की भक्ति

द्रोणाचार्य जब युद्धशाला लौटे तो अपने प्रति बहुत सन्तुष्ट थे। वे बड़ी कठिन परिस्थिति से उबरकर कुरु-नीति के शक्तिशाली और अपरिहार्य रक्षक बन गए। पुष्कर जाने का उनका निर्णय ठीक था। बातें बड़ी तेजी से बदल रही थीं। दुर्योधन अपने-आप तो भरत-वंश की प्रतिष्ठा अक्षुण्ण नहीं रख सकता। उसके पास यह देखने की आँखें नहीं हैं कि कृष्ण वासुदेव की चढ़ती कला और वे किसी राजा से भी अधिक शक्तिशाली हो रहे हैं। और यह सोचकर आचार्य मुस्कराए कि वे उनके प्रति मैत्री भाव रखे हैं।

आचार्य जब युद्धशाला में आए तो उन्होंने देखा कि दुर्योधन की पत्नी भानुमती अधीरतापूर्वक उनकी प्रतीक्षा कर रही है। उसका चेहरा सुलग रहा था, आँखें आँसुओं से भरी थीं और अभिनव सौन्दर्य उस दुख की छाया से कुछ और बढ़ गया था, जिसने अभी उसे घेर रखा था। वह तत्काल उनके चरणों पर जा गिरी। उसने करुण स्वर में पूछा, ''क्या हुआ आचार्यदेव? क्या मेरे भाग्य के कपाट बन्द हो गए?''

आचार्य की हृष्ट-पुष्ट, गौरवमयी और वत्सला पत्नी कृपीदेवी अपना सान्त्वनापूर्ण हाथ उसके कन्धों पर रखकर पास ही बैठी थीं।

द्रोणाचार्य ने स्नेहपूर्वक उसके मस्तक पर हाथ रखकर कहा, ''मैं आशीर्वाद देता हूँ। तुम्हारा कोई अहित न होगा बेटी!''

''क्या आर्य पुत्र ने स्वयंवर में जाने का अपना विचार त्याग दिया है?'' उसने काँपते अधरों से पूछा।

''नहीं, वे स्वयंवर में सम्मिलित होने जा रहे हैं।'' आचार्य ने कहा, ''किन्तु तुम चिन्ता मत करो, वे द्रौपदी को जीतेंगे, इसकी सम्भावना नहीं है। अनोखे ढंग से, लगभग चामत्कारिक रूप से कृष्ण वासुदेव ने हमारी सहायता की है।''

''कृष्ण वासुदेव ने? क्या वे यहाँ हैं?'' भानुमती ने कहा। उसके चेहरे पर एक नया प्रकाश चमकने लगा था–''मैं उनसे मिलना चाहती हूँ।''

''नहीं बेटी, वे यहाँ नहीं हैं, किन्तु उन्होंने एक सन्देश भेजा है, जिसने सारी बातों का रूप बदल दिया है। तुम जानती हो कि तुम्हारे पति ने किस तरह चेकितान को पुष्कर से खदेड़ दिया है? कृष्ण वासुदेव ने सन्देश भेजा है कि पुष्कर उन्हें लौटा दिया जाना चाहिए।'' आचार्य ने कहा।

"आर्यपुत्र इसे कभी स्वीकार न करेंगे।" भानुमती ने कहा, "मैं उन्हें जानती हूँ।"

"किन्तु तुम मुझे नहीं जानतीं भानुमती," आचार्य ने मुस्कराते हुए कहा, "यह निश्चय हुआ है कि उसे राजा चेकितान को लौटा दिया जाए। इस कार्य के लिए मैं स्वयं वहाँ जा रहा हूँ। वहाँ मैं कृष्ण और बलराम से भी मिलूँगा, जो स्वयंवर-सभा में जाते हुए वहाँ पहुँचेंगे।" आचार्य ने कहा। फिर एक आकस्मिक विचार आ जाने से क्षण-भर के लिए उनकी भौंहों पर बल पड़े। उन्होंने भानुमती की ओर मुड़कर मुस्कराते हुए कहा, "भानुमती, बहुत दिन पहले तुमने मुझसे कहा था कि कृष्ण वासुदेव जब यहाँ आए थे तो उन्होंने तुम्हें अपनी बहन के रूप में स्वीकार किया था!"

"हाँ आचार्य!" भानुमती ने उत्तर दिया। उस भयानक रात्रि में, गौरी माता के मन्दिर की घटनाओं की स्मृति से वह लज्जित हो गई थी–"वे बहुत दयालु थे, बहुत ही दयालु। यदि वे वहाँ न होते तो गंगा में डूब मरने के अतिरिक्त मेरे लिए कोई दूसरा मार्ग न रहता।"

"हाँ, तो उनसे मिलने के लिए क्या तुम मेरे साथ पुष्कर चलोगी?" आचार्य ने पूछा।

"कृष्ण वासुदेव से मिलने? आर्यपुत्र कभी इसकी आज्ञा न देंगे। वे वासुदेव से प्रसन्न नहीं हैं।" भानुमती ने कहा।

"क्या तुम इस बात का निश्चय कर लेना चाहती हो कि दुर्योधन द्रौपदी को न जीते?" आचार्य ने पूछा।

"कितना अच्छा होता आचार्य, कि मैं ऐसा कर सकती!" भानुमती ने उत्तर दिया।

"यदि तुम कृष्ण वासुदेव से एक वचन ले सकतीं तो सम्भवतः वे तुम्हारी सहायता कर पाते।"

"वे किस तरह मेरी सहायता कर सकते हैं? वे किसी तरह आर्यपुत्र को स्वयंवर में जाने और द्रौपदी को जीतने से नहीं रोक सकते।"

"यह मैं नहीं जानता," विचार में डूबे आचार्य ने कहा और फिर जैसे वे अपने-आपसे बातें करने लगे–"लगता है कि हमने कृष्ण के चमत्कार की जो कथाएँ सुन रखी हैं, वे सत्य ही हैं। यह विचार मेरे मन से नहीं हटता कि पुष्कर के सम्बन्ध में उनकी मध्यस्थता चमत्कारपूर्ण है।" आचार्य ने राजकुमारी से यह नहीं कहा कि कृष्ण की मध्यस्थता का उनके व्यक्तिगत जीवन पर भी कितना प्रभाव पड़ा है। उन्होंने कहा, "तुम्हें क्या करना चाहिए, यह मैं बताता हूँ। तुम परम-पूजनीया माता के पास जाओ। तुम उनसे कहो कि किस प्रकार तुमको कृष्ण ने अपनी छोटी बहन स्वीकार किया है और छोटी बहन के रूप में उनसे मिलने की तुम्हारी कितनी इच्छा

है। सम्भवतः वे तुम्हें मेरे साथ जाने की अनुमति दे देंगी। आवश्यक हो तो विदुर की सहायता भी लो। माता पर उनका बड़ा प्रभाव है। वहाँ पहुँच जाने पर कृष्ण से यह वचन लेने का काम तुम्हारा होगा कि वे अपनी शक्ति-भर ऐसा प्रयास करें कि दुर्योधन द्रौपदी को न जीत सके।''

''वे ऐसा वचन कैसे दे सकते हैं?'' भानुमती ने पूछा।

''मैं इतना ही जानता हूँ कि यदि तुम उनसे यह वचन ले लोगी तो वे उसका पालन करेंगे।'' आचार्य ने मुस्कराते हुए कहा।

''मैं जानती हूँ आचार्य, कि वे अपने वचन के पक्के हैं।''

''तो बेटी, सबसे अच्छा यही होगा कि तुम पूजनीया माताजी के पास जाकर उनकी स्वीकृति प्राप्त कर लो। यदि वे तुम्हें अनुमति दे देंगी तो दुर्योधन तुम्हें मेरे साथ जाने से नहीं रोक सकेगा।'' आचार्य ने कहा।

''मैं प्रयत्न करूँगी। किन्तु मुझे नहीं लगता कि इस सम्बन्ध में कृष्ण वासुदेव मेरी सहायता करेंगे।''

''यदि वे सचमुच वैसे ही हैं, जैसा उन्हें कहा जाता है तो वे असम्भव को भी सम्भव बना सकते हैं।'' आचार्य ने कहा।

भानुमती चली गई। आचार्य के अधरों पर विजय की मुस्कराहट थी। सारी बातें उनके अनुकूल बन रही हैं।

भानुमती बहुत प्रसन्न थी। आदरणीया माताजी ने उसे आचार्य के साथ पुष्कर जाने की अनुमति दे दी थी। वह एक बार फिर कृष्ण से मिलने जा रही थी–कृष्ण, जिन्होंने बाँसुरी बजाकर गोपियों को आकर्षित किया था और जिसके सम्बन्ध में उसके पिता की राजसभा के चारणों ने उत्साहपूर्ण गीत गाए थे।

अब वे गोपालक नहीं हैं, एक शक्तिशाली पुरुष हैं, जिनका अधिकांश लोग सम्मान करते हैं। उसका पति दुर्योधन तो अधिकांश लोगों का सम्मान नहीं करता, किन्तु उसने भी, उससे कृष्ण का विश्वास प्राप्त करने को कहा था। अब वह उनकी सहायता लेगी। उसे विश्वास था कि किसी-न-किसी प्रकार द्रौपदी को स्वयंवर में पति के रूप में दुर्योधन का वरण करने से रोकेंगे। तब वह अपने पति की प्रिया बनकर प्रसन्न होगी, क्योंकि वह उसे प्यार करती है। वह हस्तिनापुर की भावी सम्राज्ञी बनेगी।

वह अपनी प्रसन्नता को छिपा न सकी। नृत्य-मुद्रा में इधर-से-उधर टहलती हुई उसने अपना सारा भेद अपने प्रिय तोते से कह दिया, जिसका पिंजरा पास ही टँगा हुआ था। वह एक उच्च श्रेणी का तोता था और उसका हरा शरीर ताजगी से भरा था। भानुमती की बात सुनकर वह सर्वदा कहता था–''भानुमती, सब ठीक है।''

सदा की भाँति उसका पति जुआ खेलने के लिए शकुनि मामा के यहाँ गया हुआ था। वह रात में देर से लौटेगा, सदा देर से लौटता है। तब वह उससे अपने पुष्कर जाने की बात कहेगी।

सदा की भाँति वह अपने पति के लौटने से पहले सोने नहीं गई। वह उसके लौटने तक जागती बैठी रही। वह आया तो नशे में चूर था। भानुमती ने जब उसका मुकुट उतारने के लिए हाथ बढ़ाया तो वह कठोर दृष्टि से उसे देखने लगा। उसने दाँत भींच लिए। उसके मुँह में झाग भर आई। उसने प्रयत्नपूर्वक अपने को सँभाला और प्रतिदिन जहाँ प्रेम-प्रदर्शन के साथ उससे बातचीत आरम्भ करता था, उसके बदले आज उसने भानुमती के हाथ अपनी मुट्ठी में भींच लिए। डरावने ढंग से आँखें नचाते हुए उसने क्रोधपूर्ण और लड़खड़ाती आवाज में पूछा, "अरी फूहड़, आज तू आचार्य के यहाँ गई थी न?"

भानुमती स्तब्ध रह गई। उसकी प्रसन्नता लुप्त हो गई। अपने पति का रंग-ढंग देखकर वह डर गई। उसने पति को शान्त करने का प्रयत्न करते हुए कहा, "हाँ, आप तो जानते ही हैं, मैं प्रायः प्रतिदिन उनके यहाँ जाती हूँ।"

इस उत्तर से दुर्योधन का क्रोध और भड़क उठा। उसने भानुमती के कन्धे झकझोर दिए और चिल्लाकर कहा, "झूठी कहीं की! तू मेरे विरुद्ध षड्यन्त्र करने के लिए उनके यहाँ गई थी। तू चाहती थी कि वे स्वयंवर में मेरे जाने का विरोध करें। मैं जानता हूँ कि तू क्या चाहती है दुष्टा!"

दुर्योधन उसे ऐसी निर्दयता से झकझोर रहा था कि वह भूमि पर गिरती-गिरती बची। वह पीली पड़ गई।

"चल, बता तू क्यों गई थी? मैं बताऊँ? शकुनि मामा ने मुझे सब बता दिया है। आचार्य तुझे पुष्कर ले जानेवाले हैं।" दुर्योधन ने चिल्लाकर कहा।

भानुमती को जानना चाहिए था कि मामा शकुनि के भेदिए सारे हस्तिनापुर में फैले हुए हैं। थोड़ी कठिनाई के साथ वह बुदबुदाई, "परमादरणीया माता ने मुझे आचार्य के साथ पुष्कर जाने की अनुमति दे दी है।"

"परमादरणीया माता!" दुर्योधन ने फिर दाँत किटकिटाते हुए कहा, "तो उनकी अनुमति लेने के लिए तू उनके पास भी गई थी? तूने मुझसे इस सम्बन्ध में कभी पूछा था? तू कृष्ण से मिलना चाहती थी न?"

भानुमती अब संयम न रख सकी। वह रो पड़ी। रोती-रोती वह बोली, "आपने उनसे आत्मीयता बढ़ाने को कहा था और जब उन्होंने कहा कि मैं उनकी छोटी बहन हूँ तो आप बहुत प्रसन्न हुए थे।"

दुर्योधन ने उसके कन्धे पर से हाथ हटा लिए। वह अपनी कमर पर हाथ रखकर पहले ही की तरह डरावने रूप में उसके सामने खड़ा हो गया—"छोटी बहन,

छोटी बहन! और छोटी बहन किसलिए बड़े भाई से मिलना चाहती है?"

अब भानुमती सिसकने लगी थी। बड़ी कठिनाई से वह कह सकी, "उनके प्रति सम्मान प्रकट करने के लिए मेरे जाने में क्या बुराई है?"

"क्या मैं तुझे बताऊँ कि तू क्यों जा रही है? झूठी कहीं की!" थप्पड़ मारते हुए दुर्योधन ने कहा, "झूठी कहीं की! तू उनसे यह कहने जा रही है कि वे मेरे विरुद्ध द्रौपदी के कान भर दें। छोटी बहन हस्तिनापुर की सम्राज्ञी बनने के लिए बड़े भाई की सहायता लेना चाहती है। क्यों? चल, सच्ची बात बता।"

भानुमती पलँग पर गिर गई। झूठ बोलने का अभ्यास न होने के कारण वह समझ नहीं सकी कि क्या कहे।

दुर्योधन आगे बढ़कर बदला लेनेवाले देवदूत के समान उसके पास खड़ा हो गया। उसने भानुमती का हाथ ऐंठते हुए कहा, "मुझे सच्ची बात बता। तू वहाँ क्यों जाना चाहती है? तू समझती है कि किसी दिन तू हस्तिनापुर की सम्राज्ञी बनेगी? चिन्ता न कर, द्रौपदी हो या न हो, मैं तुझे कभी सम्राज्ञी न बनने दूँगा।"

"नाथ, नाथ, आर्यपुत्र, आप मुझे पीड़ित कर रहे हैं।" भानुमती रो पड़ी। दुर्योधन अब भी उसका हाथ मरोड़ता जा रहा था।

"तू मर भी जा तो मुझे चिन्ता नहीं।" वह गरजा।

पीड़ा असह्य हो रही थी। भानुमती ने अपना अन्तिम साहस बटोरकर अवज्ञापूर्वक अपने पति की ओर देखा और कहा, "हाँ, मार डालिए, मुझे मार ही डालिए। आपने तो अपने पुत्र को भी मार डाला होता।"

भानुमती क्या कह रही है, यह समझने में दुर्योधन को कुछ समय लगा। तब उसने उसकी बात का अभिप्राय समझा, अपने हाथ खींच लिए। थोड़ी देर तक वह अपनी आँखें मलता रहा। भानुमती की बात का उस पर बड़ा गहरा प्रभाव पड़ा था। क्षण-भर में वह शान्त हो गया।

"क्या तुम गर्भवती हो?" दुर्योधन ने पूछा तो उसका स्वर बदला हुआ था। उसकी पहली पत्नी भानुमती की बड़ी बहन थी। पुत्र-जन्म के बाद बालक के साथ उसकी भी मृत्यु हो गई। भानुमती से उसका विवाह दो वर्ष पूर्व हुआ था। वह पुत्र की प्रतीक्षा कर रहा था, किन्तु जिसकी प्रतीक्षा थी, वह विलम्ब कर रहा था। "तुम्हें विश्वास है?" उसने पत्नी से पूछा।

दुर्योधन के उत्पीड़न से वह डर गई थी। संकोच से आँखें झुकाकर उसने काँपते स्वर में कहा, "यह सच है।"

"तुमने मुझसे पहले क्यों नहीं कहा?" दुर्योधन ने अधीरता से पूछा। अब उसका क्रोध जाता रहा था।

"जब तक मुझे विश्वास न हो जाता, मैं कैसे कह सकती थी?"

"अब तुम्हें विश्वास हो गया है?"

"हाँ, पूरी तरह से।" भानुमती ने उत्तर दिया।

रक्षात्मक भावना से प्रेरित दुर्योधन ने अपनी पत्नी को बाँहों में लेकर कहा, "रोओ मत, इससे बच्चे को हानि होगी। किन्तु तुम मूर्खतापूर्ण काम क्यों किया करती हो? पाञ्चाल-कन्या मुझे पति के रूप में वरण न करे, इसके लिए कृष्ण वासुदेव के पास जाना कैसी बात है?"

दुर्योधन के व्यवहार में परिवर्तन देखकर भानुमती ने साहस बटोरा। उसने संकोच से पुनः आँखें झुका लीं और असहाय भंगिमा से दुर्योधन को जकड़कर धीमे स्वर में कहा, "मैं चाहती हूँ कि आपका पुत्र हस्तिनापुर का सम्राट् हो।" यह बात उसने ऐसी बाल-सुलभ सादगी से कही कि दुर्योधन ने उसे बाँहों में बाँध लिया।

"तुम चिन्ता न करो, द्रौपदी आए या न आए, हस्तिनापुर का सम्राट् तुम्हारा ही पुत्र होगा। वह भरत-श्रेष्ठ होगा। किन्तु द्रौपदी को तो मुझे लाना ही है। तुम जानती हो, यदि मैं द्रुपद-कन्या से विवाह कर लूँ तो मेरी शक्ति दस-गुनी बढ़ जाएगी?"

भानुमती अपनी सिसकी नहीं रोक सकी। उसके भाग्य-कपाट बन्द हो गए थे। अभी दुर्योधन चाहे जो कहे, पाञ्चाल की राजकुमारी जब उसकी पत्नी बन जाएगी तो वह बदल जाएगा। जो भी हो, उसने अनिवार्य स्थिति को स्वीकार कर लिया। वह अपने पति को प्यार करती थी। वह ऐसा कोई काम न करेगी, जिससे वह अप्रसन्न हो–"आर्यपुत्र, मैं आपकी आज्ञा का पालन करूँगी, पुष्कर नहीं जाऊँगी।"

क्षण-भर के लिए दुर्योधन के अधरों पर स्मित की रेखा दीखी। फिर उसके मन में एक सन्देह जागा। उसने कहा, "किन्तु तुमने तो परमादरणीया माताजी की अनुमति ले ली है। वे क्या कहेंगी?"

"मैं उनसे कह दूँगी कि मेरा स्वास्थ्य पुष्कर-यात्रा के योग्य नहीं है। वे समझ जाएँगी।"

दुर्योधन पलँग से उठ खड़ा हुआ। सदा की भाँति उसने एक-एक करके अपना मुकुट और अन्य आभूषण उतारकर भानुमती को दिए। वह तब तक प्रतीक्षा करता रहा, जब तक भानुमती ने उन्हें सुरक्षित स्थान पर रख नहीं दिया।

थोड़ी देर तक कोई कुछ नहीं बोला। भानुमती उसके प्रथम पुत्र की माता बननेवाली है, इसका गर्व और सन्तोष वह छिपा नहीं सका। यह शुभ लक्षण था, क्योंकि कुरु-राजपरिवार का प्रत्येक व्यक्ति चक्रवर्ती भरत के सिंहासन के उत्तराधिकारी के जन्म के लिए चिन्तित था। रात्रि-विश्राम के पहले, दुर्योधन ने अत्यन्त स्नेहपूर्वक भानुमती के आँसू पोंछ दिए।

बाल-सुलभ सरलता से, भानुमती अपना दुख भूल गई। अब इस बात से कोई अन्तर नहीं पड़ता था कि दुर्योधन उससे उच्च श्रेणी की अन्य पत्नी ले आए। वह चाहती थी कि उसका पति उसे प्यार करे; वह सदा उसकी बाँहों में सोना चाहती थी। उसके लिए इससे बड़ा और कोई सुख नहीं था। थोड़ी ही देर में वह गहरी नींद में सो गई।

कुछ देर बाद उसके पति ने उसे झकझोरकर जगा दिया। जागकर उसने देखा कि वह सीधा बैठा हुआ है, और कह रहा है, ''देवि, मैंने इस विषय पर विचार कर लिया है। तुम्हें पुष्कर अवश्य जाना चाहिए और कृष्ण वासुदेव से मिलना चाहिए।''

भानुमती ने समझा कि वह सपना देख रही है। आँखें मूँदकर वह करवट फेर कर लेट गई। तब दुर्योधन ने फिर कहा, ''देवि, सचमुच मैं चाहता हूँ कि तुम कृष्ण के पास जाओ।''

भानुमती फिर जाग पड़ी, दुर्योधन की बात उसने समझी, वह उठ बैठी, आँखें मलकर उसने आश्चर्य के साथ पूछा, ''मैं क्यों जाऊँ? मैं जैसी हूँ, वैसी ही अच्छी-भली हूँ।'' उसने लाड़ के साथ पति से लिपटकर अन्तिम रूप से कहा।

''क्या तुम मुझे और सुखी नहीं बनाना चाहतीं? तुम कृष्ण के पास जाओ। मैं चाहता हूँ कि तुम उनके पास जाओ।'' दुर्योधन ने हठपूर्वक कहा।

''किन्तु मैं किसलिए उनके पास जाऊँ?''

''जाओ और जाकर उन्हें मेरा अभिवादन और बहनापे का अपना सम्मान जताओ।'' दुर्योधन ने मुस्कराते हुए कहा।

''नहीं, मैं नहीं जाऊँगी। जाने का मेरा मन नहीं है।'' भानुमती ने कहा, ''इतनी लम्बी दूरी नापने में मुझे कोई तुक नहीं जान पड़ती।''

वह समझ नहीं पाई कि पुष्कर जाने के लिए इतनी डाँट-फटकार के बाद अब वह उसे क्यों भेजना चाहता है। उसने भानुमती के साथ जो कठोर व्यवहार किया है, सम्भवतः उसकी भरपाई कर देना चाहता है। किन्तु उसने उसके कठोर व्यवहार का बुरा नहीं माना। वह उसकी चण्ड मनोदशाओं से परिचित थी, जो जितनी तेजी से उमड़तीं, उतनी ही शीघ्रता से शान्त भी हो जाती थीं। वह ऐसा कोई काम नहीं करना चाहती, जिससे वह अप्रसन्न हो और यदि वह मन से नहीं चाहता कि भानुमती जाए, तो वह जाने की बात भी नहीं सोचेगी। उसने आँखें मूँदकर उसकी ओर से करवट फेर ली, मानो उसे नींद आ रही हो।

''तुम हठी और नासमझ स्त्री हो।'' दुर्योधन बड़बड़ाया, ''क्या यह बात तुम्हारी समझ में नहीं आती कि कृष्ण के पास तुम्हारा जाना कितना आवश्यक है?'' भानुमती ने न तो आँखें खोलीं, न कोई उत्तर दिया।

दुर्योधन ने गहरी साँस ली—"मैं किसी अशुभ नक्षत्र में जन्मा हूँ। सबेरे आचार्यदेव, रात को मेरी पत्नी! जब कभी मेरे जीवन में आगे बढ़ने का अवसर आता है, वे लोग ही मेरे विरुद्ध उठ खड़े होते हैं, जिन्हें मैं अपना समझता हूँ।"

वह सिर पर हाथ रखकर हताश भाव से बहुत देर तक बैठा रहा। फिर वह अपने-आप बड़बड़ाया, "क्या बात है कि कोई मेरा साथ नहीं देता!" उसने फिर एक उसाँस ली और भानुमती की ओर से मुँह फेरकर सो गया।

अब भानुमती सोई नहीं रह सकी। पति के निःश्वासों से उसका हृदय बिंध गया था। यद्यपि वह अनुभवहीन थी, फिर भी उसे इस बात का आभास हो गया था कि चाहे जैसे भी हो, अदृश्य और अनजानी शक्तियाँ पग-पग पर उसके पति का मार्ग अवरुद्ध कर रही हैं। जो भी हो, वह ऐसा ही मानता था और जब यह विचार उस पर हावी हो जाता, वह चण्ड मनोदशा का शिकार बन जाता था। वह जानती थी कि परिवार के कुछ बड़े-बूढ़ों को उसका रंग-ढंग पसन्द नहीं था। वह यह भी जानती थी कि प्रायः परिवार के ही किसी-न-किसी व्यक्ति के द्वारा उसकी महत्त्वाकांक्षाएँ कुचल दी जाती थीं।

बिना किसी अपराध के, जब दुर्योधन के युवराज-पद के अधिकार को युधिष्ठिर ने हथिया लिया था, भानुमती तब भी दुर्योधन की कड़वी अनुभूति की सहभागिनी बनी थी। तब उसने अनुभव किया था कि यह अत्यन्त दुखद अन्याय है कि उसके पिता के अन्धत्व का दण्ड उसे भुगतना पड़ रहा है। अब वह द्रौपदी को इसलिए पाना चाहता है कि समय पाकर वह एक शक्तिशाली शासक बने। स्पष्ट है कि गुरुदेव उसके मार्ग में बाधा डाल रहे हैं। वह भी यही कर रही थी। उसकी योजना को विफल करने के लिए अपने षड्यन्त्र में भानुमती ने आचार्यदेव को भी सम्मिलित कर लिया था, वह कृष्ण की सहायता पाने की बात सोच रही थी। दुर्योधन ठीक कह रहा था। उसका पति अकेला है, मित्रविहीन है पर अपने अनिश्चित रंग-ढंगों के बाद भी प्रेमपूर्ण है।

यह ठीक है कि उसके मित्र भी हैं—कर्ण और अश्वत्थामा; किन्तु वे इसे संयमित करने के बदले इसकी भावनाओं को उभाड़ते हैं। बुरा प्रभाव डालनेवाले मामा शकुनि अनिष्टकारी हैं। इसके पिता बड़ी नासमझी के साथ उस पर लट्टू रहे हैं। माता यद्यपि इसे प्यार करती हैं, किन्तु जब सचमुच आवश्यकता रही है, उन्होंने कभी इसे सहानुभूति नहीं दी। वह उसकी पत्नी है। भाग्य के विरुद्ध अकेले संघर्ष करनेवाले अपने पति को ऊष्मा और अवलम्बन केवल वहीं दे सकती है, किन्तु उसने कुछ भी नहीं किया है।

भानुमती ने नींद में दुर्योधन को बार-बार सिसकियाँ लेते सुना। वह इसे सहन नहीं कर सकी। इससे क्या अन्तर पड़ता है कि वह कृष्ण के पास जाए या नहीं?

अब और वह चुप नहीं रह सकती। वह उठ बैठी। उसने कोमलता से दुर्योधन के कन्धों पर हाथ रखे और उसे झकझोरकर जगा दिया, "आर्यपुत्र, यदि आपकी ऐसी ही इच्छा है तो मैं कृष्ण के पास जाऊँगी।" उसने कहा।

दुर्योधन उठ बैठा। वह बहुत दयनीय मनःस्थिति में था। उसने पूछा, "तुमने क्या कहा?"

"मुझे दुख है कि मैंने आपकी इच्छा का पालन करना स्वीकार नहीं किया। यदि आप चाहते हैं तो मैं कृष्ण के पास जाऊँगी।" भानुमती ने कहा।

"क्या तुम सचमुच जाओगी?" दुर्योधन ने पूछा। इस तरह, जैसे वह किसी विलक्षण स्वप्न से अपने को जगा रहा हो, उसने अपने सिर को झटका दिया।

"हाँ आर्यपुत्र, मैं जाऊँगी।" भानुमती ने उससे सटते हुए कहा, "आप जो चाहेंगे, मैं वही करूँगी। आप बताइए कि मुझे क्या करना है।"

"तो पुष्कर जाकर उनसे मिलो। उनसे मेरा मित्र बनने को कहो। वे एक शक्तिशाली व्यक्ति हो गए हैं। उनकी मित्रता मेरे लिए बड़े काम की होगी।" दुर्योधन ने कहा।

"हाँ स्वामी, मैं ऐसा ही करूँगी।"

"और, क्या तुम एक और काम करोगी? करोगी क्या?" दुर्योधन ने पूछा।

"क्या?"

"उनसे कहो कि ऐसी व्यवस्था करें जिससे स्वयंवर में द्रौपदी मुझे ही चुने।" दुर्योधन ने कहा।

भानुमती यद्यपि दुर्योधन की बाँहों में थी, इस प्रश्न के पीछे जो स्वार्थ-भावना थी, उससे वह व्यथित हुई। उसने अपने होंठ काट लिए। उसकी इच्छा हुई कि वह उसकी बाँहों से अलग हो जाए और पलंग से उतर जाए। पाञ्चाल की राज्यकन्या के प्रति अपने झुकाव के लिए वह उससे कुट्टनी का काम करने को कह रहा है। क्षण-भर वह कुछ भी न बोल सकी।

दुर्योधन ने आतुर होकर कहा, "बोलो देवि, कहो कि तुम ऐसा करोगी। मेरे लिए यह काम कर दो। इससे तुम्हारी स्थिति में कोई अन्तर नहीं पड़ेगा, किन्तु मेरा भविष्य इसी पर निर्भर है।"

भानुमती ने निर्णय कर लिया–"यदि आप सुखी होते हैं तो मैं अपनी स्थिति की, अथवा जीवन की भी चिन्ता नहीं करती। मैं पुष्कर जाऊँगी और अपनी शक्ति-भर कृष्ण को इस बात के लिए प्रेरित करूँगी कि द्रौपदी को प्राप्त करने में वे आपकी सहायता करें।"

भानुमती की उदारता से विह्वल दुर्योधन ने उल्लासपूर्वक उसका आलिंगन करते हुए कहा, "प्रिये! तुम कितनी अच्छी हो!"

भानुमती पति से लिपट गई। उसकी छाती में मुँह छिपाकर उसने अपनी सिसकी रोकी। उससे कहा जा रहा है कि वह अपनी स्थिति, अपने मान, अपने पुत्रों के भविष्य, यहाँ तक कि अपने जीवन की बलि दे दे। ठीक है, यदि इससे वह सुखी होता है तो वह ऐसा ही करेगी।

दुर्योधन ने कहा, "और तुम्हें केवल आचार्य के साथ ही जाने की आवश्यकता नहीं है। मैं मामा शकुनि से कहूँगा कि वे भी तुम्हारे साथ जाएँ।"

क्रोध से उसका गला रुँध गया। उसका पति उस पर विश्वास नहीं करता। पति का विश्वास प्राप्त करने का उसका प्रयास निष्फल हो गया। वह अपने मामा को उस पर दृष्टि रखने के लिए उसके साथ भेज रहा है।

"ठीक है नाथ, जैसी आपकी इच्छा!" कहकर, अपनी सिसकी को दबाती हुई, निद्रा-विहीन रात्रि-यापन के लिए वह लेट गई।

उद्धव का दूत-कार्य

कृष्ण का जो समयानुकूल सन्देश लेकर उद्धव आए थे, उसके कारण राजसभा ने दुर्योधन को स्वयंवर में जाने की अनुमति दे दी।

सुरूप और संयमित उद्धव ने मुस्कराते हुए राजसभा में प्रवेश किया। उन्होंने सहज शिष्टाचार के साथ पितामह भीष्म और राजा के सम्मुख प्रणिपात किया। अन्य जनों को नमस्कार करने के बाद द्रोणाचार्य के सम्मुख प्रणिपात करके उन्होंने अतिरिक्त शिष्टाचार का परिचय दिया। अद्वितीय ब्राह्मण-योद्धा होने की महत्ता और शक्ति के स्रोत परशुराम का शिष्य होने के कारण उन्होंने द्रोणाचार्य के प्रति ऐसा सम्मान प्रकट किया था।

पितामह ने कहा, "आओ उद्धव! तुम्हें पुनः हस्तिनापुर में देखकर हम सबको प्रसन्नता हुई है। आसन ग्रहण करो। सब लोग सकुशल हैं न?"

"पूज्य पितामह, मैं द्वारका से नहीं आया हूँ। पिछले कुछ महीनों मैं नागश्रेष्ठ के यहाँ, अपनी ससुराल में, निवास कर रहा था।" उद्धव ने उत्तर दिया।

"तो यह सच है कि तुमने नाग राजकन्याओं से विवाह किया?" राजा ने पूछा।

"हाँ महाराज!" उद्धव ने उत्तर दिया।

"नागों के स्वामी राजा कर्कोटक और उनकी प्रजा सकुशल हैं न?" पितामह ने पूछा।

"हाँ पितामह!" उद्धव ने उत्तर दिया।

"विदुर कहते हैं कि तुम हमारे लिए यादव-श्रेष्ठ कृष्ण वासुदेव का सन्देश लाए हो।" पितामह ने कहा।

"हाँ पितामह!" उद्धव ने कहा, "पुष्कर-राज चेकितान और नागराज ने भी अपने सन्देश भेजे हैं। ये सभी आपको साष्टांग प्रणाम और महाराज का अभिवादन करते हैं।"

"तुम इन लोगों के क्या सन्देश लाए हो?" पितामह ने पूछा।

"यादव-श्रेष्ठ कृष्ण वासुदेव ने आपको यह सन्देश भेजा है," उद्धव ने अत्यन्त विश्वसनीय स्वर में बात आरम्भ की, "पाञ्चाल राजकुमारी के स्वयंवर में भाग लेने के लिए बलराम के साथ कृष्ण उत्तर आ रहे हैं। उनके साथ अनेक यादव अतिरथी भी आ रहे हैं। मार्ग में वे कुछ समय पवित्र पुष्कर तीर्थ में व्यतीत करना चाहते हैं।"

"वे प्रसन्नतापूर्वक आएँ।" धृतराष्ट्र ने कहा।

"महाराज, वासुदेव को विश्वास था कि आप ऐसा ही कहेंगे।" उद्धव ने उत्तर दिया, "किन्तु वे महाराज से और पितामह से एक अन्याय का प्रतिकार करने की प्रार्थना भी करते हैं। पिछले साल कुरु-सेना ने राजा चेकितान को पुष्कर से खदेड़ दिया था। फलतः राजा चेकितान और उनकी प्रजा को यमुना के पार, राजा कर्कोटक का शरणार्थी बनना पड़ा था। कृष्ण वासुदेव का निवेदन है कि उन्हें उनका राज्य वापस दे दिया जाए, जिससे वे पुष्कर में यादव वीरों का आतिथ्य कर सकें।"

"क्या?" दुर्योधन बीच में ही बोल पड़ा। आकस्मिक क्रोध से उसकी भौंहें तन गईं। उसने कहा, "हमने शस्त्र-बल से पुष्कर पर विजय पाई है और हम पूरी कुरु-शक्ति से उस पर अधिकार बनाए रहेंगे।" कहते हुए वह अपने आसन से लगभग उछल पड़ा। कर्ण ने स्वभावतः अपनी तलवार की मुट्ठी कस ली। अश्वत्थामा ने तीखी दृष्टि से उद्धव की ओर देखा।

क्षमायाचना-जैसी मुस्कराहट के साथ उद्धव दुर्योधन की ओर मुड़ गए और बिना घबराए कहते गए, "युवराज, कृष्ण वासुदेव ने पितामह और महाराज के लिए जो सन्देश भेजा है, उसे मुझको कह लेने दीजिए। अन्ततः इसका निर्णय उन्हें ही करना है कि क्या किया जाए।"

हे भगवान, यह वासुदेव तो चमत्कार कर रहा है! द्रोणाचार्य ने मन-ही-मन कहा। कृष्ण के प्रति उनके हृदय में प्रबल प्रेमभाव उमड़ आया। इस चमत्कारी पुरुष ने एक अद्‌भुत नाटक का समायोजन कर दिया, जिसका अन्त वैसा ही होगा, जैसा वह चाहता है।

उद्धव ने आगे कहा, "इस सन्देश के साथ चेकितान ने अपनी ओर से भी एक सन्देश भेजा है।"

पितामह ने पूछा, "वह क्या है?"

"उन्होंने अपने सन्देश में कहा है कि पितामह भीष्म, आप मूर्तिमान धर्म हैं। पुष्कर के राजा के रूप में मैं कुरुओं से प्रगाढ़ मैत्रीभाव रखता था। हमारी ओर से कभी कोई छेड़छाड़ नहीं हुई, फिर भी हमारे प्रदेश पर आक्रमण किया गया और मुझे तथा मेरी प्रजा को नाग-राज के यहाँ शरण लेनी पड़ी। पितामह, आपकी न्यायपरायणता प्रसिद्ध है। आपको चाहिए कि आप मुझे और मेरी प्रजा को पुष्कर का अधिकार वापस दे दें। यदि वसुदेव के पुत्र कृष्ण और बलराम पुष्कर आएँ तो मुझे उनका आतिथ्य करना ही चाहिए।"

उद्धव के सौजन्य से दुर्योधन चिढ़ गया था। क्रोध से उसका मुख आरक्त हो गया था। उसने कहा, "पितामह, यह अतिरेक हो रहा है!"

पितामह ने दुर्योधन की बात पर ध्यान नहीं दिया। उन्होंने उद्धव की ओर मुड़कर कहा, "देवभाग-तनय, नागश्रेष्ठ महाराज कर्कोटक ने क्या सन्देश भेजा है?"

"नागराज का सन्देश भी इसी प्रकार का है : मेरा पुत्र मणिमान स्वयंवर में जाने से पहले वासुदेव भ्राताओं का स्वागत करने के लिए राजा चेकितान का साथ देना चाहता है। उसकी इच्छा है कि काम्पिल्य जाते हुए वह उन दोनों को नागकूट ले आए।"

"ये अद्‌भुत सन्देश है!" धृतराष्ट्र ने टिप्पणी की।

"पिताजी, ये आदेश हैं।" दुर्योधन बीच में ही बोला। इन असंगत माँगों को सुनकर उसका खून खौलने लगा था। यदि बड़ों के समक्ष बरती जानेवाली शिष्टता का ध्यान न होता तो वह तत्काल इन माँगों को अस्वीकार कर देता।

"यह तो अपमान है!" कर्ण ने कहा, जिसकी मुट्‌ठी अनजाने ही फिर अपनी तलवार पर कस गई थी।

"हम पुष्कर को नहीं छोड़ेंगे।" दुर्योधन ने कहा।

युवकों के रोषपूर्ण विरोध को शान्त करने के लिए पितामह ने अपना हाथ उठाया।

"पूज्य पितामह, कृष्ण वासुदेव ने आपसे यह कहने को भी कहा है कि यादव कुरुओं से युद्ध करने के लिए नहीं आ रहे। पुष्कर में विश्राम करने के बाद हम सभी द्रौपदी के स्वयंवर में जाएँगे। राजा चेकितान भी वहाँ आमन्त्रित हैं। वे भी हम लोगों के साथ होंगे और मेरे साले, राजा कर्कोटक के पुत्र मणिमान भी। स्वभावतः हम मार्ग में युद्ध करने की इच्छा नहीं रखते।" उद्धव ने कहा।

अपने मोटे हाथों को फैलाकर शकुनि ने स्मितपूर्वक कहा, "यदि आपकी यही इच्छा है तो आप पुष्कर में हमारा आतिथ्य स्वीकार करें। कृष्ण वासुदेव ने मित्रभाव से जो अनुरोध किया है, महाराज उसे अस्वीकार न करना चाहेंगे।"

पितामह ने शकुनि पर एक दृष्टि डाली और वे उत्तर की प्रतीक्षा में उद्धव की ओर मुड़ गए।

"महाराज, यदि केवल आतिथ्य की ही बात होती तो इन सारे सन्देशों की कोई आवश्यकता नहीं थी।" उद्धव ने कहा।

"तब हमें वासुदेव के अनुरोध को अस्वीकार करना पड़ेगा।" दुर्योधन ने उग्रतापूर्वक कहा।

उद्धव ने राजा की ओर मुड़कर कहा, "महाराज, अनुरोध को अस्वीकार करने का आपको अधिकार है। वासुदेव इस सम्भावना को भी जानते थे। उन्होंने आपसे प्रार्थना की है कि आप ऐसा न करें। अतिरथी वीरों के साथ सात्यकि अब तक प्रस्थान कर चुके होंगे। राजा चेकितान और मणिमान यमुना पार करने के लिए प्रस्तुत हैं।"

"क्या आप कुरु-श्रेष्ठ को युद्ध की धमकी दे रहे हैं?" दुर्योधन ने पूछा।

"हम युद्ध नहीं चाहते।" उद्धव ने उत्तर दिया, "हम केवल यही चाहते हैं कि चेकितान के साथ जो अन्याय हुआ है, कुरुश्रेष्ठ और धर्मरक्षक पितामह उसका प्रतिकार करें।"

दुर्योधन ने पितामह की ओर मुड़कर कहा, "पूज्य पितामह, वासुदेव हम लोगों को आदेश नहीं दे सकते।" फिर उसने द्रोणाचार्य की ओर मुड़कर कहा, "आचार्यदेव, हमें पुष्कर की रक्षा के लिए प्रस्थान करना चाहिए।"

द्रोणाचार्य ने रहस्यपूर्ण ढंग से अपने शिष्य की ओर देखा और मुस्कराते हुए कहा, "दुर्योधन, तुम तो स्वयंवर में जाना चाहते थे। ऐसा ही यादव करना चाहते हैं। राजा चेकितान और राजकुमार मणिमान का भी यही अभिप्राय है। यदि तुम द्रौपदी के पाणि-प्रार्थी हो तो स्वयंवर में जानेवाले दलों के साथ तुम युद्ध नहीं कर सकते।" कहते समय उनके अधरों पर स्मित था, किन्तु स्वर में व्यंग्यपूर्ण दबाव।

"मुझे इसकी चिन्ता नहीं कि स्वयंवर में क्या होता है। वासुदेव की धमकियों से चेकितान पुष्कर को वापस नहीं पा सकते। हमें उनका अनुरोध अस्वीकार कर देना चाहिए।" अपनी जाँघों पर हाथ मारते हुए दुर्योधन ने कहा।

द्रोणाचार्य ने गुरु के आदेशपूर्ण स्वर में कहा, "अधर्म से विजय प्राप्त करने में कोई वीरता नहीं है और धर्म के लिए झुकने में कोई अपमान भी नहीं है।" आचार्य के मुख पर गरिमा झलक रही थी–"मैंने तुमसे पहले ही कहा था कि चेकितान को पुष्कर से भगाना अन्याय था। यह राजनैतिक दृष्टि से अनुचित था, क्योंकि तुमने एक मित्र को शत्रु बना लिया। यह सैनिक दृष्टि से भी अनुचित था, क्योंकि पुष्कर के चारों ओर ऐसे राजा हैं, जो उस पर अधिकार करने के लिए सहज ही संगठित हो सकते हैं। और अब, वीरश्रेष्ठ कृष्ण वासुदेव के मैत्रीपूर्ण परामर्श

को अस्वीकार करना भी अविवेकपूर्ण है। वे हमें न केवल अन्याय का सुधार करने का, बल्कि एक बेढंगी स्थिति से उबरने का भी अवसर दे रहे हैं। मैं वासुदेव के इस अनुरोध को स्वीकार करने की पितामह से विनम्र प्रार्थना करता हूँ।"

दुर्योधन ने उद्दण्डतापूर्वक पूछा, "आप युद्ध नहीं करेंगे?"

आचार्य ने शान्तिपूर्वक कहा, "यदि तुम्हारी इच्छा हो तो युद्ध करो, किन्तु उससे मेरा कोई सम्बन्ध न होगा। मेरा विश्वास है कि पूज्य पितामह का भी यही विचार है।"

पितामह ने अपनी बात की ओर ध्यान आकर्षित करने के लिए अपने अभ्यास के अनुसार हाथ उठाकर कहा, "आचार्य, आपका कथन उचित है। हम धर्म-मार्ग से विचलित नहीं हो सकते। किसी अन्यायपूर्ण कार्य के लिए हम युद्ध नहीं कर सकते। उद्धव, तुम वासुदेव से मेरा आशीर्वाद कहना और कहना कि राजा चेकितान को हम पुष्कर तो वापस दे ही देंगे, यादव-श्रेष्ठ कृष्ण और बलराम का समुचित सम्मान के साथ स्वागत करने में भी उनका साथ देंगे। आचार्य, आपने अभी स्वयं ही कहा था कि स्वयंवर में जानेवाले राजाओं के बीच युद्ध नहीं होना चाहिए।" पितामह ने विदुर की ओर अभिप्रायपूर्ण दृष्टि से देखते हुए कहा, "अब तो युद्ध की बात नहीं रही, अतः आप दुर्योधन तथा अन्य राजकुमारों को द्रौपदी के स्वयंवर में जाने की अनुमति दे दीजिए। पता नहीं, हम लोगों के सम्बन्ध में ईश्वर की क्या इच्छा है। मुझे लगता है कि भगवत्कृपा से सबकुछ ठीक ही होगा।"

द्रोणाचार्य ने पलक मारते स्थिति का सिंहावलोकन कर लिया। यह आवश्यक था कि दुर्योधन को एक पाठ पढ़ाया जाए। जब इतने यादव अतिरथी स्वयंवर में जा रहे थे तो इस बात की सम्भावना नहीं थी कि कोई कुरु राजकुमार स्वयंवर में विजयी हो। स्वयं कृष्ण यदि वधू को न भी स्वीकार करें तो समस्त आर्यावर्त में गदा-चालन में निष्णात बलराम और महान् धनुर्धर सात्यकि और कृतवर्मा के रहते दुर्योधन की सफलता सन्दिग्ध है। यदि दुर्योधन वधू को न प्राप्त कर सका तब भी द्रोणाचार्य की कोई अपकीर्ति न होगी, क्योंकि उन्होंने तो दुर्योधन के स्वयंवर में जाने का ही विरोध किया था।

दुर्योधन के युवराज-पद पर रहते कुरु-शक्ति का ह्रास निश्चित है। एक दूसरी शक्ति उभर रही है। आर्यावर्त के राजाओं पर कृष्ण का प्रभाव बढ़ रहा है। यदि कृष्ण के नेतृत्व में यादव उनके साथ सन्धि कर लें, जरासन्ध पूर्व में घिर जाए, द्रुपद मित्रता का वचन दे और भीष्म उन्हें धर्म का प्रतीक मानकर उनकी सहायता करें तो यह कहना कठिन है कि वे किस सीमा तक पहुँच सकते हैं। और कृष्ण ने उनके प्रति जो व्यवहार किया है, उसके आधार पर विचार करें तो वे आगे बढ़ने के योग्य हैं। अन्ततः वे बिना मुकुट के चक्रवर्ती बन जा सकते हैं और वैसी स्थिति

में कृष्ण की मैत्री से बढ़कर उनके उद्देश्य की सफलता का और कोई साधन नहीं हो सकता।

उन्होंने तिरस्कारपूर्ण स्मित के साथ दुर्योधन की ओर देखा, फिर सम्मानसहित पितामह की ओर मुड़कर कहा, "यदि राजा चेकितान को पुष्कर वापस देना है और समुचित सम्मान के साथ कृष्ण और बलराम का स्वागत करना है तो क्या पितामह इस कार्य के लिए मुझे पुष्कर जाने की अनुमति देंगे?"

"आचार्य, निःसन्देह आप ऐसा कर सकते हैं।" पितामह बोले।

जब राजसभा उठ रही थी तो प्रहरी ने भीतर आकर विदुर से कहा, "पूज्या माता पूजा से निवृत्त हो गई हैं। आप उद्धव को ले आ सकते हैं।"

विदुर ने अभिप्रायपूर्ण दृष्टि से उद्धव की ओर देखा। दोनों ही शीघ्रतापूर्वक आदरणीया माता के महल की ओर चल पड़े।

वृद्धावस्था में प्रकृति-प्रदत्त भव्यता से मण्डित धृतराष्ट्र की पितामही, परम आदरणीया माता अपने निश्चित आसन पर बैठी थीं।

हाथ के स्नेहिल संकेत से उन्होंने उद्धव और विदुर का स्वागत किया। उद्धव के जीवन का यह दूसरा अवसर था, जब उन्हें इस महान् नारी से मिलने का सुयोग प्राप्त हुआ था, जिसमें अब भी वैसा ही अद्भुत आकर्षण था, जैसे आकर्षण के लिए यौवन में उसकी प्रसिद्धि थी। इसके अतिरिक्त वे उतनी ही दयालु थीं, जितनी देवी दुर्गा अपनी अनुकूल मनःस्थिति में होती हैं।

उद्धव ने जब उनके सम्मुख प्रणिपात किया तो उस विचित्र नारी के स्पष्ट जीवन-चित्र उनकी कल्पना में कौंध गए। किसी समय की धीवर-कन्या ने आज दैवी स्वरूप प्राप्त किया है। उन्हें उनके दर्शनों का सौभाग्य प्राप्त हुआ है, यह सोचकर वे अभिभूत हो गए।

सम्राज्ञी ने मधुर स्वर में कहा, "देवभाग-तनय! कुशलपूर्वक तो हो? मैं समझती हूँ कि तुम नागकूट से आ रहे हो। तुम्हारे श्वसुर तथा अन्य जन तो कुशलपूर्वक हैं न?"

"सब लोग सकुशल हैं। राजा कर्कोटक की राजकुमारियाँ आपके सम्मुख विनीत भाव से प्रणिपात करती हैं और परम पूजनीया माता के आशीर्वाद की कामना करती हैं।" उद्धव ने कहा।

वृद्ध मुख पर मधुर स्मित खिल उठा। उद्धव ने सोचा कि अतीत काल में इस स्मित में कैसी रहस्यपूर्ण शक्ति रही होगी, जिसने सम्राट् शान्तनु का हृदय जीत लिया था।

पूजनीया माता ने अभिप्रायपूर्वक पूछा, "कुछ समाचार लाए हो?"

"हाँ पूजनीया माता!" उद्धव ने बहुत धीमे स्वर में कहा, "वर्षा के पहले मैंने

आपके पास जो सन्देश भेजा था वह आपको मिल चुका होगा। पाण्डव राक्षसावर्त में निवास कर रहे हैं, जहाँ कोई भी उनका पता नहीं पा सकता।''

यह जानने के लिए सम्राज्ञी ने चारों ओर देखा कि कहीं कोई उनकी बात सुन तो नहीं रहा। वे बोलीं, ''हाँ, विदुर ने मुझसे कहा था। मुझे बड़ी प्रसन्नता है। मैं चाहती हूँ कि उन्हें उनका उचित अधिकार प्राप्त हो। तभी मैं अपने अन्तिम दिन सुख से बिता सकती हूँ।''

''पूज्या माता, मैं इसीलिए यहाँ आया हूँ।'' उद्धव ने कहा, ''वासुदेव चाहते हैं कि मार्गशीर्ष मास में, लगभग उसी समय जब द्रौपदी का स्वयंवर होनेवाला है, वे लोग राक्षसों के उस भयानक देश से बाहर आएँ।''

सम्राज्ञी फिर मुस्कराईं–''ऐसा लगता है कि द्रुपद की कन्या को प्राप्त करने के लिए प्रत्येक व्यक्ति उत्सुक है–मैंने सुना है कि दुर्योधन और कर्ण और अश्वत्थामा भी इसमें सम्मिलित हैं। विदुर, राजसभा में क्या निश्चय हुआ?''

विदुर ने हाथ जोड़कर आदरपूर्वक कहा, ''पूज्या माता, उन लोगों ने निर्णय किया कि राजकुमारों को द्रुपद का निमन्त्रण स्वीकार कर लेना चाहिए।''

''इस बात से द्रोण कैसे सहमत हुए?'' बुद्धिमती सम्राज्ञी ने पूछा।

विदुर हँसे–''सचमुच यह एक आश्चर्यजनक बात थी। मैं समझता हूँ कि चेकितान को पुष्कर से खदेड़कर दुर्योधन ने जो अन्याय किया था, उसका प्रतिकार होने से वे प्रसन्न थे। सम्भवतः उन्होंने यह सोचा होगा कि दुर्योधन द्रौपदी को न जीत सकेगा और इस प्रकार उसे एक सीख मिलेगी।''

''मेरे इस दुर्योधन से व्यवहार करना बड़ा कठिन है। भगवान ही जाने जब वह हस्तिनापुर का शासन करेगा तो क्या होगा! हाँ, उद्धव, मेरे बच्चों का नया समाचार क्या है?'' सम्राज्ञी ने उद्धव की ओर मुड़कर पूछा।

''परिस्थिति बड़ी कठिन है।'' उद्धव ने कहा, ''वासुदेव चाहते हैं कि वे लोग स्वयंवर में सम्मिलित हों। उनका विचार है कि समवेत राजाओं के समक्ष उनका प्रकट होना युक्तिसंगत होगा। उन्हें उनका उचित स्थान दिलाने के लिए यह एक अच्छा अवसर होगा।''

''तो इसमें कठिनाई क्या है?'' सम्राज्ञी ने पूछा, ''क्या वे बाहर नहीं आना चाहते?''

उद्धव ने अपना स्वर धीमा किया और यह देखने के लिए चारों ओर अपनी दृष्टि फिराई कि कोई अन्य व्यक्ति तो वहाँ नहीं है, फिर वे बोले, ''युधिष्ठिर तब तक वहाँ से बाहर न निकलेंगे, जब तक महामुनि उनसे न कहेंगे; उनका कहना है कि कर्त्तव्याकर्त्तव्य की बात बताना महामुनि का काम है। अर्जुन राक्षसावर्त से तत्काल निकल आना चाहते हैं, भले ही उन्हें हम लोगों के साथ द्वारका क्यों न

जाना पड़े; राक्षसावर्त में वे जैसा जीवन बिता रहे हैं, उससे गहरे असन्तुष्ट हैं, किन्तु वे तब तक नहीं आएँगे, जब तक सभी भाई और उनकी माता कुन्ती भी आने के लिए सहमत नहीं हो जातीं।''

''मैं जानती हूँ, वे अद्भुत भाई हैं–जैसे एक ही अग्नि की पाँच शिखाएँ हों। अपने जीवन में मैंने भाइयों के बीच इतनी प्रीति और विश्वास और कहीं नहीं देखा। द्वैपायन यहीं हैं। आज ही सबेरे आए हैं। वे युधिष्ठिर को आने की अनुमति दे सकते हैं।'' सम्राज्ञी ने कहा।

''किन्तु बात इतनी ही नहीं है। भीम कहते हैं कि वे आएँगे ही नहीं और बाकी लोगों का कहना है कि वे उनके बिना नहीं आएँगे।'' उद्धव ने कहा।

''किन्तु निश्चय ही भीम सदा के लिए राक्षसों के देश में नहीं रह सकते!'' सम्राज्ञी ने कहा।

''वे राक्षसों के राजा हैं माता, और अब तो उनके युवराज का भी जन्म हो चुका है।'' उद्धव ने कहा।

''क्या?'' सम्राज्ञी ने आश्चर्य के साथ पूछा। यहाँ तक कि विदुर भी आँखें फाड़े बिना न रह सके।

''उन्हें एक राक्षस पुत्र पैदा हुआ है। वह अभी छह महीने का ही है, किन्तु सिंह के समान गर्जन करता है। भीम का दावा है कि सम्राट् भरत के प्रथम वंशज वही हैं, जिन्होंने अपने पुरखों की सहायता के बिना एक राज्य जीता है। उनका यह भी दावा है कि उनका पुत्र ही भरतों के गौरव का ज्येष्ठतम अधिकारी है।'' उद्धव ने कहा।

खुली मुस्कान से आदरणीया माता का चेहरा चमक उठा–''हाँ, यह सच है। वह किसी दिन हस्तिनापुर के साम्राज्य का युवराज बनेगा। किन्तु भीम उसे यहाँ क्यों नहीं ले आते?''

''राक्षसों की रानी हिडिम्बा अपने पुत्र से अलग नहीं होना चाहती।''

''तो उसको भी साथ ले आएँ, यद्यपि भीम किसी राक्षसी से विवाह करनेवाले पहले भरत हैं। मैं आशा करती हूँ कि उसे मनुष्यों को खाने का अभ्यास नहीं होगा।'' सम्राज्ञी ने कहा।

''माता, भीम को वहाँ राजा वृकोदर कहा जाता है। उन्होंने एक आदेश के द्वारा मनुष्य-मांस-भक्षण का निषेध कर दिया है। हिडिम्बा ने भी स्वामिभक्त पत्नी के समान मनुष्य का मांस खाना छोड़ दिया है, यद्यपि मुझे लगता है कि कभी-कभी उसे ऐसी इच्छा होती है। किन्तु स्थितियाँ घटोत्कच के चारों ओर चक्कर काटती रहती हैं।'' उद्धव बोले।

''घटोत्कच? यह कैसा नाम है।'' सम्राज्ञी ने आश्चर्य से पूछा।

"हाँ, भीम के पुत्र का यही नाम है।" उद्धव ने उत्तर दिया।

"किन्तु घटोत्कच नाम क्यों रखा गया है?" इस विचित्र नाम को सुनकर हँसी रोकने में असमर्थ सम्राज्ञी ने पूछा।

"राक्षस उसे विरोचन कहते हैं। भीम उसे घटोत्कच कहते हैं, क्योंकि उसका रोमहीन शरीर मिट्टी के घड़े की तली के समान लगता है।" उद्धव ने स्वयं भी हँसते हुए कहा, "किन्तु उस बालक के कारण बड़ी कठिनाइयाँ उत्पन्न हो गई हैं। हिडिम्बा अपने यहाँ के लोगों से अलग नहीं होना चाहती। वहाँ के लोग भी उसे छोड़ना नहीं चाहते। वह घटोत्कच को अपने से अलग नहीं करना चाहती। भीम बच्चे को वहाँ नहीं छोड़ना चाहते। अन्य भाई भीम को छोड़कर वहाँ से नहीं आना चाहते और हम नहीं समझते कि ऐसी स्थिति में क्या करना चाहिए। वासुदेव ने मुझे सन्देश भेजा कि पाँचों भाइयों को, किसी की जानकारी के बिना स्वयंवर में अवश्य आना चाहिए। मैं समझ नहीं पाता कि यह असम्भव कार्य मैं कैसे करूँ। माता, मैं इसी से आपके पास आया हूँ।"

सम्राज्ञी थोड़ी देर तक सोचकर बोलीं, "सचमुच यह परिस्थिति कठिन है। विदुर, क्या तुम वहाँ जाकर भीम को नहीं समझा सकते?"

"यह काम मेरे वश का नहीं है माता!" विदुर ने कहा, "हठ पर अड़े भीम के अतिरिक्त मैं संसार के प्रत्येक व्यक्ति को समझा सकता हूँ।"

आदरणीया माता ने अपना झुर्रियोंवाला किन्तु सुन्दर हाथ अपने ललाट पर रखा, जैसे सहसा ही उन्हें प्रकाश की किरणें दीख गई हों। "अब मैं समझ रही हूँ। आज सबेरे सहसा द्वैपायन के आगमन का यही कारण है। जब मुझे पता चला कि वे आए हैं तो मुझे विश्वास हो गया कि कोई महत्त्वपूर्ण बात होनेवाली है। हमें जब भी उनकी आवश्यकता होती है, वे आ जाते हैं।" कहती हुई सम्राज्ञी का मुख मातृत्व के गौरव से दमक उठा–"उद्धव, क्या तुम यह जानते हो कि द्वैपायन श्रेष्ठ मुनि हैं, किन्तु श्रेष्ठतर पुत्र हैं? मैं नहीं जानती कि उनके बिना मैंने क्या किया होता। विदुर, तुम जाकर देख आओ कि क्या वे मध्याह्न–सन्ध्या कर चुके। यदि कर चुके हों तो उनसे यहाँ आने को कहो।"

विदुर के जाने पर सम्राज्ञी उद्धव से पूछने लगीं कि नागकूट में क्या कुछ हो रहा है।

भारी पदचाप और मुक्त हास्य-ध्वनि सुनकर उद्धव आसन से उठ खड़े हुए। वेदव्यास के प्रवेश करते ही उन्होंने हाथ जोड़कर उन्हें प्रणाम किया। वेदव्यास के चौड़े-चकले चेहरे पर स्नेहपूर्ण मुस्कराहट थी। शरीर से स्थूल होने पर भी उन्होंने अपनी माता के सम्मुख प्रणिपात किया और उनके चरणों की धूल लेकर आँखों से लगाई।

सम्राज्ञी ने महामुनि के धवलकेश भव्य मस्तक पर इस प्रकार हाथ फेरा जैसे वे किसी छोटे बच्चे का माथा सहला रही हों।

"माता, आप कुशल से तो हैं?" अस्सीवर्षीय पुत्र ने पूछा।

"ऐसी वृद्धावस्था में जितनी कुशलता से रहा जा सकता है, उतनी कुशलता से हूँ।" कहकर सम्राज्ञी मुस्कराईं–"कृष्ण, मैं तुम्हारी ही प्रतीक्षा में थी।"

महामुनि के मुख पर स्मित दीख पड़ा–"मुझे आभास हो गया था कि इस समय आपको मेरी आवश्यकता होगी।"

"वत्स, तुमने यह कैसे जाना?"

"यह तो स्वयं मैं भी नहीं जानता, किन्तु मेरे मन में एक आग्रह-भरा स्वर उभरा–कदाचित् देव-स्वर–कि 'माता के पास जाओ।' मैंने उस आदेश का पालन किया। कदाचित् आपकी आकस्मिक इच्छाएँ प्रभु के आदेश के रूप में मुझ तक पहुँचती हैं।"

"वत्स, हम लोग एक कठिन परिस्थिति में पड़े हुए हैं। तुम जानते हो कि पाण्डव छिपकर राक्षसावर्त में निवास कर रहे हैं। ऐसा लगता है कि भीम राक्षसावर्त का राजा बन गया है और उसने एक राक्षसी से विवाह कर लिया है। उससे भीम को एक पुत्र भी हुआ है। कृष्ण वासुदेव की इच्छा है कि वे लोग राक्षसावर्त से लौट आएँ। वे समझते हैं कि द्रौपदी के स्वयंवर का अवसर उनके प्रकट होने का उचित अवसर है। किन्तु भीम राक्षसावर्त नहीं छोड़ना चाहते, और तुम समझ सकते हो कि उनके बिना दूसरे भाई भी नहीं आना चाहते।"

"क्यों?" महामुनि ने पूछा।

"ये बातें आपस में उलझी हुई हैं, कृष्ण! भीम अपने पुत्र को राक्षसावर्त में नहीं छोड़ना चाहते। राक्षसी–उसका क्या नाम है उद्धव?–न तो बच्चे को अपने से अलग करना चाहती है, न अपने पति के साथ आने को ही प्रस्तुत है। ऐसी स्थिति में क्या करना चाहिए?" सम्राज्ञी ने पूछा।

"माता, राक्षसी ठीक ही कर रही है," महामुनि ने शान्तिपूर्वक कहा, "मेरी तरह आप राक्षसों के बीच नहीं रही हैं। उसे हम लोगों के रीति-रिवाज–अथवा हमारे रहन-सहन के ढंग–अस्वाभाविक जान पड़ेंगे। यदि वह हम लोगों के साथ रहने आई तो तत्काल मुरझा जाएगी।"

"फिर पाँचों भाई वहाँ से कैसे लौटेंगे? पुनः प्रकट होने का ऐसा सुअवसर उन्हें कदाचित् ही कभी प्राप्त हो।" सम्राज्ञी ने कहा।

"माता यदि पुत्र को उसके पिता के पास नहीं छोड़ सकती तो कर्त्तव्य के लिए पिता को ही पुत्र का त्याग करना चाहिए। स्मरण रखिए, धर्म पाण्डवों की विजय के साथ सम्बद्ध है," महामुनि ने कहा, "सम्भवतः पुत्र का माता के साथ

रहना ही सर्वोत्तम है। आपके पुत्र के विपरीत, वह पिता के साथ जाना कदाचित् पसन्द न करे।" कहकर महामुनि जोर से हँसे, मानो उन्होंने माता को स्मरण दिलाया कि कैसे उन्होंने शैशव में ही उन्हें, उनके पिता पराशर मुनि के पास छोड़ दिया था।

"मैंने ठीक किया था, राक्षसी गलत कर रही है।" सम्राज्ञी के मन में उस दुखद क्षण की स्मृति जाग उठी, जब उन्होंने शिशु कृष्ण द्वैपायन को उनके पिता पराशर मुनि को सौंपा था, "बालक को अपने पिता के साथ ही रहना चाहिए। किसी न्यायी परिवार की परम्परा को सुरक्षित रखने का एकमात्र मार्ग यही है। मैंने कभी तुम्हें तुम्हारे पिता से अलग न किया होता।"

"...क्योंकि आप राक्षसी नहीं थीं। राक्षसी तो अपने पति का भी बलिदान कर देगी और आवश्यकता हुई तो पुत्र को भी फाड़कर खा जाएगी।"

"कृष्ण, मुझसे यह न कहो कि ऐसे राक्षस भी हैं," सम्राज्ञी बोलीं, "किन्तु भीम के लिए क्या किया जाए? एक बार जब वे कोई निश्चय कर लेते हैं तो उस पर अड़ जाते हैं। कृष्ण, तुम स्वयं राक्षसावर्त जाकर उन लोगों को समझाओ। मुझे विश्वास है कि तुम भीम को समझा सकोगे।"

महामुनि हँसे–बच्चों-जैसी हँसी हँसे–"अब मैं समझ गया कि यहाँ किसलिए मेरी आवश्यकता थी–एक दूसरी गाँठ खोलने के लिए। हाँ, मैं जाऊँगा। वे मेरे बच्चे हैं और आपकी इच्छाएँ मेरे लिए आदेश हैं माता!"

"वत्स, तुमने मेरा सारा भार उतार दिया।" कहकर सम्राज्ञी गर्वपूर्वक मुस्कराईं।

राक्षसावर्त में महामुनि

अवसर बड़ी धूमधाम का था। राजा वृकोदर ने आदेश प्रचारित कर दिया था : प्रत्येक व्यक्ति को उनके पितामह का स्वागत करने के लिए तैयार रहना है।

प्रत्येक राक्षस काम में लगा हुआ था। घने जंगलों को काटकर मार्ग बनाया जा रहा था। वृक्ष-शिखर की झोंपड़ियों को नए सिरे से सजाया-सँवारा जा रहा था; अतिथि के लिए भूमि पर कुटीर बनाया जा रहा था–यह एक ऐसी बात थी, जिसके बारे में इससे पहले सोचा भी नहीं जा सकता था। कुटीर के चतुर्दिक् यज्ञ-उद्यान बन रहा था, युधिष्ठिर ने इस बात पर बल दिया था कि उसका निर्माण उचित विधि से होना चाहिए।

सारी बस्ती में ऐसी सफाई और धुलाई हो रही थी, जैसी विरोचन के द्वारा राक्षसावर्त की स्थापना के समय से कभी नहीं देखी गई थी। स्त्रियाँ रेशों के नए

शिराच्छादन बना रही थीं, पुरुष अपने होंठों के लिए लकड़ी की पत्तियाँ छील रहे थे। स्कन्ध-पट्टों के लिए लोमड़ियाँ मारी जा रही थीं। राक्षसियों को यह आदेश भी दिया गया था कि वे अपने वक्ष ढकने के लिए कोई आवरण तैयार करें—और कुछ न हो सके तो पत्तों की माला से ही काम चलाएँ।

राजा वृकोदर के पितामह के सम्बन्ध में सारे राक्षसावर्त में तरह-तरह की बातें फैल रही थीं : वे मनुष्य नहीं हैं; उनमें स्वयं विरोचन की आत्मा का निवास है। वे जहाँ जाते हैं, वहाँ के लोग हर्षोन्मत्त हो जाते हैं। वे मृतकों को पुनर्जीवित कर देते हैं। बड़े-बड़े राक्षस सिर हिला देते, किन्तु नवयुवक सहज ही इन बातों पर विश्वास कर लेते थे।

राक्षसों में कुछ ऐसे भी थे जो कभी-न-कभी अपनी सीमा से आगे भटक गए थे। उन्होंने लम्बी दाढ़ीवाले इस पितामह को नदी-तट के आसपास आते-जाते, लोगों की भीड़ से मिलते और उनके रोगों को दूर करते देखा था।

एक वृद्ध राक्षस ने इसे सच बताया। एक बार वह मृत्यु शय्या पर था। पितामह के आने की बात सुनकर उसने अपनी नाक की लकड़ियाँ निकाल दीं और पितामह के पास जानेवाली भीड़ के साथ हो लिया और वह चंगा हो गया। इसके बाद राक्षसों में जो बीमार अथवा विकलांग थे, वे साँस रोककर महामुनि के आगमन की प्रतीक्षा करने लगे, क्योंकि उनके मन में नई आशा जाग उठी थी।

केवल हिडिम्बा बेचैन हो रही थी। स्त्री-सुलभ सहज ज्ञान से उसे भावी विपत्ति का आभास मिल गया था। यद्यपि उसके पति में विरोचन की आत्मा थी और पति ने उसे सुखी भी बनाया था, फिर भी वह इस बात से अनभिज्ञ नहीं थी कि उसकी सास उसके तौर-तरीके नहीं पसन्द करती। राक्षसों की रानी होने के कारण उसे लोगों से अनुरागपूर्ण प्रशंसा सुनने का अभ्यास था, किन्तु उसकी सास उसके साथ जैसा व्यवहार करती थी, वह उसके मन में कसकता रहता था। इसके अतिरिक्त उसे इस बात की भी गन्ध लगी थी कि सास उससे उसके पति को, और सम्भव हो सके तो उसके पुत्र को भी, उससे दूर ले जाना चाहती है, और यदि इस पितामह ने भी उसे और उसके यहाँ के लोगों को पसन्द नहीं किया तो परिस्थिति भयानक हो जाएगी। वैसी स्थिति में कुन्ती निश्चय ही उन्हें उससे छीन ले जाएगी।

निश्चित दिन आया तो निकुम्भ के नेतृत्व में राक्षसों, राक्षसियों और राक्षस बालकों का एक बड़ा दल सीमा की ओर चला। वहाँ उन्होंने रात बिताई और दूसरे दिन तड़के पचीस राक्षसों को साथ लेकर भीम ने राक्षसावर्त की पथरीली सीमा को पार करके महामुनि का स्वागत करने और उन्हें साथ ले आने के लिए प्रस्थान किया।

सिगुरी नाग यह सूचना लेकर पहले ही आ गया था कि प्रातःकालीन अग्निहोत्र के बाद महामुनि उन लोगों की प्रतीक्षा करेंगे। भीम सचमुच महामुनि के द्वारा प्राचीन

अग्निहोत्र-विधि को देखने के लिए विकल हो रहे थे।

सिगुरी नाग उन सबको अपने साथ सीमावर्ती गाँव लहुरिया ले गया। यह पहला अवसर था, जब इतने अधिक राक्षसों ने दिन के प्रकाश में अपने प्रान्त की सीमा को पार किया था। पहले तो नाग इससे भयभीत हुए थे। किन्तु आनेवालों के बारे में जो प्रसिद्धि थी, उसके विपरीत जब उन्होंने निरापद रूप से व्यवहार किया तो उन्हें कौतूहल हुआ। उनकी विचित्र वेश-भूषा देखकर नाग-बालकों को बड़ा आनन्द आया, और जब उन्होंने देखा कि स्वयं राजा वृकोदर उन्हें देखकर झूठमूठ गर्जन करता है और फिर बच्चों-जैसी खुशी से हँस पड़ता है, तब तो वे अत्यन्त उत्साहित होकर झुण्ड-के-झुण्ड उनके पास आने लगे।

महामुनि ने अभी-अभी होम समाप्त किया था। वे अन्तिम मन्त्रों का पाठ कर रहे थे और जैमिनी तथा उनके साथ आए चार अन्य शिष्य उनके स्वर में स्वर मिला रहे थे। जब मन्त्र-पाठ समाप्त हुआ तो भीम ने आगे बढ़कर महामुनि की चरण-रज लेकर उसे मस्तक से लगाया। महामुनि ने स्नेहपूर्वक उनका आलिंगन किया।

साथ आए राक्षस ठीक तरह से समझ नहीं पाए कि राजा के पितामह का अभिवादन कैसे करें। राजा का अनुकरण करने का प्रयास करते हुए साष्टांग प्रणाम करने के प्रयत्न में कई राक्षस लुढ़क गए, जिससे नागों में हँसी की लहर दौड़ गई। किन्तु जब महामुनि ने प्रत्येक राक्षस के माथे पर हाथ फेरकर उन्हीं की भाषा में आशीर्वाद के कुछ शब्द कहे तो वे बड़े प्रभावित हुए। महामुनि राक्षसों की बोली थोड़ी-बहुत जानते तो थे, लेकिन ठीक तरह से बोल नहीं सकते थे।

इसके बाद नियमित क्रम आरम्भ हुआ। प्रत्येक व्यक्ति को दूध का एक पात्र दिया गया। यह दूध बकरी का था, क्योंकि गाय का दूध पर्याप्त मात्रा में उपलब्ध नहीं था। राक्षसों ने दूध के पात्र को बड़ी सन्दिग्ध दृष्टि से देखा, क्योंकि वे कभी दूध नहीं पीते थे। वे अपने नुकीले दाँतों से फाड़े हुए बकरियों के मेदयुक्त मांस को अधिक पसन्द करते थे।

प्रत्येक व्यक्ति महामुनि के सम्मुख आया। जैमिनी जो गठरी लाए थे, उसमें से एक-एक पत्ती निकालकर महामुनि ने सबके पात्रों में डाल दी। दूध का पात्र लेकर जाते हुए प्रत्येक व्यक्ति को महामुनि ने आशीर्वाद दिया। पहले तो राक्षस इस अनजानी वस्तु को पीने में हिचकिचाए, किन्तु बाद में भीम को पीता देखकर उन्होंने भी दूध पी लिया।

वैदिक मन्त्रों का पाठ हुआ। अनन्तर जब सब लोग महामुनि को प्रणाम करने के लिए उठे तो अचानक रोगी और विकलांग व्यक्ति हर्ष से चीत्कार कर उठे, क्योंकि वे सहसा कष्ट-मुक्त हो गए थे।

राक्षस समझ नहीं पा रहे थे कि उन्हें क्या करना चाहिए, किन्तु सन्दिग्ध भाव से उन्होंने भी औरों का अनुसरण किया, जैसे वे किसी जादू-टोने की क्रिया में भाग ले रहे हों। और जब महामुनि ने उन्हें आशीर्वाद दिया तो उनमें से कुछ ने अपने भीतर शक्ति का आकस्मिक प्रवाह अनुभव किया और वे युद्ध-नृत्य करने लगे। इससे सबका बड़ा मनोरंजन हुआ।

यह विधि पूरी हो गई तो महामुनि, जैमिनी तथा अन्य शिष्यों को पालकियों में बैठाया गया और उन पालकियों को राक्षस अपने कन्धों पर उठाकर ले चले।

राक्षसों को कड़ी और ऊबड़खाबड़ भूमि पर चलने का अभ्यास था। वे स्थिर पगों से महामुनि और उनके शिष्यों की पालकियाँ लेकर चल रहे थे। महामुनि अपने जीवन में पहली बार धरती और आकाश के बीच झूल रहे थे और राक्षस उनको उठाए एक से दूसरी चट्टान पर फाँदते जा रहे थे। राक्षसों ने सोचा था कि सफेद दाढ़ीवाले पितामह डर जाएँगे। किन्तु वे पालकी में बैठे मुस्करा रहे थे और 'वाह वत्स, वाह!' कहकर प्रोत्साहन दे रहे थे।

वे पथरीले पहाड़ों की ढाल से उतर आए और पानी के सोते के पार हो गए। आँखों में आदर और आश्वासन के आँसू भरे कुन्ती के सहित युधिष्ठिर, अर्जुन, नकुल और सहदेव आगे बढ़े। उन्होंने पितामह को साष्टांग प्रणाम किया। उन्होंने पालकी से उतरकर सबको गले लगाया और स्नेहपूर्वक उनके मस्तक सूँघे।

हिडिम्बा और अन्य राक्षस कुछ दूरी पर खड़े होकर खिन्न भाव से ताकते रहे। महामुनि ने उनकी ओर देखा, हाथ से उन्हें निकट आने का संकेत किया और कुन्ती की ओर मुड़कर कहा, "कुन्ती, मेरी पुत्रवधू कहाँ है? अरे हाँ, वह वहाँ खड़ी है। और वह है भीम का पुत्र।"

घटोत्कच को गोद में लिए हिडिम्बा खड़ी थी। वह आँखें फाड़कर देख रही थी कि उसके पति और उनके भाई कैसे विचित्र ढंग से अपने पितामह का स्वागत कर रहे हैं। महामुनि उसके पास गए। हिडिम्बा के लिए यह कल्पनातीत बात थी कि ऐसी हीनता मनुष्य का सामान्य आचरण है। उसने ऐसों को ही उन लोगों के सम्मुख भूमि पर लोटते देखा था, जो उनकी हत्या करने को उद्यत हों।

भीम ने हिडिम्बा के कान में कहा, "महामुनि के चरणों में प्रणिपात करो।" वह समझ नहीं पाई कि क्या करे। अपने घुटनों को मोड़ने के प्रयत्न में वह भूमि पर गिर पड़ी। बच्चा उसके हाथ से छूट गया। उसने जोर से गर्जन किया। महामुनि ने उतावली से हिडिम्बा के मस्तक पर हाथ फेरा, आशीर्वाद के शब्द कहे और माँ की ममता ने घटोत्कच को गोद में उठा लिया।

छह मास का होने पर भी वह विशालकाय बालक था। उसका रंग महामुनि जैसा ही काला था। उसका विशाल मस्तक केशविहीन था। उसकी आँखें चमकीली

और बड़ी-बड़ी थीं। गोल और मोटे पैर थे। वह बेचैनी से अपने पैर फटकार रहा था, जिससे उसकी शक्तिमत्ता प्रकट होती थी।

दोनों हाथों का झूला बनाकर महामुनि उसे तब तक झुलाते रहे, जब तक रोना-चिल्लाना बन्द करके उसने मुस्कराना नहीं आरम्भ किया। फिर घटोत्कच टकटकी लगाकर उस विचित्र चेहरे को देखता रहा। दोनों हाथों से उनकी दाढ़ी पकड़कर और कुछ मुँह में भरकर, वह किलकारी मारने लगा। सब लोग यह मोहक दृश्य देखने लगे।

अब महामुनि हिडिम्बा की ओर मुड़े। उनके मुख पर पितृ-सुलभ स्मित था। उन्होंने टूटी-फूटी राक्षसी बोली में कहा, "हिडिम्बा, तुम संसार की सर्वाधिक सौभाग्यवती स्त्री हो। तुम शक्तिशाली भरत-वंश के उत्तराधिकारी की माता हो।" कहकर वह घटोत्कच का केश-विहीन मस्तक सहलाने लगे। बालक भी, जिसे कदाचित् उनकी श्वेत दाढ़ी बहुत आकर्षक लगी थी, पुनः दाढ़ी के बाल खींचने लगा। महामुनि खुलकर हँसे।

घटोत्कच जिस तरह अपने प्रपितामह से हिल-मिल गया था, उसे देखकर चारों ओर घिरी हुई भीड़ में आनन्द की लहर दौड़ गई।

पाँचों भाई सावधान थे कि महामुनि की संवेदनशीलता का सम्मान किया जाए और उनके क्रिया-कर्म में कोई विशेष बाधा न पड़े। इसलिए उन लोगों ने फल-मूल, गिरियाँ, वन्य द्रव्य और मधु आदि का पर्याप्त संचय कर रखा था, जिससे दूध, दही और घी का अभाव पूरा किया जा सके, क्योंकि राक्षसों की बिरादरी में किसी को इनका पता नहीं था। आर्यों में दूध, दही और घी के बिना किसी धार्मिक अनुष्ठान की बात भी नहीं सोची जा सकती थी, क्योंकि महामुनि ने कहा था कि घी जीवन है और दही शक्ति, किन्तु राक्षसों ने इनका नाम भी नहीं सुना था। अतः राजा वृकोदर की राजधानी जाने के मार्ग में यज्ञ-यागादि का कार्य मोटे धान्य, काष्ठ-फलों और फल-मूलों से ही सम्पन्न करना था, जो वहाँ के वनों में प्रचुर मात्रा में उत्पन्न होते थे।

राजा वृकोदर का राज्य-त्याग

दूसरे दिन की सन्ध्या के समय सब लोग होमाग्नि के चतुर्दिक् बैठे थे। महामुनि ने पाँचों भाइयों और माता कुन्ती से कहा कि अब यथाशीघ्र राक्षसावर्त से लौटने का समय आ गया है। केवल भीम हिचकिचा रहे थे। उन्हें अपने अधिकारों से राजा बनना अच्छा लगता था। वे हिडिम्बा और घटोत्कच को प्यार करते थे और

अपने शिशु-पुत्र को छोड़कर नहीं जाना चाहते थे। और सब लोग प्रस्तुत थे। वे बराबर इस वन-भूमि का त्याग करने के लिए व्यग्र रहे थे।

महामुनि ने उन्हें समझाया कि स्वयंवर के अवसर पर आर्यावर्त के अधिकांश राजाओं के एकत्रित होने की सम्भावना है और उस समय उनका प्रकट होना उनके लिए कितना आवश्यक है। यदि वे ऐसा करेंगे तो वह अवसर राजाओं के समक्ष उन लोगों का स्वागत करने के लिए दुर्योधन को बाध्य कर सकता है। भीष्म और पूजनीया माता उन लोगों के लौटने की निरन्तर प्रतीक्षा में हैं।

"और वासुदेव भी चाहते हैं कि तुम लोग लौट आओ।" महामुनि ने बात जारी रखी, "मैं उनसे असहमत नहीं हो सकता। तुम्हारे हितैषियों में कदाचित् वह सर्वोत्तम हैं।"

आधी रात का समय था। वे सब लोग यज्ञाग्नि के चतुर्दिक् गहरी नींद में सोये हुए थे। यज्ञ-वेदी की आग शीघ्रतापूर्वक चिनगारियों में परिवर्तित होती जा रही थी। तीव्र वायु वन में सीटियाँ बजा रही थी, फिर भी अर्जुन की आँखें खुल गई और अपनी तीक्ष्ण ज्ञानेन्द्रियों के द्वारा उन्हें यह आभास मिला कि कोई असामान्य बात हो रही है। वे ध्यानपूर्वक सुनने लगे। उन्होंने किसी पदार्थ के गिरने की ध्वनि सुनी। उसके बाद दूसरी और फिर तीसरी भी वैसी ही ध्वनि सुन पड़ी।

किसी वृक्ष से फल के भूमि पर गिरने की ध्वनि यह नहीं हो सकती, इसका उन्हें विश्वास था, क्योंकि ऐसे फलों के वृक्ष उस बस्ती में थे ही नहीं। यह केवल राक्षसों के अपने वृक्ष-शिखरवाले झोंपड़ों से एक के बाद एक कूदने की ही ध्वनि हो सकती है। आधी रात को एक के बाद दूसरे राक्षसों का अपने घरों से बाहर निकलना! बड़े अपशकुन की बात थी। ऐसी बातें तभी होती थीं, जब वे किसी घातक अभियान के लिए छिपकर एकत्रित होना चाहते थे।

अर्जुन उठ बैठे। यज्ञाग्नि के धूमिल प्रकाश में वे चतुर्दिक् घिरे अन्धकार में झाँकने का प्रयत्न करने लगे। खुले आकाश के नीचे, यज्ञ-वेदी के निकट महामुनि गहरी नींद में सोए हुए थे। यज्ञ-वेदी की चिनगारियाँ बुझी जा रही थीं। उससे कुछ परे माता कुन्ती सो रही थीं। उनके बाद युधिष्ठिर और फिर नकुल तथा सहदेव सोए हुए थे। जैमिनी और महामुनि के अन्य शिष्य उनसे थोड़ी दूर पर सोए थे। उन सबसे हटकर भाई भीम सो रहे थे। उनके जोरदार खर्राटों की लय से किसी न्यायपरायण की नहीं तो सरल व्यक्ति की निद्रा का साक्ष्य अवश्य मिल रहा था।

भूमि पर सोने के संकटों के प्रति अर्जुन सचेत थे। इस अद्भुत प्रदेश में यदि कोई व्यक्ति रात्रि में अपने वृक्ष-शिखरवाले झोंपड़े में नहीं चढ़ गया है तो वह सुरक्षित

नहीं है। किन्तु महामुनि अपनी जीवन-रक्षा के लिए भी वृक्ष पर चढ़ने की बात सोच तक नहीं सकते थे। अतः सब लोगों ने उनके निकट खुले मैदान में सोने का निश्चय किया था। यदि राक्षस कोई अवसर चाहते थे तो यही, उनकी इच्छा पूरी हुई थी।

अर्जुन ने आँखें फाड़कर देखा और वायु की गन्ध लेने का प्रयत्न किया। थोड़ी-थोड़ी देर के अन्तर से राक्षस अपनी झोंपड़ियों में से कूद रहे थे। स्पष्ट था कि कोई ऐसी बात हो रही है, जिसकी भनक राजा वृकोदर को भी नहीं मिली है।

अपनी आशंका का पक्का निश्चय करने के लिए अर्जुन ने सहदेव को जगाया। सहदेव इस बात से सहमत हुए कि सूखी पत्तियों की चरमराहट से यह संकेत मिलता है कि राक्षस वृक्ष से कूदकर किसी पूर्व-निर्धारित स्थल पर जा रहे हैं। उन्हें आश्चर्य हुआ कि इस कुटिल हलचल का उद्देश्य क्या हो सकता है। सम्भवतः वे उन लोगों पर आक्रमण करना चाहते हैं। राक्षस राजा वृकोदर के प्रति भक्ति रखते थे, क्योंकि वे अत्यन्त शक्तिशाली थे और ऐसा विश्वास किया जाता था कि उनमें राक्षसों के देवता विरोचन की आत्मा का निवास था। किन्तु उनके भाइयों अथवा उनकी माता से वे सामंजस्य नहीं स्थापित कर पाए थे और उन्हें परदेशी मानते थे। सम्भवतः महामुनि के आगमन से उनके मन में सन्देह उठ खड़ा हुआ था और उसके कारण उन्होंने आधी रात में उन लोगों की हत्या करने का निश्चय किया था।

अर्जुन रेंगकर भीम के पास पहुँचे। उन्होंने भीम को जगा दिया। राजा वृकोदर को उनकी सुख-निद्रा से जगाने में उन्हें झकझोरने की आवश्यकता पड़ी। किन्तु जागते ही वे परिस्थिति की गम्भीरता को भाँप गए। उन्होंने अपनी भारी गदा सँभाल ली और किसी भी सम्भावित आक्रमण का सामना करने के लिए तैयार हो गए।

"किन्तु भाई, उनकी संख्या बहुत अधिक जान पड़ती है। पता नहीं, वे कितने हैं।" अर्जुन ने धीमे स्वर में कहा।

सहदेव ने भूमि पर कान लगाकर सुना। "निश्चय ही यह राक्षस-समूह है–सम्भवतः पचास के लगभग।" उन्होंने कहा।

"अर्जुन, तुम्हारा धनुष-बाण तैयार है?" भीम ने पूछा, "तुम तो अन्धकार में भी सहज ही बाण चला सकते हो।"

"हाँ, चला तो सकता हूँ," अर्जुन ने कहा, "किन्तु इतनी बड़ी भीड़ के सामने चकमक पत्थर की नोकवाले बाणों से कोई बात नहीं बनेगी। बहुत सम्भावना इस बात की है कि हम सावधान हों इसके पहले ही हमारी खोपड़ियाँ चूर हो जाएँ।"

"तुम लोग क्या बातें कर रहे हो?" महामुनि ने जागकर आँखें मलते हुए पूछा।

"पूज्य पितामह, भीम की आज्ञा के बिना ही राक्षस किसी अभियान की तैयारी कर रहे हैं। यह उनके लिए बड़ी असामान्य बात है। सम्भवतः वे हम पर आक्रमण करना चाहते हैं। और जब कभी वे आधी रात में किसी अभियान पर निकलते हैं तो वे अत्यन्त घातक होते हैं।" सहदेव ने कहा।

"यदि वे हममें से किसी पर आक्रमण करना चाहते हैं तो वह मैं ही हो सकता हूँ।" महामुनि ने मुस्कराते हुए कहा, "किन्तु मैंने तो किसी का कोई अहित किया नहीं।"

"वे आप पर क्यों आक्रमण करेंगे पितामह?" अर्जुन ने पूछा।

"जैसा तुम कहते हो, वे वृकोदर को विरोचन का अवतार मानते हैं। सामान्यतः वे उसके पितामह को हानि न पहुँचाना चाहेंगे।" कहकर पितामह थोड़ी देर रुक गए। उन्होंने ध्यान देकर सुना। दूर से लोगों के फुसफुसाने की दबी हुई ध्वनि स्पष्ट रूप से सुन पड़ रही थी। उन्होंने कहा, "मैं इसका कारण समझ गया। वे समझते हैं कि मैं उनसे घटोत्कच को छीनने आया हूँ। सम्भवतः मेरे इस कथन से उन्हें यह सन्देह हुआ है कि घटोत्कच भरत-साम्राज्य का उत्तराधिकारी है।"

"इस सम्बन्ध में वे बड़े संवेदनशील हैं पितामह!" अर्जुन ने कहा, "हिडिम्बा के परिवार के साथ उनका अत्यधिक लगाव है। वे घटोत्कच को देवता समझते हैं और उसको कहीं ले जाने के विरोध में वे कुछ भी कर सकते हैं।"

"ठीक है, उनको आने दो।" महामुनि ने शान्तिपूर्वक कहा, "मैंने पहले भी ऐसी अनेक स्थितियों का सामना किया है और परमात्मा ने सदा मेरी रक्षा की है। मुझे इच्छामृत्यु का ईश्वरीय वरदान प्राप्त है।"

"जब तक मैं यहाँ हूँ, वे हम पर आक्रमण नहीं कर सकते।" भीम ने कहा।

"भाई, अपनी प्रजा पर तुम्हारा कितना प्रभाव है, इसके सम्बन्ध में तुम बहुत आश्वस्त हो।" अर्जुन ने फीकी मुस्कान के साथ कहा।

अन्धकार में सावधानी से चलने की दूर से आती ध्वनि अब स्पष्ट सुनाई देने लगी थी। "भीम, पितामह की, और हम सबकी रक्षा का अब एक ही उपाय रह गया है।" अर्जुन ने कहा, "तुम घटोत्कच को यहाँ ले आओ। तब हम सभी सुरक्षित रहेंगे।"

"घटोत्कच को मैं उसकी माँ की गोद से कैसे ले आ सकता हूँ?" भीम ने सिर हिलाकर फुसफुसाते हुए कहा, "यदि मैं ऐसा करने का प्रयत्न करूँ तो उनका यह सन्देह पक्का हो जाएगा कि हम घटोत्कच का अपहरण करना चाहते हैं। किन्तु, तुम कहो तो मैं हिडिम्बा को यहाँ खींच ला सकता हूँ।"

"नहीं, नहीं, तुम ऐसा मत करना।" अर्जुन ने कहा, "इससे तो सारा राक्षसावर्त हिंसक हो उठेगा।"

"भाई," सहदेव ने बीच में कहा, "अर्जुन का कहना ठीक है। बच्चे को यहाँ ले आओ।"

"चलो भीम, हमें समय नहीं गँवाना चाहिए।" अर्जुन ने कहा, "माँ, युधिष्ठिर अथवा नकुल को जगाने से कोई लाभ नहीं है। ये ध्वनियाँ कहाँ से आ रही हैं, इसे मैं समझ सकता हूँ। मेरे साथ चलो। उन लोगों के आने से पहले, किसी भी तरह हमें घटोत्कच को यहाँ ले आना है।"

इस प्रस्ताव की निरर्थकता पर भीम ने निराशा से हाथ झटके, फिर भी वे अर्जुन के साथ चल पड़े। उन्हें पराक्रम के काम करने में तो प्रसन्नता होती थी, किन्तु अँधेरे में बच्चों को चुराना उन्हें पसन्द नहीं था। किन्तु वे जानते थे कि अर्जुन दूरदर्शी हैं और तुरंत ही उपाय कर सकते हैं, जो उनके वश की बात नहीं थी।

महामुनि ने उनकी ओर देखकर शान्तिपूर्वक कहा, "हम लोगों के लिए चिन्ता न करो। ईश्वर की इच्छा के बिना हमारी कोई हानि नहीं हो सकती।"

"किन्तु हम लोग अपनी सुरक्षा का यथाशक्ति प्रबन्ध करना पसन्द करेंगे।" अर्जुन ने कहा।

"सहदेव, तुम जैमिनी को जगा दो।" महामुनि ने कहा, "मैं चाहता हूँ कि यज्ञ-कुण्ड में अग्नि प्रज्वलित कर दी जाए।"

"अभी कुछ देर रुक जाइए।" अर्जुन ने कहा, "पहले हमें अँधेरे का लाभ उठाकर घटोत्कच को यहाँ ले आने दीजिए।"

दोनों भाई–भीम और अर्जुन–अँधेरे में बाहर निकल गए। वे ठीक-ठीक भाँप सकते थे कि फुसफुसाहट की आवाजें किधर से आ रही हैं, यद्यपि हवा के कारण वे बहुत अस्पष्ट थीं। अर्जुन को अँधेरे में भी दिशा-ज्ञान की अलौकिक शक्ति प्राप्त थी। वे उसके सहारे भीम को उनके झोंपड़े की ओर ले चले। उन्होंने एक-दूसरे का हाथ पकड़ रखा था, जिससे मार्ग में वे एक-दूसरे से बिछड़ न जाएँ। वे सावधानी से चल रहे थे, कभी-कभी मार्ग भूल जाते थे, आवश्यकतानुसार दौड़ने लगते थे, कभी लड़खड़ा जाते थे और इस तरह वे परस्पर मिली हुई डालियोंवाले उन तीन वृक्षों के निकट पहुँचे, जिन पर राजा वृकोदर की अपेक्षाकृत बड़ी झोंपड़ी बनी हुई थी।

"हमें वृक्ष पर चढ़ना पड़ेगा भीम," अर्जुन ने कहा, "नसैनी तो ऊपर खींच ली गई होगी।"

भीम ने निःश्वास छोड़ा–"मेरा शरीर तो इतना भारी है! यदि मैं वृक्ष पर चढ़ने का प्रयत्न करूँ तो हिडिम्बा जाग जाएगी।" उन्होंने कहा।

"चिन्ता न करो। मैं वृक्ष के ऊपर जाता हूँ और वहाँ से नसैनी नीचे लटकाए देता हूँ।" अर्जुन ने कहा।

"किन्तु यदि हिडिम्बा ने देख लिया तो वह तुम्हें खा जाएगी।" भीम ने कहा।

"किन्तु हमारे लिए यही एकमात्र मार्ग रह गया है। नहीं?" अर्जुन बोले।

अर्जुन का शरीर फुर्तीला और निरन्तर व्यायाम से सुदृढ़ था। वृक्ष पर चढ़ने से पहले उन्होंने भीम से कहा, "ऊपर आने के बाद तुम घटोत्कच को उसकी माँ के पास से उठा लेना। यदि वह जाग जाए तो कहना कि उसके बिना तुम्हारा मन नहीं लगा, इसी से तुम लौट आए। मैं बाहर प्रतीक्षा करूँगा। किसी-न-किसी बहाने तुम बाहर आकर बच्चे को मुझे दे देना। उसके बाद शेष रात्रि तुम अपनी पत्नी के साथ व्यतीत कर सकते हो।"

"अर्जुन, मैंने कभी यह नहीं सोचा था कि बच्चों को चुराने में तुम इतने चतुर हो।" भीम ने समझा कि उन्होंने बहुत मजेदार चुहल की है और उस पर उन्हें जो हँसी आ रही थी, उसे बड़ी कठिनाई से रोका।

अर्जुन साँस रोककर सरलता से वृक्ष पर चढ़ गए। ऊपर पहुँचकर हिडिम्बा की साँस की आवाज से वे समझ गए कि वह झोंपड़ी में किसी जगह सोई है। उन्होंने नसैनी खोलकर नीचे लटका दी। भीम ने उसका सिरा पेड़ के तने से बाँध दिया और जितनी आसानी से चढ़ सकते थे, ऊपर चढ़ गए।

झोंपड़ी के छोटे-से दरवाजे से वे अन्दर गए और वहाँ पहुँचे, जहाँ लोमड़ी के चमड़े के बिछावन पर हिडिम्बा सोई हुई थी। उसके पास सोए हुए घटोत्कच को उन्होंने उठा लिया और उसे दरवाजे पर खड़े अर्जुन को दे दिया। फिर अन्धकार में अपने-आप हँसते हुए वे चुपचाप पत्नी के बिछावन पर जा लेटे। आँखें खोले बिना ही उसे पति की उपस्थिति का आभास मिला, वह उत्साहपूर्वक उनसे लिपटकर फुसफुसाई, "अरे, तुम लौट आए?"

"हाँ," भीम ने उसे अंक में भरते हुए कहा, "तुम्हारे बिना मुझे नींद कैसे आ सकती है?"

"ओः, तुम कितने अच्छे पति हो!' वह बोली।

"और तुम भी उतनी ही अच्छी पत्नी हो।" मन-ही-मन हँसते हुए भीम ने कहा।

एक-दूसरे से लिपटकर वे सो रहे। वासना की आँधी में हिडिम्बा को बच्चे का स्मरण तक नहीं आया।

अर्जुन ने प्यार के साथ घटोत्कच को गोद में ले लिया। यद्यपि राक्षस उन्हें पसन्द नहीं थे, किन्तु अपना यह केशविहीन भतीजा उन्हें अच्छा लगता था। सौभाग्य से वह गहरी नींद में सोया हुआ था और अर्जुन की बाँहों में शान्तिपूर्वक पड़ा रहा।

मार्ग में घटोत्कच ने आँखें खोलीं। वह कुछ कुनमुनाया भी। अर्जुन ने बचपन में कई नाटकों में स्त्री की भूमिका निभाई थी। उन्हें स्त्री-स्वर के अनुकरण का

भी अभ्यास था। उन्होंने मधुर स्वर से बच्चे को शान्त कर दिया।

आनेवाली आवाजों से जान पड़ता था कि भीड़ महामुनि की ओर बढ़ रही है। अर्जुन यथासम्भव शीघ्रता से चलते हुए भीड़ से बचने के लिए मार्ग बदलते रहे। कुटीर तक पहुँचने की जल्दी में एक बार ठोकर खाकर वे लगभग गिर ही पड़े थे, किन्तु घटोत्कच को उन्होंने अपने से चिपका रखा था, जिससे वह गिरने से बच गया। उनका यह भतीजा बड़ा अद्भुत बालक था। वह आँखें खोलकर हँस पड़ा। ऐसा लगा, मानो इस भाग-दौड़ में उसे आनन्द आ रहा हो।

अर्जुन जब महामुनि के कुटीर के पास पहुँचे तो जंगल के झाड़-झंखाड़ को ठेलते हुए, दबे पाँव चलते राक्षसों की पग-ध्वनि निकट आती सुन पड़ी। किन्तु महामुनि शान्तिपूर्वक यज्ञ-वेदी के सम्मुख बैठे हुए थे। उनके एक ओर युधिष्ठिर और कुन्ती तथा दूसरी ओर नकुल और सहदेव थे। जैमिनी तथा अन्य शिष्य पीछे बैठे हुए थे।

महामुनि के अतिरिक्त, आनेवाले, संकट का प्रभाव सब पर पड़ा था। वे शान्तचित्त थे और पूरी निरपेक्षता के साथ आगामी घटनाओं की प्रतीक्षा कर रहे थे। किन्तु उनका आत्म-संयम संचारी था। सब लोग चुप थे।

अर्जुन हाँफते हुए यज्ञ-भूमि में पहुँचे। उन्होंने घटोत्कच को महामुनि की गोद में दे दिया। महामुनि ने बड़ी कोमलता से उसे हाथों में लेते हुए कहा, ''जैमिनी, थोड़ी समिधा ले आओ। अग्निदेव को आहुति भी दो। हम लोग उनके शरणापन्न हों।''

जैमिनी ने कुछ लकड़ियाँ जलाकर यज्ञ-कुण्ड में डालीं और मुट्ठियों में भरकर मोटे चावल की आहुति दी। अग्नि की लपटें उठने लगीं, जिससे चारों ओर प्रकाश हो गया।

घटोत्कच ने आँखें खोलकर महामुनि की ओर देखा। महामुनि ने अपने मुँह से कुड़कुड़ाने की आवाज निकाली, जिसे सुनकर बालक प्रसन्नता से गलगलाया। महामुनि ने उसे मधु दिया तो वह स्वाद से उसे चाटने लगा। वह उनकी लम्बी सफेद दाढ़ी से खेलता रहा और जब उसका जी भर गया, आँखें मूँदकर तृप्ति के साथ सो गया।

वन्य पशुओं की हड्डियों के शस्त्रों से सज्जित हत्या करने पर उतारू, राक्षसों का दल झाड़ी से निकलकर यज्ञाग्नि से प्रकाशित वृत्त में आया और स्तब्ध होकर खड़ा रह गया। राक्षसों से सोचा था कि वे सोए हुए महामुनि और उनके साथ के लोगों के मस्तक चूर्ण कर देंगे। किन्तु यहाँ आकर उन्होंने चमत्कार देखा। श्वेत दाढ़ीवाले वृद्ध महामुनि पूरी तरह जागे हुए अग्नि के सम्मुख बैठे थे। उनकी गोद में विरोचन का अवतार लेटा हुआ था। क्या करें यह न समझ पाने के कारण वे

मूर्खों की तरह खड़े रहे।

महामुनि ने हाथ के संकेत से उन्हें निकट आने को कहा। फिर वे कृपापूर्ण स्वर में बोले, "वत्सो, तुम लोग उतनी दूर क्यों खड़े हो? निकट आकर मेरे पास बैठो। किन्तु घटोत्कच से छेड़छाड़ न करना। यह गहरी नींद में सोया है।"

राक्षस चक्कर में पड़ गए। वे समझ नहीं सके कि घटोत्कच यहाँ कैसे पहुँच गया। सन्ध्या के समय जब उन लोगों ने हिडिम्बा के साथ इस अभियान की बात पक्की की थी तो उन्होंने हिडिम्बा को इसे गोद में लेकर अपनी झोंपड़ी में जाते देखा था। वह यहाँ कैसे आ गया?

अनिश्चय-भरे राक्षस एक-एक करके यज्ञ-वेदी के निकट आने और महामुनि को घेरकर बैठने लगे। होंठों पर उँगली रखकर वे निरन्तर शान्ति बनाए रखने का आदेश देते रहे। स्वयं राक्षस भी अपने शक्तिशाली पूर्वज के वंशज की नींद में बाधा नहीं डालना चाहते थे।

सबेरे जब हिडिम्बा की आँख खुली तो अपने पति को शान्तिपूर्वक अपने पास देखकर उसका मन नाच उठा। रात में वह अचानक उसके पास आ पहुँचा था। वह उसके बिना नहीं रह सका। उन दोनों ने बड़ी सुखद रात बिताई थी। वह इस बात से भी बहुत प्रसन्न थी कि उसके पति का कोई अहित नहीं हुआ। आयोजित आक्रमण में अपने साथ लोगों की रक्षा करते हुए वह घायल हो जा सकता था। अनन्तर वह अपने बच्चे को देखने के लिए पालने के पास गई और वहाँ उसको न पाकर भयानक चीत्कार कर उठी। उसने अपना शिराच्छादन उतार फेंका, अपने केश नोंच डाले, वृकोदर को झकझोरकर जगा दिया और अपनी छाती पीटने लगी। उसका विरोचन अदृश्य हो गया था।

भीम ने भी ऐसा दिखावा किया जैसे आकस्मिक रूप से घटोत्कच के अदृश्य हो जाने से उन्हें बड़ा आघात लगा है। उन्होंने उग्रतापूर्वक सौगन्ध खाई कि उसका अपहरण करने में जिन लोगों का हाथ होगा, उनमें से किसी को वे जीवित नहीं छोड़ेंगे।

वे अपनी झोंपड़ी से नीचे उतर आए और इधर-उधर खोज-ढूँढ़ करने लगे। हिडिम्बा विह्वल होकर रो रही थी, भीम छद्म क्रोध के साथ गर्जन कर रहे थे। अकस्मात् वे रुक गए। अपने ललाट पर एक उँगली रखते हुए उन्होंने कहा, "हिडिम्बा, चलो, हम घटोत्कच के बारे में पितामह से पूछें। वे त्रिकालदर्शी हैं। वे हमें ठीक-ठीक बता सकते हैं कि वह कहाँ होगा।"

"तुम्हारे पितामह? किन्तु, सम्भवतः वे स्वयं ही वहाँ न हों!" यह बात आवेश में हिडिम्बा के मुँह से निकल गई। उस क्षण उसे ध्यान न रहा कि उसे यह नहीं प्रकट होने देना है कि पितामह की जो गति हुई है, वह उसे पहले से ही मालूम है।

भीम ने बनावटी सरलता से उसकी ओर देखकर दुर्भाव से पूछा, ''पितामह को क्या हो सकता है? वे कहाँ जा सकते हैं? यदि वे कहीं गए होंगे तो सम्भव है कि घटोत्कच भी उनके साथ ही चला गया हो।''

हिडिम्बा सिसक उठी–''मेरे बच्चे! मेरे विरोचन! तुम कहाँ हो?''

''चिन्ता न करो हिडिम्बा!'' भीम ने उसकी पीठ थपकते हुए कहा, ''चलो, हम पितामह के पास चलें।''

जब वे पितामह के कुटीर की ओर चले तो मार्ग में मिलनेवाले राक्षसों से पूछताछ करते गए। उनमें से किसी ने घटोत्कच को नहीं देखा था। घटोत्कच के अदृश्य होने का समाचार सुनकर वे सभी घबरा गए और उनके साथ मिलकर खोज-ढूँढ़ में लग गए। शीघ्र ही उनके पास एक भीड़ इकट्ठी हो गई। भीड़ के राक्षस चिल्ला रहे थे, हाथ-पैर पछाड़ रहे थे, आहें भर रहे थे और बच्चे के किसी चिन्ह की खोज में चारों ओर देख रहे थे।

जब वे महामुनि के कुटीर के निकट पहुँचे, हिडिम्बा की बोलती बन्द हो गई, उसका मुँह फैल गया और उसने अपने हाथ से अपनी गर्दन पकड़ ली, जैसे उसका दम घुटा जा रहा हो। महामुनि निकटवर्ती सोते से स्नान करके जीते-जागते चले आ रहे थे। उनकी गोद में घटोत्कच था, जो सबेरे-सबेरे उनके साथ स्नान करके बड़ा प्रसन्न था। महामुनि यज्ञ-वेदी के सम्मुख बैठकर वेद-मन्त्रों का पाठ करने लगे। घटोत्कच अपनी किलकारियों से उनका साथ देने लगा।

हिडिम्बा प्रसन्नता से चीत्कार कर उठी–''यह रहा मेरा बच्चा! यह यहाँ कैसे आ गया?'' उसने पूछा और उसकी ओर दौड़ पड़ी।

''हिडिम्बा, तुम पितामह को नहीं जानती हो। वे नन्हे-मुन्ने बच्चे को भी दौड़ा सकते हैं। घटोत्कच अपने पैरों चलकर यहाँ आ गया होगा।'' भीम ने अपनी मुख-मुद्रा गम्भीर बनाकर कहा।

मन्त्र-पाठ समाप्त हुआ। लोगों ने महामुनि के द्वारा चावल, काष्ठफल और मूल का प्रसाद ग्रहण किया। कुछ अपंग लोग, जिनके अवयव काम करने लगे थे, प्रसन्नता से नाचने लगे।

भीड़ के बीच से निकलकर जब भीम और हिडिम्बा महामुनि के निकट पहुँचे तो वे हिडिम्बा की ओर देखकर मुस्कराए और खुलकर हँसते हुए घटोत्कच से बोले, ''वत्स, यह रही तुम्हारी माँ!''

हिडिम्बा ने अपने पुत्र को लेने के लिए हाथ बढ़ाए। उत्तर में घटोत्कच उसकी ओर देखकर गरजा और मुँह फेरकर महामुनि से लिपट गया। महामुनि हँसे, उन्होंने बच्चे को प्यार किया और उसे माँ की गोद में देने का प्रयत्न किया। किन्तु माँ के पास न जाने का प्रयत्न देखकर सब लोग हँस पड़े।

"किन्तु गुरुदेव, यह रात में यहाँ कैसे आ गया? इसे कौन ले आया?" हिडिम्बा ने पूछा।

महामुनि हँसे। "तुम स्वयं घटोत्कच से ही क्यों नहीं पूछ लेतीं?" उन्होंने कहा और बच्चे की ओर हाथ बढ़ाया। बच्चा उनके ऊपर रेंग आया और उनकी गोद में उनकी दाढ़ी की सीध में खड़ा हो गया। महामुनि ने उसे दुलराते हुए पूछा, "तुम यहाँ कैसे चले आए?"

उत्तर में घटोत्कच ने गर्जन किया।

"देख लो, यह मुझे नहीं बताना चाहता कि इसे यहाँ कौन ले आया। अच्छा वत्स, क्या तुम्हें तुम्हारे प्रपितामह अच्छे लगते हैं?" उन्होंने बालक से पूछा।

घटोत्कच प्रसन्नता से नाचने लगा। उसने एक बार फिर गर्जन किया। भीड़ में हँसी की लहर उमड़ पड़ी।

अब तक दिन का प्रकाश फैल गया था। अचानक हिडिम्बा को ध्यान आया कि न तो उसने शिराच्छादन पहन रखा है, न रंग ही लगाया है। रानी के लिए यह शिष्टाचार का अक्षम्य उल्लंघन था। उनके बिना उसे वैसा ही लग रहा था, जैसा वस्त्र के बिना किसी आर्य नारी को लगता। उसने देखा कि उसकी प्रजा उसे अचरज से घूर रही है। वह लज्जा से गड़-सी गई। रानी-पद के सम्मान की हानि से हाथों में मुँह छिपाकर वह सुबकने लगी।

हिडिम्बा की विषम परिस्थिति को माता कुन्ती ने तत्काल भाँप लिया। वे अपनी पुत्रवधू के निकट गईं। उन्होंने स्नेह से उसके कन्धे पर हाथ रखकर उसे अपनी गोद में खींच लिया। अब तक वे कभी इस बात से समझौता न कर पाई थीं कि उनके पुत्र ने एक राक्षसी से विवाह कर लिया है। उन्होंने उससे नाममात्र का सम्बन्ध रखा था। किन्तु उन्होंने रानी को जिस विषम परिस्थिति में देखा, उससे उनकी वत्सलता जाग उठी। कुन्ती मुरझाई हुई हिडिम्बा को लेकर महामुनि के कुटीर में गईं, जहाँ उसकी शिष्टाचारहीनता से घबराई हुई उसकी प्रजा की दृष्टि नहीं पहुँच सकती थी। स्त्रियोचित शिष्टाचार की रक्षा की चिन्ता के कारण आज पहली बार सास और बहू के मन मिले थे।

सदा की भाँति सब लोगों को भोजन करा चुकने के बाद महामुनि ने उन्हें आशीर्वाद दिया। तदनन्तर उन्होंने दयालुतापूर्वक कहा, "वत्सगण, यदि राजा वृकोदर अनुमति दें तो मैं तुम लोगों से परसों विदा लेना चाहता हूँ।"

महामुनि की बात सुनकर सब लोगों को आश्चर्य हुआ। कुछ ने इससे दुःख का तथा कुछ और ने एक बोझ उतरने का अनुभव किया।

हिडिम्बा ने अब तक शिराच्छादन पहन लिया था और अपना चेहरा भी रँग लिया था। भीम ने छद्म प्रशंसा के भाव से उसकी ओर देखते हुए कहा, "पितामह,

हिडिम्बा समझती है कि आप घटोत्कच को अपने साथ ले जाना चाहते हैं। क्या यह सच है?"

सब लोग महामुनि का उत्तर सुनने की प्रतीक्षा करते रहे। उन्होंने जोर से हँसकर कहा, "मेरा प्रपौत्र घटोत्कच दो महारथियों का वंशज है–राक्षस-वंशज भगवान विरोचन और कुरुओं के प्रबल पराक्रमी सम्राट् भरत का। उसे मैं उसकी प्रजा से कैसे अलग कर सकता हूँ? यदि आप सब लोग सहमत हों तो मैं आदरणीय पुरोहितों से अनुरोध करूँगा कि मेरे प्रस्थान से एक दिन पहले वे भगवान विरोचन का आशीर्वाद प्राप्त करने के लिए उनका आवाहन करें और घटोत्कच का राज्याभिषेक करें।"

लोगों ने प्रसन्नता के साथ इस प्रस्ताव का स्वागत किया। इस अप्रत्याशित घटना से हिडिम्बा आँखें फाड़कर देखती रह गई।

"किन्तु पितामह, घटोत्कच यदि राजा हो जाएगा तो मेरा क्या होगा?" भीम ने पूछा। अब वे राक्षसावर्त से जाने को सहमत हो गए थे।

"तुम्हारी आवश्यकता कहीं और है वत्स!" महामुनि ने उत्तर दिया, "घटोत्कच का राज्याभिषेक हो जाने के बाद पूर्णिमा के दिन तुम अपने भाइयों और कुन्ती के साथ अपने देश के लिए प्रस्थान करोगे।"

"राजा वृकोदर हमें छोड़ जाएँगे!" कुछ प्रमुख राक्षस सरदार चिल्लाकर बोले, "इन्हें हमारे साथ रहना चाहिए।"

"इनके स्वजन इनकी राह देख रहे हैं।" महामुनि ने कहा।

"किन्तु राजा वृकोदर के बिना हमारा काम कैसे चलेगा?" निकुम्भ के पिता कुम्भ ने पूछा।

"इनके बिना अनिष्टकारी शक्तियों और शत्रुओं से हमारी रक्षा कौन करेगा?" पुरोहितों ने पूछा।

"तुम्हारा कुछ नहीं बिगड़ेगा। मैं तुम्हें आशीर्वाद दिए जाता हूँ।" महामुनि ने कहा, "राजमाता के रूप में हिडिम्बा तब तक तुम्हारी देखभाल करेगी, जब तक घटोत्कच सयाना होकर स्वयं राज-काज नहीं देखने लगता।"

"किन्तु गुरुदेव, राजा हमें छोड़कर जाएँगे ही क्यों?" हिडिम्बा ने अपने पति की भाँति हाथ जोड़कर पूछा। भीम के बिना राक्षसों पर शासन करने की कल्पना से वह पहली बार घबरा गई–"इन्हें यहीं रहने दीजिए।"

किसी छोटी बच्ची की तरह हिडिम्बा के हाथ थपथपाते हुए महामुनि ने कहा, "वत्से! वृकोदर को केवल राक्षसों की रक्षा के लिए नहीं, धर्म की रक्षा के लिए भी युद्ध करना है। तुम जानती हो, धर्म सर्वोच्च वस्तु है। समस्त जीवन इसी पर निर्भर है। किन्तु मैं तुम लोगों को एक आश्वासन देता हूँ। जब कभी राक्षसावर्त

पर कोई संकट आ पड़े, तुम भीम को स्मरण करना और वे यहाँ उपस्थित हो जाएँगे। मैं तुम्हें एक परामर्श भी देना चाहता हूँ। जब भीम यहाँ से चले जाएँ तो अपनी सुरक्षा के लिए तुम कुम्भ को नियुक्त करना। फिर प्रतिवर्ष विधि-विधान के साथ उस व्यक्ति को घटोत्कच का रक्षक नियुक्त करना, जो तुम लोगों में सबसे अधिक बलवान हो। मैं तुम्हें वचन देता हूँ कि तुम ऐसा करोगी तो उस वर्ष के लिए विरोचन की आत्मा उसमें प्रविष्ट हो जाएगी। उस वर्ष वही तुम्हारी देखभाल करेगा।"

नन्हें घटोत्कच को अपने राजा के रूप में प्राप्त करके पुरोहितों ने गुप्त सभा करके विरोचन का आवाहन किया। उनमें से एक के शरीर में विरोचन की आत्मा ने प्रवेश किया। अनन्तर आदेश आया–"राक्षसों के राजा के रूप में घटोत्कच का अभिषेक होना चाहिए।"

अगले दिन बड़ी धूमधाम से उत्सव मनाया गया। समुचित रूप से आवश्यक विधियाँ सम्पन्न हुईं। अपनी माँ की गोद में अधीरतापूर्वक खड़े घटोत्कच का राज्याभिषेक हुआ–उसके ललाट और हाथों पर विधिपूर्वक मानव-रक्त का लेप किया गया। यह रक्त किसी मनुष्य को मारकर नहीं, स्वयं पुरोहितों ने अपनी उँगलियों से निकाला था, क्योंकि प्रतीक रूप में भी बलि-कार्य सम्पन्न करना उनका कर्तव्य था।

तीसरे दिन बड़े सबेरे महामुनि को सीमा तक पहुँचाने के लिए राक्षस एकत्र हुए। उन्होंने रोगियों और विकलांगों को आशीर्वाद दिया। जो लोग रोग-मुक्त हो चुके थे, उन्होंने कृतज्ञतापूर्वक उनके चरण पकड़ लिए।

सीमा पर जब महामुनि विदा होने लगे तो पाँचों भाइयों को अलग बुलाकर उन्होंने कहा, "वत्सगण! यह न भूलना कि लोग तुम्हें मरा हुआ समझते हैं। पाण्डु-पुत्रों के रूप में तुम लोग तब तक ऐसे ही बने रहना, जब तक तुम्हारे लिए अपना उचित स्थान प्राप्त करने का समय नहीं आ जाता।"

"किन्तु हम यह कैसे जानेंगे कि कब हमें संसार के सम्मुख प्रकट होना है?" युधिष्ठिर ने पूछा।

"कृष्ण वासुदेव चाहते हैं कि तुम लोग द्रौपदी के स्वयंवर में भाग तो लो, किन्तु किसी को यह पता न लगने पाए कि तुम लोग पाण्डु-पुत्र हो। यहाँ से तुम लोग ब्राह्मणों के वेश में जाओ। अपने लम्बे केशों की जटाएँ बाँध लो। कृष्ण वासुदेव यह निर्णय करेंगे कि पाण्डु-पुत्रों के रूप में संसार के सम्मुख तुम्हारे पुनः प्रकट होने का सर्वोत्तम अवसर कौन-सा है।" महामुनि ने कहा।

"जैसी पितामह की आज्ञा।" युधिष्ठिर बोले।

"स्वयंवर में जाने से पहले तुम लोग उत्कोचक तीर्थ जाओ और धौम्य ऋषि को अपना पुरोहित बनाओ। किसी तपस्वी के मार्गदर्शन बिना कोई क्षत्रिय अपने

कर्त्तव्य के प्रति निष्ठा नहीं रख सकता। आध्यात्मिक जीवन की उपेक्षा करनेवाला राजा शासन करने के योग्य नहीं होता। और एक बात स्मरण रखना : तुम पाँचों भाई मिलकर एक हो—एक ही हाथ की पाँच उँगलियाँ। तुम लोग एक-दूसरे से अलग न होना। तुम सबको मैं आशीर्वाद देता हूँ। और कुन्ती, तुम अपने पुत्रों के साथ सुखी रहो।"

इतना कहकर महामुनि पालकी पर जा बैठे। राक्षसगण पालकी उठाकर लहुरिया की ओर ले चले। राजा वृकोदर के सरदार वहाँ उनकी प्रतीक्षा कर रहे थे।

कृष्ण का धर्म-संकट

कृष्ण जब द्वारका लौटे तो वहाँ की परिस्थिति देखकर चिन्तित हो गए। उनकी अनुपस्थिति में यादव निरुद्यमी और विलासी बन गए थे। अड़ोस-पड़ोस के राजे मित्रतापूर्ण भाव रखते थे। अधिक शक्तिशाली राजे दब गए थे। युद्ध का भय नहीं रह गया था, अतः लोग कठोर जीवन व्यतीत करने की आवश्यकता का अनुभव नहीं करते थे—उन्हें अनुशासन की प्रेरणा देनेवाला भी कोई नहीं था।

उन्होंने सोचा कि आंशिक रूप से यह उन्हीं का दोष है। उत्तर जाते समय उन्होंने उन परखे हुए मित्रों को यादवों के बीच से हटा दिया था, जो यादव-शक्ति को सुरक्षित रखते थे। उनके निकट सम्पर्क के कारण, वे जो कुछ करते थे अथवा उनके जीवन का जो उद्देश्य था, उसके साथ यादवों ने अपने-आपको मिला दिया था। उनमें से अत्यन्त विशिष्ट थे उद्धव, जो अटल रहनेवाले और विश्वसनीय थे तथा धर्म के लिए उनमें वही उत्साह था जो स्वयं कृष्ण में था; सात्यकि, जो अनुगत, वीर, महत्त्वाकांक्षी और गौरवपूर्ण कार्य करने के लिए अधीर रहते थे; कृतवर्मा, जो सुदृढ़ समझदार और संगठन की दुर्लभ शक्ति रखनेवाले थे; चारुदेष्ण, जो बुद्धिमान, व्यवहारकुशल और सूझ-बूझवाले योद्धा थे और शाल्व वे अपनी सीमा की सुरक्षा के लिए जिन्हें अग्रावण का राजा बनाया गया था तथा चेकितान जो गर्वीले, संवेगी और अथक योद्धा थे, पुष्कर के राजा थे, किन्तु दुर्योधन के हाथों पराजय से बचने के लिए जिन्हें यमुना के परले पार हट जाना पड़ा था।

जो अन्य यादव अतिरथी सौराष्ट्र में रह गए थे, निःसन्देह वे वीर और युद्धकला में प्रवीण थे। वे भक्ति और प्रशंसा के भाव से कृष्ण के नेतृत्व की बाट जोहते थे, किन्तु स्वयं शक्ति-स्रोत के केन्द्र नहीं थे। कृष्ण ने जिस उद्देश्य के लिए अपना जीवन समर्पित कर रखा था, उसे वे स्पष्टतया समझ नहीं सके थे। जनसाधारण में जो सामान्य वातावरण बन गया था, कृष्ण की अनुपस्थिति में वे

सहज ही उससे प्रभावित हो गए थे।

यादव सुख-सुविधा का जीवन व्यतीत करने लगे थे, इसके कुछ अन्य कारण भी थे। उनके पशु-धन की संख्या बहुत बढ़ गई थी। कृषि से पर्याप्त आय होती थी। द्वारका, प्रभास और साबर-कच्छ बन्दरगाहों पर विदेशों के जलयान सुवर्ण, हीरा, मोती और चन्दन ले आते थे। समृद्धि ने विलास को जन्म दिया और विलास ने लोगों को निरुद्यमी बनाया। मद्यपान और द्यूतक्रीड़ा यादवों का प्रिय व्यसन था। अब सम्पन्न यादव युवक उसमें आकण्ठ निमग्न हो गए।

कृष्ण को लगा कि यह परिस्थिति बड़ी गम्भीर है। उत्तर की उनकी सारी योजनाओं का आधार यादव थे, जो युद्ध और शान्ति में समान बलशाली थे और उन्हीं के समान धर्म-शासन को स्थिर रखने के लिए प्रयत्नशील थे। कृष्ण जब उन्हें सौराष्ट्र ले आए थे और उनकी शक्ति और समृद्धि बढ़ाने में उन्होंने मार्गदर्शन किया था, उस समय उनमें वीरता की जो भावना विकसित हुई थी, उसे विलास की महामारी नष्ट कर रही थी।

उनके मित्रों की टोली के सिरमौर थे सात्यकि और कृतवर्मा। वे उनके साथ ही लौटे थे और उनका साथ देने को तैयार थे। पहले ही की तरह अपनी सामरिक दक्षता को सुव्यवस्थित बनाए रखने के लिए वे प्रतिदिन प्रातःकाल सागर-तट पर जाने लगे। किन्तु अन्य यादव युवक उससे अलग ही रहे। उनमें जो युवक अधिक आमोदप्रिय थे, वे यद्यपि इन कठोर व्यायामों का उपहास करने का साहस नहीं जुटा पाते थे, किन्तु कोई लगाव भी न रखते थे। उन पर आलस्य का कुप्रभाव पड़ चुका था।

इस स्थिति से कैसे उबरा जाए? निरन्तर बढ़ती जा रही इस विलासप्रियता में कृष्ण को यादव-शक्ति का अन्त और अपने उद्देश्य में ग्रहण लगता दीख पड़ा।

सर्वप्रथम कृष्ण ने इस विषय पर राजा उग्रसेन, जो अब पहले की अपेक्षा बिल्कुल बदल गए थे; सदा की भाँति शान्त-शिष्ट अपने पिता वसुदेव और सन्त स्वभाववाले चाचा अक्रूर जैसे बड़े-बूढ़ों से विचार-विमर्श किया। कृष्ण ने उन संकटों का वर्णन किया, जो उनके सामने आ खड़े हुए थे। दुर्योधन ने चेकितान से पुष्कर छीन लिया है। द्रौपदी को जरासन्ध के पौत्र मेघसन्धि से विवाह करने को उद्यत किया जा सकता है। द्रुपद, द्रोणाचार्य का कट्टर शत्रु है। उसके साथ मिलकर जरासन्ध निश्चय ही आर्यावर्त के राजाओं को पद-दलित करेगा। अब मथुरा में यादवों का शासन नहीं है और पुष्कर दुर्योधन के अधिकार में है; अग्रावण में चारुदेष्ण अकेले पड़ गए हैं; जिस शाल्व को उन लोगों ने निष्क्रिय बना दिया था, वह अब सहज ही युद्ध के लिए आगे बढ़ सकता है। सावधानी और तत्परता के साथ सीमाओं की रक्षा करनी होगी। सन्तुष्ट आत्मविश्वास से काम नहीं चलेगा।

राजा अब अशक्त हो गए थे। उन्होंने धैर्य के साथ कृष्ण की बातें सुनीं, किन्तु वे कोई निर्णय नहीं ले सके। इसका दायित्व उन्होंने नायकों की सभा पर छोड़ दिया। यद्यपि वसुदेव और अक्रूर को कृष्ण पर बड़ा भरोसा था, फिर भी उन्होंने कृष्ण के इस विचार को प्रोत्साहन नहीं दिया कि यादव समस्त आर्यावर्त पर अपना प्रभाव-विस्तार करने का काम हाथ में लें। उनकी दृष्टि से यह बड़ा घातक था। यह संकट को आमन्त्रित करना और एक बार फिर अपने जीवन को अस्थिर बना देना होगा। पहले ही वे पर्याप्त कठिनाइयों और यातनाओं का सामना कर चुके हैं। सौभाग्यवश वे उनसे उबर आए हैं। अब समय आया है कि वे रुककर शस्त्रों की सहायता बिना शान्ति का प्रयत्न करें और उसका फल प्राप्त करें।

बड़े-बूढ़ों से निराश होकर कृष्ण ने अपने भाई बलराम से बातें कीं। कृष्ण को सदा उनका अविचल स्नेह प्राप्त होता रहा था। किन्तु बड़े भाई से बातें करके वे और असन्तुष्ट हुए। बलराम प्रसन्न और सन्तुष्ट थे। कठोर जीवन के प्रति उनके मन में अनिच्छा उत्पन्न हो चुकी थी। अपने आमोदप्रिय साथियों के साथ मद्यपान और द्यूतक्रीड़ा में समय बिताना, हर किसी पर रोब गाँठना और अपने पराक्रमों की स्मृति में डूबे रहना और बार-बार उनका उल्लेख करना, उन्हें अधिक प्रिय था। इस बात में उन्हें तनिक भी सन्देह नहीं था कि अब कभी कोई यादवों के साथ लड़ाई-झगड़ा नहीं करेगा।

बलराम स्पष्टवक्ता थे। गोविन्द तो वही के वही रह गए, जो बचपन में थे—सदा कोई चमत्कार कर दिखाने का प्रयत्न करनेवाले। वे स्वयं भी बड़े-बड़े चमत्कार कर चुके हैं। यदि वे स्वयंवर में जाने को बहुत उत्सुक हों तो जाएँ; यदि वे चाहेंगे तो बलराम भी उनके साथ चले जाएँगे, किन्तु प्रतियोगिता में तो किसी तरह सम्मिलित नहीं होंगे। वे एक और पत्नी का बोझ अपने ऊपर नहीं लादना चाहते, ऐसी पत्नी का, जो दहेज के रूप में कुरुओं के साथ युद्ध लेकर आए।

बलराम ने यह भी कहा कि दुर्योधन मेरा प्रिय शिष्य है। दुर्भाग्यवश बेचारे का जन्म अन्धे राजा के घर हुआ और उसे राज्य के उत्तराधिकार से वंचित होना पड़ा। चेकितान का जो होना हो, होता रहे—उसने लड़कर पुष्कर पर अधिकार किया है, वे उसे उससे वंचित नहीं करेंगे। यदि चेकितान पराजित हुआ है तो होता रहे; वह द्वारका लौटकर यादव सरदार के रूप में सन्तोष करे। किसी जंगली इलाके का राजा होने से यादव-सरदार होना तनिक भी घटकर नहीं है। युद्ध में सबकी जीत नहीं होती, किसी-न-किसी को हारना ही पड़ता है। और निश्चय ही दूसरों के अन्याय का प्रतिकार करने के लिए यादव सारी दुनिया में भागे नहीं फिर सकते। इस प्रकार अपना विचार प्रकट करके बड़े भाई चल दिए और कृष्ण को परिस्थिति से निबटने को छोड़ दिया।

राज-सभा में भी यादव-सरदारों ने कृष्ण का कड़ा विरोध किया। कृष्ण ने पूरी स्थिति स्पष्ट की। पुष्कर को दुर्योधन से छीनकर यादव राजा चेकितान को लौटा देना है। यह यादवों के सम्मान का प्रश्न है। यदि वे अपने कर्त्तव्य के पालन में चूक गए तो उत्तर के यादव राजाओं पर उनका जो प्रभाव है, उसे वे खो देंगे। अपनी पैतृक भूमि मथुरा के पुनर्निर्माण का भी समय आ गया है। यदि वे अपनी पैतृक भूमि को फिर से बसा लेंगे तो उन्हें उत्तर में एक अजेय दुर्ग प्राप्त हो जाएगा और उनकी सत्ता स्थापित हो जाएगी।

इससे भी आवश्यक यह है कि विवाह के माध्यम से द्रुपद के साथ जरासन्ध की मैत्री न होने पाए। इस मैत्री के परिणामस्वरूप एक महान् शक्ति के रूप में द्रुपद का प्रभाव समाप्त हो जाएगा। स्वतन्त्र आर्य राजाओं को मगध का सामन्त बन जाना पड़ेगा। शिक्षा के जो केन्द्र आज फल-फूल रहे हैं, उन्हें या तो नष्ट कर दिया जाएगा अथवा सहारे के बिना नष्ट होने को छोड़ दिया जाएगा। जरासन्ध यादवों का कट्टर शत्रु रहा है। वह न तो क्षमा करना जानता है, न उसे किसी प्रकार सन्तुष्ट ही किया जा सकता है। उसे सर्वोत्तम रूप से स्वयंवर में ही नीचा दिखाया जा सकता है, यदि यादव अतिरथियों की सहायता से कोई आत्मीय योद्धा वधू को जीत ले। उन्होंने स्वयं तो प्रतियोगिता में भाग न लेने का निश्चय किया है किन्तु कुछ अतिरथी, जैसे उनके सौतेले भाई सात्यकि, कृतवर्मा, गद आदि, प्रवीण धनुर्धर हैं, इनमें से कोई प्रतियोगिता में विजयी हो सकता है।

सत्राजित यादव नायकों का नायक था। वह अत्यन्त प्रभावशाली और अनेक जलयानों तथा विपुल सम्पत्ति का स्वामी था। कृष्ण के बहुत समझाने-बुझाने पर भी सत्राजित-सहित अन्य नायकों पर कोई प्रभाव न पड़ा। प्रसिद्धि थी कि सत्राजित के पास स्यमन्तक मणि है, जिसके स्पर्श से कोई भी वस्तु स्वर्ण बन जाती थी। वह बड़ी शान-शौकत से रहता था और सम्पन्न यादवों के विलासप्रिय दल का संरक्षक बन गया था।

सत्राजित के मन में कृष्ण के प्रति गहरे अविश्वास का भाव जड़ जमाए हुए था। इसी कारण उसने कृष्ण के सुझाव का विरोध किया था। कंस-वध के बाद जब से वह एक असन्तुष्ट शरणार्थी के रूप में मथुरा लौटा था, उसके मन में इस बात का भय समा गया था कि धर्म की स्थापना के असम्भव स्वप्न देखनेवाला यह विकल, साधन-सम्पन्न और प्रभावशाली तरुण सरदार यादवों पर प्रभाव-विस्तार कर रहा है। उसने बहुत पहले यह समझ लिया था यदि कृष्ण को मनमानी करने का अवसर मिल गया तो सम्पूर्ण आर्यावर्त को अपने प्रभाव में ले आने के निष्फल प्रयास में यादवों को पीढ़ियों के लिए कठोर और सामूहिक पराक्रम का जीवन अपनाना पड़ जाएगा। सत्राजित को आर्यावर्त में कोई रुचि नहीं थी।

सत्राजित का पक्का विश्वास था कि सबकुछ कहा जाने के बाद भी दूसरों के मामलों से यादवों को कुछ लेना-देना नहीं है। व्यक्तिगत रूप से उसकी रुचि सुखी जीवन व्यतीत करने और समाज में प्रतिष्ठा प्राप्त करने में थी। जिससे उसे समृद्धि नहीं मिलती, वह धर्म नहीं हो सकता। उसे दूसरों के लिए जीने में विश्वास न था।

सत्राजित ने कृष्ण के द्वारा प्रस्तुत पूरी योजना को हँसकर उड़ा दिया। आर्यावर्त के राजाओं की चिन्ता करना यादवों का काम नहीं है। जरासन्ध जब उनका सर्वनाश करने पर तुला हुआ था, तब तो वे उनको बचाने नहीं आए थे। उत्तरवालों को अपनी लड़ाई स्वयं लड़ने के लिए छोड़ देना चाहिए। यादवों का लाभ तटस्थ रहने में ही है।

सत्राजित ने कहा कि इसमें सन्देह नहीं कि यदि द्रुपद ने अपनी कन्या जरासन्ध के यहाँ ब्याह दी तो पाञ्चालों की सत्ता का अन्त हो जाएगा और तब मागधी शक्ति की चुनौती का सामना करना हस्तिनापुर के भीष्म का काम होगा, हमारा नहीं। ये शक्तिशाली बैरी आपस में लड़कर एक-दूसरे को पर्याप्त शक्तिहीन बना देंगे। यादवों को दूसरों के भाग्य की चिन्ता करने की कोई आवश्यकता नहीं है।

इसके बाद सत्राजित ने शान्ति के लाभों का विस्तारपूर्वक वर्णन किया। शान्ति से हमें समृद्धि और सुविधाएँ प्राप्त हुई हैं। हमें इनकी वृद्धि की ही चिन्ता करनी चाहिए और इसके लिए आवश्यक है कि हम विरोधी शक्तियों के झगड़ों से अलग रहें। अन्त में सत्राजित ने कहा कि परमात्मा ने यादवों को इसलिए जन्म नहीं दिया है कि वे उसे दूसरों के झगड़ों में नष्ट कर दें?

कृष्ण की इस बात का भी कोई प्रभाव नहीं पड़ा कि यादव न केवल सौराष्ट्र में, बल्कि सारे आर्यावर्त में धर्म के अभ्युत्थान के लिए प्रतिज्ञाबद्ध हैं। अधिकांश यादव नायकों का विचार था कि कोई कारण नहीं है कि तरुण यादव-योद्धाओं को दूसरों के युद्ध में मरने के लिए भेजा जाए।

अभी तक जो लोग कृष्ण का सुझाव मानने को तैयार थे, अब वे भी बलराम के समाधान के पक्षपाती हो रहे थे। पुष्कर पर दुर्योधन के अधिकार को स्वीकार कर लेना चाहिए। कृष्ण को सात्यकि और कृतवर्मा के साथ स्वयंवर में जाना तो चाहिए, किन्तु प्रतियोगिता में सम्मिलित नहीं होना चाहिए। जरासन्ध का कोपभाजन अथवा द्रोण का शत्रु बनकर द्रौपदी को पाना आवश्यक नहीं है।

कृष्ण बहुत दुखी होकर राज-सभा से लौटे। उनकी सारी योजनाएँ निष्फल हो गई थीं। यादवों ने उन्हें बहुत निराश किया था। उत्तर में होनेवाली नई घटनाओं की ओर से उन्होंने आँखें मूँद रखी थीं। वे अपनी तात्कालिक सुख-सुविधाओं में प्रसन्न थे। वे तभी तक उनके उद्धारक थे, जब तक उन्होंने उनके योगक्षेम का

काम पूरा नहीं कर दिया था। सुखी और सम्पन्न हो जाने के बाद अब उन्हें इस बात से कोई मतलब नहीं था कि उनके जीवन का क्या उद्‌देश्य था। उनका यह लक्ष्य कि यादवों को समस्त आर्यावर्त में धर्म-मार्ग का प्रवर्तन करना चाहिए, उनके लिए एक मूर्खतापूर्ण स्वप्न था। आर्यों की सुख-सुविधा के साथ ही उनकी अपनी सुख-सुविधा सम्बद्ध है, यह समझने की दूरदर्शिता उनमें नहीं है।

दुर्योधन ने चेकितान के प्रति जो अन्याय किया है, उसका प्रतिकार करने अथवा आर्यावर्त पर प्रभाव-विस्तार करने के जरासन्ध के प्रयत्नों के सफल होने पर अधर्म की विजय को निष्फल बनाने की जो ज्वलन्त कामना उनके मन में है, यादव उसे नहीं देख सकते। द्रोण और द्रुपद के बीच जो कटुतापूर्ण शत्रुता है, वह किसी-न-किसी दिन अगणित विपत्तियों का कारण बन सकती है और उसके लिए यादवों की मध्यस्थता आवश्यक है, इस बात में उनकी रुचि और भी कम है।

स्वभावतः उन्हें कृष्ण के इस प्रयास की तनिक भी जानकारी नहीं है कि वे स्वयंवर में पाण्डवों को फिर से संसार के सम्मुख प्रकट करना चाहते हैं और यदि सम्भव हो तो यह व्यवस्था करना चाहते हैं कि अर्जुन, द्रौपदी के पति बनें। इसे वे उनसे कह भी नहीं सकते। यदि वे कहते भी तो वे उनकी हँसी उड़ाते। अधिक-से-अधिक यह एक जुआ है। किसी कारण अर्जुन का स्वयंवर में आना रोका जा सकता है। द्रोण का शिष्य होने के कारण द्रौपदी उनका वरण नहीं कर सकती। निराशा के आवेश में एकत्रित राजन्यवर्ग स्वयंवर का ध्वंस कर दे सकता है। यह भी हो सकता है कि जरासन्ध द्रौपदी का अपहरण कर ले।

उनकी सारी आशाएँ और सारे वादे इस निश्चय पर टिके थे कि यादव अपनी पूरी शक्ति लगाकर चेकितान को पुष्कर वापस दिला देंगे और अर्जुन के लिए, वधू को जीतने के निमित्त, पथ प्रशस्त मिलेगा। उनकी सारी आशाएँ अब धूल में मिल गई थीं।

बहुत वर्षों में पहली बार उनका आत्मविश्वास डगमगाता जान पड़ा। वे समझ नहीं सके कि क्या करना चाहिए। इस कठिनाई के समय कोई ऐसा भी नहीं था, जिससे वे बात कर सकें। उद्धव दूर थे। सात्यकि अत्यन्त अनुगत मित्र हैं। जो यादव योद्धा उनका नेतृत्व स्वीकार करने को तैयार हैं, उन्हें प्रशिक्षण देने के दायित्व से उन्होंने मुँह नहीं मोड़ा, किन्तु उनके मन में भी इस बड़े साहसिक काम का जोखम उठाने में द्विविधा है।

माता देवकी और उनकी पत्नियों, रुक्मिणी और शैव्या ने उनके मन के संघर्ष को भाँप लिया और उनमें से प्रत्येक की अलग-अलग प्रतिक्रिया हुई।

स्नेहमयी और संरक्षणशील माता देवकी ने इस बात का ध्यान रखा कि कृष्ण जिन संघर्षों से गुजर रहे हैं, उनका प्रभाव कुटुम्ब के स्नेहपूर्ण सम्बन्धों पर न पड़ने

पाए। वे अपने प्यारे गोविन्द के चतुर्दिक् फैले स्वप्न-संसार में निवास करती थीं। उन्हें विश्वास था कि वे परमात्मा हैं और भविष्य के सम्बन्ध में चिन्तित होने का कोई कारण नहीं है।

विदर्भ-राजकन्या रुक्मिणी अब पहले से भी अधिक आकर्षक हो गई थीं। मातृत्व के कारण उनकी गोलाइयाँ और उभर आई थीं। उन्हें अपने पति पर पूरा विश्वास था। वे कभी असफल नहीं हो सकते। धर्म की पुनः प्रतिष्ठा के लिए ही उनका जन्म हुआ है। उनकी सफलताओं को अधिक प्रभावी बनाने के लिए ही कठिनाइयाँ उनके मार्ग में आती हैं। वे कृष्ण को निष्ठापूर्ण स्त्री की आशा और विश्वास समर्पित करती थीं, जो पुरुष के सबसे शक्तिशाली सहायक होते हैं।

धर्म क्या है?

करवीरपुर की राजकन्या शैव्या बुद्धिमान और सावधान स्वभाव की थी। वह समझ रही थी कि उसके पति के हृदय में कोई बड़ी हलचल दबी है। वह जानती थी कि वे कठिनाइयों से इस तरह टक्कर ले सकते हैं, जिस तरह और कोई नहीं ले सकता। इसी कारण वे महान् हैं। उसने उनको भयावह युद्धों में फँसते देखा है, जिनमें प्रचण्ड आपदाओं के विरोध में तीव्र वेग से कार्य करना आवश्यक था, किन्तु वह जानती थी कि कोई संकट चाहे जैसा अनिष्टकर हो, उस पर विजय प्राप्त करने की चामत्कारिक शक्ति उनमें है। वह बोलती कम थी, किन्तु कृष्ण की प्रत्येक मनःस्थिति को ताड़ती रहती थी और एक दृष्टि, एक शब्द अथवा एक भंगिमा से उनके मन में विश्वास जगाती रहती थी।

उनकी माता और पत्नियों का उनके प्रति जो प्रेमपूर्ण विश्वास था, उसके लिए कृष्ण के मन में गहरी सराहना का भाव था और वे अपना स्वाभाविक आत्मसंयम बनाए रहते थे, उनके मुख पर निरन्तर प्रसन्न स्मित झलकता रहता था। किन्तु भीतर से वे बहुत उद्विग्न थे। वास्तविक स्थिति का ध्यान उन्हें बराबर बना रहता था। यादव टूटे हुए बाण प्रमाणित हुए थे। धर्म की क्षिप्र विजय की धारणा और योजना प्रायः समाप्त हो गई थी। अब उनके वश में यही रह गया था कि स्वयंवर में जाएँ और जो कुछ बन पड़े, करें। वे केवल विशिष्ट अतिथियों में से एक होंगे। वहाँ एकत्रित सभी राजे देखेंगे कि सामूहिक रूप से यादव उनके साथ नहीं हैं। और उद्धव यदि अपने काम में सफलता प्राप्त नहीं कर सके—और यह नहीं कहा जा सकता कि उनकी प्रार्थना भीष्म की न्याय-भावना को जगा सकेगी या नहीं—तो सम्भव है उद्धव के नेतृत्व में नागगण बलपूर्वक पुष्कर पर अधिकार न कर

सकें। चेकितान को पुष्कर न लौटा सकना उनकी बहुत बड़ी असफलता होगी और उन्हें जो गौरव प्राप्त हुआ है, वह नष्ट हो जाएगा।

यदि उनकी योजना के अनुसार पाण्डवों ने नाटकीय ढंग से स्वयंवर-सभा में अपने को प्रकट न किया तो पहले ही की तरह वे कुरु-राजपरिवार के आश्रित बनकर रह जाएँगे। भाई-भाई का संघर्ष पुनः आरम्भ हो जाएगा—या फिर कुछ भी नहीं होगा—क्योंकि दुर्योधन हस्तिनापुर पर पूरी तरह प्रभावी बन जाएगा। इसके अतिरिक्त, आर्य-जीवन-पद्धति का कट्टर शत्रु जरासन्ध पाञ्चाल राजकुमारी का अपहरण कर सकता है। संरक्षण और अवलम्बन के बिना ऋषियों के आश्रमों में सत्य, यज्ञ और तपोमार्ग का अनुसरण करना असम्भव हो जाएगा, जिनके आधार पर आर्य-धर्म का संवर्धन होता है।

इस धर्म-संकट के सम्बन्ध में वे जितना ही विचार करते थे, उतना ही उन्हें ऐसा अनुभव होता था कि उन्होंने कुछ खो दिया है। लोगों ने उन्हें भगवान कहा था, किन्तु वे दुर्बलताओं की केवल एक पिटारी हैं। लोग उन्हें चमत्कार करनेवाला समझते थे, किन्तु वे केवल एक ऐसे चतुर व्यक्ति हैं, भाग्य ने जिसका साथ दिया था।

उनके मित्रों की एक सामान्य धारणा थी कि जहाँ वे हैं वहाँ धर्म है और धर्म से विजय होती है। यह सच है कि अनेक बार उन्हें विजय प्राप्त हुई थी, किन्तु जहाँ-जहाँ वे गए, वहाँ क्या धर्म का प्रवर्त्तन हो सका। यदि हुआ तो फिर उनके अपने ही लोग उसे धर्म क्यों नहीं मान पाते, जिसे वे विश्वस्त रूप से उचित कार्य मानते हैं? यदि वे उन्हें ही धर्म-मार्ग पर चलने को प्रवृत्त नहीं कर पाते तो आनेवाली पीढ़ियों तक के राजाओं में से वे अधर्म को कैसे दूर कर सकते हैं? और धर्म की पुनःस्थापना और संरक्षण ही कैसे होगा? अपने ही समय में नहीं, अनन्त काल के लिए वे धर्म-गोप्ता कैसे बन सकेंगे?

वे एक जटिल गोरखधन्धे में फँस गए थे। वे जिसके लिए संघर्ष कर रहे हैं, उनका यह धर्म क्या है? और मनुष्य की वासनाओं और दुर्बलताओं के रहते प्रत्येक स्थिति में वे उसका रक्षण कैसे कर सकते हैं और कैसे उसके लिए दूसरों को प्रेरित कर सकते हैं?

वह एक प्रचण्ड रात्रि थी—वर्षा हो रही थी—बादल गरज रहे थे। बिजली चमक रही थी। सागर की ऊँची-ऊँची लहरें तट पर पछाड़ें खा रही थीं और छतों पर वर्षा की बूँदें ऐसे गिर रही थीं, जैसे पत्थरों की वर्षा हो रही हो।

अकस्मात् शून्य में एक पुकार गूँज उठी—धर्म क्या है? इस पुकार ने कृष्ण की निद्रा और उनके स्वप्न-संसार को झकझोर दिया। धर्म क्या है? यह ध्वनि जैसे सम्पूर्ण ब्रह्माण्ड में गूँज उठी।

उनके सम्मुख अस्पष्ट, अव्यवस्थित और आकारहीन दृश्य उभरने लगे। अनेक दृश्य सम्मुख तैर आते, उठते, एक-दूसरे से घुल-मिल जाते, अदृश्य हो जाते थे। वृन्दावन दीखा, उसके हरियाले वृक्ष, मुँह चिढ़ाते बन्दर, नाचते मयूर दीखे। और उन्होंने राधा को अकेली छोड़ दिया, जो कुन्द पुष्प के समान नवीन थी और जिसे वे कितना प्यार करते थे; क्या वह धर्म था?

मथुरा की राजकीय मल्ल-भूमि। स्त्री, पुरुष, बच्चे शोर मचा रहे हैं, टकटकी लगाकर देख रहे हैं, हाथों से संकेत कर रहे हैं। वे अत्याचारी कंस के रक्ताक्त मुख पर घूँसे बरसा रहे हैं, उसके शव को घसीट रहे हैं और दर्शक उन्हें अपना उद्धारक मानकर जय-जयकार कर रहे हैं। किन्तु उन्होंने अपने मामा की हत्या की थी। क्या वह धर्म था?

बड़े भाई के साथ वे मथुरा से भागे जा रहे थे। सह्याद्रि के सूखे-नंगे पर्वतों के पार गोमन्तक में सुरक्षित स्थान ढूँढ़ रहे थे। उन्हीं के लिए जरासन्ध यादवों को मिटाने पर तुला हुआ था, इससे वे भयभीत थे। क्या वह कायरता थी? क्या वह धर्म था?

गोमन्तक पर्वत के नीचे बलराम जरासन्ध की खोपड़ी चूर करने को उद्यत थे। उन्होंने बीच-बचाव किया और बड़े भाई की गदा को अधर में ही रोककर उस सम्राट् की जीवन-रक्षा की, जो आर्यावर्त में समस्त अधर्मों का मूल था और जिसने आगे चलकर अनेक धर्मात्मा राजाओं को उजाड़ दिया, असंख्य ज्ञान-पीठों और भक्ति-पीठों को बन्द कर दिया तथा हजारों परिवारों को नष्ट कर दिया। क्या वह धर्म था?

कुण्डिनपुर के बाहर उन्होंने राजकुमारी को अपने रथ पर खींच लिया, उसका अपहरण किया, उसका पीछा करनेवाले उसके भाई को घायल किया। स्वयंवर दाँत पीसने और स्त्रियों के चीखने-चिल्लाने का अवसर बनकर रह गया। सज्जन भीष्मक का हृदय टूट गया। रुक्मी ने स्वयं देशनिकाला स्वीकार कर लिया। क्या वह धर्म था?

हस्तिनापुर में दुर्योधन ने पाण्डवों के साथ जो अन्याय किया, उसे सुधारने के लिए वे छटपटा रहे थे। उसके विरोध में उन्होंने अपनी सारी शक्ति लगा दी। वह हतभाग्य कर्ण के मार्ग में बाधक बने, जिसके साथ माता ने जन्म के समय ही अत्याचार किया था और जिसने अत्यन्त धैर्यपूर्वक केवल अपनी योग्यता और चरित्र के द्वारा अपने दुर्भाग्य को दक्षता और गौरव में परिवर्तित कर लिया था। क्या वह धर्म था?

काम्पिल्य का राजमहल। द्रुपद और उनके बच्चों ने उनके सम्मुख अपना हृदय खोल दिया था। उन्होंने उन लोगों का विश्वास अर्जित करके भी कुरुओं से युद्ध करने का जोखम लेना अस्वीकार कर दिया। उसके बदले उन्होंने एक नाटकीय

स्वयंवर की योजना बनाई, जिसके पूरी तरह से असफल हो जाने की सम्भावना है। क्या वह धर्म था?

कृष्ण नींद में ही सिहर उठे। उन्होंने आँखें खोलकर देखा कि रुक्मिणी की प्रेम-भरी आँखें उन्हीं पर टिकी हुई हैं। उन्होंने मुस्कराने की चेष्टा की और फिर सो गए...

उन्होंने फिर अन्तहीन जुलूस के रूप में स्त्रियों और पुरुषों को अपनी ओर आते देखा। वे चिल्ला रहे थे। मुँह बना रहे थे। प्रार्थना कर रहे थे। रो-पीट रहे थे। धर्म के बारे में बातें कर रहे थे। यह जानने की प्रतीक्षा कर रहे थे कि धर्म क्या है और वे उन्हें कोई सन्तोषजनक उत्तर नहीं दे पा रहे थे। उन्होंने स्वयं को ही उन लोगों से पूछते सुना–"क्या आप धर्म को जानते हैं?"

उनमें से एक ने कहा, "हाँ, मैं जानता हूँ।" वह मुनाफे के लिए पागल एक कंजूस था। उसका चेहरा सत्राजित के समान था, किन्तु थोड़ा विकृत और बहुत अधिक कुटिल था। उसने कहा, "मैं ब्राह्मणों से, यहाँ तक कि देवताओं से भी धर्म खरीदता हूँ। मैं अपने परिवार का भरणपोषण करता हूँ। मैं मन्दिरों में पूजा करता हूँ। केवल मैं ही यह जानता हूँ कि धन कैसे कमाया और खर्च किया जाता है।"

"तुम्हारा धर्म लोभ की सन्तान है, मैं तुम्हें नहीं पहचानता।" कृष्ण ने कहा और चला जाने दिया।

"मैं धर्म को जानता हूँ।" एक अन्य व्यक्ति ने दावा किया। उसके शरीर पर चन्दन-तिलक लगा हुआ था। उसने पवित्रता के प्रतीक रूप में कण्ठी-माला पहन रखी थी। उसने कहा, "मैं पवित्र हूँ। मैं पाप से दूर रहता हूँ। मैंने कभी हत्या नहीं की, चोरी नहीं की, दुराचार नहीं किया। केवल मेरा ही मार्ग धर्म का मार्ग है।"

"तुम्हारा धर्म भय की सन्तान है। मैं तुम्हें नहीं पहचानता।" कृष्ण ने कहा और उसे हट जाने दिया...।

एक तीसरा सामने आया। वह दुस्साहसी था। उसने कहा, "मैं अपने धर्म को जानता हूँ। मैंने अपने शत्रुओं को नष्ट कर दिया है। जो कोई मेरा विरोध करता है, वह पाप का मूल है। मैं यज्ञ करता हूँ, दान देता हूँ और इस प्रकार संसार में अपनी विजय-दुन्दुभि बजाता हूँ। मैं ब्राह्मणों को भोजन कराता हूँ और वे मेरा गुण-गान करते हैं।"

"तुम्हारा धर्म अहंकार से जन्मा है। मैं तुम्हें नहीं जानता।" कृष्ण ने कहा। वह भी चला गया...।

इसके बाद जो व्यक्ति सामने आया, वह विनम्र और विरक्त था। उसने कहा,

"मेरे अतिरिक्त और कोई धर्म नहीं जानता। धर्म विनम्रता है, अप्रतिरोध है, मैं प्रसन्नतापूर्वक अन्याय सहन करता हूँ। मैं भूख, प्यास, सर्दी, यहाँ तक कि दुर्भाग्य को भी सहन कर लेता हूँ। यही विनम्र आत्मा का लाभ है। यही धर्म का गौरव है।"

"तुम्हारा धर्म दासता से उपजा है। तुम उसके दिव्य रूप को नहीं जानते। मैं तुम्हें नहीं जानता।" कृष्ण ने कहा। वह चलता बना...।

तब लोमड़ी-जैसे मक्कार एक अन्य व्यक्ति ने आकर कहा, "मैं अपना धर्म जानता हूँ। मैं जोखम के कामों से और सिंह की माँद से दूर रहता हूँ। मैं शान्ति से प्राप्त होनेवाले सुरक्षा के मार्ग पर चलता हूँ, और देवताओं के कोप से डरता हूँ।"

"तुम्हारे धर्म का जन्म कायरता से हुआ है, मैं तुम्हें नहीं जानता।" कृष्ण ने कहा और उसे जाने दिया...।

अब एक अन्य व्यक्ति ने आकर कहा, "मैं अपना धर्म जानता हूँ। जो लोग मेरे सम्मुख धन की थैली उँडेल देते हैं, मैं उनके लिए ईश्वर की कृपा सुलभ कराता हूँ। मैं पापियों को मुक्ति का आश्वासन देता हूँ। इसके नशे से वे प्रसन्नतापूर्वक नाचने लगते हैं।"

"तुम्हारा धर्म छल की सन्तान है। मैं तुम्हें नहीं जानता।" कृष्ण ने कहा। वह सामने से हट गया...।

इस बार आनेवाले ने बड़प्पन जताते हुए कहा, "मैं अपना धर्म जानता हूँ। धर्म जीवन के फन्दों से बचना और शारीरिक लालसाओं का दमन करना है। मैं अपने और दूसरों के भीतर छिपी मानवीय दुर्बलताओं से घृणा करता हूँ और कठोर अनासक्ति में आनन्दलाभ करता हूँ। मैं लोगों से मिलने-जुलने से बचता हूँ और उनसे अलग और बड़ा बनकर रहता हूँ।"

"तुम्हारा धर्म धृष्टता की सन्तान है। मैं तुम्हें नहीं जानता।" कृष्ण ने कहा और उसे जाने दिया...।

अब एक आत्मतुष्ट व्यक्ति आया। उसने कहा, "मैं गरीबों को दान देकर भगवान को कर्ज देता हूँ। मैं अपने दान का हिसाब एक खाते में लिखता जाता हूँ। मेरे मरने पर धर्मराज के सामने चित्रगुप्त वह खाता खोलेंगे। तब मैं ब्याज के साथ अपना पावना वसूल करूँगा और सुखपूर्वक रहूँगा।"

कृष्ण ने कहा, "तुम्हारा धर्म वाणिज्य की सन्तान है। मैं तुम्हें नहीं जानता।" वह भी अपनी राह चला गया...।

इसके बाद एक चाटुकार प्रकृति का व्यक्ति आया। उसने कहा, "मैं अपना धर्म जानता हूँ। मैं चाहे जो भी करूँ—हत्या, चोरी या प्रतिशोध, उसकी चिन्ता नहीं

करता। किन्तु मैं भगवान के गुण गाता हूँ और अपने पापों को गीत में बदल देता हूँ। मैं जानता हूँ कि मैं चाहे जितना भी बुरा होऊँ, ईश्वर मुझे क्षमा करेगा। वह बड़ा दयालु है।"

"तुम्हारा धर्म वंचकता से उत्पन्न हुआ है। मैं तुम्हें नहीं जानता।" कृष्ण ने कहा और उसे जाने दिया...।

इस बार जो आया, उसका रंग-ढंग बुद्धिमानों जैसा और वाणी सन्तों की-सी थी। उसने कहा, "मेरा धर्म है बुराई का प्रतिरोध करना। मैं चुपचाप कष्ट सहन करूँगा और स्वर्ग का राज्य पाऊँगा। जो दुष्ट हैं, वे अपना कर्म-फल भोगें। उनसे मेरा कोई सरोकार नहीं। मेरे बलिदान से मुझे गौरव मिलेगा।"

"तुम्हारा धर्म अकर्मण्यता की उपज है। मैं तुम्हें नहीं जानता।" कृष्ण ने कहा और वह चला गया...।

अब जो आया उसके शरीर से नींबू के पत्तों की-सी गन्ध आ रही थी। उसके होंठों पर कृत्रिम हँसी थी और उसके केश तैलाक्त थे। उसने कहा, "सारे धर्म भ्रम हैं। मैं खाता-पीता हूँ और इच्छानुसार मौज करता हूँ। मेरा शरीर ही मेरे लिए एक मात्र मन्दिर है। शारीरिक सुख ही मेरी पूजा-विधि है। इसके बाद और कुछ नहीं है। मेरे बाद और कोई अस्तित्व नहीं है।"

"तुम राक्षस-पुत्र हो। मैं तुम्हें कभी क्षमा नहीं करूँगा।" कहकर कृष्ण ने घृणापूर्वक उसकी ओर से मुँह फेर लिया...।

अकस्मात् वह जुलूस अदृश्य हो गया।

कृष्ण जाग उठे। उनका हृदय बुरी तरह धड़क रहा था। फिर वे अपने-आप मुस्कराए। उनके स्वप्न ने उन्हें बता दिया था कि धर्म के प्रति लोगों की क्या धारणा है। किन्तु उन्होंने भी धर्म को जान लिया था।

भीष्म और द्रुपद-जैसे शासकों का धर्म वे जानते थे। उनका धर्म था अपनी प्रजा की रक्षा करना, भूखों को भोजन देना, असहायों की सहायता करना, ज्ञान का पोषण करना और दिव्य जीवन की प्राचीन प्रणाली को बनाए रखना।

वे पारिवारिक धर्म को भी जानते थे। इसने उस रमणीय बन्धन का निर्माण किया था, जिससे द्रुपद ने अपने साथ अपने बच्चों को बाँध रखा था : इसने पाण्डवों को एक सूत्र में गूँथ दिया था, जिसके चलते वे एक-दूसरे के लिए और अपनी माता के लिए जीते थे; इसने रुक्मिणी और शैव्या को उनका अंश बना दिया था; इसने उनकी माँ को सबको अपने बच्चे में और अपने बच्चे को सबमें देखने की प्रवृत्ति दी थी।

वे महामुनि के धर्म को भी जानते थे, जो केवल इसलिए जीवित थे कि अपने पास आनेवालों को सहानुभूति के साथ समझ सकें। लोगों के प्रति उनमें जो प्रीति

थी उसके द्वारा वे उनकी वर्तमान स्थिति से अच्छी स्थिति बनाने की प्रेरणा उन्हें देते थे।

निःसन्देह यह सब धर्म था। किन्तु इसी प्रकार उन सबके भी धर्म थे, जिन्हें उन्होंने अस्वीकार कर दिया था। इसने सबको जीवित रहने के लिए कुछ श्रेष्ठ वस्तु दी थी—वह उनके हृदय-दौर्बल्य से बनी सीढ़ी थी, जिसके प्रत्येक डण्डे पर चढ़कर वे पहले की अपेक्षा कुछ ऊँचे उठ सकते और बड़े धर्म की ओर बढ़ सकते थे। हर आदमी की बनावट अलग तरह की है और हर किसी को अपने लिए अलग सीढ़ी की जरूरत होती है। इसके अभाव में वे सभी झूठी हँसी हँसते आत्मतुष्ट असुर होते, जैसा कि जुलूस का वह व्यक्ति था, जिसका शरीर ही उसके लिए मन्दिर था और शारीरिक लालसाओं को तृप्त करना जिसकी एकमात्र पूजाविधि थी।

बादलों की गड़गड़ाहट भवन के कमरों को झकझोर रही थी। बिजली की कड़क से कान के पर्दे फट रहे थे। सागर की लहरें क्रोधित होकर तट पर पछाड़ें खा रही थीं।

जिस कमरे में कृष्ण सोए थे, रह-रहकर चमकनेवाली बिजली जैसे उसे प्रकाशित कर जाती थी, वैसे ही कोई भीतरी प्रकाश भी उनके मन में उजाला भरता जा रहा था। उन्हें स्पष्ट रूप से दीख पड़ा कि इतने दिनों से वे किस बात के लिए अँधेरे में हाथ-पैर मार रहे थे। जीवन एक और अविभाज्य है—वह चाहे पापपूर्ण और निकम्मा हो, चाहे श्रेष्ठ और प्रेरक। जीवन की प्रतिष्ठा बढ़ाने के लिए संघर्ष का जो मार्ग उन्होंने अपनाया है, उसमें उन्होंने जीवन को आंशिक रूप में नहीं, उसकी समग्रता में स्वीकार किया है।

अनजाने ही वे पुत्र के, मित्र के, पति के, भाई के, योद्धा के, नेता के और धर्ममार्ग के रक्षक के रूप में सबकी आकांक्षाएँ पूरी करने के लिए संघर्षरत रहे हैं—और सदा ही स्त्री-पुरुषों की, किसी को प्यार करने, प्रसन्न करने और प्रेरित करने की भूख मिटाते रहे हैं। उन लोगों ने उन्हीं का मापदण्ड बनाकर दूसरों की उत्तमता को मापना सीखा है। यही वह रहस्य है जिसके द्वारा वे बहुतों को प्रेरित करते रहे हैं, जो उनके बिना बँधे हुए जल के समान बने रहते।

यही कारण था कि उनमें से अधिकांश को जिस बात की तलाश थी, उसे उनमें पाकर वे हर्षोन्मत्त हो जाते और उन्हें 'अपना' गोविन्द कहते, अन्य जन उन्हें अपना उद्धारक मानते और कुछ तो उन्हें भगवान तक कहते थे।

माता देवकी और चाचा अक्रूर बड़े धार्मिक व्यक्ति हैं। उनके प्रति अपने उत्कट प्रेम के कारण वे उन्हें वासुदेव मानते हैं, यादव-नायक वसुदेव के पुत्र नहीं, बल्कि सबके हृदयों में बसनेवाले और सबको अपने हृदय में धारण करनेवाले 'वासुदेव' जिस नाम से कुछ उत्साही भक्त परमात्मा को पुकारते हैं।

उन्होंने सोचा कि यदि बन सकें तो वे 'वासुदेव' बनना पसन्द करेंगे, सबके हृदयों में बसनेवाले, परमात्मा। वैसी स्थिति में उन्हें प्रत्येक हृदय में स्थान मिलेगा। वैसी स्थिति में सभी युगों और सभी कालों में उनका धर्म सबको प्रेरित करेगा। किन्तु यह धर्म है क्या?

वे मन-ही-मन हँसे। इस संकट की घड़ी में भी, जब उनके जीवन का तानाबाना उनके सामने ही बिखरने-बिखरने को हो रहा है, वे नहीं जानते कि धर्म क्या है।

उन्होंने आँखें खोलीं। रुक्मिणी चिन्तित भाव से उन्हीं की ओर देख रही थीं। उन्होंने पूछा, "क्या आप सुखपूर्वक सो नहीं सके?"

"नहीं, मैं केवल सोच रहा हूँ।"

"आप क्या सोच रहे हैं प्रभु?" उन्होंने फिर पूछा।

"वैदर्भी, तुम्हारे विचार से तुम्हारा धर्म क्या है?"

रुक्मिणी मुस्कराईं। वह मुस्कराहट एक सुखी और अनुगत पत्नी की मुस्कराहट थी। उन्होंने कहा, "भेरा धर्म! वह तो बहुत सहज है–आपमें निवास करना, जिससे आप मेरे हृदय में निवास कर सकें।"

कृष्ण ने उनका हाथ दबाया और अपनी आँखें मूँद लीं।

वे फिर ऊँघने लगे और अर्धनिद्रितावस्था में टूटे विचारों की शृंखलाएँ फिर जुड़ने लगीं। धर्म केवल आशा नहीं है, विचार नहीं है, कर्मकाण्ड नहीं है। यह क्रोध, लोभ या भय से प्रेरित कोई चीज भी नहीं है...यह दुर्बलताओं से ऊपर उठकर मनुष्यों और स्थितियों को गढ़ने की इच्छा है।

नहीं, इतना ही पर्याप्त नहीं है। दर्शन, संकल्प और कर्तव्य को–जो वस्तुतः तीन नहीं, एक ही हैं–एक बनाना ही प्रत्येक व्यक्ति का धर्म है, जिससे अपने-अपने ढंग से प्रत्येक व्यक्ति सबमें निवास कर सकें, 'वासुदेव' बन सकें, और सब लोग उसमें निवास कर सकें।

दूसरे दिन सबेरे निराश-हृदय सात्यकि और कृतवर्मा उनसे मिलने आए। वे किंकर्तव्यविमूढ़ हो रहे थे। उन्होंने दबे स्वर में कहा, "प्रभु, अब हमें क्या करना चाहिए? हम लोग जो करने जा रहे हैं, उसमें यादवों का विश्वास नहीं है।"

उनके नेत्रों में एक नवीन-प्रकाश भरा था। उन्होंने मुस्कराकर कहा, "उन्हें दोष मत दो सात्यकि! उन्होंने हमारा साथ नहीं छोड़ा। यह कहना अधिक सत्य होगा कि हमने ही उनका साथ छोड़ दिया है।"

"किन्तु हम करें क्या? ऐसा लगता है हम तीनों ही किसी मूर्खतापूर्ण उद्‌देश्य से यात्रा पर जा रहे हैं।"

कृष्ण ने कहा, "सात्यकि, यदि हम आस्थावान् बने रहेंगे तो वे भी हमारा साथ देंगे।"

"हम ऐसा किस तरह कर सकेंगे?"

कृष्ण ने मुस्कराकर कहा, ''सात्यकि, यदि हम पुष्कर ले लेंगे, द्रौपदी के लिए कोई पति ढूँढ़ देंगे और द्रोण तथा द्रुपद के बीच की घृणा को दूर कर सकेंगे तो हम उनमें विश्वास जगा पाएँगे। अभी यह मत सोचो कि क्या होगा। जो हो, हम उसे होने दें।''

धर्मायत्त कृष्ण

वर्षा ऋतु बीत गई थी। अब सागर शान्त था। जल-पोतों का आवागमन आरम्भ हो गया था। प्रातः समीर के साथ स्फूर्तिदायक शक्ति का संचार होने लगा था।

काम्पिल्य से आया एक प्रतिनिधि-मण्डल यादवराज उग्रसेन तथा अन्य यादव अतिरथियों के लिए, पौष शुक्ल एकादशी को द्रौपदी के स्वयंवर में सम्मिलित होने का द्रुपद का निमन्त्रण ले आया था। नायकों की सभा ने औपचारिक रूप से वही निर्णय दिया, जिसका निश्चय पहले ही हो चुका था। सर्वश्रेष्ठ यादव अतिरथी कृष्ण, सात्यकि और कृतवर्मा स्वयंवर में सम्मिलित होने के लिए काम्पिल्य जाएँगे, किन्तु वे किसी प्रतियोगिता में भाग न लेंगे।

एक गूढ़ मुस्कराहट के साथ कृष्ण ने सभा का निर्णय स्वीकार करके सत्राजित तथा अपने अन्य विरोधियों को अपनी पराजय पर हँसने के लिए छोड़ दिया। कृष्ण ने अपने दोनों मित्रों, सात्यकि और कृतवर्मा के साथ अपनी बात अपने ही तक रखी। उन लोगों ने हर तरह से यही प्रदर्शित किया कि उन्होंने राजा का आदेश स्वीकार कर लिया है।

फिर भी सात्यकि अपनी निराशा नहीं छिपा सके। उनकी स्थिति घुड़दौड़ के उस घोड़े की-सी हो गई थी, जिसे दौड़ के बीच में ही रोक दिया गया हो। उन्होंने कहा कि सभा का यह रुख कायरता का था। बिना अधिक प्रयत्न किए वे स्वयं ही पुष्कर पर अधिकार कर ले सकते थे। वे जैसे निपुण धनुर्धर थे, उसे देखते हुए इसकी बहुत सम्भावना थी कि वे द्रौपदी को जीत लें। ऐसा अवसर उन्हें अपने जीवन में फिर कदाचित् ही मिले।

वे ठीक तौर से समझ नहीं सके कि कृष्ण ने यह निर्णय क्यों स्वीकार कर लिया। किन्तु वे अपने मित्र को भलीभाँति जानते थे। उनके मन में जाने कितनी और बातें उठ रही होंगी, जिनकी थाह पाना उनके लिए कठिन है। अतः वे बड़े उत्साह के साथ अपनी शस्त्र-निपुणता को निर्दोष बनाने तथा कृष्ण और कृतवर्मा के महारथियों और रथियों को मल्ल-युद्ध, गदा-युद्ध, धनुर्विद्या, रथ-चालन और युद्ध की अन्य कलाओं का प्रशिक्षण देने में अपना समय अतिवाहित करने लगे।

सात्यकि को इस प्रकार अपना समय नष्ट करता देखकर, उनके मित्रों के अतिरिक्त, अन्य यादव सरदार उनका उपहास करने लगे। वे जानते थे कि इससे उन्हें कोई लाभ नहीं मिलनेवाला था। प्रायः वे उनकी खिल्ली उड़ाते हुए कहते, "सात्यकि, तुम चाहे जो भी करो, तुम्हें कोई द्रौपदी मिलने से रही।" ऐसी बातें सुनकर सात्यकि का पारा चढ़ जाता और बहुत बार गर्मागर्मी और कभी-कभी मारपीट की भी नौबत आ जाती।

कार्तिक मास में, आवश्यक सामग्रियों के सहित कृतवर्मा अपने महारथियों और रथियों के साथ द्वारका से रवाना हो गए। अग्रावण के राजा चारुदेष्ण के लिए वे यह सन्देश ले गए थे कि राजा चारुदेष्ण आस-पड़ोस के यादव-राजाओं को अपनी राजधानी में एकत्रित होने का आमन्त्रण भेज दें और उन्हें सूचना भिजवा दें कि अग्रहायण मास की शुक्ल एकादशी का त्यौहार वे लोग कृष्ण के साथ मनाएँ। वे उद्धव के लिए एक विशेष सन्देश भी ले गए थे।

अधिकांश यादव नायकों ने कृष्ण के मित्रों की असामान्य गतिविधियों पर विशेष ध्यान नहीं दिया। कृष्ण ने सभा के निर्णय को स्वीकार कर लिया था, अतः उन्हें विश्वास था कि वे उसका पालन करेंगे। यदि उन्हें ऐसा न करना होता तो वे इस समस्या को फिर सभा में प्रस्तुत करते।

सात्यकि अधीरतापूर्वक यादव महारथियों के दल को कठोर युद्ध के लिए तैयार करने के उद्देश्य से दिन-भर उनके साथ लगे रहते, चीखते-चिल्लाते और झिड़कियाँ देते रहते थे। यह प्रकट कर दिया गया कि सात्यकि, अपने दल के साथ, कृष्ण से एक पखवाड़ा पहले रवाना हो जाएँगे।

कुटिल सत्राजित कृष्ण के कार्य-कलापों को बड़ी सावधानी से देख-परख रहा था। वह भलीभाँति जानता था कि कृष्ण की गतिविधियों की थाह पाना बड़ा कठिन है। वह युवा नायक चमत्कार कर दिखाने में अपना सानी नहीं रखता था। उसने बिना हिचकिचाए सभा का निर्णय स्वीकार कर लिया था, इसी से पता चलता था कि इन गतिविधियों के पीछे कोई रहस्य है।

यदि वे लोग केवल अतिथि के रूप में स्वयंवर की प्रतियोगिता में भाग लेने जा रहे हैं तो सात्यकि और कृतवर्मा अपने दल के लोगों को जिस प्रकार युद्ध-कला का प्रशिक्षण दे रहे हैं, उसकी क्या आवश्यकता थी? यदि सात्यकि को स्वयंवर की प्रतियोगिता में भाग नहीं लेना है तो वे इतनी तत्परता से धनुर्विद्या का अभ्यास क्यों कर रहे हैं? यदि उनका लक्ष्य युद्ध नहीं है तो अश्वों को इतना गहन प्रशिक्षण देने का क्या प्रयोजन है? अपने तथा अपने सहायकों के लिए नए रथ, नई और प्रचण्ड गदाओं तथा कराल धनुषों के निर्माण का यह आकस्मिक निर्णय क्यों किया गया है?

सत्राजित ने सोचा कि इन सारी बातों का एक ही उद्देश्य हो सकता है : पुष्कर छीन लाने का मरणान्तक प्रयास। और जब उसने सुना कि यादव सरदारों से मिलने के लिए सात्यकि कृष्ण से पहले ही अग्रावण जा रहे हैं तो उसके सन्देह की पुष्टि हो गई। सात्यकि कृष्ण के दाहिने हाथ हैं। वे पुष्कर और द्रौपदी को जीतने का प्रयास कर रहे हैं। उनके रहस्यपूर्ण आचरण का और कोई स्पष्टीकरण नहीं हो सकता। इस भयानक दाँव को विफल करना होगा। ऐसा न करने का अर्थ होगा कि यादव युद्ध में पड़ने जा रहे हैं।

किसी समय सत्राजित युवा सात्यकि को पसन्द करता था। वे आकर्षक थे, वीर थे और व्यवहारकुशल थे। उनके पिता यादवों के सम्मानित सरदार थे। वे स्वभाव से प्रसन्न रहनेवाले थे। कभी-कभी अशान्त हो जाने पर भी उनमें महत्ता के स्पष्ट संकेत मिलते थे।

सत्राजित ने तो अपनी पुत्री सत्यभामा का विवाह भी सात्यकि से करना चाहा था। किन्तु उनके पिता सात्यक ने वह प्रस्ताव स्वीकार नहीं किया। स्वयं सात्यकि ने भी इस ओर ध्यान नहीं दिया। वे कृष्ण के पराक्रमों के साथ इस तरह बँधे हुए थे कि विवाह की बात सोचने का अवकाश ही नहीं था। इससे सत्राजित के अहं को आघात लगा था। अपने आभिजात्य के घमण्ड में सात्यक और उनके पुत्र ने उनके साथ वैवाहिक सम्बन्ध का प्रस्ताव ठुकरा दिया था।

सत्राजित ने सोचा कि युद्ध से बचने का एकमात्र उपाय यह है कि उनकी योजना विफल कर दी जाए और इसके लिए उनके साहसी, विश्वासी और बलवान साथी को उनसे अलग कर दिया जाए। इस संकट के समय यह काम करना ही उचित था और यादवों पर अपने बढ़ते प्रभाव के कारण ऐसा करना कठिन नहीं था।

सात्यकि का दल अब पहले की अपेक्षा तीन गुना बड़ा हो गया था। उन्होंने मार्गशीर्ष शुक्ल प्रतिपदा के शुभ दिन, बहुत सबेरे, द्वारका से अग्रावण के लिए प्रस्थान करने का निर्णय किया। सभी जानते थे कि कृष्ण एक पखवाड़े के बाद जाएँगे। उनका दल यात्रा की तैयारियाँ कर रहा था।

निश्चित दिवस को, प्रभातकालीन नक्षत्र के उगने से पहले ही, अपने मुख्य महारथियों के सहित कृष्ण ने द्वारका से बाहर के उस स्थल के लिए प्रस्थान किया, जहाँ सात्यकि और उनका दल उनसे विदा लेनेवाला था।

कृष्ण जब वहाँ पहुँचे तो उन्हें यह देखकर आश्चर्य हुआ कि सात्यकि के प्रस्थानोद्यत साथी बड़ी अधीरता के साथ उनकी प्रतीक्षा कर रहे हैं किन्तु उनका कोई अता-पता नहीं है। जो योद्धा अब तक अपने अदम्य नेता के कारण गर्व का अनुभव कर रहे थे, उन लोगों के साथ आ मिलने में उनकी ओर से विलम्ब होने

के कारण अब उनका हौसला टूट रहा था। क्या उग्र स्वभाववाले सात्यकि का विश्वास टूट गया? यह तो सोचा भी नहीं जा सकता। या कि वे अस्वस्थ हो गए? इसकी भी कल्पना करना कठिन है। इसके अतिरिक्त यदि सात्यकि की अनुपस्थिति के कारण उन्हें अपनी यात्रा स्थगित कर देनी पड़ी तो द्वारका के लोग क्या कहेंगे, जो उनकी निरर्थक तैयारियों के लिए पहले से ही हँसते रहे हैं?

आहुक, सात्यकि का मुख्य महारथी था। कृष्ण ने अपने रथ पर से ही उससे पूछा, ''तुम्हारे नायक कहाँ हैं?''

आहुक अपने रथ पर से कूद पड़ा, कृष्ण के निकट आया और हाथ जोड़कर बहुत धीमे स्वर में बोला, ''प्रभु, नायक का पता नहीं लग रहा है।''

''क्या तुमने उनके घर पर पूछताछ की है?'' इस नई स्थिति को समझने में असमर्थ कृष्ण ने चिन्तित होकर पूछा।

''हाँ, वे पिछली रात घर नहीं लौटे थे। उनका रथ कब से उनकी प्रतीक्षा में खड़ा है।'' दुखी आहुक ने कहा।

चकित कृष्ण ने कहा, ''आश्चर्य है। कल सन्ध्या समय अपने मामा के यहाँ जाने के लिए वे मुझसे अलग हुए। किन्तु वहाँ उनके रात बिताने की बात तो नहीं थी।''

''सारथी ने मुझसे कहा कि वे अपने मामा के यहाँ गए थे। वहाँ से उन्होंने यह कहकर उसे लौटा दिया कि वे टहलते हुए घर लौट जाएँगे।''

''यह तो सात्यकि का स्वभाव है।'' कृष्ण अपने-आप बड़बड़ाए, फिर उन्होंने आहुक से पूछा, ''तुमने उनके मामा के यहाँ पता लगाया?''

''हाँ प्रभो!'' आहुक ने उत्तर दिया, ''द्वारपाल ने बताया कि उसने उनको घर जाने के लिए वहाँ से निकलते देखा था।''

कृष्ण थोड़ी देर सोचते रहे। समय बीत रहा था। दल के प्रस्थान का समय निकट आ रहा था। निश्चय ही सात्यकि के साथ कोई बात हो गई थी। वे अब तक सोए नहीं रह सकते थे। विलम्ब करने का अभ्यास उन्हें कभी नहीं रहा। वे अपने कर्तव्य से कभी, किसी स्थिति में विमुख नहीं हुए। कुछ करना जरूरी था और उसे तत्काल करना था।

''तुम लोग कब प्रस्थान करोगे?'' कृष्ण ने पूछा।

''सूर्योदय के एक घटिका बाद हमें प्रस्थान करना है।'' आहुक ने कहा, ''यात्रा के समय आशीर्वाद देने के लिए ब्राह्मण आ गए हैं। मैं समझ नहीं पाता कि क्या करूँ।''

कृष्ण की आँखों में एक चमक आई। आहुक की ओर मुड़कर उन्होंने कहा, ''निश्चित समय पर यात्रा के लिए तैयार हो जाओ।''

"किन्तु प्रभो, अपने नायक के बिना हम कैसे जाएँगे? यदि वे समय पर हमसे नहीं आ मिले तो यादव क्या कहेंगे?"

कृष्ण ने सबकुछ स्पष्ट देखा। उनका धर्म उनके सम्मुख है। उन्होंने दृढ़ता से कहा, "तुम्हारे नायक की प्रतिष्ठा मुझे अपने प्राणों से अधिक प्रिय है। तुम्हारे सरदार ने जिस समय जाने का निश्चय किया था, तुम लोग ठीक उसी समय प्रस्थान करो।"

"किन्तु हमें ले कौन जाएगा?" आहुक ने पूछा।

"मैं ले जाऊँगा।" कहकर कृष्ण अपने मुख्य महारथी गद की ओर मुड़े। वह उनकी टुकड़ी का प्रमुख था। कृष्ण ने कहा, "गद, मैं अपने शस्त्र लेने जा रहा हूँ। सूर्योदय के पहले लौट आऊँगा। तुम्हारी टुकड़ी को अपना साज-सामान लेकर मेरे साथ चलने में कितना समय लगेगा?"

"कम-से-कम दो दिन प्रभु!" गद ने कहा।

"नहीं," कृष्ण ने निर्णयात्मक रूप से कहा, "अपनी टुकड़ी को एकत्रित करके कल रात तक मेरे साथ हो जाओ।"

"जैसी आज्ञा, प्रभु!" गद ने कहा।

कृष्ण ने अपने सारथी बाहुक को अलग करके घोड़ों की रास अपने हाथों में ली और वायु-वेग से घर लौट आए। स्वामी को ऐसी तीव्र गति से आता देखकर द्वारपाल चकित हो गया।

कृष्ण ने ऊपर जाकर रुक्मिणी को जगाया–"वैदर्भी, मुझे मेरा शार्ङ्ग दे दो, चक्र बाँधने में मेरी सहायता करो। बाहुक, तुम रथ पर मेरी गदा कौमोदकी ले चलो।"

"बात क्या है?" कृष्ण को इतनी उतावली से यात्रा की तैयारियाँ करते देखकर रुक्मिणी घबरा गईं। उन्होंने पूछा, "हुआ क्या?"

"सात्यकि का पता नहीं है। अवश्य ही उसका अपहरण कर लिया गया है, नहीं तो अपनी टुकड़ी के साथ उसके न होने का कोई कारण समझ में नहीं आता। समय नष्ट नहीं किया जा सकता। उसकी टुकड़ी को तत्काल प्रस्थान करना है और मैं उसकी टुकड़ी के साथ जाऊँगा।"

"किन्तु इतनी उतावली क्या है?" रुक्मिणी ने पूछा।

"लोगों को यह कहने का अवसर न मिलना चाहिए कि नायक के अभाव में सात्यकि की टुकड़ी शुभ मुहूर्त में प्रस्थान नहीं कर सकी। यदि इतनी सारी तैयारियों के बाद उसकी टुकड़ी को घर लौट जाना पड़े तो इसका अर्थ यह होगा कि हमने पराजय स्वीकार कर ली है।" कृष्ण ने कहा।

बाहुक जब शस्त्र धारण करने में उनकी सहायता कर रहा था तो कृष्ण ने

रुक्मिणी की ओर मुड़कर कहा, "वैदर्भी, मैंने तुमसे कहा नहीं था कि किसी दिन मैं तुमको बताऊँगा कि धर्म क्या है।"

"हाँ स्वामी!"

"अब मैं तुम्हें बताता हूँ कि वह क्या है। जाकर बड़े भाई से कहो कि सात्यकि अदृश्य हो गया है। मुझे छल का सन्देह है। मैंने चेकितान को वचन दिया कि मैं उसे पुष्कर वापस दिला दूँगा। मैंने राजा कर्कोटक को वचन दिया है कि यादव नागप्रदेश से चले जाएँगे। मैंने राजा द्रुपद को वचन दिया है कि उनकी पुत्री का स्वयंवर सफल होगा। मैंने द्रौपदी को वचन दिया है कि मैं उसके लिए एक वीर योद्धा ढूँढ़ने में सहायता दूँगा।" इसके बाद उनका स्वर बहुत धीमा हो गया, "उनसे यह भी कहना–और इसे दूसरा कोई न जान पाए–कि मैंने सम्राज्ञी सत्यवती को वचन दिया है कि स्वयंवर में पाण्डव जीवित रूप में प्रकट होंगे। यादवों ने मेरा साथ छोड़ दिया है किन्तु मैंने जिनको वचन दिया है, मैं उनका साथ नहीं छोड़ूँगा, मेरा वचन सत्य होगा," कृष्ण की आँखों में दैवी चमक आ गई थी–"बहुत समय से मैं धर्म को आयत्त करने की चेष्टा करता आ रहा था, किन्तु अब धर्म ने मुझे आयत्त कर लिया है; और यादव यदि अपने धर्म से चूकेंगे तो मुझे ऐसे अन्य लोगों को ढूँढ़ना पड़ेगा, जो धर्म का साथ दे सकें।"

भाव-विभोर रुक्मिणी कृष्ण के चरणों पर जा गिरीं। कृष्ण ने उन्हें उठाया, उनके मस्तक पर हाथ फेरा और वे बाहर निकल गए।

बलराम का कोप

रुक्मिणी बहुत घबरा गई थी। वह भागी-भागी शैव्या के पास गई। सोई हुई शैव्या को जगाकर उसने कहा, "शैव्या, स्वामी चले गए!" कातर स्वर में उसने शैव्या से सारी बातें कह सुनाईं, जो उसके और कृष्ण के बीच हुई थीं।

शैव्या में अधिक आत्म-संयम था। कृष्ण के कार्य का महत्त्व उसने समझा। उसने रुक्मिणी से कहा कि बलराम के पास जाकर कृष्ण का सन्देश दे आए। उसने कहा कि माता देवकी और पिता वसुदेव के पास वह स्वयं जाकर सारी बातें बता आएगी।

रुक्मिणी वस्त्र बदलने या केशों को सुलझाने का ध्यान भूलकर दौड़ी-दौड़ी रेवती को जगाने गई–"रेवती, मैं जेठजी से मिलना चाहती हूँ। उनसे तत्काल मिलना आवश्यक है। स्वामी चले गए। मुझे उनका एक सन्देश जेठजी को देना है।" उन्होंने कहा।

पहले तो रेवती इतने सवेरे अपने पति को जगाने में हिचकिचाई। बलराम प्रायः बहुत दिन चढ़े जागते थे, क्योंकि रात का अधिकांश भाग वे सुरापान और मदमत्त यादवों के साथ द्यूत-क्रीड़ा में बिताते थे। किन्तु रुक्मिणी के बहुत कहने-सुनने पर उन्होंने बलराम को जगा दिया।

बड़ी कठिनाई से बलराम जागे। अधजगी हालत में वे अलसा रहे थे, झुँझला रहे थे। उनकी सूजी हुई नाक लाल हो रही थी। अपनी झपकी में बाधा डालने के लिए वे रेवती पर बिगड़ने लगे। वे करवट बदलकर फिर आँखें मूँदने जा ही रहे थे कि रेवती ने कहा, "किन्तु स्वामी, गोविन्द चले गए हैं।"

धीरे-धीरे बलराम के अर्ध-निद्रित मस्तिष्क पर इन शब्दों का प्रभाव पड़ा। वे उठ बैठे, उन्होंने अपने सिर को झटका दिया, आँखें फाड़ीं और फिर कहा, "यह तुम क्या बक रही हो?"

"स्वामी, रुक्मिणी आपसे बात करना चाहती है।"

"इतने सवेरे? बात क्या है?" अपने ही चिल्लाने से अब वे पूरी तरह जाग गए थे।

"गोविन्द चले गए।" रेवती ने कहा।

"कहाँ चले गए?" बलराम ने पूछा।

"वे अकस्मात् पुष्कर के लिए रवाना हो गए, क्योंकि सात्यकि का पता नहीं चल रहा है।" रेवती ने कहा।

भद्दा-सा मुँह बनाते हुए बलराम ने अपनी विशाल काया को बिछावन से उठाया। वे गरजे—"रुक्मिणी को बुलाओ। यह सब क्या झंझट हो रहा है!"

अन्दर आकर रुक्मिणी ने सारी बातें बलराम को बताईं। बातें करते हुए उनकी बातों के ढंग और स्वर में कटुता उभर आई। उन्होंने आँसू-भरी आँखों और रोषपूर्ण आवेश के साथ कहा, "यादवों ने—आप सबने—उनका साथ छोड़ दिया है। उन्हें अकेला बना दिया है। वे अपना वचन पालन करने गए हैं।"

बलराम अब भी उलझन में थे। वे चिल्लाए—"किन्तु क्यों गए हैं? क्यों? क्यों?"

"जाने से पहले वे मेरे पास आए थे। उन्होंने मुझसे कहा कि मैं आपके पास उनका एक सन्देश पहुँचा दूँ।"

"क्या है सन्देश?"

"उन्होंने मुझे यह सन्देश पहुँचाने को कहा है : 'भाई, मैंने चेकितान को वचन दिया है कि पुष्कर उन्हें वापस दिला दूँगा, राजा कर्कोटक को वचन दिया है कि यादव उनके प्रदेश से हट जाएँगे; राजा द्रुपद को वचन दिया है कि उनकी पुत्री का स्वयंवर सफल होगा; और स्वयं द्रौपदी को वचन दिया है कि उसके लिए एक

लिए मल्ल-भूमि में दौड़ पड़ा था; उस सहयोगी का, जिसने निरन्तर सम्मान की भावना के साथ गोमन्तक में उनकी देख-रेख की थी; उस उद्धारक का, जो द्वारका के स्वर्गीय परिवेश में पहुँचाने के लिए उन्हें रेगिस्तान की राह से ले गया था; उस चमत्कारिक पुरुष का जिसने कुछ महीनों की यात्रा के द्वारा सारे आर्यावर्त पर अपना सिक्का जमा दिया था। वह चला गया। और मैंने, बलराम ने, आड़े समय में उसका साथ छोड़ दिया। यह उचित नहीं था। बिल्कुल उचित नहीं था। वे अपने प्यारे गोविन्द के प्रति अविश्वासी बनने के अपराधी थे। वे बहुत बड़े मूर्ख थे कि उन्होंने गोविन्द का प्रस्ताव ठुकरा दिया।

गोविन्द के अन्तिम वचन का आशय भी अब उनकी समझ में आया। गोविन्द ने सम्राज्ञी सत्यवती को वचन दिया था कि द्रौपदी के स्वयंवर में वे पाण्डवों को जीवित रूप में प्रकट करेंगे। वे ऐसे मूर्ख नहीं थे कि मिथ्या वचन देते; वे अवश्य ही किसी निश्चित परिणाम को लेकर काम कर रहे थे। यदि गोविन्द जीवित पाण्डवों को प्रकट कर सके और यादव हस्तिनापुर के साम्राज्य में उन्हें उनका उचित स्थान दिला सके तो यह उनका अतिमानुषिक कार्य होगा। वे आर्यावर्त में सर्वोच्च स्थान प्राप्त कर सकेंगे। यह एक ऐसा चमत्कार होगा, जिसे देवता-स्वरूप कृष्ण ही पूरा कर सकते हैं। यह उन लोगों के जीवन का नहीं, मानवता के इतिहास का, सबसे बड़ा पराक्रम होगा।

बलराम सोच रहे थे, गोविन्द अद्‌भुत थे—दिनों-दिन अद्‌भुत होते जा रहे थे। गोविन्द उन पाण्डवों को कैसे जीवित प्रकट करेंगे, जो जल मरे थे और विधिपूर्वक जिनकी अन्त्येष्टि भी हो गई थी? यह कल्पनातीत बात थी। किन्तु गोविन्द में असम्भव को सम्भव बना सकने की क्षमता थी। अरे हाँ, अब वे समझे कि गोविन्द उत्तर जाने को इतने उत्सुक क्यों थे।

ओः, यदि गोविन्द ने उन्हें पहले बताया होता कि वे पाण्डवों को पुनर्जीवित प्रमाणित करने जा रहे हैं तो वे कभी उससे उदासीन रहने की बात भी न सोचते। अब भी उन्हें जाकर इस चमत्कार को सफल बनाने में उनकी सहायता करनी चाहिए। और अकस्मात् असन्तुलित प्रसन्नता से उनका माथा चकरा गया और यादव जिस नैतिक पतन में—द्यूतक्रीड़ा, मद्यपान, विलासिता और शौर्य से पलायन में—डूब गए थे, उसे स्मरण करके वे आतंकित हो उठे।

गोविन्द सच्चे थे। अत्यधिक विलासिता बुरी थी। यादवों को एक बार फिर तपश्चर्या का मार्ग अपनाना चाहिए। उन्हें सत्राजित का स्मरण आया, जो धन और विलास में लोटता है, जिसके जलयान सुवर्ण और मोती ले आते हैं, जिसके भवन में सदा आमोदप्रिय लोगों की भीड़ लगी रहती है। उन्होंने स्वयं उसका विलासितापूर्ण जीवन, उसके भ्रष्टाचारी रंग-ढंग देखे हैं। अभी कल रात को ही वह ऐसे ही एक

दल का अतिथि था। सत्राजित के पास स्यमन्तक मणि भी थी, जो हर चीज को स्वर्ण बना देती थी। धन-बल से वह यादव-प्रमुखों को अपना अनुगत बना लेता था, जैसे वे विक्रय में प्राप्त होनेवाले दास हों। बलराम सोचने लगे कि इस स्वर्ण का उपयोग क्या है? इससे तो यही हुआ कि यादव-नायकों ने कायरों की तरह कृष्ण के प्रस्ताव को ठुकरा दिया। नहीं, यादवों को स्वयं उन्हीं से बचाना होगा और वे, बलराम, उन्हें बचाएँगे।

गोविन्द ने धर्म का जो रूप देखा था, उसका तिरस्कार करनेवाले यादवों को उनकी अग्निमयी वाणी फटकारने लगी।

एकत्रित नायकों का समूह हक्का-बक्का हो रहा था। बलराम ने उनको सम्बोधित करते हुए कहा, "कायरो! अपने धर्म के प्रति विश्वासघात करनेवालो! तुम लोगों ने गोविन्द को अकेला छोड़ दिया और वे तुम्हें त्यागकर चले गए हैं!" वे अत्यन्त विचलित हो उठे थे। वे इस बात को पूरी तरह भूल गए थे कि अपने छोटे भाई के प्रस्ताव को सबसे पहले अस्वीकार करनेवालों में से वे भी एक थे।

बलराम की उत्तप्त वाणी ने प्रत्येक हृदय में विद्युत संचार-सा कर दिया। सहसा उन्हें अनुभव हुआ कि गोविन्द कितने बहुमूल्य थे और किस तरह उन लोगों ने उन्हें अकेला छोड़ दिया था।

"महाराज!" बलराम की वाणी धारा-प्रवाह बह चली, "इस समय कोई टाँग नहीं अड़ाएगा। कोई कायर मुझसे यह नहीं कहेगा कि मैं परिणाम की बात सोचूँ। ऐसे लोग शूकर हैं, जो विलास के कीचड़ में लोटते रहते हैं।" इस क्षण बलराम भूल रहे थे कि वे स्वयं कैसे रहते हैं। यह बात उन्हें दिन के प्रकाश की तरह स्पष्ट जान पड़ने लगी कि सारी बातें बिल्कुल गलत हैं–"वे कायर हैं! वे विलास चाहते हैं, सुख-सुविधा, समृद्धि, मद्यपान, द्यूत-क्रीड़ा में लिप्त रहना चाहते हैं। वे धर्म नहीं चाहते। मैं यह सब नहीं होने दूँगा। महाराज! आपकी इच्छा हो तो आप राजसभा बुलाएँ। किन्तु मैंने अपना निर्णय कर लिया है। प्रत्येक अतिरथी को शीघ्रातिशीघ्र मेरे साथ अग्रावण चलने के लिए तैयार हो जाना है। मैं भगवान सोमनाथ की सौगन्ध खाकर कहता हूँ, कृष्ण के वचन पूरे होंगे। पुष्कर को जीत लिया जाएगा। द्रुपद की कन्या का स्वयंवर सफल होगा और हम विजेता गोविन्द को फिर अपने बीच ले आएँगे।" फिर वे क्षण-भर के लिए हिचकिचाए, पलक झपकते उन्होंने आत्म-परीक्षण किया, अपने चारों ओर देखकर गर्व-भरी चुनौती के साथ कहा, "और सुन लीजिए महाराज, जब तक कृष्ण नहीं लौटेंगे, मैं मदिरा का स्पर्श भी नहीं करूँगा। यदि वे हमारे बीच नहीं हैं तो हमारा जीवन व्यर्थ है।"

"और मेरे पुत्र का क्या होगा?" अपने पुत्र के अदृश्य हो जाने से किंकर्तव्यविमूढ़ बने सात्यक ने पूछा, "उसे क्या हुआ होगा?"

बलराम ने सात्यक की ओर मुड़कर कहा, "उसे क्या हो सकता था? वह कभी कर्तव्य से विमुख होनेवाला नहीं था। वह गोविन्द को अकेला नहीं जाने दे सकता था। किसी ने उसके साथ धोखा किया है—और मैं अनुमान कर सकता हूँ कि वह कौन हो सकता है।" उन्होंने सरदारों की ओर देखा, मानो वे जानते हों कि अपराधी कौन है।

"जब वह अपने मामा के यहाँ से अपने घर आ रहा था, तभी से अदृश्य है। अवश्य ही किसी ने उसका अपहरण किया है।" सात्यक ने कहा।

"चिन्ता न करें सात्यक चाचा! मैं परमात्मा की शपथ खाकर कहता हूँ, जिस किसी ने सात्यकि का अपहरण किया होगा, आवश्यकता होने पर उसे और उसके साथियों को अपने प्राणों से उसका मूल्य चुकाना पड़ेगा।" बलराम ने कहा।

गोविन्द के चले जाने की बात से सभी नायक जितने चकित हुए, सात्यकि के अदृश्य होने की बात जानकर वे उतने ही अधीर हो गए। बलराम के ओजस्वी शब्दों ने सबको कँपा दिया।

किसी ने कहा, "हमें राजसभा बुलानी चाहिए।"

"राजसभा क्या कर सकती है?" बलराम ने दहाड़ते हुए कहा, "विचार-विमर्श, मन्त्रणा, निर्णय—व्यर्थ की बातें हैं! गोविन्द को अपनी टुकड़ी के साथ एक पखवाड़े के बाद जाना था। उनके स्थान पर मैं सभी अतिरथियों के साथ जा रहा हूँ। मैं जानना चाहता हूँ कि कौन है, जो मेरे साथ नहीं जा रहा है।"

बलराम क्रोध से काँप रहे थे। उन्होंने तमतमाकर चारों ओर देखा। फिर वे राजा उग्रसेन की ओर मुड़े—"महाराज! हम गोविन्द का साथ देने जा रहे हैं। जहाँ कहीं गोविन्द हैं, वहीं धर्म है; और जहाँ धर्म है, वहाँ विजय है। यह बात सच होकर रहेगी। आप हमें आशीर्वाद दें।" इसके बाद उन्होंने कहा, "और महाराज! आप मुझे वचन दें कि जिस किसी ने सात्यकि का वध किया होगा, वह जीवित नहीं बचेगा।"

बलराम के प्रचण्ड-ओजस्वी शब्दों के प्रवाह से मुग्ध नायकों ने ऊँचे स्वर में कहा, "साधु! साधु!!"

रहस्यमयी रमणी

पिछली रात जब सात्यकि ने कृष्ण के यहाँ से प्रस्थान किया था तो वह अत्यन्त प्रसन्न थे।

बरसों पहले जब सात्यकि ने अपना भला-बुरा कृष्ण के साथ मिला दिया था,

उन्होंने पराक्रम के अनेक कार्यों में अपने मित्र की सहायता की थी। अब उनके सम्मुख एक गौरवपूर्ण अवसर था। उद्धव सुदूर उत्तर में थे और पुष्कर को चेकितान के हाथों सौंपने का दायित्व उन्हीं पर था।

पहले कृष्ण के नेतृत्व में अपने को सौंपना सात्यकि को कठिन जान पड़ा था, किन्तु जब वे मिल-जुलकर काम करने लगे तो उन्होंने देखा कि कृष्ण की छत्रछाया में उनका व्यक्तित्व विकसित हो रहा है और वे सहज ही कृष्ण के विश्वस्त सहकारी बन गए।

वे जैसे उत्साही, वैसे ही महत्त्वाकांक्षी भी थे। अतः कभी-कभी वे उद्धव के प्रति ईर्ष्यालु हो जाते थे। फिर भी वे उदार हृदय के थे। उन्होंने अनुभव किया कि उद्धव कृष्ण की अव्यक्त इच्छाओं को भी समझ लेते हैं, जबकि वे नहीं समझ पाते। उद्धव चतुर और आत्मसंयमी हैं, जबकि वे संवेगशील और स्पष्टवक्ता हैं। अतः उन्होंने मन-ही-मन स्वीकार किया कि यह उनके ही हित में है कि कृष्ण अपने सारे भेद उन पर प्रकट नहीं करते।

वे इस विचार से प्रसन्न थे कि सबेरे उनको अग्रावण के लिए प्रस्थान करना है। वहाँ पहुँचकर, योजना के अनुसार, एकत्रित राजाओं के साथ वे पुष्कर पर आकस्मिक आक्रमण कर देंगे, उस चिर-प्रतीक्षित उत्सव के कुछ दिन पहले ही जिसमें यादव सम्मिलित होनेवाले हैं। विजयोत्सव सचमुच पुष्कर में ही मनाया जाना चाहिए।

पुष्कर में जब कृष्ण उन लोगों से आ मिलेंगे तो वे सभी स्वयंवर में सम्मिलित होने के लिए प्रस्थान करेंगे। अभी उन्हें पूरी बातें ज्ञात नहीं थीं। द्रौपदी का पाणि-प्रार्थी होने के लिए धनुर्विद्या में पारंगत व्यक्ति ही प्रतियोगिता में भाग ले सकता था। क्योंकि कृष्ण ने प्रतियोगिता में भाग न लेने का निश्चय किया था, उनके लिए द्रौपदी को जीतने का अच्छा अवसर था। उन्होंने अपने-आपसे कहा कि यदि स्त्री से विवाह ही करना है तो आर्यावर्त के प्रमुख राजवंश की इस राजकन्या से ही क्यों न किया जाए! वे मन-ही-मन मुस्कराए।

जब वे अपने मामा के घर पहुँचे तो उन्होंने सारथी को इस आदेश के साथ विदा कर दिया कि वह आधी रात के दस घटिका बाद रथ लेकर उनके यहाँ उपस्थित हो। फिर वे अपने मामा के परिवार के साथ भोजन में सम्मिलित हुए।

वहाँ से जब वे अपने घर की ओर चले तो सड़कें निर्जन हो गई थीं। सामान्यतः सूर्यास्त के बाद यादव अपने घर लौट आते थे और भोजनादि से निवृत्त होकर रात्रि-विश्राम के लिए चले जाते थे। केवल द्यूत और मदिरा-व्यसनी कुछ मनचले युवक किसी-न-किसी वैभवशाली सरदार के घर बहुत रात तक टिके रहते थे।

मधुर चाँदनी खिली हुई थी। सँकरे मार्ग के दोनों ओर के ऊँचे-बड़े भवनों की

छायाएँ सड़क पर एक-दूसरे से घुली-मिली पड़ी थीं, जैसे नींद में दो दैत्य आपस में गुँथे पड़े हों।

अपने घर पहुँचने के लिए सात्यकि को केवल दो सड़कें पार करनी थीं। एक अँधेरी सड़क के मोड़ पर किसी ने उन्हें सम्बोधित किया, "सात्यकिजी, इतनी रात को आप यहाँ क्या कर रहे हैं? आप-जैसे वीर को यह शोभा नहीं देता।"

सात्यकि को पहचानते देर न लगी कि उपहास-भरा यह स्वर जयसेन का था। यह एक उद्दण्ड युवा था, जिससे अभी कई दिन पहले, उनका झगड़ा हो चुका था।

जयसेन ने जिस आत्मीयता से उन्हें सम्बोधित किया था, उसे पसन्द करने के कारण सात्यकि ने उत्तर दिया, "मुझे जुआ खेलने या मदिरा पीने का अभ्यास नहीं है।"

"सात्यकिजी, आप अपने घर जा रहे हैं?" हृष्ट-पुष्ट शरीरवाले जयसेन ने सात्यकि के निकट आकर कहा, "मुझे भी उधर ही जाना है।"

सात्यकि ने उत्तर नहीं दिया। वे जयसेन के साथ नहीं जाना चाहते थे, किन्तु उनसे, उसके मैत्रीभाव को अस्वीकार करते भी नहीं बना।

"सात्यकिजी, ऐसी निरर्थक साहसिकता में पड़ने से आपको क्या लाभ है? आपको तो हमारा सरदार बनकर हमारे बीच रहना चाहिए।" जयसेन ने व्यंग्यपूर्वक कहा।

"मेरा स्थान कहाँ है, यह मैं जानता हूँ।" सात्यकि ने नम्रतापूर्वक कहा और वे एक बहुत अँधेरी तथा सँकरी गली में घुसे।

"आप अपना स्थान जानते हैं? सचमुच?" जयसेन ने जोर से हँसते हुए पूछा और अपनेपन के साथ उनके कन्धे पर हाथ रखा।

सात्यकि अपने कन्धे पर से जयसेन का हाथ हटाएँ, उसके पहले ही किसी ने उन्हें लँगड़ी मारी। जयसेन भाग खड़ा हुआ।

सात्यकि जब अपने पैर छुड़ाने का प्रयत्न कर रहे थे, उनके मुँह में कपड़ा ठूँस दिया गया। कई हाथों ने उन्हें पकड़ लिया। उनके मुँह से तनिक भी आवाज न निकल सके, इसके लिए उनके चेहरे को बोरी से ढक दिया गया। उनके हाथों से उनका खड्ग छीनकर उनके हाथ-पैर दृढ़ता से बाँध दिए गए। तत्काल कुछ बलवान लोगों ने उन्हें उठा लिया। उनको लेकर वे अत्यन्त द्रुतगति से वहाँ से चल पड़े।

परिस्थिति को प्रतिकूल देखकर सात्यकि ने हाथ-पैर मारना बन्द कर दिया। अब उन्हें छुटकारे के लिए सम्भाव्य अवसर की प्रतीक्षा करनी थी।

उन्हें लगा कि उनके अपहरणकर्ता दौड़ते पगों से उनको चक्करदार गलियों

से लिए जा रहे हैं। थोड़ी देर बाद उन्हें एक जर्जर रथ पर डाल दिया गया, जिसके अंजर-पंजर हिल रहे थे। रथ जब आगे बढ़ा तो उन्होंने अनुमान किया कि उसमें जुती मरियल घोड़ियाँ, उसे रैवतक पर्वत की ओर लिए जा रही हैं।

पर्वत-मूल तक जानेवाले मार्ग से वे परिचित थे। अतः वे सहज ही यह समझ गए कि उनके अपहरणकर्ता उन्हें किस मार्ग-विशेष से ले जा रहे हैं।

स्पष्टतः उनका अपहरण किया गया था। किन्तु किनके द्वारा और किस अभिप्राय से? वे इन बातों पर विचार कर ही रहे थे कि रथ पर्वत की तलहटी में जा रुका। उन्हें एक पालकी में डालकर पर्वत पर ले जाया गया। लगभग आठ या दस-आदमी या तो पालकी को ढो रहे थे या उसके साथ चल रहे थे। उन लोगों के पदनिक्षेप और गहरी साँसों से इस बात का पता चल रहा था। लगता था कि उनमें से दो उस दल के मुखिया हैं, क्योंकि वे दबी हुई आवाज में आदेश दे रहे थे। वे उनमें से किसी को नहीं पहचान सकें।

अब वे लोग कुछ ऊँचाई पर आ पहुँचे थे। रास्ता ऊबड़-खाबड़ था, क्योंकि कभी-कभी कोई कहार लड़खड़ा जाता था। आखिर पालकी रुक गई। यादवों ने रैवतक पर्वत पर जो दुर्ग बनवाया था, स्पष्ट था कि वे लोग उसी में बने किसी नायक के भवन के सम्मुख थे।

कुछ लोग दबे स्वर में द्वारपाल से बातें कर रहे थे। द्वार के खुलने की ध्वनि सुन पड़ी। पालकी से उठाकर सात्यकि को भवन के भीतर ले जाया गया। जो लोग उन्हें उठाकर लिए जा रहे थे, तीन-चार कमरे पार करने के बाद वे सीढ़ियाँ उतरने लगे। वहाँ खुली हवा न होने पर भी ठण्डक थी। स्पष्टतः उन्हें किसी गुफा में ले जाया जा रहा था, जहाँ सम्भवतः उन्हें मरने के लिए छोड़ दिया जाएगा।

सात्यकि ने सोचा कि उस वीर का यह कैसा भाग्य है, जिससे उस समय अपनी टुकड़ी लेकर विजय-अभियान पर जाने की आशा की जा रही थी! और जब उनकी सबसे अधिक आवश्यकता थी, उसी समय उनके अदृश्य हो जाने से गोविन्द क्या सोचेंगे!

कुछ दूर नीचे जाने के बाद उन लोगों ने सात्यकि को नीचे उतार दिया और वे रस्सियाँ खोल दीं, जिनसे उनके हाथ-पैर बँधे हुए थे। फिर सीढ़ियों से जल्दी-जल्दी ऊपर जाती उनकी पग-ध्वनि सुन पड़ी। इसके बाद किसी चोरदरवाजे के बन्द होने की आवाज आई।

जब सात्यकि अकेले रह गए तो उन्होंने हाथ-पैरों में लिपटी रस्सी खोल दी और माथे को ढकनेवाली बोरी उतार फेंकी।

चारों ओर अँधेरा था। सात्यकि यह नहीं जान सके कि वे जिस गुफा में थे, वह बड़ी थी या छोटी अथवा उसमें प्रकाश और वायु के लिए कोई मार्ग था या

नहीं। गुफा में चारों ओर कीड़े रेंग रहे थे, जो उनके शरीर पर चढ़ने का प्रयत्न कर रहे थे।

वे बैठ गए। जब उनकी आँखें अन्धकार की अभ्यस्त हो गईं तो उन्होंने देखा कि गुफा के एक कोने से प्रकाश की किरण आ रही है। निःसन्देह यह पत्थरों से आनेवाली कोई चन्द्रकिरण थी।

खड़ा होने पर उनका सिर कहीं गुफा की छत से टकरा न जाए, इस आशंका से वे हाथ-पैरों के बल चलकर उधर हो गए, जिधर पत्थरों की दरार से चन्द्र-किरण प्रविष्ट हो रही थी।

उनके सम्मुख एक कठोर भविष्य था। उन्हें पता नहीं था कि उनको भूखों मरने के लिए छोड़ दिया जाएगा अथवा कुछ समय के लिए बन्द रखा जाएगा। वे सोच नहीं पा रहे थे कि उनका अपहरण करने में किसकी रुचि हो सकती थी। जयसेन का दल अधिक प्रभावशाली नहीं था। वह खुले-आम लड़ाई-झगड़ा तो कर सकता था, किन्तु वह ऐसे जोखिम के काम में हाथ डालने का साहस नहीं कर सकता था, जिसके परिणामस्वरूप उसे राजा तथा वसुदेव और सात्यक के शक्तिशाली परिवारों का कोपभाजन बनना पड़े।

फिर, इस बात में किसकी रुचि हो सकती थी कि वे कृष्ण के महान् पराक्रम के कार्य के लिए न जा सकें? निश्चय ही इसे कोई बहुत शक्तिशाली व्यक्ति होना चाहिए, जो कृष्ण की सारी योजना को निष्फल बना देना, उन्हें बदनाम करना और यह प्रमाणित करना चाहता हो कि कृष्ण को जैसा चमत्कारी समझा जाता है, वैसे वे हैं नहीं। इस योजना में कहीं सत्राजित का हाथ तो नहीं है?

उन्हें अपनी दुखद परिस्थिति का विचार आया : लोग कहेंगे कि वे डरकर भाग गए; कृष्ण उन्हें विश्वासघाती समझेंगे। यदि उन्होंने पुष्कर पर अधिकार कर लिया होता तो जो गौरव उन्हें प्राप्त होता, उसकी हानि होगी। द्रौपदी को प्राप्त करने का अवसर तो हाथ से जाता ही रहा।

क्षण-भर के लिए उन्होंने अपने को टूटता हुआ पाया। वे लेटे-लेटे चन्द्र-किरणों से प्रकाशित प्रस्तर-रन्ध्र की ओर देखते रहे, अपने शरीर पर से उन कीड़ों को हटाते रहे, जो उन्हें परेशान कर रहे थे। फिर वे पुकार उठे—"गोविन्द, गोविन्द, तुम तो चमत्कारी पुरुष हो। क्यों नहीं कोई चमत्कार दिखाकर इस संकट से मेरा उद्धार करते? मैंने सदा तुम्हें भगवान माना है। यदि तुम सचमुच भगवान हो तो मेरी रक्षा के लिए क्यों नहीं आते?"

समय घिसटता गया। चाँदनी की रेखा मद्धिम पड़ गई। सवेरा हो रहा था। सूर्योदय के समय उन्हें अपनी यात्रा पर जाना था। अपने नेता के प्रति विश्वासघात से लज्जित उनकी टुकड़ी अब द्वारका लौट जाएगी, सारे यादव उसका उपहास करेंगे।

उसके कुटुम्ब की प्रतिष्ठा खण्डित होगी। कृष्ण को आश्चर्य होगा कि वे कैसे अदृश्य हो गए। निश्चय ही वे उन्हें ढूँढ़ने का प्रयत्न करेंगे। सम्भव है कि वे कुछ लोगों को उनकी खोज-ढूँढ़ के लिए भेजें। किन्तु इस अभागी गुफा में से उनको ढूँढ़ निकालने में कितना समय लगेगा?

उषः लालिमा उभरी, फिर पीली पड़ गई। अब सूर्योदय हो गया था। उन्होंने अनुमान से उस ओर दृष्टि फेरी, जहाँ पत्थरों पर सूर्य की किरणें पड़ रही होंगी। उन्होंने सूर्य को नमस्कार किया, पुकारकर कहा, "भगवान, मेरी प्रार्थना स्वीकार करें। यह ठीक है कि मैंने स्नान नहीं किया है, किन्तु मेरे पास तो आपको जलांजलि देने के लिए भी जल नहीं है। आप प्रकाश के स्वामी हैं। मुझे मुक्त कर दें।"

कोई नहीं आया। गुफा कीड़ों से भरी थी। एक कोने में मिट्टी का एक टूटा हुआ पात्र पड़ा था। कभी वह उन्हीं के समान किसी अभागे के लिए जल पीने के काम आया होगा।

वे सीढ़ियों के पासवाले चोरदरवाजे के निकट गए। उन्होंने उसे खोलने का प्रयत्न किया। सफलता नहीं मिली। एक-एक करके, धीरे-धीरे घटिकाएँ बीतने लगीं। अब मध्याह्न हो गया था, क्योंकि ऊपर से एक सीधी किरण गुफा की भूमि पर पड़ रही थी। अपने टूटते हुए साहस को पुनः प्राप्त करने के लिए वे उसके नीचे जा खड़े हुए।

अन्न-जल मिले या न मिले, वे कुछ दिनों तक तो जीवित बने ही रहेंगे और निश्चय ही तब तक कृष्ण उनके उद्धार के लिए आ पहुँचेंगे। सम्भव है, बलराम भी इस काम में उनकी सहायता करें।

राजा, वसुदेव, अक्रूर, उनके पिता तथा अन्य बड़े-बूढ़े एक अति विशिष्ट युवा नायक के साथ ऐसा अमानुषिक व्यवहार नहीं होने देंगे। वे उनको ढूँढ़ने के लिए आकाश-पाताल एक कर देंगे। किन्तु कौन जानता है, वे कब ऐसा करेंगे? वे किसके बन्दी हैं? अवश्य ही वह कोई अत्यन्त शक्तिशाली व्यक्ति है। वह कौन हो सकता है? क्या सत्राजित इतना शक्तिशाली हो गया है कि वह सात्यक के पुत्र और कृष्ण के सखा के विरुद्ध हाथ उठा सके?

मध्याह्न के कुछ समय बाद उन्होंने चोरदरवाजे से आती एक आवाज सुनी। वे जाकर सीढ़ियों के निकट खड़े हो गए। कोई चोरदरवाजे के ऊपर रखे गए पत्थर को हटा रहा था। वे प्रतीक्षा करने लगे। सम्भवतः कोई उन्हें भोजन और जल देने के लिए आ रहा है। तब उन्हें पता चल जाएगा कि किसने उनका अपहरण किया है। और यदि वे कभी स्वतन्त्र हो सके तो अपने अपहरणकर्ता को जड़-मूल से उखाड़ फेंकेंगे—द्वारका में उसका नाम-निशान तक न रहने देंगे।

चोरदरवाजा उठा लिया गया, किन्तु कोई नीचे नहीं उतरा। कोई यह देखने

के लिए झाँक रहा था कि वे कहाँ हैं। सात्यकि अधीर होकर आनेवाले का सामना करने की प्रतीक्षा करने लगे।

उन्हें चूड़ियों की मधुर झंकार सुन पड़ी। क्या किसी स्त्री ने उनका अपहरण किया है? यह बेढंगी स्थिति थी। सात्यकि जैसे वीर का अपहरण स्त्री ने किया है?

सीढ़ियों के पास जाकर सात्यकि ने ऊपर देखा। एक गोरा, सुन्दर चेहरा उनकी ओर देख रहा था। शरारत-भरी दो आँखें चमक रही थीं। एक चिकना, मांसल हाथ, जिसमें चूड़ियाँ खनखना रही थीं, उनकी ओर संकेत कर रहा था।

एक मृदु, मधुर स्वर ने उन्हें पुकारा, "सात्यक-पुत्र, ऊपर आओ। स्त्री से मत डरो। मैं तुम्हारे साथ भागनेवाली नहीं हूँ।"

सात्यकि आश्चर्यचकित हो गए। उन्हें लगा कि वे हतचेत हो जाएँगे। यह स्वर उन्होंने कहीं सुना है। कभी सुना है। उस चेहरे को पहचानने का प्रयत्न करते हुए उन्होंने पूछा, "तुम कौन हो?"

"अँधेरे से बाहर आओ और मुझे देख लो।" शरारत-भरी हँसी को दबाने का प्रयास करते हुए एक मधुर स्वर ने कहा।

सात्यकि सीढ़ियाँ चढ़कर ऊपर गए और चोरदरवाजे से बाहर निकले। अब तक अँधेरे के कारण चौंधियायी उनकी आँखें गुफा के ऊपरी भाग के धुँधलके में देख नहीं सकीं कि उन्हें बन्दी बनानेवाली सुन्दरी कौन है। वे इतना ही देख सके कि उसके पीछे, कुछ अलग हटकर दो लम्बी दासियाँ खड़ी हैं।

वे चोरदरवाजे से बाहर निकले। उन्होंने अपना शरीर झाड़ा, शरीर से चिमटे दो-एक कीड़ों को मसल दिया और पूछा, "तुम कौन हो और मुझे यहाँ क्यों ले आई हो?"

"चुपचाप मेरे पीछे चले आओ। इस गन्दे बिल से निकल आने के बाद बातें करने का बहुत समय मिलेगा।" हँसते स्वर ने कहा।

सात्यकि धुँधलके में सोने-हीरे से जगमगाती एक नातिदीर्घ, मांसल स्त्री-मूर्ति देख रहे थे। उसने एक रत्न-जटित करधनी पहन रखी थी। जब वह चलती तो उसके सुनहले घुँघरू झनझना उठते थे।

उन्हें लगा कि वे सपना देख रहे हैं। उन्हें विश्वास था कि यह युवती पलक मारते अदृश्य हो जाएगी और वे फिर अपने को उसी कीड़ों-भरी गुफा में पाएँगे। या कि यह कोई प्रेत-माया है, जो उन्हें भुलावा देकर उनकी मृत्यु की ओर लिए जा रही है?

पत्थरों को काटकर बनाई गई एक अन्य सीढ़ी पर चढ़कर जब सात्यकि ऊपर एक कमरे में पहुँचे तो वे अपनी अपहरणकर्त्री की मोह गति-भंगी की प्रशंसा किए

बिना न रह सके। उसका आकार मांसल और मोहक था, गर्दन सुडौल थी और फूलों से सजा मस्तक अपूर्व था।

उस छाया के पीछे चलते हुए वे एक ऊपरी कक्ष में पहुँचे, जिससे लगा एक विशाल कक्ष था। एक दीर्घ रन्ध्र से आते हुए सूर्य-प्रकाश से वह कक्ष जगमगा रहा था। पत्थर के घड़े, मिट्टी के बड़े-बड़े पात्र और छोटे-छोटे आले भी प्रकाशित हो रहे थे, जिनमें स्वर्ण-पिण्डों, मोतियों और हीरों के ढेर रखे हुए थे। कक्ष में भालू के चमड़े का गद्दा बिछा हुआ था और तकिए पड़े हुए थे। उनके निकट ही मदिरा जैसे पदार्थ से और विविध व्यंजनों से भरे पात्र रखे हुए थे।

एक ओर की दीवार में बने बड़े आले पर स्वर्ण-दीप में घी की बत्ती जल रही थी। उसके प्रकाश में वैभव की देवी लक्ष्मी की एक छोटी मूर्ति प्रकाशित हो रही थी। देवी-मूर्ति के सामने एक बड़ी-सी मणि पड़ी हुई थी। उतनी बड़ी मणि सात्यकि ने कभी नहीं देखी थी। उससे इन्द्रधनुष के सभी रंग विकीर्ण हो रहे थे।

सात्यकि ने सोचा कि उनकी कल्पना उनसे खिलवाड़ कर रही है। कहाँ तो वे कीड़ों-भरी एक गुफा में भूख-प्यास से मरने के लिए छोड़ दिए गए थे और कहाँ उसने उन्हें इस सुसज्जित प्रस्तर-प्रासाद-कक्ष में पहुँचा दिया था, जो स्वर्ण और बहुमूल्य रत्नों से भरा था। उनकी आँखें अविश्वसनीय रूप से इस बड़ी मणि को देखकर चौंधिया गई थीं और अलौकिक छाया-मूर्ति उन्हें राह दिखा रही थी। भाग्य के खेल कैसे क्रूर होते हैं!

अकस्मात् वह युवती कक्ष के बीचोंबीच रुक गई और अपनी हँसी दबाती हुई उनकी ओर मुड़कर बोली, "सात्यक-पुत्र, यहाँ बैठो। अपने शरीर की धूल झाड़ लो। खाओ-पीओ। उसके बाद हम बातें करेंगे।" मित्र-भाव से ऐसा कहकर वह भालू के चमड़े से ढके एक आसन पर मोहक हाव-भाव के साथ बैठ गई।

रहस्यमयी का रहस्य

सात्यकि ने अपने माथे पर हाथ रखा। उन्हें लगा कि वे पागल हो जाएँगे। गोल और चमकता चेहरा, लावण्यमय शरीर, हँसती आँखें, कुसुम-ग्रंथियों से न सँभलती विपुल केश-राशि और कमल-कोमल मेंहदी-रंगी हथेलियाँ—यह सौन्दर्य का एक स्वप्न था। वह चौंके। उन्होंने युवती को पहचान लिया।

"सत्राजित की कन्या! नहीं, यह नहीं हो सकता!" उसकी उपस्थिति में भी उनके मुँह से आश्चर्य-भरे ये शब्द निकल पड़े। किन्तु इसमें सन्देह का स्थान नहीं था। लक्ष्मी की मूर्ति के समक्ष जगमगानेवाला यह रत्न स्यमन्तक मणि के अतिरिक्त

और कुछ नहीं है और सभी जानते हैं कि यह सत्राजित के पास है।

"सात्यकि, इस तरह आँखें मत झपकाते रहो, जैसे तुम अभी ठीक तौर से जागे ही नहीं हो। मैं सत्राजित की पुत्री सत्या हूँ। मैं जीती-जागती तुम्हारे सामने हूँ—उसका प्रेत नहीं हूँ। अभी मैं मरी नहीं हूँ।" इतना कहकर सात्यकि के चेहरे पर झलक आई उलझन को देखकर वह जोर से हँस पड़ी।

सात्यकि को लगा कि उन्होंने परिस्थिति समझ ली है। सत्राजित ने उनका अपहरण किया है। जिससे उन्होंने विवाह करना अस्वीकार कर दिया था, अपनी उसी कन्या के हाथों वे उनका अपमान करा रहे थे। सात्यकि के सिर से पैरों तक क्रोध की लहर फैल गई।

"तुम हँस क्यों रही हो?" उन्होंने रोषपूर्ण स्वर में पूछा, "तुम्हारे पिता नहीं चाहते थे कि मैं गोविन्द के साथ जाऊँ, ठीक है न?" कटुतापूर्वक कहने लगे, "तुम्हारे पिता दुष्ट प्रकृति के हैं। उन्होंने मुझे द्वारका से जाने नहीं दिया। एक बड़े साहस के काम का नेतृत्व करने का अवसर मुझे मिला था, उन्होंने उसे नष्ट कर दिया। उन्होंने मुझे सबकी हँसी का पात्र बना दिया है, मेरा जीवन नष्ट कर दिया है। और उनकी बेटी तुम, तुम अब मेरे पराभव पर हँस रही हो!"

"इतने उत्तेजित न होओ सात्यकि!" उसने मुस्कराकर कहा, "बैठ जाओ। थोड़ा पानी पीकर ठण्डे हो लो।" सात्यकि की बक-झक से तनिक भी विचलित हुए बिना, उसने सहज भाव से कहा।

सात्यकि को लगा कि वस्तुतः वे क्रोध से खौल रहे हैं। इससे इस स्थिति में उन्हीं की हानि है। वे एक आसन पर बैठ गए और पास ही रखे एक पात्र से उन्होंने जल पिया।

"सात्यक-पुत्र, अब मेरी बात सुनो।" सत्यभामा ने ऐसे कहा, जैसे वह किसी छोटे बच्चे को चिढ़ा रही हो, "मेरे पिता उतने बुरे नहीं हैं, जितना तुम समझते हो। वे बड़े दयालु व्यक्ति हैं।"

"तुम्हारे पिता राक्षस हैं। मैं उनसे घृणा करता हूँ। उन्होंने मेरा सर्वनाश कर दिया है।" सात्यकि ने कटुता से कहा।

उत्तर में सत्यभामा की आँखें चमक उठीं। उसके होंठों पर मुस्कराहट उभरी और छद्म विरोध में उसने हाथ ऊपर उठाए।

"सात्यकि, अन्याय न करो। मेरे पिता ने नहीं, मैंने तुम्हारा अपहरण कराया है।" सत्यभामा डींग मारती हुई-सी बोली।

"क्या कहा? तुमने मेरा अपहरण कराया है? मैं इसे नहीं मान सकता।" सात्यकि अपना क्रोध नहीं दबा सके। वे उग्र दृष्टि से उस निर्दय युवती की ओर देखने लगे, जिसमें यह स्वीकार करने की धृष्टता थी कि उसी ने उनका अपहरण

कराया है।

"मेरे पिता तो यह भी नहीं जानते कि तुम यहाँ हो। इस काम को इतनी अच्छी तरह पूरा कराने के लिए मुझे विशेष रूप से दक्ष लोगों को नियुक्त करना पड़ा था।" उसने शान्तिपूर्वक कहा।

"मैंने तुमसे विवाह करना अस्वीकार कर दिया था, तुमने उसी का बदला लिया है। नहीं?" सात्यकि ने घृणापूर्वक कहा, "तुम क्या समझती हो कि किसी गुफा में बन्द करके तुम मुझ पर अधिकार कर लोगी या अपने इस धन-वैभव से मुझको ललचा सकोगी? मुझे डरा सकोगी? प्रलोभन दे सकोगी? नहीं, नहीं, मैं कभी तुम्हें स्वीकार नहीं करूँगा, भले ही मुझे इसके लिए अपने प्राणों से हाथ धोने पड़ें।"

सत्यभामा ने ढिठाई से हँसते हुए कहा, "तुम बड़े नासमझ हो। तुम समझते हो कि तुम इतने अच्छे हो कि मैं तुम्हारे लिए मरी जा रही हूँ। जब तुम्हारे पिता ने मेरे पिता का प्रस्ताव अस्वीकार कर दिया था, तब से मैं तो तुम्हारा नाम तक भूल गई थी।"

"तब तुम मुझे यहाँ क्यों ले आईं?" सात्यकि ने क्रोध से चीखकर पूछा।

"क्योंकि मैं जयसेन और उसके दल से तुम्हारी रक्षा करना चाहती थी। आज सवेरे जब तुम अपनी टुकड़ी से मिलने के लिए घर से बाहर निकलते, उसी समय तुम पर आक्रमण करने या तुम्हें मार डालने का उनका निश्चय था। वे लोग अपना कुटिल अभिप्राय पूरा करें इससे पहले मैं तुमको सामने से हटा देना चाहती थी।"

"झूठ, झूठ, झूठ!" सात्यकि चीख उठे, "मेरी रक्षा करने की तुम्हें क्या आवश्यकता आ पड़ी थी? मैं समझा, तुम मुझे अपने मित्र गोविन्द के साथ जाने नहीं देना चाहती थीं!"

"तुम फिर भूल करते हो, फिर!" सत्यभामा हँसती हुई बोली, "सात्यक-पुत्र, मैंने तुम्हारा अपहरण इसलिए कराया, क्योंकि मैं वासुदेव के लिए तुम्हारी रक्षा करना चाहती थी।"

सत्यभामा ने इतने शान्त भाव से जो बात कही, उसे सुनकर सात्यकि की आँखें आश्चर्य से फैल गईं।

"यदि मैंने तुम्हारा अपहरण न कराया होता तो उन लोगों ने या तो तुम्हें मार डाला होता या अधमरा कर दिया होता। मैं चाहती थी कि कृष्ण जब इतने बड़े जोखम के काम में हाथ डाल रहे हैं तो तुम उनके साथ रहो। मैं नहीं चाहती थी कि वे अकेले पड़ जाएँ।" सत्यभामा ने कहा। उसके स्वर में चिन्ता का एक विचित्र भाव भर आया था।

सात्यकि का क्रोध मिट गया। सत्यभामा जो कह रही है, उसमें कुछ सचाई है। आधी रात के बाद जब वे अपने घर से निकलते, उस समय यदि वे लोग

उन पर आक्रमण करते तो उन्हें अवश कर देते, घायल कर देते या मार ही डालते। किन्तु कृष्ण से वैर-भाव रखनेवाले सत्राजित की इस पुत्री की रुचि कृष्ण की सहायता करने की क्यों हुई?

"तुम कृष्ण की सहायता करना चाहती थीं? मैं इस पर विश्वास नहीं कर सकता।" सात्यकि ने कहा। उन्हें फिर ऐसा जान पड़ा कि वे सपना देख रहे हैं।

"फिर मैंने तुम्हारा अपहरण क्यों किया? अपने जिस चेहरे को तुम आकर्षक समझते हो, क्या उसकी एक झलक पाने के लिए ही मैंने ऐसा किया? और वह भी तब, जब तुम्हारे पिता ने मेरे पिता के साथ ऐसा दुर्व्यवहार किया था?" उसने उत्साहपूर्वक कहा।

"किन्तु कृष्ण में तुम्हारी रुचि क्यों है? तुम्हारे पिता ने सदा उनका विरोध किया है और उनके प्रत्येक उद्यम को निष्फल करने का प्रयत्न किया है।" उलझन में पड़े सात्यकि ने कहा।

"और एक कर्तव्यनिष्ठ पुत्री की तरह मैंने अपने पिता की प्रत्येक योजना को निष्फल बनाने की चेष्टा की है।" उसने कहा, "कृतवर्मा तुम्हें घोड़े, रथ और स्वर्ण देते रहे हैं। वे स्वयं कोई धनी सरदार नहीं हैं। क्या ये समस्त वस्तुएँ वे देते थे? या उनके साझीदार देते थे? भूलो मत कि वे मेरी मौसी के पुत्र हैं। सात्यकि, तुम अभी बच्चे हो। तुम नारी को नहीं समझते।" सत्यभामा ने कहा।

सात्यकि चकरा गए। उन्होंने कहा, "क्या तुम यह कहना चाहती हो कि ये घोड़े, ये रथ, यह सारा स्वर्ण कृतवर्मा को तुम देती थीं?"

सत्यभामा हँसी–"मैं नहीं देती। यह सब मेरे पिता की सम्पत्ति है। मैं केवल चोरी कर लेती हूँ।" उसने शान्त चित्त से कहा, "उन्हें इसका पता नहीं चल पाता, क्योंकि हमारे पास बहुत अधिक स्वर्ण है।" उसके बाद चारों ओर बिखरे हुए स्वर्ण-रत्नों को दिखलाने के लिए, उसने अपना हाथ घुमाते हुए कहा, "न जाने कितने कक्ष इनसे भरे पड़े हैं। इसमें कोई कमी हुई है, इसका पता किसी को नहीं लग सकता। और हमारे यहाँ अच्छी जाति के इतने अधिक घोड़े हैं कि उसमें किसी घट-बढ़ से कोई अन्तर नहीं पड़ता।"

सात्यकि की बोलती बन्द हो गई। वे समझ नहीं सके कि उसकी प्रशंसा करें या उससे घृणा करें। उन्होंने कहा, "इस जोखम के काम की तैयारियों में तुम हम लोगों की सहायता कर रही थीं न? और तुमने मेरा अपहरण कर लिया? क्यों? मैं तुम्हें समझ नहीं पाता, सत्या!"

"नारी को समझने की चेष्टा किसी को नहीं करनी चाहिए; वह अथाह होती है।" सत्यभामा ने अपनी स्वाभाविक धृष्टता के साथ कहा, "स्वयं भगवान शंकर भी माता पार्वती के हृदय की थाह नहीं पा सके थे।"

"किन्तु हमारी इस योजना से तुम्हें क्या लेना-देना था?" सात्यकि ने पूछा।

तत्काल उसने अपना स्वर धीमा कर दिया और फुसफुसाते हुए कहा, "क्या तुम इस बात को गुप्त रखने की प्रतिज्ञा करोगे? मैं तुम्हें बता दूँगी, क्योंकि मैं चाहती हूँ कि शत्रु के खेमे में मेरा एक मित्र हो।" कहते हुए शरारत से उसकी आँखें नाच उठीं।

सात्यकि का कौतूहल बढ़ गया। वे बोले, "हाँ, मैं गुप्त रखूँगा।"

"गोविन्द से भी?"

"हाँ, जब तक मुझे इस बात का विश्वास रहेगा कि उनकी सहायता तुम सचाई से कर रही हो।" सात्यकि ने उत्तर दिया।

"मैं सच्चे मन से ही उनकी सहायता कर रही हूँ। नहीं तो तुम क्या समझते हो कि तुम्हारा अपहरण करने के लिए मैं इतने सारे झमेले मोल लेती?" उसने बनावटी उपेक्षा से पूछा।

"अच्छा बताओ, हम लोगों में तुम्हारी रुचि क्यों है?"

"हम लोग मत कहो। मेरी रुचि केवल तुम्हारे मित्र गोविन्द में है—तुममें नहीं।" उसने संशोधन किया।

"तुम तो सत्राजित की बेटी हो, तुम्हारी रुचि उनमें कैसे है? मुझे सच-सच बताओ।" सात्यकि ने जोर देकर पूछा।

"मैं साफ-साफ कह दूँ?" उसका स्वर मन्द था, किन्तु उसमें बहुत दिनों से दबी हुई भावना की कड़वाहट थी और उसकी मोहक आँखों में स्वप्न भरा हुआ था। उसने कहा, "जब मैं बहुत छोटी थी तभी से मेरे पिता और उनके साथ के लोग कृष्ण से घृणा करते थे, किन्तु मैं उन्हें अत्यधिक पसन्द करती थी, अतः मुझे उन सबका विरोध करना पड़ता था। छोटी-सी लड़की मैं उनकी पत्नी बनने के सपने देखती थी, रुक्मिणी और शैव्या ने जब उनसे विवाह किया तो मुझे उन दोनों पर बहुत क्रोध आया था। मैं अब भी सोचती हूँ कि यदि मैंने उनसे विवाह किया होता तो मैं उन्हें जो दे पाती, वह ये घमण्डी और ठण्डी स्त्रियाँ कभी नहीं दे सकतीं।"

इस युवती के अहंकार पर सात्यकि को हँसी आ गई, जो समझती है कि रुक्मिणी और शैव्या की अपेक्षा वह कृष्ण की श्रेष्ठ स्त्री हो सकती है। उन्होंने पूछा, "क्या तुम अब भी उनकी पत्नी बनना चाहती हो?"

वह युवती बेधड़क सात्यकि को घूरती रही। उसका चेहरा तमतमा उठा था। उसने कहा, "क्यों नहीं।"

"वे कभी तुमसे विवाह नहीं करेंगे।"

"यह मेरा मामला है। किन्तु इस बीच, मैं यह चाहती हूँ कि वे केवल यादवों के ही नहीं, आर्यावर्त के उद्धारक बनें। मैं चाहती हूँ कि वे ईश्वर के समान पूजे

जाएँ। उसके बाद किसी दिन"–और उसने आशा-भरी दृष्टि से भविष्य को देखा–"किसी दिन वे मेरे बनेंगे–और मैं उन्हें वे खुशियाँ दूँगी, जिन्हें वृन्दावन की गोपियाँ भी कभी न दे पाई होंगी, यद्यपि उनके बारे में लोग जाने–क्या कुछ कहते हैं।" वह इतने धीमे स्वर में बोल रही थी कि उसके शब्द सुनने में कठिनाई होती थी। उसका लज्जारुण चेहरा दमक रहा था–"जानते हो, जब भी मैं उन्हें देखती हूँ, मेरा हृदय बुरी तरह धड़कने लगता है।"

सहसा सात्यकि का मन इस दृढ़निश्यची तरुणी के प्रति प्रशंसा-भाव से भर गया। उनका अपहरण करने में उसका क्या उद्देश्य था, यह समझकर उनकी बोलती बन्द हो गई।

तत्काल सत्यभामा का मनोभाव बदल गया–"सात्यक-पुत्र, यहाँ बुद्धू की तरह बैठे मत रहो। मेरे साथ चलो। तुम्हारे लिए एक सुसज्जित रथ तैयार है और मेरा भाई अपनी अश्वशाला से सर्वोत्तम घोड़े तुम्हारे लिए ले आया है। उसका विश्वासी सारथी तुम्हें कृष्ण के पास ले जाने के लिए प्रस्तुत है। उठो। ये कुछ फल रखे हुए हैं। मेरे साथ चलने से पहले तुम भरपेट खा लो।"

"सत्यभामा, तुम अद्भुत हो; मैं इसे कभी नहीं भूलूँगा।"

"पुरुष भुलक्कड़ होते हैं," उसने एक बनावटी उसाँस लेकर कहा, "जब मैं कृष्ण को प्राप्त करने के लिए तुम्हारी सहायता चाहूँ तो इस बात को याद रखना।"

"यह तुम्हारा पागलपन है।" सात्यकि ने कहा।

"पागल स्त्री ही अपना मनचाहा पति प्राप्त करती है।" उसने हँसते हुए मुँहतोड़ जवाब दिया, "जो बुद्धिमती होती है, उसे ऐसा पति मिलता है, जिसे उसके अतिरिक्त सभी पसन्द करते हैं। जब तुम्हारे पिता ने तुम्हें मेरे साथ विवाह नहीं करने दिया था तो जैसे मुझे तो एक बहुत बड़े संकट से छुटकारा ही मिल गया था!" सात्यकि की ओर जीभ चिढ़ाते हुए उसने कहा।

अकस्मात् सात्यकि विचार में पड़ गए–"सत्यभामा, यदि मैं इस प्रकार चला जाऊँ तो लोग कहेंगे कि मैं अपने कर्त्तव्य से विमुख हो गया था। यादव मेरी हँसी उड़ाते फिरेंगे। कृष्ण से जब मैं सारी बातें कहूँगा तो वे तो विश्वास कर लेंगे, किन्तु और कोई इस विचित्र कथा पर विश्वास नहीं करेगा कि सत्राजित की बेटी ने मेरा अपहरण किया था और उसी ने मेरी रक्षा भी की।"

"तुम बड़े शंकालु हो सात्यकि!" सत्यभामा ने कहा और उसके ललाट पर बड़े मोहक बल पड़े–"क्या तुम मुझ पर भरोसा नहीं कर सकते? मैं स्वयं ही सारी बातें सँभाल लूँगी।"

"किन्तु मैं गोविन्द को इस बारे में अँधेरे में नहीं रख सकता कि कैसे मैं अपनी टुकड़ी के साथ नहीं जा सका था।"

''गोविन्द इससे पहले ही तुम्हारी टुकड़ी के साथ जा चुके हैं। अब तक तो वे पुष्कर की ओर काफी दूर निकल गए होंगे।'' वह थोड़ी देर के लिए विचारमग्न हो गई।

''क्या कहा?''

''हाँ, जब तुम्हारा कोई पता नहीं चला तो वे तत्काल तुम्हारी टुकड़ी के साथ द्वारका से रवाना हो गए।''

''तब तो यह और भी आवश्यक है कि मैं महाराज उग्रसेन और आदरणीय वसुदेव को बता दूँ कि मैंने गोविन्द का साथ नहीं छोड़ा।''

''तुमसे तो भगवान बचाए सात्यकि!'' उसने त्यौरी चढ़ाकर कहा। फिर वह उठ खड़ी हुई। उसने कोई निर्णय कर लिया था–''चलो मेरे साथ। मैं स्वयं तुम्हें उन लोगों के पास ले जाऊँगी और उनके सामने स्वीकार करूँगी कि मैंने क्यों और कैसे तुम्हारा अपहरण किया था। क्या तुम जानते हो कि सबेरे की अपेक्षा अब परिस्थितियाँ बहुत बदल चुकी हैं? बड़े भाई बलराम इस मामले में कूद पड़े हैं। उन्होंने सभी अतिरथियों से अपने साथ उत्तर चलने को कहा है, जिससे गोविन्द को अपने वचन पूरे करने में वे उनकी सहायता कर सकें।''

''अरे, यह तो जैसे कोई चमत्कार है सत्यभामा!''

''मैं केवल सच्ची बात कह रही हूँ। प्रत्येक अतिरथी बलराम के साथ द्रौपदी के स्वयंवर में जाने के लिए तैयार हो रहा है।'' वह बड़ी मधुर हँसी हँस पड़ी। बोली, ''अब भी तुम्हारे लिए राजा द्रुपद का जामाता बनने का अवसर बचा हुआ है। तब मैं पाञ्चाल राजकुमारी के इस दुर्भाग्य पर हँसने का अवसर पा सकूँगी कि मैंने जिस व्यक्ति को ठुकरा दिया था, उसी को उन्होंने पति चुना है। तब मैं अपने को बहुत बड़ा मानूँगी। चलो, जल्दी करो।''

''यहाँ से हम कहाँ जाएँगे?''

''हम लोग सीधे बलराम के पास जाएँगे। जानते हो, उन्होंने आज सबेरे पिताजी को बुलाकर धमकाया था कि यदि शाम तक सात्यकि का पता नहीं चला तो वे उन्हें देशद्रोही ठहराएँगे।'' सत्यभामा हँसी–''मैं एक भली लड़की हूँ। मैं अपने पिता को भी बचाऊँगी। बेचारे पिता को तो पता भी नहीं है कि उनकी बेटी कैसी नटखट है–किन्तु वह जितनी नटखट है, कभी-कभी उतनी ही हितकर भी हो जाती है। चलो, हम बलराम के पास चलें। किन्तु मेरे रहस्य को अपने ही तक रखना। मैं तुम्हारे गोविन्द को अपनाना चाहती हूँ। तुम किसी से एक भी शब्द मत कहना– गोविन्द से तो बिल्कुल ही नहीं।''

अकस्मात् सात्यकि ने यह अनुभव किया कि किस प्रकार उनके मित्र चमत्कार करते हैं–इस मोहक 'माध्यम' के द्वारा किस प्रकार सम्भावित मृत्यु और निश्चित

अपयश से उनकी रक्षा हो गई और यह सत्यभामा कृष्ण को प्यार करती है, जिसकी उनको खबर तक नहीं है।

धर्म की विजय

धर्म ने कृष्ण को आयत्त कर लिया था। उसे उतावली थी। उतावली कृष्ण को भी थी।

वे सात्यकि के रथी वीरों के साथ वायु-वेग से आगे बढ़ रहे थे। घुड़सवार, आरक्षित घोड़ों को ले चलनेवाले साईस, पैदल चलनेवाले नौकर तथा आवश्यक सामग्रियों और रसद से लदी बैलगाड़ियाँ यथाशक्ति उनके साथ-साथ चलने का प्रयत्न कर रही थीं।

तीसरे दिन, कृष्ण का महारथी गद, अपनी टुकड़ी के साथ उनसे आ मिला। उसने कृष्ण को यह उत्साहवर्धक सूचना दी कि उनके चले आने के बाद द्वारका में क्या-क्या हुआ। बलराम अपना आलस्य झाड़कर, सभी अतिरथियों के साथ पुष्कर का उद्धार करने आ रहे हैं। सात्यकि मारे नहीं गए थे; सत्राजित की पुत्री सत्यभामा ने हत्यारों के चंगुल से उन्हें छुड़ा लिया था। अब बलराम के साथ वे भी आ रहे हैं। द्वारका का जनमत देखकर अब सत्राजित भी बलराम की तैयारियों में सब प्रकार की सहायता कर रहा है।

सदा की भाँति थोड़े-से घुड़सवार कृष्ण के दल से आगे जाकर गाँव-गाँव में उनके आगमन की सूचना देते थे। उनका नाम अब तक कहानी बन चुका था और जब भी वे जिस मार्ग से आते-जाते थे, वहाँ के लोग उनका सम्मान करने का अवसर नहीं चूकते थे। इस अवसर पर भी वे नगाड़े और दुन्दुभि बजाते हुए, उनका स्वागत करने के लिए, बाहर निकल आए।

मार्ग शाल्व के प्रदेश से होकर जाता था। शाल्व कभी कृष्ण का कट्टर शत्रु था। अभी भी वह कृष्ण से पराजित होने की बात भूला नहीं था। उसने कृष्ण का भड़कदार स्वागत करने के लिए अपने दरबारियों को भेजा था। कृष्ण के पास औपचारिक स्वागत-समारोह के लिए समय नहीं था। वे केवल रात-भर वहाँ रुके, शाल्व का आतिथ्य स्वीकारा और दूसरे दिन सबेरे फिर चल पड़े। वे यथाशक्य शीघ्रता के साथ पुष्कर पहुँच जाने के लिए आतुर थे।

अग्रावण की बैठक की बात हर जबान पर थी, लेकिन वह धोखे की टट्टी थी। सच बात यह थी कि कृष्ण का यह सन्देश लेकर कृतवर्मा पहले ही जा चुके थे कि यादव-सरदार और नाग-युवराज मणिमान किसी ऐसे स्थान पर एकत्रित हों,

जहाँ से दो दिन की रथ-यात्रा के द्वारा पुष्कर पहुँचा जा सके और अचानक छापा मारा जा सके।

इसलिए, मार्ग से ही कृष्ण ने चारुदेष्ण, कृतवर्मा और मणिमान को एक दूसरा सन्देश भेजा कि निश्चित तिथि के बहुत पहले वे स्वयं ही आ रहे हैं और उन सबको यथाशीघ्र उनसे आ मिलना चाहिए। गद ने अग्रावण में जब यह सन्देश यादवों और नागों को दिया तो वे अत्यन्त उत्साहित हो गए और लोगों ने निश्चय किया कि वे हस्तिनापुर से उद्धव के लौटने की प्रतीक्षा नहीं करेंगे।

दौड़ते-भागते सभी नायकगण जब नियत स्थान पर पहुँचे तो यह देखकर उनके अचरज का ठिकाना न रहा कि कृष्ण उनसे दो दिन पहले ही वहाँ आ पहुँचे हैं। अगले दिन दूत यह सूचना लेकर आए कि कुरुओं के महान् सैनिक नेता द्रोणाचार्य उनके विरुद्ध मोर्चा लेने के लिए पुष्कर आ पहुँचे हैं। किन्तु उन्हें यह पता नहीं था कि उनके साथ कोई कुरु-राजकुमार आया है या नहीं। सैनिकों ने अपनी मूँछें ऐंठीं, शरीर फड़काया और बाणों पर धार दी।

तीसरे दिन सबेरे वे पुष्कर-दुर्ग के निकट जा पहुँचे। दुर्ग एक विशाल झील के किनारे खड़ा था। उसके निकट छोटे-छोटे गाँव बसे हुए थे। जब गाँवों में यह सूचना पहुँची कि प्रसिद्ध कथाओं के नायक कृष्ण वासुदेव आ रहे हैं तो वहाँ के निवासी उनका दर्शन करने और उनको फल-फूलों की भेंट देने के लिए अपने घरों से बाहर निकल आए।

कृष्ण के आदेश से यादवों ने वहाँ छावनी डाली। कृष्ण ने कहा कि यह उनका युद्ध है और इसे वे अकेले ही लड़ेंगे। चेकितान ने स्वयं को भी साथ लेने की प्रार्थना की किन्तु कृष्ण अडिग रहे।

"चेकितान, मैंने तुमसे कहा था कि तुम पुष्कर का भार सँभालो और उत्तर जाने के हमारे मार्ग की निगरानी करो," स्नेहपूर्वक अपने मित्र का कन्धा थपकते हुए उन्होंने कहा, "जब तुम्हें पुष्कर से खदेड़ दिया गया तो मैंने तुम्हें वचन दिया था कि मैं तुम्हें पुष्कर वापस दिला दूँगा। मुझे अपना वचन स्वयं ही पूरा करना है। यदि मैं सफल न होऊँ तो तुम लोग कुरुओं को यादव-शक्ति का परिचय देना; तब तक सम्भवतः बलराम भी तुमसे आ मिलेंगे। किन्तु तब वह कुरुओं और यादवों के बीच का एक सामान्य युद्ध होगा। मैं नहीं चाहता कि ऐसा हो। मैं तो दुर्योधन को केवल एक पाठ पढ़ाना चाहता हूँ।"

अपने मित्रों के परामर्श की अनसुनी करके कृष्ण अपनी छावनी से स्वयं ही अपना रथ हाँकते हुए निकल पड़े। उनके पीछे उनका अंगरक्षक था। यदि द्रोणाचार्य अथवा दुर्योधन ने उनसे लड़ने का ही निश्चय किया हो तो अकेले ही उस चुनौती को स्वीकार करना अच्छा है, क्योंकि आर्यों में जो परम्परा प्रचलित थी और सामान्यतः

जिसका वे लोग पालन करते थे, उसके अनुसार जब एक अतिरथी से दूसरे की मुठभेड़ हो तो युद्ध केवल उन्हीं दोनों के बीच सीमित होना चाहिए।

कृष्ण जब दुर्ग के फाटक के पास पहुँचे तो उन्हें एक असामान्य दृश्य देखने को मिला। वहाँ युद्ध-जैसी कोई तैयारी नहीं थी। दुर्ग-प्राचीर पर कोई धनुर्धर तक नहीं था। इसके विपरीत, उत्तम वस्त्र पहने हुए स्त्री और पुरुष प्राचीरों पर खड़े उनकी प्रतीक्षा कर रहे थे और ज्यों ही उन्होंने कृष्ण को देखा, वे चिल्ला पड़े–"कृष्ण वासुदेव की जय!"

कृष्ण ने दुर्ग के फाटक से कुछ दूर अपना रथ रोक दिया। उन्होंने अपने पाञ्चजन्य में स्पष्ट और मैत्रीपूर्ण स्वर फूँके।

फाटक खुल गया। उसमें से तीन रथ बाहर निकले।

अपने रथ पर खड़े कृष्ण ने देखा कि आगेवाले रथ पर जो ध्वज फहरा रहा है, उस पर स्वर्णांकित जलकुम्भ का चिन्ह है। यह युद्ध-कला के आचार्य महापराक्रमी द्रोण का प्रतीक-चिन्ह था। उसके बाद जो रथ था, उस पर उद्धव का ध्वज फहरा रहा था। कृष्ण की आँखें गीली हो गईं। उनके अनुगत मित्र ने चमत्कार कर दिखाया था। तीसरे रथ पर गान्धारराज शकुनि का ध्वज फहरा रहा था–दुर्योधन के मामा का।

अंगरक्षक के रूप में, अपने रथ पर कृष्ण के पीछे आए गद ने जब द्रोणाचार्य और उद्धव को साथ-साथ आते देखा तो वह आश्चर्यचकित हो गया। कृष्ण ने मुस्कराकर उससे कहा, "गद, अपने धनुष की प्रत्यंचा उतार लो। तुम्हें कोई कष्ट नहीं होगा, चेकितान को पुष्कर वापस मिल जाएगा।"

गद की समझ में नहीं आ रहा था कि यह सब क्या हो रहा है। उसने पूछा, "क्या ये लोग युद्ध नहीं करेंगे भगवन्?"

"नहीं। कुरुओं के पितामह एक अन्याय का प्रतिकार कर रहे हैं। वे चेकितान को पुष्कर वापस सौंप रहे हैं। यह धर्म है। जाओ, चेकितान, चारुदेष्ण तथा अन्य जनों को बुला लाओ।" कृष्ण ने कहा।

कृष्ण के रथ के सामने तीनों रथ रुक गए। पहले रथ से द्रोणाचार्य उतरे। उन्होंने बहुमूल्य रेशमी वस्त्र पहन रखे थे। उनका मुखमण्डल प्रभावशाली था, उनकी आँखों में तेज था, उनका स्मित वशीभूत करनेवाला था। उन्होंने मित्रभाव से मुस्कराते हुए कहा, "वासुदेव, आपने धनुष की प्रत्यंचा में टंकार दिए बिना ही पुष्कर ले लिया है। केवल आप ही ऐसा कर सकते हैं। महाराज धृतराष्ट्र तथा पितामह ने मुझे आपका स्वागत करने के लिए भेजा है।"

कृष्ण ने अपनी सारथी की ओर अपना हाथ बढ़ाया और उसके सहारे वे रथ से उतरे। अपनी स्वाभाविक विनय के साथ वे उन महान् ब्राह्मण वीर के चरणों

पर झुकने जा ही रहे थे कि उन्होंने उनको अपनी बाँहों में भर लिया। आचार्य ने वर्षों से कृष्ण का नाम सुना था; महीनों से उनके बारे में सोचा था; दिनों से उन्हें देखने की प्रतीक्षा की थी। किन्तु वस्तुतः उन्होंने जो देखा, वह उनकी सारी कल्पना से कहीं बढ़कर था—भव्यता की एक मूर्ति, प्रशंसापूर्ण सरल स्मित, प्रीति को आमन्त्रित करती पारदर्शक निश्छलता और सबसे बढ़कर एक ऐसी उपस्थिति, जिसके द्वारा उनमें जो सर्वोत्कृष्ट था, उसका आह्वान होता था।

"वासुदेव, आपको देखकर आज मेरी आँखें धन्य हो गईं!" द्रोणाचार्य के मुख से प्रशंसा का उद्गार निकल पड़ा। किन्तु इन शब्दों का उच्चारण करते ही विदग्ध ब्राह्मण ने अपने-आपको संयत कर लिया और उन्होंने पुनः अपनी स्वाभाविक सतर्क मुद्रा धारण कर ली।

विजय-स्मित के साथ उद्धव कृष्ण के चरणों में गिरे। कृष्ण ने उन्हें गले लगा लिया। उन्होंने फुसफुसाकर कहा, "उद्धव, तुमने तो चमत्कार कर दिखाया।"

"यह तो आपके नाम का चमत्कार है, गोविन्द!" उद्धव ने उत्तर दिया।

तीसरे रथ से मामा शकुनि उतरे, या कहना चाहिए कि लुढ़क पड़े, जो सुख से जीवन व्यतीत करनेवाले व्यक्ति के जीते-जागते उदाहरण थे। कृत्रिम भावावेग और सौजन्य के साथ कृष्ण के निकट आकर उन्होंने कहा, "यादव-श्रेष्ठ, मेरा प्रणाम स्वीकार करें। युवराज दुर्योधन ने आपको आशीर्वाद कहा है और आपको एक सन्देश भेजा है।" कहकर वे कृपाकांक्षापूर्वक मुस्कराए—"कुरुश्रेष्ठ ने जिसे शस्त्र-बल से जीता था, उसे वे उस सयानेपन के उपहार के रूप में आपको भेंट कर रहे हैं, जिसके आप प्रतीक हैं।"

"मैं युवराज की उदारता से परिचित हूँ।" कहकर कृष्ण मुस्कराए—"युवराज कुशल से तो हैं न?"

द्रोणाचार्य ने स्वागत-सत्कार में कुछ उठा न रखा। वे युद्ध में जैसे अजेय थे, वैसे ही आतिथ्य में उदार भी।

कृष्ण तथा अन्य नायक छोलदारियों में ठहराए गए। अन्य लोग झील के किनारे वृक्षों के कुंजों में फैल गए। उनके रथ और घोड़े भी उनके निकट ही रहे।

कृष्ण के साथ आनेवाले यादव नायकों को यद्यपि इस बात से निराशा हुई थी कि वे शक्तिशाली कुरुओं पर विजय प्राप्त करने से वंचित रह गए, किन्तु उद्धव ने जो कुछ कर दिखाया था, उससे वे चकित हो गए थे। जो भी हो, उन्होंने यह सोचकर सन्तोष कर लिया कि द्रोणाचार्य ने इसी विचार से युद्ध न करने का निश्चय किया होगा कि उनका सामना करने के लिए अजेय यादव योद्धा उपस्थित हुए हैं।

द्रोणाचार्य कृष्ण की छोलदारी में बैठकर उनसे बातें करते हुए, जब उनकी

अत्यधिक अर्थपूर्ण वाणी सुन और उनकी चपल आकृति को निहार रहे थे तो उनके विचार स्पष्टतः दो धाराओं में प्रवाहित हो रहे थे। एक धारा तो यह थी कि इस युवक का विश्वास और अनुकूलता कैसे प्राप्त की जा सकती है, जिसने इतनी छोटी उम्र में शक्ति और प्रभाव का शिखर छू लिया है? जो दूसरी धारा थी, वह इस आशंका की थी कि कहीं इस अतिथि के मोहक व्यक्तित्व और अलौकिक राजनीतिज्ञता के द्वारा वे किसी ऐसी दिशा में नहीं मुड़ जाएँगे, जिससे उनकी अपनी महत्त्वाकांक्षाओं में बाधा पड़ेगी?

आचार्य ने अत्यन्त मोहक मुस्कान के साथ पूछा, "यह कैसी बात है वासुदेव, कि आप कुरु-शक्ति के साथ युद्ध करने के लिए अकेले ही चले आए? क्या आपको आशा थी कि हम इतनी शान्ति के साथ आपको पुष्कर सौंप देंगे?"

कृष्ण मुस्कराए–"ब्राह्मण-श्रेष्ठ, यह मेरा अपना रहस्य है, किन्तु यदि आपकी इच्छा है तो मैं आपको बता दूँगा।"

"किन्तु यदि हम लोगों ने युद्ध करने का निश्चय किया होता तो?" आचार्य ने पूछा।

"आचार्य, मेरा विचार था कि केवल दुर्योधन से युद्ध करके पुष्कर के भाग्य का निबटारा कर लेना सर्वोत्तम होगा। इतने छोटे क्षेत्र के लिए कुरुओं और यादवों के बीच युद्ध छेड़ना किसी प्रकार उचित न होता।" कृष्ण ने उत्तर दिया।

अपने अतिथि की सूक्ष्मदर्शिता पर आचार्य मुस्कराए–"आपने यह कैसे मान लिया कि दुर्योधन आपसे युद्ध करने के लिए अकेला आगे बढ़ता?"

उत्तर में कृष्ण भी मुस्कराए। उन्होंने कहा, "मुझे विश्वास था कि आपका शिष्य होने के कारण वह उस नियम को न तोड़ेगा, जिसके अनुसार एक अतिरथी के साथ दूसरे का अकेला लड़ना ही उचित माना जाता है।"

"वासुदेव, क्या आपको ऐसी आशा थी कि आप दुर्योधन को पराजित कर देंगे?" द्रोणाचार्य ने पूछा।

"आचार्यवर, मुझे न तो कोई आशा है, न भय।" कृष्ण ने नम्रतापूर्वक कहा, "मेरे सम्मुख जो कर्तव्य आ पड़ता है, मैं उसे करता हूँ। यदि मैं जो कुछ कर रहा हूँ, उसके समस्त सम्भव परिणामों पर विचार करने बैठूँ तो मैं एक क्षण भी जीवित नहीं रह सकता।"

"क्या आप यह नहीं मानते कि कभी-कभी अपना कर्तव्य करना अदूरदर्शिता भी होती है?"

"जिनमें आस्था होती है, वे कभी अदूरदर्शी नहीं होते और मुझे आपमें और पितामह में आस्था थी।" कृष्ण ने पराजित करनेवाली मुस्कराहट के साथ कहा, "यही कारण है कि मैंने उद्धव को हस्तिनापुर भेजा था। और आप देख रहे हैं कि

मेरी आस्था उचित थी।''

क्षण-भर के लिए द्रोणाचार्य की सारी सावधानी जाती रही। इस प्रशंसा से प्रसन्नतापूर्वक मुस्कराते हुए पूछा, ''क्या इसी आस्था के कारण आपने शिखण्डी को मेरे पास भेजा था!''

''ऐसा न होता तो क्या मैं उसे भेजता?'' कृष्ण ने कहा, ''वह कैसा है?''

''वह यक्ष स्थूलकर्ण की देखभाल में है और शीघ्र ही पुरुषत्व प्राप्त करनेवाला है।'' द्रोणाचार्य ने गर्व के साथ कहा; किन्तु फिर उनका शंकाशील स्वभाव उभर आया। उन्होंने पूछा, ''वासुदेव, आपने ऐसा क्यों सोचा कि द्रुपद के पुत्र को मैं अपना शिष्य बनाना स्वीकार कर लूँगा? आप तो जानते हैं कि वह मेरा शत्रु है।''

''क्योंकि आप भगवान परशुराम की महान् परम्परा के ब्राह्मण हैं। मुझे निश्चय था कि शत्रु हो या न हो, विनम्र भाव से अपने पास आए शिष्य को आप विमुख न करेंगे।'' कृष्ण ने प्रशंसाभाव से मुस्कराते हुए कहा।

''वासुदेव, आप मनुष्य की दुर्बलता का लाभ उठाने में प्रवीण हैं।'' द्रोणाचार्य ने कहा। कृष्ण ने उनकी तुलना उनके उस गुरु के साथ की थी, जो संसार में ईश्वर के रूप में प्रतिष्ठित हो चुके थे, अतः प्रसन्नता से हँसते हुए उन्होंने सोचा कि इस युवक पर अधिक समय तक अविश्वास नहीं किया जा सकता।

''नहीं आचार्यवर, मुझे मनुष्य की सर्वोत्कृष्ट वृत्तियों पर भरोसा है, और कदाचित् ही कभी मुझे इससे निराशा हुई है।'' कृष्ण ने कहा, ''जहाँ तक शिखण्डी का सम्बन्ध है, उसे मैंने आपको सौंपा था, अब मैं उसे वापस चाहता हूँ।''

''किन्तु अभी वह पूरी तरह स्वस्थ नहीं हुआ है। वह बहुत दुर्बल है।''

''जो भी हो, स्वयंवर के समय मुझे काम्पिल्य में उसकी आवश्यकता है। मैं उद्धव को छोड़ जाऊँगा। वे उसे वहाँ ले आएँगे और उसकी समस्त सुविधाओं का ध्यान रखेंगे।''

द्रोणाचार्य के सावधान स्वभाव ने तत्काल शस्त्र सँभाल लिया। उन्होंने पूछा, ''द्रुपद में आपकी इतनी रुचि क्यों है?''

''वे उदार-चरित राजा हैं। वे यदि अपनी कटुता पर विजय पा लें तो वे धर्म के एक स्तम्भ हो सकते हैं।''

द्रोणाचार्य ने हँसकर कहा, ''और मैं यदि अपनी शत्रुता का त्याग कर दूँ तो मैं दूसरा स्तम्भ हो सकता हूँ, क्यों?''

''आचार्य, धर्म केवल एक स्तम्भ पर नहीं टिक सकता।'' कृष्ण ने वैसे ही हार्दिक हास्य के साथ कहा।

''वासुदेव, आप धर्म के सम्बन्ध में इतनी बातें करते हैं कि ऐसा लगता है, आप उसे जानते हैं।'' द्रोण ने पूछा, ''धर्म क्या है?''

"यही तो मैं आपसे जानने आया हूँ।" कृष्ण ने तत्काल उत्तर दिया, "किन्तु जब मैं उसे देखता हूँ तो जान जाता हूँ। मैंने धर्म को तब देखा, जब द्रुपद के प्रति घृणा का भाव रखते हुए भी आपने उनके पुत्र को शिष्य स्वीकार कर लिया, क्योंकि आप सच्चे ब्राह्मण हैं। मैंने धर्म को तब भी देखा, जब दुर्योधन के प्रति अपनी प्रीति होते हुए भी आप स्वयं पुष्कर को लौटाने के लिए यहाँ आए।"

आचार्य की गम्भीरता जाती रही। अपने अतिथि के प्रति उनके मन में सच्ची प्रशंसा का भाव भर आया–"वासुदेव, आप किसी को प्रशंसा के भाव में डुबा देना जानते हैं। किन्तु मैं आपको सावधान किए देता हूँ, मैं द्रुपद को मित्र-रूप में कभी स्वीकार नहीं कर सकता। यह कभी मेरे धर्म का अंग नहीं हो सकता।"

"किन्तु आपने दुर्योधन के लिए द्रौपदी को जीतना स्वीकार किया है। यदि वह उसे जीत लेता है तो आपको पाञ्चाल-राज के साथ मित्रता स्थापित करनी होगी।" कृष्ण ने उत्तर में कहा।

द्रोणाचार्य ने त्यौरियाँ चढ़ाईं। किसी अन्य व्यक्ति की ऐसी बात का उन्होंने विरोध किया होता, वह चाहे जितने भी ऊँचे पद का अधिकारी क्यों न होता। किन्तु उन्होंने देखा कि उनके अतिथि इतने मोहक हैं और उनकी बातें इतनी प्रामाणिक हैं कि वे बुरा नहीं मान सके। कुछ देर रुककर उन्होंने निश्चयपूर्वक कहा, "दुर्योधन स्वयंवर में भाग ले, मैंने इसका विरोध किया था। स्वयंवर में जाने का निश्चय करके उसने अपने को लांछित किया है। मुझे अपने शिष्य से ऐसी आशा नहीं थी। मैं समझता हूँ कि स्वयं द्रुपद ने भी यह आशा न की होगी कि कुरुगण उसका निमन्त्रण स्वीकार करेंगे। किन्तु दुर्योधन द्रुपद-कन्या के लिए पागल हो रहा है।" आचार्य ने घृणा के साथ कहा, "वह किसी भी मूल्य पर उसे पाना चाहता है।" फिर उन्होंने अपनी आँखें सिकोड़कर कृष्ण के मन की थाह पाने के लिए एकटक उनकी ओर देखते हुए कहा, "सम्भवतः द्रौपदी को उसके लिए जीतने की प्रार्थना आपसे की जाएगी।"

कृष्ण सीधा उत्तर देना टाल गए–"आप द्रुपद-कन्या के इतने विरोधी क्यों हैं? द्रुपद ने आपके प्रति अपराध किया होगा, किन्तु किसी भी अन्य राजपुत्री की तरह द्रौपदी निश्चय ही अपने पिता के हित की अपेक्षा अपने पति के हित का ध्यान रखेगी।"

"आप द्रुपद और उसके कुटुम्ब को नहीं जानते।" द्रोणाचार्य ने कहा, "वे सभी घमण्डी, प्रतिहिंसा-परायण और वैरवृत्ति रखनेवाले हैं। यदि राजकुमारी हस्तिनापुर आई तो कुरुओं से मेरा कोई सम्पर्क न रहेगा।" आचार्य ने दृढ़ स्वर में कहा।

"किन्तु यह तो निश्चित है, नितान्त निश्चित कि उस कुटुम्ब में राजकुमारी के आने से हस्तिनापुर में आपकी स्थिति में कोई अन्तर नहीं पड़ेगा।"

"वासुदेव, मैं किस स्थिति में रहूँगा, इसका निर्णय मैं दूसरों को नहीं करने देता।" द्रोणाचार्य ने कहा। अब उनका स्वर कुछ उदासीन हो गया था, प्रायः कठोर– "यदि द्रुपद-कन्या हस्तिनापुर आएगी तो मैं वहाँ से चला जाऊँगा।"

कृष्ण कुछ देर विचारमग्न रहे। द्रोणाचार्य में आए परिवर्तन को वे देखते रहे। फिर उन्होंने कहा, "ब्राह्मण-श्रेष्ठ, आप जो भी निर्णय करेंगे, वह उचित होगा।"

द्रोणाचार्य के होंठ भिंचे रहे। इस विषय पर वे आगे बात नहीं करना चाहते थे। "द्रौपदी को पाने के लिए दुर्योधन अपनी पूरी शक्ति लगा देगा। देखिए, क्या होता है। सम्भवतः आपकी सहायता से वह उसे प्राप्त कर लेगा।" उन्होंने व्यंग्यपूर्वक कहा।

"द्रुपद अथवा उनकी पुत्री पर मेरा कोई प्रभाव नहीं है।"

"किन्तु क्या मेरे एक शिष्य को अपनी कन्या देने में द्रुपद को अत्यधिक आपत्ति न होगी?" आचार्य ने पूछा।

"मैं समझता हूँ कि दुर्योधन ने निमन्त्रण स्वीकार कर लिया है, इससे अनेक लोगों का हिसाब-किताब गड़बड़ हो जाएगा। मैं कह नहीं सकता कि क्या होगा।"

"आपके रहते भी!" द्रोणाचार्य ने अर्थ-गर्भित मुस्कराहट के साथ कहा।

"मैं वही कर सकता हूँ, जो मुझे उचित प्रतीत होगा। इसका निर्णय तो परमात्मा ही करेंगे कि क्या उचित है और क्या अनुचित।" कृष्ण ने आगे की बात इस तरह कही जैसे वे उच्च स्वर में विचार कर रहे हों, "किन्तु आपके समान ब्राह्मण-श्रेष्ठ सैनिक नेता के रहते चक्रवर्ती भरत का वंश धर्म-द्रोह नहीं कर सकता।"

इस उत्कृष्ट प्रशंसा पर द्रोणाचार्य मुस्कराए बिना न रह सके। उसे स्वीकार करने में उन्हें प्रसन्नता का अनुभव हो रहा था। यह सच था कि उनका बड़ा नियन्त्रक प्रभाव था। उन्होंने नम्रता ओढ़ते हुए कहा, "मुझसे जो भी बन पड़ेगा, करूँगा।" यद्यपि उस नम्रता के आवरण में उनका यह आत्मविश्वास छिप नहीं सका कि वह जो करेंगे, वही सर्वोत्तम होगा।

भानुमती को आश्वासन

अगले दिन दुर्योधन की पत्नी और काशिराज की कन्या भानुमती कृष्ण की छोलदारी में आई। वह छरहरी, छोटी और सौम्य थी। उसके साथ शकुनि और उनकी पत्नी थी। भानुमती पीली पड़ गई थी और हिचकिचा रही थी। जब भी वह अपने पति के मामा की ओर देखती, उसकी आँखों में भय की एक छाया झलक आती थी। उसने झुककर दाहिने हाथ से कृष्ण का चरण-स्पर्श किया, जैसा कि छोटी बहन

के लिए विहित है। कृष्ण ने उसे आशीर्वाद दिया।

"राजकुमारी भानुमती आपसे मिलने के लिए उत्सुक है, वासुदेव! आप जानते हैं, वह आपकी छोटी बहन है और आप बड़े सज्जन हैं।" शकुनि ने अपने लिए बिछाए गए आसन पर पालथी मारकर और अपने मोटे पैरों को एक-दूसरे पर चढ़ाकर बैठते हुए बनावटी ढंग से कहा, "और कौन नहीं चाहेगा कि आपके समान यादव-श्रेष्ठ उसे अपनी बहन के रूप में स्वीकार करें?" शकुनि ने अपनी उबा देनेवाली चाटुकारिता के साथ कहा।

कृष्ण ने भानुमती की ओर मुड़कर कहा, "युवराज कैसे हैं। वे कुशल से हैं न?"

भानुमती ने भयभीत दृष्टि से शकुनि की ओर देखा, फिर उसने दृष्टि झुका ली—यह भंगिमा कृष्ण से छिपी न रही। भानुमती ने धीमे स्वर में कहा, "आर्यपुत्र सकुशल हैं। उन्होंने आपको आशीर्वाद भेजा है।" यह आश्वासन पाने के लिए वह अपनी भूमिका ठीक-ठीक निभा रही है, उसने शकुनि की ओर देखा और कहा, "आर्यपुत्र ने कृपापूर्वक मुझे यहाँ आने की अनुमति दी है कि मैं अपने भाई का अभिवादन कर सकूँ।"

"उन्होंने बड़ी कृपा की।" कृष्ण ने नम्रतापूर्वक कहा।

"हाँ-हाँ," शकुनि ने हार्दिकता के साथ कहा, "वासुदेव, युवराज आपका बड़ा सम्मान करते हैं। वे आपसे मिलने के लिए स्वयं यहाँ आते, किन्तु आप जानते हैं, राज-कार्यों से उन्हें अवकाश नहीं मिलता। उन्होंने आपको एक सन्देश भी भेजा है, जो भानुमती आपसे कहेगी।" उन्होंने भानुमती को अपनी भूमिका निभाने को उकसाते हुए कहा।

भानुमती के होंठ थरथराए। कृष्ण ने देखा कि अब उसमें पहले-जैसी प्रफुल्लता नहीं रह गई है। उसे कुछ कहने को सिखाया गया है, जिसे कहने में उसे कठिनाई हो रही है।

"बहन, संकोच न करो।" कृष्ण ने उसे प्रोत्साहित करते हुए कहा, "तुम्हें जो कुछ कहना हो, निर्भय होकर कहो।"

भानुमती ने अपने को संयत करने का प्रयत्न किया और दुर्बल स्वर में कहा, "आर्यपुत्र की इच्छा है कि द्रौपदी को जीतने में आप उनकी सहायता करें!"

उसे और अधिक परेशानी में न डालने के विचार से कृष्ण ने शकुनि की ओर मुड़कर कहा, "गान्धारराज, ऐसे मामलों में मैं क्या कर सकता हूँ? स्वयंवर तो स्वयंवर ही है; पति का चुनाव वधू के हाथ में होता है।"

"किन्तु मैं भली-भाँति जानता हूँ कि द्रुपद और राजकुमारी द्रौपदी, दोनों ही आपका बड़ा सम्मान करते हैं।" शकुनि ने कहा, "यदि आप राजकुमार दुर्योधन

की उम्मीदवारी पर जोर देंगे तो उनका काम बन जाएगा, क्यों भानुमती?'' फिर उन्होंने मुस्कराते हुए कहा, ''इस तरह कुरुओं और पाञ्चालों के बीच की शत्रुता भी बीती बात बन जाएगी।''

उत्तर देने के पहले कृष्ण थोड़ी देर चुप रहे–''आप जो अनुरोध कर रहे हैं, उससे मैं कठिनाई में पड़ गया हूँ। शकुनिजी, यह क्या एक विचित्र अनुरोध नहीं है? भानुमती एक ओर तो कहती है कि मैं उसका बड़ा भाई हूँ : दूसरी ओर वह दुर्योधन के लिए एक अधिक शक्तिमती पत्नी ढूँढ़ देने का अनुरोध मुझसे करती है, जो भानुमती को अपदस्थ कर सकती है।'' वे अपने मोहक ढंग से हँस पड़े– ''भानुमती, मुझे क्या करना चाहिए?''

भानुमती के होंठ काँपे–''आर्यपुत्र की इच्छा मेरी इच्छा है। वे द्रौपदी को जीतने पर अड़े हुए हैं और पाञ्चाल की राजकुमारी कुरुओं के युवराज से अच्छा दूसरा क्या चुनाव कर सकती हैं? निश्चय ही मैं बहन मानकर द्रौपदी का स्वागत करूँगी।'' भानुमती ने दुर्बल स्वर में अपनी बात पूरी की।

कृष्ण ने सोचा कि पारदर्शी सचाईवाली यह नारी कभी कुशल मिथ्यावादिनी नहीं हो सकती।

कृष्ण ने कहा, ''काशिराज की पुत्री, तुम अत्यन्त निष्ठावान पत्नी हो, फिर दुर्योधन उच्च कुल की एक अन्य पत्नी की इच्छा क्यों रखते हैं?''

शकुनि बीच में बोल उठे, ''यह काशिराज-पुत्री को अपदस्थ करने का प्रश्न नहीं है। वासुदेव, आपसे अधिक यह बात कौन जानता है कि राजाओं के लिए राजनैतिक विवाह-सम्बन्ध कितना महत्त्वपूर्ण होता है?''

''हाँ, स्वयं राजा न होने पर भी राजाओं की प्रकृति जानता हूँ।'' कृष्ण ने हँसते हुए कहा, ''किन्तु मैं ऐसी स्त्री को महत्त्व दूँगा जिसे मेरी आवश्यकता हो, न कि ऐसी जो केवल राजनैतिक हथियार हो।''

''किन्तु वासुदेव, आपकी तो बात ही अलग है। आप अद्भुत व्यक्ति हैं। हम सभी जानते हैं कि आपने द्रौपदी के साथ विवाह करना अस्वीकार कर दिया था। केवल आप ही ऐसा महान् त्याग कर सकते हैं।'' शकुनि ने अपने उबानेवाले ढंग से कहा।

''यदि आर्यपुत्र द्रौपदी को नहीं पा सके तो मैं बहुत दुखी होऊँगी। मैं उन्हें सुखी बनाने के लिए कुछ भी कर सकती हूँ। भैया, आप मुझे दुखी न बनाएँ।'' भानुमती ने विनय की।

''हाँ, हाँ, भानुमती, तुम चिन्ता न करो।'' अपना मोटा हाथ हिलाते हुए शकुनि ने कहा, ''तुम्हें सुखी बनाने के लिए वासुदेव सबकुछ करेंगे। ये युवराज के लिए द्रौपदी को प्राप्त करने का वचन देंगे।''

"कृपया मुझे अन्यथा न समझें।" कृष्ण ने शकुनि की ओर मुड़कर कहा, "मैं पाञ्चाल-राजकुमारी को दुर्योधन के लिए प्राप्त करने का वचन नहीं दे सकता। मैं केवल यही कर सकता हूँ कि दुर्योधन की इच्छापूर्ति में आपकी सहायता करूँ।"

"किन्तु आपकी सहायता होने पर द्रौपदी निश्चय ही दुर्योधन को चुनेगी।" शकुनि ने कहा।

"ऐसा तभी हो सकता है, जब उसे स्वयंवर में पति चुनने की स्वतन्त्रता हो, जैसी कि सामान्यतः होती है।" कृष्ण ने बात पूरी की। "किन्तु यदि कोई परीक्षा रखी गई तो दुर्योधन को उसमें उत्तीर्ण होना पड़ेगा।"

"क्या स्वयंवर के लिए कोई परीक्षा भी होगी?" शकुनि ने पूछा।

"कोई नहीं जानता कि राजा द्रुपद क्या करेंगे।" कृष्ण बोले।

"दुर्योधन अजेय वीर हैं। परीक्षा चाहे जैसी भी हो, वे उसमें सफल होंगे।" शकुनि ने कहा।

"मैं आशा करूँगा कि वे परीक्षा में सफल हों।" कृष्ण बोले।

"किन्तु आप पूरा प्रयत्न करेंगे न?" भानुमती ने दयनीय भाव से कहा। फिर उसने शकुनि पर एक छिपी दृष्टि डाली, जो उसे सन्दिग्ध नेत्रों से देख रहे थे कि वह कहीं अपनी वास्तविक भावनाएँ न व्यक्त कर दे। "मुझे वचन दीजिए कि आपसे जो भी बन पड़ेगा, आप करेंगे।" उसने हाथ जोड़कर कहा।

"छोटी बहन, मुझसे जो बन पड़ेगा, करूँगा।" कृष्ण ने रहस्यपूर्ण मुस्कराहट के साथ कहा, "किन्तु गान्धारराज को सन्देह है कि मैं करूँगा या नहीं। मैं तुम्हें केवल इतना ही भरोसा दिला सकता हूँ कि मैं स्वयं उन्हें द्रौपदी के पास ले जाऊँगा। अब तो ठीक है! हाँ, यदि वह रण-परीक्षा का हठ करेगी तो सबकुछ दुर्योधन पर निर्भर होगा।" कृष्ण ने कहा।

शकुनि मुस्कराए। उन्हें अपनी वाक्-पटुता पर पूरा भरोसा था–"यदि आप मुझे उससे मिला देने की कृपा करेंगे–और युवराज के लिए दो शब्द अपनी ओर से भी कह देंगे–तो सब ठीक हो जाएगा। भानुमती, वासुदेव बड़े दयालु, बड़े उदार और बहुत भोले हैं। युवराज को इनसे अच्छा कोई मित्र नहीं मिल सकता। वासुदेव, आपकी छोटी बहन की प्रसन्नता आपके हाथ में है।"

"उसकी प्रसन्नता सबसे पहले युवराज दुर्योधन पर निर्भर है। यद्यपि, भाई होने के नाते, उसका दायित्व मुझ पर भी है।" भानुमती की ओर स्नेहपूर्ण संरक्षण की दृष्टि से देखते हुए कृष्ण ने कहा।

"यह आपकी बड़ी कृपा है, बड़ी ही कृपा है वासुदेव!" उठ खड़े होने के लिए भूमि पर हाथ टिकाते हुए शकुनि ने कहा। अभिवादन करके वे बाहर निकले। पीछे-पीछे उनकी पत्नी और भानुमती भी गईं। जाते समय भानुमती ने आँसू-भरी

आँखों से एक बार कृष्ण की ओर देखा।

जब वे कुछ आगे बढ़ गए तो कृष्ण ने अपने आसन से उठकर पुकारा–"छोटी बहन, इधर आओ। मैं अपने कर्तव्य भी भूलता जा रहा हूँ। मैं तुमको कुछ उपहार तो दे दूँ।"

भानुमती शीघ्रतापूर्वक वापस लौटी। कृष्ण ने अपने हाथों का एक बाजूबन्द उतारा, आगे बढ़े और उसे पहनाने के लिए भानुमती का हाथ उठाया। उसका हाथ पकड़ने के लिए वे कुछ झुके तो उन्होंने बहुत धीमे स्वर में कहा, "तुम चिन्ता न करो। मैं अपना वचन तो पूरा करूँगा, किन्तु दुर्योधन कभी द्रौपदी को न पा सकेगा।"

बाजूबन्द बाँधकर कृष्ण सीधे खड़े हो गए। भानुमती का चेहरा प्रसन्नता से आरक्त हो गया। जब उसने दृष्टि झुकाई तो उसकी आँखों में मूक कृतज्ञता भरी हुई थी।

पूर्णिमा से दो दिन पहले विशाल वाहिनी लेकर बलराम आ पहुँचे। बहुत से यादव और नाग-प्रमुख भी उनके साथ आए। वे बलपूर्वक पुष्कर पर अधिकार करने की बड़ी-बड़ी आशाएँ लेकर आए थे, किन्तु यह देखकर उन्हें बड़ी निराशा हुई कि चेकितान पुष्कर पर शासन कर रहे हैं और कृष्ण द्रोणाचार्य का आतिथ्य-सुख भोग रहे हैं।

दोनों पक्षों से विजय-घोष हुए, शंखों में विजय-ध्वनि फूँकी गई, नगाड़े पीटे गए और परस्पर आलिंगन तथा मालाओं का आदान-प्रदान हुआ।

सन्ध्या समय आग जलाई गई, नृत्य हुए, चारणों ने वीरकाव्य का गायन किया।

दो दिन बाद, बलराम और कृष्ण के साथ आए हुए सभी यादव अतिरथी, तथा राजकुमार मणिमान के साथ आए नाग-वीरों ने राजकुमारी द्रौपदी के स्वयंवर में भाग लेने के लिए काम्पिल्य की ओर प्रस्थान किया।

द्रोणाचार्य उन लोगों को जाते हुए देखते रहे। उन्होंने सोचा, निःसन्देह आर्यावर्त का भविष्य कृष्ण के हाथों में है।

वधू कैसे जीती जाए

द्रौपदी के स्वयंवर में भाग लेने के लिए आनेवाले राजन्यवर्ग के लिए गंगा के तट पर एक अत्यन्त भव्य नगर उभर आया था। वह देवताओं की निवास-भूमि अमरावती-जैसा शोभन प्रतीत होता था।

यह नगर छोलदारियों, शामियानों और कुटीरों का था, जिसे अलग-अलग

राजवंशों की ध्वजा-पताकाओं से सजाया गया था। इस नगर में रथों, हाथियों, घोड़ों और बैलगाड़ियों की रेलमपेल थी। आने-जानेवाले लोगों की भीड़ तो थी ही, यद्यपि कुछ लोग सुस्ती से रेती पर भी पड़े रहते थे।

बहुत-से राजाओं ने निःशुल्क भोजनालय खोल रखे थे, जहाँ उनके साथ आए लोगों के अतिरिक्त ब्राह्मणों और गरीबों को भोजन कराया जाता था। प्रत्येक राजा का महत्त्व उसकी उदारता से आँका जाता था।

ग्राहकों को आकर्षित करने के लिए व्यापारियों ने जहाँ-तहाँ मेले लगा दिए थे। मेलों में दिन-भर एकत्रित होनेवाले लोगों के मनोरंजन के लिए दंगलवाले, बाजीगर और मदारी आदि एक-दूसरे से होड़ लगाए रहते थे। ज्योतिषीगण अपना भाग्य जगाने के लिए, दूसरों की भाग्य-गणना करते चलते थे। स्वयंवर में आए विशिष्ट अतिथि परामर्श और आशीर्वाद प्राप्त करने के लिए विद्वान ब्राह्मणों तथा भस्म-चर्चित शरीरोंवाले योगियों को आमन्त्रित करते थे। जब उन्हें अतिथियों के निकट ले जाया जाता तो मार्ग की भीड़ उनका अभिवादन करती थी।

एक बड़े शामियाने में हस्तिनापुर के युवराज दुर्योधन केवल लँगोट बाँधे एक चटाई पर लेटे हुए थे। सदा उनके साथ रहनेवाले दो पहलवान उनके सुपुष्ट शरीर पर तैल-मर्दन कर रहे थे। दुर्योधन प्रवीण योद्धा थे और क्षण-मात्र की सूचना पाकर मल्ल-युद्ध, गदा-युद्ध अथवा धनुर्विद्या की किसी भी प्रतियोगिता में भाग लेने की तैयारी कर रहे थे।

तैल-मर्दन करनेवाले पहलवानों की उँगलियों के नीचे यद्यपि वे धैर्यपूर्वक लेटे हुए थे, किन्तु दो दिन बाद होनेवाले स्वयंवर को लेकर तीव्र अन्तर्द्वन्द्व से ग्रस्त थे।

ऐसा लगता था कि काम्पिल्य में किसी को यह आशा नहीं थी कि कुरुगण निमन्त्रण स्वीकार करेंगे। आतिथेय राजा द्रुपद ने उनका समुचित स्वागत तो किया था, किन्तु उसमें हार्दिकता नहीं थी। फिर भी उसमें आश्चर्य की कोई बात नहीं थी, क्योंकि सभी जानते थे कि कुरुओं के गुरु द्रोणाचार्य से उनकी शत्रुता थी।

जब वे लोग पहुँचे थे तो यह देखने के लिए कि वह और उनके भाई कैसे हैं, बहुत बड़ी भीड़ इकट्ठी हो गई थी और मुँहामुहीं लोग उनका नाम लेने लगे थे। उनके आने से उथल-पुथल मच गई थी और यही दुर्योधन चाहते थे।

आनेवालों में सबसे बड़ा दल दुर्योधन का था और बड़ा रोबदाबवाला था। उसमें दुर्योधन के तीस भाई थे और शकुनि-सहित चार मामा थे, जिनमें शकुनि को छोड़कर शेष हृष्ट-पुष्ट और सुदर्शन थे।

दुर्योधन के निकट मित्र कर्ण दैवी मोहकता के साथ अपना रथ स्वयं ही चलाकर आए थे। सदा की भाँति अपने दिव्य स्वरूप और सम्भ्रान्तता के कारण वे आकर्षण

के प्रमुख केन्द्र बन गए थे।

उनके मित्र अश्वत्थामा द्रुपद के कट्टर शत्रु द्रोणाचार्य के पुत्र थे। अपने उलझे केशों और कठोर दृष्टि के द्वारा उन्होंने लोगों का ध्यान सबसे अधिक आकृष्ट किया था। अपना कौतूहल न रोक सकने के कारण वीर पिता के उस वीर पुत्र को अपनी आँखों देख लेने के लिए लोग टूट पड़े थे। किन्तु उनके उद्धत व्यवहार के कारण लोगों पर कदाचित् ही उनका अनुकूल प्रभाव पड़ा था। उन्होंने देखा कि कुछ लोग तो उस अनचाहे अतिथि को कुनमुनाते हुए कोस भी रहे थे।

पहलवानों के सुदक्ष हाथों से मालिश कराते हुए दुर्योधन ने सोचा, दुःख और हताशा की अब तक की कालरात्रि के बाद पहली बार उनके जीवन में सुख का सूर्योदय होगा।

अब तक वे क्रूर और दुष्ट ग्रहों के शिकार होकर मौन पीड़ा भोगते रहे हैं। अनुशासन की दीवारों के अन्दर सिमटे और आबद्ध रहे हैं। यह सच है कि उनके जन्म के बहुत पहले से ही उनके अनुशासनप्रिय और आतंकपूर्ण पितामह तथा उस अमर-स्त्री—अत्यन्त आदरणीया माता—के हल्के किन्तु दम घोटनेवाले प्रभाव से इन स्थितियों का निर्माण हुआ था।

क्षण-भर के लिए दुर्योधन का मन इन प्राचीन प्रपितामही के विचारों में खो गया, जिन्हें उन्होंने किसी प्रचण्ड सामर्थ्यवाली दूरस्थ देवी के समान औपचारिक अवसरों पर ही कभी-कभी देखा था। उन्हें सदा इस बात से अचरज होता रहा है कि कभी बाहर न निकलने और बहुत कम लोगों से मिलने-जुलने के बाद भी लोगों पर कैसे उनका इतना आतंक और प्रभाव बना रहता है।

दुर्योधन ने जब अपने अतीत पर दृष्टि डाली तो इस बात से उन्हें आश्चर्य हुए बिना नहीं रहा कि परिस्थितियाँ किस प्रकार उनके प्रतिकूल रहीं कि जब भी उन्होंने कुछ अच्छा काम करने का प्रयत्न किया तो वह परिणाम में ही बुरा दिखा।

उन्हें लगा कि सारी निराशाओं का स्रोत हैं उनके जन्मान्ध पिता। आर्यों की प्राचीन परम्परा के अनुसार, अन्धे होने के कारण, धृतराष्ट्र को राजगद्दी नहीं मिल सकती थी, फलतः उनकी राह भी रुक गई थी। यद्यपि वे सब तरह से राजा होने के योग्य थे, फिर भी राजा बनना उनकी पहुँच के बाहर की बात थी।

भगवान ने उनके प्रति एक और अन्याय किया। रुकावट के बावजूद, बाल्यकाल में, जब यह आशा की जा रही थी कि वे युवराज बनेंगे, तभी उनके भविष्य को नष्ट कर दिया गया। अदृश्य रहनेवाली माता सत्यवती तथा पितामह कुटुम्ब में पाँच पाण्डवों को ले आए और उन्होंने उनको मृत राजा पाण्डु का उत्तराधिकारी स्वीकार किया।

पाँचों भाई सुन्दर थे, मोहक थे और तेजस्वी थे, किन्तु स्वयं वे भी वैसे ही

थे। फिर भी हस्तिनापुर के सभी लोग उन्हीं पर रीझे हुए थे। यहाँ तक कि स्वयं उनकी माता, पितामह भीष्म और माता सत्यवती भी खुल्लमखुल्ला उन्हीं का पक्षपात करती थीं।

दुर्योधन कभी नहीं भूल सकते कि इन पाँचों भाइयों में से वे सबसे अधिक भीम से घृणा करते थे, जो अपने भाइयों में दूसरे थे। वे दुर्योधन के लिए अभिशाप थे। अत्यधिक प्रयत्नों के बाद भी वे कभी उनसे अधिक बलवान नहीं हो सके। वह दुष्ट उन पर धौंस जमाने से तथा हँसी उड़ाकर; ताने देकर, उन्हें अपमानित करने से कभी नहीं चूकता था।

दुर्योधन को विश्वास था कि राजकुटुम्ब में सम्मिलित होने का उन्हें कोई अधिकार नहीं था। राजभवन में प्रचलित प्रवादों के अनुसार वे पाण्डु के औरस पुत्र ही नहीं थे। इस बात पर उन्हें भी विश्वास था। पाण्डवों को वहाँ से हटाने का प्रयत्न करके वे न्याय का पलड़ा ही सन्तुलित कर रहे थे, बल्कि धर्म की ही रक्षा कर रहे थे। किन्तु बहुत दिनों से उनके सभी प्रयत्न निष्फल होते आ रहे थे।

किन्तु मित्रों के सम्बन्ध में वे भाग्यशाली थे—वीर, रूपवान और चतुर कर्ण मोहकता और दक्षता में पाण्डवों के तीसरे भाई अर्जुन से होड़ लेते थे; महापराक्रमी अश्वत्थामा, जिनके कारण उनके पिता, महान् सैनिक नेता द्रोणाचार्य भी उनके साथ जुड़े हुए थे; उनके मामा शकुनि विचक्षण कूटनीतिज्ञ थे, जो अकेले ही राजसभा के सभी राजनयज्ञों से बढ़कर थे। उनके छोटे भाई दुःशासन अत्यन्त सक्रिय और युक्ति-कुशल युवक थे और उनकी प्रत्येक योजना को कार्यान्वित करने के लिए तत्पर रहते थे।

पहले तो बहुत समय तक पाँचों भाइयों के विरोध में कुछ भी कर सकने में उन्हें सफलता न मिली। एक बार तो गंगा में तैरने की प्रतियोगिता में उन्होंने भीम को बीच धारा में डुबा ही मारा था, लेकिन विचित्र बात, कई दिन बाद वह भला आदमी जीता-जागता हस्तिनापुर आ पहुँचा और लोगों ने उसे हाथों-हाथ लिया।

आखिर उन्होंने उन लोगों की हत्या की योजना बनाई। अत्यधिक धन लुटाकर, उन्होंने एक गिरोह की विश्वसनीयता प्राप्त की। किन्तु उस दम्भी सन्त विदुर को इसकी भनक मिल गई। बीच में पड़कर उन्होंने सारा गुड़-गोबर कर दिया। आखिर पाँचों भाई वारणावत चले गए।

और तभी उन्होंने अपने जीवन का सबसे महत्त्वपूर्ण निर्णय लिया। उनके चेहरे पर मुस्कान चमक उठी। वह योजना कितने आश्चर्यजनक रूप से सफल हुई!

मामा शकुनि की सूझ-बूझ और यक्ष स्थूलकर्ण की दक्षता से पाण्डवों के निवास के लिए वारणावत में लाक्षागृह का निर्माण हुआ। वे उसमें जाकर टिके और पुरोचन ने उसमें आग लगाकर उन्हें जला मारा। और पुरोचन इतना स्वामिभक्त था कि

अपना कर्तव्य पालन करते हुए स्वयं भी जल मरा।

युधिष्ठिर की जगह युवराज-पद पर दुर्योधन का अभिषेक हुआ। इस प्रकार उन्होंने अपने जीवन में पहली बार सफलतापूर्वक एक बड़ा कदम उठाया।

किन्तु फिर भी उनकी महत्त्वाकांक्षा अधूरी रह गई। युवराज के रूप में उनका मार्ग कण्टकाकीर्ण हो गया। बहुत से लोग उन पर विश्वास नहीं करते थे। उनकी कामनाएँ विफल हो गईं। उनकी योजनाओं में बाधा पड़ी। यहाँ तक कि उनके गुरु द्रोणाचार्य ने भी सदा उनका साथ नहीं दिया। अभी उस दिन चेकितान को पुष्कर का राज्य लौटाकर उन्होंने जान-बूझकर उनका अपमान किया है और उनकी महान् विजय को अर्थहीन खेल बना दिया है।

निश्चय ही वे निराशा के साथ अपने जीवन में एक नए अध्याय के खुलने की प्रतीक्षा करते रहे हैं। कड़वाहट की बहुतेरी घड़ियों में कभी-कभी तो उन्होंने यमराज से यह प्रार्थना तक की है कि वे पितामह और माता सत्यवती और स्वयं उनके पिता को भी पितरों के पास बुला लें।

उनके जीवन का महान् सुयोग अचानक ही आ पहुँचा। राजा द्रुपद ने अपनी बेटी के स्वयंवर के लिए कुरु-राजपुत्रों को आमन्त्रित किया। उन्होंने तत्काल निश्चय किया कि वे निमन्त्रण स्वीकार करेंगे और द्रुपद की पुत्री को जीतेंगे—आवश्यक हुआ तो द्रोणाचार्य की स्वीकृति भी नहीं लेंगे।

यदि उन्होंने द्रौपदी को जीत लिया, और उन्हें सन्देह नहीं है कि वे जीतेंगे, तो पितामह की चिन्ता किए बिना तत्काल वे हस्तिनापुर के स्वयं-भू सम्राट् बन जाएँगे—यहाँ तक कि अपने पिता को गद्दी से उतार देंगे। उसके बाद वे स्वयं राजपद प्राप्त कर लेंगे।

तब उनके लिए चक्रवर्तित्व का मार्ग प्रशस्त हो जाएगा। बड़े पैमाने पर अश्वमेध-यज्ञ का आयोजन करके वे उस मार्ग पर आगे बढ़ेंगे, जैसे उनसे पहले उनके पुरखे भरत ने किया था।

ग्रह भी अनुकूल लग रहे हैं। हठी आचार्यदेव ने भी आखिर हथियार डाल दिए। भानुमती सामान्यतः कितनी प्रभावहीन है, लेकिन कृष्ण की मित्रता प्राप्त करने में उसने भी मेरी सहायता की। निःसन्देह इस ग्वाले ने आर्यावर्त में विशिष्ट शक्ति प्राप्त कर ली है। अब वह मेरे पक्ष में है।

वे अपनी चतुरता पर मुस्कराए। यदि पाँचों पाण्डव आज जीवित होते तो कृष्ण की सहायता से उन्होंने क्या नहीं किया होता!

उन्हें इसमें तनिक भी सन्देह नहीं था कि पाञ्चाल-राजकुमारी पति-रूप में उनका ही वरण करेंगी। द्रुपद की पुत्री के लिए चक्रवर्ती भरत के उत्तराधिकारी और कुरुओं के विशाल साम्राज्य के युवराज की पत्नी बनने से अधिक सौभाग्य की बात

और क्या होगी!

दुर्योधन के विचार अपनी पत्नी भानुमती की ओर मुड़ गए। उसने कृष्ण से वचन ले लिया है कि मामा शकुनि की राह वे आसान बना देंगे, जिससे वे साधिकार उनका मन्तव्य प्रस्तुत कर सकें। उनकी वह छोटी-सी पत्नी बड़ी अच्छी है। उन्होंने अपने आपसे प्रतिज्ञा की कि द्रौपदी से विवाह करने के बाद भी वे उसे नहीं भूलेंगे।

लेकिन कृष्ण क्या अपना वादा पूरा करेंगे? उनको समझना बड़ा कठिन है। पाण्डवों के प्रति उनकी प्रीति है। निःसन्देह उन्हें इस बात का सन्देह है कि दुर्योधन ने ही पाण्डवों से अपना पल्ला छुड़ाया है। किन्तु अपना वचन पालन करने के लिए वे प्रसिद्ध हैं। अतः उन्होंने अपनी धर्मबहन भानुमती को जो वचन दिया है, उससे पलटेंगे नहीं। कृष्ण-जैसे विचक्षण पुरुष का स्नेह अर्जित करके उनकी पत्नी ने सचमुच बड़ी चतुराई का परिचय दिया है।

समय बीतता रहा। पहलवान उनके शरीर में तैल-मर्दन करते रहे, किन्तु उनकी अधीरता बढ़ने लगी। अब तक शकुनि मामा लौट क्यों नहीं? कहीं उस ग्वाले ने कोई प्रपंच तो नहीं रचा।

वे पगध्वनि सुनने की प्रतीक्षा करने लगे। लो, मामा आ रहे हैं–जिनकी बड़ी देर से प्रतीक्षा थी। भारी कदमों की यह आवाज उन्हीं की हो सकती है, वैसी ही गहरी साँसों की जानी-पहचानी आवाज भी है। अजीब बात है कि मामा जैसे-जैसे मोटे होते जाते हैं, वैसे-ही-वैसे उनकी चतुराई भी बढ़ती जाती है।

दुर्योधन ने मुस्कराकर अपने स्थूल मामा का स्वागत किया जो अपनी धूर्त्तता-भरी आँखोंवाले अपने विशाल शरीर को ढोते-से चले आ रहे थे। अपनी अनुग्रहपूर्ण मुस्कराहट के पीछे की धूर्त्तता को वे छिपा नहीं पा रहे थे।

दुर्योधन मालिश करनेवाले पहलवानों को विदा करके उठ बैठे। तेल से उनका शरीर चमक रहा था। वे बोले, "उन्होंने क्या कहा?"

"मुझे द्रौपदी के पास ले जाने का अपना वचन पूरा करने को वे तैयार हैं, किन्तु उनका विचार है कि द्रौपदी तुम्हीं को चुने इसके लिए उसे राजी करना कठिन होगा।" कहकर अपने भांजे के चेहरे पर उभरनेवाली निराशा का मजा लेते हुए शकुनि हाथ मलने लगे।

"अरे, तो वह ग्वाला फिर अपनी चालबाजियों पर उतर आया? सहायता देने में उसे क्या कठिनाई है?" दुर्योधन ने पूछा।

"दुर्योधन, मुझे कितनी बार कहना पड़ेगा कि तुम अपनी वाणी पर संयम रखा करो। वे ग्वाले नहीं हैं।" अपनी बात पर बल देते हुए शकुनि ने कहा, "वे शक्तिपुरुष कृष्ण वासुदेव हैं। उनका सम्मान करने के लिए राजाओं की भीड़ लगी हुई है। वत्स, प्रतिज्ञा करो कि आज से तुम उन्हें ग्वाला नहीं कहोगे।"

"किन्तु किसी समय तो वे ग्वाले ही थे न? और अब क्या हैं?" दुर्योधन ने तिरस्कारपूर्वक कहा।

"वत्स, अन्तिम रूप से यह निश्चय कर लो कि तुम उन्हें मित्र बनाना चाहते हो या शत्रु। वे उदन्त मार्तण्ड हैं। तुम उनकी उपासना आरम्भ कर दो।" कहकर शकुनि इस तरह मुस्कराए, जैसे अपने बुद्धू शिष्य से बातें करता हुआ कोई दयालु अध्यापक मुस्कराता है।

"मेरे मुँह से यह शब्द फिसल पड़ा, इसका मुझे खेद है।" दुर्योधन ने पश्चात्ताप करते हुए कहा, "मैं उन्हें 'ग्वाला' न कहने का प्रयत्न करूँगा। किन्तु यह तो बताइए कि द्रौपदी को मुझे चुनने में क्या कठिनाई है?"

गोल-मटोल चेहरे की छोटी और चमकदार आँखें गम्भीर हो गईं–"सम्भवतः गुरु द्रोणाचार्य उसे स्वीकार न कर सकेंगे।" शकुनि ने अपनी कोमल दाढ़ी पर हाथ फेरते हुए कहा, "कुलीन कृष्ण का विचार है कि द्रौपदी को यही आपत्ति हो सकती है।" यह उन्होंने 'कुलीन' शब्द पर व्यंग्यात्मक बल देते हुए कहा, जिसके द्वारा वे अपनी बहन के बेटे पर अपने परामर्श का प्रभाव डालना चाहते थे।

"आचार्य को उसे स्वीकार करना ही पड़ेगा।" दुर्योधन ने झगड़ालू की तरह कहा, "उन्होंने मुझे स्वयंवर में आने की अनुमति दी है।" कहकर वे मुस्कराए।

"तुम्हें स्वयंवर में आने की स्वीकृति देने का यह अर्थ नहीं है कि उनके मन में द्रुपद के लिए मैत्री-भाव उत्पन्न हो गया है। वासुदेव का विचार है कि तुम द्रौपदी से विवाह करोगे तो वे हस्तिनापुर छोड़कर भी जा सकते हैं।" शकुनि ने कहा, "सम्भव है कि द्रौपदी यह वचन माँगे कि आचार्यदेव उसका स्वागत करें।"

"यह ग्वा...यह कृष्ण...अब व्यर्थ के बखेड़े खड़े कर रहा है।" अधीर होकर दुर्योधन ने कहा।

"वासुदेव का यह भी विचार है कि आचार्य के और द्रुपद के बीच कभी संघर्ष हुआ तो द्रोणाचार्य का शिष्य होने के कारण तुम उन्हीं का पक्ष लोगे।" शकुनि ने कहा।

दुर्योधन ने अपना कूल्हा ठोंका–"मामा, आपको स्पष्ट कह देना चाहिए था कि मैंने अपना निश्चय पक्का कर लिया है। जाइए और उनसे कह दीजिए कि मैं सदा अपने श्वसुर का पक्ष लूँगा, द्रोणाचार्य रहें या न रहें।"

"वत्स, पाञ्चाल-कुमारी से पार पाना कठिन जान पड़ता है। वासुदेव का विचार है कि वह तुम्हारी बात का ही भरोसा नहीं कर सकती। वह इस बात पर अड़ सकती है कि अश्वत्थामा इस बात की प्रतिज्ञा करें कि यदि वह हस्तिनापुर आती है तो वे प्राण देकर भी अपने पिता को हस्तिनापुर से नहीं जाने देंगे।" शकुनि ने कहा।

"क्या मेरी बात का कोई मूल्य नहीं?" दुर्योधन ने झल्लाकर पूछा।

"तुम तो जानते हो वत्स, कि लोगों के विश्वासपात्र तुम नहीं हो।" शकुनि ने मुस्कराकर कहा, "वासुदेव कहते हैं कि वह तुम्हारे आश्वासन को नहीं भी स्वीकार सकती है।"

क्रोध से दुर्योधन का मुख आरक्त हो गया–"सम्राट् भरत के वंशधर की बात पर एक ग्वाला अविश्वास करता है!"

"शिः, शिः," शकुनि ने अपने होंठों पर उँगली रखकर उसे बरजते हुए कहा, "फिर वही बात! इस शब्द को भूल जाओ। ये यादव बहुतेरे राजाओं से भी अधिक शक्तिशाली हैं और यहाँ तो सारे राज-मण्डल पर उनका प्रभुत्व है।"

"अच्छा, अच्छा, अच्छा," दुर्योधन ने सिर हिलाते हुए कहा, "अब से सच्ची बात न कहने की मैं शपथ लेता हूँ। यह एक अद्भुत संसार है, जिसमें राजाओं पर एक छिछोरा हुक्म चलाता है! वह चाहता क्या है?"

"वे चाहते हैं कि अश्वत्थामा प्रतिज्ञा करें।" शकुनि ने कहा।

"ठीक है, ठीक है, मैं उसके लिए उन्हें राजी करूँगा। किसी से अश्वत्थामा को बुलवा भेजिए।" कहकर दुर्योधन फिर चटाई पर लेट गए। उन्होंने इशारे से उन पहलवानों को अन्दर बुलाया, जो अब तक बाहर बैठकर फिर से मालिश चालू करने की प्रतीक्षा कर रहे थे।

अपहरण की योजना

मगध-सम्राट् जरासन्ध की छावनी शायद सबसे बड़ी थी, यद्यपि वह कुरुओं-जैसी परिष्कृत नहीं थी।

मगध के जो बहुसंख्यक करद-राजे आए थे, जरासन्ध की तरह वे भी बोलचाल और व्यवहार में रुखाई दिखाने में गर्व का अनुभव करते थे। वे आर्य राजाओं के सुसंस्कृत व्यवहार को तिरस्कार की दृष्टि से देखते थे। वस्तुतः वे उसे उनका अधःपतन मानते थे और उससे घृणा करते थे।

इनमें से अधिकांश राजकुमार केवल मल्लयुद्ध में निष्णात थे और, अपने अभ्यास के अनुसार, उचित वस्त्र धारण किए बिना ही बाहर निकल जाया करते थे। वे उन पाञ्चालवासियों की भावना की कोई चिन्ता नहीं करते थे, जिन्हें अपने राजकुमारों को रेशमी वस्त्रों, आभूषणों और मुकुट से सज्जित देखने का अभ्यास था।

इस छावनी के मध्य भाग में जरासन्ध का शिविर था। भारी-भरकम शरीरवाले

गदाधारी उसकी पहरेदारी कर रहे थे। यद्यपि जरासन्ध की आयु अधिक हो गई थी, फिर भी वे पहले ही जैसे शक्तिशाली दीखते थे। उनके चारों ओर उनके मुख्य सामन्त बैठे थे।

जरासन्ध के दाहिने उनका पुत्र सहदेव और उनके बाद पौत्र मेघसन्धि बैठे थे। दोनों ही जरासन्ध की अल्पवयस्क आकृतियों-जैसे थे। उनके शरीर भारी और गठीले थे, चेहरे भरे हुए थे, आँखें तेजस्विनी थीं, यद्यपि उनमें सम्राट्-जैसा काँइयाँपन नहीं था।

"सहदेव, तुम द्रुपद के पास जाओ," जरासन्ध ने भावहीन, झटकेदार और रोबीले स्वर में कहा, "उससे कहो कि मैं क्यों आया हूँ, इसे वह समझ ले। द्रौपदी से मेघसन्धि का विवाह हो जाने के बाद हम लोग आक्रमण की योजना पर विचार करेंगे।"

"किन्तु पिताजी, यदि मेघसन्धि से द्रौपदी का विवाह करने का उसका इरादा होता तो वह इतने सारे राजाओं को आमन्त्रित करके स्वयंवर का आयोजन क्यों करता?" सहदेव ने पूछा, जो वयस्क होने पर भी बच्चों की तरह अपने पिता से भयभीत रहता था।

जरासन्ध तिरस्कारपूर्वक हँसे। "ये आर्य राजे समझते हैं कि इनकी लड़कियाँ देवियाँ हैं। वे राजाओं के समूह के समक्ष उनका विवाह करना चाहते हैं। थोथे और मूर्ख!" उन्होंने कहा।

"किन्तु महाराज, क्या हमें इस बात का पक्का भरोसा है कि राजकुमारी अपने पिता की इच्छाएँ पूरी करेगी? मुझे बताया गया है कि उसकी इच्छाशक्ति अत्यन्त प्रबल है।" सहदेव ने कहा।

जरासन्ध की भौंहें तनीं—"मुझे इन स्वयंवरों से घृणा है। ये आर्य लड़कियाँ अन्त समय में बहक जाती हैं, और जिसे चाहती हैं, चुन लेती हैं।"

"इस बार यदि द्रौपदी भी ऐसा ही करे तो क्या होगा?"

अचरज से जरासन्ध की आँखें फैल गईं—"द्रुपद की बेटी मेघसन्धि को अस्वीकार करे, इस अपमान को मैं सहन नहीं करूँगा।" उन्होंने अपने पुत्र की ओर आँख से धूर्ततापूर्ण इंगित करके धीमे स्वर में कहा, "स्वयंवर हो या न हो मगध के अश्व अत्यन्त द्रुतगामी हैं। आवश्यकता होने पर वे स्वयं द्रुपद को भी राजगृह पहुँचा सकते हैं।" इस बात पर उपस्थित सामन्तगण हँस पड़े, जैसे यह कोई अच्छा-खासा परिहास हो।

थोड़ी देर वे धीमे-धीमे परामर्श करते रहे।

मेघसन्धि ने बहुत धीमे स्वर में कहा, "मुझे सूचना मिली है कि द्रौपदी जब यज्ञशाला से स्वयंवर-मण्डप में जाने लगेगी तभी सर्वोत्तम अवसर मिलेगा। उस समय

उसे उठा ले जाना कठिन न होगा।''

''वत्स, सफलता के लिए क्षिप्रतापूर्वक काम करना और लोगों को अचरज में डाल देना आवश्यक होता है।'' जरासन्ध ने उत्साहवर्धक स्मित के साथ कहा, ''तुम अपने साथ हमारे दो या तीन सर्वश्रेष्ठ वीरों को ले जा सकते हो। किन्तु काम में हाथ डालना तो फिर हिचकिचाना नहीं।'' फिर थोड़ी देर रुककर बोले, ''उस समय स्वयंवर-मण्डप में जाते हुए हम लोग चौराहे पर रहेंगे, ज्यों ही तुम शंख-ध्वनि करोगे, हम लोग तुमसे आ मिलेंगे और मगध की ओर चल पड़ेंगे।''

सम्राट् जिस समय धीमे स्वर में ये आदेश दे रहे थे, मगध के सामन्त राजा विदण्ड और उनके पुत्र दण्ड शिविर में आए। सम्राट् ने रोषपूर्वक विदण्ड की ओर देखकर कहा, ''तुम्हें इतना विलम्ब क्यों हुआ विदण्ड? हम लोग तो यहाँ बहुत पहले पहुँच गए थे।''

विदण्ड हाथ जोड़कर सम्राट् के सामने खड़े हो गए और क्षमायाचनापूर्वक बोले, ''बहुत बड़ी भीड़ ने हमारी राह रोक ली थी।''

''क्या हो रहा था?'' सम्राट् ने पूछा।

''सभी यादव अतिरथियों के साथ बलराम और कृष्ण वासुदेव राजभवन से अपने शिविर की ओर लौट रहे थे।'' विदण्ड ने कहा।

''कृष्ण!'' सम्राट् ने त्यौरियाँ चढ़ाकर कहा, ''वह ग्वाला यहाँ क्यों आया है? वह तो राजा नहीं है।''

''महाराज, वे किसी भी राजा की अपेक्षा लोगों को अधिक आकर्षित करते हैं। यहाँ तक कि विराट, सुनीत और भोज जैसे बहुत-से राजे और कुछ कुरु-राजकुमार भी उसका अभिनन्दन करने गए थे। वे जहाँ कहीं जाते हैं उन्हें बहुत बड़ी भीड़ घेर लेती है। बहुत-से लोग उन्हें दण्डवत प्रणाम करते हैं, मानो वे भगवान हों, और उनका आशीर्वाद प्राप्त करते हैं तथा 'कृष्ण वासुदेव की जय' के नारे लगाते हैं।'' विदण्ड ने कहा।

''उसकी छावनी कहाँ है?'' जरासन्ध ने कहा।

''यहाँ से थोड़ी ही दूर है। मैं समझता हूँ कि उनके साथ बीस यादव अतिरथी आए हैं।'' विदण्ड ने कहा।

''अरे, इतने?'' सम्राट् ने आश्चर्य से पूछा, ''यह ग्वाला कोई प्रपंच तो...?''

''यह कहना कठिन है, किन्तु चारों ओर उन्हीं का दबदबा है।''

''क्या द्रुपद ने नगर-द्वार पर जाकर उसका स्वागत किया था?'' जरासन्ध ने पूछा।

''नहीं महाराज,'' विदण्ड ने उत्तर दिया, ''वासुदेव ने राजा को सन्देश भेजा था कि उनका स्वागत करने के लिए स्वयं आने का कष्ट, वे न करें। अतः राजकुमार

धृष्टद्युम्न और सत्यजित ने उनकी अगवानी की थी। और यहाँ आकर यादवों ने सबसे पहला काम यह किया कि पैदल चलकर राजा के प्रति सम्मान प्रकट करने गए।''

''क्या वे द्रौपदी को जीतने आए हैं?'' जरासन्ध ने अपने-आपसे पूछा। उनके ललाट पर चिन्ता की रेखाएँ खिंच गईं।

''महाराज तो जानते हैं कि द्रौपदी से विवाह करने के द्रुपद के प्रस्ताव को उन्होंने अस्वीकार कर दिया था।'' विदण्ड ने कहा।

''मुझे इसका विश्वास नहीं है।'' जरासन्ध ने कहा, ''जो भी हो, सहदेव, तुम राजा द्रुपद से पक्की बात कर लो कि द्रौपदी मेघसन्धि को ही चुनेगी। यदि उसने ऐसा किया तो हम बहुत-से झमेलों से बच जाएँगे।''

''मैं ठीक नहीं जानता महाराज, किन्तु ऐसा लगता है कि कुरुओं के साथ वासुदेव का कोई समझौता हो गया है। मैंने सुना है कि कुरुओं ने चेकितान को पुष्कर लौटा दिया है, जो कृष्ण का सम्बन्धी है। सम्भवतः उनको दुर्योधन के पक्ष में करने के लिए इस रूप में मूल्य चुकाया गया है।''

आश्चर्य से जरासन्ध की आँखें फैल गईं। वे थोड़ी देर विचारमग्न रहे। यहाँ भी कृष्ण वासुदेव! यह भवितव्य ही प्रतीत होता है कि जब भी वे आर्यावर्त पर अपना प्रभाव-विस्तार करने का प्रयत्न करते हैं, यह ग्वाला उनके मार्ग में आ जाता है।

उनके मस्तिष्क में घटनाओं की एक श्रृंखला घूम गई। इस ग्वाले ने उनके जामाता कंस की हत्या कर दी, जो आर्य-संसार पर वर्चस्व स्थापित करने का उनके लिए एक सशक्त साधन था। गोमन्तक में उनके सम्मान को बड़ा गहरा धक्का पहुँचाया। चेदि और विदर्भ के राजाओं के साथ सन्धि करने की योजना को विफल कर दिया। कहना चाहिए कि उनकी आँखों के सामने से विदर्भ की राजकन्या का अपहरण किया। हर बार यह आदमी कहीं से आ टपका और इसने उनकी सुनियोजित योजनाओं को धूल में मिला दिया।

आर्य राजाओं को सीख देने के लिए उन्होंने यादवों की नगरी मथुरा को जलाकर क्षार-क्षार कर दिया, किन्तु वहाँ भी असफलता ही उनके हाथ लगी। यादव बचकर सौराष्ट्र चले गए और जिस परिपूर्णता के साथ उन्होंने मथुरा से बदला लिया था, वह पलटकर उन्हीं पर आ पड़ा। कृष्ण वीर बनकर उभरे और उन्हें रक्त-पिपासु दानव की अपकीर्ति मिली।

यह साहसिक काम उन्हें बड़ा महँगा पड़ा। इसके परिणामस्वरूप उन्हें अपने जन्म-स्थान मगध को लौटकर छोटे-मोटे सामन्तों की सरदारी करनी पड़ी, जो छह महीनों तक बाढ़ के पानी से भरे दलदली इलाकों में रहनेवाले लोगों पर शासन करते थे।

किन्तु उन निष्फल वर्षों का उपयोग उन्होंने बड़ी कुशलता और आत्मसंयम के साथ किया। वे द्रोणाचार्य के प्रति द्रुपद के वैर को भड़काते रहे। उनकी दृष्टि से काम्पिल्य और हस्तिनापुर के बीच संघर्ष छिड़ जाने में ही उनकी भावी सफलता निहित थी।

उन्होंने एक ऐसी नीति का अनुगमन किया था, जिसकी परिणति उनके पौत्र मेघसन्धि और द्रुपद की पुत्री के विवाह के रूप में होनी थी। इस विचार को उन्होंने बड़ी दक्षता से आगे बढ़ाया था। इससे एक बड़ी व्यूह-रचना की नींव पड़ती थी, जिससे यदि कुरुशक्ति का विनाश नहीं होता तो कम-से-कम वह निर्बल तो अवश्य हो जाती। यह आर्यावर्त के हृदय पर अपना वर्चस्व स्थापित करने का उनके लिए अन्तिम अवसर था। यह एक ऐसी महत्त्वाकांक्षा थी, जिसने उन्हें जीवन-भर लुभाया था।

किन्तु द्रुपद विश्वसनीय नहीं थे। वे सदा मन्त्रणाएँ ही करते रहे, सन्धि कभी नहीं की, यद्यपि सदा सन्धि करने की तत्परता प्रकट करते रहे। अतः जब उन्होंने सुना कि उनके शत्रु कृष्ण के साथ द्रौपदी के विवाह का प्रस्ताव किया जा रहा है तो उन्हें गहरा आघात लगा। किन्तु शीघ्र ही उन्हें दूसरी सूचना मिली कि वह प्रस्ताव अस्वीकार कर दिया गया। सम्राट् ने सोचा था कि वह ग्वाला उनके साथ एक और झगड़ा मोल लेने को तैयार नहीं था।

इसलिए जब द्रुपद के यहाँ से स्वयंवर में सम्मिलित होने का आग्रहपूर्ण निमन्त्रण आया तो उन्होंने झटपट उसे स्वीकार कर लिया। उन्हें इस बात में सन्देह नहीं था कि वैवाहिक सम्बन्धों को पक्का करने की आर्य राजाओं की विचित्र प्रणालियों में से यह भी एक प्रणाली थी। आर्य राजा बड़ी धूमधाम से स्वयंवर का आयोजन करके अपनी लड़कियों को स्वयं अपना पति चुन लेने की स्वतन्त्रता देने में विश्वास करते थे। इन बातों को वे चाहे जितना नापसन्द करते हों, उन्हें इनको निभाना ही था और वे उन लोगों को छोटे बच्चों की तरह बहकाने को तैयार थे।

लेकिन यह वासुदेव यहाँ क्यों आया है? क्या उसे यह आशा है कि इतने राजाओं के बीच द्रौपदी उसे चुन लेगी? यदि ऐसा है तो पहले उसने विवाह के प्रस्ताव को क्यों अस्वीकार कर दिया था? लेकिन उस ग्वाले के तौर-तरीके ऐसे ही हैं। लोगों को चकाचौंध में डाल देनेवाली विजय प्राप्त करने का शौक है उसे।

कुण्डिनपुर में राजा भीष्मक ने राजाओं के बीच उसे आसन देना अस्वीकार कर दिया था, किन्तु उसने राजाओं से भी बढ़-चढ़कर स्वागत-सत्कार पाने की युक्ति निकाल ली। उस समय तो वह एक सामान्य-सा सरदार था। किन्तु अब उनका यह पुराना शत्रु, यह ग्वाला, खासा शक्तिशाली बन गया है। अजीब बात है कि साम्राज्य के बिना ही वह सम्राटों जैसे सम्मान का अधिकारी बन बैठा है। राजा

लोग जैसे जरासन्ध, भीष्म और द्रुपद के सम्बन्ध में बातें करते हैं, वैसे ही उसके सम्बन्ध में भी। सामान्य जनों के लिए तो वह और महान् है—वे उसकी भक्ति करते हैं।

एक अनजाना भय जरासन्ध पर हावी हो गया। वे सूनी आँखों से देखते रहे। उनका मुँह लटक गया। दिमाग धुँधला हो गया। उस धुँधलेपन में उन्होंने नरमुण्डों की माला पहने एक नंगे साधु को जलती हुई मथुरा से बाहर आते देखा। उस साधु के शब्द उनके कानों में गूँज उठे : 'जब तक तुम एक सौ राजाओं के मुण्डों की बलि नहीं दोगे, आर्यावर्त पर अपनी प्रभुता नहीं स्थापित कर सकोगे।' वे काँप उठे। उस समय उन्हें ऐसा लगा था, जैसे संहार के देवता सर्वशक्तिमान रुद्र स्वयं उनसे बातें कर रहे हों।

यह मनःस्थिति क्षण-भर ही टिकी। शीघ्र ही वे अपने आपे में आ गए। उन्होंने अपने पुत्र सहदेव तथा अन्य लोगों की ओर देखा, जो उनके भाव-परिवर्तन से घबरा गए थे। इस बात से अनजान, वे समझ नहीं सके कि ये लोग ऐसे अजीब ढंग से क्यों उनकी ओर देख रहे हैं। वे धीमे-से बड़बड़ाए : "वह ग्वाला क्या कर सकता है?" उन्होंने अपना गला साफ किया और फिर वहीं से बात शुरू की, जहाँ उसे छोड़ा था।

उन्होंने अपने पुत्र से द्रुपद को चुनौती देने को कहा, "द्रौपदी को स्वयंवर में पति के रूप में उस ग्वाले का वरण करने का दुःसाहस नहीं करना चाहिए। यदि उसने ऐसा किया तो सम्राट् स्वयंवर को नष्ट-भ्रष्ट कर देंगे।"

साथ-ही-साथ उन्होंने ऐसे किसी प्रयत्न की निरर्थकता का भी अनुभव किया। कुरु-राजकुमार और यादव-योद्धा पूरी तरह से सैन्य-सज्ज होकर आए हैं। पाञ्चाल योद्धा बहुसंख्यक और शक्तिशाली हैं। बहुतेरे राजा कृष्ण और द्रुपद का साथ देंगे। यदि वे सभी मिल जाएँ तो स्वयंवर को ध्वंस करने का उनका प्रयत्न बुरी तरह निष्फल हो जाएगा। केवल एक ही मार्ग दीखता है। यदि द्रुपद उनके कहने के अनुसार प्रतिज्ञा न करेंगे तो वे तत्काल काम्पिल्य से चले जाएँगे—और राजकुमारी के साथ जाएँगे।

उन्होंने सहदेव की ओर देखा। वे निश्चय कर चुके थे। बोले, "किन्तु द्रुपद मुझे धोखा देने का साहस नहीं कर सकते। सहदेव, राजा द्रुपद से कहो कि यदि राजकुमारी ने मेघसन्धि को नहीं चुना तो उनको जरासन्ध से निबटना पड़ेगा।" दुर्योधन के शिविर के निकट ही अंग-राज कर्ण और द्रोण-पुत्र अश्वत्थामा के अपेक्षया छोटे शिविर थे।

अपने धार्मिक कृत्यों के प्रति निष्ठा रखनेवाले कर्ण ने सबेरे उठकर सबसे पहले गंगास्नान किया और सूर्यदेवता को अर्घ्य दिया। अब वे एक वटवृक्ष के नीचे

बैठकर निर्धनों को भोजन बाँट रहे थे, क्योंकि उनका नियम था कि निर्धनों को भोजन कराए बिना वे स्वयं अन्न-ग्रहण नहीं करते थे।

जब वे भोजन बाँट रहे थे तो उनके कान्तिमान मुख पर मैत्रीपूर्ण स्मित था और उनकी भौंहों में बल नहीं थे। उनकी आँखों में उन अन्धों और लँगड़ों के प्रति सहानुभूति का भाव था, जो उनसे करुण स्वर में प्रार्थना कर रहे थे।

उलझे केशों और गाँठ लगी दाढ़ीवाले अश्वत्थामा भौंहें चढ़ाए दुर्योधन के शिविर से बाहर निकले और तब तक अधीरतापूर्वक प्रतीक्षा करते रहे, जब तक कर्ण का भोजन बाँटना समाप्त नहीं हुआ। फिर वे दोनों भोजन करने बैठे।

कर्ण ने देखा कि अश्वत्थामा उबल पड़ने को तैयार हैं।

"कर्ण, दुर्योधन की स्वार्थपरता का अन्त नहीं है!" अश्वत्थामा ने संयत क्रोध के साथ कहा।

"क्या बात है अश्वत्थामा? किसी कारण तुम अत्यधिक क्रोधित हो गए जान पड़ते हो! बात क्या है?" कर्ण ने मैत्रीपूर्ण स्मित के साथ पूछा।

"तुमको पता है, अभी-अभी मुझे दुर्योधन ने किसलिए बुला भेजा था?" अश्वत्थामा ने पूछा। "वह चाहता था कि मैं एक प्रतिज्ञा करूँ! कैसी विचित्र बात है, कैसी स्वार्थपरता!" अश्वत्थामा ने कहा। अन्याय की भावना से वे तिलमिला रहे थे और ग्रास गले के नीचे उतारना भी उनके लिए कठिन हो रहा था।

कर्ण मुस्कराए। वे अपने मित्र के ऐसे विस्फोटक उद्‌गारों से परिचित थे, जो कभी-कभी ज्वालामुखी के फटने की याद दिलाते थे। उन्होंने कहा, "शान्त होकर बताओ कि बात क्या है।"

"द्रौपदी को प्राप्त करने के लिए दुर्योधन ने कृष्ण की सहायता चाही थी।" अश्वत्थामा ने कहा। उनका गला रुँध-सा रहा था–"और यादव कृष्ण दुर्योधन का यह आश्वासन पाए बिना उनकी सहायता न करेगा कि द्रुपद के प्रति पिता अपनी शत्रुता त्याग देंगे–जैसे कि पिता कोई बच्चे हों!"

"किन्तु उससे तुम्हारा सम्बन्ध?" कर्ण ने पूछा, जैसे वे किसी रूठे बच्चे से बातें कर रहे हों।

"उतावले मत होओ!" अश्वत्थामा ने चीखकर कहा, जो स्वयं ही उतावली की प्रतिमूर्ति बन रहे थे, "वह मुझसे प्रतिज्ञा कराना चाहता है कि यदि द्रौपदी हस्तिनापुर आए तो चाहे मुझे प्राणों से ही हाथ क्यों न धोना पड़े, मैं पिताजी को कुरुओं का त्याग न करने दूँ।"

कर्ण अपने मित्र के रोष पर मुस्कराए और इस प्रश्न से उन्हें छेड़े बिना न रह सके–"तो तुम प्रतिज्ञा कर क्यों नहीं लेते?"

"मैं वह प्रतिज्ञा करूँ? मैं इसलिए पिता का कोपभाजन बनूँ कि दुर्योधन द्रुपद

की बेटी से विवाह कर सके! मैं क्यों प्रतिज्ञा करूँ? यदि मुझे पिता की स्वीकृति का भरोसा होता तो मैं स्वयं ही राजकुमारी से विवाह न कर लेता!" अश्वत्थामा ने कहा।

कर्ण जी खोलकर हँसे, "मित्र, तुम क्या सचमुच पाञ्चाल की उस राजकन्या से स्वयं विवाह करना चाहते हो?"

"क्यों नहीं? महान् आचार्य का पुत्र–और मेरे-जैसा अप्रतिम धनुर्धर–द्रौपदी का पति होने के लिए उतना ही योग्य है, जितना कोई राजा। इससे पहले भी राजकन्याओं ने ब्राह्मण-पुत्रों से विवाह किया है। किन्तु इतने राजकीय मुकुट उसके पाणि-प्रार्थी हैं कि मेरे उलझे केशों के लिए कोई आशा नहीं है।" कहकर अश्वत्थामा ने तिरस्कार-सहित कर्ण की ओर देखा, जैसे वही राजत्व का प्रतीक हो–"अब दुर्योधन मुझसे यह चाहता है कि मैं न केवल द्रौपदी का विचार ही छोड़ दूँ, बल्कि द्रौपदी उसको मिले, इसका उपाय करूँ। मैंने उसके लिए जितना कुछ किया है, उसका यही बदला वह मुझे दे रहा है।"

"अश्वत्थामा, दुर्योधन पर क्रोध न करो।" कर्ण ने समझाते हुए कहा, "उन्होंने द्रौपदी को प्राप्त करने की ठान ली है। वे अपने अधिकारों से बहुत समय से वंचित रहे हैं और इस विवाह से वे अपने पिता के जीवन-काल में ही राजकीय पद की ओर एक पग आगे बढ़ेंगे। हम उनके सबसे अच्छे मित्र हैं। हमारा सबकुछ उन्हीं का है। उनकी महत्त्वाकांक्षा पूरी करने में हमें आनाकानी नहीं करनी चाहिए।"

"यदि उसने हमारी सहायता की होती तो बदले में हम अवश्य उसकी सहायता करते।" अश्वत्थामा ने कहा। अपनी महत्त्वाकांक्षा के प्रति कर्ण की प्रतिक्रिया से वे रुष्ट दीख रहे थे। उन्होंने कहा, "क्या स्वयं तुम भी द्रौपदी को नहीं पाना चाहते?"

"इतने राजा जब उसे पाने के इच्छुक हैं तो मेरी ओर कौन देखेगा?" कर्ण ने विनम्र स्मित के साथ कहा।

"किन्तु यहाँ आए राजाओं में तुम सबसे रूपवान राजा और सर्वश्रेष्ठ धनुर्धर हो। यदि उसे कोई सुरूप और वीर पति चुनना है तो तुम्हारी समता करनेवाला कोई नहीं है।" दुर्योधन के प्रति ईर्ष्या के कारण चिढ़े हुए अश्वत्थामा ने कहा।

"किन्तु मैं दुर्योधन का प्रतियोगी कदापि नहीं बनूँगा। जब उन्होंने मुझे तुच्छता से उबारकर अंग का राजा बनाया तो मैंने सदा के लिए उनकी वफादारी की सौगन्ध ली थी और उन पर या मुझ पर जो भी बीते, मैं अपनी सौगन्ध पर अटल रहूँगा। यदि तुम्हारे स्थान पर मैं होता तो निश्चय ही मैं उनकी बात मान लेता। इसके अतिरिक्त यह भी मत भूलो कि कुरुओं के युवराज को छोड़कर हम लोगों को कोई नहीं चुनेगा। यदि वे कुरुओं और पाञ्चालों के बीच शान्ति स्थापित करना चाहते हैं तो हमें बीच में क्यों पड़ना चाहिए?"

"मान लो कि धनुर्विद्या की प्रतियोगिता हुई तो उसमें तुम्हारे अतिरिक्त और किसकी विजय हो सकती है?" अश्वत्थामा ने पूछा।

"मैं विजयी हो तो सकता हूँ," कर्ण ने थोड़ी उदासीनता के साथ कहा, "किन्तु सारथि-पुत्र होने के कारण मुझे प्रतियोगिता में भाग नहीं लेना चाहिए, मैं यह भी जानता हूँ। यदि मैं प्रतियोगिता में भाग लूँगा भी तो आर्यावर्त के राजाओं को केवल यह दिखलाने के लिए कि त्रिभुवन का सर्वश्रेष्ठ धनुर्धर दुर्योधन का अनुगत है।"

"कर्ण, तुम्हारे साथ सबसे बड़ी कठिनाई यही है कि तुम सूत-पुत्र हो, यह कभी नहीं भूल पाते। तुम ऊँचाई पर दृष्टि रखना जानते ही नहीं।"

"यह एक तथ्य है कि मैं सारथि-पुत्र हूँ और किसी तथ्य को भुला देना अक्षम्य होता है। मैत्री का मूल्य भी मैं जानता हूँ। जब मेरे पास कुछ भी नहीं था तो दुर्योधन ने मुझे वह सब दिया, जो आज मेरे पास है। मैं उनके प्रति अकृतज्ञ नहीं हो सकता, न तुम्हीं हो सकते हो।" कर्ण ने कहा।

अश्वत्थामा थोड़ी देर कर्ण को घूरते रहे, उन्होंने सिर को झटका दिया, भौंहों का पसीना पोंछा और कहा, "तुम्हारा कहना ठीक है कर्ण! दुर्योधन का इच्छित वचन यदि मैं द्रौपदी को न दूँ तो कृतघ्नता होगी।"

"मुझे आशा है कि दुर्योधन के कहने के अनुसार तुम प्रतिज्ञा करोगे।" कर्ण ने पुचकारते हुए कहा।

"ठीक है, यदि तुम सभी ऐसा ही चाहते हो तो मैं प्रतिज्ञा कर लूँगा। किन्तु दुर्योधन के लिए यह मेरी अन्तिम प्रतिज्ञा होगी।" अश्वत्थामा ने कहा।

"मित्र, मैं नहीं जानता कि अभी कितनी बार हम लोगों को दुर्योधन का साथ देना होगा। कठिनाइयों में पड़ने की युक्ति वे जानते हैं। हम लोगों को उन्हीं से उनकी रक्षा करनी होगी।" कर्ण ने कहा।

नागराज कर्कोटक के पुत्र कुमार मणिमान जब उद्धव के साथ काम्पिल्य पहुँचे और उनका आदरपूर्ण स्वागत-सत्कार हुआ तो वे बड़े प्रसन्न हुए।

अब वे पहले की तरह सुख-सुविधा में जीवन बितानेवाले नाग-कुमार नहीं थे। अपने बहनोई उद्धव की कृपा से अब वे किसी भी निपुण वीर की समता कर सकते थे। उद्धव ने उन्हें इसका विश्वास दिलाया था। उन्होंने पुष्कर-अभियान में भाग लिया था। कृष्ण और बलराम सदा उनके अनुकूल रहे थे। उन्होंने प्रबल यादव अतिरथियों के साथ जाने कितने दिन बिताए हैं और सहज स्नेह पाया है।

अब वे एकत्रित राजाओं के विशाल समूह के बीच और सुसज्जित नाग-योद्धाओं से घिरे होने के कारण प्रसन्न थे। उनके लिए इसका कोई महत्त्व नहीं था कि

द्रौपदी किसे चुनती है। उन्हें नाग-रमणियों के मधुर और स्वतन्त्र रंग-ढंग ही पसन्द थे। इस महान् वंश की महीयसी महिला से विवाह करने में उनकी रुचि नहीं थी। वे जानते थे कि वह भी इनका वरण करे, इसकी कोई सम्भावना नहीं थी।

आर्य राजाओं के बीच स्थान प्राप्त करके उन्होंने आर्यों के आक्रमण से अपने लोगों को सुरक्षित बना लिया था और वे प्रसन्न थे।

उनका विश्वासी सरदार सिगुरी नाग उनसे मिलने आया।

"क्या तुम्हें पाँचों भाइयों का कुछ अता-पता मिला?" राजकुमार ने पूछा। सिगुरी नाग ने सिर हिला दिया। कहा, "मैं सभी शिविरों में हो आया।"

"हे भगवान पशुपति! वासुदेव क्या कहेंगे?" कहकर मणिमान कृष्ण के पास जाने के लिए तैयार होने लगे।

द्रुपद की द्विविधा

सोलह दिनों का समारोह जैसे-जैसे व्यतीत हो रहा था और स्वयंवर का निश्चित दिन, पौष मास की एकादशी, निकट आ रहा था, द्रौपदी की उद्विग्नता बढ़ती जा रही थी।

जब कभी वह अटारी पर जाती, उसे काम्पिल्य का रूप परिवर्तित होता दिखाई देता। रंग-बिरंगी पताकाओं से सजे शिविर; मार्ग में रथों, हाथियों और अश्वों की भीड़; झुण्ड-के-झुण्ड उल्लास भरे राजाओं और राजकुमारों का आगमन; उसके विवाहोत्सव के उल्लास में खिलखिलाते स्त्री-पुरुषों और बच्चों से भरी गंगा के वक्ष पर तिरती असंख्य नौकाएँ–सभी लोगों और सभी जगहों में हर्षोल्लास भरा था, केवल वही थी, जो विषाद में डूबी हुई थी।

शंकाएँ उसके मन को घेर रही थीं। क्या स्वयंवर में उसे ऐसा पति मिल जाएगा, जो उसके पिता के जीवन का लक्ष्य पूरा करेगा? क्या यह पति के चुनाव का उचित मार्ग है? क्या इस माध्यम से चुना गया पति अनुकूल रहेगा? क्या स्वयं उसमें इतनी निष्ठा और आकर्षण है कि वह अपने पिता के वैर का बदला लेने के लिए अपने पति को प्रोत्साहित कर सके?

उसने सोचा कि उसका जीवन और उसके पिता का जीवनोद्देश्य, दोनों दो पलड़ों पर सन्तुलित हैं। यह अनिश्चय उसके लिए इतना असह्य हो गया था कि वह अकेली छोड़ दी जाती तो कहीं अधिक सुखी होती। किन्तु उसे दिन-भर और आधी रात तक भीड़ के बीच रहना पड़ता। राजकीय वधू के योग्य अलंकरणों से सज्जित होने के बाद उसे अनेक विधि-विधानों में भाग लेना पड़ता था। आशीर्वाद

और बधाइयाँ देने आनेवाले बड़े-बूढ़ों, सगे-सम्बन्धियों और हित-मित्रों का ताँता लगा रहता था। राजकीय अतिथियों के दूत उपहार लेकर आते, जो उसके पिता के स्वीकार कर लेने के बाद उसके पास लाए जाते। वह सोचती कि ये उपहार नहीं, उसका अग्रिम मूल्य है। वह चाहती थी कि उसके पिता अतिथियों को यह बता देते कि वह उसी व्यक्ति से विवाह करेगी, जो गुरु सान्दीपनि के द्वारा निश्चित एक कठोर परीक्षा में खरा उतरेगा। अभी तक वे लोग यही समझ रहे हैं कि जो जिस शस्त्र-चालन में निपुण है, वह उसमें अपनी दक्षता का प्रदर्शन करेगा और फिर खुले मण्डप में वह अपने पति को चुन लेगी।

वह जानती थी कि परीक्षा बड़ी कठिन होगी। सम्भवतः कोई भी प्रवीण धनुर्धर उसमें सफल न हो सकेगा। जो भी हो, वह किसी सरल प्रतियोगिता से सन्तुष्ट नहीं हो सकती थी। वह तो आर्यावर्त के सर्वश्रेष्ठ धनुर्धर से ही विवाह करना चाहती है।

कृष्ण ने वादा किया था कि स्वयंवर के द्वारा उसके पिता आर्यावर्त के राजाओं में अपूर्व स्थान के अधिकारी हो जाएँगे। वह लगभग सच हो रहा है। निश्चय ही वह वचन पूरा हो जाएगा। किन्तु यदि कोई व्यक्ति प्रतियोगिता में सफल न हो सका तब भी असाधारण कठिनाइयाँ उठ खड़ी होंगी।

द्रौपदी ने सोचा कि यह कैसी विचित्र बात है कि राजा लोग विवाह-सम्बन्ध केवल इसलिए स्थापित करना चाहते हैं कि उससे उन्हें राजनीतिक सन्धियाँ करने में सहायता मिल सके। यह सोचकर उसे हँसी आई कि वह इसका अपवाद है। वह इसलिए अपना पति चुनने जा रही है कि वह उससे अपने पिता का उद्देश्य पूरा कराना चाहती है।

कृष्ण इन सबमें अनूठे हैं। यद्यपि वे अपने-आपको गोपाल कहते हैं, किन्तु वह जितने राजाओं को जानती है, उन सबसे उनका स्वभाव श्रेष्ठतम है। किन्तु द्रौपदी के पिता के वैर का बदला लेने के लिए वे उससे विवाह न करेंगे। फिर भी उन्होंने अपने वचन का पालन किया है। वे बलराम, अक्रूर और स्वयं अपने नेतृत्व में सभी प्रसिद्ध यादव-योद्धाओं को काम्पिल्य ले आए हैं, जो व्यक्ति और वीर के रूप में अधिकांश राजाओं से अधिक प्रभावशाली हैं।

उसने अटारी से यादवों को देखा था। वे उसके पिता का अभिवादन करने के लिए महल की सीढ़ियों पर आए थे। उनमें बलराम थे—दैत्याकार, सबसे ऊँचे, प्रभावशाली; अक्रूर थे—शान्त, संयत, वयस्कता के गौरव की मूर्ति, नपे-तुले पगों से चलते; युयुधान सात्यकि थे—सात्यक के पुत्र, लम्बे, कोमल और बलवान, सजीले शरीर और उदार व्यवहारवाले; उन लोगों में भी कृष्ण की शोभा अनूठी थी—वे उदात्त शक्ति विकीरित कर रहे थे, उनके शरीर की आकाश-श्यामल कान्ति चमक रही

थी, मस्तक पर मयूर-पुंच्छ लहरा रहा था, वह सहज लावण्य और गौरव से पूर्ण उनकी मुस्कान विजयिनी थी।

कुरु-राजकुमार भी आए थे—दुर्योधन, दुःशासन तथा उनके अन्य भाई; अंगराज कर्ण भी थे, जो सूत-पुत्र थे; यहाँ तक कि भयानक दीखनेवाले द्रोण-पुत्र अश्वत्थामा भी थे। उसके पाणिप्रार्थी बनकर आए उन लोगों को देखकर पिता बहुत झुंझलाए थे, उलझनें भी बढ़ी थीं, यद्यपि उनकी उपस्थिति से इस अवसर को महत्त्व भी मिला था।

उस दिन वह बहुत सबेरे उठ गई थी। हल्दी, केशर और कस्तूरी-युक्त जल से उसने विधिपूर्वक स्नान किया था। सखियों ने स्वर्ण तथा रत्नालंकारों से उसे सजाया था। सुदक्ष मालिनों ने उसके लम्बे चमकीले केशों को फूलों से गूँथा था। उसे देवी की तरह सजाया जा रहा था और स्वयं भी उसे लग रहा था कि वह देवी है—गरिमावान और प्रभामण्डित।

अनन्तर पिता के पास जाकर उसने उनके चरणों में प्रणाम निवेदित किया था। बचपन से वह नित्य इसी प्रकार पिता का चरण-वन्दन करती आई थी। पिता उसके लिए ईश्वर के समान थे। प्रणाम करते हुए उसने देखा कि वे गम्भीर हैं। उनके मुख पर अप्रसन्नता की छाया देखकर वह उद्विग्न हो गई। हाँ, वे बहुत दुखी थे, बहुत ही दुखी।

फिर वह अपने बड़े भाई धृष्टद्युम्न के साथ कुरु-युवराज दुर्योधन के भाई दुःशासन से मिली। दुःशासन उसके लिए उपहार ले आए थे—अत्यन्त बहुमूल्य उपहार। उनके साथ हस्तिनापुर की राजसभा के एक विद्वान ब्राह्मण भी आए थे। प्रथा के अनुसार उन्होंने कुरुओं के युवराज की प्रशंसा के श्लोक सुनाए, जिनमें उनकी वंश-परम्परा के साथ उनकी वीरता, सुन्दरता, उच्च संकल्प तथा उदात्त जीवन का उबानेवाला वर्णन था। उन्होंने आर्यावर्त के उदार और अप्रतिम धनुर्धर कर्ण तथा द्रोणाचार्य के वीर पुत्र अश्वत्थामा का भी गुणगान किया, जिसे सुनकर मुँह फेर लेने की इच्छा हुई।

दुःशासन के जाने के बाद धृष्टद्युम्न ने कहा, "कृष्ण वासुदेव तुमसे मिलाने के लिए शकुनि को ले आना चाहते हैं, जो गान्धार के राजा और दुर्योधन के मामा हैं। उन्होंने मुझे बताया है कि दुर्योधन की पत्नी भानुमती को वे अपनी छोटी बहन मानते हैं। उसने कृष्ण से वचन ले लिया है कि दुर्योधन के मामा को तुमसे मिलाएँगे।"

द्रौपदी आतंकित हो गई। दुर्योधन, द्रोणाचार्य का प्रिय शिष्य था। इस प्रबल आपत्ति के अतिरिक्त उसकी अपकीर्ति भी सुनने में आती थी। कहा जाता है कि अपने प्रपंचों से उसने हस्तिनापुर का वातावरण दूषित बना रखा है। उसने अपने

चचेरे भाइयों को देशनिकाला दिलवाकर वारणावत भेज दिया, जहाँ के महल के जल जाने से उनकी मृत्यु हो गई। उच्छृंखल जीवन बिताने के कारण उसके पितामह ने स्वयं उसे भी हस्तिनापुर से निकाल दिया था। और अब वह उसे प्राप्त करने के लिए अपनी पत्नी का सहारा ले रहा है। अग्नि को साक्षी रखकर उसके हाथ में हाथ देने के बदले वह हजार बार मर जाना पसन्द करेगी।

''वासुदेव दुर्योधन की सहायता कर रहे हैं और वह भी उसकी पत्नी के अनुरोध से। और आज के शुभ दिन, सबको छोड़कर उस दुष्ट शकुनि से मिलना, जिसने पाण्डवों की मृत्यु का षड्यन्त्र रचा! वे मुझे समझते क्या हैं?'' उसने रोषपूर्वक कहा।

''शकुनि से मिलने में हानि क्या है?'' धृष्टद्युम्न ने पूछा, ''कृष्ण बड़े उत्सुक हैं कि तुम शकुनि से मिलो।''

''क्या मुझे द्रोणाचार्य के शिष्य से विवाह करना होगा?'' द्रौपदी का मुख रक्तिम हो गया, ''वासुदेव को हो क्या गया है? या कि वे दुहरा खेल खेल रहे हैं?'' फिर उसने कहा, ''मैं चाहती हूँ कि पिताजी इसकी घोषणा करा देते कि शीघ्र ही एक प्रतियोगिता होनेवाली है। इससे इन बिचौलियों से तो मेरा पिण्ड छूट जाता।''

''कृष्णा उत्तेजित न होओ।'' धृष्टद्युम्न ने शान्तिपूर्वक कहा, ''कृष्ण जानते हैं कि जिस व्यक्ति को तुम चुनोगी, उसे प्रतियोगिता में उत्तीर्ण होना पड़ेगा। किन्तु किसी कारण वे इस भ्रम को बनाए रखना चाहते हैं कि तुम स्वयं पति का चुनाव करने के लिए स्वतन्त्र हो।''

''कभी-कभी मैं समझ नहीं पाती कि वासुदेव क्या कर रहे हैं,'' द्रौपदी ने झुँझलाकर कहा, ''वे सदा हम लोगों को आत्म-समर्पण करने को कहते हैं। उनके चलते पिताजी ने अपना निर्णय बदल दिया। तुमने और मैंने भी ऐसा ही किया। अब स्वयंवर हमारे हाथ है। वे जानते हैं कि इसके लिए प्रतियोगिता होगी और फिर भी वे चाहते हैं कि मैं दुर्योधन की प्रशंसा सुनकर अपमानित होऊँ, यद्यपि मैं कभी उससे विवाह नहीं करूँगीं।'' द्रौपदी ने घृणा से सिर हिलाते हुए कहा, ''उन्होंने मुझे वचन दिया था कि वे मेरा साथ देंगे। क्या इसी प्रकार वे अपना वचन-पालन करते हैं?'' उसके स्वर में कटुता थी, ''पिताजी इस सम्बन्ध में क्या कहते हैं?''

''इन सारी बातों से वे बहुत उद्विग्न हो गए हैं। उन्हें आशा नहीं थी कि कुरुगण उनका निमन्त्रण स्वीकार करेंगे। विधिपूर्वक उनका स्वागत करने में पिताजी को बड़े आत्म-संयम से काम लेना पड़ा है। वे भी यही सोचते हैं कि कृष्ण दुहरा खेल खेल रहे हैं।'' धृष्टद्युम्न ने उत्तर दिया।

''चलो, हम लोग उनसे परामर्श कर लें।'' द्रौपदी ने कहा। फिर वह उत्तेजित होकर चीख-सी पड़ी—''क्या मुझे द्रोण के शिष्य उस दुर्योधन से ही विवाह करना

पड़ेगा, जिसने अपने चचेरे भाइयों की हत्या कराई थी?''

अपनी बहन के फूट पड़ने पर धृष्टद्युम्न मुस्कराए। उन्होंने कहा, ''कृष्णा, मैं वासुदेव पर अविश्वास नहीं कर पाता। यदि पिताजी अनुमति दें तो शकुनि से बातें कर लो। बात करने में कोई हानि नहीं है। फिर तुम अकेले में वासुदेव से अपने मन की बात कह देना। मैं जानता हूँ, तुम सहज ही झगड़ सकती हो।'' फिर वह मुस्कराकर बोले, ''कितना अच्छा होता कि उन्होंने स्वयं तुमसे विवाह कर लिया होता। तब हम लोगों को तुम्हारी जली-कटी बातें न सुननी पड़तीं।''

लगभग इसी समय राजा द्रुपद राजमहल के नदी की ओरवाले एक बरामदे में हिंडोले पर बैठे वेग से अपने को झुला रहे थे। जब कभी अधिक क्रोध में होते, वे ऐसा ही करते थे। इससे उनकी विकलता शान्त हो जाती थी।

द्रुपद इस समय जाल में फँसे सिंह के समान दीख रहे थे। उनकी भौंहें सिकुड़ी हुई थीं। उनकी आँखों से प्रचण्ड क्रोध की चिनगारियाँ निकल रही थीं। नदी-तरंगों पर उनकी टकटकी बँधी हुई थी। उनके एक हाथ की मुट्ठी बँधी हुई थी।

उन्होंने मुकुट नहीं पहन रखा था। वह पास ही रखा हुआ था। उनका उत्तरीय कन्धे से खिसककर भूमि पर जा गिरा था। उनका खड्ग भी पास ही पड़ा हुआ था—यह सब उनके विक्षोभ का प्रदर्शन था, क्योंकि राजकीय चिह्नों को धारण करने में वे अत्यन्त सावधान रहते थे।

इसमें सन्देह नहीं कि स्वयंवर के कारण आर्यावर्त के राजाओं में उनका सम्मान बढ़ा था, जो काम्पिल्य की ओर इस तरह खिंचते आ रहे थे, मानो किसी चक्रवर्ती के प्रति सम्मान प्रकट करने आ रहे हों। उनके साथ शौर्य, समारोह और गौरव आया था। विद्वान ब्राह्मण, आदरणीय तपस्वी, श्रेष्ठि-समूह और अपार जनता का भी आगमन हुआ था। इस प्रकार वे सम्मान के शिखर पर पहुँच गए थे।

फिर भी सबकुछ गलत हो गया था। द्रोण के शिष्यों के साथ उनका पुत्र भी आया था। कुरु-युवराज दुर्योधन को अपने भाइयों का हत्यारा माना जाता था, किन्तु वह बड़ा वीर था और इस बात की सम्भावना थी कि वह प्रतियोगिता में विजयी हो।

कुरु-राजकुमारों को, विशेषतः अश्वत्थामा को, हार और नारियल अर्पित करने में उन्हें आत्म-संयम का परिचय देना पड़ा था। उन लोगों का आ जाना द्रुपद के लिए एक अप्रीतिकर आश्चर्य था। दुष्ट द्रोणाचार्य ने उनको और अधिक अपमानित करने के लिए ही यह व्यवस्था की होगी। किन्तु वे अपनी बेटी दुर्योधन को कभी नहीं देंगे—नहीं, कभी नहीं।

उस धूर्त, छद्मभाषी, मिठबोले यादव नायक कृष्ण वासुदेव ने ही उन्हें इस कठिन परिस्थिति में डालने की योजना की है—उन्हें जाल में ही फँसा दिया है। उसने स्वयं

द्रौपदी से विवाह करने का प्रस्ताव अस्वीकार कर दिया था और द्रुपद को स्वयंवर का आयोजन करने की प्रेरणा दी थी। स्वयंवर में द्रोण के शिष्यों को सम्मिलित न करना असम्भव था।

अब गुप्तचरों के द्वारा सूचना मिली है कि कृष्ण के मित्र उद्धव हस्तिनापुर गए थे और उन्होंने कुरुओं से मूल्य प्राप्त किया है। पुष्कर यादव-प्रमुख चेकितान को लौटा दिया गया है। भीष्म और द्रोण ने यह मूल्य कृष्ण को क्यों दिया है? क्या यह इसलिए दिया है कि स्वयंवर में एकत्रित राजाओं के सम्मुख उन्हें अपनी पुत्री दुर्योधन को देने के लिए विवश करके उन्हें और अपमानित करने में कृष्ण उनका साथ दें? या कि, जैसा स्वयंवरों में होता है, द्रौपदी को बलपूर्वक उठा ले जाने में कुरुओं की सहायता के लिए दिया गया है?

इस बात पर विश्वास करना कठिन है कि वासुदेव, जो इतने भले और न्यायपरायण जान पड़ते थे, इस प्रकार धोखा दे सकते हैं। ऐसा वह क्यों करेंगे? नहीं, यह असम्भव है। अपने कथन के अनुसार वे सभी यादव-योद्धाओं को अपने साथ ले आए हैं। गुरु सान्दीपनि और आचार्य श्वेतकेतु ने स्वयंवर की सारी व्यवस्था की है और उन दोनों ही का कृष्ण पर अखण्ड विश्वास है। स्वयं कृष्ण ने भी पुत्र की पारदर्शी प्रीति के सहित उन्हें सम्मान दिया है।

किन्तु फिर किस उद्‌देश्य से पुष्कर-समझौता हुआ है? कृष्ण निश्चय ही कोई गहरी चाल चल रहे हैं। यदि वे दुर्योधन के साथ—जो अपने चचेरे भाइयों और उनकी माता का हत्यारा है, मातृघाती जैसा है—द्रौपदी का विवाह कराना चाहते हैं तो उन्हें निराश होना पड़ेगा। क्या वे इस असम्मान को स्वीकार कर लेंगे? कभी नहीं। यदि आर्यों की नैतिक परम्परा की पताका और कोई नहीं फहराएगा, तब भी वे उस कर्तव्य से विचलित नहीं होंगे। क्रोधावेश में राजा ने अपने को झुलाना बन्द कर दिया।

वृद्ध मन्त्री उद्‌बोधन ने आकर सूचना दी कि स्वयंवर-मण्डप की सजावट पूरी हो गई है। वे चाहते हैं कि महाराज अथवा राजकुमार प्रतियोगिता के लक्ष्य को देख-परख लें, जो यथास्थान लगाए जाने के लिए तैयार है। राजा को इस आमन्त्रण से कोई प्रसन्नता नहीं हुई। उन्होंने मन्त्री से कहा कि वे राजकुमार को अपने साथ ले जाएँ।

प्रतिहारी ने आकर कहा कि महाराज का अभिवादन करने के लिए मगध के युवराज उपस्थित हैं। मगध युवराज के इस आकस्मिक और असामयिक आगमन से राजा की झुँझलाहट और बढ़ गई; किन्तु अपने को संयत करके उन्होंने मुकुट धारण किया, खड्‌ग बाँधा और युवराज से मिलने के लिए चल पड़े।

जब वे सिंहासन-कक्ष में पहुँचे तो उनके मन में एक प्रश्न उठा। यदि कृष्ण

उनके साथ दुहरी चाल चल रहे हैं तो क्या जरासन्ध को प्रतियोगिता में भाग लेने के लिए प्रेरित किया जा सकता है? वे बहुत बड़े धनुर्धर हैं और प्रतियोगिता में विजय प्राप्त कर सकते हैं।

औपचारिक स्वागत के बाद सहदेव ने शालीनता को परे रखकर कहा, "महाराज, चक्रवर्ती ने आपके लिए एक आवश्यक सन्देश भेजा है।"

सहदेव के आदेशात्मक स्वर से चिढ़कर द्रुपद ने पूछा, "बृहद्रथ के श्रेष्ठ पुत्र ने क्या सन्देश भेजा है?"

"मेरे पिता आपका आमन्त्रण पाकर काम्पिल्य आए हैं। वे मानते हैं कि स्वयंवर में आपकी पुत्री मेरे पुत्र मेघसन्धि को चुनकर मगध और पाञ्चाल की मैत्री को सुदृढ़ बनाएगी।" सहदेव ने उस विजेता के स्वर में कहा, जो सन्धि की शर्तें प्रस्तुत कर रहा हो।

द्रुपद जिस मनःस्थिति में थे, उसमें जरासन्ध के सन्देश और उसे सुनाने के ढंग से उनका क्रोध बढ़ आया और उनकी मुख-मुद्रा असामान्य रूप से कठोर हो गई।

"पिताजी ने अपने आश्वासन को एक बार फिर आप तक पहुँचाने को कहा है," सहदेव कहते गए, जैसे वे कोई राजकीय आदेश दे रहे हों, "यदि मेघसन्धि के साथ द्रौपदी का विवाह हुआ तो हम दोनों की सेनाएँ आपके नेतृत्व में काम करेंगी। तब यह निर्णय आपको करना होगा कि किसके विरुद्ध अभियान करना है।"

द्रुपद सौजन्य को मानव-व्यवहार की आत्मा मानते थे। अतः मगध के राजकुमार ने जिस भद्दे ढंग से मोल-तोल का संकेत किया, उससे उनकी संवेदनशीलता को गहरा आघात लगा।

द्रुपद ने अपने ऊपर कठोर नियन्त्रण रखकर कहा, "कृपया सम्राट् से मेरा अभिवादन कहें। सदा की भाँति मैं उनका मित्र हूँ। यदि मैं उनके साथ सन्धि कर सका तो अपने को बड़ा भाग्यशाली मानूँगा।"

"फिर कठिनाई क्या है?" सहदेव ने पूछा। उन्हें लगा कि यद्यपि द्रुपद के शब्द मित्रतापूर्ण हैं, किन्तु उनका स्वर वैसा नहीं है।

द्रुपद इन उपद्रवी सन्धि-प्रस्तावों से ऊब उठे थे। उन्हें लगा कि रहस्य को प्रकट करने का समय आ गया है—"युवराज, मेरी कन्या ने प्रतिज्ञा की है कि उसके द्वारा निर्दिष्ट कसौटी पर जो खरा उतरेगा, वह उसी राजकुमार का वरण करेगी।"

"क्या आपने कोई कसौटी भी रखी है?" सहदेव ने चकित होकर पूछा।

"हाँ, अब सभी अतिथियों के आ जाने पर मैं आज ही सन्ध्या को इसकी घोषणा करनेवाला था। गुरु सान्दीपनि के द्वारा निश्चित धनुर्विद्या की परीक्षा उत्तीर्ण

करनेवाला ही द्रौपदी से विवाह कर सकेगा।" अपने अतिथि की क्रोधपूर्ण दृष्टि देखकर उन्होंने आगे कहा, "आशा है, इससे हमारी सन्धि में कोई अन्तर न पड़ेगा।"

सहदेव अपनी निराशा छिपा नहीं सके। उन्होंने कहा, "इससे तो हम लोग भी अन्य राजाओं की श्रेणी में आ जाते हैं।"

सहदेव को अत्यधिक कुपित देखकर द्रुपद ने आत्म-संयम से काम लिया और कहा, "आप तो स्वयंवर के पवित्र नियमों को जानते हैं। द्रौपदी का चुनाव ही निर्णायक होगा।"

"तब तो हमारी सन्धि सन्दिग्ध है।" सहदेव ने झिड़कते हुए कहा, "मेघसन्धि परीक्षा में उत्तीर्ण नहीं हो सकता। वह अचूक निशानेबाज नहीं है।"

"यह खेद की बात है।" द्रुपद ने शान्ति के साथ कहा।

"हम सबकी तरह वह गदा-युद्ध में निष्णात है।" सहदेव बोले।

"किन्तु सम्राट् एक प्रसिद्ध धनुर्धर हैं। क्या वे स्वयं परीक्षा में नहीं सम्मिलित हो सकते?" द्रुपद ने चुपके से पूछा।

सहदेव ने सन्दिग्ध दृष्टि से द्रुपद की ओर देखा। क्या राजा महान् चक्रवर्ती का उपहास कर रहे हैं? उन्होंने अप्रिय ढंग से पूछा, "क्या आप चाहते हैं कि चक्रवर्ती परीक्षा में सम्मिलित हों? आप राजाओं के सम्मुख उन्हें अपमानित करना चाहते हैं?"

बड़े प्रयत्न से द्रुपद अपनी विनम्रता बनाए रख सके। उन्होंने कहा, "द्रुपद अपने वचन से कभी नहीं डिगे। कभी डिगेंगे भी नहीं। जो भी परीक्षा में उत्तीर्ण होगा, वही मेरा जामाता बनेगा--उसकी आयु अथवा प्रतिष्ठा चाहे जो हो।"

"किन्तु यदि एक से अधिक राजे परीक्षा में उत्तीर्ण हुए, अथवा एक भी नहीं हुआ तो?" सहदेव ने पूछा। वे उन नियमों के कारण बड़ी उलझन में पड़ गए थे, जो सभी सीधे-सादे विवाह-व्यवहारों पर रोक लगा देते थे।

"तो पवित्र नियमों के अनुसार मेरी पुत्री सफल होनेवाले उन लोगों में से, जिसे चाहेगी उसे चुन लेगी, यदि कोई सफल न होगा तो उसे उपस्थित सभी राजाओं में से चुनाव करने का अधिकार होगा।" इस बातचीत का शीघ्र अन्त करने के लिए द्रुपद ने कहा।

"और यदि कुरु-राजकुमार के अतिरिक्त और कोई सफल न हुआ, तब क्या होगा?" सहदेव ने पूछा, "वे आपके शत्रु हैं। मैंने सुना है कि आपके शत्रु द्रोण ने आपकी पुत्री को ले जाने के लिए उन्हें भेजा है।"

आघात द्रुपद के मर्म पर हुआ। अब वे अपनी भावनाएँ छिपाए न रह सके। उन्होंने दृढ़तापूर्वक कहा, "मेरी पुत्री दुर्योधन अथवा द्रोण के पुत्र से कभी विवाह न करेगी। युवराज, मैं इसी कारण आपके पिता की सहायता चाहता हूँ।"

"आप किस रूप में हमारी सहायता चाहते हैं?" सहदेव ने पूछा।

द्रुपद ने एक उसाँस लेकर कहा, "युवराज, मैं स्वयं बड़ी कठिनाई में हूँ। प्रतियोगिता से परीक्षा करने के अपनी पुत्री के प्रस्ताव को मैं अस्वीकार नहीं कर सकता। किन्तु मैं यह भी नहीं चाहता कि उसका विवाह किसी कुरु-राजकुमार अथवा अश्वत्थामा से हो।" फिर उन्होंने अपना स्वर बहुत धीमा करके कहा, "यदि आपके पिता प्रतियोगिता में विजयी हो जाएँ तो उन्हें अपनी कन्या देने में मुझे प्रसन्नता होगी।"

"आप चाहते हैं कि चक्रवर्ती प्रतियोगिता में असफल होकर सभी राजाओं के उपहास-पात्र बनें?" सहदेव ने पूछा और फिर क्रोधित होकर कहा, "जान पड़ता है कि आपने हमें एक कठिन परिस्थिति में फँसा दिया है। हम आपके हाथों के खिलौने नहीं बनेंगे। किन्तु महाराज, हम इस उलझन से अपना बचाव कर लेंगे। उसका उपाय हम जानते हैं।" इस प्रकार प्रायः स्पष्ट धमकी देकर वे जाने के लिए उठ खड़े हुए।

सहदेव का अभिप्राय द्रुपद समझ गए। उनकी आँखों से चिनगारियाँ निकलने लगीं। उन्होंने आदेशात्मक स्वर में कहा, "मेरी पुत्री के साथ राक्षसी तरीके से व्यवहार करने का साहस कोई नहीं कर सकता। मैं आर्य-धर्म की रक्षा करूँगा। राजाओं को दिया गया मेरा वचन पूरा होगा। प्रतियोगिता होकर रहेगी।"

क्षण-भर वहाँ सन्नाटा रहा। फिर अतिथि और आतिथेय बिना कुछ बोले वहाँ से चले गए। दोनों एक-दूसरे को क्रुद्ध दृष्टि से तौल रहे थे।

शत्रु का उपहार

द्रौपदी, धृष्टद्युम्न और सत्यजित ने देखा कि सहदेव से मिलकर आए हुए पिता बहुत विचलित हैं। शिष्टाचार के नियमों के अनुसार परिवार के छोटे सदस्यों के लिए आवश्यक माना जाता था कि वे बड़ों से सम्मानपूर्ण थोड़ी दूरी बनाए रहें, किन्तु इस समय उसे भूलकर वे सब पिता के पास ही झूले पर बैठ गए। इस प्रकार वे कभी-कभी ही बैठते थे। शारीरिक निकटता की ऊष्मा से वे कभी-कभी हार्दिक एकता को सुदृढ़ बनाते थे।

द्रुपद झूले पर झूलते कुछ देर चुपचाप बैठे रहे। तनाव से उनके माथे पर बल पड़ गए थे। धृष्टद्युम्न संरक्षणशील दृष्टि से पिता को देख रहे थे, द्रौपदी भूमि को निहार रही थी। फूलों से सजा उसका मस्तक मोहक ढंग से झुका हुआ था। उलझन में पड़े सत्यजित पिता की ओर देखते हुए इस प्रतीक्षा में थे कि उनका मनोवेग

किसी क्षण शब्दों में फूट पड़ेगा।

"हम फन्दे में फँस गए हैं।" द्रुपद ने चुप्पी तोड़ी। उनके रूखे स्वर में दमित उत्तेजना की प्रतिध्वनि थी, "हम लोगों ने सोचा था कि स्वयंवर के द्वारा हम द्रोण को नष्ट कर देने योग्य बन सकेंगे। किन्तु हमारा उद्‌देश्य मिट्‌टी में मिल गया। वासुदेव ने हमारे साथ छल किया है।"

द्रौपदी भूमि की ओर टकटकी लगाए रही।

"पिताजी, क्या आपको विश्वास है कि वासुदेव ने हम लोगों से छल किया है?" न्याय-भावना को बनाए रखने के लिए धृष्टद्युम्न ने पूछा।

अपने पुत्र के सन्देह से द्रुपद को आश्चर्य हुआ। उन्होंने झूले को झुलाना बन्द कर दिया। "हाँ!" अन्ततः उन्होंने कहा, "वे सदा कुरुओं से मित्रता स्थापित करने की बातें किया करते थे। वे इसे मेरे अपमान के द्वारा प्राप्त करना चाहते हैं।" उन्होंने कटुता से कहा।

थोड़ी देर रुककर उन्होंने फिर कहा, "तुम्हें ज्ञात है पुत्र, मैंने केवल राजकीय शिष्टाचार के नाते ही कुरुओं को निमन्त्रण भेजा था। किन्तु मुझे आशा नहीं थी कि द्रोण अपने शिष्यों को वह निमन्त्रण स्वीकार करने देंगे।"

"आप तो जानते हैं, वे लोग उपहार भी भेजते रहे हैं। हम लोग इसमें क्या कर सकते हैं?" धृष्टद्युम्न ने कहा।

"हम लोग उन्हें न तो प्रतियोगिता में सम्मिलित होने से रोक सकते हैं, न उसमें विजय प्राप्त करने से।" द्रुपद ने वैसी ही कटुता से कहा, "इसका अभिप्राय यह है कि कृष्णा उस भ्रातृहन्ता की वधू के रूप में ही हस्तिनापुर ले जाई जाएगी और वहाँ उस प्रतिशोध-परायण ब्राह्मण की दासी बनकर रहेगी।" उन्होंने एक हल्की साँस लेकर कहा, "मुझे एक के बाद एक अपमान सहना पड़ेगा।"

"पिताजी, क्या वे सभी निष्णात धनुर्धर हैं?" द्रौपदी ने पूछा, "क्या वे प्रतियोगिता में औरों की बराबरी कर सकेंगे?"

"कृष्णा, दुर्योधन अप्रतिम धनुर्धर है—कर्ण और अश्वत्थामा भी वैसे ही हैं।" द्रुपद ने कहा, "यादवों में वासुदेव को छोड़कर अच्छे लक्ष्यवेधी उद्धव, सात्यकि और कृतवर्मा हैं। मगध के वीरों में सम्भवतः जरासन्ध के अतिरिक्त और कोई नहीं है, जो उन लोगों के सामने टिक सके। विराट और चेदिराज शिशुपाल भी प्रसिद्ध धनुर्धर हैं।"

"इन सबमें कर्ण सर्वोत्तम माने जाते हैं," धृष्टद्युम्न ने कहा, "किन्तु वे निम्न कुलोत्पन्न हैं।"

"यदि द्रोण का कोई भी शिष्य विजयी हुआ तो मैं उसे स्वीकार नहीं करूँगी।" द्रौपदी ने दृढ़तापूर्वक जब यह बात कही तो उसकी आँखें चमक रही थीं।

"यही चिन्ता तो मुझे खाए जा रही है कि तुम इससे बच कैसे सकोगी?" द्रुपद ने दूरवर्ती गंगा के जल की ओर देखते हुए कहा, मानो उनको वहीं से कोई उत्तर मिलने की आशा हो। फिर वे द्रौपदी की ओर मुड़े–"हम फन्दे में फँस गए हैं। मैंने आर्यावर्त के राजाओं को वचन दिया है कि विजेता के साथ तुम्हारा विवाह होगा। मैं अपना वचन नहीं तोड़ सकता।"

"किन्तु पिताजी, यदि एक से अधिक राजे प्रतियोगिता में विजयी हुए तो निश्चय ही कृष्णा को यह अधिकार होगा कि विजेताओं में से वह जिसे चाहे चुन ले।" धृष्टद्युम्न ने कहा।

"हाँ, उसे अधिकार है।" द्रुपद ने कहा।

"और यदि प्रतियोगिता में कोई भी विजयी नहीं हुआ?" द्रौपदी ने पूछा।

"वैसी स्थिति में तुम चाहे जिसको चुनने के लिए स्वतन्त्र होओगी।" द्रुपद ने कहा, "किन्तु इसका अर्थ होगा स्वयंवर-भंग, राजाओं में पारस्परिक युद्ध–जैसा पहले भी अनेक बार हो चुका है–और सम्भवतः तुम्हारा अपहरण।"

"पिताजी, प्रतियोगिता अत्यन्त कठिन होगी। अधिक सम्भावना यही है कि कोई न जीते।" धृष्टद्युम्न ने कहा।

द्रुपद ने भौंहें सिकोड़ीं और असहाय भाव से कहा, "मेरे बच्चो, जब स्वयंवर आरम्भ होगा तब मैं आकाश छूता होऊँगा, किन्तु जब वह समाप्त होगा, मैं अतल गहराइयों में पड़ा होऊँगा। कृष्णा बलि-पशु के रूप में एक वधिक के घर ले जाई जाएगी। कितना अच्छा होता कि मैंने वासुदेव की बातों पर विश्वास न किया होता।"

"जरासन्ध ने क्या सन्देश भेजा था? क्या वह कठिनाइयाँ उत्पन्न कर रहा है?" धृष्टद्युम्न ने पूछा। पिता और सहदेव के बीच क्या बातें हुईं, यह जानने को वह व्यग्र थे–"क्या वह इस बात का हठ कर रहा था कि कृष्णा का विवाह उसके पौत्र मेघसन्धि से कर दिया जाए?"

द्रुपद उबल पड़े–"जानते हो, सहदेव कैसा धृष्टतापूर्ण सन्देश लेकर आया था? जरासन्ध का हठ है कि कृष्णा का विवाह मेघसन्धि से ही होना चाहिए। यदि ऐसा नहीं हुआ तो मुझे सन्देह है कि वह कृष्णा का अपहरण करना चाहेगा।" उन्होंने कहा। दमित क्रोध से उनका स्वर काँपने लगा, "ओः, कैसी दुष्टता है! या तो मैं आर्यावर्त के सभी राजाओं के सम्मुख अपना वचन तोड़ूँ या उसका अपहरण होता देखूँ!" अब वे आत्म-संवरण न कर सके और क्रोध से उबल पड़े–"पाञ्चाल की राजकुमारी का राक्षसियों के समान अपहरण होगा! यदि मेरा अतिथि न होता तो मैं सहदेव को मार बैठता।" कहकर द्रुपद चुप हो गए और क्रोध से उबलते रहे।

"पिताजी, क्या आपको पूरा विश्वास है कि वासुदेव आपको अपमानित कराना

चाहते हैं?" पिता का सहदेव द्वारा जो असम्मान किया गया था, उसकी ओर से उनका ध्यान हटाने के लिए धृष्टद्युम्न ने पूछा, "वे ऐसा क्यों करेंगे?"

द्रुपद अपने पुत्र की ओर मुड़कर कटुता से हँसे–"वे तो अब भी मुझे विश्वास दिलाते हैं कि स्वयंवर से मेरा गौरव प्रतिष्ठित हो जाएगा।"

"किन्तु वे ऐसा क्यों सोचते हैं कि दुर्योधन प्रतियोगिता में सफल न होंगे?" धृष्टद्युम्न ने पूछा, "क्या उनका यह विचार है कि उद्धव या सात्यकि सफल हो सकते हैं?"

"उद्धव जैसे उत्कृष्ट वीर मैंने कम ही देखे हैं। सात्यकि पराक्रम की कम्पित शिखा हैं। किन्तु वासुदेव के मन में यदि उन दोनों में से किसी का विचार है तो फिर उन्होंने उद्धव को हस्तिनापुर क्यों भेजा?" द्रुपद ने पूछा, फिर एक निःश्वास भरकर वे बोले, "ओः, इन सारी बातों को समझना कितना कठिन है!"

"हो सकता है कि किसी और काम से उन्हें वहाँ भेजा गया हो।" धृष्टद्युम्न ने कहा।

"नहीं, मैंने सुना है कि कुरु-राजसभा में जब इस बात का निर्णय हुआ कि हमारा निमन्त्रण स्वीकार किया जाए, उस समय उद्धव वहाँ उपस्थित थे। स्पष्ट है कि वासुदेव चाहते हैं कि कृष्णा का विवाह दुर्योधन से हो।" द्रुपद ने उत्तर दिया।

"कुण्डिनपुर में वासुदेव ने जो किया था, क्या हम भी वैसा ही नहीं कर सकते?" धृष्टद्युम्न ने हिचकिचाते हुए पूछा, "हम लोग किसी वीर राजा को चुन लें और स्वयंवर से कृष्णा का अपहरण करने में उसकी सहायता करें।"

द्रुपद ने आश्चर्य से अपने पुत्र की ओर देखा। उन्होंने दृढ़ स्वर में कहा, "वत्स, मैं जीवन-भर धर्म-मार्ग पर चलता रहा हूँ। मैं उससे विचलित नहीं होऊँगा। मैं छल का साथ नहीं दूँगा, परिणाम चाहे जो भी हो। वासुदेव की स्थिति भिन्न थी। रुक्मिणी स्वेच्छा से उनके साथ गई थी। वह उनका गान्धर्व विवाह था। क्षत्रियों में यह परम्परा प्राचीनकाल से चली आई है।"

"कृष्णा भी स्वेच्छा से जा सकती है।" धृष्टद्युम्न ने कहा।

"नहीं, कभी नहीं," द्रौपदी ने बल देकर कहा, "मैं पिता का प्रण पूरा करूँगी। प्रतियोगिता में जो भी श्रेष्ठ धनुर्धर प्रमाणित होगा, मैं उसी को पति स्वीकार कर लूँगी।"

"मैं जानता हूँ कृष्णा, मैं जानता हूँ। तुम पुत्री हो।" द्रुपद ने स्नेहपूर्वक उसके मस्तक पर हाथ फेरते हुए कहा, "किन्तु यदि किसी कुरु-राजकुमार अथवा अश्वत्थामा ने प्रतियोगिता में विजय पाई तो वह मेरे जीवन का सबसे बड़ा संकट होगा।" उन्होंने एक दीर्घ निःश्वास छोड़ा।

"इस सम्बन्ध में ऐसा न सोचें पिताजी! आप मेरा विश्वास करें। मैं कभी

आपको निराश नहीं करूँगी।" द्रौपदी ने कहा। उसकी आँखों में स्नेह के आँसू छलछला आए–"आपके प्रण का सम्मान सदा-सदा बना रहेगा। द्रोण विजयी नहीं होंगे।"

द्रुपद ने अपनी पुत्री के आरक्त मुख की ओर गर्व से देखा। फिर उन्होंने अपना सिर हिलाया। "मेरी बच्ची, हम पुरुषों के संसार को तुम जैसा समझती हो, वह उससे भिन्न है।" उन्होंने कहा।

"मैं एक नए संसार का निर्माण करूँगी पिताजी!" द्रौपदी ने आँसुओं के बीच मुस्कराते हुए कहा।

प्रतिहारी उतावली में आया और औपचारिकता भूलकर बोला, "महाराज, महाराज, कुमार शिखण्डी आए हैं।"

द्रुपद और उनके बच्चे अचानक झूले से कूद पड़े।

"शिखण्डी!" उन सबने आश्चर्य से एकसाथ कहा।

"यह रहे महाराज!"

शिखण्डी निकट आया। अब वह पहलेवाला शिखण्डी नहीं रह गया था–शरीर कृश हो गया था, कुछ लम्बा भी। वह लड़खड़ाते हुए चल रहा था। मुख पर दाढ़ी-मूँछ के रोम स्पष्ट दीख रहे थे। द्रुपद और उनके तीनों बच्चे स्तब्ध रह गए। ऐसा लगा, जैसे किसी प्रेत को देख रहे हों।

मन्द गति से आगे बढ़कर शिखण्डी पिता के चरणों पर आ गिरा।

द्रुपद ने उसे बाँहों में भर लिया, किन्तु वह केवल औपचारिकता थी। कृष्णा ने प्रसन्नता के आँसू पोंछ लिए, धृष्टद्युम्न मुस्कराए, सत्यजित खुशी से चीख पड़े।

"शिखण्डी, इतने दिनों तक तुम कहाँ रहे?" उत्साहरहित स्वर में द्रुपद ने पूछा। उनका यह पुत्र सदा एक समस्या बना रहा था। द्रुपद को खिजलाहट हुई कि इस समय जब वे अत्यधिक उलझनों में पड़े हुए हैं, यह उन्हें और बढ़ाने के लिए आ पहुँचा है।

"पिताजी, मैं अपने परिवार का धब्बा मिटाने गया था।" शिखण्डी ने अपना मस्तक पिता के कन्धों पर रखकर भावातिरेक के साथ कहा। उसे आशा थी कि पिता प्रसन्नता से उसकी पीठ थपथपाएँगे, किन्तु ऐसा नहीं हुआ। शिखण्डी ने धीमे स्वर में कहा, "अब मैं स्त्री नहीं रहा।"

"क्या कहा?" द्रुपद के मुँह से ये शब्द अनायास निकल पड़े। आश्चर्य से उनकी आँखें फैल गईं।

"हाँ, परमात्मा की कृपा से मुझे पुरुषत्व प्राप्त हो गया है।" शिखण्डी ने एक क्षीण स्मित के साथ कहा, "अब आप राजा हिरण्यवर्मा को यह सन्देश भेज सकते हैं कि वे अपनी पुत्री को पति के साथ रहने के लिए भेज दें।" उसने काँपते स्वर

में कहा।

शिखण्डी की बात का अभिप्राय समझकर द्रुपद की आँखें गीली हो आईं।

"क्या यह सच है वत्स?" उन्होंने पूछा। उन्हें अपने कानों पर विश्वास नहीं हो रहा था।

"हाँ, पिताजी!" शिखण्डी ने प्रसन्नतापूर्वक उत्तर दिया, "अपने गुरु की कृपा से शारीरिक और मानसिक रूप से मेरा कायाकल्प हो गया है। अब आपकी दो कन्याएँ नहीं, तीन पुत्र हैं।"

"किस गुरु ने तुम पर कृपा की है?" द्रुपद ने पूछा।

"पिताजी, आप सुनकर चकित होंगे कि मेरे गुरु द्रोणाचार्य हैं।" कहकर शिखण्डी पिता की प्रतिक्रिया की उत्सुकता से प्रतीक्षा करने लगा।

द्रुपद की मुख-मुद्रा उफनते ज्वालामुखी के समान हो गई। क्रोध से उनकी आँखें जलने लगीं–"द्रोणाचार्य? कुरुओं के आचार्य? उसने तुम्हें पुरुष बनाया है?" द्रुपद ने ऐसे स्वर में चीत्कार किया, जो फूत्कार करते अग्नि-प्रवाह जैसा प्रतीत होता था। अनन्तर उन्होंने शिखण्डी को दूर ढकेल दिया–"मेरा दुर्भाग्य! तुमने मेरे कट्टर शत्रु से जीवन प्राप्त किया है!"

वहाँ उपस्थित सभी लोग इस प्रस्फोट से स्तब्ध रह गए। राजा उठ खड़े हुए। उन्होंने शिखण्डी की ओर रक्त-पिपासु नेत्रों से देखा। "इससे तो अच्छा होता कि तुम्हारी मृत्यु हो गई होती!" कहते-कहते उनके मुँह से झाग निकलने लगा था। पुत्र पर प्रहार करने की इच्छा को रोककर वे पैर पटकते हुए वहाँ से चले गए।

पिता की बातों से शिखण्डी को बड़ा आघात लगा। उसका मुख जो पहले से पीला था, अब रक्तहीन हो गया था। उसके होंठ काँपने लगे थे। उसने सहारे के लिए हाथ फैलाए और यदि द्रौपदी ने उसे बाँहों में न थाम लिया होता तो वह गिर जाता। द्रौपदी ने उसे माता की कोमलता के साथ झूले पर लिटा दिया।

धृष्टद्युम्न पिता के साथ चले गए, क्योंकि राजा को भी उनके सहारे की आवश्यकता थी। सत्यजित जल्दी से जल लाकर अपने अचेत भाई के मुँह पर छिड़कने लगे।

उसके बाद सेवकों ने शिखण्डी को भीतरी कक्ष में ले जाकर बिछावन पर सुला दिया। सत्यजित पास ही खड़े रहे। द्रौपदी अपने हाथों पर ठुड्डी टिकाकर पास ही बैठ गई और भाई के मुख पर छाई मृत्यु की-सी पीतिमा को चिन्तातुर दृष्टि से देखने लगी।

द्रौपदी को परिस्थिति बड़ी विषम जान पड़ी। जान पड़ता था कि शिखण्डी मर रहे हैं। आनन्द के अवसर के बदले स्वयंवर एक भयंकर दुर्घटना बनने जा रहा था। जरासन्ध उसका अपहरण कर सकता है। इसका अर्थ होगा पाञ्चालों और

मागधों के बीच एक तीखा और रक्तरंजित युद्ध। यदि प्रतियोगिता में दुर्योधन की विजय हुई तो वह उस भ्रातृघाती से कभी विवाह नहीं करेगी और इससे उसके पिता की मान-हानि होगी।

अब शिखण्डी आ पहुँचा है, जैसे उसका पुनर्जन्म हुआ है। वह पिता को उनके सबसे बड़े शत्रु का उपहार है।

अपमान का प्याला भर गया है। द्रौपदी की समझ में नहीं आ रहा था कि वह क्या करे, इसलिए गले के स्वर्ण-हार की एक लड़ी को वह दाँतों से कुतरती जा रही थी। उसे लगा कि वह पागल होती जा रही है। उसने शिखण्डी की ओर, अथवा उस भाई की ओर जो कभी उसकी बहन रहा था, देखा। इस अपमान का कारण यही है। जिस मार्ग से चलकर वह आया था, उसकी धूल उसके चेहरे और तलवार की म्यान पर जमी हुई थी। स्पष्ट था कि समय पर काम्पिल्य पहुँचने के लिए उसने बड़ी लम्बी यात्रा की थी।

सचमुच अब वह पहले-जैसा कोमल और सुकुमार नहीं रह गया था। उसका चेहरा पीला और क्षीण था, जिस पर से लावण्य की सुकुमार रेखाएँ मिट गई थीं। उसकी भौंहें अब पारदर्शक नहीं रह गई थीं। उसकी ठुड्डी कठोर हो गई थी। सचमुच उसका कायाकल्प हो गया था।

कुछ देर बाद सत्यजित ने शिखण्डी के मुँह में थोड़ा-सा जल डाला। तब उसने आँखें खोलीं, अपनी बहन और भाई को पहचाना तथा क्षमा-याचना-सी करते हुए मुस्कराने की चेष्टा की।

द्रौपदी ने स्नेहपूर्वक अपने भाई के चेहरे को देखा जो वायु और धूप से कुम्हला गया था और रूखा हो गया था। उसके चलते परिवार की जो मान-हानि हुई थी, उसके बावजूद द्रौपदी का हृदय अपनी उस बहन के प्रति खिंच गया, जो अब उसका भाई थी। किन्तु वह जानती थी कि इस अवसर पर यहाँ उसकी उपस्थिति सबके दुख का कारण बनेगी। अभी वे जितने दुखी हैं, उसके कारण अब उससे भी अधिक दुखी हो जाएँगे। थकी हुई-सी वह एक ओर बैठ गई। निराशा के भाव से उसने स्वर्ण-हार की लड़ी अपने होंठों में दबा ली।

शिखण्डी उठ बैठा, "कृष्णा, क्या तुम भी मुझसे अप्रसन्न हो गई हो?" उसने निराशा के साथ पूछा, "मैंने समझा था कि कम-से-कम तुम तो मेरी बात समझोगी। तुम सदा मेरे लिए माँ-जैसी रही हो।"

"किन्तु यह सब कैसे हुआ भाई?" द्रौपदी ने पूछा, "मैं अब तक समझ नहीं पा रही हूँ कि तुम क्या कह रहे थे। हम सबने तो समझ लिया था कि तुमने गंगा में आत्म-विसर्जन कर दिया है।"

"मैं गंगा में डूबने ही जा रहा था।" शिखण्डी ने दुर्बल स्वर में कहा, "किन्तु

भगवान ने मेरी राह रोक ली। उन्होंने मुझे द्रोणाचार्य के पास जाने का परामर्श दिया। महान् आचार्य ने शत्रु का पुत्र होने पर भी, मुझे बड़े स्नेह से अपना लिया।"

अपनी बात का प्रभाव भाँपने के लिए शिखण्डी ने अपनी बहन और भाई की ओर देखा। उसने दोनों के चेहरों पर चढ़ी त्यौरी देखकर एक उसाँस ली और लज्जित स्वर में आगे कहा, "आचार्य ने मुझे एक यक्ष के पास भेज दिया। वे दोनों मिलकर चमत्कार करने लगे। चार महीनों तक मैं भयंकर यन्त्रणा में रहा। मुझे भोजन देना बन्द करके जड़ी-बूटियों और जल पर रखा गया। मेरा शरीर कूटा गया। उससे रक्त झरने लगा। कभी-कभी मुझे ऐसा लगता कि काट-काटकर मेरे शरीर के टुकड़े किए जा रहे हैं। कई-कई दिनों तक मैं अचेत रहा। जब भी मुझे चेतना हुई, मैंने अपने को यमराज के पंजे में पाया। किन्तु मैं जान गया कि परमेश्वर ने चमत्कार किया है। मैं पुरुष बन गया हूँ।"

भावावेग से शिखण्डी का गला भर आया। उसकी आँखों से आँसुओं की धारा बह चली। उसने कहा, "यद्यपि मेरा शरीर निर्बल था, फिर भी मैं यहाँ आने के लिए चल पड़ा। मैं तुम्हारे स्वयंवर में उपस्थित रहना चाहता था और सोचता था कि मुझे देखकर तुम सबको बड़ी प्रसन्नता होगी।" वह सिसकने लगा, "किन्तु तुम सभी मेरे विरुद्ध हो गए हो। पिता मेरी मृत्यु चाहते हैं। तुममें से किसी को मेरी आवश्यकता नहीं है। अपने परिवार पर लगा धब्बा छुड़ाने तथा यह प्रमाणित करने के लिए द्रुपद का पुत्र वास्तविक पुरुष है, मैंने यक्ष के द्वारा यन्त्रणाएँ झेली थीं।"

शिखण्डी अब छोटी बच्ची की तरह सिसकने लगा था–"कितना अच्छा होता कि मैं मर गया होता। मैंने तुम सब पर दुख का पहाड़ लाद दिया है। ऐसी कोई जगह नहीं, जहाँ मैं चला जाऊँ। तुममें से किसी को मेरी आवश्यकता नहीं है।" अपने हाथों से मुँह छिपाकर वह दयनीय रूप से सिसकने लगा।

द्रौपदी ने स्नेहपूर्वक उसकी पीठ पर हाथ रखा। सत्यजित अपने भाई का दुख समझ रहे थे। उन्होंने उसका एक हाथ स्नेहपूर्वक अपने हाथ में ले लिया।

द्रौपदी ने कहा, "शिखण्डी, मेरे भाई, तुम असमय आए हो। हम लोग पहले से ही दुर्योधन के चंगुल में फँसे हुए हैं।"

"कैसे? मुझे इसका विश्वास नहीं होता।"

"अहिच्छत्र में हमारा जैसा अपमान हुआ था, वह उससे भी बड़ा अपमान हम पर थोपनेवाला है। तुमको पुरुषत्व देने में भी उस दुष्ट ब्राह्मण ने एक रहस्यपूर्ण चाल चली है। उसने ऐसी योजना बनाई है कि परसों उसका कोई-न-कोई शिष्य मुझे अपने यहाँ ले जाएगा।"

अब तक शिखण्डी सँभल गया था। उसने कहा, "कृष्णा, तुम आचार्यदेव के

साथ अन्याय कर रही हो। वे मुझे अस्वीकार कर सकते थे। वैसी स्थिति में मैं प्राण त्याग देता और उन्हें अपने शत्रु के एक पुत्र से छुटकारा मिल जाता। किन्तु उन्होंने मुझे स्वीकार किया। उन्होंने पिताजी के साथ अपने वैर का कभी उल्लेख तक नहीं किया। ओः! उन्होंने मुझे मर ही क्यों नहीं जाने दिया!'' कहकर वह फिर फूट पड़ा।

''तुम उनके पास गए कैसे? तुम कह रहे थे कि एक भगवान ने तुम्हें उनके पास भेजा था?'' द्रौपदी ने पूछा।

शिखण्डी ने अपने आँसू पोंछ लिए। उनके अधरों पर एक फीकी मुस्कान दीख पड़ी–''हाँ, मेरा उद्धार करने के लिए भगवान ही आए थे।''

''कौन था वह भगवान?'' द्रौपदी ने पूछा, ''शिखण्डी, मुझसे स्पष्ट कहो। जिस किसी ने तुमको उसके यहाँ भेजा होगा, निश्चय ही उसका उद्‌देश्य पिताजी को अपमानित कराना रहा होगा।''

''नहीं, नहीं,'' शिखण्डी ने झुँझलाकर कहा, ''तुम्हें उस दिन की याद है, जब मेरी ससुराल से कुछ लोग यह सन्देश लेकर आए थे कि मेरी पत्नी को यहाँ बुला लिया जाना चाहिए? यदि इस बात का पता चल जाता कि द्रुपद-जैसे धर्मनिष्ठ राजा ने अपनी पुत्री को पुत्र के रूप में प्रसिद्ध करके उसका विवाह भी कर दिया है तो पाञ्चाल का राजवंश कलंकित हो जाता। ऐसे ही समय वह भगवान मेरी सहायता करने के लिए प्रकट हुए।'' शिखण्डी की आँखों में फिर आँसू भर आए। वह कहने लगा, ''वह बड़ा दयालु था। वह हमारे वंश की सम्मान-रक्षा करना चाहता था। उसने मुझे द्रोणाचार्य के पास भेजा। यदि मैं उसका सन्देश लेकर न गया होता तो आचार्य ने कभी अपने शिष्य के रूप में मुझे स्वीकार न किया होता।''

''किन्तु तुम्हारा यह विचित्र भगवान था कौन?'' द्रौपदी ने सन्दिग्ध स्वर में पूछा।

''तुम उसे जानती हो कृष्णा! उसने तुम्हें पत्नी के रूप में स्वीकार न करते हुए भी तुम्हारा साथ देने का वचन दिया था।'' शिखण्डी ने कहा।

आश्चर्यचकित द्रौपदी ने कहा, ''कृष्ण वासुदेव!''

''हाँ,'' शिखण्डी ने कहा, ''जब तुम सभी के साथ सारा संसार मेरा शत्रु बन गया था, उस समय उन्होंने मेरा साथ दिया।''

''हे भगवान!'' द्रौपदी के मुँह से चीख-सी निकल गई–''फिर वही कृष्ण वासुदेव! पिताजी बिल्कुल ठीक कहते थे। उन्होंने हम लोगों को जाल में फँसा दिया है। यही कारण है कि अपने शत्रु के उपहार के रूप में तुमको स्वीकार करने के लिए वे हम लोगों पर जोर डाल रहे हैं।''

''द्रोणाचार्य का भाव बड़ा मित्रतापूर्ण था। मित्रता को स्वीकार करने में हानि

क्या है?" शिखण्डी ने पूछा।

"तुम तो वासुदेव की तरह बोलने लगे हो।" द्रौपदी ने कहा।

"मैं अपनी बात कहता हूँ बहन," शिखण्डी ने कहा, "और यदि वासुदेव भी ऐसा ही समझते हैं तो उसे कहने में बुराई क्या है?"

द्रौपदी का चेहरा तमतमा आया था। उसने क्रोधपूर्वक अपने भाई की ओर देखा– "शिखण्डी, जो बातें तुम नहीं समझते, उनमें भी टाँग अड़ाते हो। पिताजी को और मुझे परसों स्वयंवर का सामना करना है। यदि सम्भव हुआ तो जरासन्ध मेरा अपहरण कर लेगा। दुर्योधन मुझे प्राप्त करने पर तुला हुआ है, किन्तु उससे विवाह करने की अपेक्षा मैं मर जाना पसन्द करूँगी। मैंने निश्चय कर लिया है कि मैं चाहे जिससे विवाह करूँ, उसे द्रोणाचार्य से युद्ध करना होगा। तुम्हारे वासुदेव प्रतियोगिता में सम्मिलित नहीं होंगे। पिताजी का और मेरा साथ देने का वचन उन्होंने तोड़ दिया है।"

शिखण्डी के चेहरे पर मृतक-जैसी पीतिमा फैल गई। उसके हाथ काँपने लगे। उसने कहा, "अपने दुर्भाग्य के लिए वासुदेव को क्यों दोष देती हो? मुझे उन्हीं के द्वारा पुरुषत्व प्राप्त हुआ है। स्वयंवर से पिताजी को राजाओं के बीच सम्मान का स्थान प्राप्त होगा। वासुदेव ने तो शक्तिशाली द्रोणाचार्य पर भी विजय पाई है। पुष्कर में वे स्वयं वासुदेव का स्वागत करने गए थे।"

"तुम क्या कृष्ण के दास बन गए हो?" द्रौपदी ने कड़वे स्वर में पूछा।

"मैं न कृष्ण का दास हूँ, न द्रोणाचार्य का।" शिखण्डी ने कहा। फिर उसने गर्वपूर्वक कहा, "मैं द्रुपद का पुत्र हूँ। मैं ऐसा कोई काम न करूँगा, जिससे उन्हें अपमानित होना पड़े। हमारी कठिनाइयों से और उस कटुता से, जिसने हमें इतने वर्षों से ग्रस्त कर रखा है, हमारा उद्धार करने के लिए ही परमात्मा ने वासुदेव को हमारे पास भेजा है।"

द्रौपदी उठकर तेजी से खुली हुई खिड़की के पास चली गई–"तुम ऐसा इसलिए कहते हो कि तुम्हारा मन वासुदेवमय हो रहा है।" उसने रुखाई से कहा।

शिखण्डी ने कहा, "वे अनन्य हैं।"

"यह सुन-सुनकर मैं ऊब गई हूँ।" कहकर द्रौपदी मुड़ी। ऐसा लगा कि वह शिखण्डी पर प्रहार करने जा रही है, लेकिन उसने होंठ काटते हुए अपने को संयत कर लिया। शिखण्डी ने इसे देखा। फिर भी वह कृष्ण की उच्छ्वसित प्रशंसा किए बिना न रह सका। उसने द्रौपदी को बताया कि कैसे उन्होंने दैत्यों का दमन किया; किस प्रकार नागों और राक्षसों के बीच शान्ति-स्थापन किया; कैसे नागों को वीर जाति में परिणत करने में सहायता दी; कैसे एक भी बाण चलाए बिना पुष्कर को जीत लिया और किस प्रकार अपराजेय द्रोणाचार्य तक को विवश किया कि वे पुष्कर

आकर उनका स्वागत करें।" उसने कहा, "और फिर भी बहन, वे सज्जन और बुद्धिमान हैं। मैं कभी यह नहीं भूल सकूँगा कि जब मैं अत्यन्त हताश हो गया था तो वे मेरी सहायता के लिए आगे बढ़े थे। उनको देखते ही मेरे मन में आशा का संचार हुआ था...।" शिखण्डी इससे आगे न बोल सका।

क्रोध से द्रौपदी का चेहरा पीला पड़ गया। उसने अपने स्वर्ण-हार को इतनी जोर से झटका दिया कि वह टूट गया—"रहने दो वासुदेव की रट! बड़े भगवान हैं कहीं के! वह एक धूर्त्त मनुष्य है, जिसने हम लोगों को भयानक कठिनाई में डाल दिया है। तुम्हें उनमें और पिताजी में से एक को चुन लेना होगा।"

शिखण्डी भी पीला पड़ गया। उसने क्रुद्ध होकर कहा, "कृष्णा, पिताजी के प्रति मेरे मन में बड़ा प्रेम है, फिर भी मैं यह नहीं सुनना चाहता।"

"तुम्हें सुनना पड़ेगा।" द्रौपदी का स्वर आवेश में काँपने लगा था। शिखण्डी के सामने आकर उसने कहा, "तुम्हें इसी क्षण कृष्ण और द्रोण से सम्बन्ध तोड़ लेने का निश्चय करना होगा, नहीं तो फिर हम कभी नहीं मिलेंगे।"

शिखण्डी ने उत्तर नहीं दिया। प्रयत्नपूर्वक वह उठ खड़ा हुआ और झरोखे से बाहर शून्य में ताकने लगा। फिर उसके चेहरे पर भी द्रौपदी के समान ही हठ की छाप दीख पड़ी—"तुम समझती नहीं हो कृष्णा, कि तुम क्या कह रही हो। तुम चाहती हो कि मैं अपने उद्धारक और अपने पुरुषत्व का शपथपूर्वक त्याग कर दूँ।"

"अपने पिता और उस ग्वाले में से किसी एक को चुन लो।" द्रौपदी ने जोर देकर कहा।

शिखण्डी ने तीखी आँखों से उसकी ओर देखा, सिर हिलाया और बिना कुछ बोले कमरे से बाहर निकल गया।

'मेरा बोझ बँटा लो'

द्रौपदी लौटते हुए अपने भाई शिखण्डी की ओर देखती रही। उसमें हिलने तक की शक्ति नहीं रह गई थी। उसका क्रोध अब उतार पर था—रह गई थी शून्यता। वह अन्यमनस्क-सी खड़ी रही। उसकी सूनी आँखें उस दरवाजे पर टिकी रहीं, जिससे शिखण्डी वापस आया था। उसके बाद एक रथ के जाने की ध्वनि सुन पड़ी, इससे उसने जाना कि उसका भाई राजभवन से चला गया।

वह तब तक उस ध्वनि को सुनती रही, जब तक वह मिट नहीं गई। फिर वह बिछावन पर जा गिरी और रोने लगी। उसकी सिसकियों में क्रोध और कड़वा परिताप था। उसमें प्रचण्ड उदासीनता भर गई थी। उसने सोचा कि क्या उसके

समान अभागिनी कोई और राजकुमारी कभी हुई होगी?

कृष्ण वासुदेव जब उसके जीवन में आए, उससे पहले अपने सम्बन्ध में उसके विचार निश्चित थे। अपने पिता की प्रतिज्ञा पूरी करने के लिए, उसने कृष्ण से विवाह करने का निश्चय किया था। उनके लिए वह एक अच्छी पत्नी बन सकी होती। यादव और पाञ्चाल उसे प्रबलतम चक्रवर्ती से भी प्रचण्ड शक्तिशाली बना देते।

संकट तब आरम्भ हुआ, जब कृष्ण आए। उन्होंने उन लोगों को प्रभावित करके आत्म-समर्पण के लिए बाध्य किया। अब वे महत्त्वाकांक्षी राजाओं और उस अलौकिक रूप से चतुर व्यक्ति के फन्दे में पड़ गए हैं, जिसे उनका भाई भी भगवान कहता है।

इस नये अनुभव से हताश होकर वह सुबकने लगी। अब तक वह पिता के द्वारा पोषित कुल-गौरव की भावना में भूली हुई थी। वह मानने लगी थी कि उसका कुटुम्ब गौरव के चरम शिखर पर अवस्थित है। पिता का गर्व उसके हृदय में प्रचण्ड रूप से धधकता था। अब उसका पूरा ढाँचा टूटकर गिर गया था। इसकी रक्षा के लिए कुछ किया जाना चाहिए। "हे भगवान, हमारी रक्षा करो।" वह आर्त्त स्वर में पुकार उठी।

सहसा उसे अनेक घोड़ों की टापें और दो या तीन रथों के रुकने की ध्वनि सुनाई पड़ी। बाहर मशालों की रोशनी दीख पड़ी। कोई आया—कोई ऐसा व्यक्ति, जो चार घोड़ों के रथ पर चलता है। अतिथियों में कुछ ही ऐसे थे, जो चार घोड़ों के रथ का उपयोग करते थे। स्वागत के उच्च स्वर भी सुन पड़ रहे थे, जैसे कोई महान् राजा आया हो। ऐसे समय में किसी अप्रत्याशित अतिथि का आगमन!

कुछ ही क्षणों में उसे पता चल गया कि आनेवाला कौन है! राजमहल के पास एक बड़ी भीड़ इकट्ठी हो गई। 'कृष्ण वासुदेव की जय' का कोलाहल सुन पड़ा! वह हतचेत-सी होने लगी।

वर्तमान मनःस्थिति में उसके पिता को वासुदेव का सामना करना पड़ेगा! उसकी इच्छा हुई कि वह पिता की सहायता के लिए दौड़ जाए। किन्तु उसने अपने को रोक लिया। उसके पिता ऐसे निर्बल नहीं थे कि संकट के समय उन्हें उसकी सहायता की आवश्यकता हो।

कुछ समय बाद उत्तेजना से छलकता हुआ सत्यजित आया। उसने कहा, "कृष्णा, वासुदेव पिताजी से मिलने आए हैं। पिताजी कहते हैं कि उनकी तबियत ठीक नहीं है, उनके बदले तुम्हीं उनसे मिल लो। वे सबकुछ तुम्हारे ही ऊपर छोड़ते हैं।"

इस अप्रत्याशित विक्षेप से उसका खून खौल उठा। पहले तो उसकी इच्छा हुई

कि कहला दे कि वह उनसे नहीं मिलना चाहती, किन्तु इसका मार्ग उसके पिता ने बन्द कर दिया था।

आवश्यक शिष्टाचार सहित मंत्री उद्‌बोधन अतिथि को लेकर आए। दरवाजे के बाहर से प्रसन्न और स्नेहपूर्ण एक परिचित स्वर सुन पड़ा–"राजकुमारी, तुम पहले की तरह मेरा स्वागत न करोगी?"

वह उतावली से उठ खड़ी हुई। उसने अपने कपड़े सँभाले। वह आगे बढ़ी। सुगन्धित तैल-दीपों की असंख्य बत्तियों के झिलमिल प्रकाश में उसने वह मूर्ति देखी, जिसे वह कभी भूल नहीं पाई थी–वे हँसती आँखें, वह दमकता चेहरा, वह मयूर-पुच्छ–जैसे वे ज्ञान की जीवन्त मूर्ति हों। कैसा चतुर व्यक्ति है!

बड़ी कठिनाई से उनके सामने से भाग खड़ी होने की इच्छा को उसने दबाया! "वासुदेव!" उसने बड़ा साहस बटोरकर कहा, "पिताजी ने सत्यजित के द्वारा कहलाया है कि मैं आपसे मिल लूँ। उनका स्वास्थ्य ठीक नहीं है।"

यद्यपि प्रकट रूप से बड़े संयम से उसने यह बात कही थी, किन्तु वह क्रोध से उबल पड़ने को छटपटा रही थी। जब उसने कृष्ण को अपनी मोहक मुस्कान के साथ आगे बढ़ता देखा तो ऐसा करना उसके लिए असम्भव हो गया।

"सुखी रहो राजकुमारी," कृष्ण ने लगाव-भरे स्वर में कहा, "मैं स्वयं तुमसे मिलना चाहता था।" सत्यजित के बताए आसन पर बैठते हुए उन्होंने बात पूरी की।

कृष्ण को पहुँचाने आए प्रतिहारी, दीवारों पर टँगे अन्य दीपकों को जलाकर वहाँ से चले गए। आदर-सहित अभिवादन करके उद्‌बोधन भी चले गए। सत्यजित इतने उत्तेजित थे कि बैठ नहीं पा रहे थे। वे खड़े-खड़े प्रशंसा-भाव से कृष्ण को देखते रहे और आशा करते रहे कि उनकी बहन अपने मनोभाव को शिष्टाचार पर हावी न होने देगी।

कृष्ण के मुख पर एक विचित्र थकावट थी, जिसका उनके साथ ताल-मेल बैठाना द्रौपदी के लिए कठिन हो रहा था।

"सत्यजित, मेरी सज्जा उतारने में सहायता दो।" कहकर कृष्ण सत्यजित की ओर इस तरह मुड़े जैसे उनके बड़े भाई हों, "मैं थक गया हूँ।" उन्होंने बात पूरी की।

"आप थक गए हैं!" जिसके अलौकिक कार्यों की कथाएँ प्रसिद्ध हों, उसके मुँह से यह विचित्र बात सुनकर सत्यजित ने आश्चर्यपूर्वक कहा, "लोग कहते हैं कि न तो आप कभी थकते हैं, न आपको निद्रा की आवश्यकता होती है।"

"सत्यजित, मैं ऊब चुका हूँ। व्यर्थ ही लोगों को इतना सन्तप्त देखकर ऊब उठा हूँ।" कृष्ण ने दुखी स्वर में मानो अपने आपसे कहा।

इन शब्दों में द्रौपदी को अप्रत्यक्ष उलाहने का आभास मिला। वह भड़क ही उठनेवाली थी कि कृष्ण ने थकावट के साथ वह दुपट्टा खोल दिया, जिससे उनका खड्ग बँधा हुआ था। खड्ग खुलकर भूमि पर जा गिरा। सत्यजित ने उसे उठाकर एक ओर रख दिया।

द्रौपदी क्षण-भर के लिए अपना क्रोध भूल गई। उसे पता भी नहीं चला कि कब उसने कृष्ण के हाथ से उनका मुकुट लेकर एक चौकी पर रख दिया।

कृष्ण ने सायास प्रसन्न हास्य किया और अपने चमकीले चक्र को खोलकर सत्यजित के हाथ में दिया। सत्यजित ने उस चमत्कारपूर्ण संहारक अस्त्र को आदरपूर्वक देखा।

"तुम्हारे पिता कैसे हैं? क्या वे बहुत अस्वस्थ हैं? कितना अच्छा होता यदि मैं उनसे मिल पाता! क्या मेरी ओर से उनका मन फिर गया है?" कृष्ण ने पूछा।

द्रौपदी को यह सीधा प्रश्न अच्छा नहीं लगा। उसका चेहरा फिर गम्भीर हो आया। "वे अस्वस्थ हैं।" उसने संक्षेप में कहा।

"अब बताओ द्रौपदी, कि इन दिनों तुम्हारा क्या हाल रहा? क्या तुम स्वयंवर के लिए तैयार हो? तुम अपने लिए किन-किन राजाओं के सम्बन्ध में विचार कर रही हो?" कृष्ण ने द्रौपदी का रोष दूर करने के अभिप्राय से पूछा।

द्रौपदी और चिढ़ गई। उसे ऐसा लगा कि कृष्ण उसका, उसके पिता का और कुटुम्ब का उपहास कर रहे हैं। कुढ़े हुए स्वर में वह बरस पड़ी, "मेरा क्या हाल रहा? आप जानते नहीं हैं?"

कृष्ण ने मुस्कराकर कहा, "मैं जानता होता तो कितना अच्छा होता!"

"आपने पिताजी से स्वयंवर की योजना करने को कहा, उन्हें सभी राजाओं को आमन्त्रित करने का परामर्श दिया, आपने प्रतियोगिता निश्चित की। और अब हम लोग जाल में फँस गए हैं। कम-से-कम पिताजी ऐसा ही समझते हैं।" उसने शीघ्रतापूर्वक बात पूरी की।

"क्यों स्वयंवर की योजना में क्या बुराई है?" कृष्ण ने पूछा।

"क्या बुराई है? सबकुछ गड़बड़ है। यदि दुर्योधन अथवा अश्वत्थामा ने प्रतियोगिता में विजय पाई तो मुझे दासी के रूप में द्रोण के चरण चूमने के लिए हस्तिनापुर घसीट ले जाया जाएगा। यदि जरासन्ध ने प्रतियोगिता में विजय पाई या मेरा अपहरण किया तो गिरिव्रज में मैं दासी से भी बुरी स्थिति में होऊँगी।" द्रौपदी ने कहा।

"तुम्हारी बात बिल्कुल ठीक है।" कृष्ण ने शान्तिपूर्वक कहा।

कृष्ण के बात करने के ढंग से द्रौपदी और चिढ़ गई। उसने कटुता से कहा, "आप तो मुझे स्वीकार नहीं करेंगे। आप प्रतियोगिता में भी नहीं सम्मिलित होंगे

और जैसे इतने से ही आपका जी नहीं भरा, आपने छिपाकर मेरे भाई को द्रोण का दास बना दिया।''

''अच्छा, तो तुम्हें इस बात का भी पता लग गया है, क्यों?'' कृष्ण ने मुस्कराकर कहा, ''हाँ, रास्ते में वह मुझे मिला था। वह रथ पर सिमटा-सिमटाया पड़ा था तथा भग्न-हृदय और हताश बालक के समान रो रहा था।''

''जान पड़ता है वह आपको बहुत प्रिय है!'' द्रौपदी ने व्यंग्य किया।

''वह वीर बालक है। उसने प्रसन्नतापूर्वक सभी यन्त्रणाएँ इसलिए झेल लीं कि उसके पिता और तुम सब लोग उस पर गर्व कर सको।'' कहकर उन्होंने एक निःश्वास छोड़ा। द्रौपदी पर टिकी हुई उनकी आँखों में उपालम्भ था।

द्रौपदी का क्रोध बढ़ता जा रहा था–''आपने हमारे शत्रु से मित्रता की और उसका मूल्य प्राप्त किया। उसने आपके हाथ में पुष्कर थमा दिया–भगवान जाने यह किस वस्तु का मूल्य था!'' उसका मुख तमतमा उठा–''चारण अपने गीतों में वर्णन करते हैं कि आपने गोपियों को धोखा दिया। अब आप हमारे साथ छल कर रहे हैं।''

सत्यजित अपनी बहन का प्रत्येक शब्द ध्यानपूर्वक सुन रहा था। वह चाहता था कि द्रौपदी अधिक उग्र न हो। वह इस आशा से कृष्ण की ओर मुड़ा कि वे भी क्रोधपूर्वक मुँहतोड़ उत्तर देंगे, किन्तु यह देखकर उसे आश्चर्य हुआ कि वे द्रौपदी की ओर उदास और गम्भीर दृष्टि से देखे जा रहे हैं।

द्रौपदी जब आवेश-भरी अपनी बात कह चुकी तो कृष्ण ने धीमे और उदास स्वर में उत्तर दिया, ''धैर्य रखो राजकुमारी, पुरुषों की निन्दा पर मैं ध्यान नहीं देता, किन्तु किसी स्त्री का व्यंग्य तो मुझे व्यथित करता है, विशेषतः यदि वह मेरी अत्यन्त प्रिय बहन हो।'' वे अपने आसन पर पीछे की ओर झुक गए, मानो अत्यधिक असहाय हो गए हों।

द्रौपदी को लगा कि वह हताशा का दिखावा कर रहे हैं। उसने उनकी चिकनी-चुपड़ी बातों की ओर से अपना मन कठोर बना लिया।

कुछ देर तक चुप रहने के बाद कृष्ण ने कहा, ''तुम तो अपनी बात कह चुकीं बहन, अब मुझे अपनी कहने दो।''

''अवश्य कहिए!'' द्रौपदी ने तिरस्कार के साथ कहा।

''जब तुम्हारे पिता ने, तुमने और तुम्हारे भाइयों ने मेरा विश्वास किया था तो मैं बहुत प्रसन्न हुआ था।'' कृष्ण ने रोषहीन शान्त स्वर में कहा, ''तुम लोगों के विश्वास के बल से बलवान होकर मैं पूरे वर्ष-भर अपने इस संसार के रूपान्तरण की चेष्टा करता रहा हूँ। मुझे लगा था कि इसमें मुझे सफलता भी मिली है, किन्तु अब मुझे ज्ञात हुआ कि असफलता ही मेरे हाथ लगी।''

द्रौपदी ने जिज्ञासा-भरी निगाहों से कृष्ण की ओर देखा। उनके स्वर में निराशा की जो ध्वनि थी, उससे वह स्तब्ध हो गई थी।

"मैं देखता हूँ कि अब तुममें से किसी को मुझ पर विश्वास नहीं रह गया है।" उन्होंने कहना आरम्भ किया, "मैं ऐसे लोगों से ऊब गया हूँ, जो सत्य का चमत्कार नहीं देख पाते, उसका संगीत नहीं सुन पाते। और समय इतना कम रह गया है–केवल दो रातें और एक दिन।" वे चुप हो गए। "पूरे वर्ष का–सम्भवतः मेरे सारे जीवन का–किया-धरा नष्ट हुआ जा रहा है। हे अमर देवताओ! मरणशील मानव अपनी रक्षा स्वयं क्यों नहीं कर सकता!" अब कृष्ण असीम दया और करुणा के साथ द्रौपदी की ओर देख रहे थे।

द्रौपदी का रोष ठण्डा पड़ रहा था। उसने अपने हृदय में एक विचित्र उत्साह का अनुभव किया। जिस वीर पुरुष की चर्चा, सभी लोग विनम्र श्रद्धा के साथ करते हैं, वही उससे विश्वास की भीख माँग रहा है! उसकी वाणी में न तो कूटनीतिज्ञ का प्रपंच है, न जादूगर की कला। उसकी विश्वास-भरी आँखें स्नेह से चमक रही थीं और अपने पर छल का आरोप लगाने के लिए उसे झिड़की दे रही थीं।

अपने मन को यह बात मनवाने का द्रौपदी ने एक बार अन्तिम प्रयास किया कि उन्होंने उन लोगों के साथ छल किया है। किन्तु उसके सामने असीम उदासी की जो मूर्ति थी, उसके प्रति सहानुभूति का अनुभव किए बिना वह न रह सकी।

सत्यजित ने भी कृष्ण की ओर देखा। उसकी आँखें फैली हुई थीं और उसका हृदय धड़क रहा था। कृष्ण ने आँखें मूँदकर उन्हें हाथों से ढक लिया था।

क्षण-भर बाद आँखों पर से अपने हाथ हटाकर कृष्ण ने सीधे द्रौपदी की ओर देखा, "द्रौपदी, क्या मुझ पर तुम्हें विश्वास नहीं रह गया है?" उन्होंने पूछा, "यदि नहीं है तो मैं चमत्कार कैसे कर सकूँगा? तुम्हें मेरे पक्ष में रहना होगा।" अब उनके स्वर में ऐसी दृढ़ता थी, जैसे वे अपनी वस्तु का दावा कर रहे हों।

कोई कुछ नहीं बोला, "द्रौपदी, मुझसे विमुख न होओ।" उन्होंने अद्‌भुत मधुरता के साथ कहा, "कहो, द्रौपदी, मुझसे स्पष्ट रूप से कहो, यहाँ एकत्रित राजाओं में से क्या तुम स्वयं किसी को चुनना चाहती हो? तुम उसका नाम-भर मुझको बतला दो, फिर स्वयंवर हो या न हो, तुम्हारा विवाह उसी के साथ होगा।"

यह प्रश्न द्रौपदी को वास्तव जगत् में ले आया–"मैं चुनना चाहती थी, लेकिन आपने मेरे लिए वह मार्ग बन्द कर दिया। अब इसके अतिरिक्त मेरी और कोई इच्छा नहीं है कि मैं उसी वीर की पत्नी बनूँ, जो मेरे पिता की सम्मान-रक्षा के लिए युद्ध करे।" उसने कहा।

"क्या प्रतियोगिता में विजयी होनेवाले किसी भी व्यक्ति के लिए तुम वैसा ही त्याग करने के लिए प्रस्तुत हो, जैस प्राचीनकाल में सत्यवान के लिए सावित्री

ने किया था?'' कृष्ण ने जोर देकर पूछा।

''मेरे लिए और उपाय ही क्या है? यदि मेरे पिता की मान-हानि न हो तो मैं ऐसा करने को प्रस्तुत हूँ।'' द्रौपदी ने कहा। हार न मानने के लिए उसने अपना मन मजबूत कर लिया।

''क्या हम युद्ध के बिना द्रोण को नहीं जीत सकते?'' कृष्ण ने पूछा।

इस प्रश्न से द्रौपदी को आश्चर्य हुआ–''युद्ध के बिना? कैसे?'' द्रौपदी की वाणी लड़खड़ा गई।

''हम वैर को धर्म में परिवर्तित कर सकते हैं।'' कृष्ण ने शान्त भाव से कहा।

''मैं धर्म को जिस रूप में जानती हूँ, उसी रूप में उसका अनुगमन करना चाहती हूँ।'' द्रौपदी ने पहले-जैसी कटुता के साथ कहा, ''मेरे पिता की प्रतिज्ञा ही मेरा धर्म है।''

''द्रौपदी, तुम नारी हो। तुम्हारा मनोबल सुदृढ़ है। तुममें सच्चाई है, किन्तु तुममें राजवंशोचित अहंकार भी है। धर्म को मैं जिस रूप में देखता हूँ, उस रूप में उसे देखना तुम्हारे लिए कठिन है।'' कृष्ण ने कहा।

''आप धर्म को किस रूप में देखते हैं?'' उसने व्यंग्य से पूछा।

कृष्ण बोले, ''मैं धर्म को अहंकार और वैर के साधन के रूप में नहीं देखता।'' वे जैसे अतीत में झाँक रहे थे–''मैं उसे स्वयं जीवन के रूप में देंखने की चेष्टा कर रहा हूँ। वह ग्वाले की खिचड़ी में मिठास भर सकता है और दरिद्रतम व्यक्ति को उच्चवंशी राजा का गौरव दे सकता है। किन्तु इसका अभिप्राय क्या है?'' द्रौपदी की ओर मुड़कर उन्होंने सीधे उसकी आँखों में देखा, ''क्या तुम जानना चाहती हो कि वह क्या है? वह परमात्मा की इच्छा है–हम जिसे मन्दिरों में देखते हैं उस परमात्मा की नहीं, बल्कि परमात्मा वासुदेव की, जो सबमें है और जिसमें हम सभी निवास करते हैं।'' मानो किसी प्रेरणा के वशीभूत अब वे धीमी आवाज में बोल रहे थे। उनका मुख आलोकित हो गया था और एक प्रकार की शान्ति ने उनको आच्छन्न कर लिया था।

सत्यजित स्तब्ध होकर उन्हें देखता रहा। द्रौपदी साँस रोककर अपने हृदय की धड़कन सुनती रही। लगता था कि कृष्ण जाने कितनी दूर हैं और फिर भी कितने पास हैं।

द्रौपदी साँस रोककर उन्हें देखती रही। उसने देखा कि उनका मुख एक प्रभामण्डल से घिर गया है। उनकी आँखों से निकला एक विचित्र तेज उसमें समाहित हो रहा है। ऐसा लगता था कि वह प्रकाश से सागर में तिर रही हो– अकेली नहीं, उनके साथ। कृष्ण के शब्दों को समझने में उसे कठिनाई हो रही थी, किन्तु उसे ऐसा अनुभव हो रहा था, जैसे वह किसी प्रकार कृष्ण को और कृष्ण

उसको समझ रहे हैं। उन दोनों के बीच एक प्रकार का समझौता-सा हो गया।

वह सिर से पाँव तक काँप उठी। उसे लगा कि वह ऐसे जगत् के छोर पर है, जिसका अपने सारे जीवन में उसने कभी स्वप्न तक न देखा था—एक ऐसे जगत् के, जो सुन्दर और भयानक चीजों से भरा है। वह आश्चर्य से अपने-आपको भूल गई। उसने फुसफुसाकर कहा, "वासुदेव जो सबमें हैं। तो फिर आप कौन हैं?"

कृष्ण की अभिवृत्ति और मनोवृत्ति दोनों ही में परिवर्तन हो गया। वे हँसे—एक धीमी और हार्दिक हँसी—"मैं तुम्हारा भाई हूँ और चाहता हूँ कि तुम मेरा बोझ बँटा लो।"

"आपका बोझ है क्या? आपको तो जीवन के सभी सुख प्राप्त हैं।" जैसे अपनी इच्छा के विपरीत उसने पूछा।

"मुझ पर एक बहुत बड़ा बोझ है। तुम जानना चाहती हो कि वह क्या है? वह है मनुष्य को अधर्म से मुक्त करना।" कृष्ण ने उत्तर दिया।

"और अधर्म क्या है?" उसने प्रायः यन्त्रवत् पूछा।

"मैं उसकी व्याख्या नहीं कर सकता। मैं उसका अनुभव करता हूँ। वह इस बात को अस्वीकार करना है कि हम सबमें वासुदेव का निवास है।" कृष्ण ने कहा।

द्रौपदी उलझन में पड़ गई। समझ न पाई कि क्या पूछे। कुछ भी पूछना बड़ा कठिन था।

"मैं पाञ्चाल, हस्तिनापुर और आर्यावर्त के सभी राज्यों में धर्म का अभ्युदय देखना चाहता हूँ। इसी कारण मैं कभी विश्राम नहीं करता। क्या इस कार्य में तुम मेरी सहायता नहीं करोगी?" कहकर कृष्ण ने फिर उसकी आँखों में देखा। उनकी आँखें मानो स्वीकृति की याचना कर रही थीं।

"नहीं जानती कि कैसे आपकी सहायता कर सकती हूँ। मैं स्वयं नहीं जानती कि मैं क्या चाहती हूँ।" प्रश्न से कतराते हुए द्रौपदी ने कहा।

"बहन, तुम आस्था की भूखी हो, लेकिन यह नहीं जानतीं कि यह भूख कैसे मिटाई जाए।" कृष्ण ने अनुग्रहपूर्ण मुस्कान के साथ कहा।

कृष्ण की आँखों में अब न तो थकावट थी, न वासुदेव का तेज ही था। द्रौपदी ने देखा कि अब वे आँखें माँ की थीं—चतुर और कोमल। उसकी माँ को मरे इतने दिन हो चुके थे कि अब उनकी स्मृति भी नहीं रही थी। उसके मन में किसी ऐसी चीज की लालसा उमड़ आई, जिसे उसने जीवन में कभी जाना नहीं था। उसकी इच्छा हुई कि उनके चरणों पर लोटकर रो पड़े। इसमें सन्देह नहीं कि किसी बात में उसकी आस्था नहीं रह गई थी और वह उसके लिए विकल हो रही थी।

द्रौपदी नम्र हो गई। उसने अपना गर्वीला मस्तक झुका लिया। उसने करुण

स्वर में पूछा, "मुझे क्या करना चाहिए?"

कृष्ण मुस्कराए। उन्होंने कहा, "मैं बताऊँ तुम्हें? द्रौपदी तुम बहुत सुन्दर हो और अधिकांश स्त्रियों के लिए सुन्दर होने का अर्थ है सुखी होना। किन्तु तुम सुखी नहीं हो। तुम धर्म की स्थापना की भूखी हो। किन्तु अहंकार और कटुता ने तुम्हारी भूख मार दी है।"

द्रौपदी ने अनुभव किया कि अहंकार और कटुता ने किस प्रकार वर्षों से उसके कुटुम्ब को अभिशप्त बना रखा है। उसने कहा, "मैं जानती हूँ कि मैं कितनी बुरी हूँ।"

"अपने प्रति अन्याय न करो द्रौपदी, तुममें धर्म के लिए संघर्ष करने की प्रवृत्ति है—नगण्य वस्तुओं के लिए अहंकार पालने की नहीं।" कृष्ण ने कहा।

अब द्रौपदी विनम्र हो गई थी। उसने कहा, "मैं जानती हूँ कि आप जो कह रहे हैं, वह सत्य है। मैं एक दुष्ट अहं पालती आई थी और यह देखना चाहती थी कि मेरे पिता अपने वैर का बदला लें। इसलिए मैं जो हूँ, वह बनने में डरती थी। पिता-परायणता के लिए इतना मूल्य तो मुझे चुकाना ही था। कितना अच्छा होता कि राजवंश में मेरा जन्म न हुआ हाता।" द्रौपदी ने अपनी शोकाकुल आँखें ऊपर उठाईं। उसने देखा, कृष्ण सरल उल्लास से अनुग्रह-भरी हँसी हँस रहे हैं। वह लज्जित हो गई।

"कृष्णा," कृष्ण ने पहली बार स्नेह-सिक्त स्वर में उसे उसका नाम लेकर पुकारा, "अपने पिता और कुल के लिए तुम्हारा अभिमान उचित है। यदि राजशक्ति के साथ धर्म का सम्बन्ध हो जाए तो वह बहुत बड़ी बात है। इसके लिए मुझे कितना कठोर संघर्ष करना पड़ा था। यह मैं ही जानता हूँ।"

"किन्तु आप सुखी हैं।" द्रौपदी ने कहा।

"मैं सुखी इसीलिए हूँ कि अपने जीवन का प्रत्येक क्षण मैं धर्म में व्यतीत करता हूँ।" कृष्ण बोले।

"मैं दुखी हूँ, कदाचित् इसलिए कि आपके समान मैं धर्म में नहीं रह सकती। मैं नहीं जानती कि धर्म में कैसे रहा जाता है। गोविन्द, मुझे मेरा धर्म बता दीजिए।" द्रौपदी ने एक ऐसी निकटता का अनुभव किया, जिससे उसे कृष्ण को उस नाम से सम्बोधित करने का अधिकार मिला, जिसका उपयोग उनके निकटतम व्यक्ति किया करते थे।

"प्रत्येक व्यक्ति को अपना धर्म स्वयं ही ढूँढ़ लेना चाहिए, क्योंकि धर्म के अनेक मार्ग हैं।" कृष्ण ने उत्तर दिया।

"अभी मेरा धर्म क्या है?" द्रौपदी ने पूछा।

"अभी धर्म में आस्था रखकर स्वयंवर का निर्वाह करना ही तुम्हारा धर्म है।

आर्यावर्त के सर्वश्रेष्ठ धनुर्धर को चुनो और वह जहाँ जाए, उसके पद-चिन्हों का अनुसरण करो और उसके प्रति अपनी भक्ति-भाव से धर्म-साम्राज्य की स्थापना करो।'' कृष्ण ने कहा।

''मेरे पिता का क्या होगा?'' द्रौपदी ने पूछा।

''कृष्णा, यदि तुम अपने धर्म का अनुसरण करोगी तो तुम्हारे पिता की विजय होगी। द्रोण पराजित होंगे—युद्ध में नहीं, जो केवल जीवन का अन्त करता है। वे धर्म में पराजित होंगे, जो अहंकार, क्रोध और वैर का अन्त करता है।'' कृष्ण ने कहा।

''यदि आप मेरे पिता होते तो क्या करते?'' द्रौपदी ने पूछा।

''मैं द्रोण को ऐसी शिक्षा देता, जिसे वे कभी न भूलते। मैं उन्हें इस बात का अनुभव कराता कि तुम्हारे पिता का अपमान करके वे ब्राह्मण-धर्म के महान् आसन से नीचे गिर गए हैं।'' कृष्ण ने कहा।

''द्रोण कभी पराजय नहीं स्वीकार करेंगे।'' द्रौपदी ने सिर हिलाते हुए कहा।

''तुम ऐसा क्यों मानती हो?'' कृष्ण ने हँसते हुए पूछा, फिर वे बात बदल कर बोले, ''लेकिन अभी हम उस विषय की चर्चा करें, जो हमारे सामने है। मैं एक बार फिर तुमसे पूछता हूँ, क्या कोई वीर तुम्हारी दृष्टि में है?''

''मेरी दृष्टि में कोई नहीं है।'' द्रौपदी ने नम्रतापूर्वक कहा, ''आप मेरे लिए जो चुनाव कर देंगे, मैं उसे ही स्वीकार कर लूँगी।''

''तो फिर सुनो कृष्णा, जैसा मैंने पहले भी तुमसे निवेदन किया था, तुम मेरा बोझ बाँट लो।'' कृष्ण ने कहा।

''मैं कैसे यह कर सकती हूँ?'' द्रौपदी ने पूछा।

''जरासन्ध से मत डरो। वह न तो प्रतियोगिता में विजयी हो सकता है, न तुम्हारा अपहरण ही कर सकता है।''

''आप कैसे जानते हैं?'' द्रौपदी ने पूछा।

''अपनी वर्तमान आयु और छीजते शरीर से वह प्रतियोगिता में विजयी नहीं हो सकता।

''किन्तु वह मेरा अपहरण कर सकता है।'' द्रौपदी ने काँपकर कहा।

कृष्ण ने दृढ़तापूर्वक कहा, ''वह मेरे और समस्त यादव अतिरथियों के शवों पर खड़ा होकर ही ऐसा कर सकता है।''

प्रारब्ध की अटलता के साथ दिए गए इस आश्वासन में विश्वसनीयता थी। द्रौपदी ने इसके लिए कृतज्ञता का अनुभव किया। उसने पूछा, ''किन्तु यदि दुर्योधन विजयी हुआ?''

''मुझ पर सबसे बड़ा बोझ यही है। अब मुझसे कुछ न पूछो।'' कृष्ण ने कहा।

उनके चेहरे पर फिर उदासी का तनाव खिंच आया।

अब आश्वासन देने की बारी द्रौपदी की थी। उसने कहा, ''गोविन्द, यदि आप नहीं कह सकते तो मैं आपसे पूछूँगी भी नहीं।''

''मेरी इस बात का विश्वास करो कृष्णा, कि मैं तुम्हें धर्मपरायण व्यक्ति की पत्नी और वीर पुत्रों की माता बनाना चाहता हूँ। मैं तुम्हें ऐसी महारानी बनाना चाहता हूँ, जो धर्म के विशाल साम्राज्य की समर्थिका के रूप में लोगों की स्मृति में अमर रहे।'' कृष्ण ने कहा।

थोड़ी देर कोई कुछ नहीं बोला। द्रौपदी के भीतर कुछ पिघलता-सा जान पड़ा। इस देव-तुल्य व्यक्ति के प्रति उसने सहानुभूति का अनुभव किया। उसके हृदय में उष्णता भर आई, जैसे किसी बन्द कमरे में सूर्य-किरणों का प्रवेश हो गया हो–''गोविन्द, मैं अपने को पूरी तरह आपके ऊपर छोड़ देती हूँ; किन्तु मेरी एकमात्र प्रार्थना यही है कि मेरे पिता अपमानित न होने पाएँ, आप इसका ध्यान रखिएगा।''

कृष्ण ने धीमे, स्पष्ट और दृढ़ स्वर में कहा, ''चाहे जो भी हो, मैं तुम्हारा और तुम्हारे पिता का साथ दूँगा। अभी मैं इससे अधिक कुछ नहीं कह सकता। अतः तुम मुझसे और कुछ न पूछो।'' इसके बाद उन्होंने फिर कहा, ''तुम स्वयंवर को अपने और मेरे धर्म का एक भाग समझो।''

सम्पूर्ण समर्पण के भाव से द्रौपदी ने कहा, ''वैसा ही करूँगी गोविन्द!''

''मैं चाहता हूँ कि मेरे कहने से तुम एक असम्मान स्वीकार कर लो। शकुनि और द्रोणाचार्य के पुत्र अश्वत्थामा तुमसे मिलना चाहते हैं।'' कृष्ण ने कहा।

''द्रोण के पुत्र!'' द्रौपदी के स्वर में फिर चिड़चिड़ाहट भर आई–''आप चाहते हैं कि मैं विष का प्याला पी लूँ?''

''हाँ, मैं उन्हें तुम्हारे पास ले आता हूँ, क्योंकि दुर्योधन की पत्नी भानुमती को मैंने यह वचन दिया था। अश्वत्थामा तुम्हें वचन देगा कि यदि तुम उसका अथवा किसी भी कुरु-राजकुमार का वरण करोगी तो वह प्राणपण से अपने पिता को हस्तिनापुर का त्याग करने से रोकेगा।'' कृष्ण ने कहा।

द्रौपदी की भौंहें तन गईं–''और यदि मैं किसी भी कुरुवंशी का वरण न करूँ?''

''चुनाव तो तुम्हारा ही रहेगा।'' कृष्ण बोले।

''किन्तु यदि प्रतियोगिता में दुर्योधन विजयी हुआ तो क्या होगा?'' द्रौपदी ने फिर उसी भय से आक्रान्त होकर पूछा, जो उस पर बराबर छाया हुआ था।

कृष्ण हँसे। उनकी आँखें नाच उठीं–''कुरुओं की महादेवी द्रोण को जिस प्रकार वशवर्ती कर सकती है, वैसा कोई नहीं कर सकता।''

कृष्ण एक बार फिर मोहक गोपाल बन गए। द्रौपदी ने उनकी इस परिहास-भरी बात का आशय समझने की असफल चेष्टा की और चुप हो गई।

कृष्ण ने आवाज धीमी करके कहा, "यदि इससे तुम्हें कुछ सन्तोष मिल सके तो तुम्हें एक भेद की बात बताऊँ। भानुमती मेरी छोटी बहन के समान है। उसे मैंने वचन दिया है कि तुम्हारा विवाह दुर्योधन से किसी तरह नहीं होगा। अब तुम सन्तुष्ट हो?"

द्रौपदी क्षण-भर के लिए लज्जित हो गई। फिर उसने असहाय भाव से हाथ जोड़कर कहा, "आप मुझसे अश्वत्थामा से एक वचन लेने को कहते हैं। जैसे कि मैं किसी कुरु की पत्नी होने जा रही हूँ। आपने भानुमती को वचन दिया है कि दुर्योधन से मेरा विवाह नहीं होगा।" वह हँस पड़ी–"आपकी बात मेरी समझ में नहीं आती। आपका वास्तविक स्वरूप क्या है?"

"जब तक मुझ पर तुम्हारा विश्वास बना रहे, तुम जो समझो, वही मेरा स्वरूप है।" कृष्ण ने उत्तर दिया।

"क्या मुझे यह अपमान इसलिए सहना पड़ेगा कि आप अपना वचन पूरा कर सकें?" द्रौपदी ने पूछा।

"हाँ। इसके द्वारा तुम मुझसे अनन्य भाव से बँध जाओगी।" कृष्ण ने कहा।

"अच्छी बात है। जैसी आपकी इच्छा हो, वैसा ही हो। कुछ और कहना है?" द्रौपदी ने पूछा।

"नहीं।"

"आप तो जादूगर हैं। आपके कहने से कदाचित् मैं दुर्योधन से भी विवाह करना स्वीकार कर लूँ।"

"यदि तुम्हारे धर्म की वही माँग हो तो मैं तुमसे वैसा करने को भी कह सकता हूँ।" कृष्ण ने हँसते हुए कहा।

कृष्ण की रहस्यमय बातों से द्रौपदी की आँखें फैल गईं। उसने कहा, "आप पहेलियाँ बुझाने के अतिरिक्त और किसी ढंग से बातें नहीं कर सकते गोविन्द!"

"मैं स्वयं एक पहेली हूँ। दूसरी पहेली तुम हो। लेकिन अभी पहेलियाँ सुलझाने का समय नहीं है। क्या मैं शकुनि और अश्वत्थामा को तुम्हारे पास भेज दूँ?" कृष्ण ने कहा।

"यदि आप चाहते हैं तो मैं उनसे मिलूँगी।" उसने कहा, "किन्तु पहले मुझे पिता की अनुमति ले लेने दीजिए। क्या मैं उन्हें यह आश्वासन दे सकती हूँ कि आप ऐसा कुछ नहीं करेंगे, जिससे पिताजी को ठेस पहुँचे?" द्रौपदी ने पूछा।

"हाँ। मैं पहले ही कह चुका हूँ कि मैं तुम्हारा और तुम्हारे पिता का साथ दूँगा, चाहे उसके लिए अपने प्राण ही क्यों न गँवाने पड़ें।"

शिखण्डी का हस्तक्षेप

कृष्ण के चले जाने पर द्रौपदी को ऐसा लगा, जैसे वह सपना देख रही थी। अद्भुत आलोक से दमकता उनका मुख और असीम कोमलता से भरी उनकी दृष्टि, उसकी आँखों में नाचती रही। वह अब भी उनकी विश्वसनीय वाणी सुन रही थी। वह वाणी पूछ रही थी, 'कृष्णा, क्या तुम मुझ पर विश्वास नहीं करोगी?' वह अपना उत्तर भी सुन रही थी, 'मुझे आप पर विश्वास है। आप जैसा कहेंगे, मैं वैसा ही करूँगी।'

अगले दिन स्वयंवर में क्या होगा, अब उसे इसकी चिन्ता नहीं थी। उसे लगा कि वह उसकी चिन्ता का विषय नहीं है। वह स्वयंवर का कार्य न केवल पिता के लिए, बल्कि उनके लिए भी, उनका बोझ हल्का करने के लिए भी, सम्पन्न करेगी।

जब वह पिता के पास गई तो वे आँखें मूँदे बिछावन पर लेटे हुए थे। उनके सिर में तीखा दर्द था। अहंकारी और सशक्त पुरुष का हृदय कटुता से फटा जा रहा था। यद्यपि कुछ सुनने की उनकी इच्छा नहीं थी, फिर भी द्रौपदी ने अपने साथ हुई कृष्ण की बातें उन्हें बतलाईं। "कृष्ण उनके साथ कभी छल न करेंगे। स्वयंवर सफल होगा। जरासन्ध उसका अपहरण करने का साहस नहीं कर पाएगा। दुर्योधन स्वयंवर में विजयी नहीं होगा। द्रोणाचार्य का अभिमान चूर कर दिया जाएगा।"

द्रुपद ने थके हुए स्वर में कहा, "ये शब्द हैं। खोखले शब्द! वासुदेव कुछ भी कह सकते हैं।" उन्होंने सन्ताप-सहित सिर हिलाया, "मेरी बुद्धि काम नहीं करती। यह सब वे कैसे करेंगे?"

"पिताजी, इससे हमें क्या लेना-देना है कि यह सब वे कैसे करेंगे?" उसने स्मितपूर्वक उत्तर दिया, "मुझे अब कोई चिन्ता नहीं है। मैंने सारा बोझा उनके कन्धों पर डाल दिया है।"

"बेटी, उन्होंने तुम पर जादू कर दिया है। वे हमारे साथ चाल चल रहे हैं।" द्रुपद ने कहा। उन्हें विश्वास नहीं हो रहा था कि कृष्ण ने जो कहा है, वह सच है।

"ऐसा वे क्यों करेंगे पिताजी!" द्रौपदी ने शामक स्वर में कहा, "वे पूर्णतः सत्य को समर्पित हैं। हम लोगों को अपमानित करने अथवा हमारे विरुद्ध द्रोण के साथ षड्यन्त्र करने से उन्हें क्या लाभ होगा?"

"मैं उन्हें नहीं समझ पाता!" द्रुपद ने करुण स्वर में कहा, "मेरी समझ में नहीं आता कि उनकी बातें सुनने के चक्कर में हम क्यों पड़ रहे हैं।"

"वासुदेव कहते हैं कि अभी हमारे लिए धर्म का जो आदेश है, हमें उसी का अनुसरण करना चाहिए।" द्रौपदी ने कहा, "हमें स्वयंवर का सामना करना चाहिए।"

भूमिका बदल गई थी। अब बेटी शक्तिमती हो रही थी।

"हम और कर भी क्या सकते हैं?" फटे जा रहे मस्तक को हाथों से दबाए और शून्य दृष्टि से छत की ओर देखते हुए द्रुपद ने निराश स्वर में कहा।

और तब, पहली बार उनकी दृष्टि अपनी बेटी में हुए परिवर्तन पर पड़ी। उन्होंने ध्यानपूर्वक उसकी ओर देखते हुए कहा, "कृष्णा, ऐसा लगता है कि तुम सहसा परिवर्तित हो गई हो। जान पड़ता है कि तुम नशे में हो। क्या वासुदेव की बातें तुम्हारे सिर चढ़ गई हैं?"

"पिताजी, नशे में नहीं, मैं आनन्द से पागल हो रही हूँ।" द्रौपदी ने हँसकर कहा।

"क्यों? क्यों? मेरी समझ में कुछ नहीं आ रहा।"

"मैंने सबकुछ उन पर छोड़ दिया है।" मुस्कराते हुए द्रौपदी ने कहा और अपने पिता के मस्तक पर हाथ रखा।

"क्या तुम पागल हो गई हो?" द्रुपद ने पूछा, "एक बात मुझे बताओ कि उन्होंने तुमसे क्या कहा। मेरा सिर चकरा रहा है। उन्होंने तुम्हें जो वचन दिया है, उसका पूरा आशय मेरी समझ में नहीं आ रहा।" उन्होंने निःश्वास त्यागकर कहा।

"उन्होंने बहुत-सी बातें कहीं पिताजी!" द्रौपदी ने उत्तर दिया, "उन्होंने कहा कि वे हम लोगों का साथ देंगे; जरासन्ध मेरा अपहरण करने का साहस नहीं करेगा; मुझे दुर्योधन से विवाह नहीं करना पड़ेगा और द्रोणाचार्य का अहंकार नष्ट होगा।"

"ये सब जुआरियों की बातें हैं।" द्रुपद ने निराशा से कहा।

द्रौपदी हँस पड़ी–"निश्चित ही वे पक्के जुआरी हैं। उन्होंने मेरे इस स्वयंवर पर अपनी कीर्ति, अपना भविष्य और अपना जीवन तक दाँव पर लगा दिया है।"

"उन्हें जितना जुआ खेलना हो अपने-आप खेलें। किन्तु वे मेरी प्रतिष्ठा और तुम्हारे भविष्य से क्यों खेल रहे हैं?"

"वे आपके या मेरे साथ जुआ नहीं खेल रहे पिताजी, बल्कि आपके और मेरे लिए खेल रहे हैं।" द्रौपदी ने कहा।

"तुम्हें इतना विश्वास क्यों है? लगता है कि तुम बिल्कुल बदल गई हो।"

"पिताजी, आप चिन्ता न करें।" द्रौपदी ने भावविगलित स्वर में कहा, "उन्होंने मुझे उचित मार्ग दिखाया है, मेरा धर्म बतलाया है। इस समय मेरा धर्म है प्रसन्न मन से स्वयंवर का निर्वाह करना और वैसा ही मैं करूँगी।"

"कृष्णा, मैं तुम्हारे इस परिवर्तन को समझ नहीं पा रहा हूँ।" द्रुपद ने कहा।

"मैं स्वयं भी इसे नहीं समझ पा रही हूँ पिताजी!"

"ठीक है। यदि तुमको वासुदेव पर भरोसा है, तो मुझे और कुछ नहीं कहना। किन्तु द्रोण का गर्व वे कैसे चूर करेंगे?"

"उन्होंने मुझसे और कुछ न पूछने को कहा था।"

"और तुम सन्तुष्ट हो?"

"हाँ, सबकुछ उन पर छोड़कर सन्तुष्ट हूँ। पिताजी, न जाने क्यों, मुझे इस बात का भरोसा हो गया है कि वे सबके हृदय में प्रवेश कर सकते हैं और सभी इच्छाएँ पूरी कर सकते हैं।" फिर उसने मधुर मुस्कराहट के साथ कहा, "जो भी हो, मेरे हृदय में तो उन्होंने प्रवेश कर ही लिया है।"

द्रुपद के मन में नवीन प्रकाश उदित हुआ। उन्होंने अपनी पुत्री की ओर देखकर करुण असहायता के भाव से कहा, "बेटी, मेरे अन्य बच्चों की अपेक्षा तुम मेरे लिए अधिक सान्त्वनाजनक रही हो। तुमने मेरे अपमान में, बदले की प्यास में और द्रोण के प्रति मेरे वैरभाव में भाग लिया है। अभी अपना मार्ग मैं स्पष्टतया नहीं देख पा रहा। तुम बुद्धिमती हो। स्वयंवर को मैं तुम्हारे हाथों सौंप रहा हूँ। यदि यह असफल हुआ तो मैं इस अपमान को सह न सकूँगा। यह तुम जानती ही हो। है न?"

द्रौपदी ने ममतापूर्ण दृष्टि से पिता की आँखों में देखा। कहा, "पिताजी, क्या आपको दुखी देखकर मैंने दुख का अनुभव नहीं किया? क्या मैंने सदा आपका ध्यान नहीं रखा?"

पुत्री के मस्तक पर हाथ फेरते हुए द्रुपद ने कहा, "रखा है, रखा है कृष्णा!"

"तो फिर मेरे ही समान आप भी गोविन्द का भरोसा करें।"

"ओः, इसके अतिरिक्त परमात्मा ने मेरे लिए दूसरा उपाय ही क्या छोड़ा है! वह जादूगर अपने काम में लगा हुआ है।" द्रुपद ने कहा। उनके दुखी मुख पर स्मित की एक रेखा दौड़ गई—"हम सभी उसकी जादूगरी के शिकार हो रहे हैं। जो कुछ होनेवाला है, उसे यदि तुमने सिर-आँखों पर चढ़ाने का निश्चय कर लिया है, तो मैं भी वैसा ही करूँगा, क्योंकि उसके अतिरिक्त दूसरा मार्ग मुझे नहीं सूझता।"

पिता को बात सुनने की मनःस्थिति में देखकर द्रौपदी ने कहा, "पिताजी, गोविन्द ने आपसे एक अनुग्रह की याचना की है।"

द्रुपद का सन्देह जाग उठा। उन्होंने कहा, "वह क्या? अवश्य ही वह कोई ऐसी बात है, जिसे वे तुम्हारे द्वारा मुझसे मनवाना चाहते हैं।"

"वे चाहते हैं कि आप और मैं दुर्योधन के मामा शकुनि तथा द्रोण-पुत्र अश्वत्थामा से मिल लें।" द्रौपदी ने उत्तर दिया।

"द्रोण के पुत्र से?" द्रुपद फिर उत्तेजित हो उठे–"क्या मुझे भी उसको कोई वचन देना होगा?"

"नहीं, गोविन्द चाहते हैं कि आप उनकी एक प्रतिज्ञा स्वीकार कीजिए। वे इस आशय की प्रतिज्ञा करना चाहते हैं कि यदि मैं किसी भी कुरु-राजकुमार से विवाह करूँ तो वे अपने प्राणों की बाजी लगाकर भी ऐसा उपाय करेंगे कि द्रोणाचार्य हस्तिनापुर छोड़कर न जाएँ।" द्रौपदी ने कहा।

"यह कैसी बे-सिर-पैर की बात है!" द्रुपद बिछावन पर उठकर बैठ गए और चिल्लाकर बोले, "एक ओर तो वे यह कहते हैं कि वे ऐसा उपाय करेंगे कि तुम्हें दुर्योधन से विवाह न करना पड़े और दूसरी ओर किसी कुरु-राजकुमार के लिए तुम्हें प्राप्त भी करना चाहते हैं। यह कैसी विवेकशून्यता है!"

"पिताजी, यह बात तो मैं भी नहीं समझ पा रही हूँ।" द्रौपदी ने स्पष्टता से कहा, "मैं नहीं जानती कि गोविन्द अश्वत्थामा से यह प्रतिज्ञा क्यों कराना चाहते हैं। किन्तु मेरी प्रार्थना है कि आप उनकी बात मान लें। निश्चय ही इन सबके पीछे कोई बात है, जिसकी थाह हमें नहीं मिल रही है।"

"तुम्हारा यह गोविन्द एक पहेली है!" द्रौपदी ने जिस परिचित नाम से कृष्ण की बात आरम्भ की थी, उस पर बल देते हुए द्रुपद ने कहा।

"उन्होंने स्वयं स्वीकार किया था कि वे पहेली हैं।" द्रौपदी ने मुस्कराकर कहा।

द्रुपद की मनःस्थिति बदल गई। उन्होंने हँसकर कहा, "आज की रात मैं कोई निर्णय नहीं करना चाहता। तुम्हारी जो इच्छा हो, वह करो; किन्तु धृष्टद्युम्न से परामर्श कर लो। मुझे इसमें सन्देह नहीं है कि तुम उचित कार्य ही करोगी।"

"चाहे मैं शिखण्डी को ही महल में वापस बुला लूँ?" द्रौपदी ने दुष्टतापूर्वक पूछा।

"शिखण्डी को? क्यों?"

"पिताजी, गोविन्द ने उसको आत्महत्या करने से रोका था। उन्होंने पुरुषत्व प्राप्त करने में उसकी सहायता की थी और इस प्रकार हमारे कुटुम्ब पर लगे धब्बे को दूर किया था। वे हमारे इस पुनर्जन्म-प्राप्त भाई को हमारे पास ले आए हैं और हमने उसे अस्वीकार कर दिया है।" द्रौपदी ने कहा।

"मैं उस लड़के को कभी क्षमा नहीं करूँगा।" द्रुपद बोले।

"जरा सोचिए पिताजी," पिता के दुखते मस्तक पर फिर अपना कोमल हाथ रखते हुए उसने विनती की, "आपको गौरवान्वित करने और सुखी बनाने के लिए उसने अगणित यन्त्रणाएँ सहन कीं। उसकी आशा थी कि हम उसका स्वागत करेंगे, किन्तु हमने उसे घर से बाहर निकाल दिया।"

"किन्तु वह इसी समय क्यों आया?" द्रुपद ने पूछा।

"यह मैं नहीं जानती। सम्भवतः वह स्वयंवर के हर्षोल्लास में भाग लेना चाहता था। मेरे पास से जाते समय उसका चेहरा जैसा पीला, करुण और आशारहित हो गया था, उसे मैं भूल नहीं सकती।" द्रौपदी ने उत्तर दिया, "वासुदेव ने मुझे बताया कि जब वह उनके यहाँ गया तो बच्चों की तरह रो रहा था।"

द्रुपद ने कमरे में जो धीमा प्रकाश जल रहा था, उसकी ओर वे सूनी आँखों से ताकते रहे। स्पष्ट था कि वे अपने-आपसे लड़ रहे थे।

द्रौपदी ने आगे कहा, "पिताजी, क्या यह अच्छा होता कि हमारे शत्रु द्रोण ने शिखण्डी को आत्महत्या करने दी होती? इसके विपरीत, उन्होंने अपनी शत्रुता भुला दी, उसकी देखभाल का भार लिया और उसे नया जीवन प्रदान किया। सम्भव है कि स्वयंवर में हमारी सहायता करने के लिए उसे भेजा गया हो। पिताजी, मेरी प्रार्थना मानकर उसे क्षमा कर दीजिए। जब तक वह लौट नहीं आता, मैं सुखी नहीं हो सकती।"

द्रुपद के मन में एक सन्देह उत्पन्न हुआ—कृष्ण बदल गए हैं; शिखण्डी बदल गया है : सम्भवतः स्वयं द्रोण भी बदल गए हैं। क्या एक अर्थहीन वैर को पालने के लिए केवल वे ही रह गए हैं? उन्होंने अपने साथ लड़ना छोड़ दिया।

"कृष्णा, तुम जैसा चाहो, करो।" उन्होंने एक बच्चे की तरह कहा। फिर छत की ओर निहारते हुए उन्होंने दुहराया, "जैसा चाहो, करो।"

सहसा अधीरतापूर्वक उन्होंने अपने सिर को झटका दिया, जैसे किसी दुःस्वप्न को झाड़ फेंक रहे हों, फिर शय्या से उठते हुए वे बाले, "शकुनि और अश्वत्थामा आएँ तो मुझे सूचना देना। मैं उनसे मिलूँगा। कोई यह नहीं कह सकेगा कि यज्ञसेन द्रुपद में द्रोण के पुत्र से मिलने का साहस नहीं था।"

द्रौपदी पिता के कक्ष से बाहर निकली। उसे इस बात की प्रसन्नता थी कि शिखण्डी के प्रति उनके विचार बदल गए हैं। स्वयंवर-मण्डप से लौटते हुए धृष्टद्युम्न को उसने बताया कि पिता के साथ उसकी क्या-क्या बातें हुईं।

"धृष्टद्युम्न, पिताजी ने शिखण्डी को घर लाने की अनुमति दे दी है। मैं चाहती हूँ कि वह आज ही रात को आ जाए। मैं दुखी मन से स्वयंवर में नहीं जाना चाहती। मैं शिखण्डी को बुला लाने के लिए तुरन्त सत्यजित को भेजती हूँ।" द्रौपदी ने कहा।

"किन्तु तुममें और पिताजी में अकस्मात् यह परिवर्तन कैसे हो गया?" धृष्टद्युम्न ने आश्चर्य से पूछा।

"मैं नहीं जानती कि यह परिवर्तन कैसे हुआ है, किन्तु हो अवश्य गया है।" थोड़ी देर वह चुप रहकर धृष्टद्युम्न की ओर ताकती रही, फिर बोली, "भाई, क्या पुराने अपमान की स्मृति को हम लोगों ने बहुत दिनों तक अपने हृदयों को विषाक्त

करने की छूट नहीं दी?"

"यह तुम क्यों पूछ रही हो?"

"जब मैं पिताजी से मिलकर लौट रही थी तो स्पष्टतः वे यही प्रश्न अपने-आपसे पूछ रहे थे।"

धृष्टद्युम्न चकित हो गए। "तुमसे मिलकर कृष्ण ने चमत्कार कर दिखाया है।" उन्होंने कहा।

द्रौपदी प्रसन्नतापूर्वक मुस्कराई–"यदि कृष्ण चमत्कार कर सकते हैं तो हम लोग भी कर सकते हैं। यदि वे राजाओं के वैर को धर्म के प्रति सद्‌भाव में परिवर्तित कर सकते हैं तो हम लोग क्यों नहीं कर सकते?"

शकुनि और अश्वत्थामा जब राजभवन में पहुँचे तो राजा द्रुपद ने सिंहासन-कक्ष में उनका स्वागत किया। कक्ष में पीतल के दीपाधारों में जलनेवाली सौ-सौ बत्तियों का प्रकाश भरा हुआ था। उनके निकट धृष्टद्युम्न और सत्यजित चुपचाप खड़े थे। कुछ पीछे की ओर, दीवार का सहारा लेकर शिखण्डी खड़ा था। वह इस बात से प्रसन्न था कि उसे कुटुम्ब ने स्वीकार कर लिया है, फिर भी उसका रंग उड़ा हुआ था और वह दुर्बल था। उसके निकट ही द्रौपदी खड़ी थी।

सिंहासन पर बैठे द्रुपद ने अपने अतिथियों से सामनेवाले आसनों पर बैठने का अनुरोध किया। शकुनि ने राजा को दण्डवत् प्रणाम किया। वह बड़ी कठिनाई से उठा और हाथी के समान सावधानी के साथ उसने अपने स्थूल शरीर को आसन पर स्थापित किया।

अश्वत्थामा ब्राह्मणोचित गरिमा के साथ आगे बढ़े। दोनों हाथ ऊपर उठाकर उन्होंने राजा को आशीर्वाद दिया–"राजन्, आप शतायु हों।" जब वे आसन पर बैठे तो उनकी आँखें द्रौपदी पर पड़ीं। वे उसके सौन्दर्य से ऐसे अभिभूत हुए कि अपनी आँखें वहाँ से न हटा सके।

इन सारी औपचारिकताओं के बाद क्षण-भर कष्टकर मौन बना रहा। तब थके और पीले पड़े द्रुपद ने बड़े आत्म-संयम से काम लेते हुए अतिथियों से नम्र स्वर में पूछा, "इस समय आप लोगों के पधारने का सौभाग्य हमें किस कारण प्राप्त हुआ है?"

शकुनि कृत्रिम रूप से मुस्कराए, उन्होंने अपने हाथ मले, शरीर को थोड़ा हिलाया-डुलाया, फिर कृपा की याचना करते स्वर में कहा, "महाराज, हम लोग कुरुओं के पराक्रमी युवराज की ओर से आए हैं। वासुदेव ने आपसे कहा होगा कि हम लोग आनेवाले हैं।"

राजा ने स्वीकार में सिर हिलाया–"हाँ गान्धार-राज, वासुदेव ने द्रौपदी को आपका यह सन्देश दिया था कि आप हम लोगों से आवश्यक रूप से मिलना चाहते हैं।"

"हाँ, हाँ," शकुनि ने स्निग्ध मुस्कराहट के साथ कहा, "महाराज, युवराज ने आपको प्रणाम भेजा है। वे आपकी राजकुमारी की पाणि-प्रार्थना करते हैं, जो राजकुमारियों की मणि के समान हैं और इस प्रकार आपसे मैत्रीभाव स्थापित करना चाहते हैं।"

"मेरी बहन स्वतन्त्र नहीं है।" धृष्टद्युम्न ने वार्तालाप का सूत्र अपने हाथों लेते हुए कहा, "स्वयंवर में धनुर्विद्या की एक परीक्षा होगी। इसकी घोषणा भी की जा चुकी है, क्या आपने उसके बारे में नहीं सुना?"

"नहीं, हम लोगों को इसका पता नहीं है।" अश्वत्थामा बीच में बोल उठे। उनके चेहरे पर चिड़चिड़ाहट के स्पष्ट भाव अंकित थे।

"पिताजी ने धनुर्विद्या की जो परीक्षा निश्चित की है, उसमें सफल होनेवाले सर्वश्रेष्ठ धनुर्धर से ही मेरी बहन विवाह करेगी।" धृष्टद्युम्न ने कहा।

दोनों अतिथि स्तब्ध हो गए। उन्होंने परस्पर दृष्टि-विनिमय किया। दूसरे ही क्षण, अपने आश्चर्य पर विजय पाकर, शकुनि ने मुस्कराते हुए कहा, "यदि यही आपकी इच्छा है महाराज, तो बातें बड़ी सरल हो जाती हैं। युवराज आर्यावर्त के सर्वश्रेष्ठ धनुर्धर हैं। अश्वत्थामा भी इसके साक्षी हैं। किन्तु अधिक अच्छा यही होता कि राजकुमारी बिना किसी परीक्षा के युवराज का वरण कर लेतीं।"

"परीक्षा की व्यवस्था पहले ही हो चुकी है।" द्रुपद ने संक्षेप में कहा। शकुनि के बात करने का ढंग उन्हें अच्छा नहीं लगा। बड़ी कठिनाई से उन्होंने आत्मसंवरण किया।

"हमने सुना है कि युवराज निपुण धनुर्धर हैं।" धृष्टद्युम्न ने फिर बात का सूत्र पकड़ते हुए कहा।

"हाँ, हाँ," शकुनि ने मुस्कराते हुए कहा, "पराक्रमी युवराज निश्चय ही अनन्य धनुर्धर हैं। वे निश्चय ही परीक्षा में विजयी होंगे।" उनकी छोटी और गोल आँखों में विश्वास की ज्योति थी।

"फिर तो इस खींचतान की आवश्यकता ही नहीं है।" कहकर धृष्टद्युम्न ने तनिक व्यंग्य के साथ कहा, "किन्तु सर्वश्रेष्ठ धनुर्धर के रूप में तो अंगराज कर्ण की प्रसिद्धि है। क्या ऐसा नहीं है?"

शकुनि तिरस्कारपूर्वक हँसे। "युवराज, लोग तो जाने कितनी बातें कहते हैं, किन्तु अपने युवराज का पराक्रम हम जानते हैं।" उन्होंने कहा।

द्रुपद यह पूछे बिना नहीं रह सके–"क्या यह सच नहीं है कि कर्ण को नीचा

दिखा सकनेवाले एकमात्र व्यक्ति पाण्डु-पुत्र अर्जुन थे, जिनकी मृत्यु वारणावत में हो गई?"

द्रुपद ने यह बात बड़े सरल भाव से पूछी थी, पर इसकी नोक बहुत गहरी चुभी।

दोनों अतिथि स्तब्ध रह गए। किन्तु शकुनि ने शीघ्र ही अपने को सन्तुलित कर लिया। अब एक दीर्घ निःश्वास के साथ उन्होंने विषाद का बाना धारण किया तो उनका चेहरा विदूषक-जैसा बन गया। उन्होंने कहा, "कितने खेद की बात है कि पाण्डव अब नहीं रहे! वे मानव-रत्न थे। और अर्जुन हमारे युवराज के समान ही पराक्रमी थे। हमारे युवराज ने जब सुना कि वारणावत में उनकी मृत्यु हो गई तो उनका हृदय टूट गया। किन्तु भाग्य का लेख कौन मिटा सकता है!"

उनकी आँखों में कृत्रिम आँसू भर आए। आवश्यकता के समय आँसुओं के ऐसे प्रदर्शन में उन्हें निपुणता प्राप्त थी।

अश्वत्थामा बात को आगे बढ़ाने के लिए अधीर हो रहे थे।

"महाराज," उन्होंने कहा, "कर्ण प्रतियोगिता में सम्मिलित नहीं हो सकते। वे सूत-पुत्र हैं। और सच कहूँ तो कई बार मैंने स्वयं उनसे अधिक पराक्रम प्रदर्शित किया है।" विनम्रतापूर्वक यह बात कहने की उनकी यह चेष्टा अधिक सफल नहीं हो सकी।

"तब तो यह निश्चित है कि प्रतियोगिता में आपके युवराज विजयी होंगे।" राजा ने कहा।

"मुझे इसमें तनिक भी सन्देह नहीं है।" शकुनि ने अनुगृहीत मुस्कराहट के साथ कहा, जो कभी उसके चेहरे से मिटती नहीं थी, "यदि आप मुझे अनुमति दें तो मैं तो यही कहूँगा कि पराक्रमी दुर्योधन ही आपकी रूपवती पुत्री से विवाह करने योग्य सर्वश्रेष्ठ वीर हैं। मैं सौभाग्यशाली हूँ कि वे मेरे भांजे हैं। समय पाकर वे महान् चक्रवर्ती होंगे।"

द्रुपद चिढ़े किन्तु शान्त बने रहे।

"हमें पुराने घाव भर लेने चाहिए।" शकुनि कहते गए, "और हम लोग इसी के लिए आए हैं। यही बात है न अश्वत्थामा?" उन्होंने अश्वत्थामा की ओर देखा। उनकी दृष्टि में आमन्त्रण था कि अब अश्वत्थामा बात आरम्भ करें।

"हाँ महाराज, मैं आपको एक वचन देने आया हूँ।" अश्वत्थामा ने कहा।

"आप मुझे क्या वचन देना चाहते हैं?" द्रुपद ने पूछा।

"वासुदेव का कथन है कि ऐसी शंका की जाती है कि यदि युवराज आपकी पुत्री से विवाह करेंगे तो आचार्य-श्रेष्ठ मेरे पूज्य पिता हस्तिनापुर छोड़कर चले जाएँगे। मैं एक दृढ़ प्रतिज्ञा करने के लिए यहाँ आया हूँ; यदि राजकुमारी ने किसी

कुरु-राजकुमार से विवाह किया तो मेरे पिता हस्तिनापुर छोड़कर नहीं जा सकेंगे। मैं अपने प्राण देकर भी इस प्रतिज्ञा की रक्षा करूँगा।''

राजा द्रुपद ने शान्त भाव से प्रतिज्ञा सुनी। किन्तु सहसा किसी की भारी और काँपती आवाज से वह शान्ति भंग हुई–''किन्तु अश्वत्थामा, क्या आपको निश्चय है कि पूज्य आचार्य मेरी बहन को कुरुओं की युवराज्ञी स्वीकार कर लेंगे?''

द्रुपद ने भौंहें तानकर अपने बच्चों की ओर देखा। बिना पूछे और अपरिचितों के समक्ष उनके किसी बच्चे को बीच में बोलने की अशिष्टता प्रदर्शित करने का साहस कैसे हुआ?

जहाँ से वह विचित्र स्वर आया था, सारी आँखें वहीं जा पड़ीं। धृष्टद्युम्न और सत्यजित ने राह छोड़ी और शिखण्डी धीरे-धीरे आगे बढ़ा। उसकी बड़ी-बड़ी आँखें अश्वत्थामा पर टिकी हुई थीं। उत्तेजना से उसका चेहरा दमक रहा था।

शकुनि की बोलती बन्द हो गई। अश्वत्थामा क्रोध-भरी आँखों से शिखण्डी की ओर घूरने लगे, मानो वे अपनी दृष्टि से ही उसे भस्म कर देंगे।

जब द्रुपद ने अपने पुत्र की ओर देखा तो उसके अपराध के लिए उसे क्षमा कर दिया। उसके प्रश्न का आशय समझकर उन्होंने अश्वत्थामा की ओर देखा, जैसे वे एक सीधे प्रश्न का सीधा उत्तर उनसे चाहते हों।

अश्वत्थामा ने शिखण्डी को पहचाना। यह लड़का उनके पिता का शिष्य था। किन्तु वे उलझन में पड़ गए। वहाँ का ब्रह्मचारी यहाँ राजकुमार के वेश में है। उन लोगों की बातचीत के बीच टाँग अड़ाने के उसके दुस्साहस पर भी उन्हें आश्चर्य हुआ। ''तुम...तुम...युद्धशाला के ब्रह्मचारी!'' उन्होंने कहा, उन्हें अपनी आँखों पर विश्वास नहीं हो रहा था।

''यह मेरा पुत्र शिखण्डी है।'' द्रुपद ने बीच में कहा। अश्वत्थामा के उद्दण्ड आत्मविश्वास को डिगता देखकर, उन्हें प्रसन्नता हुई।

स्थिति को भाँपकर शकुनि ने अपने-आपको सँभाल लिया।

''राजकुमार, आप भूल कर रहे हैं।'' उन्होंने कहा। फिर अपने हाथ मलते और मुस्कराते हुए वे राजा की ओर मुड़े–''महाराज, आप जितना समझते हैं, आचार्यदेव का उससे कहीं अधिक अपने पुत्र के प्रति प्रेम है। वे अपने पुत्र की प्रतिज्ञा कभी भंग नहीं होने देंगे।''

द्रुपद ने सोचा कि अब बातचीत समाप्त करने का समय आ गया है। ''अश्वत्थामा, यह प्रतिज्ञा करके आपने बड़ी कृपा की है।'' कहते हुए वे इस अभिप्राय से उठ खड़े हुए कि अब बातें समाप्त हो गईं, ''स्पष्ट है कि आप युवराज के उदार मित्र हैं। समय आने पर मैं आपको आपकी प्रतिज्ञा का स्मरण दिलाऊँगा।''

''मैं निश्चय ही अपनी प्रतिज्ञा का पालन करूँगा, परिणाम चाहे जो हो।''

विदा होने के लिए उठते हुए अश्वत्थामा ने कहा।

"महाराज, अब हम विदा होने के लिए आपकी अनुमति चाहते हैं।" शकुनि ने कहा, "कल सन्ध्या समय मैं अपने पराक्रमी युवराज की वधू के रूप में अपने शिविर में राजकुमारी का स्वागत करने की प्रतीक्षा करूँगा।"

शकुनि और अश्वत्थामा जाने लगे तो द्रुपद ने उदासीनता के साथ उनका अभिवादन स्वीकार किया।

अतिथियों के चले जाने के बाद द्रुपद ने बच्चों को संकेत किया कि वे उनके साथ शयन-कक्ष में चलें। वहाँ उन्होंने अपना मुकुट उतारकर सत्यजित को दिया। पलँग पर बैठने के बाद उन्होंने शिखण्डी की ओर देखा।

"शिखण्डी, तुम्हारे प्रश्न का अभिप्राय क्या था?" उन्होंने पूछा।

"पिताजी, आपकी बात के बीच में मैं बोल उठा, इस अविनय के लिए क्षमा चाहता हूँ।" शिखण्डी ने हाथ जोड़कर उत्तर दिया और आगे कहा, "किन्तु मैं उस समय अपने को न रोक पाया, जब अश्वत्थामा ऐसी प्रतिज्ञा करने लगा, जिसे वह पूरी न कर पाएगा।"

द्रुपद अपने उस पुत्र की ओर देखकर मुस्कराए, जो अपने अविनय के लिए अब भी विचलित था। उन्होंने कहा, "इतने खिन्न न होओ वत्स! उस अहंकारी को ठेस पहुँचाकर तुमने अच्छा ही किया है। किन्तु तुम्हारे उस प्रश्न का अभिप्राय क्या था?"

"वर्तमान युवराज्ञी भानुमती को आचार्यदेव अपनी पुत्री के समान समझते हैं। वे कभी इस बात की अनुमति नहीं देंगे कि कोई अन्य राजकुमारी उसका स्थान छीनकर युवराज्ञी बने—द्रौपदी के लिए तो और भी नहीं चाहेंगे।" शिखण्डी ने अभिप्राय स्पष्ट करते हुए कहा।

"पिताजी, मैंने आपसे कहा था न कि मुझे दुर्योधन से विवाह नहीं करना पड़ेगा?" द्रौपदी ने पूछा और उसकी आँखों में एक चमक कौंध गई।

"मैं भी यह नहीं चाहूँगा।" असहाय-जैसे बनकर द्रुपद ने कहा, "किन्तु मेरी समझ में नहीं आता कि यदि प्रतियोगिता में दुर्योधन विजयी हुआ तो तुम कैसे इससे बच सकोगी।"

"मैं कुछ कहूँ पिताजी?" असमंजस होने पर भी कर्तव्य-बोध के कारण शिखण्डी ने पूछा।

"हाँ, वत्स!" द्रुपद ने उसे प्रोत्साहित करते हुए कहा। अपने इस पुत्र के प्रति उनके मन में सम्मान का भाव जाग उठा था।

"राजाओं में आप धर्म के आधार रहे हैं। आप अपनी प्रतिज्ञा भंग करें तो वह अधर्म होगा। मैं इससे सहमत हूँ। किन्तु दुर्योधन से मेरी बहन का विवाह

भी वैसा ही अधर्म होगा, क्योंकि वह अधर्म में स्थित है।'' शिखण्डी ने अपना सारा साहस बटोरकर कहा। ऐसा लगता था कि वह निर्भीक होकर बोल रहा है, किन्तु घबराहट से उसके होंठ फड़क रहे थे और हाथ काँप रहे थे।

द्रुपद ने शिखण्डी की ओर देखा–''इतना घबराओ मत शिखण्डी! तुम अपने विचार स्पष्ट रूप से प्रकट करो।'' वे पहली बार उससे स्नेहपूर्वक बोले।

द्रुपद से प्रोत्साहन पाकर शिखण्डी का असमंजस दूर हुआ। उसने कहा, ''दुर्योधन दुष्टता की मूर्ति है। उसका मामा शकुनि उसका परामर्शदाता है और कर्ण तथा अश्वत्थामा उसके सहायक हैं। वह अपनी कार्य-सिद्धि के लिए किसी भी सीमा तक नीचे उतर सकता है।''

द्रुपद ने स्वीकृति में सिर हिलाया। शिखण्डी कहता गया, ''उसने पाण्डवों की हत्या के लिए कुचक्र रचा। उसने, उन्हें देशत्याग करने को बाध्य किया और अन्ततः वारणावत में जलाकर मार डाला।''

''ये सूचनाएँ हमें मिल चुकी हैं। किन्तु क्या वे सब सच हैं?'' द्रुपद ने पूछा।

''हाँ, यह सब सच है। मेरे गुरु ने स्वयं बताया था कि यदि पाण्डव अपने-आप हस्तिनापुर से न चले जाते तो उनकी हत्या कर दी जाती। मुझसे यक्ष स्थूलकर्ण ने कहा था कि उनका अन्त कैसे हुआ। दुर्योधन ने स्थूलकर्ण से ही वारणावत में लाक्षागृह बनवाया था। पुरोचन को उसमें आग लगाने के लिए नियुक्त किया गया था।'' शिखण्डी ने कहा।

द्रुपद ने धृष्टद्युम्न और द्रौपदी से दृष्टि-विनिमय किया। कुछ क्षणों तक कोई कुछ नहीं बोला।

''यह यक्ष कौन है?'' द्रुपद ने पूछा।

''यह वही व्यक्ति है, जिसने मुझे पुरुषत्व दिया था।'' शिखण्डी ने उत्तर दिया, ''वह बाहर रथ पर बैठा प्रतीक्षा कर रहा है। मैं उसे ले आता हूँ।''

शिखण्डी बाहर जाकर एक विचित्र प्राणी को साथ ले आया। वह लम्बा और दुबला था। उसकी मांस-पेशियाँ ऐंठी हुई थीं, आँखें लाल थीं, केश बिखरे हुए थे। उसके हाथ में त्रिशूल था। बड़ी लापरवाही से वह द्रुपद के सामने आ खड़ा हुआ और आशीर्वाद के रूप में उसने अपने हाथ बढ़ाए।

द्रुपद ने उस असामान्य व्यक्ति की ओर देखकर पूछा, ''तुम्हीं यक्ष स्थूलकर्ण हो?''

बिना एक शब्द बोले यक्ष ने सिर हिलाकर स्वीकृति दी।

शिखण्डी बीच में बोला, ''पिताजी, ये दिन-भर में केवल बीस शब्द बोलते हैं। आप जो चाहें, पूछ सकते हैं। ये उचित उत्तर देंगे।''

''तुमने शिखण्डी की चिकित्सा की थी?'' द्रुपद ने कहा।

स्थूलकर्ण ने सिर हिलाकर स्वीकृति दी।

''तुमने वारणावत में पाण्डवों के लिए लाक्षागृह का निर्माण किया था?''

स्थूलकर्ण ने फिर सिर हिलाकर स्वीकृति दी।

''उसका निर्माण करने के लिए तुमसे किसने कहा था?''

''दुर्योधन।'' यक्ष ने उत्तर दिया।

''तुम जानते हो कि लाक्षागृह में किसने आग लगाई?''

''पुरोचन।'' यक्ष ने उत्तर दिया।

''तुम कैसे जानते हो कि उसी ने आग लगाई थी?''

''आदेश,'' यक्ष ने संक्षिप्त उत्तर दिया।

''किसका आदेश?''

''दुर्योधन।''

''तुम कैसे जानते हो?''

''सुना।''

''तुम्हारा अभिप्राय है कि तुमने आदेश देते सुना था?''

स्थूलकर्ण ने अपने मुँह पर उँगली रखकर संकेत से बताया कि आज के उसके शब्दों का हिसाब पूरा हो चुका है और अब वह कुछ नहीं बोलेगा।

''तुमने स्वयं आदेश सुना था?''

स्थूलकर्ण ने स्वीकृत में सिर हिलाया।

''स्थूलकर्ण, अब तुम जा सकते हो।'' द्रुपद ने कहा।

शिखण्डी, स्थूलकर्ण को उस कक्ष से बाहर ले गया। एक द्वारपाल से उसने कहा कि वह यक्ष को रथ पर पहुँचा दे।

जब वह लौटकर आया तो द्रुपद ने निश्चयात्मक स्वर में कहा, ''दुर्योधन को कृष्णा से विवाह करने देना एक जघन्य पाप होगा।''

धृष्टद्युम्न ने स्वीकृति में सिर हिलाया, द्रौपदी केवल मुस्कराकर रह गई। दुर्योधन से विवाह न करने की उसकी अन्तःप्रेरणा सत्य सिद्ध हुई।

''अब हमें क्या करना चाहिए? आज की रात मेरा मन इतना उद्भ्रान्त है कि मैं कुछ निश्चय नहीं कर पाता।'' द्रुपद ने असहाय भाव से कहा।

''पिताजी, आप मुझे कुछ कहने की अनुमति देंगे?'' शिखण्डी ने पूछा।

''कहो, कहो, अवश्य कहो।'' शिखण्डी जिस आदर-भाव से उन्हें सम्बोधित कर रहा था, उससे चिढ़कर द्रुपद लगभग चीख पड़े, ''ऐसा लगता है कि तुम्हारे मन में कोई बात है।''

''पिताजी, यदि दुर्योधन ने धनुर्विद्या में विजय पाई तो मैं बीच में हस्तक्षेप करूँगा। भाई के रूप में अपनी बहन को पाप से बचाना मेरा कर्तव्य है।'' शिखण्डी

ने कहा।

"तुम क्या करोगे?" द्रुपद ने कहा।

"मैं एकत्रित राजाओं के समक्ष दुर्योधन पर अपने चचेरे भाइयों को जीवित जला मारने का अभियोग लगाऊँगा। मैं आदरणीय ऋषियों से इसका निर्णय करने की प्रार्थना करूँगा कि क्या कोई आततायी धर्मपूर्वक दिए गए किसी वचन का लाभ उठा सकता है?" शिखण्डी ने उत्तर दिया।

धृष्टद्युम्न ने इस बात का आगा-पीछा सोचकर कहा, "किन्तु इससे तो कुरुओं और पाञ्चालों में युद्ध छिड़ जाएगा।"

"वह धर्म-युद्ध होगा। राजा लोग हमारे साथ होंगे। वासुदेव निश्चय ही हमारे साथ रहेंगे। यह धर्म का युद्ध होगा।" शिखण्डी ने कहा।

थोड़ी देर सोचकर धृष्टद्युम्न ने कहा, "पिताजी, यह एक ऐसी बात है, जिस पर गम्भीरता से विचार करना चाहिए।"

द्रुपद ने आँखें मूँद लीं। ध्यानमग्नता में उनकी भौंहें तन गईं। तत्काल उन्होंने निर्णय कर लिया। उन्होंने अपनी आँखें खोलकर कहा, "धृष्टद्युम्न, अब मुझे अपना मार्ग सूझ रहा है। मैंने निर्णय कर लिया है।" थोड़ा रुककर उन्होंने कहा, "शिखण्डी ठीक कहता है। उसे दुर्योधन पर आक्षेप करना ही चाहिए। किसी आततायी के साथ अपनी कन्या का विवाह करने की अपेक्षा मैं धर्म-युद्ध करना अधिक अच्छा समझूँगा।"

पहलेवाली रात

आधी रात का समय था। शान्त प्रवाहित गंगा का जल भव्य चन्द्र-ज्योत्स्ना से आलोकित हो रहा था। दिन-भर की गहमागहमी के बाद राजकीय अतिथियों की छावनियों में निस्तब्धता छाई हुई थी।

मगध-सम्राट् जरासन्ध अपने शिविर में सोए हुए थे। बाहर हृष्ट-पुष्ट और भयानक दीखनेवाले विश्वासी प्रहरी सावधान खड़े थे। प्रस्तर-मूर्ति के समान अचल दीखनेवाले वे प्रहरी बालू पर टिकी अपनी गदाओं का सहारा लिए हुए थे।

पास आती पग-ध्वनियाँ सुन पड़ीं—धीमी, किन्तु निर्भीक। प्रहरी अपने शरीर झाड़कर सावधान हो गए। वे पास आ रहे उन दो व्यक्तियों की ओर बढ़े जिन्होंने दुपट्टे से मुख छोड़कर शेष शरीर ढक रखा था।

प्रहरियों के मुखिया ने ललकारा—"वहीं रुक जाओ! तुम लोग कौन हो और क्या चाहते हो?"

तब तक अन्य प्रहरी भी अपने मुखिया के पास आ गए थे। वे शिविर में प्रवेश करने का हठ करनेवाले किसी भी व्यक्ति का मस्तक चूर-चूर करने को उद्यत थे।

आगन्तुकों में से एक, दूसरे से अलग होकर, थोड़ा आगे बढ़ आया। उसने स्पष्ट स्वर में कहा, "मैं चक्रवर्ती से मिलना चाहता हूँ।"

"चक्रवर्ती से मिलना चाहते हो?" मुखिया ने कहा, "क्या तुम पागल हो गए हो?" वह हँस पड़ा और आदेश के स्वर में बोला, "चलते बनो।"

जिस व्यक्ति ने बातें की थीं उसने अपना दुपट्टा उतार लिया। उसके मस्तक पर प्रभा-मण्डित मुकुट, गले में रत्नों की माला, कानों में देदीप्यमान कुण्डल और कमर में स्वर्ण-मण्डित खड्ग था। इनसे वह बहुत उच्च वर्ग का व्यक्ति प्रतीत होता था।

प्रहरी उस विचित्र अतिथि को देखकर ठगे-से रह गए। यह कम-से-कम कोई राजा तो है ही। इतनी रात बीते आया है। साथ में न कोई रक्षक है, न सारथि। अपने-आप उनके हाथ प्रणाम की मुद्रा में जुड़ गए। उनके मुखिया ने आदरपूर्वक कहा, "राजन्, हम आपको आगे नहीं बढ़ने दे सकते। हमारे लिए कठोर आदेश हैं।"

"रात के पहरे की निगरानी किस राजकुमार के अधीन है? क्या तुम मुझे उनके पास ले चलोगे? या अधिक अच्छा हो कि उन्हें ही यहाँ बुला लाओ। मैं जिस काम से आया हूँ, उसमें विलम्ब नहीं किया जा सकता।" आगन्तुक ने कहा। उसके स्वर में उतावली थी।

"न तो मैं आपको भीतर जाने दे सकता हूँ, न राजकुमार विदण्ड को ही यहाँ बुला सकता हूँ। वे गहरी निद्रा में सोए होंगे।"

आगन्तुक खुलकर हँसा—"तब तो उन्हें जगाना ही पड़ेगा। यह सम्राट् के जीवन-मरण का प्रश्न है। मुझे अविलम्ब उनसे मिलना है।"

"राजन्, यह आप सबेरे कर सकते हैं।" प्रहरी मुखिया ने कहा।

"मैं अभी उनसे मिलूँगा।" आगन्तुक ने हठपूर्वक कहा और मुखिया पर अपनी आदेश-भरी आँखें जमा दीं—"राजकुमार विदण्ड को जगाने में आगा-पीछा न करो। इसके लिए वे तुम्हारे कृतज्ञ होंगे। यदि तुम ऐसा न करोगे तो मैं अपना शंख बजाऊँगा, जिससे सारी छावनी के लोग जाग जाएँगे और इस प्रकार जगाए जाने के लिए सम्राट् तुम्हें कभी क्षमा न करेंगे।"

प्रहरियों का मुखिया उलझन में पड़ गया। उसने अपने साथियों से परामर्श किया और विदण्ड को बुलाने चला गया। आगन्तुक प्रहरियों की ओर देखता प्रतीक्षा करता रहा। उसने अपना एक हाथ अपने साथी के कन्धे पर रख दिया था, जो

अब उसके निकट आ गया था।

"तुम क्या चाहते हो?" विदण्ड ने आगन्तुकों के निकट आकर चिड़चिड़े स्वर में पूछा। उसकी आँखें नींद से बोझिल थीं और उसके चेहरे पर खीज का आभास था।

"राजकुमार, मैं तत्काल सम्राट् से मिलना चाहता हूँ।"

विदण्ड बहुत क्रोधित हुआ–"इतनी रात को! कैसी बातें करते हो। मैं सम्राट् को कैसे जगा सकता हूँ?"

"मुझे लगता है कि आपको सम्राट् को जगाना ही पड़ेगा।" आगन्तुक ने शान्तिपूर्वक कहा।

"वे गहरी निद्रा में हैं।" विदण्ड ने कहा। वह लौटने ही वाला था कि आगन्तुक ने अधिकारपूर्ण स्वर में कहा, "फिर भी उन्हें जगाना ही होगा।" इस पर विदण्ड ने अपनी आँखें मलकर आगन्तुक को और निकट से देखा।

"आप कौन हैं महाराज?" इस बार विदण्ड ने नम्रतापूर्वक पूछा।

"मैं यादव हूँ–कृष्ण वासुदेव।" आगन्तुक ने हँसकर उत्तर दिया, "और यदि आप जानना चाहते हैं तो ये उद्धव हैं–मेरे चाचा देवभाग के पुत्र।"

"कृष्ण वासुदेव!" विदण्ड की आँखें फैल गईं। उसे अपनी आँखों पर विश्वास नहीं हो रहा था। उसने अपनी आँखें फिर रगड़ीं। क्या यही वे कृष्ण वासुदेव हो सकते हैं, छावनी में जिसकी चर्चा सदा ही हुआ करती है? किन्तु उनके शरीर के वर्ण और मयूर-पुच्छ की कलगी में तो भूल नहीं हो सकती। उसने सुन रखा है कि इस यादव वीर की ये दोनों विशेष पहचान हैं।

"क्या आप सम्राट् को जगाकर मुझे उनसे मिलने देंगे?" कृष्ण ने शान्त भाव से पूछा।

कृष्ण के प्रति उन सबकी, विशेषतः सम्राट् की विद्वेष-भावना विदण्ड से छिपी न थी। उसने क्षमा-याचना-जैसे स्वर में कहा, "वे आपसे न मिलेंगे भगवन्!"

"यदि चक्रवर्ती मुझसे मिलना अस्वीकार कर देंगे तो क्या आप मेरा एक सन्देश उन्हें दे देंगे? यदि आप स्वयं ऐसा नहीं कर सकते तो युवराज सहदेव के द्वारा करा दीजिए। उनसे कहिए कि 'एक बार गोमन्तक में वासुदेव ने आपकी जीवन-रक्षा की थी। यदि आप अवसर दें तो वे एक बार फिर आपकी रक्षा करना चाहते हैं।' और यदि आपमें साहस हो तो यह भी कहिए कि 'कृष्ण वासुदेव का कथन है कि यदि आप अभी उनसे नहीं मिलते तो त्रिलोक में कोई आपकी रक्षा नहीं कर सकता।' "

विदण्ड ने जब इस सन्देश का अभिप्राय समझा तो वह दिङ्मूढ़ हो गया। उसने विरोध करते हुए कहा, "पराक्रमी चक्रवर्ती को मैं ऐसी धमकियाँ सुनाने का

साहस कैसे कर सकता हूँ।"

"मैं धमकियाँ नहीं दे रहा," कृष्ण ने कटुता से कहा, "मैं उनकी रक्षा करने के लिए यहाँ आया हूँ।"

विदण्ड थोड़ी देर सोचता रहा। उसने सोचा कि बात गम्भीर है और ऐसे शक्तिशाली आगन्तुक को लौटा देने का जोखम वह नहीं उठा सकता।

"वासुदेव, आप क्या थोड़ी देर ठहरेंगे?" उसने पूछा, "मैं आपका सन्देश युवराज को दिए देता हूँ। क्या आप दोनों ही चक्रवर्ती से मिलना चाहते हैं?"

"नहीं। उद्धव यहीं रुक सकते हैं," कृष्ण ने कहा, "युवराज से यह भी कहिए कि खड्ग के अतिरिक्त मेरे पास और कोई अस्त्र नहीं है, और उसे भी मैं उद्धव के पास यहीं छोड़ जाना चाहता हूँ। मैं शान्ति-स्थापना के कार्य से आया हूँ।"

"जैसी वासुदेव की इच्छा!" विदण्ड ने कहा। उसे जो विचित्र सन्देश अपने सम्राट् के पास पहुँचाने को कहा गया था, उससे वह अब भी चकित था।

विदण्ड के जाने के बाद उद्धव, कृष्ण की ओर मुड़े—"तुम बड़े हठी हो गोविन्द! तुम उससे अकेले क्यों मिलना चाहते हो?"

कृष्ण हँसे—"यदि वह हमारा वध करना चाहे तो अधिक अच्छा यही है कि वह दोनों के बदले एक ही का वध करे। और यह न भूलना कि यदि मुझको कुछ हो जाए तब भी तुम्हें पाण्डवों को ढूँढ़ निकालना है।" कहकर कृष्ण ने स्नेहपूर्वक उद्धव का कन्धा थपथपाया। कृष्ण के स्वर में निश्चय का आभास पाकर उद्धव ने फिर कोई आपत्ति नहीं प्रकट की।

थोड़ी देर वे प्रतीक्षा करते रहे। तब राजकुमार विदण्ड युवराज सहदेव के साथ वापस आया। "कौन? वासुदेव हैं क्या?" सहदेव ने पूछा। उसके स्वर में स्पष्ट झुंझलाहट थी—"क्या आप इतनी रात में सम्राट् से मिलना चाहते हैं?"

"हाँ, युवराज!" कृष्ण ने कहा, "आपके आश्चर्य और सन्देह को मैं समझता हूँ, मैं सम्राट् का मित्र नहीं हूँ, न वे मेरे हैं। किन्तु फिर भी मैं उनसे मिलने के लिए अकेला आया हूँ। मैं आपके साथ पूर्णतः निःशस्त्र होकर जाना चाहता हूँ। मैं अपना खड्ग उद्धव के पास यहीं छोड़े जाता हूँ। इससे आपको विश्वास हो जाएगा कि मुझे उनसे कुछ आवश्यक बात कहनी है। मैं अपने ऊपर काफी खतरा लेकर भी ऐसा करना चाहता हूँ।"

"क्या आपकी बात इतनी अधिक आवश्यक है?"

"हाँ, क्या आप समझते हैं कि इतनी आवश्यक बात न होती तो मैं आधी रात में आपके शिविर में आता?"

सहदेव ने वासुदेव की बात का औचित्य समझा। तम्बू में जाकर उन्होंने धीरे-से सम्राट् को जगाया और उनसे इस विचित्र आगन्तुक की बात कही।

"महाराज, क्या मैं वासुदेव को अन्दर बुला लूँ?" सहदेव ने पूछा।

"बुला लो।" जरासन्ध ने ऐसे स्वर में उत्तर दिया, जिससे स्पष्ट होता था कि आगन्तुक अवांछित व्यक्ति है।

सहदेव कृष्ण को तम्बू में ले आए। वहाँ मन्द प्रकाशवाला एक दीपक जल रहा था। मशालचियों ने दीपाधारों में अन्य दीपक भी जला दिए।

जरासन्ध एक विशाल पलँग पर बैठे हुए थे। उस पर भालू का मुलायम चमड़ा बिछा हुआ था। अधिक आयु होने पर भी उनका शरीर न तो झुका था, न उस पर झुर्रियाँ पड़ी थीं। उनके केश और दाढ़ी लम्बी थीं, जिन्हें वह गाँठ देने के लिए हाथों से सँभाल रहे थे। सघन केशराशि से उनका चेहरा व्याघ्र-जैसा लगता था, जो नाराजी से तमतमा रहा था।

कोई कुछ नहीं बोला। सहदेव ने एक आसन लाकर पलँग के सामने रख दिया और कृष्ण को बैठने का संकेत किया।

कृष्ण बैठ गए। एक अस्पष्ट ध्वनि के द्वारा जरासन्ध ने उनकी उपस्थिति की स्वीकृति दी। थोड़ी देर तक चुप्पी रही।

जरासन्ध यद्यपि साहसी थे और अपने रोष तथा अपनी निर्भीकता बनाए रखने की चेष्टा कर रहे थे, फिर भी वे उद्विग्न हो उठे थे। जब उन्हें यह सूचना मिली थी कि कृष्ण स्वयंवर के सिलसिले में काम्पिल्य आए हुए हैं, तभी उन्हें किसी अनिष्ट का पूर्वाभास हो गया था। भूतकाल में जब भी इस ग्वाले ने उनके कामों में टाँग अड़ाई है, उनकी योजनाएँ असफल होती रही हैं। अतः जब उन्होंने अपने सबसे प्रबल शत्रु के साथ आधी रात के सन्नाटे में अपने को अकेला पाया तो उन्हें किसी नए संकट का आभास मिला : झिलमिलाते प्रकाश में आगन्तुक उन्हें किसी अशुभ छाया के समान जान पड़ा।

"आप यहाँ क्यों आए हैं?" अधिक समय तक संयम न रख पाने के कारण जरासन्ध उबल पड़े।

"मैं कारण बताऊँगा।" कृष्ण ने सहज स्वर में कहा, "आपने गोमन्तक में मुझे व्यर्थ ही ढूँढ़ा; मथुरा में भी। अब आप इस आधी रात को मुझे अपने तम्बू में देख रहे हैं। मैं अकेला हूँ और निःशस्त्र हूँ।"

"आप मेरे शत्रु हैं।" रोष-रक्त आँखों से कृष्ण को देखते हुए जरासन्ध गुर्राए।

"मैं जानता हूँ। फिर भी मैं अपने को आपके हाथों में छोड़ रहा हूँ।" कृष्ण ने मुस्कराकर कहा।

जरासन्ध दाढ़ी पर हाथ फेरते हुए थोड़ी देर तक चुपचाप कृष्ण की ओर देखते रहे। वे अपनी सारी मानसिक शक्ति लगाकर यह प्रयत्न करते रहे कि उनकी उद्विग्नता प्रकट न हो। आखिर उन्होंने कहा, "आप यहाँ किसलिए आए हैं?"

"क्या आप चाहते हैं कि युवराज और राजकुमार विदण्ड के समक्ष मैं कारण बतलाऊँ?" कृष्ण ने पूछा, "सम्भवतः आप यही ठीक समझेंगे कि हमारी बातें हमीं दोनों के बीच हों। आप जानते हैं कि हम लोग पुराने शत्रु हैं।" उन्होंने सहदेव की ओर देखकर नटखटपन के साथ मुस्कराते हुए कहा, "नई पीढ़ीवालों को हमारे झगड़ों से अलग ही रखना ठीक होगा।"

थोड़ी देर तक जरासन्ध उलझन में रहे। फिर उन्होंने सहदेव और विदण्ड को बाहर जाने का संकेत किया। किन्तु अजेय होने पर भी जरासन्ध को वे उनके शत्रु की दया पर अकेला नहीं छोड़ना चाहते थे, अतः वे तम्बू के बाहर जाकर खड़े हो गए और सावधान बने रहे कि तनिक भी संकट का संकेत पाते ही वे दौड़कर अन्दर जा सकें।

"आप क्यों आए हैं?" जरासन्ध ने अधीर होकर फिर पूछा।

"आपको संकट से उबारने के लिए।" कृष्ण ने मुस्कराकर कहा।

"अभी या कभी भी मुझे आपकी सहायता की आवश्यकता नहीं है। व्यर्थ ही आप अपना समय नष्ट कर रहे हैं।" जरासन्ध क्रूरतापूर्वक चीखा।

"मैं न आपका समय नष्ट कर रहा हूँ, न अपना। मैं आपको परामर्श देने आया हूँ।"

"आप? आप मुझे परामर्श देंगे?" जरासन्ध ने अवज्ञापूर्वक फुफकारते हुए कहा।

"हाँ।" कृष्ण ने शान्तिपूर्वक कहा, "मेरा परामर्श यह है कि आप द्रौपदी के अपहरण का विचार छोड़ दें।"

छलाँग लगाने के लिए उद्यत बाघ की तरह जरासन्ध ने अपने शरीर को झटका दिया। उसकी मुट्ठियाँ भिंच गईं–"आपने क्या कहा? द्रौपदी का अपहरण! आप अशिष्ट हैं। हम लोग स्वयंवर में द्रौपदी को प्राप्त करने के लिए यहाँ आए हैं।"

"तो मुझे वचन दीजिए कि मागध द्रौपदी के अपहरण का प्रयत्न नहीं करेंगे।"

दमित क्रोध के साथ जरासन्ध ने अपने बिछावन को पकड़ लिया–"आपका यह साहस! आप मुझसे वचन माँगते हैं?" उन्होंने दहाड़कर कहा।

आनन्द लेते हुए कृष्ण मुस्कराए–"मैं नितान्त नगण्य व्यक्ति नहीं हूँ। आपने गोमन्तक में मेरा वध करने का प्रयत्न किया था, किन्तु बड़े भाई की गदा से मैंने आपकी रक्षा की थी। उस दिन मैं न होता तो आज आप जीवित न होते।"

जरासंध ने अपने होंठ काटे।

"आपने विदर्भ की राजकुमारी को अपनी महत्त्वाकांक्षी नीतियों का साधन बनाना चाहा था; मैं आपकी आँखों के सामने से उसे झपट ले गया।" कृष्ण शान्त चित्त से सम्राट् की असफलताएँ गिनाते रहे–"आपने यादवों को नष्ट करना चाहा

था; वे आपके क्रोध से छिटककर अभ्युदय और शक्ति प्राप्त करने चले गए। क्या आप इस बात से सहमत नहीं हैं कि यदि मैं आपको सावधान करने आया हूँ तो मेरी बात सुन लेने योग्य है?'' उन्होंने अपनी बात पर बल देते हुए कहा।

जरासन्ध ने दाँत किटकिटाते हुए व्यंग्यपूर्वक कहा, ''आप बड़े अहंकारी हैं।''

कृष्ण उद्विग्न नहीं हुए। उन्होंने सहमति जताते हुए कहा, ''आपका मित्र न होने पर भी, मैं समझता हूँ कि आपका उपकार कर रहा हूँ।''

''मैं न तो आपका मित्र बनना चाहता हूँ, न आपको ही अपना मित्र बनाना चाहता हूँ। नहीं, कभी नहीं।'' जरासन्ध ने कहा।

''हाँ, यह मैं जानता हूँ। और मैं भी कभी आपको मित्र के रूप में स्वीकार नहीं करूँगा।'' कृष्ण ने उत्तर दिया।

''आपने जिस प्रकार अपने मामा का–मेरे जामाता का–वध किया था, उसके लिए मैं कभी आपको क्षमा नहीं करूँगा।'' जरासन्ध बोला।

''मैं क्षमा माँगने के लिए नहीं आया हूँ। मैं आपको अपनी रक्षा के लिए एक अवसर देना चाहता हूँ। द्रौपदी के अपहरण का विचार आप त्याग दीजिए।'' कृष्ण ने उत्तर दिया।

''आपसे किसने कहा कि हम उसका अपहरण करना चाहते हैं?'' कृष्ण की धृष्टता से जरासन्ध का क्रोध बढ़ता जा रहा था–''और मैं क्या करूँ, क्या न करूँ, इसके लिए मुझे आदेश देनेवाले आप कौन होते हैं? मुझे धमकी मत दीजिए गोपालक! यदि आप इस तरह की बातें करेंगे तो मैं आपका सिर तोड़ डालूँगा।''

कृष्ण ने अवज्ञा के साथ देखा। वे हँस पड़े–''यदि आप मेरा सिर तोड़ना चाहते हैं तो अभी तोड़ दीजिए।'' उन्होंने कहा, ''किन्तु स्मरण रखिए, यदि आपने ऐसा किया तो काम्पिल्य में एकत्रित राजाओं का पवित्र कर्तव्य हो जाएगा कि वे आपका वध करें। स्वयंवर के पवित्र नियमों के अनुसार यदि स्वयंवर में आए किसी व्यक्ति की हत्या कर दी जाती है तो हत्यारा जीवित रहने के अधिकार से वंचित हो जाता है।''

''स्वयंवर के नियम!'' जरासन्ध ने आश्चर्य से कहा।

''हाँ, धर्म के द्वारा निर्धारित सनातन नियम। स्वयंवर एक पवित्र विधि है।''

''मैं आर्य-नियमों से ऊब उठा हूँ।''

''तो फिर आप आर्य स्वयंवर में आए क्यों?'' कृष्ण ने पूछा।

''चले जाइए, यहाँ से चले जाइए।'' अधीर होकर जरासन्ध ने चीत्कार किया, क्योंकि उन्हें लगा कि कृष्ण की बातों में सार है, ''मेरे मामलों में टाँग न अड़ाइए।''

''मैं जा रहा हूँ।'' कृष्ण ने अपने आसन से उठने का उपक्रम किया–''किन्तु मैं आपको एक बार फिर सावधान किए देता हूँ : यदि आपने द्रौपदी के अपहरण

का प्रयत्न किया तो आप जहाँ कहीं होंगे, आपका मस्तक भूमि पर लोटता दिखाई देगा।''

''मैं इस तरह तुम्हारा मस्तक मरोड़ सकता हूँ।' कहकर जरासन्ध ने अपनी उँगलियों का संकेत किया।

''साहस हो तो प्रयत्न कर देखिए।'' कृष्ण ने हँसकर कहा।

''मुझे चुनौती मत दीजिए। मागध वीर अपना काम जानते हैं।'' जरासन्ध ने डींग मारी। यद्यपि वे भयानक क्रोध से उबल रहे थे, फिर भी उन्होंने कृष्ण की बातों का वास्तविक अर्थ समझा।

वे काँप उठे। यदि उन्होंने कृष्ण के रोएँ को भी हाथ लगाया, तो यहाँ एकत्रित राजाओं पर उसका भयंकर प्रभाव पड़ेगा। अगले दिन सूर्यास्त से पहले ही मागधों का नाम-निशान मिटा देने के लिए यादव, पाञ्चाल, विराट, यहाँ तक कि कुरु-राजे भी एक हो जाएँगे। ज्यों ही कोई आर्य-संस्कारों में भाग लेता है, वह अपना भाग्य-विधाता नहीं रह जाता।

''आप जानते हैं कि आज आप मेरा वध नहीं कर सकते, न कल द्रौपदी का अपहरण ही कर सकते हैं।'' कहकर कृष्ण चुप हो गए।

जरासन्ध कृष्ण की आँखों से आँखें मिलाए चुपचाप बैठे रहे। उनकी आँखों में क्रुद्ध व्याघ्र की दुष्टतापूर्ण चमक थी।

फिर कृष्ण ने शान्ति के साथ कहा, ''द्रौपदी का अपहरण आप केवल उसी समय कर सकते हैं, जब वह राजकुमारियों से घिरी यज्ञशाला से मण्डप में जा रही हो। उस समय मैं मुख्य मार्ग पर आपकी प्रतीक्षा में रहूँगा। यदि आपने मण्डप जानेवाले सीधे मार्ग से अपने रथ को मोड़ने की चेष्टा भी की। उदाहरण के लिए मगध जाने के लिए–तो मेरा सुदर्शन चक्र आपका सिर काट फेंकेगा।''

कृष्ण मानो भवितव्य के स्वर में बोल रहे थे, ''द्रौपदी के अपहरण का दूसरा समय आपको तब मिल सकता है, जब प्रतियोगिता में कोई न जीते अथवा विजयी व्यक्ति वधू को ले जाने लगे और राजाओं में हुल्लड़ मच जाए। उस समय मैं राजाओं की मण्डली में बैठा होऊँगा।''

''यह सब आप मुझसे क्यों कह रहे हैं?'' जरासन्ध ने अधीरतापूर्वक पूछा। उन्हें लगा कि यह युवक पहले से ही उनके सारे दाँव भाँप गया है।

''यह न भूलिएगा कि स्त्री का अपहरण करनेवाले के लिए आर्य-धर्म में मृत्युदण्ड का विधान है।'' कृष्ण ने बताया।

''आपने भी तो रुक्मिणी का अपहरण किया था।'' जरासन्ध ने कहा।

''किन्तु मैं स्त्री-संग्रहण का–अपहरण का–अपराधी नहीं था। वह स्वेच्छा से मेरे पास आई थी।'' कृष्ण ने उत्तर दिया, ''बृहद्रथ के शक्तिशाली पुत्र, मैं आपको

सावधान कर देना चाहता हूँ : यदि आप अथवा आपके राजकुमार उस कोलाहल में भाग लेंगे तो वह आपके लिए अत्यन्त घातक होगा।''

''आप मुझे धमका नहीं सकते।'' जरासन्ध ने चीत्कार किया। उन्हें भय था कि अतिथि पर कहीं उनका हाथ न उठ जाए, इस कारण उन्होंने अपने को जिस तरह नियन्त्रित कर रखा था, उससे उनका दम घुटा जा रहा था।

कृष्ण ने शान्तिपूर्वक कहा, ''मैं धमकी नहीं दे रहा। मैं आपको केवल यही बता रहा हूँ कि यदि आपने द्रौपदी का अपहरण करने का प्रयत्न किया तो क्या होगा। आपको मैं एक परामर्श और देना चाहता हूँ। आचार्य सान्दीपनि ने धनुर्विद्या की एक कठिन–बहुत ही कठिन–परीक्षा निश्चित की है। उसमें आपका कोई राजकुमार सफल नहीं हो सकता। सम्भवतः आप हो सकते हैं। कम-से-कम प्रयत्न करने का लोभ आपको हो सकता है। किन्तु अपनी आयु और अपनी प्रतिष्ठा का ध्यान रखते हुए क्या आपके लिए यह उचित होगा कि आप प्रतियोगिता में उतरें और एक युवती वधू प्राप्त करें–आपके लिए, जिसके अनेक पुत्र और बहुसंख्य पौत्र हैं? आप इस पर विचार करें। और यदि आप प्रतियोगिता में सफल नहीं हो सके तो आप एकत्रित राजाओं और जनसमूह के उपहास के पात्र बनेंगे और सम्राट् के रूप में आपकी प्रतिष्ठा धूल में मिल जाएगी। उसके बाद आप चाहें तो अपने-आपको चक्रवर्ती कहते रहें, किन्तु कोई राजा आपके साथ नहीं रहना चाहेगा।''

जरासन्ध बड़े चतुर व्यक्ति थे। प्रतियोगिता में भाग लेने का प्रयत्न करके वे जिस स्थिति में पड़ जाएँगे, उसकी कल्पना वे भली-भाँति कर सकते थे।

कृष्ण मुस्कराए–''सम्भवतः आप यह बात समझेंगे कि प्रतियोगिता की सराहना करके और वधू को आशीर्वाद देकर अलग हो जाना ही आपके लिए हितकर है। यदि आपको मेरा परामर्श अच्छा न लगे तो आप प्रतियोगिता में सम्मिलित हों और परिणाम भोगने के लिए प्रस्तुत रहें। लेकिन यह न कहिएगा कि मैंने आपको सावधान नहीं किया था।''

जरासन्ध का माथा चकराने लगा। उनका मन हो रहा था कि क्रोध की ज्वाला जो अब तक वे दबाए हुए थे, उसे बाहर निकल जाने दें और अपने हाथों से इस तरुण का गला घोंट दें। किन्तु उन्होंने यह भी समझा कि कृष्ण की बातें बिल्कुल सच थीं। इस समय वे अपने अतिथि का बाल भी बाँका नहीं कर सकते, न प्रतियोगिता में असफल होकर दुनिया में मुँह ही दिखा सकते हैं। आर्य-आचार के इन नियमों से वे ऊब उठे हैं। जब भी उन्होंने आर्य-जगत् में अपने पाँव पसारने चाहे हैं, किसी-न-किसी बात से उनकी इच्छाएँ अधूरी रह गई हैं।

थोड़ी देर तक दोनों ही चुप बैठे रहे। कृष्ण अपने आसन से उठ खड़े हुए।

उन्होंने अपना उत्तरीय कन्धे पर डालते हुए कहा, ''बृहद्रथ के प्रतापी पुत्र, मेरा काम पूरा हुआ। क्या आप जानते हैं कि इस काम में मैंने क्यों हाथ डाला था?''

जरासन्ध ने उत्तर नहीं दिया। वे अपने अतिथि को देखे बिना उनकी ओर टकटकी लगाए हुए थे। उनके मन में यह बात घुमड़ रही थी कि इस आदमी के सामने एक बार फिर वे पराजित हो गए हैं।

''मैंने प्रतिज्ञा की थी कि स्वयंवर सफलतापूर्वक सम्पन्न होगा।'' कृष्ण ने कहा, ''मैं किसी को इसमें विघ्न नहीं डालने दूँगा। मैंने जो कुछ कहा है, उस पर विचार कीजिएगा।''

उत्तर की प्रतीक्षा किए बिना कृष्ण शिविर से निकलकर बाहर चले आए। सैकड़ों मागध वीर उस यादव का मस्तक चूर करने के आदेश की प्रतीक्षा करते रह गए। प्रहरियों ने उनके लिए राह बनाई। वे उद्धव का हाथ पकड़कर वहाँ से चले गए।

कृष्ण शिविर के जिस खुले भाग से बाहर गए थे, जरासन्ध उसकी ओर देखते रहे। वे हतबुद्धि हो गए थे। समझ नहीं पा रहे थे कि इतनी शक्ति होते हुए भी वे उस युवक का मस्तक क्यों नहीं चूर कर सके। हर बार वे ऐसी स्थिति में डाल दिए जाते थे कि न तो उनका क्रोध, न ही उनकी शक्ति किसी काम आती थी। ओः, उस यादव का गला घोंट देने की कितनी इच्छा हुई थी! लेकिन वे न तो उसका मस्तक ही तोड़ सकते थे, न आर्य-आचार के नियमों का ही उल्लंघन कर सकते थे।

दूसरे क्षण सम्राट् ने हथेलियों से अपनी आँखें मूँद लीं। उनका मस्तक चकराने लगा। उनके अंग अकड़ गए थे। उनका मुँह खुलकर लटक आया था। वे हाँफते हुए तेज साँसें ले रहे थे। उनके मन में अँधेरा भर आया था। उस अन्धकार में मुण्डमाला पहने वही नग्न योगी फिर आविर्भूत हुए, संहार के देवता प्रचण्ड शक्तिशाली रुद्र। उनके मुँह से उन्होंने फिर वही शब्द सुने, जिन्हें वे पहले भी सुन चुके थे : 'जब तक तुम एक सौ राजाओं के मुण्डों की भेंट नहीं चढ़ाओगे, आर्यावर्त को कभी नहीं जीत सकोगे।''

'करिष्ये वचनं तव'

थोड़ी देर तक कृष्ण और उद्धव निस्तब्ध शिविरों के बीच चुपचाप चलते रहे। चन्द्रमा पश्चिमी क्षितिज की ओर ढल रहा था। वृश्चिक अपनी प्रदीप्त गरिमा के साथ आकाश में उग आया था।

''गोविन्द, तुमने उस मागध को वश में कर लिया?'' उद्धव ने हिचकिचाते

हुए पूछा, "मेरा मन अधीर हो रहा था।"

"मैं समझता हूँ कि अब वह द्रौपदी के अपहरण का साहस नहीं करेगा।" कृष्ण ने उत्तर दिया, "किन्तु इतने ही से हमारा काम नहीं बनता उद्धव! अभी तक पाण्डवों का कुछ पता नहीं है।"

"हाँ। ऐसा लगता है कि वे अभी तक काम्पिल्य नहीं पहुँचे हैं।" उद्धव ने कहा, "कम-से-कम सिगुरी नाग को अब तक कोई सूचना नहीं मिली है।"

"अब तो ऐसा जान पड़ता है कि कल सवेरे वे स्वयंवर में उपस्थित न हो सकेंगे। हम लोगों का किया-कराया सब मिट्टी हो जाएगा उद्धव!" कृष्ण ने धीमे स्वर में कहा।

"तब क्या होगा?" उद्धव ने पूछा।

"बहुत सम्भव है कि दुर्योधन प्रतियोगिता में विजयी हो जाए। वह भी साधारण धर्नुधर नहीं है। सात्यकि को यद्यपि पूरा आत्मविश्वास है, किन्तु वह सफल नहीं भी हो सकता है।" कृष्ण ने उत्तर दिया, "किन्तु द्रौपदी का दृढ़ निश्चय है कि यदि केवल दूर्योधन ही विजयी हुआ, तब भी वह उससे विवाह नहीं करेगी। उसका निश्चय भी उचित है। सम्भव है वह अपना प्राण-त्याग कर दे। यह भी सम्भव है कि द्रुपद अपना प्रण तोड़ दें। इसका परिणाम यह होगा कि राजाओं के बीच भयानक युद्ध छिड़ जाएगा।" थोड़ी देर रुककर वह इस तरह बोलने लगे, जैसे स्वयं अपने से बात कर रहे हों, "यदि दुर्योधन को ही विजयी होना है तो मेरे लिए एक ही मार्ग रह जाता है कि मैं स्वयं प्रतियोगिता में भाग लूँ और विजय प्राप्त करूँ। किन्तु वैसी स्थिति में..." वे हिचकिचाए।

"सम्भव है कि दुर्योधन सफल न हो, और किसी को भी सफलता न मिले।" उद्धव ने आशा का छोर पकड़ा।

"तब कृष्णा जिसे चाहे, उसे चुनने को स्वतन्त्र होगी।"

"अधिक सम्भावना ऐसी ही है। श्वेतकेतु ने मुझसे कहा था कि परीक्षा बड़ी कठिन है—बड़ी ही कठिन।" उद्धव बोले।

"किन्तु यह न भूलो, कि कर्ण और अर्जुन के अतिरिक्त यहाँ उपस्थित राजाओं में दुर्योधन ही सर्वश्रेष्ठ धनुर्धर है। मैं सात्यकि की, तुम्हारी और अपनी गणना नहीं करता।" कृष्ण ने कहा।

"कितना अच्छा होता यदि आपने प्रतियोगिता में भाग न लेने की प्रतिज्ञा न की होती गोविन्द!"

"उद्धव, यदि मैं प्रतियोगिता में सम्मिलित होता तो मैं अपने कर्तव्य से च्युत हो जाता।" कृष्ण ने धीरे-धीरे, प्रत्येक शब्द को तौलते हुए कहा, "मैंने इस स्वयंवर के आधार पर धर्म का साम्राज्य स्थापित करने का प्रयत्न किया था। इसका अन्त

यदि व्यक्तिगत लाभ के साथ होता है तो वह साम्राज्य धूल में मिल जाएगा।''

''कठिनाइयों की बात सोचना छोड़ो गोविन्द! चलो, हम लोग मणिमान के शिविर में चलें। हो सकता है कि सिगुरी नाग कुछ संवाद ले आया हो।''

''हाँ, जाकर पता लगाओ कि क्या वह कुछ संवाद ले आया है। मैं तुम्हारी प्रतीक्षा करूँगा।'' कृष्ण ने कहा।

यादवों के शिविर में, उद्धव के अतिरिक्त, केवल सात्यकि को यह ज्ञात था कि कृष्ण जरासन्ध से मिलने गए हैं। वे चिन्तित हृदय से उनके लौटने की प्रतीक्षा कर रहे थे। जब कृष्ण अपने शिविर में पहुँचे तो सात्यकि उस तम्बू के द्वार पर खड़े थे, जिसमें वे कृष्ण और उद्धव के साथ ठहरे थे। वे आशंकित हृदय से एक-एक क्षण गिन रहे थे।

सात्यकि को भय था कि जरासन्ध बदला लेने का यह अवसर न चूकेगा। इसी से उन्होंने इस विचार का ही विरोध किया था कि कृष्ण अकेले चक्रवर्ती से मिलने जाएँ। लेकिन उनकी बात दृढ़तापूर्वक टाल दी गई थी।

कृष्ण को सकुशल लौटते देखकर उन्हें बड़ा सन्तोष हुआ। वे अपने मित्र के गले जा लगे।

''परिणाम क्या निकला?'' उन्होंने फुसफुसाकर पूछा।

''मुझे विश्वास है कि वे अब द्रौपदी के अपहरण का प्रयत्न नहीं करेंगे।'' उन्होंने संक्षेप में कहा और अपना मुकुट तथा खड्ग सात्यकि के हाथों में दे दिया। सात्यकि ने उन्हें यथास्थान रख दिया।

दोनों अपने-अपने बिछावन पर बैठ गए। कृष्ण विचारमग्न हो गए। सात्यकि उनकी मनःस्थिति का सम्मान करते हुए चुपचाप उन्हें देखते रहे।

तब कृष्ण बोले, ''सात्यकि, अब सो जाओ। तुम्हें सबेरे अपनी पूरी शक्ति की आवश्यकता होगी। सबकुछ इसी पर निर्भर है कि तुम प्रतियोगिता में विजय प्राप्त करो।''

''ओः, मैं तो पूर्णतः शक्तिशाली हूँ। और अब, जबकि तुम उस मागध को जीत आए हो, मैं पहले से भी शक्तिशाली हो गया हूँ।'' सात्यकि ने उत्साहपूर्वक कहा।

''सो जाओ सात्यकि, उद्धव की प्रतीक्षा करना तुम्हार लिए आवश्यक नहीं है।'' कृष्ण ने कहा, ''उनकी प्रतीक्षा मैं करूँगा।''

सात्यकि अपने बिछावन पर लेट गए। वे अपने मित्र और द्वारका की उस सुन्दरी की बात सोचने लगे, जिसने उन्हें अपना पति बनाने की प्रतिज्ञा की थी। उनके अधरों पर एक मधुर मुस्कान थिरकने लगी और वे आँखें मूँदकर सो गए।

कृष्ण ने जब सात्यकि को गहरी नींद में सोया देखा तो वे तम्बू से बाहर

निकलकर उद्धव के लौटने की राह देखने लगे।

वे अकेले थे। अपार सन्नाटा छाया हुआ था। उनके मन में एक सन्देह उठ खड़ा हुआ : क्या सचमुच धर्म की स्थापना के लिए उनका जन्म हुआ है?—या कि यह मात्र संयोग है कि अब तक उन्होंने जो कुछ चाहा, परिस्थितियाँ उसी के अनुकूल बनती गईं? इस विशाल और उलझन-भरे स्वयंवर की सफलता के लिए मैंने अपना सबकुछ दाँव पर लगा दिया है और यदि इसे सफलता नहीं मिली तो मैं सबकुछ खो दूँगा। जिन पाण्डवों के लिए इतना कष्ट उठाया है, वे पाण्डव भी सबकुछ खो बैठेंगे।

कुछ समय बाद उद्धव लौटे। उन्होंने सिर हिलाकर फुसफुसाते हुए कहा, "सिगुरी पाण्डवों का कोई अता-पता नहीं पा सका।"

कृष्ण ने उद्धव की ओर देखकर कहा, "इससे हमारी कठिनाइयाँ बहुत बढ़ गई हैं उद्धव!"

चिन्तित भाव से कृष्ण की ओर देखते हुए उद्धव ने स्नेह से अपना हाथ कृष्ण के कन्धे पर रखा और कहा, "कृष्ण, मुझ पर सदा तुम्हारी बड़ी कृपा रही है। तुम मेरा एक उपकार करोगे?"

"उपकार कहते हो उद्धव? मैंने कभी तुम्हारी कोई बात टाली है?"

"तो यदि सात्यकि कल प्रतियोगिता में सफल न हो सके तो उसमें सम्मिलित होने के लिए मैं तुम्हारी अनुमति चाहता हूँ।"

"तुम? क्या तुम द्रौपदी से विवाह करना चाहते हो? तुम सरल हृदय के व्यक्ति हो। सत्तासन्धियों में उतरने की कोई महत्त्वाकांक्षा तुममें है नहीं। तुम उसके साथ सुखी नहीं हो सकोगे। इससे उन जुड़वाँ बहनों के हृदय भी टूट जाएँगे, जिन्हें तुम इतना प्यार करते हो।"

"प्रश्न यह नहीं है कृष्ण!" उन्होंने कहा। उनके स्वर में सच्चा अनुरोध था, "तुमने प्रतिज्ञा की है कि दुर्योधन से उसका विवाह न होगा। तुम स्वयं प्रतियोगिता में सम्मिलित नहीं होओगे। सात्यकि की सफलता निश्चित नहीं है। यदि वह विजयी नहीं होता तो मुझे प्रतियोगिता में सम्मिलित होने दो। मैं प्रार्थना करता हूँ। उसे अस्वीकार मत करना।"

कृष्ण ने स्नेहपूर्वक अपना एक हाथ उद्धव के कन्धे पर रखा—"उद्धव मेरी प्रतिज्ञा की रक्षा के लिए तुम कितनी बार अपना बलिदान करोगे?"

"कृष्ण, तुम तो जानते हो कि मैं केवल इसीलिए जीता हूँ कि तुम्हारी वाणी को सत्य होता देखूँ। क्या तुम मुझे प्रतियोगिता में भाग लेने की अनुमति दोगे?" उद्धव ने विनती की।

"हाँ, यदि तुम्हारी यही इच्छा है तो मैं अनुमति दूँगा।" फिर कृष्ण के मन

में एक सन्देह उपजा—"यदि तुम और सात्यकि दोनों ही असफल हुए और दुर्योधन विजयी हो गया, तब क्या होगा?"

"उसके बाद भी मैं प्रयत्न करूँगा कि दुर्योधन द्रौपदी को न पा सके।" उद्धव ने दृढ़ स्वर में कहा। चन्द्रमा के क्षीण हो रहे प्रकाश में भी उनके मुख पर प्रेरणा का तेज दीख रहा था।

"कैसे?" किसी नए समाधान की आशा से कृष्ण ने उद्धव की ओर देखा।

"तुम 'ना' मत कहो। मुझे आशीर्वाद दो। बस।" बात टालने का प्रयत्न करते हुए उद्धव ने कहा।

"किन्तु तुम्हारी योजना क्या है?" कृष्ण ने हठ किया।

"यदि दुर्योधन विजयी हुआ और मेरी विजय की कोई आशा न रही तो अपना कर्तव्य मैं जानता हूँ।" उद्धव ने सामान्य भाव प्रदर्शित करने की चेष्टा करते हुए कहा।

"तुम क्या करोगे?" कृष्ण ने पूछा। उद्धव के स्वर में जो कठोर निश्चय था, उससे कृष्ण का हृदय धड़क उठा।

"मैंने धनुष को देखा है। वह इतना भारी है कि यदि मैं चाहूँ तो उसके नीचे दबकर मर सकता हूँ; और यदि मैं दबकर मर गया," उद्धव ने फिर सहज दिखने का प्रयत्न करते हुए कहा, "तो स्वयंवर दूषित हो जाएगा और उसे भंग कर दिया जाएगा!

"उद्धव, उद्धव!" कृष्ण ने भाव-विभोर होकर कहा, "मेरी प्रतिज्ञा पूरी करने के लिए तुम अपना बलिदान क्यों दोगे?"

"भगवान का वचन पूरा होना चाहिए गोविन्द! यदि तुम भगवान हो तो हम सब जीवित रहेंगे; यदि नहीं हो तो हमारा मर जाना ही अच्छा है—कम-से-कम मैं मर जाना पसन्द करूँगा।" उद्धव ने उत्तर दिया। सम्पूर्ण शरणागति में उनका हृदय उमड़ आया।

कृष्ण ने उद्धव को हृदय से लगा लिया। उनकी आँखों में आँसू चमक रहे थे।

स्वयंवर-मण्डप में द्रौपदी

पौ फटने के पहले ही द्रौपदी जाग उठी। आज पौष शुक्ला एकादशी थी—स्वयंवर का दिन। पाञ्चाल के ज्योतिषियों ने बहुत समय तक ग्रह-स्थितियों के अध्ययन और ग्रह-शान्ति के बाद यह जानकारी पाई थी कि द्रौपदी के जीवन का यह सबसे सुखपूर्ण दिन होगा।

द्रौपदी ने सोचा कि आज का दिन मेरे, मेरे कुटुम्ब और सम्भवतः साम्राज्यों के भाग्य का निर्णायक दिन होगा। उस भाग्य का निर्माण करनेवाली मैं होऊँगी।

अपनी सखियों के साथ प्रातःस्नान के लिए जब वह गंगा में उतरी तो उसके हृदय में एक गीत गूँज रहा था। वह विजय का संगीत था, जो उसे तेजस्वी भविष्य की ओर ले जा रहा था। उसे लगा कि पृथ्वी और आकाश में भी उस संगीत की प्रतिध्वनि गूँज रही है, क्योंकि नदी में अपनी नौकाएँ खेते हुए माँझियों के संगीत की उल्लास-भरी ध्वनि शरत्कालीन मृदु और स्फूर्तिदायक वायु के सहारे उस तक पहुँच रही थी।

जब उसने गंगा के शीतल जल में डुबकी लगाई तो उसे ऐसा प्रतीत हुआ, मानो कृष्ण उसके निकट आ रहे हैं–जैसे वे सचमुच आ पहुँचे थे–और पूछ रहे हैं : 'कृष्णा, क्या तुमको मुझ पर विश्वास है?' हाँ, हाँ, उसे उन पर पूरा विश्वास है। उन्होंने धर्म का साम्राज्य स्थापित करने का मार्ग दिखाया है, इस विचार ने उसके मन में सुख की कैसी अनिर्वचनीय भावना भर दी थी! उसने बुदबुदाकर कहा, "मैं आपकी इच्छा पूरी करूँगी।" द्रौपदी अपना उल्लास दबा न सकी। वह उमड़ता रहा।

प्रातःस्नान के बाद उसे औपचारिक विधि से स्नान कराया गया। वैदिक मन्त्रों का पाठ करते हुए पुरोहितों ने उस पर पंचामृत-मिश्रित पवित्र जल डाला। उसके शरीर पर चन्दन, केसर और कस्तूरी का सुगन्धित लेप किया गया। सखियों ने मंगलगीत गाए।

यह उत्सव का सोलहवाँ दिन था। जागरण, उपवास और विधि-व्यवहारों की थकावट तथा प्रतिदिन बदल जानेवाली परिस्थितियों की अनिश्चितता के बाद भी द्रौपदी को लगा कि वह आकाश में उड़ रही है। मनुष्य तथा अन्य वस्तुएँ किसी अन्य लोक का सुखद प्रतिबिम्ब जान पड़ती थीं।

केवल एक व्यक्ति, कृष्ण की सत्ता वास्तविक थी। वे उनके साथ थे और कभी न डिगनेवाली आस्था से उसको प्रोत्साहित कर रहे थे।

सुनहले वस्त्रों से उसको अन्तिम रूप से सजाया गया। उसे रत्नजटित कर्णफूल, बाजूबन्द और कटि-मेखला पहनाई गई। केशों में पुष्प गूँथे गए। उसके मस्तक पर रत्नालंकृत मुकुट रखा गया और गले में सुगन्धित सुमनों की माला पहनाई गई।

पुरोहितों और राजकन्याओं के साथ वह यज्ञशाला में गई। वहाँ उसके कुलदेवता अग्नि की अर्चना स्वरूप एक वेदी में तभी से अग्नि प्रज्वलित थी, जबकि धृष्टद्युम्न का और उसका जन्म हुआ था।

उसने पवित्र अग्नि की प्रदक्षिणा की, हाथ जोड़े, विनम्रता से आँखें झुकाए हुए

वह स्वयंवर की सफलता के निमित्त प्रार्थना करती रही। निश्चय ही यह एक महान् साहसिक योजना थी। इसके कारण राजाओं का उत्थान और पतन हो सकता था। इसकी सफलता के लिए वह किसी भी परीक्षा, किसी भी कष्ट और किसी भी यन्त्रणा को सहने के लिए प्रस्तुत थी।

यज्ञशाला की सीढ़ियों से नीचे उतरकर उसने अपनी प्रिय गाय क्षीरा को देखा। वह उसकी अन्यतम सहेली थी और उसी की प्रतीक्षा में खड़ी थी। वह अपने हाथों उसे खिलाती और उसका दूध दुहती रही थी।

"क्षीरा, मैं कभी तुझसे अलग नहीं होऊँगी," उसने गाय के कान में कहा, "मेरे साथ तुम मेरे पति के घर चलोगी। जहाँ भी मेरा घर होगा, तुम वहीं रहोगी। तुम मेरे शरीर का अंग बनी रहोगी।" क्षीरा ने मस्तक उठाया और द्रौपदी ने उसे प्यार किया।

फूलों-भरे मार्ग से द्रौपदी जब प्रशस्त रंगभूमि, स्वयंवर-मण्डप की ओर चली तो उसके आगे पुरोहित और साथ-साथ मंगलगीत गाती पचास कुमारियाँ चल रही थीं। इन सबके आगे नगाड़ा, वंशी, शंख और तूर्यवादक चल रहे थे। फिर उनके साथ धृष्टद्युम्न, सत्यजित और शिखण्डी भी आ मिले। गुरु सान्दीपनि के प्रधान शिष्य आचार्य श्वेतकेतु तथा युद्धकला के एक शिक्षक भी साथ हो लिए। यह देखकर बहुत-से दर्शकों को आश्चर्य हुआ कि एक कसाकसाया पानीदार घोड़ा अस्त्र-शस्त्रों को पीठ पर लादे इस दल के साथ चल रहा है। आचार्य श्वेतकेतु ने अपने को प्रत्येक परिस्थिति के लिए तैयार कर रखा था।

स्वयंवर-मण्डप की ओर जाती द्रौपदी ने आशंकित होकर चारों ओर देखा। उस मार्ग के निकट किसी मागध रथी को न देखकर वह आश्वस्त हुई। वह मुस्कराई, कृष्ण ने अपनी बात रख ली। अब कोई उसका अपहरण न करेगा।

द्रौपदी ने जब विशाल रंगमंच पर प्रवेश किया तो वधू की प्रतीक्षा कर रहे विशाल जनसमूह से समुद्र-गर्जन के समान मर्मर-ध्वनि उठी। लोगों की गर्दनें आगे बढ़ गईं, आँखें द्रौपदी पर टिक गईं। कल तक वह इस कल्पना से काँप उठती थी कि स्वयंवर में सम्मिलित होने के लिए आए इस विशाल जनसमूह का सामना वह कैसे कर पाएगी। पर अब वह उसकी विजय का नहीं, धर्म की विजय का प्रतीक है, जिसे वह समर्पित हो चुकी है।

रंगभूमि में पहुँचकर उसने अपने पिता को प्रसन्न मुद्रा में सिंहासन पर बैठे देखा। पिछले दिन उन्होंने जो निर्णय लिया था, उससे उनका दृढ़ संकल्प लौट आया था। द्रौपदी ने पिता को प्रणाम किया। उन्होंने आशीर्वाद दिया। धनुष-बाण से सुसज्जित सत्यजित और शिखण्डी आगे बढ़कर सिंहासन के दोनों ओर खड़े हो गए।

सिंहासन के सम्मुख एक बड़ी यज्ञ-वेदी थी, जिसमें अग्नि-देवता की स्थापना की गई थी। वेदी के चतुर्दिक, यज और उपयज नामक ऋषियों के नेतृत्व में पूजनीय ब्राह्मणों का समूह बैठा था। द्रौपदी का मन अपने कुल-देवता अग्नि के प्रति कृतज्ञता से भरा हुआ था। वे उसे आर्यावर्त के भाग्य को प्रभावित करने का एक अवसर दे रहे थे।

मण्डप के मध्य भाग में एक जलाशय था। उसके ऊपर द्रौपदी ने लक्ष्य लगा हुआ देखा। उसने चारों ओर दृष्टि दौड़ाई और मानो सपने में, अतिथियों के लिए अर्धवृत्ताकार रखे गए सिंहासनों को देखा।

इससे पहले उसने ऐसी भव्यता नहीं देखी थी। चारों ओर स्वर्ण की चकाचौंध फैली रही थी। देदीप्यमान मरकत और माणिक जटित स्वर्ण-मुकुटों, कण्ठहारों और कटिबन्धों से राजागण जगमगा रहे थे। अधिकांश राजाओं ने स्वर्णतन्तुओं के उत्तरीय धारण कर रखे थे, जिनके साथ स्वर्णखचित खड्ग, गदाएँ अथवा धनुष-बाण थे। ये सभी प्रातःकालीन सूर्य-किरणों से झलमला रहे थे। उनकी आँखें द्रौपदी पर लगी हुई थीं—कुछ की कौतूहल से, कुछ की लोभ से, किन्तु सब-के-सब चकित थे।

उसने कुछ राजवंशीय अतिथियों को पहचाना, जिन्हें पिछले कुछ दिनों में उसे दिखा दिया गया था। शकुनि की स्थूलता और सदा बनी रहनेवाली कृत्रिम मुस्कान को भुलाया नहीं जा सकता था। दुर्योधन को सहज ही पहचाना जा सकता था। वह अपने मामा के पास बैठा हुआ था। वह एक भव्य स्वर्ण-मुकुट पहने हुए था, जिस पर जगमगाते रत्न जड़े हुए थे। वह अपने भाइयों से घिरा हुआ था, जो सभी रूपवान और सुगठित शरीरवाले थे। उसके बाद अश्वत्थामा बैठे थे और बाज़-जैसी तीव्रता के साथ उसे निहार रहे थे। सूत-पुत्र कर्ण को पहचानने में भी भूल नहीं हो सकती थी। वे द्रोण-पुत्र के समीप बैठे थे। वे देव-तुल्य रूपवाले थे। उनका अंग-प्रत्यंग भव्य था। ओः, यदि वे क्षत्रिय-कुल में जनमे होते!

वह कुछ और राजाओं को भी पहचान सकी—विराट, मद्रदेश के शल्य और चेदि के शिशुपाल।

मगध-सम्राट् कौन है, यह जानने में उसे कोई कठिनाई नहीं हो सकती थी। वे अपने सभासदों से घिरे बैठे थे। उनका शरीर विशाल था। आँखें निर्भीक थीं। चेहरे पर आत्म-सजग सम्मान का भाव था। उसके मस्तक पर स्वर्ण-निर्मित एक विशाल मुकुट था। उस पर एक अण्डाकार पद्मराग मणि भगवान शिव के तृतीय नेत्र की तरह चमक रही थी। तुषारश्वेत उनके केश और उनकी दाढ़ी तैलाक्त थी। उनके चौड़े वक्ष पर व्याघ्र चर्म लिपटा हुआ था। उन्होंने रत्नजटित मेखला बाँध रखी थी। उनकी दोनों विशाल भुजाओं पर स्वर्ण के बाहुबन्द बँधे थे। उन्होंने कोई अस्त्र नहीं बाँध रखा था। उनकी विशाल गदा एक अनुचर के हाथ में थी, जो उनके

पीछे खड़ा था।

द्रौपदी की आँखें गोविन्द को ढूँढ़ती रहीं। वे यादवों के खण्ड में बैठे थे। उनके पास एक दैत्याकार व्यक्ति था। निश्चय ही वे बलराम थे। उनके हाथ में एक छोटा-सा हल था। वे हँस रहे थे–स्पष्टतः अपनी ही चटपटी बातों पर।

शान्त और निरासक्त कृष्ण मुस्करा रहे थे। अपेक्षाकृत सामान्य वेश में वे अलग ही पहचाने जाते थे। उन्होंने रत्नरहित मुकुट पहन रखा था, जिसमें मयूर-पुच्छ लगा हुआ था। उनके गले में एक लड़ का स्वर्णहार था। अन्य राजाओं के समान आडम्बरपूर्ण भव्यता का प्रदर्शन न करने पर भी वे अपनी शोभा और गौरव से ही दमक रहे थे। उनकी आँखें द्रौपदी की आँखों से मिलीं। उनकी आँखों में द्रौपदी के लिए एक सन्देश था : 'कृष्णा, साहस के साथ स्वयंवर का कार्य सम्पन्न करना तुम्हारा कर्तव्य है।' द्रौपदी की आँखों ने उसके उत्तर में कहा : 'हाँ, मैं इसे सम्पन्न करूँगी। मैं जानती हूँ कि चाहे जो भी हो, आप मेरा साथ न छोड़ेंगे।'

इसके बाद वह अपने पिता के सिंहासन के दाहिनी ओरवाले वर्तुलाकार खण्ड की ओर मुड़ी। उधर मृगचर्म धारण किए हुए ऋषिगण और उनके शिष्य, विभूति रमाए हुए पवित्र साधुगण और ज्ञान तथा नीतियुक्त जीवन बिताने के लिए सारे आर्यावर्त में प्रसिद्ध ब्राह्मणों का दल काष्ठासनों पर उपविष्ट था।

इन दोनों अर्धवृत्ताकार खण्डों के अन्तिम छोर पर, वेदी की ओर अभिमुख, विशाल जनसमूह अधीरता से स्वयंवर देखने की प्रतीक्षा में था।

द्रौपदी ने पवित्र अग्नि की ओर बढ़कर अपना निश्चित आसन ग्रहण किया। वेद-मन्त्रों का पाठ होने लगा। आहुतियाँ दी गईं। द्रौपदी पर पवित्र अक्षत छिड़का गया।

अग्निदेव के पूजन के बाद धृष्टद्युम्न उसे पिता के पास ले गए। पिता ने फिर उसे आशीर्वाद दिया। अनन्तर वे दोनों कृत्रिम जलाशय के पास गए। बीच में एक ऊँचा स्तम्भ था, जिसके ऊपरी सिरे पर एक गोल चौखटे में जड़ी मछली तीव्र गति से चक्कर खा रही थी। उसके निकट गुरु सान्दीपनि खड़े थे, जो प्रतियोगिता के निर्णायक थे।

जलाशय के निकट पवित्र दूर्वा की चटाई पर एक विशाल, मोटा और कठोर धनुष रखा हुआ था। धनुष को फूलों से सजाया गया था। सूर्य किरणों से उसका स्वर्ण-जटित दण्ड झलमला रहा था। ताँत की प्रत्यंचा उससे साँप की तरह लिपटी पड़ी थी और उसका एक ही सिरा धनुष के निचले सिरे से कसकर बँधा हुआ था। धनुष के निकट एक तूणीर रखा हुआ था, जिसमें पाँच बाण थे।

गुरु सान्दीपनि के निर्देशानुसार धनुष की पूजा कर लेने के बाद वह अपने भाई के पास गई, जो वेदी के पास खड़े थे। विधि-विधान पूरे हो चुके थे। अब

तक सूर्योदय भी हो चुका था। राजाओं का समूह देवताओं के सम्मेलन-जैसा लग रहा था।

शंख और श्रृंग-निनाद हुआ। नगाड़ों पर उल्लास भरी धुन बजने लगी। द्रुपद तीक्ष्ण दृष्टि से राजाओं की ओर देखते हुए मानो यह भाँपने का प्रयत्न करने लगे कि इनमें से कौन उनकी कन्या को प्राप्त करेगा।

शंख, तूर्य और नगाड़ों की ध्वनि बन्द हो गई। धृष्टद्युम्न जलाशय के किनारे आ गए—"पूजनीय विप्रगण, पावन ऋषिवृन्द, महान् राजन्य वर्ग और वीरोत्तम राजकुमारों से निवेदन है कि अब स्वयंवर आरम्भ होगा।" उच्चस्वर में की गई उनकी यह घोषणा सारे मण्डप में गूँज गई, "मेरी बहन कृष्णा कुलीन वंश और निष्कलंक कीर्तिवाले उस पराक्रमी धनुर्धर को जयमाला पहनाएगी, जो ऊपर नाचती हुई मछली की आँख को, जलाशय में उसका प्रतिबिम्ब देखकर, पाँच बाणों में से एक के द्वारा बेध सकेगा। यह पाञ्चाल के महाप्रतापी महाराज यज्ञसेन द्रुपद की प्रतिज्ञा है।"

शंख नगाड़े बजाकर तथा एकत्रित जनसमूह के 'साधु-साधु' वचनों के साथ इस घोषणा का स्वागत किया गया।

कुंकुम से भरी सोने की एक कटोरी लिए वृद्ध ऋषि यज डगमगाते पाँवों से द्रौपदी के निकट आए। उन्होंने द्रौपदी के ललाट पर कुंकुम लगाया और गले में माला पहनाई। इस प्रकार वह कन्या के रूप में अभिषिक्त हुई। उसे लगा कि वह कोई देवी है और सारी दुनिया के लोग उसकी पूजा करने के लिए एकत्र हुए हैं।

एक बार फिर शंख और तूर्य-नाद के द्वारा कन्या-रूप में द्रौपदी के अभिषेक का संकेत हुआ। उनका स्वर थम जाने पर कुछ क्षण के लिए मण्डप में पूर्ण शान्ति छा गई। आशा, निराशा, चिन्ता और कौतूहल से भरे बहुत-से लोगों के निःस्वासों से ही उस शान्ति में बाधा पड़ रही थी। प्रत्येक व्यक्ति अपने-आपसे पूछ रहा था कि प्रतियोगिता में कौन विजयी होगा।

द्रौपदी ने देखा कि राजा लोग प्रश्नाकुल आँखों से एक-दूसरे को इस जिज्ञासा के साथ निहार रहे हैं कि पहला प्रयास कौन करेगा। पवित्र अग्नि से निकलनेवाले धुएँ ने उसकी दृष्टि धुँधली कर दी। धुएँ के पार उसने राजाओं को देखने का प्रयत्न किया और चौंक गई...

सारे राजे अवज्ञापूर्वक उठ खड़े हुए हैं। वे एक-दूसरे को विनष्ट करने के लिए अधीर हो रहे हैं। उन्होंने क्रोधपूर्वक अपने शस्त्र ऊपर उठा लिए हैं। उनकी आँखों में रक्त-लोलुप चमक है। यह भयानक दृश्य था। आकाश से मानो चक्कर खाती प्रचण्ड रक्त-धाराएँ प्रवाहित हो रही थीं, जो उन सबको यज्ञ-कुण्ड की लपलपाती अग्नि-शिखाओं की ओर बहाए लिए जा रही थीं। इस विकराल बाढ़ के बीच, सबकुछ के नियन्ता कृष्ण खड़े थे। उनके दाहिने हाथ में सुदर्शन चक्र तीव्र गति से घूम

रहा था। उनकी आँखें चमक रही थीं। होंठ जोर से भींचे हुए थे। भयभीत द्रौपदी की इच्छा हुई कि वह संरक्षण के लिए कृष्ण के पास दौड़ जाए; किन्तु वे संहार के देवता के रूप में अचल और अडिग खड़े थे।

उसके मन में एक भयानक विचार आया। क्या इस रक्त-पिपासा का कारण वह है? जो भी हो, इससे कोई अन्तर नहीं आता। सर्वग्रासी अनन्त काल के समान कृष्ण उसके साथ हैं।

उसने फिर अपनी आँखें मलीं। दृश्य लुप्त हो गया। मण्डप पहले ही की तरह सामने दीख पड़ा। राजागण जहाँ बैठे थे अब भी वहीं थे। प्रोत्साहन देती-सी मुस्कराहट से उसकी ओर देखते कृष्ण उन सबके मध्य बैठे थे। रक्त की नदी पवित्र अग्नि से निकलनेवाले धूम्र-वलयों के अतिरिक्त और कुछ नहीं थी।

उसने सावधानी से राजाओं के खण्ड की ओर देखा। पहला प्रयास करने का साहस किसमें होगा? उसे अधिक समय तक प्रतीक्षा नहीं करनी पड़ी।

चेदि का शिशुपाल गर्वपूर्वक उठकर रंगभूमि में आया। वह सुदर्शन, हट्टा-कट्टा और मध्यम आकार का था। वह अपनी मूँछें ऐंठ रहा था। तत्काल चारणों ने उसका और उसके राज्य का नाम बताया, उसकी वंश-परम्परा बताई और उसके पराक्रम तथा गुणों का वर्णन किया। द्रौपदी ने उसके बारे में सबकुछ सुन रखा था। वह चेदिराज दामघोष और रानी श्रुतश्रवा का पुत्र था। श्रुतश्रवा कृष्ण के पिता की बहन थी। वह निर्भीक योद्धा था, परशुराम का शिष्य था और रणविद्या में निपुण था।

वह अपने आसन से उठकर चला तो द्रौपदी ने देखा कि उसने कृष्ण पर एक विषाक्त दृष्टि डाली। उसकी दृष्टि में चुनौती का भाव था, क्योंकि उसके लिए निश्चित वधू रुक्मिणी का कृष्ण ने कुण्डिनपुर में उसी दिन अपहरण कर लिया था, जिस दिन उसका स्वयंवर था।

शिशुपाल ने सम्पूर्ण आत्मविश्वास के साथ द्रौपदी के पिता द्रुपद के पास जाकर उन्हें प्रणाम किया, फिर जलाशय के निकट जाकर ऊपर लटकती हुई मछली को देखा और झुककर धनुष को उठा लिया, यद्यपि उसे वह थोड़ी कठिनाई के बाद ही उठा सका।

अपने दाहिने हाथ में उसने प्रत्यंचा का एक सिरा लिया और उसे बाँधने के लिए बाएँ से धनुष को झुकाने की चेष्टा की। कसकर होंठ भींचे हुए वह धनुष को प्रत्यंचा के निकट ले आया। किन्तु वह प्रत्यंचा को धनुष में बाँधे, इससे पहले ही एक झटके से वह उसके हाथ से छूटकर सीधा हो गया। वह लड़खड़ाया और भूमि पर गिरता-गिरता बचा।

उपस्थित लोगों में हँसी का उन्मुक्त रोल उठा। शिशुपाल त्यौरियाँ चढ़ाकर लोगों की ओर मुड़ा और राजाओं की ओर देखे बिना ही अपने आसन पर जा बैठा, जिनमें

से अधिकांश राजे उसकी असफलता से आनन्दित हो रहे थे।

द्रौपदी भी अपनी हँसी नहीं रोक सकी। प्रतियोगिता सचमुच बहुत कठिन थी। नितान्त दुर्दमनीय धनुर्धरों में से एक तो धनुष पर प्रत्यंचा तक नहीं चढ़ा सका।

वही चिरपरिचित हास्य

कृष्ण से पिछली रात की भेंट के बाद स्वयंवर के सम्बन्ध में जरासन्ध का सारा उत्साह जाता रहा। कड़वा घूँट पीकर उन्होंने द्रौपदी के अपहरण का विचार त्याग दिया। ऐसे साहस के काम में आकस्मिकता का ही प्राधान्य होता, किन्तु वह चालाक ग्वाला तो उनके हर दाँव को पहले ही ताड़ गया था।

जरासन्ध स्वयं प्रतियोगिता में सम्मिलित हों, इस सम्बन्ध में भी कृष्ण का कथन ठीक था। इस आयु में, यदि वे प्रतियोगिता में विजयी हों तो सभी राजा एक युवती राजकन्या की लालसा के कारण उनका तिरस्कार करेंगे और उन्हें सठियाया हुआ मूर्ख कहेंगे और यदि उन्हें सफलता न मिली तो सारी दुनिया उनकी हँसी उड़ाएगी।

जब एक के बाद एक राजा जलाशय के पास गए और धनुष उठाने में या उठाकर प्रत्यंचा चढ़ाने में असफल होकर अपने आसन पर जा बैठे तो मागध राजकुमारों ने बड़ी आशा के साथ सम्राट् की ओर देखा। वे अपने पौत्र मेघसन्धि के लिए राजकुमारी को जीतने के लिए आए थे, किन्तु अब प्रतियोगिता से मेघसन्धि के हट जाने पर, वे उनसे कुछ कर दिखाने की आशा रखते थे।

जरासन्ध को लगा कि इस विकट परिस्थिति में उन्हें कोई सम्मानजनक मार्ग ढूँढ़ निकालना होगा। उन्होंने देखा कि उनके दुर्भाग्य के निर्माता कृष्ण भी उनके वैवाहिक प्रयत्नों का अपमानजनक अन्त देखने की प्रतीक्षा कर रहे हैं।

जरासन्ध स्नेह-सहित मुस्कराए। ऐसी मुस्कराहटें धारण करने का उन्हें अभ्यास था। वे अपने आसन से उठे। तनकर खड़े हुए और उन्होंने सभा की ओर दृष्टि डाली। जब वे राजाओं के बीच से चलकर नीचे आए तो गगन-भेदी हर्ष-ध्वनियाँ हुईं।

धीरे-धीरे, राजकीय गौरव के साथ चलते हुए वे जलाशय के पास पहुँचे। जब चारण उनकी प्रशंसा के गीत गा चुके तो वे राजा द्रुपद के सम्मुख गए। उन्होंने औपचारिक प्रणाम के लिए हाथ जोड़े। प्रसन्नतापूर्वक मुस्कराने का प्रयास किया। वे फिर जलाशय के पास गए। पहले उन्होंने धनुष को और फिर ऊपर नाचती हुई मछली को देखा। तब वे प्रतियोगिता के निर्णायक गुरु सान्दीपनि की ओर मुड़े–"गुरुदेव, आपने अद्भुत परीक्षा निश्चित की है। यह वीरोचित लक्ष्य है।"

कहकर वे हँसे।

गुरु सान्दीपनि ने आशीर्वाद के लिए हाथ बढ़ाए—"शतायु हों! क्या पराक्रमी चक्रवर्ती प्रतियोगिता में भाग लेंगे?"

जरासन्ध मनःस्थितियों और अभिवृत्तियों को परिस्थिति के अनुकूल बनाने में दक्ष थे और अपनी सुविधा के अनुसार उनमें से किसी एक को ग्रहण कर सकते थे। वे फिर हँसे, इस बार हार्दिक रूप से।

"निश्चय ही मैं प्रतियोगिता में भाग लूँगा," उन्होंने स्पष्ट और सबके सुनने योग्य ऊँचे स्वर में कहा, "किन्तु मैं द्रौपदी से विवाह कैसे कर सकता हूँ! वह तो मेरी पौत्र-वधू होने योग्य है। मैं तरुणों को यह अवसर देना चाहता हूँ।" एकत्रित लोगों ने प्रशंसात्मक हास्य के साथ 'साधु-साधु' कहकर जरासन्ध के इस कथन का हार्दिक समर्थन किया।

जरासन्ध पितामह-जैसी वत्सलता के साथ द्रौपदी की ओर मुड़े—"राजकुमारी, मेरा आशीर्वाद है कि तुम्हें कोई तेजस्वी धनुर्धर युवा पति के रूप में मिले। मैं तुम्हें केवल आशीर्वाद देने के लिए ही यहाँ आया था।" अपनी बात के नाटकीय प्रभाव के लिए कुछ देर रुककर उन्होंने फिर कहा, "कितना अच्छा होता कि मेरे पौत्र ने गदा-युद्ध के समान धनुर्विद्या में भी प्रवीणता प्राप्त की होती! तब मैं तुमको पौत्र-वधू के रूप में पाने का सौभाग्य प्राप्त करता। बेटी, तुम्हें आशीर्वाद देने के बाद अब मैं गिरिव्रज लौट जाऊँगा।"

जरासन्ध खुली मुस्कराहट के साथ राजाओं के खण्ड में लौट गए। उन्होंने देखा कि जो कार्य उन्होंने किया है, उसके लिए सब लोगों के मन में प्रशंसा-भाव भर गया है, क्योंकि 'साधु-साधु' की ध्वनि देर तक आकाश में गूँजती रही।

अपने आसन के निकट आकर उन्होंने कृष्ण पर एक चुनौती भरी दृष्टि डाली, जैसे कि वे यह दिखलाना चाहते हों कि उनके लिए जिन कठिनाइयों का निर्माण किया गया था, उनसे वे अछूते निकल आए हैं। कृष्ण प्रत्यक्ष निरासक्त भाव से मुस्कराए।

"सहदेव!" जरासन्ध ने पुकारा, "विलम्ब बहुत हो चुका है। अब हमें गिरिव्रज के लिए प्रस्थान करना चाहिए।" ऐसा कहकर उन्होंने दूर से ही राजा द्रुपद तथा एकत्रित राजाओं का अभिवादन किया। फिर वे मागध राजकुमारों के साथ स्वयंवर-मण्डप से बाहर निकल गए।

कृष्ण ने जब राजाओं की मण्डली में आसन ग्रहण किया था तो वे पर्याप्त सन्तुष्ट थे। उन्होंने राजाओं, राजकुमारों, विद्वान ब्राह्मणों और जनसाधारण के आदरपूर्ण अभिवादन को सस्मित स्वीकार किया था। उस समय 'कृष्ण वासुदेव की जय' के निनाद से आकाश गूँज उठा था। प्रत्येक व्यक्ति ने ऐसा अनुभव किया

था कि कृष्ण ही इस स्वयंवर के प्रधान पात्र हैं और उन्हीं के निर्माणकारी स्पर्श से यह जगमगाती सृष्टि अस्तित्व में आई है।

अब कृष्ण ने एकत्रित जनसमुदाय पर एक गहरी दृष्टि डाली। हाँ, स्वयंवर का दृश्य बड़ा प्रभावशाली है। द्रुपद किसी चक्रवर्ती के समान इसके शीर्ष पर हैं। यह अवसर किसी राजसूययज्ञ से भी अधिक प्रभावशाली है। अब केवल एक ही विघ्न को पार करना है। वह दुर्योधन है। एक आशा अधूरी रह गई है : पाँचों भाई नहीं आए हैं।

जब वे राजाओं, ब्राह्मणों और सामान्य जनों की भीड़ का निरीक्षण कर रहे थे तो सामने ब्राह्मणों के खण्ड में उन्हें जो कुछ दीखा, उससे उनकी आँखें रह गईं। सहसा आनन्द से उनका हृदय उमड़ पड़ा। वह रहे वे! इसमें सन्देह का स्थान नहीं है। पाँचों भाई ब्राह्मणों के बीच बैठे थे। मृगचर्म पहनकर, केशों की जटाएँ बाँधकर, शरीर में विभूति रमाकर उन्होंने साधुओं का वेश बना रखा था। उन्होंने विजय प्राप्त कर ली है।

वे बलराम की ओर मुड़े–"भैया, पाँचों पाण्डव जीवित हैं।"

"तुम्हें कैसे पता चला?" बड़े भाई ने सन्दिग्ध स्वर में पूछा।

"ब्राह्मणों के खण्ड में देखिए। वे वही हैं। वह दैत्य भीम के अतिरिक्त और कोई नहीं है। उसके बाद युधिष्ठिर हैं। वह सुदर्शन साधु अर्जुन हैं। दोनों जुड़वाँ भाई उनके पीछे हैं।"

बड़े भाई ने अपनी आँखें मलीं, ब्राह्मणोंवाले खण्ड की ओर देखा, उनके वेश-परिवर्तन के बाद भी उन्हें पहचाना और मुस्कराते हुए छोटे भाई की पीठ थपथपाई और फुसफुसाकर कहा, "धूर्तराज, मैं जानता हूँ, यह सब तुम्हारा किया-धरा है।"

प्रतियोगिता में उतरने की कृष्ण की अनुमति पाने के लिए सात्यकि अधीर हो रहे थे। वे कृष्ण के ठीक पीछे बैठे थे। उन्होंने पूछा, "भगवन्, मुझे कब रंगभूमि में उतरना है, यह बता दीजिएगा।"

कृष्ण ने उनका हाथ दबाया–"अधीर मत होओ सात्यकि! जब समय होगा, मैं तुम्हें बता दूँगा।" सात्यकि को उत्तर देकर कृष्ण ने अपने पीछे बैठे उद्धव के कान में कहा, "जब तक मैं न कहूँ, कोई यादव वीर प्रतियोगिता में नहीं उतरेगा।"

"जैसी गोविन्द की आज्ञा!" उद्धव ने कहा।

दुर्योधन का हृदय उत्साह से भरा हुआ था। उसे निश्चय था कि प्रतियोगिता में वही द्रौपदी को जीतेगा। वह अपनी शक्ति और दक्षता को जानता था। थोड़े ही समय के बाद वह लक्ष्यबेध करेगा। अपने आसन पर बैठे-बैठे अनुमान किया था कि प्रत्यंचा चढ़ाने और नाचती मछली की आँख में बाण मारने में कितनी शक्ति लगेगी। वह असफल नहीं हो सकता।

परसों रात अश्वत्थामा ने द्रुपद के साथ भेंट करके सारी भ्रान्ति दूर कर ली थी। अन्तिम बाधा भी दूर हो गई थी। जनसमुदाय ने भी उसका अच्छा स्वागत किया था।

उसके स्मृति-पट पर एक के बाद एक चित्र आता और मिटता गया... कुरु-साम्राज्य के युवराज-पद पर उसका अभिषेक हुआ था...पाँचों पाण्डव वारणावत में जल मरे थे। उस पर प्रभाव जमाए रखने का द्रोण का प्रयत्न निष्फल हुआ था। अब पाञ्चाल की राजकन्या उसकी पत्नी बनेगी। द्रौपदी जब उसके पास होगी तो वह अनूठी सफलताएँ प्राप्त करेगा, अपने महान् पूर्वज चक्रवर्ती भरत की कीर्ति को भी पीछे छोड़ जाएगा।

फिर भी यह सर्वोच्च आत्मविश्वास अटल नहीं था। यों सभी संयोग कहते थे कि वह जीतेगा, फिर भी कोई धीमा किन्तु सबल अपशकुन निरन्तर उसके मन में घुन की तरह लगा हुआ था : कहीं उस पर दुर्भाग्य का अशनि-पात तो नहीं होगा? पर वह तुरन्त इस विचार को झाड़ फेंकता। उसकी विजय निश्चित है।

रंगभूमि से जरासन्ध और उसके सामन्तों के चले जाने पर सन्नाटा छा गया था। दुर्योधन ने देखा कि अब सारी आँखें उसी पर लगी हुई हैं। समय आ गया है, उसने अपनी गदा और खड्ग अपने छोटे भाई दुःशासन को दे दिए और अपने आसन से उठा। राजाओं की ओर देखकर मैत्रीभाव से मुस्कराया और मस्तक ताने हुए नीचे उतरा। चारणों ने उसका कीर्तिगान किया। उचित गर्व के साथ उसने अपने पूर्वजों की प्रशस्ति सुनी। प्रसन्नता से उसका सुरूप मुख चमक उठा।

मनुष्यों में इन्द्र समान राजा द्रुपद के पास जाकर दोनों हाथ जोड़कर उसने अभिवादन किया। द्रुपद की चढ़ी हुई त्यौरियों और आँखों की निश्चयात्मक दृष्टि देखकर उसे थोड़ा आश्चर्य हुआ।

वह जलाशय के पास गया। उसने गुरु सान्दीपनि का आशीर्वाद ग्रहण किया। थोड़ी देर तक चुपचाप खड़ा रहकर उसने कुरुओं के कुल-देवता का स्मरण किया। उसने द्रौपदी पर एक प्रशंसा-भरी उड़ती दृष्टि डाली। उसने देखा कि उसके अधर काँप रहे हैं—उसने सोचा, सम्भवतः वह इस कारण घबरा रही है कि दुर्योधन कहीं असफल न हो जाएँ।

क्षण-भर के लिए उसने धनुष को, प्रत्यंचा को, झूलती हुई मछली को और जलाशय में उसके प्रतिबिम्ब को देखा, फिर तनकर खड़ा हो गया। उसने विजयी भाव से एक बार सभा की ओर देखा। वह दुनिया को दिखा देगा कि दुर्योधन में कैसी क्षमता है।

उसने बाएँ हाथ से धनुष उठा लिया और उसके दूसरे छोर को पकड़ा। शरीर की सारी शक्ति लगाकर उसने धनुष को झुकाया और अभ्यास की सहजता से उसने

प्रत्यंचा बाँधना आरम्भ किया।

सभा में गहरा सन्नाटा छाया हुआ था। सभी आँखें उस पर टिकी हुई थीं। वह अपनी नसों में आनेवाली विजय की धमक का अनुभव करने लगा।

सहसा एक तीखी हँसी ने मानो तलवार से उस गहरे और प्रतीक्षारत सन्नाटे को काट दिया। उसके मन को धक्का लगा। इस हँसी में एक जानी-पहचानी खनक थी, वह उसके मन के गलियारों में स्मृतियों की प्रतिध्वनियाँ उत्पन्न करने लगी। उसने यह हँसी बहुत बार सुनी थी–अपमानित करनेवाली, चुनौती देनेवाली, नीचा दिखानेवाली हँसी–बचपन में, किशोरावस्था और युवावस्था में। यह हँसी केवल भीम के गले से निकल सकती थी। यह हँसी उसके मस्तक पर हथौड़े के आघात के समान लगी।

भीम की हँसी! किन्तु ऐसा नहीं हो सकता। वह तो लाक्षागृह में जलकर मर चुका है। उसका अन्तिम संस्कार तक हो चुका है। उसकी अस्थियाँ गंगा जल में प्रवाहित की जा चुकी हैं।

दुर्योधन के शरीर में एक कँपकँपी दौड़ गई। उसके मन में ये विचार गूँजने लगे : 'क्या पाँचों पाण्डव जीवित हैं? वे यहाँ हैं?' यदि पाण्डव जीवित हैं तो परिणाम भीषण होनेवाले हैं। क्षणार्ध में वे परिणाम स्वप्न के समान उसके मन में झलक गए।

इन भयंकर विचारों को दूर करने के लिए उसने भगीरथ प्रयत्न किए और प्रत्यंचा चढ़ाने में अपना ध्यान लगाया। क्षण-भर पहले जो काम नितान्त सहज जान पड़ा था अब वह प्रायः असम्भव लग रहा था। उसके हाथ काँपने लगे। उसकी आँखों का तेज जाता रहा। होनहार के प्रति वह सचेत हो गया; वह असफल होने वाला है।

नहीं, वह असफल नहीं हो सकता, वह असफलता सहन नहीं कर सकता। किसी भी मूल्य पर उसे प्रतियोगिता में विजयी होना है। किन्तु अब वह धनुष उसका आज्ञानुवर्ती नहीं रह गया! प्रत्यंचा विद्रोह कर रही है!

उसने दाँत किटकिटाकर प्रत्यंचा चढ़ाने का अन्तिम प्रयास किया...

हस्तिनापुर में पाँचों पाण्डवों का स्वागत होगा...बुड्ढा भीष्म युधिष्ठिर को पुनः युवराज बना देगा...।

उसने उन विचारों को झटक देने का प्रयत्न किया, जो एक के बाद एक लड़खड़ाते चले आ रहे थे। उसकी नसों का तनाव अन्तिम सीमा पर पहुँच गया था। उसकी उँगलियों की क्षमता नष्ट हो गई थी। धनुष का सिरा उसके हाथ से छूट गया। उसने उसे फिर पकड़ना चाहा पर उसे सफलता नहीं मिली। भयानक झटके के साथ धनुष-दण्ड सीधा हो गया।

धनुष के निचले भाग पर रखे उसके बाएँ पंजे की पकड़ छूट गई। उसका

सन्तुलन जाता रहा। वह लड़खड़ा गया।

उसने कठोरतापूर्वक अपने को स्थिर किया। वह एकत्रित लोगों के उपहास से पागल-सा हो रहा था। उसे लगा कि वह उपहास नहीं, किसी तूफानी समुद्र की गरजती लहरें हैं, जो उसे उसके सर्वनाश की ओर घसीटे लिए जा रही हैं।

वह फिर नीचे झुका। दाहिने हाथ से धनुष को उठाकर उसने उसे बाएँ हाथ से पकड़ा और प्रत्यंचा चढ़ाने का प्रयत्न करने लगा। उपहास और हास्य के स्वर बढ़ते जा रहे थे। अन्ततः उसकी उँगलियाँ निष्प्राण हो गईं।

धनुष झुक नहीं रहा था। वह जितना ही प्रयत्न करता, उतना ही निर्बल होता जा रहा था। एक बार फिर धनुष उसके हाथ से छूटकर भूमि पर जा गिरा–बल्कि उसे भी साथ लेकर गिरा।

हजारों कण्ठों से निकली तीव्र हास्य-ध्वनि उसके कान फाड़ रही थी। उसका चेहरा तमतमा उठा। ब्राह्मणों के खण्ड से एक स्पष्ट, गरजता स्वर सुन पड़ा : "अन्धे का बेटा और कर भी क्या सकता था?" अपने बाल्यकाल से यही ताना वह बार-बार सुनता आया है। वह क्रोधान्ध हो उठा। उठकर खड़ा हुआ और अपने आसन की ओर बढ़ा। उसके कानों में ये शब्द गूँज रहे थे–'मैं असफल हो गया।'

अनेक वर्षों बाद द्रुपद पहली बार प्रसन्नता से मुस्कराए।

कृष्ण देखते रहे। उनके अधरों की मुस्कराहट में कोई परिवर्तन नहीं हुआ था।

द्रौपदी के चेहरे पर भी प्रसन्नता का स्मित था; किन्तु ज्यों ही उसकी दृष्टि दुर्योधन पर पड़ी, उसकी मुस्कराहट विलुप्त हो गई। उसका चेहरा बुरी तरह से विकृत और करुणाजनक हो गया था। वह किसी रक्त-पिपासु पागल का डरावना चेहरा था–ऐसा चेहरा, जो जीवन की अन्तिम घड़ी तक द्रौपदी को सताता रहेगा।

'वासुदेव, आपने अपना वचन निभाया'

पाँचों भाई पाण्डव काम्पिल्य में एक कुम्हार के घर ठहरे थे। जब वे साधुओं के वेश में स्वयंवर-मण्डप में जाने के लिए वहाँ से चले तो अर्जुन का हृदय गौरवपूर्ण और साहसी नव-जीवन के स्पन्दन से पुलकित हो उठा।

उन्होंने सोचा कि बहुत समय से पाले हुए अपने स्वप्न को साकार करने का समय आ गया है। वह स्वप्न था महान् साहस और आनन्ददायक अनुभवों का; अपने पूर्वज चक्रवर्ती भरत के समान साहसिक कार्य करने का; अपने पूर्वज संवरण की तरह पत्नी-रूप में एक देवी को प्राप्त करने का और अपने जीवन को, कविता, नृत्य और संगीत से भर देने का।

यद्यपि अपनी माता और अपने भाइयों के प्रति उनका प्रेम था और उनके जीवन और विचारों में वे उनका साथ देते थे, फिर भी उनका एक स्वप्न संसार था, जिसमें वे अकेले निवास करते थे। उन लोगों ने राक्षसावर्त में जो समय बिताया था, उसका अर्जुन पर बड़ा अवसादक प्रभाव पड़ा था। जब भी वे भीम को विशालकाय हिडिम्बा से प्रेम करते देखते तो सौन्दर्य-प्रेमी अर्जुन की इच्छा होती कि वे किसी वृक्ष से मस्तक टकराकर अपने गौरवहीन अस्तित्व को समाप्त कर दें।

जब उन लोगों ने राक्षसावर्त छोड़ा तो उनका शिथिलित उत्साह फिर सजीव हो उठा। उदाहरणार्थ, एकचक्रा में उन्होंने एक राक्षस का वध किया जो नर-मांस-भक्षण की अपनी लालसा तृप्त करने के लिए वहाँ से प्रतिदिन एक मनुष्य की बलि लेता था।

अनन्तर, महामुनि के निर्देश के अनुसार वे उत्कोचक तीर्थ में धौम्य ऋषि के आश्रम में गए। वहाँ का निवास उनकी लम्बी अरण्य-यात्रा के बीच बड़ा तृप्तिदायक समय रहा, क्योंकि वन का मार्ग कण्टकों और रेंगते साँपों से भरा था, वहाँ स्यार और बन्दर चीखते-चिल्लाते थे तथा जंगली फलों का विरल आहार प्राप्त होता था।

किन्तु आश्रम-जीवन के शान्त वातावरण, पवित्र मन्त्र-पाठ और घास चरती गौओं ने भी अर्जुन की विकलता को शान्त नहीं किया। उन्होंने सोचा कि कब वह समय आएगा जब वे राजमहलों में रहेंगे, जहाँ नर्तकियाँ नृत्य करेंगी और संगीतज्ञ वाद्य बजाएँगे? कब उनके पास एक अपनी शस्त्रशाला होगी, जहाँ आनन्दप्रद विजयों के लिए वे अपने धनुष-बाण रखेंगे और चामत्कारिक संहार-शक्तिवाले बाणों पर धार देंगे?

धौम्य ने उनका पुरोहित बनना स्वीकार किया और काम्पिल्य की यात्रा के समय उन्हें आशीर्वाद दिया, इससे अर्जुन को प्रसन्नता हुई। उन्हें लगा, जैसे वे किसी रण-क्षेत्र के विजय-अभियान में जा रहे हों। प्राचीन काल में विजय-अभियान में जानेवाले सभी राजाओं के अपने पुरोहित होते थे, जो अपने आशीर्वाद के द्वारा उन्हें अभेद्य बनाते थे।

फिर भी, उनके सन्तोष में थोड़ा रोष भी था। काम्पिल्य में उन पर क्या बीतनेवाला है, यह जानना उनके वश में नहीं था। कृष्ण उन लोगों को जीवितों की श्रेणी में किसी प्रकार ले जानेवाले हैं? उन्होंने सोचा कि विचित्र है उन लोगों का भय—वे जीवित होकर भी मृत हैं और किसी के संकेत पर पुनरुज्जीवित होनेवाले हैं। यद्यपि वे कृष्ण के प्रेमी और प्रशंसक थे, पर वे यह सोचे बिना नहीं रह सके कि जीवित रहने की यह प्रणाली अत्यन्त अपमानजनक है।

काम्पिल्य में वे एक कुम्हार की टूटी-फूटी झोंपड़ी में ठहरे। झोंपड़ियों के समूहों, गन्दे बच्चों, गधों की रेंग, लगातार चलनेवाले चाकों की ध्वनि तथा जानवरों के

मूत्र-पुरीष से दुर्गन्धित उस स्थान पर टिकना असह्य था।

ब्राह्मणों के वेश में आत्म-गोपन करके स्वयंवर में सम्मिलित होना उन्हें पसन्द नहीं था। यदि उनका वश चलता तो वे एक सजे-सजाए हाथी पर बैठकर स्वयंवर में जाते। किन्तु बड़े भाई युधिष्ठिर का मत नितान्त दृढ़ था। कृष्ण का संकेत मिलने तक उन्हें अपने को छिपाकर रखना है। महामुनि ने यही कहा था। उन्हें ऐसा ही करना भी है।

परिस्थिति के प्रति अपने भाइयों के दृष्टिकोण से वे खीझ उठे। सदा धीर बने रहनेवाले युधिष्ठिर बार-बार जैसी स्थितियों में डाल दिए जाते थे, उससे भी अपमान का अनुभव नहीं करते थे। वे प्रत्येक स्थिति को प्रसन्नतापूर्वक स्वीकार कर लेते थे। ऐसे प्रत्येक अवसर को वे एक अग्नि-परीक्षा मानते थे, जिससे होकर गुजरना उनकी आत्म-शुद्धि के लिए अत्यन्त आवश्यक था।

भीम का उत्साह न तो डगमगाता था, न मन्द पड़ता था। चाहे जैसी परिस्थिति हो, उनकी मजेदार टीका-टिप्पणी चलती ही रहती थी। वे तब तक प्रसन्न रहते थे, जब तक उन्हें क्रोध न आ जाए।

वे जानते थे कि नकुल भी प्रसन्न नहीं हैं, किन्तु अपने असन्तोष को प्रकट करने का उनका स्वभाव नहीं था। सहदेव शान्त बने रहते थे और जब कभी उनसे कुछ पूछा जाता तो भविष्यवाणी-जैसा उत्तर देते थे।

कभी-कभी वे अपनी माता और भाइयों के प्रेम-बन्धन में बँधे होने के कारण चिढ़ जाते और उसे तोड़ फेंकना चाहते थे, किन्तु यह भावना सदा क्षणजीवी होती।

वे अपने-आपसे कहते कि वे ऐसी माता के बन्धन को कैसे तोड़ सकते हैं, जो उनमें से प्रत्येक में बनी रहती थी और उन सबके लिए थी? वह मधुरता की प्रतिमूर्ति थी। उसकी कठिनतम झिड़की उसकी उदास दृष्टि होती थी। यदि उसमें कभी रोष की भावना उत्पन्न होती तो वह प्रेम के आँसुओं के रूप में प्रकट होती थी। उन आँसुओं से किए गए अपराध की स्मृति तक धुल जाती थी।

और बुद्धिमान तथा दूसरों का ध्यान रखनेवाले युधिष्ठिर का त्याग कैसे किया जा सकता था? वे उनकी भलाई के लिए कितने चिन्तित रहते थे! युधिष्ठिर एक प्रकार की भावात्मक निरंकुशता का प्रयोग करते थे, जिससे अर्जुन को उनकी अपेक्षाएँ पूरी करने की प्रेरणा मिलती थी। वे उस निरंकुशता से कैसे पल्ला झाड़ सकते थे?

और वे भीम से भी कभी अलग नहीं हो सकते थे। भीम दिन-रात उनमें से प्रत्येक का ध्यान रखते थे, संकटों से उनकी रक्षा करते थे और सदा हँसते-हँसाते रहकर उनकी निराशाओं को दूर किया करते थे।

और फिर जुड़वाँ भाई! अर्जुन किसी तरह नकुल और सहदेव से अलग नहीं हो सकते थे। वे उनकी सेवा करते थे, कहे बिना ही उनकी इच्छाएँ भाँप लेते थे।

उन्होंने अपने-आपको अपरिहार्य बना रखा था। अर्जुन पर नकुल की इतनी प्रीति थी कि यदि अर्जुन उन्हें छोड़ देंगे तो उनका हृदय टूट जाएगा। और चुप्प तथा चतुर सहदेव इतने दूरदर्शी थे कि उनके बिना तो अर्जुन जीवन की भूल-भुलैया में खो ही जाएँगे।

उनमें से प्रत्येक भाई सबमें और सब एक में निवास करते थे। सबसे बड़ी बात यह है कि अन्य भाइयों को उनकी आवश्यकता थी, ऐसा अर्जुन का विश्वास था। अर्जुन की अदम्य साहसिकता के बिना उनका जीवन सपाट और फीका हो जाएगा। उनसे सम्बन्ध तोड़ लेना उस धमनी को काट देने के समान होगा, जो उन सबके हृदयों का रक्त अन्य भाइयों तक पहुँचाती है।

वे बार-बार एक ही निर्णय पर पहुँचते थे : वे आगे बढ़ने का मार्ग बनाएँ तो वह मार्ग सबके लिए हो। यह काम वे कैसे करेंगे? यह प्रश्न उन्हें विकल करता रहता था। यह एक ऐसा प्रश्न था, जिसमें उनकी माता और भाइयों की साझेदारी नहीं थी। उन्होंने निश्चय किया कि इस प्रश्न का उत्तर उन्हें अकेले ही ढूँढ़ना है।

काम्पिल्य आने के मार्ग में जब कभी वे अकेले होते, वे अपने-आपसे पूछते : मैं क्या चाहता हूँ—कीर्ति?—हाँ; सुख?—हाँ; साहस और बल?—हाँ। फिर स्वयंवर में जाकर उन्हें क्या करना चाहिए? क्या उनको अपने चचेरे भाई दुर्योधन और उसके धूर्त भाइयों के साथ तिरस्कारपूर्ण व्यवहार करना चाहिए? स्वयंवर-मण्डप में ही उन्हें अपमानित करना चाहिए? आर्यावर्त के राजाओं और वीरों की प्रशंसा प्राप्त करनी चाहिए? हाँ, वे यही सब चाहते थे। ऐसी महत्त्वाकांक्षा सबमें होती है। किन्तु वे इतने ही से सन्तुष्ट नहीं थे! वे कुछ और अधिक चाहते थे, जिसे जीवन-भर पा नहीं सके थे। वह जो थे, वह होना चाहते थे। हाँ, उन्हें वही होना चाहिए। यही एकमात्र समाधान है।

निरन्तर इस असाध्य समस्या पर विचार करते हुए अर्जुन अनिश्चय में डूबते-उतराते रहते थे। वे अपने-आप पर इसलिए रुष्ट थे कि उन्हें सदा इस बात के लिए महामुनि, विदुर और कृष्ण पर निर्भर रहना पड़ता था कि वही उन्हें जीवन में अपना उचित स्थान प्राप्त करने का अवसर दें।

वे इन्हीं विचारों से भरे थे, जब बड़े सबेरे अपने भाइयों के साथ स्वयंवर-मण्डप में पहुँचे। अब वे 'जीवित हो उठने' के निकट थे। किन्तु किस प्रकार और कब? वे कैसे जान पाएँगे कि कृष्ण उन्हें किस प्रकार जीवन में प्रविष्ट कराना चाहते हैं?

स्वयंवर-मण्डप में प्रवेश करके अर्जुन ने जब राजाओं को मुकुटों, कण्ठहारों और चमकीले अस्त्र-शस्त्रों से सज्जित देखा तो उनके मन में ईर्ष्या उमड़ आई। उन्हें उन लोगों के बीच होना चाहिए था। वे उन सबसे रूपवान थे। वधू को प्राप्त करने के लिए उन्हें अपने धनुष-बाण से सज्जित रहना चाहिए था। खेद है कि

वे उस सौभाग्य से वंचित हैं!

जब उन लोगों ने ब्राह्मणोंवाले खण्ड में आसन ग्रहण किया तो एक बूढ़े और बातूनी ब्राह्मण ने राजाओंवाले खण्ड में बैठे राजाओं के नाम बतलाए। उन्होंने तत्काल अपने चचेरे भाइयों, कुरु-राजकुमारों को पहचान लिया। ओः! उन्हें और उनके भाइयों को मार डालने के लिए उनके साथ युद्ध करना उन्हें कितना अच्छा लगता!

जो भी हो, जब उन्होंने यादव अतिरथियों के साथ बलराम, कृष्ण और उद्धव को स्वयंवर-मण्डप में प्रवेश करते और आसन ग्रहण करते देखा तो उनका मन हर्षोत्फुल्ल हो उठा। कृष्ण किस प्रकार उन लोगों को जीवित बनाएँगे? ओः, स्वयं कोई निर्णय लेने के बदले किसी और के निर्णय की प्रतीक्षा करना कितना कष्टकर है!

द्रौपदी ने जब अपने भाई धृष्टद्युम्न और कुछ राजकुमारियों के साथ मण्डप में प्रवेश किया तो शंख, वाद्य तथा नगाड़े की ध्वनि से आकाश गूँज उठा। काम्पिल्य आते हुए उन्होंने मार्ग में ब्राह्मणों से द्रौपदी का जो वर्णन सुना था, उससे उन्हें किसी महत्त्वाकांक्षिणी, गर्वीली और उद्‌दण्ड राजकुमारी को देखने की आशा थी। किन्तु उन्होंने जिसे देखा, वह अत्यन्त प्राणवती रमणी थी, जिसकी आँखें काली थीं और जिसके गाल पर गहरी लालिमा थी। उसके ऊष्मायुक्त होंठ महती अपेक्षा में खुले हुए थे, उसकी आँखें बड़ी-बड़ी और वाचाल थीं और काले केशों की फूल-गुँथीं चोटियाँ उसकी पीठ पर फैली हुई थीं। उसके भरे और रक्तिम अधरों के बीच दृढ़ और स्वेत दन्त-पंक्ति थी, और सुघड़ चिबुक था, जो उसके सौन्दर्य को परिपूर्ण बनाता था। वह एक ऐसी तरुणी थी, जिसमें जीवन धड़क रहा था। उसमें राज-वंश का गौरव तो था, किन्तु गर्व नहीं था। अर्जुन के मन का कवि जाग उठा। ओः, यदि वे उसे जीत सकें!

अर्जुन ने देखा कि एक के बाद एक राजा जलाशय के निकट जाता और पराजित होकर लौट आता है। उनमें से अनेक तो उस विशाल धनुष को उठा तक नहीं सके थे। उन्होंने ध्यानपूर्वक देखा कि किस गलत ढंग से वे धनुष को साधने का प्रयत्न करते हैं। उनकी इच्छा हुई कि वे उन्हें सही विधि बता देते। वे क्षण-भर में उसे उठा सकते थे, किन्तु उन्हें प्रतीक्षा करनी थी—प्रतीक्षा करनी थी कि किसी का संकेत मिले, जो सम्भवतः कभी भी न मिले!

दुर्योधन को धनुष उठाता देखकर उन्हें बुरा लगा। क्या उनका चचेरा भाई द्रौपदी को उठा ले जाएगा, जबकि वे, आर्यावर्त के सर्वश्रेष्ठ धनुर्धर, वहाँ बैठे हैं और कुछ नहीं कर पा रहे हैं? दुर्योधन जब निरर्थक रूप से धनुष और बाण से जूझ रहा था, भीम भैया अपने को रोक नहीं सके। वे हँस पड़े—उनकी हँसी समूचे मण्डप में गूँज गई। दुर्योधन असफल हो गया—लांछित रूप से असफल होकर सारे

स्वयंवर-मण्डप के उपहास का पात्र बना। अर्जुन को प्रसन्नता हुई। किन्तु उनकी प्रसन्नता में अधीरता भी थी। उन्होंने कृष्ण की ओर देखा, जो शान्त भाव से किसी देवता के समान बैठे थे–स्थिर और प्रभापूर्ण।

दुर्योधन जब अपने आसन पर जा बैठा तो सारी सभा में कुछ देर प्रतीक्षापूर्ण शान्ति छाई रही। सहसा अनेक कण्ठों का कोलाहल सुन पड़ा। कर्ण अपने आसन से उठकर नीचे उतरे। वे अप्रतिम गौरव के साथ आगे बढ़े। द्रुपद को प्रणाम करके वे जलाशय के पास पहुँचे। उन्होंने स्वयंवर-मण्डप में बैठे लोगों पर उपेक्षाभरी दृष्टि डाली। अर्जुन के मन में हताशा की एक लहर उठी। कर्ण सदा ही उनके प्रतिद्वन्द्वी रहे हैं।

अपना बायाँ पैर दृढ़तापूर्वक आगे की ओर जमाकर कर्ण झुके और उन्होंने धनुष को उठा लिया। उस समय उनकी आँखों में स्मित था। सारी सभा स्तब्ध बनी देखती रही। उन्होंने अनायास धनुष पर प्रत्यंचा चढ़ा दी। फिर उन्होंने सहज ही उसे उठा लिया।

द्रौपदी अब तक प्रस्तर-प्रतिमा के समान धृष्टद्युम्न के पास स्थिर खड़ी थी। अब उसमें जीवन का संचार हुआ। एक पग आगे बढ़कर उसने भाई के कान में कुछ कहा। धृष्टद्युम्न ने आदेशात्मक इंगित से कर्ण को लक्ष्य लेने से रोका। वे जलाशय के निकट आए।

"अंगराज, आप प्रतियोगिता में सम्मिलित नहीं हो सकते," धृष्टद्युम्न ने उच्च स्वर से कहा, जिससे सब लोग उसकी बात सुन सकें, "आप सूत-पुत्र हैं।"

सारी सभा में तिरस्कार-भरी, अपमानजनक हँसी गूँज उठी। धनुष को नीचे रखते हुए कर्ण मुस्कराए और दर्पपूर्वक बोले, "मैं जानता हूँ कि मैं राजकुमारी को नहीं पा सकता। वह प्रतिलोम विवाह होगा–एक जघन्य पाप। मैं केवल यह प्रमाणित करना चाहता था कि कुरुओं के ऐसे भी मित्र हैं, जो प्रतियोगिता में विजयी हो सकते हैं।" वे जोर-से हँसे। धनुष से प्रत्यंचा उतारकर उन्होंने सावधानी के साथ उसे पवित्र दर्भ की चटाई पर रख दिया और गौरव के साथ मस्तक उठाए वहाँ से चले गए।

अश्वत्थामा अपने आसन से उछल खड़े हुए। हास्य-रोल शान्त हो गया। द्रोणाचार्य के यह पुत्र जब काम्पिल्य आए थे तो सब लोगों ने उनके प्रति अरुचि प्रकट की थी। अश्वत्थामा नीचे उतरे। उन्होंने धृष्ट अधीरता के साथ द्रुपद को आशीर्वाद दिया। वे जलाशय के पास गए। वे रुष्ट थे, अत्यन्त रुष्ट। नीचे झुककर उन्होंने धनुष को उठा तो लिया, किन्तु उसे झुकाना उन्हें भारी पड़ने लगा। उन्होंने दाँत भींचे, समस्त स्नायुओं का बल लगाकर उन्होंने एक बार फिर सबल प्रयास किया। उन्हें सफलता नहीं मिली। क्रोध के आवेश में उन्होंने धनुष को नीचे फेंक

दिया। "यह धनुष नहीं है, यह प्रतियोगिता भी नहीं है।" उन्होंने फुफकारते हुए कहा। वे क्रुद्ध भाव से अपने आसन की ओर चले। उनका आवेश देखकर सारी सभा की हँसी फूट पड़ी।

जब शान्ति हुई तो प्रतीक्षा तीखी हो उठी। शिशुपाल, विराट, दुर्योधन और अश्वत्थामा की असफलता के बाद अब कौन आगे आएगा? सारी आँखें यादवों पर जा टिकीं।

अर्जुन ने देखा कि द्रौपदी विजय के भाव से मुस्करा रही है। मूक जिज्ञासा करता हुआ उसका मुँह कृष्ण की ओर घूम गया है। उन्हें लगा कि उसकी आँखें अपने उस प्रतीक्षित वीर की राह निहार रही हैं, जो आया नहीं है।

अर्जुन सहसा एक आवेश से ग्रस्त हो गए–कार्य के द्वारा सिद्धि प्राप्त करने के आवेश से। एक झलक में उन्होंने देखा कि वे ऐसे मूर्ख थे, ऐसे अन्धे, कि उन्होंने स्वयं निर्णय नहीं लिया। अब उन्हें वह निर्णय लेना चाहिए, जिससे वे सभी पुनर्जीवित हो उठेंगे; वह निर्णय, जो उन्हें सत्ता और गौरव देगा; वह निर्णय, जिससे अब छुटकारा नहीं है।

अर्जुन उठ खड़े हुए। उनके पास बैठे ब्राह्मण ने उनसे बैठ जाने को कहा। वे जलाशय की ओर उनके देखने में बाधक बन रहे हैं। उन्होंने उनकी ओर नहीं देखा। अपने भाइयों की ओर भी नहीं। वे उनसे आँखें नहीं मिलाना चाहते थे। हल्के-से वे नीचे उतर गए। उन्होंने खड़े होकर चारों ओर देखा। उनका सुन्दर चेहरा तमतमा रहा था। उनकी आँखों में चमक भर आई थी।

सारी सभा को आश्चर्य और रोष ने जकड़ लिया। एक तरुण ब्राह्मण साधु प्रतियोगिता में भाग लेगा। कैसी हास्यास्पद बात है! कितनी बेढंगी! बलराम, कृष्ण और उद्धव के अतिरिक्त सभी राजे निन्दा करने अथवा उपहास से हँसने लगे। ब्राह्मणों को झटका लगा। यह लड़का कैसी मूर्खता कर रहा है! इस अवसर को कितना हास्यास्पद बना रहा है!

स्वयं युधिष्ठिर को भी आश्चर्य हुआ। इससे पहले अर्जुन ने उनकी आज्ञा के बिना कभी कोई काम नहीं किया था। भीम की बड़ी-बड़ी आँखें प्रसन्नता से चमक उठीं। नकुल की आँखों में गर्व था। सहदेव की आँखों का भाव समझना कठिन था।

सहज गति से अर्जुन द्रुपद के पास पहुँचे। ब्राह्मणों की प्रचलित प्रथा के अनुसार कितने भी ऊँचे पद के अधिकारी क्षत्रिय का अभिवादन करने के लिए उन्होंने दाहिना हाथ उठाकर द्रुपद को आशीर्वाद दिया और प्रतियोगिता में सम्मिलित होने की अनुमति माँगी।

द्रुपद ने साधु के सुन्दर मुख, आश्वासन-भरी चमकदार आँखों, भस्म-मण्डित ललाट, सुडौल और बलवान बाँहों और विरल दाढ़ी को देखा। अर्जुन के रूप में

द्रुपद ने मानो युवा परशुराम को देखा। उन्होंने हाथ जोड़ दिए–"ब्राह्मणश्रेष्ठ, आप चाहते हैं तो मैं अनुमति देता हूँ। किन्तु इसकी आवश्यकता नहीं थी। प्रतियोगिता में आपका सम्मिलित होना विहित है।"

बलराम अपना उत्साह दबा नहीं पा रहे थे। कृष्ण ने उनका हाथ दबाकर कहा, "संयम से काम लीजिए भाई!"

दुर्योधन ने युवा ब्राह्मण को देखा। उसने अर्जुन को पहचान लिया। इसमें सन्देह हो ही नहीं सकता था। उसे विश्वास था कि वह अपमानजनक हँसी भीम के अतिरिक्त किसी अन्य के कण्ठ से नहीं निकल सकती थी। अब उसका सन्देह प्रमाणित हो गया। पाँचों पाण्डव जीवित हैं और द्रौपदी को जीतने के लिए यहाँ आए हैं। उसने तत्क्षण भाँप लिया कि इस दुष्टता के पीछे किसका हाथ है। अपनी आरक्त आँखें कृष्ण की ओर फेरकर उसने शकुनि के कान में कहा, "मामा वे तो यहाँ हैं!"

शकुनि के अधरों की कभी न मिटनेवाली मुस्कान अदृश्य हो गई। उसने भुनभुनाते हुए एक अकथ्य गाली दी।

दुःशासन ने भी अर्जुन को पहचान लिया। दाँत किटकिटाता हुआ वह दुर्योधन की ओर मुड़ा–"भाई, वे तो जीवित हैं! क्या यह जादू का कोई चमत्कार है?"

"यह सारा स्वयंवर ही उस छली ग्वाले के जादू का चमत्कार है।" दुर्योधन ने फुफकारते हुए कहा।

मन्त्रमुग्ध सभा के सम्मुख, द्रौपदी और धृष्टद्युम्न के पास से जाते हुए युवा साधु ने हाथ उठाकर द्रौपदी को आशीर्वाद दिया और गुरु सान्दीपनि को दण्डवत् प्रणाम किया। गुरुदेव ने उन्हें आशीर्वाद देते हुए कहा, "विजयी होओ।"

बड़े-बड़े डग भरते वे जलाशय के निकट गए। उन्होंने चपल दृष्टि से लक्ष्य की दूरी को माप लिया और जल में उसके प्रतिबिम्ब को देखा।

युवा ब्राह्मण वाम-हस्तक थे। उन्होंने बाएँ हाथ की दक्ष मरोड़ के साथ धनुष को मध्य भाग से पकड़कर उठाया, उसे दाहिने हाथ में स्थानान्तरित किया, फिर अपूर्व कुशलता के साथ उन्होंने प्रत्यंचा चढ़ा दी। अब उन्हें कोई चिन्ता नहीं थी। जिस शस्त्र के प्रति उन्हें सबसे अधिक प्रीति थी, वह उनके हाथों में था और वे अपनी आँखों से भी अधिक स्पष्टता से अपनी कल्पना में उस घूमते हुए लक्ष्य को देख रहे थे।

सबकी साँसें अटकी रह गईं। द्रौपदी ने युवा ब्राह्मण को देखा था और जिस गरिमा तथा आत्मविश्वास के साथ वे जलाशय की ओर बढ़े थे, उसकी उसने प्रशंसा की थी। उनकी चुम्बकीय आँखों में चमकते प्रकाश से मन्त्रमुग्ध बनी, वह साँस रोके परिणाम की प्रतीक्षा कर रही थी, जिसके प्रकट होने में अब विलम्ब नहीं था।

सुदृढ़ पगों से वे जलाशय के और पास गए। उन्होंने जल में लक्ष्य की परछाईं देखी। उन्होंने बाएँ कान तक प्रत्यंचा खींची और मन-ही-मन गुरु द्रोणाचार्य तथा कृष्ण की वन्दना करते हुए बाण छोड़ दिया।

सभा स्तब्ध रह गई। तीर ने जाकर मछली की आँख बींध दी। बड़ी सफाई के साथ चक्कर खाते चौखटे से उसे काटकर अलग कर दिया। मछली एक छपाके के साथ जलाशय में जा गिरी।

गुरु सान्दीपनि ने जैसे ही हाथ उठाकर 'साधु' कहा, वैसे ही सारी सभा 'साधु-साधु' के कोलाहल से गूँज उठी। शंख, नगाड़े, तूर्य बजने लगे। प्रचण्ड उत्तेजना फैल गई।

ब्राह्मण अपने खण्ड से निकल आए और विजेता की ओर दौड़ पड़े।

अर्जुन धनुष को पवित्र दर्भासन पर रख रहे थे। उत्साह से छलकती द्रौपदी ने सलज्ज भाव से निकट आकर उनके गले में जयमाला डाल दी।

राजकीय खण्ड में कुछ राजे अपने अस्त्र-शस्त्र चमकाते हुए उठ खड़े हुए। "यह हमारा अपमान है," एक ने कहा। "राजकुमारी किसी ब्राह्मण को नहीं दी जा सकती। स्वयंवर केवल क्षत्रियों के लिए है।" दूसरे ने गर्जन किया।

इस हलचल का लाभ उठाकर शकुनि ने—जो ठगा-सा अपने आसन पर बैठा था और समझ नहीं पा रहा था कि क्या करना चाहिए—दुर्योधन के कान में कहा, "अर्जुन को ठिकाने लगाने का यही समय है। हम लोग धावा बोल दें।"

सोमदत्त के पुत्र राजा भूरिश्रवा पास ही बैठे थे। उन्होंने चुपके से दिया गया यह परामर्श सुन लिया। उन्होंने जोर से दुर्योधन का कन्धा दबाते हुए कहा, "हम लोग यह सब नहीं करेंगे। देखते नहीं कि यादव और चेदिगण तैयार खड़े हैं?" किंकर्तव्यविमूढ़ दुर्योधन अपने आसन पर बैठा रह गया।

कुछ राजकुमारों को द्रुपद की ओर बढ़ते देखकर भीम अप्रतिरोध्य बल से उत्साही ब्राह्मणों की भीड़ को चीरते हुए आगे बढ़े। भयोत्पादक गर्जन के साथ पास ही खड़े एक वृक्ष को उखाड़कर उन्होंने गदा के समान उसे कन्धे पर रख लिया। फिर वे क्रुद्ध राजाओं की भीड़ को रोकने के लिए आगे बढ़े।

सभी लोग स्तब्ध रह गए। जलती हुई आँखोंवाला वह दैत्य तैयार खड़ा था—द्रुपद, द्रौपदी अथवा अर्जुन की ओर बढ़नेवाले प्रथम व्यक्ति का सिर तोड़ देने के लिए।

अर्जुन ने धनुष उठाकर अपने कन्धे पर रख लिया, तूणीर से एक बाण निकाला और उसे छोड़ने की तैयारी करने लगे।

"अर्जुन, धनुष रख दो। यह काम मेरे ऊपर छोड़ दो।" मुस्कराते हुए भीम ने ऐसा कहकर द्रौपदी का हाथ अर्जुन के हाथ में दिया। फिर वे उन्हें द्रुपद के

पास ले चले।

वर और वधू ने जब राजा के चरणों में प्रणाम किया तो विजेता के चामत्कारिक कार्य से अभिभूत जनसमूह ने उत्साहपूर्वक 'साधु-साधु' का निनाद किया।

यादव अतिरथियों तथा विराट आदि मित्र राजाओं के साथ बलराम और कृष्ण भीड़ को चीरते हुए आगे बढ़े।

अर्जुन जब पीछे मुड़े तो उन्होंने कृष्ण की मुस्कराती आँखें देखीं। अर्जुन ने द्रौपदी का हाथ पकड़ रखा था। अतः जब वे कृष्ण के चरणों पर झुके तो उन्होंने द्रौपदी को भी वैसा ही करने का इंगित किया। कृष्ण ने उन दोनों को भूमि पर से उठाया और अर्जुन को गले लगा लिया।

और तब उस दिन का सबसे बड़ा आश्चर्य देखने को मिला। अर्जुन की बाँहों से अपने को छुड़ाकर कृष्ण ने उस दैत्य के पाँव छुए, जो अर्जुन और द्रौपदी के पास रक्षक की मुद्रा में खड़ा था। भीम उन दोनों से बड़े थे।

इस विचित्र अभिवादन का दृश्य देखकर दर्शक चकित रह गए। जिन महान् वासुदेव को अब तक सभी लोग प्रगाढ़ श्रद्धा की दृष्टि से देखते थे, उनकी पीठ जब वह दैत्य अनौपचारिक रूप से थपथपाने लगा तो उनकी आँखें फटी-की-फटी रह गईं।

द्रुपद ने सोचा कि यह विचित्र ब्राह्मण है, जो क्षत्रिय कृष्ण के चरण-स्पर्श कर रहा है! उससे भी अधिक विचित्र व्यवहार कृष्ण का था, जो उस ब्राह्मण को गले लगाकर कह रहे थे : "मेरा आशीर्वाद लो कुन्ति-पुत्र!" उस दैत्य के चरणों पर उनका झुकना भी वैसा ही विस्मयकारी था। सारी बातें समझते ही उनकी आँखें फैलकर रह गईं।

ये पाँचों पाण्डवों में से दो थे—कुन्ती के पुत्र!

युवकोचित क्षिप्रता के साथ द्रुपद उस चबूतरे पर से नीचे कूद पड़े, जिस पर उनका सिंहासन रखा हुआ था। उन्होंने कृष्ण को अपनी बाँहों में भर लिया— "वासुदेव, वासुदेव, आपने अपना वचन निभाया!"

और पाञ्चाल के दुखी राजा के गालों पर आनन्दाश्रु ढुलकने लगे।

महामुनि का निर्णय

काम्पिल्य में उत्सव की भारी धूमधाम मची हुई थी। वहाँ द्रौपदी के स्वयंवर और हस्तिनापुर के सम्राट् पाण्डु के पुत्र के साथ द्रौपदी के विवाह का आयोजन चल रहा था।

आगन्तुक राजाओं के शिविरों में अनेक राजाओं के हृदय टूट गए और अनेक महत्त्वाकांक्षाएँ चूर हो गई थीं। कई अतिथि उदास थे और अनेक इस बात से प्रसन्न थे कि पाँचों पाण्डव जीवित हैं और उनमें से एक ने पाञ्चाल की राजकुमारी को जीत लिया है। सभी यह अनुमान लगा रहे थे कि इस सम्बन्ध के द्वारा आर्यावर्त के शक्ति-सन्तुलन में कैसा परिवर्तन होगा।

एक ओर जहाँ काम्पिल्य का राजमहल उत्सव के लिए सजाया जा रहा था, वहीं दूसरी ओर राजा द्रुपद के सिंहासन-कक्ष में कुछ लोग उदास और दुखी होकर बैठे थे। यह एक अनोखा जमावड़ा था। राजा द्रुपद दोनों हाथों पर माथा टिकाए और आँखों में निराशा-भरे अपने सिंहासन पर झुके बैठे थे। उनके बाएँ त्यौरी चढ़ाए धृष्टद्युम्न बैठे थे। सत्यजित और शिखण्डी उनके पीछे बैठकर चिन्तित भाव से देख रहे थे। उनके पास दुखी मुद्रा में द्रौपदी बैठी थी। द्रौपदी के निकट श्वेतकेशिनी कुन्ती बैठी थीं और सहानुभूतिपूर्वक उसे निहार रही थीं। उनके निकट राजपरिवार की दो अन्य स्त्रियाँ बैठी थीं।

राजा द्रुपद के दाहिने कृष्ण बैठे थे–सदा की भाँति संयत और मुस्कराते हुए। उनके बाद पाँचों पाण्डव बैठे हुए थे–गम्भीर मुद्रा में युधिष्ठिर; कक्ष में व्याप्त उदासी का आनन्द लेते, किन्तु गम्भीर दिखने की चेष्टा करते हुए भीम; चिन्तित और दुखी अर्जुन; चिढ़े हुए नकुल; समाधान पाए हुए व्यक्ति के समान तटस्थ सहदेव।

राजा के सामने, एक काष्ठासन पर, महामुनि वेदव्यास बैठे हुए थे। आसन पर मृगचर्म बिछा था। महामुनि के दाहिने वृद्ध मुनि यज और उपयज बैठे थे। धौम्य और जैमिनी बाईं ओर थे। गुरु सान्दीपनि वृद्ध मुनियों के समीप बैठे थे।

महामुनि कृष्ण द्वैपायन वेदव्यास एक निकटवर्ती तीर्थ में स्वयंवर के परिणाम की प्रतीक्षा कर रहे थे। जब प्रतियोगिता में अर्जुन विजयी हुए तो तत्काल उन्हें काम्पिल्य बुलाया गया। उसी दिन सबेरे वे धौम्य और जैमिनी के साथ काम्पिल्य पहुँचे थे। राजाओं, ब्राह्मणों और जनसाधारण के साथ राजा द्रुपद और कृष्ण वासुदेव ने उनका स्वागत किया था। मार्ग में एकत्रित जनारण्य को आशीर्वाद देते हुए महामुनि नदी-तट से राजमहल तक पैदल चलकर आए थे।

राजमहल में पहुँचने पर महामुनि को एक पारिवारिक गुप्त मन्त्रणा के लिए बुलाया गया। जिस विषय पर विचार करना था, वह बड़ा भयानक और नितांत आवश्यक था। उस बात से हँसी-खुशी का वातावरण फीका पड़ गया था। अब तक बड़ी सावधानी से उसे जनसाधारण से छिपाया गया था। सिंहासन-कक्ष का द्वार बन्द था। मन्त्री उद्‌बोधन बाहर खड़े इस बात की निगरानी कर रहे थे कि कोई व्यक्ति भीतर की बातें न सुन पाए।

"राजन्, आप सभी बहुत दुखी दीख रहे हैं। इसका कारण क्या है?" महामुनि ने पूछा। उन्होंने भाँप लिया था कि जीवन-मरण की किसी समस्या ने सबके मन को विक्षुब्ध कर रखा है। उनका स्मित स्पष्टता की माँग करता था। उन्होंने कहा, "स्वयंवर में आपको जीवन की सबसे बड़ी विजय प्राप्त हुई। इससे कृष्ण की कीर्ति भी बढ़ी है।" वे कृष्ण की ओर देखकर मुस्कराए, "काम्पिल्य के सभी लोग उत्सव मना रहे हैं। मेरा विश्वास है कि समस्त आर्यावर्त के लोग इस आनन्द का अनुभव करेंगे। फिर आप इतने दुखी क्यों हैं?"

द्रुपद ने अपने मस्तक पर से हाथ हटाए, कृष्ण की ओर देखा और कटुतापूर्वक कहा, "कितना अच्छा होता कि मैंने इस स्वयंवर का आयोजन न किया होता! यह मेरे जीवन की सबसे बड़ी विपत्ति है।"

"किन्तु बात क्या है?" महामुनि ने जोर देकर पूछा।

"बात? ये पाँचों भाई मिलकर मेरी कृष्णा से विवाह करना चाहते हैं। किसी पत्नी के पाँच पतियों की बात कभी किसी ने सुनी है? यह तो भयानक अधर्म है।" द्रुपद ने कहा। झल्लाहट से उनका गला रुँध रहा था।

स्थिति को समझने की चेष्टा करते हुए मुनि ने पूछा, "किन्तु यह कठिनाई सामने कैसे आई?"

"यह सब मुझ अभागिनी के कारण हुआ है," आँखों में आँसू भरकर कुन्ती बीच में बोल उठीं, "जब अर्जुन द्रौपदी को लेकर कुम्हार के घर आए, जहाँ हम लोग ठहरे हुए हैं, तो बाहर से ही उन्होंने कहा–'माँ, मैं भिक्षा ले आया हूँ–बहुत बहुमूल्य भिक्षा!' मुझ बुद्धिहीना ने समझा कि यह प्रतिदिन की सामान्य भिक्षा है, जिसे अर्जुन ले आए हैं। मैंने भीतर से ही कहा–'वत्स! तुम पाँचों भाई उसे समान रूप में बाँट लो।' किन्तु बाद में यह देखकर मैं हक्की-बक्की रह गई कि वह पत्नी ले आया है। मेरे पुत्रों ने मेरी बात कभी नहीं टाली है। यह उनकी जीवन-व्यापिनी प्रतिज्ञा है।" कहती हुई कुन्ती ने अपने आँसू पोंछ लिए।

"मैं जरा स्थिति को भली-भाँति समझ लूँ," महामुनि ने कोमल स्वर में कहा, "अर्जुन ने स्वयंवर में द्रौपदी को जीता। द्रौपदी आर्यावर्त के सर्वश्रेष्ठ धनुर्धर से विवाह करना चाहती थी। वह उसे प्राप्त हो गया था। वत्स अर्जुन, कुन्ती की बात के अतिरिक्त क्या और कोई कठिनाई है?"

अर्जुन ने आँखें उठाईं। उन्होंने उदास स्वर में कहा, "मान्यवर, इसमें सन्देह नहीं कि मैंने द्रौपदी को जीता है। किन्तु अपने बड़े भाइयों के अविवाहित रहते मैं विवाह कैसे कर सकता हूँ? यह कुल-धर्म के सनातन नियम के प्रतिकूल है। मैं ऐसा नहीं कर सकता। अतः मैंने अनुरोध किया कि सबसे बड़े भाई उसे स्वीकार करें।"

"अर्जुन, एक तरह से तुम्हारा कथन उचित है।" महामुनि ने मुस्कराते हुए कहा, "युधिष्ठिर, तुम द्रौपदी से विवाह क्यों नहीं करते?" उन्होंने पाँचों में से बड़े भाई की ओर मुड़कर पूछा।

"स्वयंवर में मैंने उसे नहीं जीता। अर्जुन ने उसे जीता था और द्रौपदी ने पति के रूप में उनका वरण किया था। मैं अपने छोटे भाई से उसे कैसे छीन सकता हूँ?" युधिष्ठिर ने पूछा।

"और भीम क्या कहते हैं?" भीम की ओर मुड़कर महामुनि ने मुस्कराते हुए पूछा।

"भीम भी उसे नहीं स्वीकार करते।" अर्जुन ने कहा।

"हाँ, उनका विवाह तो हो चुका है।" कहकर महामुनि प्रसन्नतापूर्वक हँसे, जिससे सिंहासन-कक्ष का तनाव कुछ कम हो गया।

"वे तब तक किसी आर्य-कन्या से विवाह न करेंगे, जब तक बड़े भाई का विवाह नहीं हो जाता।" अर्जुन ने दुखी स्वर में कहा।

"उनकी बात ठीक है।" महामुनि ने कहा, "राक्षसी की बात नितान्त भिन्न है, क्यों भीम?" भीम की ओर मुड़कर महामुनि ने मधुर स्मित किया।

भीम इतनी जोर से हँसे कि औरों को उनकी हँसी अवसरोचित नहीं जान पड़ी—"राक्षसी से विवाह करने को तो मुझे बाध्य होना पड़ा था। माँ ने मुझे विवाह करने की आज्ञा दी थी! वह आपद्धर्म था—संकट से बचने का मार्ग। यदि मैंने उससे विवाह न किया होता तो राक्षस हमें खा जाते, यह निश्चित था।" उन्होंने हँसकर कहा, "मैंने छह व्यक्तियों की प्राण-रक्षा के लिए पवित्र कर्त्तव्य के रूप में उससे विवाह किया था, इसलिए नहीं कि मैं हिडिम्बा पर मुग्ध हो गया था।"

महामुनि खुलकर हँसे—"यह मुझसे मत कहो वत्स! मुझे यह बात भूली नहीं है कि किस तरह तुम आधी रात को छिपकर उसके बिछावन पर चले गए थे।"

इस बात पर सभी हँस पड़े। महामुनि ने चमत्कार कर दिखाया था। कक्ष में फैले वेदना के वातावरण को उन्होंने दूर कर दिया था।

"युधिष्ठिर, तुम तो बुद्धिमान हो। तुम इसका क्या समाधान सुझाते हो?" महामुनि ने पूछा।

"मेरी माता का आदेश, भले ही वह अनजाने दिया गया हो, इसका एकमात्र सच्चा समाधान है। हम पाँचों को द्रौपदी से विवाह करना चाहिए।" युधिष्ठिर ने कहा।

"हे परमेश्वर!" एक दीर्घ निःश्वास के साथ द्रुपद बीच में बोले, "मेरी बेटी पाँच पतियों से विवाह करे, यह कितनी भयानक बात है!"

"नहीं, मैं अपनी बहन को पाँच भाइयों से विवाह नहीं करने दूँगा!" धृष्टद्युम्न

ने रोषपूर्वक कहा।

कृष्ण ने मोहक स्मित के साथ बीच में कहा, "पूज्यवर, यह बात बड़ी गम्भीर है। इसके साथ पाञ्चालराज के सम्मान तथा द्रौपदी के भविष्य का प्रश्न जुड़ा हुआ है। पाँचों भाइयों का भविष्य भी इसी पर निर्भर है। दोनों तरह से इसमें संकट दीख पड़ता है। यदि युधिष्ठिर का सुझाव मान लिया जाए तो भरत के कुल पर कलंक लगता है और पाँचों भाइयों की सफलता बाधित होगी। और यदि द्रौपदी युधिष्ठिर का समाधान अस्वीकार कर देती है तो आर्यावर्त पर पड़नेवाली यह सबसे बड़ी विपत्ति होगी। पाञ्चालनरेश ने और मैंने इस वर्ष जो कुछ किया है, वह सब नष्ट हो जाएगा और धर्म संकट में पड़ जाएगा।"

द्रौपदी की आँखों से लगातार आँसू बह रहे थे। अब वह सिसकने लगी। उसके मुँह से निकला–"पाँच पति! हे भगवान!" दोनों हाथों से मुँह ढककर वह जोर-जोर से सिसकने लगी।

"युधिष्ठिर, तुम क्या कहते हो?" महामुनि ने पूछा।

युधिष्ठिर ने सन्तुलित और गम्भीर स्वर में कहा, "पूज्यवर, आप मुझे भली प्रकार जानते हैं। मैं बिना सोचे-समझे कोई सुझाव नहीं दूँगा। मैंने आजीवन सत्य बोलने और सत्यमय जीवन व्यतीत करने का प्रयत्न किया है। मैंने पाप को कभी अपने मन में नहीं आने दिया। मेरा विचार है कि मैंने जो सुझाव दिया है, वही एकमात्र समाधान है। पाञ्चाल की राजकुमारी का हम सबके साथ विवाह होना चाहिए।"

"यह अधर्म है।" धृष्टद्युम्न बोल उठे।

"यह अधर्म नहीं है," युधिष्ठिर ने शान्तिपूर्वक प्रतिवाद किया, "सती स्त्रियों में गौतम मुनि की कन्या जटिला का प्रमुख स्थान था। प्राचीनकाल में उसका विवाह सात भाइयों से हुआ था। वे सातों ऋषि थे। इसी प्रकार धर्मात्मा और पवित्र प्रचेतस भाइयों की भी एक स्त्री थी। यह प्राचीन परम्परा है। यदि महाराज मेरे सुझाव को उचित समझेंगे तो हम लोग इससे विमुख न होंगे।"

"क्या प्राचीन परम्परा के अनुसार एक कन्या का पाँच पतियों से विवाह धर्मसम्मत है?" धृष्टद्युम्न ने पूछा। युधिष्ठिर की बातों से वे आतंकित हो उठे थे।

धृष्टद्युम्न की ओर देखकर महामुनि मुस्कराए। फिर उन्होंने युधिष्ठिर की ओर मुड़कर कहा, "वत्स, तुम्हें आर्यों की प्राचीन परम्परा का समुचित ज्ञान है। तुम्हारी बात बिल्कुल ठीक है। आर्यों की प्राचीन परम्परा के अनुसार, आवश्यक होने पर, कई भाई एक ही स्त्री से विवाह कर सकते हैं। ऐसा अब भी होता है। मैंने पर्वतीय आर्यों में ऐसा होते देखा है।" फिर उन्होंने मुस्कराकर आगे कहा, "यदि पत्नी चतुर हो और पति सहिष्णु हों तो ऐसे विवाह सफल होते हैं।"

"एक से अधिक भाइयों के साथ किसी स्त्री का विवाह कैसे हो सकता है? ऐसी स्थिति में प्रत्येक आर्य ललना के लिए विहित सती धर्म का पालन कैसे हो सकता है--वह ऐसी पवित्र, पतिभक्त और समर्पित कैसे हो सकती है जो देवताओं को भी अपने चरणों में झुका सके?" धृष्टद्युम्न ने बात के बीच में कहा।

दिङ्मूढ़ बने द्रुपद ने असहाय भाव से पुत्र की ओर देखा।

"तुम ठीक कहते हो धृष्टद्युम्न!" महामुनि ने कहा, "समर्पणशील और सती स्त्री ही वह मूल है, जिससे शक्ति और अनुशासन का विकास होता है और जिससे जीवन धर्ममय बनता है।" महामुनि ने दयालुतापूर्वक मुस्कराते हुए और अपना दाहिना हाथ ऊपर उठाकर अँगूठे के साथ तर्जनी को जोड़ते हुए अध्यापक की मुद्रा के साथ कहा।

"तो भगवन्, आप युधिष्ठिर के सुझाए अधर्म का समर्थन क्यों कर रहे हैं?" धृष्टद्युम्न ने पूछा।

"अधर्म क्या है? राजकुमार, हमें इसको ढूँढ़ निकालना चाहिए।" महामुनि ने कहा, "पवित्र ऋषियों का आदेश है कि परिवार को समर्पणशील पत्नी के चतुर्दिक् परिक्रमण करना चाहिए। यदि वह पतित होती है तो साथ उसके कुटुम्ब का भी पतन होता है, बच्चे अधर्म में पलते हैं। अव्यवस्था का बोलबाला होता है। स्त्री और पुरुष सर्वग्रासी वासना के वश होकर पशुओं से भी अधम जीवन बिताने लगते हैं। अतः कुल-धर्म के तिरस्कार का परिणाम होता है--सर्वनाश।"

"क्या युधिष्ठिर के सुझाव से कुल-धर्म का सर्वथा विनाश नहीं होता?" धृष्टद्युम्न ने पूछा।

महामुनि थोड़ी देर चुप रहे। लोग उनके बोलने की प्रतीक्षा करते रहे। अन्ततः उन्होंने कहा, "राजकुमार, जैसा मैंने कहा, वासना सर्वग्रासिनी अग्नि है। यह प्रत्येक उदात्त भावना को जलाकर भस्म कर देती है। पशु इससे बचे रहते हैं, क्योंकि ईश्वर ने उन्हें वासना के नियमन की वृत्ति दे रखी है। स्त्री-पुरुषों में यह वृत्ति नहीं होती। वे विवाह के रसायन के द्वारा ही इससे बच सकते हैं। प्राचीन ऋषियों ने जो सिखाया है, उसे तुम जानते हो। पत्नी अपने पति के साथ पवित्र अग्नि के जो सात फेरे लेती है, उससे वे दोनों एक हो जाते हैं। वे एक-दूसरे की अस्थि, एक-दूसरे का रक्त, एक-दूसरे का चर्म बन जाते हैं। वे एक-दूसरे में और एक-दूसरे के लिए जीवित रहते हैं।"

"किन्तु पाँच पतियों से विवाहित स्त्री वह रसायन कैसे बन सकती है?" द्रुपद ने कहा।

"धैर्य रखें राजन्!" महामुनि ने कहा, "स्मरण रहे कि स्त्री और पुरुष सम्पूर्ण नहीं होते। हमें उनकी दुर्बलताओं का ध्यान रखना चाहिए। पारम्परिक वासना में

डूबने के लोभ से उनकी रक्षा करनी चाहिए। अतः प्राचीन ऋषियों ने अनजाने संकटों के लिए आपद्धर्म का, विवाह की अपरिचित प्रणालियों का विधान किया है।"

मुनि यज ने कहा, "सत्य है महामुनि!"

"यदि पति की मृत्यु हो जाती है और पत्नी प्रसन्नतापूर्वक चिता पर उसका साथ नहीं दे सकती तो उसे पुनर्विवाह की इच्छा हो सकती है," महामुनि ने कहा, "अतः पवित्र ऋषियों ने यह विधान किया है कि वह फिर विवाह कर सकती है फिर सती अर्थात् समर्पणशील हो सकती है।"

थोड़ा रुककर महामुनि फिर कहने लगे, "आप तो जानते हैं राजन्, कि हमारे यहाँ नियोग की प्रथा प्रचलित है। यह धर्मविहित है। इस विधि के द्वारा निःसन्तान विधवा मृत पति के भाई अथवा किसी विद्वान ब्राह्मण के संयोग से पुत्र उत्पन्न कर सकती है। किन्तु इसके मूल में वासना नहीं, धार्मिक कर्तव्य होना चाहिए।"

"किन्तु निश्चय ही एक समय में एकाधिक पतियों का विधान नहीं है।" धृष्टद्युम्न बीच में बोल पड़े।

"ठहरो," महामुनि ने एक उँगली उठाकर बरजते हुए कहा, "उसी प्रकार किसी बड़ी विपत्ति से छुटकारा पाने के लिए पवित्र ऋषियों ने कहा है कि स्त्री एकाधिक भाइयों से विवाह कर सकती है। अवश्य ही उनमें से प्रत्येक के प्रति उसमें समान भक्ति होनी चाहिए और प्रत्येक के प्रति उसका समर्पण सम्पूर्ण और सरल होना चाहिए।"

"यह सत्य है कि हमारे सम्मुख एक बहुत बड़ा संकट है।" द्रुपद बोले।

"राजन्, आपका कथन सत्य है," महामुनि ने कहा, "वासुदेव ने भी यही कहा था। यह एक संकट है। पाण्डव अभी-अभी जीवित रूप में प्रकट हुए हैं। अभी उन्हें अपना पैतृक अधिकार प्राप्त करना है। उन्हें दुर्योधन की अतृप्त वैरवृत्ति और शकुनि के कपट का सामना करना है—सम्भवतः हस्तिनापुर की समस्त शक्ति का भी। क्या यह सम्भव है कि हम स्वयंवर के शुभ परिणाम को छोड़कर द्रौपदी के लिए दूसरा वर ढूँढ़ने का प्रयत्न करें?"

"मैं जानता हूँ, यह कठिनाई तो है," द्रुपद ने कहा, "महामुनि, मैं समझ नहीं पाता कि मुझे क्या करना चाहिए। आप हमारा मार्गदर्शन करें। आप तो धर्म के आदि स्रोत हैं।"

"महाराज, मुझसे मार्ग ढूँढ़ने का अनुरोध करना ठीक नहीं है। द्रौपदी स्वयं ही अपना मार्ग ढूँढ़ निकालेगी। चुनाव उसे ही करना है।" पितृस्नेह के साथ मुस्कराते हुए महामुनि ने द्रौपदी की ओर देखकर कहा।

"मैं आपको विश्वास दिलाता हूँ, वह कभी पाँच पतियों का चुनाव नहीं करेगी।" धृष्टद्युम्न ने कहा।

महामुनि हँसे। बोले, "वत्स! तुम अत्यन्त अधीर हो।"

"जब हम लोग इस समस्या का समाधान नहीं पा सके तो द्रौपदी कैसे पा लेगी?" धृष्टद्युम्न ने पूछा।

"महामुनि, मेरी इस अभागिनी पुत्री पर इस प्रश्न का भार न डालें।" द्रुपद ने कहा, "इन दिनों यह अत्यन्त दुखी रही है। जब से यह समस्या उठी है, तब से यह निरन्तर रो रही है।"

"राजन्, आप भूल गए हैं कि कन्या तभी तक बच्ची रहती है, जब तक वह पितृ-गृह में निवास करती है। ज्यों ही वह पत्नी बनती है, सभी समस्याओं के समाधान की शक्ति प्राप्त कर लेती है। आप स्त्री को उतना नहीं जानते, जितना हमारा भीम जानता है। हिडिम्बा ने इसे भली-भाँति सँभाल लिया था।" कहकर महामुनि ने एक बार फिर वातावरण को हल्का बना दिया।

भीम जोर से हँस पड़े। उन्होंने आँखें मटकाकर कहा, "भगवन्, स्त्रियों के सम्बन्ध में आप सबकुछ कैसे जानते हैं?"

"तुम्हारे-जैसे दुष्टों से पाला पड़ने के कारण जानता हूँ।" कहकर महामुनि एक बार फिर अट्टहास कर उठे। अनन्तर वे द्रौपदी की ओर मुड़े, "रोओ मत बेटी, असहाय न बनो। तुम तो वीरांगना हो।" फिर उन्होंने द्रुपद की ओर मुड़कर कहा, "राजन्, आपकी यह पुत्री श्रीदेवी है।"

"भगवन्, मैं क्या कह सकती हूँ?" द्रौपदी ने पूछा।

"द्रौपदी, निर्णय का अधिकार केवल तुम्हारा है," महामुनि ने कहा, "तुम्हारे सम्मुख तीन मार्ग हैं। आशा है, ये आदरणीय मुनि भी मेरी बात का समर्थन करेंगे।" कहकर उन्होंने यज और उपयज की ओर देखा।

"महर्षि, हम लोग सुन रहे हैं।" उपयज ने कहा।

सभी लोग शान्तिपूर्वक प्रतीक्षा करते रहे।

"बेटी, तुम्हारे सम्मुख जो सबसे पहला मार्ग है, वह मैं तुम्हें बताता हूँ," महामुनि ने कहा, "जो कठिनाइयाँ उठ खड़ी हुई हैं, उनकी चिन्ता छोड़कर तुम स्वयंवर को स्वीकार करो। तुमने पति-रूप में अर्जुन को चुना है। इन्होंने भी तुमसे विवाह करने का वचन दिया है। यदि तुम इनसे विवाह करोगी तो मुझे इसमें सन्देह नहीं है कि सुखी होओगी। ये एक भले, अनुगत और निष्ठाशील पति होंगे। तुम इनके साथ रहोगी तो ये निश्चय ही अपनी जीविका का कोई साधन ढूँढ़ निकालेंगे। ये यहीं तुम्हारे पिता के साथ रह सकते हैं अथवा कृष्ण वासुदेव के साथ जा सकते हैं। ये जहाँ भी रहेंगे, एक भले पति, महान् योद्धा और धर्मपरायण बनकर रहेंगे।"

थोड़ा रुककर महामुनि फिर कहने लगे, "किन्तु स्मरण रखना कि ये ऐसा करके पाँचों भाइयों की इस प्रतिज्ञा को तोड़ देंगे कि वे सदा अपनी माता के आदेश

का पालन करेंगे। द्रौपदी, तुम कुन्ती को नहीं जानती हो।'' अब महामुनि कुन्ती की ओर मुड़े–''यह अपूर्व माता है। यह केवल अपने पुत्रों के लिए जी रही है। अपने प्रेम से इसने पाँच भाइयों को एक में गूँथ दिया है। इसके आदेश से विचलित होकर अर्जुन इस एकता को तोड़ देंगे। और इसके बिना ये कभी दुर्योधन की दुष्टता का सामना न कर सकेंगे, जैसे कि अब तक करते आए हैं। इसके बिना ये कभी चक्रवर्ती का पद नहीं प्राप्त कर सकेंगे–और मेरा विश्वास है यदि ये एक होकर रहे तो किसी दिन वह पद पाकर रहेंगे।''

कुछ देर रुककर महामुनि कहने लगे, ''यह न भूलना कि जीवन-भर अर्जुन के मन में यह घाव बना रहेगा कि तुम्हारे लिए, अपनी पत्नी के लिए, उसे अपनी माता और भाइयों के प्रति अविश्वासी होना पड़ा था। उनके साथ तुम तो सुखी रहोगी, किन्तु तुम्हारे पति का हृदय पश्चात्ताप से खण्ड-खण्ड होता रहेगा। स्मरण रखना द्रौपदी, कि कोई भी पुरुष अपनी उस पत्नी को हृदय से क्षमा नहीं करता, जो उसे उसके माता-पिता अथवा कुटुम्ब से अलग कर देती है।''

सभी लोग ध्यानपूर्वक महामुनि की बातें सुन रहे थे। बोलते-बोलते जब कभी वे चुप होते तो वृद्ध मुनि यज और उपयज स्वीकृति में सिर हिलाते तथा 'साधु-साधु' कहते थे। द्रौपदी भी महामुनि की बातें सुन रही थी। उसकी आँखें आँसुओं से भरी हुई थीं। वह अपनी सिसकियों को दबा रही थी, जो प्रतिक्षण फूट पड़ने को उतावली हो रही थीं।

महामुनि ने कहा, ''अब हम उस दूसरे मार्ग की जाँच करें, जिसे तुम ग्रहण कर सकती हो। तुमने यह संकट माँगा नहीं था। यदि तुम्हें, तुम्हारे पिता और भाई को यह बहुत कठिन जान पड़ता हो तो हम अर्जुन को अस्वीकार कर दें। यह निर्णय साहसिक होगा, किन्तु उचित होगा। किन्तु वैसी स्थिति में तुम्हारे पिता की यह प्रतिज्ञा टूट जाएगी कि वे स्वयंवर में प्रतियोगिता में विजय प्राप्त करनेवाले को अपनी कन्या देंगे। उन्हें राजाओं तथा अन्य लोगों के सम्मुख लज्जित होना पड़ेगा। द्रोण पर विजय पाने का उनका जीवन-लक्ष्य असफल हो जाएगा। अर्जुन–अर्जुन ही क्यों, पाँचों भाई–तुम्हारे द्वारा अस्वीकृत होने पर जीवन से कट जाएँगे। उन्हें तुम्हारे पिता पाञ्चाल-नरेश का समर्थन नहीं प्राप्त होगा। वे सहज ही दुर्योधन की शत्रुता के ग्रास बन जाएँगे। और तुम्हारी स्थिति क्या होगी? स्वयंवर में तुम ऐसी देवी थीं, जिसे प्राप्त करने के लिए राजे लालायित थे–अब तुम ऐसी अस्वीकृत वधू रह जाओगी, जिसे प्राप्त करने की उत्सुकता किसी में नहीं होगी।''

इस बात पर द्रुपद की त्यौरियाँ चढ़ीं, असह्य क्रोध से धृष्टद्युम्न की आँखें जल उठीं और द्रौपदी अपनी सिसकियाँ न रोक सकी।

''अब हम तीसरे मार्ग पर विचार करें,'' महामुनि ने कहा, ''युधिष्ठिर के प्रस्ताव

के अनुसार यदि तुम पाँचों भाइयों से विवाह करती हो, तो बहुत-से लोग तुम पर कीचड़ उछालेंगे और तुम्हें अपवित्र कहेंगे। देवताओं और मनुष्यों की दृष्टि में किसी स्त्री के लिए इससे कोई असम्मान नहीं है। तुम्हारे वर्ग की राजकुमारियाँ तुमसे सम्बन्ध नहीं रखेंगी। तुम्हारी दासियाँ तक तुम्हारा तिरस्कार करेंगी। पाँचों भाइयों से विवाह करने पर दिन-रात तुम्हें ये विचार सताते रहेंगे : क्या मैं अपने पतियों में से एक या दूसरे को प्रसन्न नहीं रख सकी? क्या औरों की अपेक्षा किसी एक के प्रति मेरा अधिक पक्षपात है? क्या सबके प्रति मेरा समान भाव है? क्या मैं उन्हें एक-दूसरे के प्रति ईर्ष्यालु बनाती हूँ? क्या वे सभी मुझसे सन्तुष्ट हैं?"

द्रौपदी की ओर देखकर महामुनि ने हँसते हुए कहा, "बेटी, तुम नहीं जानतीं कि एक पति को प्रसन्न रखना कितना कठिन है। तुम्हारी समस्या तो पाँच को प्रसन्न रखने की होगी।"

"आप ठीक कहते हैं महामुनि," वेदव्यास ने जैसी स्पष्टता से अपनी बात कही थी, उससे प्रभावित होकर द्रुपद बोले, "मेरी कृष्णा तो सदा दुखी बनी रहेगी।"

"किन्तु इसे इस रूप में देखो द्रौपदी," महामुनि ने कहा, "कुन्ती के रूप में तुम्हें एक माँ मिलेगी–ऐसी स्नेहमयी माँ, जैसी पहले कभी न हुई होगी। पति के रूप में तुम्हें पाँच पाण्डव मिलेंगे–प्रेमालु और कर्तव्यपरायण, तथा इच्छा और कार्य में एकरूप। तुम्हारी सम्पूर्ण समर्पणशीलता से उनकी शक्तिमत्ता समृद्ध होगी। तब वे इतने बलवान होंगे कि दुर्योधन की दुष्टता और शकुनि के छल का सामना कर सकेंगे। या तो वे कुरुओं पर शासन करेंगे अथवा अपना एक अलग साम्राज्य स्थापित करेंगे। बेटी, मैं तुम्हें विश्वास दिलाता हूँ कि यदि वे एक होकर रहेंगे तो वे ऐसे चक्रवर्ती होंगे, जैसा अब तक दूसरा नहीं हुआ।"

महामुनि ने द्रौपदी की ओर देखा। वे थोड़ी देर रुककर अपनी लम्बी दाढ़ी पर हाथ फेरते रहे। सब लोग उत्सुकतापूर्वक आगे की बात सुनने की प्रतीक्षा करते रहे। महामुनि ने बात आगे बढ़ाई, "तुम केवल पाण्डवों से ही नहीं, उस धर्म से भी विवाह करोगी जिसके वे उपकरण हैं। जिस उद्देश्य के लिए तुम्हारे पिता जीवित रहे हैं, वह पूरा होगा। स्वयंवर एक अपूर्व विजय बन जाएगा। धर्म का साम्राज्य स्थापित करने की वासुदेव की आशा चरितार्थ होगी।"

सभी लोगों ने साँस रोककर, शान्तिपूर्वक महामुनि की बात सुनी। यहाँ तक कि द्रौपदी के आँसू भी सूख गए। मुनिगण निरन्तर स्वीकृति में अपना सिर हिलाते रहे।

"बेटी, तुम क्षण-भर विचार करो," महामुनि ने बात आगे बढ़ाई, "धर्म अनेक बार हमारे सम्मुख परस्पर-विरोधी मार्ग उपस्थित कर देता है। तब धर्मात्मा व्यक्ति को वह मार्ग ढूँढ़ना पड़ता है, जिसमें अधर्म का कम-से-कम लेश हो। तुम्हें अपना

मार्ग स्वयं चुनना है द्रौपदी, और मैं जानता हूँ कि चुनाव की ऐसी कठिनाई किसी अन्य स्त्री के सम्मुख कभी नहीं आई। मैंने स्वयं भी तुम्हारे स्थान पर होना पसंद न किया होता—बेशक, चाहे जितना प्रयत्न करता, मैं तुम्हारी-जैसी सुन्दरी तो नहीं ही बन सकता था।" कहकर महामुनि जोर से हँसे। महामुनि के सुन्दरी स्त्री बनने की सम्भावना पर सब लोग हँस पड़े—यहाँ तक कि धृष्टद्युम्न भी।

"तुम साहसी नारी हो," महामुनि ने आगे कहा, "विवेक के साथ चुनाव करो। मैंने जो कुछ कहा है, उस पर भलीभाँति विचार कर लो। सम्भवतः अन्तिम निर्णय करने के लिए तुम्हें समय की आवश्यकता होगी। तब तक हम लोग विचार-विमर्श स्थगित रखेंगे। किन्तु स्मरण रखो, निर्णय तुम्हें ही करना है। तुम जो भी निर्णय करोगी, उसे मैं स्वीकार करूँगा और मुझे विश्वास है कि महाराज द्रुपद, पाँचों पाण्डव भी और कृष्ण वासुदेव भी स्वीकार करेंगे, जो तुम्हारे धर्म के भाई हैं और जिन्होंने तुम्हारे स्वयंवर की सफलता के लिए अपने प्राणों की भी बाजी लगा दी थी।"

"मुझे समय नहीं चाहिए।" द्रौपदी ने असहाय भाव से कहा। उसका गला भर आया था—"यदि लोगों को इन कठिनाइयों का पता चल जाएगा तो उनका आनन्द जाता रहेगा और हमारे शत्रु हमारी हँसी उड़ाएँगे।"

"तुम क्या कहते हो धृष्टद्युम्न?" महामुनि ने पूछा, "निर्णय हमें अभी कर लेना चाहिए या स्थगित कर देना चाहिए?"

"नहीं भगवन्, मैं प्रार्थना करता हूँ, इसे स्थगित न करें," महामुनि को आत्म-समर्पण करते हुए धृष्टद्युम्न ने कहा, "हम नहीं चाहते कि लोगों को तरह-तरह की बातें करने का अवसर मिले। हमें जो निर्णय करना हो, हम अन्तिम रूप से अभी और यहीं कर लें। अब मैं संशय की स्थिति में नहीं रहना चाहता।"

"मैं धृष्टद्युम्न से सहमत हूँ," द्रुपद ने कहा, "हमें अभी और यहीं निर्णय कर लेना चाहिए और एकमत होकर यहाँ से उठना चाहिए। इन दिनों मैंने बहुत व्यथा झेली है। अब और नहीं झेलना चाहता। हमें तत्काल निर्णय कर लेना चाहिए।"

"राजन्, निर्णय आपको नहीं करना है," महामुनि ने हँसकर कहा, "निर्णय तो द्रौपदी को करना है।"

"हाँ, हाँ, मुझे खेद है कि मैंने 'हमें निर्णय करना है' कहा।" द्रुपद ने कहा, "भगवन्, आपने उचित ही कहा है कि निर्णय द्रौपदी को करना है, क्योंकि परिणामों का सामना उसे ही करना है।"

"बेटी, तुम कौन-सा मार्ग अपनाना चाहोगी?" महामुनि ने वात्सल्य भाव से पूछा।

द्रौपदी क्षण-भर नीचे देखती रही। फिर उसने महामुनि के वत्सलतापूर्ण चेहरे की ओर देखा। उनकी आँखों में विवेक का आभास था। अनन्तर उसने पाँचों भाइयों

को देखा। उसने देखा कि उन सबके चेहरों पर चिन्ता की छाप है।

फिर उसने कुन्ती की ओर देखा। वह कितनी अच्छी, कितनी विश्वासपूर्ण, कितनी स्नेहमयी थीं! उनकी आँखें द्रौपदी का ऊष्मापूर्ण स्वागत कर रही थीं। उनकी पलकों के हल्के कम्पन से इस आशंका का संकेत मिलता था कि द्रौपदी कहीं गलत मार्ग न चुन ले। उसे लगा कि ऐसी माता के साथ जीवन जीने योग्य बन जाएगा और पाँच भाइयों का साथ पाकर वह आर्यावर्त में धर्म का प्रवर्तन कर सकेगी।

अनन्तर उसने कृष्ण की ओर देखा। उनकी एक दृष्टि उसे यह संकेत दे गई कि वह जो भी चुनाव करेगी, कृष्ण उसके साथ होंगे। उसने गोविन्द के कहने से निष्ठा के साथ स्वयंवर में जाने का निर्णय किया था और यह भी उसी का एक अंश है। उसे अपने निर्णय में डगमगाना नहीं चाहिए।

उसने ऊपर देखा। आँसू पोंछकर कहा, "भगवन्, मैंने निर्णय कर लिया है।"

"वह क्या है बेटी?" महामुनि ने पूछा।

"आपका बताया तीसरा मार्ग मैं स्वीकार करूँगी। प्राचीन परम्परा के अनुसार मैं पाँचों पाण्डवों से विवाह करूँगी।" द्रौपदी ने कहा। इस प्रयत्न में उसके हृदय का बाँध टूट गया। वह महामुनि के चरणों पर लोट गई।

"सुखी रहो बेटी!" द्रौपदी के मस्तक पर अपना विशाल और रुक्ष हाथ फेरते हुए वेदव्यास ने कहा, "राजन्, मैंने कहा नहीं था कि यह साक्षात् श्री है।"

"तथास्तु!" कुन्ती ने कहा। उनका मातृ-स्नेह उमड़ पड़ा। उन्होंने द्रौपदी को अँकवार में भर लिया।

"तथास्तु!" आश्वस्ति की साँस लेकर द्रुपद ने भी कहा, "भगवान ने जो गाँठ बाँध रखी थी, उसे कोई नहीं खोल सकता।"

कृष्ण मुस्कराए। द्रौपदी ने उनके लिए धर्म-साम्राज्य जीत लिया था।

उपसंहार

प्रतिक्रिया-1 : द्रोणाचार्य

कुरुओं के महान् सैनिक नेता द्रोणाचार्य चौंककर जाग उठे। युद्धशाला के द्वार पर उन्हें दो-तीन रथों के रुकने की ध्वनि सुनाई पड़ी। चन्द्रमा के धुँधले प्रकाश में उन्होंने रथों की छाया देखी। उन्होंने एक परिचित स्वर को प्रहरी से बातें करते सुना। यह शिखण्डी का स्वर था—राजा द्रुपद के पुत्र और उनके शिष्य शिखण्डी का, जो अब स्त्री नहीं रह गया है।

उन्हें आश्चर्य हुआ। स्वयंवर के बाद इतनी जल्दी शिखण्डी हस्तिनापुर कैसे लौट आया? अवश्य स्वयंवर में कोई ऐसी महत्वपूर्ण बात हुई, जिसके कारण उसे कुछ ही दिनों के भीतर, आधी रात को, हस्तिनापुर आना पड़ा है।

द्रोण ने अपने शिष्य शंख को जगाया, जो सदा की भाँति उनसे थोड़ी ही दूरी पर सोया हुआ था। उन्होंने उससे कहा कि वह बाहर जाकर आगन्तुक को ले आए। शंख बाहर गया। उसने द्वार खोले और कुछ ही क्षणों में विवर्ण और थके हुए शिखण्डी को वह आचार्य के सम्मुख ले आया।

डगमगाते चरणों से शिखण्डी आचार्य के पास आया। वे अपने बिछावन पर बैठ गए थे। शिखण्डी ने उनके चरणों में नत होकर उनकी धूल अपनी आँखों से लगाई।

"क्या बात है शिखण्डी? तुम इतनी जल्दी लौट कैसे आए?" आचार्य ने पूछा।

शिखण्डी की आँखों के आगे अँधेरा छाने लगा। ऐसा लगा कि वह अचेत हो जाएगा। यक्ष स्थूलकर्ण उसके साथ ही आया था। उसने शिखण्डी को सँभालकर उसे आचार्य के सामने बैठाया।

शिखण्डी की साँस फूल रही थी। उसने कहा, "पाँचों पाण्डव जीवित हैं। उन्होंने मेरी बहन से विवाह किया है।" कहकर, साँस लेने में कठिनाई का अनुभव करता हुआ वह अचेत हो गया।

स्थूलकर्ण ने उसे एक बिस्तर पर सुला दिया। कृपी देवी ने आगे बढ़कर उसके सिर के नीचे एक तकिया रखा और उसके मुँह में थोड़ा जल डाला। वे उसके मस्तक और कनपटियों पर भी जल डालने लगीं।

द्रोणाचार्य को अपने कानों पर विश्वास नहीं हुआ। पाण्डव जीवित हैं और उन सबने द्रुपद की पुत्री से विवाह कर लिया है! यक्ष की ओर मुड़कर उन्होंने पूछा, "क्या यह सच है?" यक्ष ने सिर हिलाकर स्वीकृति दी।

"यह कैसे हो सकता है? वे सब तो मर चुके हैं।"

स्थूलकर्ण की प्रतिज्ञा थी कि वह प्रतिदिन केवल बीस शब्द ही बोलेगा अतः उसने इस आशय से शिखण्डी की ओर संकेत किया कि आचार्य उसी से पूछें। इंगित के द्वारा ही उसने यह भी बताया कि सूर्योदय के पहले वह जितने शब्द बोल सकता था, बोल चुका है और अब वह सूर्योदय के बाद ही बोल सकता है।

शिखण्डी को सचेत करने में द्रोणाचार्य ने कृपी देवी की सहायता की। थोड़ी देर के बाद शिखण्डी ने आँखें खोलीं। गुरु को देखकर वह उठ बैठा, गुरु के सम्मानार्थ उसने खड़े होने का भी दुर्बल प्रयत्न किया।

"उठने की चेष्टा मत करो वत्स! तुम थक गए हो। सो जाओ। सारी बातें तुम मुझसे सबेरे कहना।" आचार्य ने कहा।

"नहीं आचार्य!" शिखण्डी ने प्रयत्नपूर्वक निर्बल स्वर में कहा, "और किसी के जानने से पहले आपको सारी बातें जान लेनी चाहिए।" कृपी देवी का दिया हुआ जल पीकर उसने प्रयत्नपूर्वक अपने को सँभाला।

"पाण्डव जीवित कैसे हो गए?"

"इसका पूरा विवरण उद्धव जानते हैं। वे मेरे ही साथ आए हैं, किन्तु विदुर के यहाँ चले गए हैं। मैं इतना ही जानता हूँ कि स्वयंवर में एक चमत्कार हुआ। ब्राह्मण वेश में अपने को छिपाए हुए अर्जुन ने प्रतियोगिता में विजय पाई।"

"दुर्योधन का क्या हुआ!"

"दुर्योधन तो धनुष पर प्रत्यंचा भी नहीं चढ़ा सके। टूटा हुआ हृदय लेकर वे लौट आए। अश्वत्थामा धनुष को उठा ही नहीं सके। कर्ण ने उठा तो लिया, किन्तु मेरी बहन ने सूत-पुत्र को प्रतियोगिता में सम्मिलित होने की अनुमति नहीं दी। इसी प्रकार अन्य राजे भी असफल हो गए, किन्तु अर्जुन ने पहली ही बार के प्रयत्न में मछली को वेधकर उसे जलाशय में गिरा दिया।"

"किन्तु पाण्डवों के एक भाई के रूप में उसे पहचाना कब गया?"

"पहले नहीं पहचाना जा सका। सब लोगों ने उन्हें एक ब्राह्मण ही समझा था। किन्तु जब मेरी बहन ने उनके गले में वरमाला डाली तो कुछ राजे यह कहते हुए मेरे पिता की ओर दौड़े कि एक ब्राह्मण को अपनी कन्या देकर उन्होंने उन सबका अपमान किया है। तब उनके दैत्याकार भाई भीम एक वृक्ष उखाड़कर अकेले ही उन लोगों का विरोध करने के लिए आ खड़े हुए।"

"तो भीम भी वहाँ था?" द्रोणाचार्य ने पूछा।

"हाँ, वे भी थे," शिखण्डी ने उत्तर दिया, "ऐसा लगता है कि भीड़ के होहल्ले में तीन भाई उनसे अलग हो गए और उस कुम्हार के घर चले गए, जहाँ वे ठहरे थे।"

"किन्तु अर्जुन को पहचाना कब गया?"

"जब कृष्ण ने अर्जुन को गले से लगाया और उनके बड़े भाई भीम के चरण छुए।"

"अच्छा, तो इन सब बातों की जड़ में भी कृष्ण वासुदेव ही थे!" द्रोणाचार्य ने कहा, "और यह सूचना देने के लिए मेरे पास तुम्हें किसने भेजा?"

शिखण्डी के पीले चेहरे पर एक हल्की मुस्कराहट दीख पड़ी। उसने उत्तर दिया, "कृष्ण वासुदेव ने। पाँचों भाइयों ने भी कहा कि उनके जीवित होने का समाचार सबसे पहले गुरुदेव को ही मिलना चाहिए। इसी भाँति मेरे पिता भी उत्सुक थे कि द्रौपदी को आपका आशीर्वाद प्राप्त हो।"

द्रोणाचार्य उलझन में पड़ गए, "किन्तु अभी तुमने कहा था कि द्रौपदी से

पाँचों भाइयों का विवाह हुआ है। यह कैसे हो सकता है?''

''ओः, पहले तो यह बात बड़ी भयानक जान पड़ी। इससे सब लोग घबरा गए थे।'' शिखण्डी बोला।

''किन्तु फिर यह हुआ कैसे? कोई आर्य-कन्या एकाधिक पतियों से कैसे विवाह कर सकती है? यह तो अधर्म है।'' द्रोणाचार्य ने कहा।

''बड़ी विचित्र बातें हुईं गुरुदेव! काम्पिल्य में पाण्डव अपनी माता के साथ एक कुम्हार के घर में ठहरे थे। अर्जुन जब मेरे भाई धृष्टद्युम्न के साथ द्रौपदी को लेकर वहाँ पहुँचे तो बाहर ही से अपनी माँ को पुकारकर उन्होंने हँसी-हँसी में कहा कि आज वे बहुमूल्य भिक्षा ले आए हैं। घर के भीतर से ही माता ने कहा कि अपनी भिक्षा को अपने भाइयों के साथ बराबर बाँट लो। किन्तु जब उन्हें पता चला कि वह भिक्षा तो मेरी बहन थी, तो वे अत्यन्त दुखी हुईं, क्योंकि उनके पुत्रों ने प्रतिज्ञा कर रखी थी कि वे माता की किसी भी आज्ञा को कभी नहीं टालेंगे। उन्होंने अपनी प्रतिज्ञा कभी नहीं तोड़ी थी।''

''किन्तु यह कोई कारण नहीं है कि पाँचों भाई द्रौपदी से विवाह कर लें।'' आचार्य ने कहा।

''यह सारी बात बड़ी उलझन-भरी है गुरुदेव!'' शिखण्डी ने कहा, ''बड़े भाइयों के अविवाहित रहते अर्जुन मेरी बहन से विवाह करने को प्रस्तुत न थे। युधिष्ठिर ने इसलिए स्वीकार नहीं किया कि अर्जुन ने उसे अपने शस्त्र-बल से प्राप्त किया है, अतः वे उससे विवाह नहीं करेंगे। भीम तब तक उससे विवाह करने को तैयार नहीं थे, जब तक बड़े भाई का विवाह न हो जाए। वे सब-के-सब बड़ी कठिनाई में थे। तब युधिष्ठिर ने सुझाव दिया कि सभी भाई उससे विवाह कर लें।''

''यह बात युधिष्ठिर ने कही? असम्भव!'' द्रोणाचार्य बोल उठे, ''वे अत्यन्त धार्मिक व्यक्ति हैं। वे ऐसी मूर्खता कैसे कर सकते हैं?...और तुम्हारे पिता ने क्या कहा?''

''पिता को बड़ा आघात लगा था। उन्होंने कहा कि यह विचार अधर्मपूर्ण है। कृष्ण वासुदेव ने इसे कठिन स्थिति बताया। हर तरह से यह एक संकट है। युधिष्ठिर ने कहा कि प्राचीनकाल में आर्य स्त्रियों के एकाधिक भाइयों से विवाह की बात विहित है।''

''अन्त में इसका निराकरण कैसे हुआ?'' द्रोण ने पूछा।

''अगले दिन पाण्डवों के पुरोहित धौम्य ऋषि के साथ महामुनि वेदव्यास पधारे। उनका परामर्श लिया गया। लम्बा विचार-विमर्श हुआ।'' शिखण्डी ने कहा।

''महामुनि ने क्या कहा?''

''उन्होंने कहा कि यद्यपि माता कुन्ती ने बिना सोचे-विचारे अपनी इच्छा प्रकट

की थी, किन्तु उसका बड़ा गहरा महत्त्व है," शिखण्डी ने कहा, "यदि द्रौपदी ने केवल अर्जुन से विवाह किया तो अन्य भाइयों के तितर-बितर हो जाने की सम्भावना है। उन लोगों के लिए परिस्थितियाँ अत्यन्त कठिन हो जाएँगी, क्योंकि उन्हें अपने उत्तराधिकार के लिए दुर्योधन तथा उसके भाइयों से और कदाचित् हस्तिनापुर की समूची सत्ता के साथ संघर्ष करना है।"

"ऐसे विवाह के औचित्य के सम्बन्ध में महामुनि ने क्या कहा?" आचार्य ने पूछा।

"उन्होंने कहा कि प्राचीनकाल में, असामान्य स्थितियों में, अनेक भाइयों ने एक स्त्री से विवाह किए थे। उन्होंने कहा कि कुछ आर्य जनजातियों में भी ऐसा ही होता है। उनमें से कुछ विवाह, जिनके बारे में वे जानते हैं, सफल हुए थे।"

"मैं कल्पना नहीं कर सकता था कि महामुनि ऐसे विवाह का समर्थन करेंगे।" आचार्य ने कहा।

"अन्त में महामुनि ने निश्चय किया कि इसका निर्णय द्रौपदी पर छोड़ देना चाहिए। उन्होंने वे सम्भावित मार्ग बतलाए, जिन्हें द्रौपदी ग्रहण कर सकती थी। वह अर्जुन से विवाह कर सकती थी और सब भाइयों के अलगाव से उत्पन्न परिणामों का सामना कर सकती थी। वह स्वयंवर से ही पलट जा सकती थी और इस तरह सबको हास्यास्पद बना दे सकती थी। अथवा वह युधिष्ठिर का प्रस्ताव मानकर अपने सतीत्व पर होनेवाले आक्षेप सहन करे। पहले तो मेरी बहन बहुत दुखी हुई; किन्तु फिर उसने युधिष्ठिर का प्रस्ताव स्वीकार कर लिया। अनन्तर अगले दिन विवाह होना निश्चित हुआ। मैं तत्काल वहाँ से चल पड़ा। तीन-चार दिनों में दुर्योधन भी आ पहुँचेंगे। आपको अग्रिम सूचना देने के लिए मुझे यहाँ भेजा गया है।" शिखण्डी ने कहा।

अनन्तर, स्थूलकर्ण के साथ शिखण्डी ने जब काम्पिल्य के लिए प्रस्थान किया था उसके पश्चात् जो कुछ घटित हुआ था, वह सब उसने द्रोणाचार्य को बतलाया। उसने बताया कि उसके पुरुषत्व को अपने शत्रु का उपहार समझकर उसके पिता कितने क्रुद्ध हुए थे; किस प्रकार कृष्ण ने उसकी बहन से मिलकर उसे कुटुम्ब में स्वीकार करने के लिए पिता को समझाने के लिए तैयार किया था; किस प्रकार शकुनि और अश्वत्थामा ने उसके पिता से मिलकर यह प्रतिज्ञा की थी कि अश्वत्थामा अपने प्राणों की बाजी लगाकर भी आचार्य को हस्तिनापुर का त्याग न करने देंगे; किस प्रकार सब लोगों ने यह निश्चय किया था कि वे दुर्योधन से द्रौपदी का विवाह करने की अपेक्षा कुरुओं से युद्ध ठानने का जोखिम उठाएँगे।

शिखण्डी जब यह सारी बातें कह रहा था तो दुर्योधन और शकुनि की सारी चाल द्रोणाचार्य समझ गए। कृष्ण ने जो चामत्कारिक प्रभाव दिखलाया उसके प्रति

उनका मन प्रशंसा से भर गया। जब उन्होंने सारी बातों पर विचार किया तो द्रुपद के प्रति उनकी जीवनव्यापी शत्रुता मिटने लगी। किन्तु अपने हठी पुत्र की प्रतिज्ञा उन्हें अच्छी नहीं लगी। वह अपने पुत्र को सर्वाधिक प्यार करते थे। इसने एक कठिन परिस्थिति उत्पन्न कर दी थी।

उषाकाल में वह नदी-स्नान करने और सन्ध्या-वन्दन तथा मन्त्रों द्वारा सूर्योपासना के लिए गए। सहसा उन्हें एक समाधान सूझ गया। हाँ, साम्राज्य का विभाजन करना ही एकमात्र उपाय है।

प्रतिक्रिया-2 : दुर्योधन

कई दिनों के बाद दुर्योधन अपने भाइयों और मित्रों के साथ हस्तिनापुर लौटा। वह त्रस्त और टूटा हुआ लग रहा था। पाँचों पाण्डव जीवित थे और अब वे शक्तिशाली राजा द्रुपद के जामाता बन गए थे। उसकी चाल विफल हो गई थी। उसके जीवन का उद्देश्य नष्ट हो गया था। वह अपमानित हुआ था; सारे आर्यावर्त के उपहास का पात्र बना था। दुष्ट कृष्ण वासुदेव ने उसके भावी जीवन की सारी योजनाएँ धूल में मिला दी थीं।

यदि पाँचों भाई हस्तिनापुर आए तो वहाँ उसके और उसके भाइयों के लिए कोई स्थान नहीं रहेगा। स्वयंवर की घटनाओं की चर्चा सबके ओठों पर होगी। पाँचों भाइयों के जीवित होने और पाञ्चाल राजकुमारी के साथ उनके विवाह से लोगों में प्रसन्नता की लहर दौड़ गई थी। वे पाण्डवों के भव्य स्वागत के लिए अधीर हो रहे थे। एकमात्र उपाय रह गया है कि राजधानी पहुँचने के पहले ही उनका काम तमाम कर दिया जाए।

अगले दिन सबेरे कर्ण और शकुनि के साथ दुर्योधन अपने पिता से मिलने गया। काम्पिल्य में जो कुछ हुआ था, विदुर के द्वारा राजा धृतराष्ट्र को उसका विवरण मिल चुका था। हल्के ढंग से उन्होंने यह स्वीकार कर लिया था कि हस्तिनापुर आने पर पाण्डवों का राजकीय स्वागत किया जाए।

दुर्योधन चीखता-चिल्लाता रहा, हाथ-पैर पटकता रहा, दाँत किटकिटाता रहा। अपने शत्रु विदुर की बातों में आ जाने के लिए उसने पिता की भर्त्सना की। वह चाहता था कि चतुर दूतों को काम्पिल्य भेजा जाए, जो पाँचों भाइयों और द्रुपद में मतभेद करा दें और उनकी हत्या का षड्यंत्र रचें।

धृतराष्ट्र विदुर को वचन दे चुके थे कि पाण्डवों का हस्तिनापुर में स्वागत किया जाएगा। किन्तु, दुर्योधन क्रोध और कटुता से इस तरह तिलमिलाया हुआ था कि उसके प्रचण्ड विरोध के सामने, सदा की भाँति, धृतराष्ट्र को झुक जाना पड़ा।

कर्ण पिता-पुत्र की बातें चुपचाप सुन रहे थे। जब उनका परामर्श माँगा गया तो उन्होंने दुर्योधन की योजनाओं से सहमति नहीं प्रकट की। उन्होंने इसे अव्यावहारिक बतलाया। द्रौपदी से पाँचों भाइयों के विवाह के बाद अब उनमें फूट पड़ने की सम्भावना नहीं थी। इस बात की सम्भावना नहीं थी कि द्रुपद अपने जामाताओं का परित्याग कर देंगे। उन लोगों का साथ देने के लिए वासुदेव वहीं थे। कर्ण के विचार से एकमात्र उपाय यही था कि पूरी कुरु सेना की शक्ति के साथ काम्पिल्य पर आक्रमण करके द्रुपद, पाण्डवों और उनके सहयोगियों को कुचल दिया जाए। यदि कुरु-सेना का उचित संगठन किया जाए तो वह अपराजेय होगी। स्वयंवर में निराश हुए अनेक राजे उनके साथ हो जाएँगे। निःसन्देह बलराम और कृष्ण से भी युद्ध करना होगा, किन्तु उनके साथ जो सेना है, वह नगण्य है।

वे लोग इस योजना पर विचार कर ही रहे थे कि वहाँ विदुर आ पहुँचे। उन्होंने बताया कि पितामह और द्रोणाचार्य सिंहासन-कक्ष में बैठे इसी विषय पर विचार कर रहे हैं और उन्होंने आप लोगों को भी वहीं बुलाया है।

दुर्योधन अपने पिता को सिंहासन-कक्ष में ले गया। पितामह वहाँ द्रोणाचार्य, कृपाचार्य तथा अन्य वरिष्ठ मन्त्रियों से परामर्श कर रहे थे।

वृद्ध पितामह इस समय प्रसन्न थे। धृतराष्ट्र को जब उनके सिंहासन की ओर ले जाया जा रहा था तो एक फीकी मुस्कराहट के साथ उन्होंने उनकी ओर देखा।

"धृतराष्ट्र, आज का दिन हमारे लिए बड़े महत्त्व का है। पाण्डु के सभी पुत्र जीवित हैं। उन्होंने द्रुपद की पुत्री से विवाह भी कर लिया है। हमारे कुटुम्ब का यह कलंक कि पाण्डवों की मृत्यु का दायित्व किसी-न-किसी रूप में हम पर भी है, दूर हो गया है। मैंने सुना है कि पाण्डवों के अप्रत्याशित आगमन से लोगों में बड़ा उत्साह है। आज की रात सारे नगर में दीपोत्सव मनाया जानेवाला है और कल से उनकी मंगल-कामना से प्रत्येक मन्दिर में विधिपूर्वक पूजा होगी।"

धृतराष्ट्र ने असहाय भाव से अपनी अन्धी आँखें पितामह की ओर मोड़ीं। कोई कुछ नहीं बाला। अन्त में धृतराष्ट्र ने पूछा, "किन्तु मेरे पुत्रों का क्या होगा?"

पितामह ने अपने स्वाभाविक अधिकारपूर्ण स्वर में कहा, "धृतराष्ट्र, हम तुम्हारे और पाण्डु-पुत्रों के बीच किसी प्रकार का भेदभाव कैसे बरत सकते हैं? हमारे लिए तो दोनों ही समान हैं।"

धृतराष्ट्र चुप हो रहे।

पितामह के प्रति अपने भय के भाव को जीतने का प्रयत्न करते हुए दुर्योधन ने हिचकिचाहट के साथ कहा, "किन्तु पितामह, पाण्डवों को तो देश-त्याग करने को कहा गया था!"

"हाँ, इसमें सन्देह नहीं कि उन्होंने देश-त्याग किया था—इसलिए किया था

कि हस्तिनापुर में उपद्रव न हो। अब परमात्मा ने न केवल उन्हें जीवित ही बचा लिया है बल्कि संसार के राजाओं में उन्हें उच्च पद का अधिकारी भी बना दिया है।" पितामह ने कहा।

"यदि वे यहाँ आएँगे तो हम लोगों का क्या होगा?" असहाय भाव प्रकट करते हुए दुर्योधन ने कहा।

क्षण-भर चुप रहकर पितामह स्थिर दृष्टि से दुर्योधन की ओर देखते रहे। फिर बोले, "तुम जहाँ हो वहीं रहोगे–हस्तिनापुर में।"

"हम साम्राज्य में उनके साथ हिस्सा कैसे बँटा सकते हैं? या तो हम यहाँ रहेंगे या वे रहेंगे।" अधीर होकर दुर्योधन ने कहा।

"ऐसा न कहो वत्स!" धृतराष्ट्र ने अपने पुत्र को पितामह के क्रोध से बचाने के लिए कहा।

पितामह चुपचाप अपनी दाढ़ी पर हाथ फेरते रहे। उनकी चुप्पी असह्य हो रही थी। फिर उन्होंने शान्तिपूर्वक कहा, "दुर्योधन, तुम्हें स्मरण रखना चाहिए कि हस्तिनापुर का सिंहासन धर्म का सिंहासन है। यहाँ धर्म का शासन होना चाहिए। यही कुरुओं का दावा है। पाण्डवों को उनके उचित स्थान से हम किसी तरह वंचित नहीं कर सकते।"

"पितामह," धृतराष्ट्र ने नम्रता के साथ कहा, "हमें इस बात का भी ध्यान रखना चाहिए कि यहाँ दुर्योधन और उसके भाइयों तथा पाण्डवों में संघर्ष न होने पाए। यह विनाशकारी होगा।"

"यदि हम कोई मार्ग निकालना चाहें तो अवश्य निकलेगा," पितामह ने धृतराष्ट्र के कन्धे पर हाथ रखकर स्नेहपूर्ण स्वर में कहा, "आचार्यदेव के साथ मैं इसी विषय पर विचार कर रहा था। तुम्हारे और पाण्डु-पुत्रों के बीच सदा ही सन्तुलन बनाए रखना होगा। हम उनके उचित उत्तराधिकार को अस्वीकार नहीं कर सकते।" पितामह ने कहा।

"इस सम्बन्ध में आचार्यदेव का क्या मत है?" धृतराष्ट्र ने पूछा। वे पितामह के भय और अपने पुत्र को प्रसन्न रखने की इच्छा के बीच पिसे जा रहे थे।

"राजन्, मैं पूज्य पितामह से सहमत हूँ।" द्रोणाचार्य ने कहा।

"किन्तु द्रुपद की कन्या के हस्तिनापुर आने पर क्या होगा? द्रुपद आपके कट्टर शत्रु हैं। द्रौपदी के आने पर तरह-तरह के षड्यन्त्र आरम्भ हो जाएँगे," धृतराष्ट्र ने कहा, "जब दुर्योधन स्वयंवर में जाने लगा था तो आपने ही यह बात कही थी।"

"राजन्, उसके बाद से बहुतेरी घटनाएँ घट चुकी हैं," द्रोणाचार्य ने गरिमा के साथ कहा, "दुर्योधन ने मेरी कठिनाई दूर कर दी है। उसने अश्वत्थामा के द्वारा द्रुपद को वचन दिलाया है कि यदि द्रौपदी ने किसी कुरु-राजकुमार से विवाह किया

और यहाँ आई तो वह अपने प्राणों की बाजी लगाकर मुझे हस्तिनापुर से नहीं जाने देगा। यह सत्य है न दुर्योधन?"

दुर्योधन ने होंठ काटे और स्वीकृति में सिर हिलाया।

"दुर्योधन का कहना है कि यह सत्य है," द्रोणाचार्य ने आगे कहा, "अश्वत्थामा ने दुर्योधन के कहने पर द्रुपद को वचन दिया था और मैं ऐसा कोई काम नहीं करूँगा, जिससे मेरे एकमात्र पुत्र के प्राण संकट में पड़ें। इस कठिनाई से उबरने का एक उपाय पितामह ने सुझाया है। मैं उनसे पूर्णतः सहमत हूँ।"

कर्ण अपनी भावनाएँ नहीं दबा सके। उन्होंने राजा धृतराष्ट्र की ओर मुड़कर व्यंग्य के साथ कहा, "महाराज, जो लोग आपकी कृपा प्राप्त करके फूले-फले हैं, अब वे भी आपके द्रोही हो गए हैं।"

द्रोणाचार्य ने तिरस्कारपूर्वक कर्ण की ओर देखकर कहा, "राधा-पुत्र, यदि आपका परामर्श स्वीकार किया गया तो कुरुओं का सर्वनाश हो जाएगा।"

पितामह धीरे-धीरे अपनी दाढ़ी पर ऊपर से नीचे हाथ फेरते रहे।

धृतराष्ट्र ने विदुर की ओर मुड़कर पूछा, "विदुर, तुम्हारा क्या विचार है?"

"महाराज, मैं इतना ही कह सकता हूँ कि अपने बीच पाण्डवों का स्वागत न करना भूल होगी। प्रसन्नता की बात है कि पुरोचन के द्वारा उन्हें जीवित जला देने का कलंक दूर हो गया है। स्वयंवर में एकत्रित राजाओं ने उनका स्वागत किया था। पाञ्चाल के महान् राजा के साथ उनका सम्बन्ध हो गया है। अब बलराम, कृष्ण और सात्यकि भी उनके मित्र बन गए हैं। आप उनका प्रतिकार कैसे कर सकेंगे? सारा हस्तिनापुर उन्हें हमारे बीच देखने को अधीर हो रहा है। सर्वोत्तम मार्ग यह होगा कि बीती हुई बात को भुलाकर उनका स्वागत किया जाए और उनका प्राप्य अधिकार उन्हें दे दिया जाए।"

पितामह ने दाढ़ी पर हाथ फेरना बन्द करके निर्णायक स्वर में कहा, "हम सभी इस बात पर सहमत हैं कि पाण्डु-पुत्रों के रूप में पाँचों भाइयों का स्वागत किया जाए। हम लोग कोई ऐसा समाधान भी ढूँढ़ लेंगे, जिससे दुर्योधन भी दुखी न हो।"

"पाण्डु-पुत्रों के रूप में पाँचों भाइयों का स्वागत!" दुर्योधन ने भुनभुनाकर कहा।

ये शब्द पितामह ने सुन लिए। क्षण-मात्र के लिए उनकी आँखों में दमित क्रोध की चिनगारी दीख पड़ी। फिर उसकी उपेक्षा करते हुए, वे राजा की ओर मुड़कर बोले, "धृतराष्ट्र, और कुछ कहने-सुनने की आवश्यकता नहीं है। हस्तिनापुर में पाँचों भाइयों का राजकीय स्वागत होगा। मैं पूजनीया माता से परामर्श करने जा रहा हूँ। यदि उन्होंने मेरे सुझाव का अनुमोदन किया तो विदुर उपहार-सामग्री लेकर काम्पिल्य जाएँगे और पाँचों भाइयों को साथ ले आएँगे। विदुर, मेरा हाथ पकड़ो

और पूजनीया माता से कहो कि सन्ध्या-वन्दन के अनन्तर मैं उनसे मिलूँगा।"

किसी के कुछ कहने से पहले ही पितामह उठ खड़े हुए और विदुर के कन्धे पर हाथ रखकर वहाँ से बाहर चले गए।

दुर्योधन का खून खौल रहा था। उसका चेहरा तमतमा आया था। किन्तु पितामह इतने शक्तिशाली थे कि उनकी अवज्ञा नहीं की जा सकती थी। उसमें न तो पितामह के क्रोध का सामना करने का साहस था, न वह हस्तिनापुर के शासन की अपनी महत्त्वाकांक्षा का ही त्याग कर सकता था। बूढ़े राजा को जब सिंहासन-कक्ष से बाहर ले जाया जा रहा था तो उसने अपनी अन्तिम चाल चलने का निश्चय किया।

परम पूजनीया माता अपने पूजा-गृह में अपने आसन पर बैठी थीं। उनके सामने पूजा के पात्र और उपकरण रखे हुए थे। श्वेतकेशी, शान्त और अद्यावधि अम्लान सौन्दर्य-चिन्हों से मण्डित, वे पूजनीय वार्धक्य की मूर्तिमती प्रतिमा-सी जान पड़ती थीं।

द्वार पर खड़ी दासी शीघ्रतापूर्वक भीतर आई। उसने हाथ जोड़कर कहा, "माताजी, बाहर दुर्योधन खड़े हैं। वे आपसे तत्काल मिलना चाहते हैं।"

वृद्धा सम्राज्ञी दयालुतापूर्वक मुस्कराईं, "मैं जानती हूँ कि वह बहुत दुखी है। उसे आने दो।"

दुर्योधन शीघ्रता से भीतर आया। उसका चेहरा लाल हो रहा था। उसकी आँखों में दुख की छाया थी। उसने माता के चरणों में दण्डवत् प्रणाम किया। उन्होंने मस्तक पर हाथ फेरकर आशीर्वाद दिया।

"कैसे हो वत्स? मुझे पता चला कि कल ही तुम काम्पिल्य से लौटे हो। अब कैसे हो?" माता ने स्नेह-सने स्वर में पूछा।

"मैं कैसा हूँ...?" दुर्योधन रुँधे हुए गले से फूट पड़ा, "मैं कैसा हूँ...? माताजी, मैं दुष्ट ग्रहों के व्यूह में फँस गया हूँ। सभी लोग मेरे विरुद्ध हैं।" क्षण-भर के लिए वह इतना अभिभूत हो गया कि आदेश पाए बिना ही बैठ गया और उसने हाथों से अपना मुँह ढक लिया।

"हताश मत होओ वत्स!" माता ने दयालु भाव से कहा, "परमेश्वर ने ही हमें विजय भी दी है, पराजय भी। हमें विनम्र भाव से उन दोनों का ही स्वागत करना चाहिए, और परीक्षाओं को भी प्रसन्नमन से झेलना चाहिए।"

"अपमान का स्वागत करूँ?" मुँह पर से हाथ हटाकर दुर्योधन फूट पड़ा, "मैं द्रुपद की पुत्री को जीतने के लिए काम्पिल्य गया था। मैं बुरी तरह असफल हुआ। मैं सारे आर्यावर्त के उपहास का पात्र बना। भीम ने मुझे 'अन्धे का बेटा' कहा। मेरे शत्रु अर्जुन ने वधू को जीत लिया। सहसा पाँचों भाई जीवित हो उठे। सम्भवतः

उस धूर्त वासुदेव ने कोई जादू-मन्तर किया होगा। और अब तो सभी मेरे शत्रु हो गए हैं। पितामह उन लोगों का स्वागत करने के लिए विदुर को भेजना चाहते हैं। जिन गुरु की मैंने आजीवन सेवा की, वे भी उन्हीं का समर्थन करते हैं। पिताजी भी उसमें मौन सहमति देते हैं। कोई भी मुझे नहीं चाहता।'' कहते-कहते दुर्योधन फूट पड़ा।

''ऐसा क्यों कहते हो दुर्योधन? तुम मुझे उतने ही प्रिय हो, जितना पाण्डु का कोई पुत्र। मैं जानती हूँ कि तुम्हारा जीवन निराशापूर्ण रहा है, किन्तु क्या तुम यह नहीं जानते कि इसका दायित्व तुम्हारे स्वभाव पर ही है?'' माता ने शान्तिपूर्वक कहा।

दुर्योधन ने हाथ जोड़ लिए, ''पूजनीया माता, मैं आपकी सहायता चाहता हूँ। आप कुरु-साम्राज्य की संरक्षिका देवी हैं। यदि पाण्डवों को यहाँ बसाया गया तो हम लोग यहाँ नहीं रह सकेंगे। हमें हस्तिनापुर छोड़कर चले जाना पड़ेगा। मुझे और मेरे भाइयों को नष्ट न होने दीजिए।''

परमादरणीया माता ने दयापूर्ण स्मित के साथ धैर्यपूर्वक उसकी ओर देखा। गला रुँध जान के कारण जब उसका बोलना बन्द हुआ तो उन्होंने कहा, ''दुर्योधन, तुम प्रत्येक वस्तु का ऐसा काला पक्ष ही क्यों देखते हो? वे तुम्हारे भाई हैं। तुमसे भी पहले, चक्रवर्ती भरत के सिंहासन का अधिकार उनका है। वे बहुत कष्ट उठा चुके हैं। क्या उनके पितृ-गृह में उन्हें सम्मानजनक स्थान नहीं मिलना चाहिए?'' माता ने जैसी हार्दिकता से ये बातें कही थीं, उससे किसी का भी हृदय पिघल जाता, किन्तु दुर्योधन पर उनका कोई प्रभाव नहीं पड़ा। उसका मुख विकृत हो गया।

''हस्तिनापुर में उनका कोई स्थान नहीं है। आप तो सबकुछ जानती हैं माता! वे पाण्डु के पुत्र नहीं हैं। हमारे कुटुम्ब में उनका कोई स्थान नहीं है, हस्तिनापुर में भी नहीं है।'' दुर्योधन ने आत्मसंयम खोकर कहा।

वृद्धा माता के भव्य मुख पर व्यथा के बादल घिर आए। यद्यपि दुर्योधन के दुष्टता भरे शब्दों से उनका हृदय टूट गया था, फिर भी वे थोड़ी देर तक असीम दया-भाव से उसकी ओर देखती रहीं।

उन्होंने करुण स्वर में कहा, ''तुम कब अपने स्वभाव पर अंकुश रखना सीखोगे? कब तुम अपनी ईर्ष्या, अपने द्वेष और अपनी घृणा को जीत सकोगे?''

''मैं पाँचों भाइयों से घृणा करता हूँ,'' निराशा से अन्धे दुर्योधन ने कहा, ''मैं चाहता हूँ कि या तो वे मर जाएँ या मैं ही मर जाऊँ।''

''दुर्योधन, तुम सबको मिल-जुलकर जीवित रहना है,'' उन्होंने उत्तर दिया। उनका स्वर फिर शान्त हो आया, यद्यपि उसमें उदासी भरी हुई थी—''वत्स, तुम जानते हो कि तुमने क्या किया है? जिस पुराने घाव को मैं भर-गया समझती थी,

उसे तुमने फिर जगा दिया है।" कहते-कहते उनके साँवले, किन्तु अब भी सुन्दर गालों पर आँसू की दो बूँदें ढुलक आईं।

माता के मुख पर जो पीड़ा उभर आई थी, दुर्योधन ने उसकी ओर आश्चर्य से देखा।

"दुर्योधन, मैं समझती थी कि इस आयु में तुममें समझ आ गई होगी," दुर्योधन की ओर सहानुभूतिपूर्वक देखते हुए उन्होंने कहा, "पाँचों भाइयों और मेरे सम्बन्ध में जो क्रूरतम बात कही जा सकती है, तुमने वही बात कही है। यदि यह बात तुमने भीष्म से कही होती तो मैं नहीं जानती कि वे क्या करते। किन्तु मैं एक असहाय स्त्री हूँ।" उन्होंने दमित स्वर में कहा।

"किन्तु माता, आप क्या यह नहीं देखतीं कि सब लोग मेरे विरुद्ध षड्यन्त्र कर रहे हैं?" दुर्योधन ने कहा।

"वत्स, तुम्हारी यह बात भी सच नहीं है," माता ने कहा, "हस्तिनापुर के सिंहासन के सम्बन्ध में तुम इस तरह बातें करते हो, जैसे वह तुम्हारा ही हो। आज तक मैंने तुम लोगों में से किसी से यह वृत्तान्त नहीं बताया है और मेरे अतिरिक्त केवल भीष्म और द्वैपायन ही इसे जानते हैं। क्या तुम जानते हो कि पिछले साठ वर्षों में इस साम्राज्य का निर्माण और संरक्षण किस प्रकार हुआ है?"

दुर्योधन ने कौतूहल से माता की ओर देखा। क्रोधोन्माद की स्थिति में होने पर भी उसने यह समझा कि पूजनीया माता उसे किसी अत्यन्त महत्त्वपूर्ण रहस्य की बात बतलाने जा रही हैं।

उन्होंने आग्रहपूर्वक दुर्योधन की ओर देखा। उनकी आँखों के सामने एक छाया-सी घूम गई। उन्होंने दुखी स्वर में कहा, "वत्स! मेरी बात सुनो। तुम जब हस्तिनापुर के सिंहासन की बात करते हो तो यह न भूलो कि इसकी रक्षा कैसे की गई है। वह बहुत पुरानी कथा है—बहुत ही पुरानी!" उन्होंने अपनी आँखें मूँद लीं, मानो वे जिन दिनों की बात कर रही हैं, उसकी तस्वीर देख रही हों।

फिर स्मृतियों में डूबी वे अधखुली आँखों और अस्थिर स्वर में बोलीं, "जब मेरे स्वामी मृत्यु शैया पर थे तो उन्होंने मुझे अपने पास बुलाया—मुझ धीवरकन्या को, जिसे उन्होंने आर्यावर्त के महान् साम्राज्य की सम्राज्ञी बनाया था। उन्होंने कहा, 'देवि, मैं चाहता हूँ कि तुम मुझे एक वचन दो। जब से मुझे अपने पुण्यश्लोक पिता सम्राट् प्रतीप के द्वारा यह धर्म-साम्राज्य प्राप्त हुआ, मैंने इसकी परम्परा को निभाने का प्रयत्न किया है। किन्तु अब यह संकट में है। भीष्म विवाह नहीं करेंगे। वे सिंहासनारूढ़ भी नहीं होंगे। तुम्हारे पुत्र बहुत छोटे हैं। अतः इस साम्राज्य का भार तुम्हारे ऊपर है।' "

अपना गला साफ करके माता इस तरह बोलने लगीं, जैसे वे किसी कल्पित

चित्र का वर्णन कर रही हों–"मेरे स्वामी मेरा हाथ पकड़कर कहने लगे, 'देवि, मुझे वचन दो तुम कुरुओं की परम्परा का पालन करोगी। कुरुओं ने वहाँ भी धर्म का शासन प्रचलित किया था, जहाँ पहले वह नहीं था। उन लोगों ने दरिद्रों और असहायों का साथ कभी नहीं छोड़ा। उन लोगों ने ध्यान रखा कि विद्वान् और धार्मिक जन अभाव से क्लेश न पाएँ; कि वेदज्ञ ब्राह्मणों, कामदुग्धा धेनुओं और शीलवती नारियों का संरक्षण हो; कि कृषक निर्भय होकर अपने श्रम का फल प्राप्त करें; कि सबलों को निर्बलों पर अत्याचार न करने दिया जाए; कि सेना उपद्रवियों का दमन करे और पीड़ितों की रक्षा करे; कि कर-दाताओं की समृद्धि के लिए कर लगाया जाए। मेरे निकट कुरुओं के साम्राज्य का यही आदर्श था। मुझे वचन दो कि कुरुओं की इस परम्परा का निर्वाह होगा।' "

वे धीरे-धीरे स्मृतियों में डूबी बोलती जा रही थीं और उनकी आँखों से आँसू झरते जा रहे थे। उन्होंने आँसू पोंछ लिए, फिर गला साफ किया, दुर्योधन की ओर देखा और कहा, "अपने स्वामी को मैंने वचन दिया। उन्होंने सन्तुष्ट भाव से शरीर-त्याग किया।"

माता ने फिर अपने आँसू पोंछे। अपनी भावनाओं को संयत करने के लिए वे थोड़ी देर चुप रहीं, फिर कहने लगीं, "तुम जानते हो दुर्योधन, मैं चाहे जितनी दुर्बल होऊँ, उसी दिन से वर्ष-पर-वर्ष मैं इसी एक उद्देश्य के लिए जीवित रही हूँ कि जिस सिंहासन पर मेरे स्वामी बैठे थे, उसकी न्यायपरायणता और उसकी परम्परा अक्षुण्ण बनी रहे।" वे फिर चुप हो गईं।

दुर्योधन आँखें फाड़कर संगीत-जैसा उनका स्वर सुनता रहा, जिसमें अब भी पुराने दिनों का आकर्षण विद्यमान था।

थोड़ी देर बाद माता फिर कहने लगीं, "वत्स, तुम हस्तिनापुर को आज भी पहले ही की तरह शक्तिशाली देख रहे हो। तुम इस पर शासन करना चाहते हो। किन्तु क्या तुम जानते हो कि मुझे और भीष्म को इसका क्या मूल्य चुकाना पड़ा है?" एक बार फिर उनके चेहरे पर स्मृतियों की छाया घिर आई। वे इस तरह बोलने लगीं, जैसे अपने-आपसे बातें कर रही हों, "भीष्म सिंहासनारूढ़ होने को तैयार नहीं थे। मैंने उनसे विवाह करने की प्रार्थना की। उन्होंने स्वीकार नहीं किया। मेरे पुत्र निःसन्तान ही मृत्यु को प्राप्त हुए। तुम भरत के वंशज होने का दावा करते हो। वत्स, भरत का वंश-वृक्ष तो मेरे पुत्रों के साथ ही समाप्त हो गया। सिंहासन का तुम्हारा दावा उतना ही कम अथवा उतना ही अधिक है, जितना पाण्डु के पुत्रों का। न तो तुम, न वे ही हस्तिनापुर के सम्राटों के पुत्र हैं।"

दुर्योधन स्तब्ध आश्चर्य के साथ पूजनीया माता का धीमा और काँपता स्वर सुनता रहा, जिसमें हृदय-द्रावक करुणा का पुट था।

"जो भी हो, मैंने अपने स्वामी को जो वचन दिया था, उसके पालन के लिए मैं तत्पर रही।" माता ने कहना आरम्भ किया, "अतः मैंने अपने पुत्र द्वैपायन का–जिसे तुम लोग महामुनि कहते हो–अपने पुत्र विचित्रवीर्य की विधवाओं के साथ नियोग कराया। उन्हीं के द्वारा तुम्हारे पिता और पाण्डु का जन्म हुआ। मैंने इस बात का ध्यान रखा कि यह रहस्य कुछ ही लोगों के मन में छिपा रहे। मैं नहीं चाहती थी कि लोग तुम सबको अवैध सन्तान कहें। वैसा होने पर आन्तरिक युद्ध से कुरु-साम्राज्य का विनाश हो जाता।"

दुर्योधन बीच में कुछ बोलना चाहता था, किन्तु आदरणीया माता ने हाथ उठाकर उसे मना किया। उन्होंने फिर अपने आँसू पोंछ लिए, "तुम्हारे पिता बड़े थे, किन्तु जन्मान्ध थे। फलतः वे सिंहासनारूढ़ नहीं हो सकते थे। हमारे नियमों के अनुसार, उनका पुत्र होने के कारण तुम्हें भी सिंहासन का अधिकार नहीं है। अतः पाण्डु को सिंहासन पर बैठाया गया। किन्तु वे पुत्रवान नहीं हो सके। पाण्डु की सहमति से मैंने कुन्ती को आदेश दिया कि वह प्राचीन नियमों के अनुसार पुत्र प्राप्त करे। दुर्योधन, तुम उद्धत और उतावले हो। तुम यह नहीं समझ सकते कि यदि पाँचों भाई सिंहासन के उत्तराधिकारी नहीं हैं तो तुम भी नहीं हो। किन्तु तुम सबको उत्तराधिकार मुझ अपराधिनी के कारण ही प्राप्त है।"

उन्होंने अपना गला साफ किया, एक बार फिर आँसू पोंछे और कहना आरम्भ किया, "मुझे स्पष्टता से काम लेना चाहिए। भले ही मैं बूढ़ी और दुर्बल हूँ, किन्तु मेरे स्वामी ने मुझे जिस परम्परा की रक्षा करने का भार सौंपा था, मैं उसको बनाए रखूँगी।"

उन्होंने श्वेत केशों का मुकुट-मण्डित अपना छोटा और सुन्दर मुख ऊपर उठाया–"वत्स, क्या इतने बड़े होकर भी तुम यह नहीं समझोगे कि समस्त आर्यावर्त में कुरु-साम्राज्य का क्या महत्त्व है? इसने जनसाधारण को कितना सुखी और सम्पन्न बनाया है?" उन्होंने पूछा।

दुर्योधन सिर नहीं उठा सका। उस लगा कि वह डूब रहा है। अन्तिम आधार भी उसके हाथ से छूट गया।

"वत्स!" माता ने फिर कहा, "मैं तुमसे इतना ही माँगती हूँ कि जब तुम अपने अधिकार और अपने प्रति हुए अन्याय की बात करो तो इस बेचारी वृद्धा के सम्बन्ध में भी विचार करो, जो तुम लोगों को चक्रवर्ती भरत का उत्तराधिकार सौंपने के लिए ही जीवित रही है।" माता के स्वर में द्रावक करुणा का अनुनय भरा था।

माता अपनी ही बातों से अभिभूत हो गई थीं। उनकी आँखों से निकले आँसू उनके गालों पर ढरक रहे थे। उन्होंने दोनों हाथों से अपनी आँखें मूँद लीं। दुर्योधन

की बोलती बन्द हो गई। थोड़ी देर तक दोनों में से कोई कुछ नहीं बोला। अनन्तर माता ने एक बार फिर अपने आँसू पोंछे, अपने को संयत किया और कहा, "दुर्योधन, हम न तो तुम्हारे प्रति, न पाण्डु के पुत्रों के प्रति ही अन्याय करना चाहते हैं। किन्तु तुममें से कोई एक-दूसरे की पैतृकता के सम्बन्ध में उँगली उठाए, यह मैं सहन नहीं करूँगी। यह आर्यों के अत्यन्त प्राचीन नियमों के द्वारा स्वीकृत है।"

उन्होंने आगे कहा, "हस्तिनापुर के राजा जिस धर्म के समर्थन के लिए प्रतिज्ञाबद्ध रहे हैं, उसके भविष्य का विचार करो। भीष्म ने और मैंने निश्चय किया है कि तुम हस्तिनापुर के युवराज बने रहोगे और युधिष्ठिर राज-पद पर बैठाए जाएँगे। हस्तिनापुर में चक्रवर्ती पाण्डु के पुत्रों के रूप में पाँचों भाइयों का स्वागत होगा। घृणा से अपनी दृष्टि को मलिन मत होने दो। ईश्वर तुम सबको शान्ति और सद्भावना से परिपूर्ण करेंगे। उदार बनो। कुरु-साम्राज्य को समृद्ध बनने दो। और अब तुम जाओ।" माता ने आदेशात्मक स्वर में कहा।

परिशिष्ट

1. नाग और राक्षस

जिस काल-खण्ड का विवरण मैं प्रस्तुत कर रहा हूँ, उसमें नाग नाम का एक बड़ा जातीय प्रवर्ग था। आर्य राजाओं के शासनवाले उत्तर भारत के अधिकांश भागों में नागों का निवास था। कालान्तर में नाग जाति आर्यों में अन्तर्लीन हो गई। महाभारत में जिनका उल्लेख है और भीम जिनसे मिले थे, वे नाग राजा आर्यक गंगा और यमुना के तटवर्ती प्रदेश में शासन करते थे। वे वसुदेव और कुन्ती के मातामह थे। अनेक नाग राजाओं का आर्यों के साथ वैवाहिक सम्बन्ध था। नागराज मणिमान द्रौपदी के स्वयंवर में सम्मिलित हुए थे। उलूपी अर्जुन के प्रेम में पड़ी थी और अन्ततः उसने अर्जुन से विवाह किया था। सम्भवतः ऐरावती नाम की उनकी एक और नाग पत्नी थी। ऐसा लगता है कि नागों के सामाजिक रीति-रिवाज भिन्न प्रकार के थे। नाग-कन्याएँ अत्यन्त आकर्षक मानी जाती थीं।

उस समय नागों की संस्कृति, सभ्यता और रण-कौशल आर्यों से बिल्कुल भिन्न था। सम्भवतः ये लोग आर्यों के आगमन से पहले, भारत के उत्तरी भाग में बसनेवाले ताम्रशीर्ष वंश (जिसे पुरातत्वविद् 'कॉपरहेड' कहते हैं) के थे।

राक्षस एक अन्य जातीय प्रवर्ग के थे, जो गहन वनों में रहते थे। भीम ने जिस हिडिम्बा से विवाह किया था, वह तथा जरा, कूलका, पुलामा आदि भी इसी

प्रवर्ग की थीं। ऐसा प्रतीत होता है कि वे हिंस्र और नरभक्षी थे। महाकाव्यों और पुराणों में उल्लेख मिलता है कि अरण्यवासी ऋषियों के आश्रमों में आकर ये राक्षस निरन्तर उपद्रव मचाया करते थे। ऐसे एकाधिक उदाहरण मिलते हैं कि राक्षसों से ऋषियों की रक्षा करने और उनके आश्रमों को बचाने के लिए आर्य राजाओं को आना पड़ता था। उन्हें प्रायः असुर, दानव और दैत्य भी कहा गया है।

2. जौनसर-बावर (देहरादून जिला) की खस जाति में अद्यावधि प्रचलित बहुपतित्व की प्रथा

महासू के अतिरिक्त जौनसर-बावर के अधिकांश भाग में महाभारत के पराक्रमी भाइयों पंच पाण्डवों को देवता के रूप में पूजा जाता है। ऐसा लगता है कि भारत-तिब्बत सीमा के अन्तिम गाँव माना के निकटवर्ती हिमाच्छादित शृंग सतोपन्थ से जब पाण्डवों ने स्वर्गारोहण किया, उसके बाद से समय की गति वहाँ स्थिर हो गई है।

इस क्षेत्र के अनेक महत्त्वपूर्ण स्थानों का सम्बन्ध पाण्डु के किसी-न-किसी पुत्र के साथ बताया जाता है। कुछ खस गाँवों के मन्दिरों को पाण्डवों की चौरी कहा जाता है और अधिकांश मन्दिरों के प्रांगण 'पाण्डवों का आँगन' के नाम से प्रसिद्ध हैं।

इस क्षेत्र के पाण्डव-देवताओं में सबसे लोकप्रिय देवता भीम हैं, जिनके प्रति सभी लोग बड़े संवेदनशील हैं और थोड़ी-सी चूक अथवा दुर्व्यवहार पर बिगड़ खड़े होते हैं।

पाण्डव-नृत्य इस क्षेत्र के सामाजिक और धार्मिक उत्सवों का मुख्य अंग है, जिसमें गाँवों के अधिकांश लोग भाग लेते हैं। जो लोग पाण्डवों का अभिनय करते हैं, वे बड़े सम्माननीय माने जाते हैं और बाजगी—वाद्य-वादक की भूमिका ऐसे अवसरों पर अत्यन्त महत्त्वपूर्ण होती है।

इस अवसर पर उत्सव के प्रमुख पात्र के रूप में भीम को वीर-नृत्य करना पड़ता है। उनकी भूमिका में उतरनेवाले व्यक्ति का चुनाव बड़ी सावधानी से होता है और उस व्यक्ति को कई दिन पहले से अपनी भूमिका की तैयारी करनी पड़ती है। इस बात की परीक्षा बड़ी कड़ाई के साथ की जाती कि नृत्य के समय उसकी शक्ति, सहनशीलता और स्फूर्ति बनी रहती है या नहीं। माना जाता है कि ऐसे अवसरों पर नृत्य करनेवाले व्यक्ति पर भीम स्वयं अवतरित होते हैं और नृत्य के उपरान्त, सम्मान-चिन्ह के रूप में चाँदी का बाजूबन्द पहनने का अधिकार प्राप्त होता है।

जौनसर-बावर और उसके पास-पड़ोस के लोग पाण्डवों की पूजा कैसे करने लगे, यह बड़ा मनोरंजक प्रश्न है। इसमें सन्देह नहीं कि राज-काज से निवृत्त होकर पाण्डु अपनी पत्नियों—कुन्ती और माद्री—के साथ हिमालय में जाकर रहे थे। पाण्डवों का जन्म वहीं हुआ था, सम्भवतः बदरीनाथ जाने के मार्ग में स्थित पाण्डुकेश्वर के निकट। कुन्ती ने जब यह आदेश दिया कि पाँचों भाई द्रौपदी को साझे की पत्नी के रूप में स्वीकार कर लें—जो आर्यावर्त में अत्यन्त अधार्मिक कृत्य था—तो सम्भवतः वह हिमालय क्षेत्र की परिपाटी का अनुकरण कर रही थीं, जहाँ वे अपने पति के साथ रह चुकी थीं।

इन क्षेत्रों में सबसे विचित्र वे थोड़े-से गाँव हैं, जिन्हें फतेह-पर्वत कहा जाता है। ये टिहरी गढ़वाल जिले के जौनपुर के ऊपरी भाग में बसे हैं। उन लोगों का मुख्य देवता दुर्योधन है। वे वहाँ के लोगों के देवता और राजा हैं। वे लोग उन्हें अर्घ्य-भोग भी चढ़ाते हैं। उनके शत्रु पाण्डव यहाँ दैत्य माने जाते हैं।

फतेह-पर्वत में दुर्योधन अपनी ख्याति के अनुरूप ही आचरण करते हैं। यदि आप इनमें से किसी गाँव में जाएँ और दुर्योधन को एक भैंसे, एक बकरे या कम-से-कम एक रुपए का भी चढ़ावा न चढ़ाएँ तो वे इस बात का ध्यान रखेंगे कि आपको कोई स्थायी चोट पहुँचे। यहाँ तक कि वे अपने थानी (पुरोहित) के द्वारा लोगों को यह आदेश भी देते हैं कि वे पड़ोस के गाँव से कोई भैंस चुरा लाएँ या किसी की हत्या कर दें।

दुर्योधन अपने जीवन में कपट नीति के विश्वासी थे। देवता बनकर भी उनकी वृत्तियाँ ज्यों-की-त्यों हैं।

सन् 1952 के आम चुनाव में विभिन्न दलों के कार्यकर्ता इन गाँवों के मुखियों के पास वोट माँगने पहुँचे थे। गाँववाले बड़े संकट में पड़े। उन्होंने इससे पहले इस तरह की आवभगत की बात भी नहीं सुनी थी। वे समझ नहीं सके कि आखिर उन्हें करना क्या चाहिए। अतः उनके पुजारी ने दुर्योधन का आवाहन किया। दुर्योधन ने अपने थानी के द्वारा आदेश दिया कि सारे वोट एक खस उम्मीदवार को दिए जाएँ।

यह कहना कठिन है कि महाभारत के तमाम वीरों में से दुष्ट दुर्योधन यहाँ कैसे पुजने लगे। क्या उनके कुछ अनुयायी कुरुक्षेत्र के युद्ध से बचकर हिमालय की ओर निकल आए थे और उन लोगों ने ये बस्तियाँ बसाई थीं? या कि पाण्डव पूजक खसों और फतेह-पर्वत के खसों के बीच कोई युद्ध हुआ था, जिसमें विजय पाकर उन्होंने पराए देवता को न पूजने की प्रतिज्ञा कर ली और उनके शत्रु दुर्योधन को अपना संरक्षक देवता बना लिया?

खसों और इस क्षेत्र की अन्य प्रजातियों में विवाह की प्रथा बड़ी विचित्र है।

ये लोग मनु के नियमों का पालन करते हैं। अनुलोम विवाह, अर्थात् ऊँची जाति के पुरुष के साथ नीची जाति की स्त्री का विवाह उचित माना जाता है; किन्तु प्रतिलोम विवाह अर्थात् ऊँची जाति की स्त्री के साथ नीची जाति के पुरुष का विवाह सामान्यतः उचित नहीं माना जाता; साथ ही यहाँ के अनेक क्षेत्रों में ब्राह्मणों और राजपूतों के बीच प्रतिलोम विवाह वैध समझा जाता है।

उत्तर प्रदेश, हिमालय प्रदेश और पूर्वी पंजाब के सारे खस इलाके में बहुपतित्व की प्रथा प्रचलित है। जौनसर-बावर् में लड़की का विवाह सबसे बड़े भाई से होता है, किन्तु वह अन्य सभी भाइयों की भी पत्नी मानी जाती है। वहाँ बहुपतित्व और बहुपत्नीत्व दोनों प्रथाएँ प्रचलित हैं। सबसे बड़ा भाई घर का मालिक होता है। उसकी उपस्थिति में छोटे भाई साझे की पत्नी से बात तक नहीं कर सकते। वे उसके साथ जो भी पारिवारिक सुख प्राप्त कर सकते हैं, वह खुले आकाश के नीचे ही।

इसके विपरीत, बावर में प्रत्येक भाई के लिए पत्नी के साथ रहने का अलग-अलग दिन निश्चित रहता है। पत्नी को एक छूट भी है। वह अपने पिता के घर जाकर अनेक पतियों से छुटकारा पा सकती है। फिर पहले पतियों को तलाक देकर, अपने पिता-माता की सम्मति से, वह अपने लिए दूसरा पति चुन ले सकती है। किन्तु नए पति को पहलेवाले पति को वधू-मूल्य देना पड़ता है।

सिरमौर जिले के जुब्बल और गिरुपर इलाके के खसों में बहुपतित्व दो ही भाइयों तक सीमित है। यदि कोई तीसरा भाई है तो उसे अन्य स्त्री से विवाह करना पड़ेगा।

जौनसर-बावर के लोगों पर आधुनिक सभ्यता का खासा प्रभाव पड़ रहा है। पिछले दिनों मैंने एक पढ़ी-लिखी खस स्त्री के बारे में सुना था कि उसने अपने पति के अन्य भाइयों के साथ रहना अस्वीकार कर दिया था। वह स्त्री इस बात पर अड़ गई थी कि यदि प्रथा के अनुसार उसे अपने पति के अन्य भाइयों के साथ रहने को कहा गया तो वह अपने पिता के घर चली जाएगी और वहाँ अपने मनचाहे प्रेमी के साथ रहेगी।

मैंने एक और विचित्र घटना के बारे में सुना था। जौनसर-बावर का एक लड़का देहरादून के स्कूल में आया। उसकी कक्षा के सभी छात्र यह पूछकर उसे चिढ़ाया करते थे कि "तुम्हारे कितने पिता हैं?" वह भोलेपन से उत्तर देता–"चार," और उसके सहपाठी उसकी खिल्ली उड़ाया करते थे।

❑❑❑